Knaur.

Im Knaur Taschenbuch Verlag sind bereits
folgende Bücher der Autorin erschienen:
Der Duft der Kaffeeblüte
So weit der Wind uns trägt

Über die Autorin:
Ana Veloso, 1964 geboren, ist Romanistin und lebte viele Jahre in Rio de
Janeiro. Bereits ihr erster Roman, »Der Duft der Kaffeeblüte«, war ein
großer Erfolg, ebenso »So weit der Wind uns trägt«. Ana Veloso lebt als
Journalistin und Autorin in Hamburg.

Ana Veloso

Das Mädchen am Rio Paraíso

Roman

Knaur Taschenbuch Verlag

Besuchen Sie uns im Internet:
www.knaur.de

Vollständige Taschenbuchausgabe September 2010
Knaur Taschenbuch.
Ein Unternehmen der Droemerschen Verlagsanstalt
Th. Knaur Nachf. GmbH & Co. KG, München
Copyright © 2008 by Knaur Verlag.
Ein Unternehmen der Droemerschen Verlagsanstalt
Th. Knaur Nachf. GmbH & Co. KG, München
Alle Rechte vorbehalten. Das Werk darf – auch teilweise –
nur mit Genehmigung des Verlages wiedergegeben werden.
Redaktion: Viola Eigenberz
Umschlaggestaltung: ZERO Werbeagentur, München
Umschlagabbildung: Corbis/FinePic®, München
Satz: Adobe InDesign im Verlag
Druck und Bindung: GGP Media GmbH, Pößneck
Printed in Germany
ISBN 978-3-426-63824-8

2 4 5 3

Für Sandra

*»Nunca lamente uma ilusão perdida,
pois não haveria fruto
se a flor não caísse.«
(Thaysa M. Dutra)*

*Beklage nie eine verlorene Illusion,
schließlich gäbe es keine Frucht,
wenn die Blüte nicht abfiele.*

1

 Es war zu hell.

Das Licht schmerzte. Es verursachte ein heftiges Pochen hinter ihrer Stirn. Die junge Frau schloss sofort wieder die Augen, doch die Sonnenstrahlen drangen durch ihre Lider und quälten ihr Hirn mit wilden Mustern in Gelb- und Orangetönen. Ihr wurde schlecht davon. Sie drehte den Kopf von der linken auf die rechte Seite und hoffte, dass der Schmerz und die Übelkeit sich legen würden. Sie verharrte einige Minuten reglos in dieser Stellung, aber es wurde nicht besser. Stattdessen gesellte sich zu dem Kopfweh nun auch ein schlechtes Gewissen. So hell wie es in dem Zimmer war, musste es bereits Mittag sein. Warum, um Gottes willen, lag sie um diese Zeit noch im Bett? Bevor sie darauf eine Antwort fand, erlöste ein unruhiger Schlaf sie von dem hämmernden Schmerz.

Einige Stunden später schlug die junge Frau erneut die Augen auf. Das Licht war weniger grell, und auch das grässliche Pochen in ihrem Schädel hatte sich ein wenig gelegt. Dafür verspürte sie jetzt einen unerträglichen Durst. Ihr Mund fühlte sich so trocken an, dass die Zunge am Gaumen festklebte. Sie brauchte dringend ein Glas Wasser. Sie versuchte sich zu erheben, doch es gelang ihr nicht. Nach nur wenigen Zentimetern, die sie ihren Oberkörper aufgerappelt hatte, fiel sie erschöpft in die Kissen zurück. Also blieb sie liegen und hoffte darauf, dass irgendwann jemand nach ihr sah. Vielleicht sollte sie sich bemerkbar machen? Sie hob zu einem Rufen an, merkte jedoch sofort, dass kaum mehr als ein leises Krächzen aus ihrer Kehle drang. Ihr blieb nichts anderes übrig, als abzuwarten.

Im Liegen und ohne allzu sehr den Kopf zu bewegen, sah sie sich in dem Raum um. Sie war sich sicher, dass sie ihn nie zuvor gesehen hatte. Wo war sie?

Zwischen drei mächtigen schwarzen Holzbalken war die Decke weiß getüncht. Die Wände des Zimmers, oder das, was sie aus ihrer Position davon erkennen konnte, waren glatt und weiß. Kein Fachwerk. Kein Bild. Nicht einmal ein Kruzifix war da zu sehen. Das Sprossenfenster war einen Spaltbreit hochgeschoben. Vorhänge gab es keine. Einzig die Fensterläden hätten Schutz vor unerwünschten Blicken und Licht bieten können, wären sie denn geschlossen gewesen. So jedoch schien die Sonne in den schmucklosen Raum. Sie stand schon schräg, und ein Strahl fiel auf eine schlichte Kommode, auf der sich ein Krug sowie eine Waschschüssel aus Emaille befanden. Oh Gott, könnte sie es doch nur schaffen, aufzustehen und die wenigen Schritte zu dem Wasserkrug zu gehen! Der Durst brachte sie um!

Ihr kamen die Tränen. Doch bevor die junge Frau sich vollständig ihrer Verzweiflung hingeben konnte, betrat plötzlich eine dicke dunkelhäutige Frau das Zimmer. Sie lachte und entblößte dabei ihr Zahnfleisch. Es war bläulich und nicht rosa, wie ihr eigenes. Der jungen Frau war ein bisschen mulmig zumute. Sie hatte schon von Schwarzen gehört und gelesen, aber noch nie eine leibhaftige Negerin so nah vor sich gehabt. War sie etwa in Afrika gelandet? Aber nein, die Schwarze trug ja ein ordentliches Baumwollkleid und eine gestärkte Schürze darüber. Eine Wilde aus dem Busch war sie ganz sicher nicht.

Die Dicke plapperte unaufhörlich. Dann setzte sie sich auf

die Bettkante, sah der jungen Frau in die Augen und sprach sie direkt an. Sie hatte eine wohlklingende Stimme, und ihr Tonfall war freundlich. Die junge Frau begann sich etwas zu entspannen, obwohl sie kein Wort verstand. Bei all ihrer beunruhigenden Fremdartigkeit hatte die Schwarze auch etwas Mütterliches an sich. Sie hatte sofort erkannt, wonach die junge Frau am meisten gierte: Wasser.

Die Ältere hielt ihr das Glas an die Lippen und hob es so, dass sie nur winzige Schlückchen trinken konnte. Nach kurzer Zeit war das Glas leer. Die Schwarze stand auf, sagte etwas zu der jungen Frau, streichelte ihre Hand und verließ den Raum. Als sie durch die Tür ging, bemerkte die Jüngere, dass die andere keine Schuhe trug. Das fand sie äußerst merkwürdig. Dieser Gedanke lenkte sie für einen Moment von der Tatsache ab, dass sie weiterhin so durstig war, dass sie einen ganzen Eimer Wasser auf einmal hätte leeren können. Dann schlief sie wieder ein.

Als sie, zum dritten Mal an diesem Tag, aufwachte, saß die Schwarze auf einem Stuhl neben ihrem Bett. Sie blickte besorgt drein, lächelte ihrer Patientin aber aufmunternd zu. Erneut redete sie mit ihr, doch die junge Frau verstand nichts davon. Erst als die Schwarze mit dem Finger auf sich selbst zeigte und »Teresa« sagte, begriff die junge Frau. Dann zeigte die Frau auf sie und hob fragend die Schultern. Sie wollte offenbar ihren Namen wissen. Die Jüngere blieb stumm.

Die junge Frau wirkte nachdenklich, dann schüttelte sie bedauernd den Kopf. Tränen traten in ihre Augen. Die Schwarze tätschelte ihr beruhigend die Wange. Was für eine Schnapsidee von ihr, Teresa, das arme Kind zum Sprechen bringen zu wollen! Das Mädchen hatte sicher seine Stimme noch gar nicht wiedergefunden.

Die junge Frau öffnete erst den Mund, als die Ältere einen

kleinen Löffel mit Milchreis davorhielt, um sie zu füttern. Der Duft löste angenehme Gefühle in ihr aus, aber sie hätte nicht zu erklären vermocht, an was genau er sie erinnerte. Und die schönen Empfindungen hielten auch nicht lange an. Schnell wurden sie wieder von den Fragen abgelöst, die sie schon seit dem Aufwachen quälten. Was war passiert? Wo befand sie sich? Wer war diese Person?

Und vor allem: Wer war sie selber?

2

An meinem siebten Geburtstag fragte mich die Mutter morgens, bevor ich zur Schule ging, welches Essen ich mir zum Mittag wünschte. Sie wusste genau, welches mein Lieblingsgericht war, und dieses wünschte ich mir natürlich auch: Milchreis mit Zimt und Zucker. Den ganzen Vormittag über starrte ich aus dem Fenster in der Schule. Es war ein grauer Dienstag, Regentropfen trommelten gegen die Scheibe. Die vergangene Woche in diesem November des Jahres 1810 war schön gewesen, erst am Vortag war das Wetter umgeschlagen. Aber es machte mir nicht viel aus. Ich dachte an kaum etwas anderes als an den Augenblick, in dem ich endlich die süße, cremige Masse genießen durfte. Die anderen Kinder in der Schule brachten mir, zu Ehren meines Geburtstags, ein Ständchen, und ich muss selig dreingeschaut haben, denn der Lehrer machte eine entsprechende Bemerkung. »Schön, dass wir dir mit dem Lied eine solche Freude gemacht haben«, sagte er – oder etwas in der Art. Herr Friedrich hieß er, und er hat sich schon damals nicht durch besondere Menschenkenntnis ausgezeichnet. Denn das Lied war mir ziemlich gleichgültig.

Auch die kleinen Geschenke, die meine Freundinnen mir mitgebracht hatten, vermochten mich nicht so zu begeistern wie die Aussicht auf den Milchreis. Von Anna bekam ich ein geflochtenes Lederarmband, wie sie selber eines besaß. Ich wusste, dass sie es mir nur schenkte, damit ich es trug und sie damit als meine beste Freundin auszeichnete. Aber meine beste Freundin war Lore. Sie schenkte mir einen Kreisel, der sehr schön war und den ihr Vater geschnitzt haben musste. Ich freute mich darüber, aber nicht so sehr, wie sie es erwartet hatte. »Oh, der ist aber hübsch!«, rief ich aus, doch irgendwie sah Lore enttäuscht aus. In der großen Pause schnappte mir mein Bruder Matthias den Kreisel weg. Erst als er es geschafft hatte, das Spielzeug weitgehend zu zerstören, erhielt ich es zurück. Lore weinte, ich nicht. Ich war Schlimmeres gewohnt.

Ich hatte acht Geschwister, alle älter als ich. Vier davon gingen mit mir zusammen zur Volksschule, nämlich meine Brüder Matthias, Johannes und Lukas sowie meine Schwester Hildegard. Von den anderen vier waren zwei verheiratet und hatten ihre eigene Familie. Mein Vater hätte sie von seiner Arbeit im Schieferbruch eh kaum satt bekommen, und unser kleines bisschen Land gab schon nicht genügend für uns andere her. Am wenigsten für mich. Es ist schrecklich, wenn man von elf Personen, die in einem Haushalt leben – außer meinen Eltern und ledigen Geschwistern wohnten auch Tante Mechthild und Großvater Franz bei uns –, die jüngste ist. Man hat keine Rechte. Man ist, nicht nur beim Essen, immer die letzte in der Reihe. Man muss immerzu tun, was die anderen sagen. Man muss den Eltern folgen, zugleich aber darauf achten, dass man es sich mit den Geschwistern nicht verscherzt. Einmal habe ich, und wirklich nur aus Versehen, Hildegard verpetzt, woraufhin sie mich wochenlang auf dem Fußboden unserer Kammer schlafen ließ. Niemand bekam etwas davon mit. Erst als ich fast an einer Lungenentzündung gestorben wäre, erlaubte sie mir, im Bett zu schlafen. Ich habe nie wieder eine Silbe über ihre lächerliche Leidenschaft für den Knecht der Kelbels verloren.

Aber mit Hildegard kam ich, trotz des Altersunterschieds

von sechs Jahren, immer noch besser zurecht als mit Matthias, der nur ein Jahr älter ist als ich. Er hat mich drangsaliert und schikaniert, wo er nur konnte. Er hat Lügengeschichten über mich erfunden, hat meine kostbaren Schulhefte kaputt gemacht und Tinte auf meine Kleider gegossen – die meine Mutter sich vom Munde abgespart hatte, weil sie darauf bestand, dass wir alle zur Schule gingen, jedenfalls wenn nicht gerade Erntezeit war und alle mit anpacken mussten. Wir sollten es einmal besser haben als sie, sagte sie immer.

Alles, was eine Strafe für mich nach sich zog, bereitete Matthias ein ungeheures Vergnügen. Warum alle immer nur ihm glaubten und nicht mir, habe ich nie begriffen. Er war zwar ein begnadeter Lügner und Schauspieler, der, wenn es darauf ankam, aussehen konnte wie das reinste Unschuldslamm, während ich, schon allein in Erwartung der Strafe, die mich ungerechtfertigt treffen würde, immer rot wurde und dadurch schuldig wirkte. Dennoch wollte mir nie in den Kopf, wie ein solcher Unhold wie Matthias mit seinen bösen Streichen ungeschoren davonkommen konnte, zumal ich sicher nicht die Einzige war, die darunter zu leiden hatte. Oder doch? In unserem Haushalt war ich schließlich der einzige Mensch, der jünger, kleiner und schwächer war als er.

Mein einziger Trost bestand in dem Wissen, dass Matthias zwar Vater und Mutter, den Lehrer und den Pfarrer täuschen konnte, nicht aber den lieben Gott. Der sah ganz gewiss jede einzelne Sünde, die Matthias beging, und ebenso sicher sah er, dass ich ein braves Kind war. Ich würde eines Tages in den Himmel kommen, Matthias ganz bestimmt nicht.

An meinem siebten Geburtstag übertraf Matthias sich selbst in seiner Schlechtigkeit. Den demolierten Kreisel konnte ich noch hinnehmen, nicht aber das, was mittags passierte. Wir fünf Geschwister gingen gemeinsam aus der

Schule nach Hause. Unterwegs machte Hildegard mal wieder dem Kelbelschen Knecht schöne Augen, die Jungen sammelten Kastanien auf und warfen damit nach den Kühen. Ich war dankbar dafür, dass sie sie immerhin nicht nach uns Mädchen warfen. Es war ein trüber Novembertag, und meine Vorfreude auf das Geburtstagsessen wuchs mit jedem Schritt, den wir uns unserem Hof näherten. Es war eine lange Strecke, aber wir waren das gewohnt. Wenn man an jedem Werktag mindestens zehn Kilometer zu Fuß geht, fünf zur Schule und fünf zurück, dazu noch all die anderen Gänge, die man so zu erledigen hat, empfindet man den Weg nicht mehr als allzu weit. Als wir endlich daheim eintrafen, strahlte die Mutter schon übers ganze Gesicht. Ich glaube, sie freute sich genauso sehr auf den Milchreis wie ich. Sonst gab es bei uns im Herbst immer nur Kartoffel- und Kohlgerichte. Mit feinen Gewürzen wurde geknausert, Zimt und Vanille kannten wir nur von Weihnachten – oder eben von einem unserer Geburtstage, denn jedes Kind durfte sich dann sein Lieblingsgericht wünschen. Ganz gleich, wie groß unsere Armut auch sein mochte, irgendwie gelang es der Mutter immer, an diesen Festtagen unseren jeweiligen Wunsch zu erfüllen.

Mutter drückte mich an sich, eine Geste, die sie sich für besondere Gelegenheiten aufsparte. Allein diese Umarmung entschädigte mich für alle Ungerechtigkeiten, die ich an diesem und an jedem anderen Tag des Jahres erlitten hatte. Wir gingen ins Haus, das erfüllt war von einem verheißungsvollen, magischen, köstlichen Duft. Drinnen wartete der Vater auf mich, der mich hochhob und sagte: »Sieben Jahre, bist ja schon ein richtiges junges Fräulein!« In diesem Augenblick hörten wir aus der Küche ein mächtiges Scheppern und Rumpeln. Sekunden später kam Matthias herausgerannt. »Ich wollte nur umrühren, damit der Milchreis nicht anbrennt!«, schluchzte er. »Die Mutter war ja draußen, und die Hildegard ist gleich rauf in ihre Kammer gerannt, und ihr wart hier auf dem Flur, und die anderen … da dachte ich, weil es doch ein so besonderes Essen und …« Weiter kam er nicht, weil ein Weinkrampf ihn schüttelte. Wir waren inzwischen alle zusammen in die Küche gegangen, um uns anzusehen, welches Missgeschick sich da zugetragen hatte. Und da sahen wir es: Der Topf mit dem Milchreis lag auf dem Boden, der weiße Brei ergoss sich über die Fliesen vor dem Herd.

»Du hast nicht nur umrühren wollen. Du hast genascht.« Der Vater sah Matthias tadelnd an.

Der wollte schon den Kopf schütteln, als er sich eines Besseren besann und nickte. Vielleicht war er sich der Tatsache bewusst, dass in seinen Mundwinkeln noch Reste seines Festschmauses klebten, vielleicht war er aber auch einfach so gerissen, ein kleineres Vergehen zuzugeben, um nicht eines größeren bezichtigt zu werden. Denn dass Matthias den Topf mit Absicht vom Herd gestoßen hatte, nachdem er sich zuvor den Bauch mit *meinem* Geburtstagsessen vollgeschlagen hatte, stand für mich fest. Ich sah es an dem boshaften Funkeln in seinen Augen. Ich brach in Tränen aus.

Mutter buk uns Apfelpfannkuchen, und ich durfte Matthias' Anteil an dem Zimtzucker, der für den Milchreis vorgesehen gewesen war, über meinen Pfannkuchen streuen. Ich fand die Strafe viel zu mild für die große Gemeinheit, die mein Bruder mir angetan hatte. Ich sann auf Rache. Und nicht nur ihm gegenüber. Am liebsten hätte ich meine ganze Familie mit der Mistgabel aufgescheucht, denn fast noch furchtbarer als Matthias' Boshaftigkeit war der Umstand, dass er mit seinem herzerweichenden Gesichtsausdruck, der nichts außer Reue und Trauer zeigte, auch noch das Mitleid der anderen Familienmitglieder erregte.

»Kann passieren, gräm dich nicht länger.« Mutter strich ihm dabei mit der Hand zärtlich über das seidige blonde Haar.

»Hier, kannst ein Stück von meinem Zimtpfannkuchen haben«, sagte Ursula, unsere älteste noch im Haus lebende Schwester, »ich bin eh schon satt.«

Meine Unterlippe begann zu zittern. Gleich würde ich losheulen müssen. Lukas, der gutmütigste meiner Brüder, schien mich und die anderen von dem Drama ablenken zu wollen, das er da auf sich zukommen sah. »Mir sind mit acht Jahren noch viel schlimmere Sachen passiert«, erklärte er wichtigtuerisch und schob die Ärmel seines groben Leinenhemdes hoch. Als ob wir nicht alle die Narben gekannt hätten, die er sich bei einem ähnlichen Unfall am Herd, nur mit einem Topf kochenden Wassers, zugezogen hatte.

Sein plumper Versuch, mich die Ursache meiner Traurigkeit vergessen zu lassen, schlug fehl. Ich begann zu weinen, stand abrupt vom Tisch auf und lief aus der Küche. Wer hatte bitte schön heute Geburtstag? Ich! Wer war unartig gewesen? Matthias! Und wer wurde bestraft, wer belohnt? Ich verstand die Welt nicht mehr. Das Letzte, was ich hörte, bevor ich die Treppe hinauflief, war die Stimme meines Vaters. Es wurde keinesfalls geduldet, dass ein Kind sich ohne Erlaubnis vom Tisch entfernte. »Den Rest des Tages Stubenarrest!«, rief er mir nach, und ich war nicht einmal unfroh darüber. In meiner Kammer hätte ich wenigstens Frieden vor den Misshandlungen meines nächstälteren Bruders.

Der Rest dieses verkorksten Tages verlief dann erstaunlich schön. Alle, mit Ausnahme meines Vaters und Matthias', besuchten mich »heimlich« in meiner Kammer, überreichten mir ihre bescheidenen Geschenke, redeten mir gut zu oder munterten mich mit albernen Späßen auf. Ursula entschuldigte sich sogar für ihre Gedankenlosigkeit: »Wenn ich gewusst hätte, dass du noch Pfannkuchen wolltest, hätte ich ihn dir angeboten. Aber du hast so satt und zufrieden ausgesehen …« Mir kamen wieder die Tränen hoch, doch Ursula, die schon sechzehn Jahre alt war und mir mehr wie eine Mutter als wie eine Schwester erschien, gelang es, mich von neuerlichem Weinen abzuhalten. Sie nahm mich in die Arme und küsste mein Haar und flüsterte Worte in mein Ohr, die süßer klangen, als sie waren. »Scht, meine hübsche Kleine, reg dich nicht auf. So ist das Leben nun einmal. Die Männer kriegen immer das Beste, wir nur die Reste. Ha«, unterbrach sie sich, »das reimt sich ja! Nun denn. Und du darfst das nie anzweifeln, geschweige denn über diese Ungerechtigkeit heulen. Im Gegenteil. Wenn du geweint hast, siehst du hässlich aus, mit verquollenen Augen und roter Nase, und dann nimmt dich kein Mann mehr. So eine kleine Schönheit wie du, die macht eine richtig gute Partie, wart's nur ab. Aber nur, wenn du dich fröhlich gibst, auch wenn du's nicht bist.«

Ich hätte gleich wieder losflennen können. Einzig der Versuch, die Logik hinter dieser bemerkenswerten Lektion zu begreifen, hielt mich davon ab. Wieso sollte ich jemals einen Mann haben wollen, wenn dessen Aufgabe vor allem darin bestand, mir das Beste streitig zu machen? Ich würde niemals heiraten, schwor ich mir, wenn damit dasselbe Schicksal einhergehen sollte wie jenes, das ich jetzt erlebte: immer als Letzte aus der Schüssel nehmen zu dürfen, immer als Erste ins Bett gehen zu müssen, nie gelobt zu werden für etwas, was nicht eines meiner Geschwister besser könnte als ich.

Schon jetzt, in meinem ersten Schuljahr, konnte ich schöner schreiben als Matthias, aber neben der sauberen Handschrift von Hildegard, die mir schon vor meiner Einschulung das Alphabet beigebracht hatte, nahm sich meine wie kin-

‍‍ 17 ‍‍

disches Gekrakel aus. Ich konnte schneller laufen als alle anderen Mädchen in meinem Alter, aber von uns Geschwistern war ich immer das langsamste. Das Einzige, worin ich wirklich alle anderen übertraf, war mein Gedächtnis. Ich konnte mir ellenlange Listen merken und hatte die Geburtstage aller mir persönlich bekannten Personen im Kopf. Ich konnte alle Strophen selbst der längsten Weihnachtslieder, und beim Gedichteaufsagen glänzte ich wie niemand sonst. Und was erntete ich dafür? Spott.

»Unser kleiner Papagei«, witzelte Vater, als ich letztes Jahr an Nikolaus ein sehr schwieriges Gedicht fehlerfrei aufsagte, und meine Geschwister fielen in sein Gelächter mit ein, obwohl sie natürlich genauso wenig wie ich wussten, was ein Papagei war.

Doch nicht nur an Auswendiggelerntes erinnerte ich mich, sondern auch an diese Art von Demütigungen. Irgendwann, sagte ich mir, würde ich mich zu wehren wissen. Wenn sie schon längst vergessen hätten, was sie mir einst angetan hatten, würden in meinem Kopf all die Schmähungen, Ungerechtigkeiten und Erniedrigungen weiterleben. Und dann würde ich es ihnen heimzahlen.

Denn ich vergaß nie etwas.

3

Raúl Almeida hatte früh lernen müssen, dass er nur überleben konnte, wenn er hart zu sich und hart zu anderen war. Er zeichnete sich durch Disziplin, Mut und Kompromisslosigkeit aus. Stolz war er auf diese Eigenschaften jedoch nicht. Wäre ein Dornenstrauch etwa stolz darauf, dank seiner Anspruchslosigkeit in der Wüste oder in einem kargen Gebirge überleben zu können? Seine Wesenszüge betrachtete Raúl Almeida daher nicht als »männliche Tugenden«, wie es ein Bekannter aus der Stadt einmal formuliert hatte, sondern einfach nur als nützlich. Ohne sie wäre er in einem Land wie diesem verloren gewesen. Die Provinz Rio Grande do Sul, im äußersten Süden des jungen Kaiserreichs Brasilien, war riesig, wild und gefährlich. Es lebten nur wenige Menschen hier, die meisten von ihnen Gaúchos wie er. Weder in den Weiten der Pampa noch in den küstennahen Urwäldern konnte man sich Fehler erlauben. Unbedachtheit endete oft tödlich. Und weil Raúl diese Lektion bereits als Kind schmerzhaft hatte lernen müssen, ließ er sich niemals zu Dingen hinreißen, die mit dem Verstand allein nicht zu erklären gewesen wären.

Nur dieses eine Mal.

Warum zum Teufel hatte er das halbtote Mädchen mit nach Hause genommen? Wieso war er nicht einfach in die nächstgelegene Ortschaft geritten, um nach einem Arzt oder wenigstens einem Apotheker zu fragen? Weil, redete er sich ein, erstens sein Stadthaus nur unwesentlich weiter als das Dorf entfernt lag. Weil zweitens die Heilkünste seiner alten

Sklavin Teresa denen aller Ärzte vorzuziehen waren. Und weil drittens die Wahrscheinlichkeit, in dem kleinen armseligen Dorf einen Fachkundigen zu finden, ohnehin sehr gering war. Und dennoch. Hätte er das Mädchen einfach woanders abgeliefert, wäre er jetzt um eine Sorge ärmer. Was war nur in ihn gefahren? Seit wann hatte er solche unerklärlichen Anwandlungen von Nächstenliebe? War die Schwerverletzte etwa sein Problem?

Ja, gestand er sich ein. Jetzt war sie es.

Gestern war sie aus der Bewusstlosigkeit erwacht, wie Teresa ihm freudestrahlend mitteilte, kaum dass er aus São Pedro zurückgekehrt war. Noch immer war er in Gedanken bei den unverschämten Forderungen des Viehhändlers, den er getroffen hatte, so dass er die gute Neuigkeit zunächst achselzuckend hinnahm. Doch als er das Zimmer betrat, in dem sie die junge Frau untergebracht hatten, rückte diese Angelegenheit plötzlich wieder in den Vordergrund.

Die Patientin wirkte schläfrig. Sie sah ihn teilnahmslos unter halbgeöffneten Lidern an.

Raúl trat näher an das Bett heran. Selbst er, der sonst nie mehr als Gleichmut und Gelassenheit an den Tag legte, konnte nun seine Neugier nicht verhehlen. Er war aufs äußerste gespannt, was das Mädchen sagte, wie es sich fühlen und wie es sich benehmen würde. In den ersten Tagen hatten sie sie unermüdlich gepflegt, hatten ihr Zuckerwasser eingeträufelt und abwechselnd an ihrem Bett gewacht und gebetet. Tagelang hatten sie auf ein jugendliches Gesicht geblickt, das ebenso weiß war wie der Kopfverband, den sie dem Mädchen angelegt hatten. Die blauen Flecken und Schürfwunden hoben sich krass von dieser bleichen Haut ab. Und immer wieder waren sie von dem Gefühl übermannt worden, dass all ihre Bemühungen vielleicht umsonst waren. Würde ihre

Patientin die schweren Verletzungen überleben? Und wenn
ja – würde sie jemals wieder richtig gesund werden?

Raúl stand wie angewurzelt neben dem Bett. Er wusste
nicht recht, wie er sich verhalten sollte. Sanfte Gesten oder
freudige Ausrufe waren nicht sein Stil, schon gar nicht wild-
fremden Personen gegenüber. Er zwang sich zu einem kurzen
Lächeln, obwohl ihm wahrhaftig nicht danach zumute war.
Das Mädchen verzog keine Miene.

»Wie heißen Sie?«, fragte Raúl.

Das Mädchen blickte ihn erschrocken an. Ihre Augen
hatten eine graugrüne Farbe, wie er sie nie zuvor gesehen
hatte.

Es beschämte Raúl ein wenig, dass es ihm nicht gelang,
mehr Mitgefühl in seine Stimme zu legen. In einem so sachlichen Ton hätte er mit einem Fremden auf der Durchrei-
se oder mit einem Geschäftspartner reden können, aber
doch nicht mit einem verängstigten Mädchen, das gerade
aus der Bewusstlosigkeit erwacht war. Er wagte einen neuen
Versuch.

»Ich bin sehr froh, dass Sie aufgewacht sind. Wir haben
uns große Sorgen um Sie gemacht. Würden Sie mir freund-
licherweise sagen, wie Sie heißen und was Ihnen zugestoßen
ist?«

Diese Ansprache schien die junge Frau noch mehr zu irri-
tieren. Sie runzelte die Brauen.

Herrje, dachte Raúl, was hatte er sich da nur aufgehalst?

»Ich glaube nicht, dass sie antwortet«, sagte Teresa, die
gerade den Raum betrat. Sie trug ein Tablett, auf dem ein
Teller dampfender Suppe, etwas Brot sowie ein Becher Milch
angerichtet waren. »Sie hat seit gestern keine Silbe von sich
gegeben. Vielleicht hat sie ihre Stimme verloren. Aber vielleicht versteht sie uns auch einfach nicht. Sie erscheint mir

mehr wie eine von diesen Kolonisten. Nicht, dass ich je einen von denen zu Gesicht bekommen hätte. Aber sie sieht nicht so aus, als wäre sie von hier.«

Nein, das tat sie wirklich nicht. Sie war hellhäutig und weizenblond.

Aber nicht nur deshalb glaubte auch Raúl, dass es sich um eine Kolonistin handeln musste. Er hatte das Mädchen am Rio Paraíso gefunden. Der Paraíso war ein Nebenfluss des Rio dos Sinos, an dessen Ufer sich wiederum die ersten deutschen Einwanderer niedergelassen hatten. Sein Schützling kam mit hoher Wahrscheinlichkeit aus einer der »Colônias«, wie die Siedlungen der neuen Bewohner genannt wurden. Und wenn dem so war, dann sprach sie vermutlich kein Wort Portugiesisch. Diese Leute blieben meist unter sich.

Aber wie war sie dorthin, ans Ufer des Paraíso, gelangt? Der Ort, an dem Raúl das Mädchen entdeckt hatte, lag weit von der nächstgelegenen Siedlung entfernt. Und wie hatte sie sich ihre schweren Verletzungen zugezogen? Mit ihren geschundenen Knochen und ihrem angeschlagenen Schädel konnte sie unmöglich so weit geschwommen sein, wenn sie denn überhaupt schwimmen konnte, was er bezweifelte. War sie ins Wasser gestürzt und fortgeschwemmt worden? War sie dabei unglücklich mit dem Kopf aufgeschlagen? War sie zu einem Spielball der Fluten geworden, hin- und hergeworfen zwischen Felsen, treibenden Ästen und Baumwurzeln, die bis in den Fluss reichten? Nur: Hätte sie dann so weit kommen können?

Oder verhielt es sich vielmehr so, dass sie erst sehr viel näher an der Fundstelle ins Wasser gesprungen oder gefallen war? Aber warum sollte sie? Das Gebiet war undurchdringlicher Dschungel, da hatte eine junge weiße Frau nichts verloren. Hatte sie sich verirrt? War sie einem Puma begegnet, einer Schlange oder einem Indio auf der Jagd? Hatte sie sich in wilder Panik in den Rio Paraíso gestürzt, in der trügerischen Hoffnung, dies sei ihre einzige Rettung?

Nun, wie auch immer die Antworten lauten mochten, nur eine Person konnte sie ihm geben. Und diese war offensichtlich außerstande, zu reden.

Essen hingegen konnte sie, und das mit großem Appetit. Das Brot und die Suppe, mit denen Teresa das Mädchen gefüttert hatte, waren bereits vertilgt. Jetzt hielt seine Sklavin der Patientin das Glas Milch an die Lippen. Sie schlürfte es in einem Zug aus. Danach hatte sie einen Milchbart, und sie sah sehr jung damit aus.

»Wenn man dich so sieht, *menina*, könnte man meinen, du wärst keinen Tag älter als siebzehn«, sagte Teresa zu dem Mädchen und tupfte ihr gleich darauf die Lippen und das Kinn ab. »Und genau das denkt der Senhor Raúl auch. Aber du und ich, wir wissen es besser, nicht wahr?«

»Aber sieh sie dir doch an, Teresa! Ich bitte dich, dieses Mädchen ist nie im Leben dreiundzwanzig oder vierundzwanzig Jahre alt, so wie du behauptest.«

Die junge Frau zuckte zusammen.

»Was müssen Sie auch so laut werden? Das arme Ding hat sich erschreckt«, kommentierte Teresa überflüssigerweise.

Raúl hatte genug für heute. Er würde in den nächsten Tagen mal wieder nach dem Mädchen sehen, wenn es ansprechbarer wäre. Wortlos verließ er den Raum.

Die junge Frau war erleichtert, als der Mann das Zimmer verließ. Er hatte mürrisch dreingeblickt, aber selbst wenn er gelächelt hätte, wäre sein Aussehen finster gewesen. Dunkle Augen, beinahe schwarzes Haar, stark gebräunte Haut. Wer war er, dass er unrasiert, mit Schmutzrändern unter den Fin-

n und in unsauberer Kleidung – sehr merkwürdiger
obendrein – an ihr Krankenlager kam? Denn dass
war und in diesem Raum gesund gepflegt wurde, das
war ihr durchaus bewusst.

Leider war das aber auch alles, was sie bisher begriffen
hatte.

Wie konnte man nur vergessen, wer man war? Das war
doch nicht möglich! Doch sosehr sie ihr Gedächtnis auch
bemühte, sie kam immer wieder zu demselben Ergebnis: Sie
wusste nicht, wie sie hieß. Sie wusste nicht, wer sie war, wo
sie herkam oder wie sie in der Obhut der Negerin gelandet
war. Immerhin wusste sie noch, wie man atmete und aß und
trank. Sie konnte sehen, hören, schmecken und fühlen. Nur
mit dem Sprechen haperte es, doch das lag nicht am Verlust
ihrer Stimme. Diese war, gleich nachdem sie ihre Kehle be-
feuchtet hatte, wiedergekehrt – die junge Frau hatte das, als
sie sich unbeobachtet wusste, ausprobiert. Vielmehr hatte sie
Angst davor, zu reden. Was, wenn man sie ebenso wenig verstehen würde, wie sie diese Leute verstand? Was, wenn sie
Unsinn von sich gab? Wenn sie schon ihren eigenen Namen
nicht wusste, woher sollte sie dann wissen, ob »Bett« wirklich
Bett bedeutete, oder »Milch« Milch? Man würde sie für verrückt halten.

Allerdings würde man sie ebenfalls für verrückt halten,
wenn sie keinen Mucks von sich gab. Früher oder später
musste sie etwas sagen. Zwar sprach man hier offensichtlich
nicht ihre Sprache, aber vielleicht kannte man jemanden, der
übersetzen konnte. Trotzdem scheute die junge Frau davor
zurück, sich zu äußern – und je länger sie damit wartete, desto
schwieriger wurde es. Eine irrationale Angst machte sich in
ihrem Kopf breit, ganz so, als sei das Sprechen das Tor zur
echten Welt, zu einer Wirklichkeit, die sie nicht wahrhaben

wollte. Als würden die Dinge erst beginnen zu existieren, wenn man sie aussprach. Vielleicht war ihre echte Identität die einer Person, die sie überhaupt nicht leiden mochte. Und wenn sie etwas sagte, das diesen Leuten hier Aufschluss darüber gab, wer sie war, würde man sie dahin zurückschicken, woher sie kam. Und dort wären dann andere Menschen, die sich um sie kümmerten und die sie nicht wiedererkannte. Hatte sie Verwandte, einen Mann, Kinder? Würde sie sich an deren Namen erinnern? Nein. Und das wäre ungleich schlimmer, als von diesen Fremden – wenn es denn Fremde waren – angeschaut und behandelt zu werden wie ein dummes Kind. Das würde sie nicht verkraften und auch niemandem zumuten können. Jedenfalls nicht zum jetzigen Zeitpunkt.

Vielleicht würde es ihrem Gedächtnis auf die Sprünge helfen, wenn sie einmal in den Spiegel schaute. Aber der – ein kleines, halbblindes Ding – hing schief und für sie unerreichbar über der Kommode. Vom Bett aus sah sie nur die Rostflecken am Rand des emaillierten Wasserkrugs, die sich darin spiegelten. Aufstehen konnte sie noch nicht. Sie hatte es mehrfach versucht und vor Schmerzen vorzeitig aufgeben müssen. Wenn sie nun dieser Negerin – wie hieß sie noch gleich? – durch Zeichensprache zu verstehen gäbe, dass sie sich gern im Spiegel ansehen würde? Bestimmt würde die Frau, die einen netten Eindruck machte, ihr diesen Wunsch erfüllen.

Teresa verstand die Gesten ihrer Patientin sehr gut. Doch den Spiegel würde sie ihr gewiss nicht reichen. Das arme Kind würde sich ja vor seinem eigenen Anblick zu Tode gruseln! »Nein, nein, *menina*, für Eitelkeiten ist jetzt nicht die Zeit. Wenn du erst wiederhergestellt bist, kannst du dein Gesicht, das ohne die Wunden sicher sehr hübsch ist, den ganzen Tag bewundern.«

Die junge Frau stieß einen kleinen Seufzer aus. *Menina*, das hatte sie jetzt schon öfter gehört. Hieß sie so? Es klang schön, aber es löste nicht den Hauch einer Erinnerung aus.

Die Schwarze verließ das Zimmer mit dem Essenstablett und kam wenig später mit der Bettpfanne zurück. Obwohl sie sich jetzt bereits seit einigen Tagen dieser demütigenden Prozedur unterzogen hatte, war sie der jungen Frau noch immer peinlich. Bei so intimen Verrichtungen wollte sie keine Zeugen haben. Zugleich empfand sie ihre Scham als ein gutes Zeichen: Solange sie sich für derartige Dinge schämte, war sie immerhin noch nicht auf die Stufe eines Tieres gesunken. Es bedeutete, dass ein Teil ihres Gehirns durchaus funktionstüchtig war, dass sie sich, wenn auch nur passiv, an ihre Erziehung erinnern konnte. Sie wusste zwar nicht, wer sie diese Dinge gelehrt hatte – auch nicht wie, wann und wo –, aber die Inhalte dieser Lektionen waren ihr präsent. Man verrichtete sein Geschäft nun mal nicht vor anderen Leuten.

Und es gab sehr viel mehr Dinge in dieser Art. Etwa das Gefühl der Nichtsnutzigkeit, das sie immer überkam, wenn sie aufwachte und sich noch nicht orientiert hatte. In dem Moment, in dem sie die Augen aufschlug und die Helligkeit wahrnahm, in dem sie aber noch nicht begriffen hatte, dass sie an einem fremden Ort das Bett hütete, war ihre erste Empfindung immer die von Schuld. Trägheit und Faulheit waren schlimme Laster – das hatte man ihr offenbar so gut eingeimpft, dass sie sich dieser Lehre auch in ihrem derzeitigen Zustand entsann.

Die meisten Düfte und Gerüche konnte sie nicht nur den entsprechenden Dingen korrekt zuordnen, sondern sie manchmal sogar mit bestimmten Gefühlen verbinden. Der Milchreis hatte sie an irgendetwas Schönes erinnert. Die Hühnersuppe hatte ihr Trost gespendet, warum auch immer.

Andere Nahrungsmittel dagegen waren ihr unbekannt und schmeckten fremdartig, diese merkwürdige längliche, gebogene Frucht etwa, die gelb und süß war und eine mehlige Konsistenz hatte. Sie hätte schwören können, dass sie diese Frucht nie zuvor in ihrem Leben gekostet hatte, aber wie sicher konnte sie da sein? Womöglich war es ihre Lieblingsobstsorte gewesen.

Des Weiteren wusste die junge Frau mit Gewissheit, dass es Sommer war, ein extrem heißer Sommer, denn die Temperatur in ihrem Zimmer war unglaublich hoch. Richtig stickig war es, drückend und schwül. Die junge Frau schwitzte unter ihrer dünnen Bettdecke. Ihre Kopfhaut juckte wie verrückt, doch der Verband hinderte sie daran, sich zu kratzen.

Plötzlich flackerte ein Bild vor ihrem geistigen Auge auf, ganz kurz nur, blitzartig. Sie sah ein Mädchen, ein Sommergewitter, eine Scheune. Und sie spürte mit jeder Faser ihres Körpers, wie verschwitzt dieses Mädchen sich fühlte. Das war sie selber! Endlich! So flüchtig die Erscheinung auch gewesen sein mochte, es war ein Beginn. Die junge Frau schloss die Lider. Mit aller Macht versuchte sie, weitere Eindrücke und Bilder aus ihrer Vergangenheit heraufzubeschwören, aber es gelang ihr nicht. Das Einzige, was sie damit erreichte, war, dass sie fast ohnmächtig vor Schmerzen wurde. Sie musste sich ausruhen. Innerhalb weniger Sekunden döste sie ein.

Der Finsterling weckte sie, indem er mit einem Zettel unter ihrer Nase herumwedelte. Sie blickte darauf, glaubte, sich vertan zu haben, und schüttelte den Kopf. Der Mann sah hinüber zu der Schwarzen, die am Fenster stand und die Läden zuzog. In einem Ton, der unmissverständlich nach Triumph klang, äußerte er ein paar Worte. Dann schaute er der Patientin tief in die Augen, deutete auf das, was er auf den Zettel geschrieben hatte, und nickte. Sogar ein Lächeln gelang ihm. Er sah auf einmal gar nicht mehr so furchteinflößend aus.

Auf dem Zettel stand ein Datum: 16.3.1827. Und eine solche Zahlenfolge, so hatte Raúl richtig vermutet, musste auch eine Ausländerin verstehen können, sofern sie des Lesens mächtig war.

Die junge Frau starrte immer noch ungläubig auf die Zahlen. Wollte der Kerl sie auf den Arm nehmen? Und weil das Kopfschütteln einen neuerlichen Schub böser Schmerzen in ihrem Schädel ausgelöst hatte, blieb sie reglos liegen und flüsterte in ihrer Muttersprache vor sich hin: »Wie kann es im März so heiß sein?«

Teresa und Raúl stockte fast der Atem. Ratlos sahen sie einander an. Die Sprache hatte das Mädchen also schon einmal nicht verloren. »Aber was in aller Welt«, brachte Teresa es auf den Punkt, »hatte dieses grausame Gestammel zu bedeuten?«

4

Anfang März brach der Frühling aus. Das dachten wir jedenfalls. Die Krokusse bahnten sich ihren Weg durch eine Schneedecke, die innerhalb weniger Tage auf eine Dicke von nur noch einem Zentimeter zusammengeschrumpft war. An einem besonders geschützten Hang gab es sogar schon Weidenkätzchen. Ich schnitt ein paar Zweige davon ab und stellte sie in einen Krug in unserer guten Stube. Wir holten den Osterschmuck aus der Truhe – um neue Eier auszublasen und zu bemalen, waren die Lebensmittel zu rar – und hängten sie an die Zweige. Es war ein überaus freundlicher Anblick. Dazu wärmte die Sonne unsere Zimmer und unsere Herzen. Die Tage wurden wieder länger, und wir alle atmeten auf, dass der lange und harte Winter endlich überstanden war. Doch das milde Wetter hielt nur etwa eine Woche lang an. Dann begann es wieder zu schneien. Ein beißend kalter Wind rüttelte an den Schieferschindeln unseres Hauses, pfiff durch jede Ritze und brachte mich um den Verstand: Was, wenn ich zu meiner Erstkommunion den scheußlichen grauen Wollmantel tragen musste?

Ich war neun Jahre alt, und die heilige Kommunion war *das* Ereignis meines Lebens. Obwohl ich zu dieser Zeit sehr religiös war – vor allem wegen der anrührenden Heiligenbilder, die ich mit Lore austauschte –, lag der größte Reiz meiner Kommunion selbstverständlich in den Kleidern, die ich tragen würde. Wie eine Braut würde ich ausstaffiert werden: weiße Schuhe, weiße Strümpfe, weißes Kleid, weiße

29

Handschuhe, weißer Schleier. In den Händen würde ich eine riesige weiße Kerze halten, die von einer weißen Schleife und von weißen Blumen umrankt wäre. Ach, ich fieberte dem Ereignis entgegen wie keinem anderen in meinem Leben! Zwar musste ich Hildegards altes Kommunionkleid tragen, das diese wiederum von Ursula geerbt hatte, aber das empfand ich nicht als so schlimm. Es war noch immer ein wunderschönes Kleid – im Gegensatz zu manch anderen Kleidungsstücken, die ich auftragen musste. Und ich kannte es ja nicht anders. Es schien mir selber schon als unvorstellbare Verschwendung, dass meine Mutter mir jemals ein eigenes, neues Kleid nähen sollte. Das Einzige, was mich ernstlich bedrückte, war die Sorge, dass das Wetter bis zu dem großen Tag nicht besser würde. Der Mantel würde die ganze weiße Pracht zerstören. Lieber würde ich erfrieren, als meine schöne Kommunion mit diesem alten Ding zu ruinieren.

Meine Eitelkeit wäre eine von den Sünden gewesen, die ich dem Pfarrer hätte beichten können. Aber sie fiel mir schlicht nicht ein. Ich zermarterte mir das Hirn, was ich zu meiner ersten Beichte, die man vor der Erstkommunion ablegen musste, sagen sollte, doch mir kamen nur Dinge in den Sinn, von denen ich dem Pfarrer lieber nicht erzählen wollte. Meine Wut auf den Lehrer, weil er mir im Diktat eine schlechtere Note gegeben hatte als der Lise, obwohl ich sie doch von mir hatte abschreiben lassen; meinen Ärger auf Hildegard, die, nachdem Ursula geheiratet hatte, eine Kammer für sich bekam und alle hübschen Dinge aus unserem gemeinsamen Zimmer dahin mitnahm; und meinen täglich wachsenden Zorn auf Matthias, der nur dann über einen Funken Phantasie zu verfügen schien, wenn es darum ging, mich mit immer neuen Streichen zu piesacken.

Ich fragte Lore, was sie denn so beichten würde, und sie

hatte jede Menge gute Sünden parat: dass sie die Eltern nicht immer ehren würde, wie es ihnen gebührte, ja, dass sie sie sogar schon einmal angelogen hätte; dass sie manchmal während der Messe mit den Gedanken woanders wäre als bei den Worten des Pfarrers; und dass sie – das war mit Abstand die beste ihrer Sünden – dem Peter vom Nachbarhof schon einmal beim Wasserlassen zugesehen hätte und er ihr. Ich war beruhigt. Diese Dinge würde ich ebenfalls beichten. Nur würde aus dem Peter bei mir der Matthias werden. Dass ich ihn nicht freiwillig hatte zusehen lassen, musste ich ja nicht erwähnen.

Am Abend nach diesem Gespräch mit Lore belauschte ich zufällig meine Eltern, die sich über dasselbe Thema unterhielten. Ich wollte nicht wirklich lauschen, aber es ergab sich so. Es war äußerst selten, dass die Eltern spätabends noch allein beisammensaßen und redeten. Meistens waren sie von der schweren Arbeit des Tages so erschöpft, dass die Mutter nach dem Abendbrot nur noch die Küche aufräumte, dann den Vater aufweckte, der regelmäßig auf der Holzbank in der Stube einzudösen pflegte, und mit ihm zusammen ins Schlafzimmer ging. Um vier Uhr morgens wurde bei uns aufgestanden, im Winter um fünf.

An diesem Abend jedoch plagten mich schlimme Bauchschmerzen, vor Hunger, wie ich glaubte, so dass ich mich im Dunkeln in die Küche schleichen wollte, um einen Kanten Brot zu stibitzen. Die Tür zur Stube war geschlossen, unter dem Türspalt schien Licht hindurch. Das erschien mir so merkwürdig, dass ich stehen blieb und das Ohr an die Tür drückte. Es hätten sich ja auch Diebe in dem Raum befinden können, obwohl bei uns weiß Gott nichts zu holen war. Aber es waren die Eltern, und ihr Gespräch faszinierte mich so sehr, dass ich mich nicht von der Stelle rührte.

»Ich würde zu gerne Mäuschen spielen, wenn die Kinder ihre erste Beichte ablegen«, sagte die Mutter. Sie kicherte, und ich zuckte zusammen. Ich hatte sie schon lange nicht mehr kichern hören.

»Ach, was sollen die schon sagen?«, grummelte der Vater. »Dass sie die Eltern nicht gebührend ehren und dass sie während der Messe an etwas anderes denken als an die Werke unseres Herrn Jesus Christus.« Er lachte kurz auf. »Das habe ich dem Pfarrer damals erzählt. Weißt du noch, der alte Fischbach?«

Mutter lachte leise. »Der, der mit seiner Haushälterin …?«

»Hmm.« Das hieß bei Vater eindeutig »ja«.

»Sie sollten die Kinder erst so mit fünfzehn, sechzehn Jahren beichten lassen. Dann hätten sie wirklich etwas zu erzählen.«

»Ah? Sag bloß, du hättest mit fünfzehn schon sündige Gedanken gehabt?«

»Du nicht?« Wieder hörte ich Mutter kichern.

Hatten die Eltern heute Abend etwa von dem Aufgesetzten getrunken? Die Erfahrung hatte mich gelehrt, dass die Erwachsenen sich merkwürdig benahmen, sobald sie alkoholische Getränke genossen hatten. Und wovon sprachen sie überhaupt? Warum sollte man sündige Gedanken erst später haben sollen und noch nicht als Kind? Ich für meinen Teil hatte reichlich davon. Waren es etwa keine sündigen Gedanken, wenn ich mir den Tod von Matthias ausmalte, mir für Herrn Friedrich einen schrecklichen Unfall wünschte oder davon träumte, Hildegard eines Nachts all ihre schönen blonden Locken abzuschneiden? Für was hielten die Eltern uns Kinder?

»Manchmal«, sagte Vater, und ich brauchte einen Moment, um zu begreifen, dass das die Antwort auf Mutters Frage nach den »sündigen Gedanken« war.

»Und – hast du jetzt auch welche?«, fragte Mutter leise.

Die Antwort hörte ich nicht, doch ich vernahm Geraschel und Schritte. Blitzschnell verschwand ich in der Küche, versteckte mich im Vorratsschrank und hoffte, dass die beiden schnurstracks auf ihr Zimmer gingen. Mein Bauch tat inzwischen so weh, dass mir schwindlig wurde.

Ich hörte meine Eltern die Treppe hinaufgehen. Erleichtert huschte ich aus meinem Versteck. Ich stand im Dunkeln in der Küche, fror und knabberte an meinem Stück Brot. Danach spürte ich einen stechenden Schmerz in meinem Bauch und sank zu Boden. Ich muss unwillentlich einen Schrei oder ein Stöhnen von mir gegeben haben, denn wenig später kam Vater in die Küche. Er hob mich auf, dann fiel ich in Ohnmacht.

Was sich dann ereignete, weiß ich nur aus den Erzählungen meiner Eltern. Mein Vater sattelte unser einziges Pferd, während Mutter mich in dicke Decken packte. Bei Nacht und Nebel ritt mein Vater mit mir die weite Strecke nach Gemünden, wo es einen alten Arzt gab, der früher beim Militär gewesen war. Frühmorgens und unter widrigsten Umständen schnitt der Arzt meinen Bauch auf und befreite mich von meinem entzündeten Blinddarm.

Als ich aus der Narkose wieder zu mir kam, saßen meine Eltern mit besorgten Gesichtern an meinem Bett.

»Warum hast du denn nicht rechtzeitig etwas gesagt?«, wollte mein Vater wissen.

»Du musst doch Bauchweh gehabt haben«, sagte Mutter.

Natürlich hatte ich Bauchweh gehabt. Aber keines meiner Geschwister hatte sich je vor der Schule drücken können mit der Begründung, es habe Bauchschmerzen. Diese Art von Beschwerden wurde bei uns einfach ignoriert. »Da sitzt nur ein Furz quer«, pflegte mein Vater in solchen Fällen zu behaupten, und »ist nur der Hunger« meine Mutter. »Dann wird dir das Abendbrot umso besser schmecken.« Wer würde angesichts solcher Reden die Eltern noch mit Gejammer über Bauchweh behelligen wollen?

»Du hast Glück gehabt, dass der Feldarzt dich operiert hat. Der braucht kein vornehmes Hospital.«

Glück? Ich hatte wahnsinnige Schmerzen und fühlte mich elend wie nie zuvor in meinem Leben. Und warum sagten meine Eltern nicht mal etwas wirklich Nettes, anstatt so anklagend dreinzuschauen?

»In ein paar Tagen können Sie Ihre Tochter mit nach Hause nehmen«, sagte der Arzt. Ich war anscheinend in seinem Haus untergebracht, weil ich noch nicht reisefähig war. »Sie hat eine sehr robuste Natur, die Wunde heilt ausgesprochen gut. Trotzdem sollte sie auch daheim noch etwa zwei Wochen das Bett hüten.«

Ich riss vor Schreck die Augen weit auf. »Aber meine Kommunion?«

»Der liebe Gott lässt dich auch noch im nächsten Jahr deine Kommunion feiern. Danke ihm lieber dafür, dass du noch lebst.«

Was wussten die Erwachsenen schon davon? Im nächsten Jahr wäre Lore nicht dabei. Ich wäre das älteste unter lauter kleineren Kindern. Im nächsten Jahr … das war eine so gigantische Zeitspanne, dass ich sie mir nicht vorstellen konnte und wollte! Warum sollte ich irgendjemandem dafür danken, dass ich noch lebte, wenn das Leben mindestens ein Jahr lang absolut keinen Sinn mehr für mich hatte? Ich schluchzte leise.

»Sie braucht Ruhe«, sagte der Arzt. Damit scheuchte er meine Eltern aus dem Zimmer.

Mit fortschreitender Wundheilung hellte sich meine Stimmung deutlich auf. Ich mochte vielleicht bis zum Tag meiner Kommunion nicht genesen sein, dafür aber konnte ich fortan mit etwas aufwarten, das niemand sonst von meinen Freunden hatte: Nicht nur hatte ich eine Blinddarmoperation überlebt, nein, ich war sogar in Gemünden gewesen! Das Städtchen lag vielleicht fünfzehn Kilometer entfernt von Ahlweiler, aber für uns Dorfkinder war das eine schier unüberbrückbare Distanz. Wir stapften an jedem Schultag brav die insgesamt zehn Kilometer nach Hollbach und zurück, und für die meisten von uns war das die weiteste Strecke, die wir uns im Leben von unserem Dorf entfernt hatten.

Auch unsere Eltern hatten nicht viel vom Hunsrück gesehen, und erst recht nicht von anderen Regionen. In der Schule hatten wir Geschichten über den Rhein gehört, der nur fünfunddreißig Kilometer entfernt war, aber für uns hätte er genauso gut im Hottentottenland liegen können. Dasselbe galt für die Mosel, von der Ahlweiler etwa fünfzig Kilometer weit weg war. Wir hatten gelernt, dass an den Hängen von Rhein und Mosel Wein angebaut wurde, doch niemand konnte das so recht glauben. In unseren kühlen Höhen und auf unseren steinigen Äckern gediehen nur Kartoffeln prächtig, für die meisten anderen Feldfrüchte war es zu kalt. Wein! Da hätten sie uns auch gleich erzählen können, dass in den großen Flusstälern Zitronen und Apfelsinen wuchsen, Früchte, die keiner von uns je gesehen hatte.

Als ich wieder daheim in Ahlweiler war, erzählte ich also allen Leuten, die mich an meinem Krankenlager besuchen kamen, wie meine sagenhafte Reise nach Gemünden verlaufen war. Ich musste sehr viel dazuerfinden, denn eigentlich hatte ich von dem Städtchen kaum mehr gesehen als das Haus des Arztes. Aber die Gefahr, dass ich beim Flunkern erwischt wurde, war verschwindend gering. Ich plapperte also munter drauflos, berichtete von den schönen großen Fachwerkhäusern mit ihren kunstvollen Schiefergiebeln, von dem süßen Klang der Kirchenglocken und von den vollkommen andersgearteten Kleidern der Leute. Ich erfand vornehme Kutschen, adlige Jungfrauen und mutige Offiziere. Ich hatte ein enormes Vergnügen daran, meine Freunde neidisch zu machen – auch dies, nebenbei bemerkt, eine Sünde, die ich hätte beichten können und sollen – und mich damit über die ausgefallene Kommunion hinwegzutrösten. Es war eine Art Wendepunkt in meinem Leben, denn der Erfolg, den ich mit meinen Märchen hatte, bestärkte mich darin, künftig weniger wahrheitsliebend zu sein als bisher.

Wer wollte schon die Wahrheit hören, die doch meist trist und schäbig war? Die Menschen wollten sich an schönen Geschichten berauschen, an aufregenden Abenteuern, an phantastischen Begebenheiten. Wer geht nicht lieber in eine goldverzierte Kathedrale als in eine graue Backsteinkirche – abgesehen von evangelischen Leuten? Wer hört nicht lieber Märchen, in denen schöne, edle, fleißige Mädchen vorkommen, als Geschichten von dürren Kindern mit aufgeschlagenen Knien? Wer würde nicht lieber von verwegenen Rittern träumen als von schmalbrüstigen, lispelnden Burschen, die nach Kuhstall rochen? Mir selber erging es ja genauso, und je mehr ich im Laufe der Zeit die Wahrheit verdrehte, desto mehr glaubte ich selber an das, was ich da erzählte.

Vor allem glaubte ich, dass ich nicht war wie die anderen. Ich war schließlich sogar in Gemünden gewesen, oder etwa nicht? Und das schon mit neun Jahren. Wo würde ich erst hinkommen, wenn ich groß wäre? Ein Los wie das meiner Mutter und aller anderen Frauen, die ich kannte, würde mir erspart bleiben.

Mit zehn Jahren feierte ich meine Kommunion. Ich war

zwar das älteste, aber auch das hübscheste Mädchen, und von allen Kindern war ich dasjenige, das die Zeremonie am besten beherrschte. Ich wusste genau, wann man aufzustehen und wann zu knien hatte, wann man jenes Lied sang oder dieses Gebet sprach. Ich war sehr stolz auf mich und meine Darbietung, insbesondere auf die im Beichtstuhl. Ich hatte ein Jahr Zeit gehabt, mir Gedanken über glaubhafte Sünden zu machen, und ich denke, der Pfarrer war sehr angetan von meiner Beichtfreude.

Als ich elf war, musste Hildegard den Knecht der Kelbels heiraten, der fortan bei uns im Haus lebte und den ich anfangs nie beim Namen nennen konnte. Ich sprach ihn nur mit »Schwager« an. Ungefähr ein Jahr später, zu dem Zeitpunkt, da ich begann, mich an seinen Namen, Theo, zu gewöhnen, starb unsere Mutter. Auch das Kind, das sie erwartet hatte, überlebte die Geburt nicht. Ich hatte mich sehr auf ein kleines Geschwisterchen gefreut, doch nun hasste ich das arme tote Wesen dafür, dass es unsere Mutter auf dem Gewissen hatte. Vater grämte sich beinahe zu Tode, und bei uns zu Hause herrschte monatelang große Traurigkeit. Es war sehr schlimm für uns alle, doch das Leben musste ja weitergehen. Hildegard übernahm die Aufgaben und Pflichten der Mutter, und obwohl sie nun selber bereits mit dem zweiten Kind schwanger war, war sie von frühmorgens bis zum späten Abend auf den Beinen, um diesen großen Haushalt zu führen. Neben Großvater Franz, Tante Mechthild und Vater lebten noch vier meiner Geschwister zu Hause, zwei davon mit eigener Familie. Peter, der drittälteste meiner Brüder, hatte ebenfalls geheiratet und mit seiner Frau einen Sohn, den wir alle sehr liebhatten und verhätschelten. Und dann waren da noch Lukas und Matthias, Letzterer nicht mehr gar so ein Quälgeist wie früher. Jedenfalls nicht für mich – er konzentrierte sich jetzt auf seine Nichten und Neffen, die ihm vollkommen wehrlos ausgeliefert gewesen wären, wenn ich nicht ein Auge auf sie gehabt und sie verteidigt hätte.

Mit dreizehn fuhr ich nach Simmern. Ich sang im Chor unserer Kirche, und weil ich eine so schöne Stimme hatte, durfte ich, als eines Tages ein Bischof die Kreisstadt besuchte, mit anderen Kindern aus dem Hunsrück an einer Aufführung zu Ehren des hohen Gastes teilnehmen. Simmern war die größte Stadt weit und breit, sogar ein Schloss gab es dort, und nachdem ich ja bereits in Gemünden gewesen war, fühlte ich mich angesichts dieser weiteren »großen« Reise endgültig wie jemand, der für das Leben innerhalb der engen Grenzen einer Dorfgemeinschaft nicht geschaffen war.

Wieder übertrieb ich maßlos in meinen Erzählungen. Dass das Schloss in Wahrheit gar keines war, sondern einfach nur ein großer Verwaltungsbau, musste ich ja keinem verraten. Ich dichtete dem Gebäude goldene Zinnen und französische Lustgärten an, und die Leute in Ahlweiler hörten mir staunend zu.

»Du bist schon so weit herumgekommen«, sagte Hildegard eines Tages zu mir, »bestimmt packt dich eines Tages das Reisefieber. Dann sind wir dir nicht mehr gut genug, und du suchst dein Glück woanders.« Sie hatte dabei so einen Ton, als wollte sie mich foppen, aber ich verstand überhaupt nicht, was daran so komisch sein sollte. Selbstverständlich würde es so kommen.

Ich wusste, dass mir ein besseres Schicksal vorherbestimmt war.

5

Teresa war seit über dreißig Jahren im Dienst der Familie Almeida. Sie hatte Raúl auf die Welt geholt, das einzige Kind von Dona Ana Luisa und Senhor Carlos António. Sie hatte den tragischen Tod des jungen Ehepaares während eines Brandes miterlebt, und sie hatte den verwaisten Jungen seitdem nie wieder aus den Augen gelassen. Sie wich nicht von seiner Seite, weder als er von seiner Tante nach Porto Alegre geholt wurde noch als er für einige Jahre nach Rio de Janeiro gegangen war, um sich dort bei einem namhaften englischen Gelehrten in Ökonomie unterrichten zu lassen.

Längst war sie für den nunmehr 29-Jährigen zu einer Ersatzmutter geworden, auch wenn er sie weiterhin duzte und sie ihn mit »Senhor Raúl« ansprach. Das war nur eine Angewohnheit, die nichts an den Gefühlen änderte, die sie füreinander hegten. Denn dass Raúl sie ebenso sehr liebte wie sie ihn, davon war sie überzeugt. Als er ihr eines Tages eröffnet hatte, sie sei ein freier Mensch und könne hingehen, wohin es ihr beliebe, hatte sie ihm eine schallende Ohrfeige gegeben.

Ob sie auf dem Papier als Freie galt oder nicht, war ihr herzlich egal. »Senhor Raúl, bezeichnen Sie mich ruhig weiter als Ihre Sklavin. Das ist mir viel lieber, und es entspricht auch mehr den Tatsachen, als wenn Sie mich ›Haushälterin‹ nennen. Ich finde, das klingt so … unecht.« Raúl gab ihr insgeheim recht. So oder so: Teresas Status im Haushalt Almeida war unantastbar.

Als am 20. März 1827 die Zeitungen geliefert wurden – eine regionale sowie eine aus der Hauptstadt – dankte Teresa dem lieben Gott dafür, dass der Briefträger ausnahmsweise einmal so früh dran war. Sie wollte gerade die Scheiben der Vitrine im Salon polieren und hatte festgestellt, dass der Papiervorrat zu Ende ging, als sie aus dem Fenster den Postboten sah. Sie rief nach dem ihr untergeordneten Dienstmädchen und wies es an, die Post hereinzuholen.

Der neue Papierstapel kam ihr sehr gelegen. Sie hatte keinerlei Hemmungen oder Zweifel, ob sie sich an den Zeitungen vergreifen durfte, bevor Raúl sie in der Hand gehabt hatte. Sie kannte Raúls Lesegewohnheiten genau. Den Teil mit den Kleinanzeigen konnte sie guten Gewissens nehmen, den legte er immer als Erstes ungelesen zur Seite. An den Kulturteilen hatte er ein ähnlich geringes Interesse, die blätterte er bestenfalls kurz durch und überflog die Überschriften. Im Notfall würde sie also auch davon noch die eine oder andere Seite für ihre Reinigungsaktion stibitzen.

Teresa konnte weder lesen noch schreiben. Doch Raúl hatte ihr so oft Nachrichten vorgelesen, dass sie wusste, wie die einzelnen Teile aussahen beziehungsweise wo sie sich befanden. Die Annoncen waren gut daran zu erkennen, dass es sich um sehr viele kleine Notizen handelte, meist von einem schwarzen Rahmen begrenzt. Im Wirtschaftsteil waren immer Zahlenkolonnen abgedruckt, Politik befand sich auf den ersten Seiten, die Ergebnisse der Pferdewetten ziemlich weit hinten. Im Kulturteil der überregionalen Zeitung, des »Jornal do Comércio«, gab es immer eine Karikatur, deren Witz Teresa nie recht verstand, aber über die Raúl oft lauthals lachte, während im Kulturteil ihrer lokalen Zeitung, dem »Jornal da Tarde«, meistens Gedichte von Lesern abgedruckt waren, über die Raúl noch lauter lachte und die an ihrer äußeren

Form leicht zu erkennen waren. Es bestand also nicht die Gefahr, dass sie, Teresa, sich versehentlich eine Seite schnappte, die ihr Dienstherr vermissen würde.

Doch genau an diesem Tag hatte die junge Sklavin Aninha, die Teresa im Haus zur Hand ging, die Zeitungen beim Hereinholen so ungeschickt gegriffen, dass einige Seiten herausgefallen waren. Diese hatte das Mädchen dann schnell aufgehoben und wieder irgendwo in den Stapel geschoben. Sie ahnte nicht, dass sie damit die gewohnte Ordnung innerhalb der Zeitung durcheinanderbrachte.

Genauso wenig ahnte Teresa, dass sie die Vitrinenscheiben mit einer Seite der Lokalnachrichten säuberte – einer Seite, die normalerweise kaum Spannenderes bot als Nachrichten über die örtlichen Honoratioren oder Notizen über die zunehmende Anzahl von Unfällen mit Pferdekutschen.

Außer an diesem 20. März 1827.

6

*N*och immer war ihr Erinnerungsvermögen stark beeinträchtigt. Sie vergaß ständig alles, was man ihr sagte, und das war aufgrund der Verständigungsschwierigkeiten ohnehin wenig genug. Aber warum, verflucht noch mal, hatte sie schon wieder den Namen der Negerin vergessen? Und wie hatte sich noch einmal der düster dreinschauende Mann vorgestellt? Es gab nur zwei Dinge, an die die junge Frau sich sehr deutlich erinnerte: An ihren eigenen Namen, Menina. Und an das Datum, das der Mann ihr notiert hatte.

Sie glaubte weiterhin, dass man hier üble Späße auf ihre Kosten trieb. Es konnte nicht März sein. Es herrschten Temperaturen von annähernd 40 Grad – oder empfand sie es nur so, weil sie vielleicht fiebrig war? Nein, nein, draußen war ja auch alles üppig grün, wie im Hochsommer. Wie schon so oft in den letzten Tagen stand sie auf, um ans Fenster zu treten. Ihre Schwindelgefühle hatten deutlich nachgelassen. Ihr Kopf schmerzte zwar noch immer bei der geringfügigsten Bewegung, aber es war auszuhalten. Sie öffnete das Fenster und atmete tief ein. Die Luft war erfüllt von einem schweren, erdigen Duft, den sie als köstlich empfand. Es hatte in der Nacht zuvor heftig geregnet, und der von der Erde aufsteigende Dampf war so aufgeladen mit dem intensiven Geruch der Natur, dass sich ihr Herz verkrampfte. Was hatte das zu bedeuten? Machte der Duft sie glücklich? Oder löste er eine traurige Empfindung aus, die noch nicht in ihr Bewusstsein vorgedrungen war? Fest stand, dass der Duft an etwas in ihrem Innersten rührte. Ebenso fest stand, dass ihr der Anblick, der sich ihr von dem schlichten Schiebefenster aus bot, nicht fremder hätte vorkommen können.

Was waren das alles für merkwürdige Gewächse? Sträucher mit großen, fünfblättrigen roten Blüten; langgereckte Bäume mit flacher Krone, an deren Stämmen riesenhafte birnenförmige Früchte baumelten; Nadelhölzer, deren Äste sich in eigenartiger Geometrie über mehr als zehn Meter weit spannten? Außer dem Gras, das die Erde bedeckte, kannte sie keine dieser Pflanzen.

Die junge Frau kam sich vor wie in einem wirren Traum, der nach dem Aufwachen einen schalen Nachgeschmack hinterließ. Kein Alptraum, kein schöner Traum – einfach nur eine Aneinanderreihung von Bildern, die man nicht zuordnen konnte, in denen sich keine tiefere Bedeutung ausmachen ließ und die ein befremdliches Gefühl auslösten, das man bei der morgendlichen Körperreinigung mitsamt dem Schlaf in den Augen wegwusch.

Die junge Frau zog das Fenster wieder herunter und klappte die Innenläden gerade so weit zu, dass noch ein wenig Licht hereinkam. In den vergangenen Tagen hatte sie gelernt, dass die Sonne den kleinen Raum auf ein unerträgliches Maß aufheizen würde, wenn man sie nicht aussperrte. Dann zog sie sich die Kleidung an, die die Schwarze ihr auf der Kommode zurechtgelegt hatte. Waren das ihre eigenen Kleidungsstücke? Oder woher stammten sie? Wenn eine andere Frau mit einer ähnlichen Statur wie der ihren hier leben würde, hätte sie sie doch bestimmt einmal gesehen. Oder hatte man die Kleidung eigens für sie gekauft? Denkbar war es, denn die Leibwäsche war strahlend weiß und nirgends geflickt, und das Kleid war aus einem so steif gewebten Baumwollstoff, dass es nagelneu sein musste.

Als sie angekleidet war, trat sie vor das Spiegelchen und griff nach der Bürste, die ihr die Schwarze vor einigen Tagen ohne Kommentar gereicht hatte. Gedankenverloren strich sie damit über ihr helles Haar, bis es glänzte und seidig über ihren Rücken herabfiel. Dann teilte sie ihr Haar in der Mitte, um es zu Zöpfen zu flechten. Erst als sie beim ersten Zopf unten angekommen war, wo er sich so weit verjüngte, dass er nun mit einem Band hätte verschlossen werden müssen, stutzte sie. Welcher Instinkt oder Reflex hatte ihr nun wieder diese Frisur eingegeben? Pflegte sie ihr Haar immer zu Zöpfen geflochten zu tragen?

Sie löste den ersten Zopf wieder auf, was er ohne Band früher oder später auch von allein getan hätte. Sie schüttelte den Kopf, ganz kurz nur, denn schlagartig überfielen sie wieder die bösen Schmerzen und ein leichter Schwindel. Sie setzte sich auf die Bettkante, wartete, bis die Beschwerden abgeklungen waren, und verließ leise ihr Zimmer.

Es war Raúl klar, dass er etwas unternehmen musste. Er hatte nie vorgehabt, sich so lange in Porto Alegre aufzuhalten. Aus Erfahrung wusste er, dass selbst der fähigste Verwalter nicht die Abwesenheit des Gutsbesitzers wettmachen konnte. Auf seiner *estância* bei Santa Margarida, fast zweihundert Meilen landeinwärts, würde es drunter und drüber gehen, wenn er zu lange fortblieb. Außerdem hatte er allmählich genug von der Stadt – er sehnte sich nach der Abgeschiedenheit seines Hofs, nach der endlosen Weite seiner Weiden, nach dem staubigen Duft von Heu und der von Tausenden von Rinderhufen aufgewühlten Erde.

Wenn nur dieses Mädchen nicht wäre!

Sie hatte erstaunliche Fortschritte gemacht, wenn Raúl den Schilderungen Teresas Glauben schenken durfte. Er selber hatte die Patientin kaum je zu Gesicht bekommen. So hatte Teresa mit stolzgeschwellter Brust berichtet, dass ihr selbstbereiteter Sud aus Nelken, Zitronenschalen und Hühnerkrallen dem Mädchen einen allerliebsten rosigen Teint verliehen und dass ihre Salbe aus zerstoßenen Umbú-Blättern, Rindertalg und Kakteenextrakt ganz wesentlich zur schnellen Heilung der Schürfwunden beigetragen habe. Raúl hatte die Wirkung von Teresas Medizin einst am eigenen Leibe beobachten können. Was ihren Tinkturen, Pomaden und Säften an nachweislicher Wirksamkeit fehlen mochte, das machten sie durch ihren ekelhaften Geschmack oder Geruch wett: Er war schon allein deshalb immer rasch genesen, um nicht länger diese scheußlichen Mittel einnehmen zu müssen.

Jetzt, da das Mädchen also auf dem Weg der Besserung war, musste irgendetwas passieren. Dass er sich zum Sklaven der Umstände machen ließ und noch länger in Porto Alegre blieb, kam nicht in Frage. Und nach Santa Margarida konnte er sie auf keinen Fall mitnehmen. Es nützte nichts: Er würde sie den Behörden übergeben müssen. Sollten die sich doch damit herumplagen, ihre Identität zu entschlüsseln und sie wieder nach Hause zu bringen. Er jedenfalls hatte mehr als seine Pflicht getan, indem er ihr das Leben gerettet hatte. Einmal nur würde er seine Abneigung gegen Amtsstuben, Polizeiwachen und jede Art von Obrigkeit überwinden müssen, und dann wäre er endlich wieder frei von dieser lästigen Art der Verantwortung.

Kaum hatte er diesen Entschluss gefasst, sattelte Raúl auch schon sein Pferd und machte sich auf den Weg. Das Zentrum der Stadt lag einen zwanzigminütigen Ritt von seinem Haus entfernt, demselben, in dem er viele Jahre mit seiner schrulligen Tante Guilhermina verbracht und die es ihm mangels eigenen Nachwuchses vererbt hatte. Es war ein hübsches kleines Anwesen, doch so nett er es hier auch fand, so würde er doch niemals wirklich heimisch werden in dieser Umgebung. Eine von prachtvollen Flamboyant-Bäumen gesäumte Pflasterstraße, gepflegte Häuser, rechtschaffene Bürger der gehobenen Gesellschaftsschicht, glückliche Familien – das war alles gut und schön. Aber nicht seine Welt.

Was ihn in regelmäßigen Abständen nach Porto Alegre lockte, der Hauptstadt der südlichsten Provinz Brasiliens, waren vorwiegend kaufmännische und juristische Angelegenheiten. Er wickelte mit seiner Bank Aktien- oder Devisengeschäfte ab, die den Direktor der einzigen Bank in Santa Margarida eindeutig überfordert hätten. Er musste sich gelegentlich mit seinem Anwalt treffen, den er mit der Verwaltung des Hauses sowie anderer Immobilien und Ländereien beauftragt hatte. Weiterhin musste er zahlreiche Dinge besorgen, die weder in der näheren noch in der weiteren Umgebung seiner *estância* zu finden waren, bestimmte Bücher etwa oder importierte Feinkostwaren. Diesmal musste er außerdem einen Juwelier aufsuchen, der seine Taschenuhr, ein Erbstück seines Vaters, reparierte. Unter den Dingen, die es in Santa Margarida nicht gab, gehörte ebenfalls anspruchsvolle Zerstreuung. Nicht dass er gehobene kulturelle Veranstaltungen auf dem Land besonders vermisste – aber wenn sie sich ihm darboten, genoss er sie. Er ging gern ins Theater und zu Konzerten oder sah sich Kunstausstellungen an.

Wenn Raúl in der Stadt war, besuchte er außerdem häufig vornehme Kaffeehäuser, in denen verschiedene fremdsprachige Zeitungen auslagen, und labte sich an Kaffees und Kuchen, wie man sie in dieser Qualität in Santa Margarida nicht bekam, jedenfalls nicht in öffentlichen Lokalen. Am liebsten aber hielt er sich an den Hafenkais auf. Der Sonnenuntergang über dem Rio Guaíba war unvergleichlich schön, und die Luft hatte einen leichten Meeresduft, obwohl Porto Alegre doch noch gute siebzig Meilen von der Atlantikküste entfernt war.

Wegen der zum Teil sehr steilen Hügel, über die Porto Alegre und seine Außenbezirke sich erstreckten, ritt Raúl in gemächlichem Tempo. Er wollte nicht verschwitzt im Zentrum ankommen und sich den Beamten in derangiertem Zustand präsentieren. Diese Kerle nahmen einen nun einmal ernster, wenn man nach Wohlstand aussah und in jeder Hinsicht kühl blieb. Als er vor dem Polizeipräsidium ankam, schwang er sich geschmeidig aus dem Sattel, nahm ein Taschentuch aus der Tasche und wischte damit den Staub von seinen Stiefeln. Schmutzige Schuhe, die Erfahrung hatte er einmal gemacht, waren etwas, worauf Beamte besonders empfindlich reagierten, ganz so, als sei es ein willentlich herbeigeführtes Zeichen der Missachtung ihrer Amtsgewalt. Gerade als Raúl wieder aufrecht stand und sein Taschentuch verstaute, hielt eine Kutsche neben ihm an. Der Kutscher hatte so abrupt gehalten, dass eine Staubwolke aufstob. Raúl betrachtete verärgert seine Stiefel, auf die sich nun eine neue, hauchfeine Schicht Schmutz legte.

»Was zum Teufel …«, setzte er an, doch da wurde er auch schon von dem Fahrgast der Kutsche unterbrochen.

»Raúl Almeida de Vasconcelos! Wie schön, dass Sie Porto Alegre mal wieder besuchen!«

»Oh, äh … sehr erfreut, Sie zu sehen, liebe Senhorita Josefina«, brachte Raúl in einem Ton hervor, der nicht sonderlich erfreut klang. In Gedanken war er noch bei seiner Schuhreinigung, die völlig für die Katz gewesen war.

»Was führt Sie hierher? Wie lange sind Sie schon in der Stadt?« Josefina bedachte Raúl mit einem Blick, den sie wohl für unschuldig hielt.

Raúl, dessen Verärgerung sich so schnell gelegt hatte,

wie sie gekommen war, antwortete lächelnd: »Ich bin wegen
behördlicher Angelegenheiten hier. Nichts, womit ich eine
Dame wie Sie belästigen möchte.« Wie lange er bereits in
der Stadt war, behielt er wohlweislich für sich – die schöne
Josefina könnte es ihm übelnehmen, dass er sich nicht bei ihr
gemeldet hatte.

»Ach ja, der Amtsschimmel …«, seufzte sie. Raúl war sich
sicher, dass die junge Frau in ihrem ganzen Leben nie in die
Verlegenheit gekommen war, sich näher mit Bürokraten zu
beschäftigen, weder in offizieller noch in privater Mission.
Sie war die Tochter eines sehr vermögenden Aristokraten,
der seinen Titel, Barão de Santa Maria das Luzes, dem Umstand verdankte, dass er einst mit dem jetzigen Kaiser gezecht
hatte. Seinen Reichtum indes verdankte er seiner Frau, der
Tochter eines Sklavenhändlers.

»Bestimmt«, fuhr Josefina fort, »sind diese Angelegenheiten nicht so dringend, als dass sie nicht noch ein wenig
aufgeschoben werden könnten? Ich finde, unser zufälliges
Wiedersehen verdient zumindest ein Tässchen Schokolade in
der Confeitaria Portuguesa.« Sie zwinkerte Raúl kokett zu.

Der ließ sich bereitwillig von seinem unerfreulichen
Behördengang ablenken. Warum nicht ein wenig mit der
hübschen Senhorita plaudern? Nach einem Tässchen Schokolade stand ihm zwar nicht der Sinn, lieber hätte er seinen
chimarrão, den bitteren Matetee, genossen, aber es konnte ja
nicht schaden, sich ein bisschen becircen zu lassen. Er hatte
schon viel zu lange nicht mehr die Gesellschaft einer hübschen Frau genossen.

»Das ist wahr«, erwiderte er also. »Am besten fahren Sie
voran, ich folge Ihnen mit meinem Pferd.«

Es war nicht weit zu dem Kaffeehaus, das Josefina vor-
geschlagen hatte. Es befand sich in unmittelbarer Nähe der

Praça da Alfândega, auf der an diesem sonnigen Nachmittag zahlreiche Menschen flanierten. Sie fanden einen Tisch am Fenster, von dem aus sie einen wunderbaren Ausblick auf das Treiben draußen auf dem Platz hatten. Doch den hätten sie gar nicht gebraucht. Josefina löste ihre Augen keine Sekunde von Raúl, der wiederum nicht unhöflich erscheinen wollte und ihre Blicke erwiderte.

»So, und nun müssen Sie mir erklären, warum Sie sich noch nicht bei mir gemeldet haben«, forderte Josefina mit neckischem Unterton, der nicht über den Ernst ihrer Frage hinwegtäuschen konnte.

»Oh, das hätte ich ganz sicher in Kürze getan. Erst die Arbeit, dann das Vergnügen, nicht wahr, meine liebe Josefina?« Raúl war unaufgefordert zu der vertraulicheren Anrede übergegangen und hatte das formelle *Senhorita* vor dem Namen einfach weggelassen. Die Verwendung ihrer Vornamen schuf eine Vertraulichkeit, wie sie noch gar nicht entstanden war. Wahrscheinlich, dachte er, hielt die junge Dame ihn ohnehin für einen Tölpel vom Lande. Dabei hatte er nur von der eigentlichen Frage ablenken wollen. Ihr zu gestehen, dass er sich bereits seit zwei Wochen in Porto Alegre aufhielt, hätte sie bestimmt gekränkt.

»Ja, Raúl, wem sagen Sie das?« So konnte man sich täuschen. Josefina hatte ebenfalls freimütig den *Senhor* unter den Tisch fallenlassen. »Ich selber weiß auch schon nicht mehr, wo mir vor lauter Verpflichtungen der Kopf steht.«

Raúl hob zweifelnd eine Augenbraue.

»Das mag Ihnen merkwürdig vorkommen, aber als Tochter aus gutem Hause hat man jede Menge blödsinniger Dinge zu tun. Sie können sich gar nicht vorstellen, mit wie vielen langweiligen Leuten ich mich den lieben langen Tag abgeben muss. Außerdem muss ich mich regelmäßig im Theater blicken lassen, Klavierstunden nehmen und derlei Dinge mehr. Dann die leidigen Gänge zu Schneiderin, Hutmacherin, Schuhmacher …«

»Ein schweres Los.« Trockener hätte Raúl es nicht hervorbringen können.

»Sie machen sich über mich lustig!«, rief Josefina in gespielter Empörung.

»Aber keineswegs. Ich finde Sie äußerst amüsant.«

»So alberne Geschöpfe wie mich findet man draußen in der Pampa wohl nicht so häufig?«

»Ich bitte Sie, Josefina! Was man in Santa Margarida kaum findet, sind hübsche Damen in so exquisiter Garderobe wie der Ihren. Ein bezaubernder Anblick.«

Josefina schlug die Augen nieder, als sei sie zu bescheiden, ein solches Kompliment annehmen zu können. Dann überlegte sie es sich offenbar anders, rückte ihren neuen grünen Hut zurecht und sah Raúl mit blitzenden Augen an. »Das ist das allerneueste Pariser Modell. Ich bin froh, dass er Ihnen gefällt. Bei manchen Modellen, die aus der Alten Welt kommen, weiß man ja nicht so recht, ob sie auch wirklich gut aussehen, besonders wenn die jeweilige Mode sich hierzulande noch nicht durchgesetzt hat.«

»Ich bin sicher, dass Sie zu den Damen gehören, die das Potenzial haben, eine eigene Mode einzuführen, ganz gleich, was gerade in Paris en vogue ist.« Tatsächlich fand Raúl den Hut ganz und gar nicht schön. Er hatte einen enormen Durchmesser und war sehr flach. Er sah aus wie ein großer Teller – eine Platte, die mit opulenten, blumigen Gebilden überladen war. Dennoch glaubte er an das, was er Josefina gegenüber gerade behauptet hatte. Wahrscheinlich würden in Kürze zahlreiche Damen der Gesellschaft in Porto Alegre mit solchen Ungetümen herumlaufen.

»Sie Schmeichler! So, und nun lassen Sie uns aufhören, über mich zu reden – das tun ja schon alle Mauerblümchen der Stadt. Wie geht es Ihnen? Ach, was frage ich, man sieht Ihnen an, dass alles zum Besten steht. Wie lange bleiben Sie noch? Ich wünsche Ihnen zwar, dass Sie Ihre zweifellos ärgerlichen amtlichen Angelegenheiten schnell und reibungslos erledigen, aber wenn es zu Verzögerungen käme, wäre mir das gar nicht unrecht. Ja, sagen Sie es nicht, ich gestehe schon: Ich bin allzu selbstsüchtig.«

In diesem Stil plapperte Josefina noch eine geschlagene Stunde vor sich hin. Der Gegenstand ihrer Ausführungen war meist sie selber. Aber das störte Raúl nicht besonders. Er sprach ohnehin nicht gern über sich. So konnte er sich einfach zurücklehnen, sich von einer hellen, angenehmen Stimme berieseln lassen und sich bei den erzählten Belanglosigkeiten, die Josefinas Tagesablauf kennzeichneten, entspannen.

Als beide beschlossen aufzubrechen, zog bereits die Abenddämmerung herauf. Allein daran erkannte Raúl, dass das Polizeipräsidium geschlossen haben musste. Er schwang sich auf sein Pferd, winkte Josefina zum Abschied zu und ritt hinaus aus dem Stadtzentrum. An einer der normalen Wachen, die sicher noch geöffnet hatten, wollte er sein Anliegen gar nicht erst vortragen. Die dortigen Beamten waren für Unruhestifter, Diebe, Straßenmädchen und Trunkenbolde zuständig. Bei der Lösung seines Problems erwartete er sich von ihnen keine Hilfe.

Je näher er seinem Haus kam, desto mehr machte die gelöste Stimmung, in die das Treffen mit Josefina ihn versetzt hatte, einer gereizten Anspannung Platz. Teufel auch, jetzt konnte er erneut in die Stadt reiten und das Auffinden dieses Mädchens melden, das wahrscheinlich deutscher Herkunft, über das darüber hinaus aber so gut wie nichts bekannt war.

Seine Rückkehr nach Santa Margarida würde sich damit weiter verzögern.

Es war dunkel, als er zu Hause ankam. Er übergab das Pferd dem Stallsklaven, dann betrat er durch den Hintereingang den Nutztrakt. Er streifte seine Stiefel ab, schlüpfte in ein Paar Hausschuhe und ging Richtung Küche. Er hatte einen mörderischen Durst nach all der Schokolade und den Likören, die Josefina ihm aufgezwungen hatte. Schon im Flur hörte er die Stimmen zweier Frauen. Eine davon gehörte unverkennbar Teresa, die fluchte. Es wunderte ihn überhaupt nicht, denn sie fand immer einen Anlass zum Fluchen. Vermutlich war ihr einfach nur etwas übergekocht. Die andere Stimme untermalte das Ganze mit einem weichen Singsang. War das das Mädchen? Hatte es seine Erinnerung wiedergefunden? Ah, dem Himmel sei Dank!

Doch als Raúl die Küche betrat, zunächst von den beiden Frauen unbemerkt, stellte er fest, dass sein Schützling nur eine Melodie summte. Sie hörte sofort damit auf, als sie ihn sah. Ohne aufzusehen, sagte Teresa: »Komm schon, *menina*, mach weiter, das war sehr hübsch.«

»Ja, das war es wirklich«, sagte Raúl.

Teresa ließ vor Schreck fast eine Rührschüssel fallen, als sie die Anwesenheit Raúls bemerkte, und das Mädchen trat unbewusst einen Schritt zurück. Es starrte Raúl an, als handele es sich bei ihm um einen Einbrecher.

»Einen schönen Empfang bereitet ihr zwei mir«, beschwerte er sich. Seine Laune war auf den Nullpunkt gesunken. Jetzt musste er sich schon in seinem eigenen Haus fühlen wie ein unerwünschter Eindringling.

»Haben Sie sich doch nicht so, Senhor Raúl«, beschwichtigte Teresa. »Die Kleine kann Sie ja nicht verstehen, und Ihr Gesichtsausdruck ist wirklich zum Fürchten. Außerdem müssen Sie sich ja auch nicht so anschleichen – fast wie ein Indio, so leise.« Sie machte eine schwungvolle Drehung und wies auf den Backofen. »Aber gleich gibt es ganz frisches, warmes Brot, das Sie doch so gerne essen. Hm, stellen Sie sich nur vor, wie die Butter darauf zerläuft …«

Raúl grinste. Ja, darauf freute er sich. Der Duft in der Küche ließ ihm bereits das Wasser im Mund zusammenlaufen. Es gab doch kaum etwas Köstlicheres als frisch gebackenes Brot.

7

Ich ging gern zum Backhaus unseres Dorfes – zum »Backes«, wie wir es nannten. Das Aroma von frisch gebackenem Brot gehörte zu den verführerischsten Düften, die ich kannte, was allerdings nicht viele waren. Der von Flieder im Mai, der von den Rosen des Pfarrhauses in Hollbach im Juli, der von Mutters Pflaumenkuchen im September – und natürlich der von Zimt und Nelken im Advent.

Der köstliche Geruch war aber nicht der Hauptgrund dafür, warum ich immer freiwillig zum Backes ging. Es war vielmehr so, dass ich jede Gelegenheit nutzte, um von unserem Hof wegzukommen und mich den Augen der Burschen im Dorf darzubieten. Ich genoss es, wenn sie mir nachsahen. Ich fühlte mich wie eine Prinzessin, schön und anmutig und in feinstes Tuch gehüllt. Dass ich verblichene Kleider trug und von der vielen Arbeit im Freien eine ganz und gar unvornehme Bräune hatte, die sich vor meinem hellblonden Haar nur noch dunkler abhob, tat meiner Selbsttäuschung keinen Abbruch.

Ich war vierzehn Jahre alt und rein körperlich betrachtet längst kein Kind mehr. Ich hatte vor zwei Jahren meine Periode bekommen und hatte voll entwickelte Brüste, leider, denn sie waren nur von mittlerer Größe und machten auch keine Anstalten, weiter zu wachsen. Aber den Männern schien mein Körper zu gefallen, und das wiederum gefiel mir. Dass ich hübsch war und eine ansprechende Figur hatte, bestätigten mir auch die missgünstigen Blicke, mit denen mich die eine oder andere Matrone im Backes bedachte.

Damit, dass Schusters Friede mich nicht leiden mochte, weil ich viel zu gut für ihren krummbeinigen Sohn war, konnte ich leben.

Mit der Ilse Schmidt dagegen musste ich mich gutstellen. Ihr Sohn, Michel, war mein großer Schwarm, und ich malte mir manchmal aus, wie es wäre, wenn wir verheiratet wären. In diesen Tagträumen war es immer Sommer. Wir hatten nur Freude und waren allseits beliebt. Wir gingen fleißig und wohlgemut unserer Arbeit nach, er der seinen als Schmied, ich der als Hausfrau und Mutter von vielen bildschönen Kindern. Wir hatten immer genug zu essen und mussten nie frieren. Abends in der Stube wurden bei uns Geschichten erzählt, oder es wurde gemeinsam gesungen. An manchen Tagen saß ich still und zufrieden an meiner Handarbeit, während Michel sich im Schaukelstuhl zurücklehnte und eine Pfeife genoss. Ja, das wäre schön ... Der einzige Haken an dieser himmlischen Vision war, dass der Michel mich gar nicht wahrzunehmen schien. Wahrscheinlich hatte er nur Böses über mich gehört, denn er war der beste Freund von Matthias.

Meine Schwärmerei für Michel wich schon wenige Wochen später einer neuen ewigen Liebe. Wilfried war drei Jahre älter als ich und allein dadurch anbetungswürdig. Er war praktisch schon ein Mann, und anders als im Umgang mit den Jungen in meiner Altersklasse bekam ich bei ihm vor lauter Respekt feuchte Hände und Herzklopfen. Dass er garstige Pickel im Gesicht hatte, störte mich dabei nicht im Geringsten. Allerdings hörte ich schon am 1. Mai auf, ihn anzuhimmeln. Unter dem Maibaum nämlich hatte er den Arm um mich gelegt und mich, als gerade keiner hinsah, geküsst, aber er machte es nicht ruhig, seine Zunge in meinem Mund fühlte sich nicht wirklich gut an. Genauer gesagt, sie entsetzte mich. Ich hielt Wilfried fortan für einen Perversen und sprach nie wieder mit ihm. Noch wochenlang nach diesem unschönen Vorkommnis hatte ich panische Angst davor, schwanger zu sein.

Seit Hildegard verheiratet war, weil sie mit dem Kelbelschen Knecht »in die Büsche« gegangen war, was auch immer das bedeuten mochte, war ihre größte Sorge, dass mir etwas Ähnliches widerfahren würde. Immer wieder hatte sie mir ins Gewissen geredet, ich solle mich nur ja nicht küssen oder gar berühren lassen, bevor ich verheiratet war. Und so war ich fest davon überzeugt, dass alles, was über Blickkontakt mit einem Burschen hinausging, zu einer Schwangerschaft führen musste.

Die Tatsache, dass wir Landwirtschaft betrieben, hatte keinerlei Einfluss auf meine Aufklärung. Was die Schweine trieben, war eine Sache, was die Menschen, eine vollkommen andere. Auch die große Zahl älterer Geschwister nützte mir wenig. Keiner von ihnen hatte je offen mit mir über diese Themen geredet. Matthias und meine anderen Brüder rissen derbe Späße, die ich nicht verstand. Und die Frauen in meiner Familie – Ursula, Hildegard und Tante Mechthild – waren zu schamhaft, um die Dinge beim Namen zu nennen. Sie ergingen sich in Andeutungen, die mir die ganze Sache mit dem Kinderkriegen noch rätselhafter erscheinen ließ.

Man warnte mich eindringlich vor der Kirmes. Dort, so schien es, gedieh die Unkeuschheit aufs prächtigste. Ich war mein Leben lang jeden Juli zur »Kerb« gegangen, und bisher hatte ich dort nichts anderes erlebt als ungetrübtes Vergnügen. Ich hatte schon oft auf dem Holzboden, der unter der Linde aufgebaut worden war, getanzt, meist mit meinem Vater oder einem meiner Brüder, und in jedem Jahr schlug ich mir den Bauch mit allerlei Leckereien voll, für die ich meine mühsam ersparten Groschen ausgab – ich handarbeitete sehr gefällig und übernahm manchmal Aufträge von der alten Agnes, die mit ihren arthritischen Fingern nicht mehr gut stricken, häkeln und sticken konnte, wofür sie mich meist mit Lebensmitteln, manchmal aber eben auch mit ein paar Münzen bezahlte. Diese Kirmes also, die alljährlich den Höhepunkt des gesellschaftlichen Lebens in Ahlweiler darstellte, sollte in irgendeiner Weise gefährlich sein? Was für ein Unsinn. Die Kerb war lustig. Und vollkommen harmlos.

Zugegeben, in diesem Jahr war die Kirmes anders als früher. Ich war sehr aufgeregt, weil ich erstmals ein langes Kleid und eine Haube tragen durfte wie die erwachsenen Frauen. Auch durfte ich länger bleiben. Das Beste aber war, dass der Vater nicht mitkam. Ich war nur in Begleitung meiner Geschwister dort, und obwohl einige von diesen beinahe ebenso viel Autorität besaßen wie der Vater, war es doch etwas anderes. Neben Lore zum Beispiel, die mit Vater und Mutter bei der Kirmes war, fühlte ich mich sehr reif und erwachsen.

Der Joseph war der Erste, der mich zum Tanz aufforderte. Ich nahm an, obwohl ich ihn nicht besonders gut leiden mochte. Er war zwei Jahre älter als ich und mit meinem Bruder Johannes befreundet, aber er war abgrundtief hässlich. Danach bat der Hannes mich zum Tanz, den ich ebenfalls durch meinen Bruder kannte. Hannes tanzte nicht schlecht, es bereitete mir großes Vergnügen, mich von ihm herumwirbeln zu lassen. Dennoch beließ ich es bei dem einen Tanz, denn ich fand den Hannes zwar ganz nett, aber lange nicht so schmuck wie den Michel. Den hatte ich ja schon früher einmal angehimmelt, und jetzt schien meine Schwärmerei erwidert zu werden, was wiederum meine Leidenschaft sehr beflügelte. Dass der Michel der beste Freund von Matthias war, tat der gegenseitigen Zuneigung, anders als noch vor kurzem, keinerlei Abbruch.

Wir tanzten, bis uns die Füße weh taten. Michel hatte offenbar nicht das geringste Interesse daran, mit seinem besten Kumpan – meinem verhassten Bruder – etwas zu unternehmen. Er genoss meine Gesellschaft wie ich die seine. Verschwitzt und erschöpft von dem vielen Tanzen schlenderten wir zu einer Bude, an der es Starkbier gab. Michel wollte mir ein Glas spendieren, aber das erschien mir dann doch zu gewagt.

»Jesses, Michel, ich darf doch keinen Alkohol trinken!«

»Wer sagt das?«

»Na – alle. Das darf man erst, wenn man erwachsen ist.«

Er musterte mich von Kopf bis Fuß. Mit einem sehr merkwürdigen Leuchten in den Augen sagte er: »Also, mir kommst du schon ziemlich erwachsen vor.«

Ich errötete. Und weil ich vor ihm, dem Objekt meiner Anbetung, nicht wie ein Kind wirken wollte, akzeptierte ich ein Glas von dem Bier.

Es schmeckte abscheulich. Ich verschluckte mich daran und musste würgen. Es fehlte nicht viel, und ich hätte mich übergeben, womit ich mich für alle Zeiten blamiert hätte. Das passierte zum Glück nicht. Es passierte eigentlich gar nichts, denn gerade als Michel seinen Arm um meine Taille legen wollte, gesellten sich Hildegard und Theo sowie Lukas und Anna zu uns – dieselbe Anna, die früher immer meine beste Freundin sein wollte und die jetzt einen großen Bogen um mich gemacht hätte, wenn sie nicht so verschossen in Lukas gewesen wäre.

»Na, für Starkbier bist du aber noch ein bisschen zu jung«, sagte Theo. Am liebsten hätte ich erwidert, dass er, ein armseliger ehemaliger Knecht, sich nicht einbilden solle, er hätte mir irgendetwas zu sagen. Doch ich unterdrückte meine Aufsässigkeit, um nicht Hildegard gegen mich aufzubringen.

»Ich wollte nur mal probieren. Und keine Sorge: Mehr davon trinke ich auf keinen Fall. Es schmeckt wirklich gar zu eklig.«

Theo und die jüngeren Burschen lachten sich halbtot darüber. Als sie sich wieder beruhigt hatten, begannen sie mit ihren Heldentaten anzugeben: wer am meisten vertrug, wer wo und wann die gigantischste Menge Bier gesoffen hatte, was ihnen im Rausch alles für Dinge passiert waren. Hildegard, Anna und ich fielen bei den »Pointen« in ihr Lachen mit ein, obwohl wir die Geschichten eigentlich nicht lustig fanden.

Michel hatte ein feines Gespür für meine wahre Stimmung, denn wenig später forderte er mich wieder zum Tanzen auf.

»Komm – unsere Sorgen können wir uns jeden Tag im Jahr wegtrinken, aber tanzen tun wir so selten.«

Ich fand das sehr weise von ihm, obwohl ich wenig später zu der Erkenntnis gelangte, dass nicht Weisheit ihm diesen klugen Satz eingegeben hatte, sondern die Lust, mich möglichst fest an sich zu drücken. Ich hatte nichts dagegen. Ich war glücklich.

Hildegard und Theo verließen die Kirmes zeitig. Ich durfte noch bleiben, solange auch meine Brüder dort waren. Diese waren dafür verantwortlich, mich spätestens um Mitternacht nach Hause zu begleiten. Michel und ich tanzten ohne Pause, bis irgendwann Lukas darauf drängte, heimzugehen. Meine anderen beiden Brüder waren anscheinend schon aufgebrochen, denn wir konnten sie nirgends entdecken.

Kaum waren wir zwei Pärchen – Lukas und Anna sowie Michel und ich – außer Sichtweite der anderen Kirmesbesucher, sagte mein Bruder zu Michel: »Es ist ja nicht weit bis zu unserem Hof. Ich kann dir doch wohl meine Schwester anvertrauen, oder?«

»Natürlich.«

»Du wirst sie wohlbehalten daheim abliefern, oder?«

»Aber sicher.«

»Ehrenwort?«

»Ja, Ehrenwort.« Michel klang jetzt schon etwas ungehalten.

Zu mir gewandt sagte mein Bruder: »Keine Umwege, keine sonstigen … äh … Abenteuer, verstanden?«

Ich nickte. Ich verstand nicht recht, warum er nicht einfach mit uns ging, wenn es ihm so wichtig war, dass ich nicht allein mit Michel blieb. Ich vermutete jedoch, dass es ihm noch wichtiger war, ein wenig Zeit allein mit Anna zu verbringen, und seien es auch nur wenige Minuten.

»Außerdem«, fuhr Lukas fort, »kein Sterbenswörtchen hierüber zu Vater oder Hildegard.«

Ich schüttelte den Kopf. Niemals hätte ich meinem Bruder in dieser Situation widersprechen können – ich war viel zu aufgeregt angesichts der Perspektive, in Kürze ganz allein mit meinem Schwarm zu sein, noch dazu mitten in der Nacht auf einem einsamen Feldweg.

»Ich bringe schnell Anna nach Hause«, sagte Lukas und verschwand mit ihr in einer Richtung, die gar nicht zu ihrem Haus führte, jedenfalls nicht auf kürzestem Weg.

Michel und ich sahen uns an. Er wirkte mindestens ebenso überrascht wie ich selber. Ich schluckte, er räusperte sich.

»Ja, also dann …«, stammelte er und legte den Arm um meine Taille.

Ich hielt die Luft an. Bestimmt würde er mich jetzt küssen wollen, und vom Küssen hatte ich seit der unseligen Episode mit Wilfried genug. Doch Michel tat nichts dergleichen. Stattdessen schlenderten wir weiter wie zwei entfernte Bekannte, die durch einen unerklärlichen Zufall in einer Umarmung gefangen waren, die ihnen nicht ganz geheuer vorkam und von der sie nicht mehr wussten, wie sie zustande gekommen war.

Es war eine zauberhafte, warme, sternenklare Nacht. Auf dem Hunsrück konnte man die Nächte, in denen es so mild war wie in jener, an einer Hand abzählen. Der Mond war zu drei Viertel voll, die Luft duftete nach Erde und dem satten Grün der Wälder. Glühwürmchen schwirrten vor uns herum. Es hätte alles sehr romantisch sein können, wenn wir zwei, Michel und ich, unsere Befangenheit hätten ablegen können. Doch das wollte uns nicht gelingen. Stattdessen begann ich vor Nervosität zu reden, besser gesagt, draufloszuquasseln. Weil ich Michel so anschmachtete, wollte ich ihn natürlich beeindrucken, und das, so meinte ich, müsse mir dadurch gelingen, dass ich mich mit meinen Reisen wichtig machte.

»In Simmern war es in der Nacht noch ganz hell. Die haben da Laternen, die die ganze Nacht brennen, kannst du dir das vorstellen?« Nicht, dass ich dieses Spektakel je mit eigenen Augen gesehen hätte – als ich in Simmern war, mussten wir nach unserer Vorstellung vor dem Bischof alle zu Abend essen und dann schnurstracks ins Bett. Wir wohnten in einer sehr schlichten Herberge, in der ich mir mit fünf anderen Mädchen ein Zimmer teilen musste, was mich jedoch nicht davon abhielt, sofort einzuschlafen. Von der Simmernschen Nacht hatte ich rein gar nichts gesehen. »Und in Gemünden«, erzählte ich weiter, »da konnte man nachts vor lauter Hufgetrappel und rumpelnden Karren und kläffenden Hunden und Straßenmusikanten kein Auge zukriegen.«

Michel musste wirklich sehr beeindruckt sein, denn er sagte keinen Ton. Er zog mich nur etwas enger an sich, aber da kam auch schon unser Hof in Sicht, und er ließ mich los.

»Sehen wir uns wieder?«, raunte er mir ins Ohr. Er berührte dabei mit den Lippen den Flaum an meinem Ohrläppchen, und mir liefen heiß-kalte Schauer über den Rücken. Es war nur der Hauch einer Berührung, nicht annähernd ein Kuss, aber es erschien mir wie der Inbegriff einer unschicklichen – und sehr erregenden – Begegnung.

»Warum nicht?« Ich nickte ihm zu, drehte mich um und lief zum Haus. Ich war wütend über meinen mangelnden Mut und gleichzeitig erleichtert darüber, dass mir weitere Zärtlichkeiten erspart blieben. Das Herz pochte mir bis zum Hals. Ich wusste nicht, wie man in einer solchen Lage zu reagieren hatte. Am einfachsten erschien mir die Flucht.

Ich öffnete die Haustür so leise, wie es mir möglich war. Im Dunkeln tappte ich die Treppe hinauf, den Weg kannte ich gut genug, um auch blind in meine Kammer zu finden. Die Tür war nur angelehnt. Ich stieß sie vorsichtig auf, um niemanden aufzuwecken und dabei erwischt zu werden, wie ich ganz allein nach Hause kam. Als ich drin war, schloss ich die Tür leise. Ich atmete auf.

»Da bist du ja endlich.«

Ich fuhr vor Schreck zusammen. Hildegard!

Im matten Mondlicht, das in meine Kammer schien, sah ich meine Schwester, die sich auf meinem Bett aufrichtete. Sie gähnte. Offenbar war sie, während sie hier auf meine Rückkehr wartete, eingeschlafen.

»Ja.« Etwas Besseres fiel mir nicht ein.

»Wo sind die anderen, Lukas und Johannes?«

»Ich ... weiß es nicht.«

»Haben sie dich etwa ganz allein nach Hause gehen lassen?«

»Ähm, nein. Nicht ganz. Der Michel hat mich heimgebracht.«

Vielleicht war es gut, dass in meiner Kammer keine Lampe brannte. Weder wollte ich sehen, wie sich Entsetzen oder Empörung oder was auch immer auf Hildegards Gesicht abzeichneten, noch wollte ich, dass sie mich erröten sah. Zwar hatte ich keinen Grund, mich für irgendetwas zu schämen, aber ich tat es natürlich trotzdem.

»Ach, Schwesterchen«, seufzte sie, »ich dachte, du wärst klüger als wir anderen.«

8

Ich fürchte, unsere Menina ist ein bisschen blöde.« Teresa sah Raúl enttäuscht an, als habe er ihr ein besonders hübsch verpacktes Geschenk gemacht, dessen Inhalt sich als nutzlos und langweilig entpuppte.

»Was soll der vorwurfsvolle Ton? Was kann ich dafür, dass sie schwachsinnig ist? Wenn sie es denn ist. Es besteht ja immerhin noch die Möglichkeit, dass es an der Sprachbarriere oder an dem Gedächtnisverlust liegt oder an beidem.«

»Nein, nein, Senhor Raúl, die Kleine ist eindeutig zurückgeblieben. Vorhin erst hat sie wieder so belämmert dreingeschaut, als sie ihren Stickrahmen aufgenommen hat. Wirklich, sie glotzte darauf, als hätte sie nie zuvor so etwas gesehen. Dabei war sie es doch, die sich gestern Sticksachen von mir gewünscht hat.«

»Hm.« Raúl war nicht überzeugt. Das Mädchen, das von sich selber noch immer glaubte, es hieße Menina – das allein sprach von einer gewissen Idiotie –, konnte durchaus bei dem Unfall einen irreversiblen Hirnschaden erlitten haben. Andererseits verhielt sie sich nicht gerade wie eine Irre, wenn man einmal davon absah, dass sie immer das Weite suchte, sobald er in ihre Nähe kam. Sie sabberte nicht beim Essen, sie hatte keine Tobsuchtsanfälle, sie hatte keine befremdlichen Zuckungen oder was sonst man sich gemeinhin unter den Symptomen für Schwachsinn vorstellte. Allerdings war auch der einzige Depp, den er selber je persönlich kennengelernt hatte, unauffällig gewesen. Es war der Sohn des Sattlers in

Santa Margarida, der mittlerweile um die zwanzig sein musste, der aber auf dem geistigen Niveau eines Sechsjährigen stehengeblieben war.

Nun ja, es änderte ja nichts daran, dass sie nun dieses Mädchen im Haus hatten. »Hätte ich sie etwa nicht retten sollen,
wenn ich zu dem Zeitpunkt gewusst hätte, dass sie minder-
bemittelt ist?«

Teresa sah ihn entrüstet an.

»Na also.« Nach kurzem Zögern fügte er hinzu: »Aber es
besteht ja noch die Chance, dass sie normal intelligent ist und
nur erst wieder zu sich finden muss. Natürlich könnte man
auch einen Nervenarzt konsultieren.«

»Einen Irrenarzt? Nur über meine Leiche!«

Dass Teresa besitzergreifend war und es nicht mochte,
wenn man ihre Kompetenz in Zweifel zog, wusste Raúl. Womit er diese vehemente Weigerung ausgelöst hatte, war ihm
jedoch schleierhaft.

»Habe ich Ihnen noch nie die Geschichte von dem kleinen Pedro erzählt? Ach, nein, ich lasse es lieber, sie ist gar zu
schaurig.«

Raúl verdrehte die Augen. Auf dieses Spielchen hatte er
jetzt keine große Lust. Teresa liebte es, wenn man sie um etwas bat, sie förmlich anflehte, etwas zu tun, worauf sie ohnehin brannte. So wie in diesem Fall. Aber er machte gute
Miene zum bösen Spiel. »Jetzt erzähl schon.«

»Na schön, wenn Sie es so wünschen …« Teresa holte tief
Luft. »Also, da war mal dieser Negerjunge, der hieß Pedro.
Er lebte mit seiner Mutter – seinen Vater hatte man zur Strafe
für irgendein nichtiges Vergehen an eine sehr weit entfernte
Fazenda verkauft – auf der Fazenda Bela Vista, wo Ihre El-
tern mich damals herausgekauft haben. Pedro also hatte die
Fallsucht. Er war eigentlich ein ganz normaler, aufgeweckter

⁓ 65 ⁓

Junge, mit dem ich mich sehr gut verstand. Außer wenn er diese schlimmen Anfälle hatte, bei denen er in wilden Zuckungen auf dem Boden lag und die Augen verdrehte und wir alle dachten, der Teufel wäre in ihn gefahren. Eines Tages kam ein berühmter Nervenarzt und lieh sich Pedro für seine Experimente aus. Natürlich hatte der Herr Professor sehr wissenschaftliche Namen für das Ganze, und sein vorgebliches Ziel war es, Pedro zu heilen. Aber als das arme Kerlchen nach einigen Monaten zurück auf unsere Kaffeeplantage kam, war er nicht mehr wiederzuerkennen gewesen. Es war zum Heulen, ehrlich, Senhor Raúl. Wie der Junge still und willenlos vor sich hin dämmerte – nein, keinen Christenmenschen sollte man jemals ohne Not in die Obhut eines Nervenarztes geben.«

»Ich bitte dich, wir würden Menina ja nicht für irgendwelche Versuche zur Verfügung stellen. Aber es könnte doch nicht schaden, wenn ein Experte sich unsere Patientin mal ansehen würde. Womöglich leidet sie unter einer weitverbreiteten Krankheit, die ganz einfach zu kurieren ist.«

»Natürlich leidet sie unter einer weitverbreiteten Krankheit: Sie ist dumm. Heilbar ist das meiner Meinung nach nicht.«

Raúl schmunzelte, zwang sich jedoch zu Sachlichkeit. »Sie kann immerhin lesen und schreiben, vollkommen debil kann sie also nicht sein.« Er richtete den Blick auf einen Punkt in ihrem rückwärtig gelegenen Garten, als fesselte ihn ein ganz bestimmter Gedanke. Dann hob er ruckartig den Kopf und schaute Teresa durchdringend an. »Weißt du was, ich habe genug von deinen verqueren Argumenten. Erst beschwerst du dich, dass sie blöde ist, dann willst du sie aber keinem anderen anvertrauen. Ich schlage also Folgendes vor: Du dokterst weiter nach Gutdünken herum. Wenn in einer Woche keine deutlichen Fortschritte zu verzeichnen sind, holen wir einen Arzt. Unterdessen werde ich mich darum kümmern, dass ihre Herkunft geklärt wird. Wir können dieses Mädchen ja nicht einfach bei uns aufnehmen wie einen zugelaufenen Hund.«

Genau das war es jedoch im Grunde, was Teresa gehofft hatte. Dass Menina ihr weiterhin Gesellschaft leisten würde, dass sie weiterhin jemanden hatte, den sie bemuttern konnte. Natürlich war es schade, dass das Mädchen sich als ein bisschen langsam im Kopf erwiesen hatte, aber das war allemal besser, als den lieben langen Tag allein mit der aufsässigen Sklavin Aninha in diesem Haus zu sein und sich pausenlos über deren törichte Äußerungen ärgern zu müssen. Dann doch lieber die stille, anmutige Menina, die eine hübsche Singstimme hatte und ein freundliches Temperament. Sie sagte zwar nichts, lächelte aber doch gelegentlich, und das entschädigte Teresa für all die Mühe, die sie sich mit dem Mädchen gegeben hatte. Sie hätte das Mädchen gerne dauerhaft bei sich aufgenommen. Doch als sie den Mund öffnete, um ihn, wie Raúl zu Recht vermutete, umzustimmen, kam er ihr zuvor: »Keine weitere Diskussion.«

Vielleicht war es eh klüger, nichts mehr zu sagen, dachte Teresa – nachher verriet sie noch etwas, das sie lieber für sich behalten wollte. Etwa die Tatsache, dass Menina mindestens ein Kind geboren hatte. Wenn Raúl davon erführe, würde er alle Hebel in Bewegung setzen, um die Familie der jungen Frau ausfindig zu machen, während er ohne dieses Wissen die Angelegenheit, ganz entgegen seiner sonstigen Zielstrebigkeit, eher nachlässig anging. Sie ahnte, dass er sich ihr zuliebe bislang so viel Zeit gelassen hatte. Er gönnte ihr Menina – wie man einem Kind eine neue Puppe nicht wegnehmen mag und sich darauf verlässt, dass diese ohnehin früher oder später unbeachtet in der Ecke landet. Und genau so hatte sie,

Teresa, sich ja auch verhalten: Sie hatte über ihre Menina genörgelt. Das würde sie fortan nie wieder tun. Sie würde sie akzeptieren, wie sie war, mit all ihren Schwächen, und würde unendlich viel Geduld aufbringen, um der Kleinen wenigstens so viel beizubringen, dass sie sich hier und da nützlich machen konnte.

Die Erinnerung an bestimmte Düfte war zuerst gekommen, danach die an Melodien. Jetzt tauchten auch immer mehr Bilder auf. Nebelhaft, verschwommen und nicht genau einzuordnen die meisten, einige jedoch von einer beinahe schmerzhaften Klarheit. Die junge Frau schwankte zwischen Freude und Erschrecken, als sie sich selber beim Schweinehüten sah – sosehr sie sich über das wiedergefundene Gedächtnis freute, so betrübt war sie auch über die Erkenntnis, was für ein armes, verschmutztes, mageres Gör sie gewesen war. Natürlich, die Schweine, wie hatte sie die nur vergessen können? Jetzt, wo sie ihr wieder eingefallen waren, meinte sie sogar, ihren Geruch wahrnehmen zu können. Eines davon hatte sie Rosi genannt, kaum dass es geboren worden war. Es war ein niedliches Ferkelchen gewesen und entwickelte sich zu einer prachtvollen Sau. Als Rosi geschlachtet wurde, war das Mädchen untröstlich gewesen und schwor sich, nie mehr im Leben Schweinefleisch anzurühren.

Sie sah sich selbst als etwa Dreizehnjährige, die eines Abends in der Stube eingenickt und von unterdrücktem Gelächter aufgewacht war. Von den Eltern weit und breit keine Spur, dafür sah sie Matthias und seinen besten Freund noch davonlaufen, die triumphierend zwei blonde Zöpfe in die Luft hielten. Sie hatten ihr das Haar abgeschnitten! Das Mädchen kreischte und heulte und fuhr sich mit den Fingern durch den verbleibenden Schopf, der nun so ungewohnt früh und in dicken, stumpfen Spitzen endete. Sie erinnerte sich genau an das Gefühl von damals, an die Trauer, als ihr Haar nicht länger durch die Finger glitt und es nicht mehr mit beiden Händen über den Kragen gehoben werden musste. Es war abscheulich gewesen, aber natürlich hatte die beiden Übeltäter nur eine geringe Strafe erwartet. »Haare wachsen doch wieder, Kind«, hatte ihre Mutter getröstet, und damit war das Thema erledigt gewesen.

Ihre Mutter. Sie sah eine Frau in mittleren Jahren, die trotz ihrer dünnen, verkniffenen Lippen einen gutmütigen, sogar gütigen Eindruck machte. Ihre herben Gesichtszüge wirkten durch die braunen, dichtbewimperten Augen weicher. Sie sah das Kopftuch, braun und dunkelgrün kariert, das ihre Mutter stets bei der Arbeit im Freien getragen hatte, und die Haube, die nur herausgeholt wurde, wenn Gäste kamen oder wenn sie sonntags zur Messe gingen. Sie sah die schwieligen Hände ihrer Mutter, die kräftigen Unterarme, auf denen die Adern hervortraten, wenn sie Wäsche wrang oder Teig knetete. Sie sah die Knöchel ihrer Mutter, die man im Hochsommer unter ihrem langen, groben Rock hervorblitzen sah und über die sich ein Gespinst haarfeiner blauer Äderchen zog. In den anderen Jahreszeiten hatte ihre Mutter derbe Strümpfe getragen. Außerdem hatte die junge Frau genau vor Augen, wie fasziniert sie von dem Leberfleck gewesen war, der am Kinn ihrer Mutter saß und aus dem ein einzelnes, borstiges Haar wuchs.

Bei Leberflecken geisterte ein weiteres Bild in ihrem Kopf herum, aber sie bekam es nicht zu fassen. Irgendeine Bewandtnis hatte es mit den Muttermalen, irgendetwas daran war beängstigend oder unschön. Nein, so lange sie auch darüber nachgrübelte, sie entsann sich einfach nicht. Vielleicht war es am besten, wenn sie abwartete, anstatt ihr Hirn zu durchforsten. Offenbar war es ja so, dass die ältesten Erinnerungen zuerst wiederkamen. Bestimmt würde sie bald auch jüngere Ereignisse sehen können, und irgendwann würde es ihr dann sogar gelingen, diese ganzen Eindrücke in einen sinnvollen Zusammenhang zu bringen.

Mehr Kopfzerbrechen bereitete ihr die Tatsache, dass sie sich kaum etwas länger als fünf Minuten merken konnte. Wörter, die Teresa – wenigstens diesen Namen konnte sie mittlerweile behalten – ihr beigebracht hatte, entfielen ihr schon nach wenigen Augenblicken. Wenn sie ihr Zimmer verließ, wusste sie bereits in der Diele nicht mehr, was sie vorgehabt hatte. Am Vortag erst hatte sie mit einer Handarbeit begonnen, von der sie schon heute nicht mehr wusste, was es hatte werden sollen. Sie hatte Teresa mit Gesten um Nadel, Stickgarn sowie ein Stück Stoff gebeten. Die Schwarze hatte ihr das alles gegeben. Danach hatte die junge Frau sich auf die Veranda gesetzt und mit einem komplizierten Stickmuster begonnen. All das wusste sie noch. Sie erinnerte sich deutlich an Teresas Freude, als sie ihr das Handarbeitszeug und ein großes Stück Stoff aus grobgewebtem Leinen gebracht hatte. Sie hatte genau vor Augen, wie sie im Schatten gesessen und sich voller Elan ans Werk gemacht hatte.

Und heute? Das begonnene Muster konnte ebenso gut der Anfang einer Blume wie der eines verschnörkelten Buchstabens sein. Und was genau hatte sie verzieren wollen? Eine Kissenhülle? Ein Geschirrtuch? Oder ein Spruchband, ähnlich jenem, das einst in ihrer Küche gehangen hatte und auf dem stand »Eig'ner Herd ist Goldes wert«? Es irritierte sie, dass sie sich an ein so unbedeutendes Detail von früher erinnern konnte, nicht jedoch daran, welche Handarbeit sie sich gestern ausgedacht hatte. Nicht dass es wichtig gewesen wäre – heute würde sie eben einfach an einem Geschirrtuch mit

Blütenranken arbeiten und hoffen, dass sie es morgen noch wusste.

Aber … warum war sie darauf nicht vorher gekommen? Sie würde es sich einfach notieren! Sie würde sich einen Spickzettel machen oder besser noch: mehrere. Sie würde alles aufschreiben, Vorhaben wie diese Stickarbeit ebenso wie Namen und neu erlernte Wörter. Nie wieder würde sie die mitleidigen Blicke von Teresa und diesem Mann ertragen müssen, wenn sie sich immer und immer wieder dieselben Wörter oder Namen vorsagen ließ. Es war wahrlich schlimm genug, mit einem kaputten Gedächtnis geschlagen zu sein.

Für schwachsinnig wollte sie nicht gehalten werden.

9

Mit neunzehn war ich noch immer nicht unter der Haube. Ich litt nach wie vor darunter, dass Michel mich so schmählich verlassen hatte. Nur gut, dass ich seinem Drängen nie nachgegeben habe, zumindest nicht so, wie er es sich ausgemalt hatte. Wir haben uns geküsst und an Stellen berührt, die nur Eheleute voneinander kennen sollten – aber meine Unschuld habe ich bewahrt. Als er dann den Hunsrück verließ, um woanders sein Glück zu versuchen, wollte er mich nicht mitnehmen. »Da kann ich ja noch Jahre warten, bis ich endlich auf meine Kosten komme.«

Warum er mich nicht heiraten wollte, war mir unbegreiflich. Immer wieder hatte er mir beteuert, wie groß seine Liebe zu mir war. Aber den einen Schritt, dessen es bedurft hätte, damit ich mich ihm hingebe, nämlich um meine Hand anzuhalten, den hat er nie gewagt.

»Mach dir nichts draus«, tröstete mich Hildegard, »der Kerl taugte eh nichts. Der will nur eine Frau mit einer ansehnlichen Mitgift, damit er nicht so viel zu arbeiten braucht.«

»Er war sowieso zu schön«, mischte Theo sich ein. »Für so einen waren wir hier nicht gut genug.« Dass ausgerechnet er so etwas sagte, gab mir zu denken. Waren wir etwa nur gut genug für verwachsene Knechte?

Theo brachte mich schon länger in Harnisch, denn er spielte sich auf wie der Hausherr, seit mein Vater bettlägerig geworden und Großvater Franz gestorben war. Meine Brüder, die doch eigentlich das Sagen gehabt hätten, ließen sich von ihm herumkommandieren, als wären sie die Knechte und nicht Theo. Andererseits hatte Theo es dank seiner Weitsicht und seines Fleißes tatsächlich geschafft, dass wir einigermaßen über die Runden kamen. Seit er bei uns war, hatten wir in jedem Winter genügend Brennholz und ausreichend Nahrung, etwas, was weder dem Vater noch den Brüdern je gelungen war. Vielleicht stimmte es doch, was Theo immer von uns behauptete: dass wir samt und sonders Nichtsnutze und Träumer wären, Faulenzer und Tagediebe. Ich fand dieses Urteil sehr hart, immerhin schufteten wir alle praktisch rund um die Uhr. Aber was sollte man machen, wenn der Hagel den Weizen vernichtete und die Schweine an der Schweinepest verendeten?

»Aber du warst ja schon immer die größte Träumerin von allen, nicht wahr?«, fuhr Theo in seiner Ansprache fort, die ich schon tausendmal, wenn auch in anderem Wortlaut, gehört hatte. »Mich hast du von oben herab behandelt, als wärst du eine Königin und ich ein Aussätziger. Dass es in Wahrheit andersherum sein könnte, das ist dir nie in den Sinn gekommen: dass nämlich du diejenige bist, die für alle eine Belastung ist. Weil dir kein Mann gut genug ist, müssen wir dich aus purer Nächstenliebe durchfüttern. Aber weißt du was, liebe Schwägerin, ich sehe mir das nicht länger mit an. Ich schlage vor, du heiratest möglichst bald den Konrad. Der ist ein braver Kerl, tüchtig wie keiner von deinen Brüdern, der ist ehrlich, trinkt nicht und führt ein gottgefälliges Leben. Was er an dir findet, ist mir schleierhaft, aber jeder weiß ja, dass er ganz vernarrt in dich ist. Den heiratest du.«

»So?« Ich fand den Konrad todlangweilig – wenn auch lange nicht so unerträglich wie meinen Schwager Theo. »Und wer bist du, dass du mir vorschreiben willst, wen ich heirate? Du besitzt nicht einmal das Land, das du bearbeitest.

Du bist ein Habenichts und Großmaul. Du erstickst fast an deinem Neid auf andere Leute, solche wie mich, die schöner sind als du, klüger und reicher.«

»Reicher? Ha!« Theo sah mich geringschätzig an. »Dein Land und das deiner Familie wäre keinen Heller wert, wenn ihr mich nicht hättet. Ihr wärt wahrscheinlich alle schon hungers gestorben, allen voran du.«

»Wenigstens habe ich noch Träume. Und bevor ich einen heirate wie dich oder den Konrad, verhungere ich lieber.«

»Schluss!«, schritt Hildegard ein. »Für deinen Undank hättest du eine Tracht Prügel verdient. Du kannst dem lieben Gott danken, dass wir den Theo haben.«

»Er benimmt sich, als wäre Vater schon tot!«, ereiferte ich mich. »Er reißt hier alles an sich, und oben liegt unser armer Vater und kann nichts mehr dagegen tun. Aber ich lasse mir das nicht bieten!«

»Du kannst ja weggehen«, meinte Theo hämisch. »Fragt sich nur, wohin.«

»Ich gehe weg, verlass dich drauf. So bald wie möglich. Und da dir das anscheinend so wichtig ist, wirst du froh sein zu hören, dass ich den Konrad einfach nicht heiraten *kann*. Ich wäre dann ja eure Nachbarin.«

»In der Tat, eine furchtbare Vorstellung.«

»Oh – mich wundert, dass du dir überhaupt etwas vorstellen kannst, was außerhalb der Grenzen des Hühnerpferchs liegt.« Damit schritt ich energisch aus dem Raum und warf die Tür mit Wucht hinter mir zu.

Ich war sehr aufgebracht und fragte mich einen Augenblick lang, ob ich mich Vater anvertrauen sollte. Der konnte seit seinem dritten Schlaganfall nichts mehr sagen und war zu einer Art Beichtvater für mich geworden. Er gab nur durch ein leichtes Drücken der Hand zu erkennen, dass noch irgendetwas zu ihm durchdrang. Ich verstand dieses Händedrücken als Zuspruch, aber im Grunde hatte ich keine Ahnung, was hinter der zerfurchten Stirn meines Vaters vor sich ging. Vielleicht stimmte er sogar Theos Ansichten zu. Ich entschied mich schließlich gegen einen Besuch an der Krankenstatt.

Ich legte mir einen Schal um die Schultern und ging hinaus. Nur im Freien hatte ich je die Möglichkeit, ungestört nachzudenken. Ich spazierte zu meinem Lieblingsort am Bach. Im letzten Sommer noch hatten Michel und ich unsere Füße in das eiskalte Wasser gehalten und uns gegenseitig nass gespritzt. Jetzt, im September, war die Luft schon empfindlich abgekühlt, und ich musste mich mit dem Anblick des Bachs begnügen, bei dem mich große Wehmut überfiel. Was sollte ich nur anstellen mit meinem Leben? Im Haus meines Vaters, in dem ja nun Theo der unangefochtene Herrscher war, konnte ich nicht bleiben – ich würde meine Selbstachtung verlieren, wenn Theo mich weiterhin als unnötigen Ballast bezeichnete. Weggehen konnte ich ebenfalls nicht. Wohin schon? Was erwartete eine junge Frau, wenn sie allein ihr Glück in der weiten Welt zu machen versuchte? Elend, Schmutz, Armut, Ehrverlust.

Irgendwo in meinem tiefsten Innern gab es noch immer die Stimme, die mir einflüsterte, dass mir im Leben etwas Schöneres vorherbestimmt war. Aber ich war ja keine vierzehn mehr. Mein Verstand sagte mir, dass ich etwas unternehmen musste, und zwar bald. Hier zu sitzen und darauf zu hoffen, dass sich ein Märchen erfüllte, das würde nichts fruchten. So realistisch war ich inzwischen. Ich mochte es mir nur ungern eingestehen, doch ich sah keinen anderen Weg, als zu heiraten.

Nur wen? Michel, den ich seit Jahren als meinen Bräutigam betrachtet hatte, hatte sich aus dem Staub gemacht.

Konrad kam überhaupt nicht in Frage, mochte er auch noch so ein braver Kerl sein. An seiner Seite würde ich mit Sicherheit verkümmern, und zwar noch vor Erreichen meines 21. Lebensjahres, also der Volljährigkeit. In Ahlweiler und der näheren Umgebung blieben dann nicht mehr viele geeignete Kandidaten übrig. Vielleicht sollte ich mir mal den Vetter von Anna, die inzwischen meine Schwägerin war, genauer ansehen. Sie schwärmte von ihm, dass man, wenn er nicht mit ihr verwandt gewesen wäre, hätte meinen können, sie wäre unsterblich in ihn verliebt. Oder sollte ich lieber auf das Angebot von Paul eingehen, einem Vetter dritten Grades von Lore, der mich seit einer Ewigkeit damit belämmerte, dass er mir die schönsten Tanzschuhe im ganzen Hunsrück anfertigen würde, wenn ich mit ihm zur Kerb in Putzenfeld ging?

Ach, es war ein Kreuz! Wie sollte mein Leben sich jemals zum Besseren wenden, wenn ich nicht einmal in der Lage war, einen geeigneten Ehemann zu finden? Ich hielt die Burschen, die so ganz nach Theos und Vaters Geschmack gewesen wären, allesamt für fade und plump und konnte mir beim besten Willen nicht vorstellen, an ihrer Seite zu leben. Aber wahrscheinlich war es immer noch ein besseres Los, als Ehefrau von Paul oder Konrad zumindest ein gewisses Maß an Selbstständigkeit zu erlangen, als unter Theos Fuchtel zu bleiben und auf immer die jüngste – und damit rechtloseste – Tochter des Hauses zu sein.

Ich faltete meinen Schal zu einem Viereck zusammen, das ich als Kissen verwendete, und ließ mich auf einem Felsen an der Uferböschung nieder. Ich muss erbarmungswürdig ausgesehen haben, wie ich da mutlos auf dem Stein kauerte und einen trübsinnigen Gedanken nach dem anderen wälzte, aber es sah mich ja gottlob niemand. Ich blieb noch eine ganze

Weile dort sitzen. Erst als die Abenddämmerung herabsank und ich plötzlich fror, legte ich mir den Schal wieder um und ging nach Hause. Daheim im Bett weinte ich mich in den Schlaf.

Doch die Lösung meiner Probleme zeichnete sich schneller ab als erwartet.

Am Tag nach dem Streit mit Theo mied ich seine und die Gesellschaft meiner Geschwister weitgehend, indem ich zur Agnes ging, wo ich einen ganzen Haufen löchriger Sachen zum Ausbessern mitbekam, und später zum Backes, wo mal wieder viel geredet und getratscht wurde.

»Der Hannes will nach Amerika auswandern.« Das war die große Neuigkeit des Tages, vorgetragen mit wichtiger Miene von der jüngeren Schwester des Helden.

»Nein!«

»Sag bloß!«

»Wo ist denn das?«

»Was will er denn da?«

»Ist ja nicht die Möglichkeit!«

Es war eine große Aufregung und ein unglaubliches Geschnatter, das daraufhin losbrach. Wir waren alle hingerissen von der Ungeheuerlichkeit dieser Nachricht. Wir wussten nicht, ob wir das Ganze für wahr halten sollten, denn Amerika schien uns beziehungsweise denjenigen von uns, die wussten, dass es sich um einen anderen Kontinent handelte, sehr weit entfernt – und sehr weit hergeholt die Möglichkeit, dass sich einer von uns, aus Ahlweiler, auf eine derart gewaltige Reise begeben sollte.

»Er hat gesagt, er will da Tabak anbauen.« Die junge Helga klang ganz ruhig und gefasst, aber mir war, als würde sie jeden Moment in Tränen ausbrechen.

»Tabak!«

»Das ist ja unglaublich!«

»Woher hat er nur solche wirren Ideen?«

Eine so spannende Sache hatte es in unserem Dorf schon lange nicht mehr gegeben. Wir quetschten die arme Helga nach Einzelheiten aus, und nicht einmal die Tränen, die sie wenig später tatsächlich vergoss, hielten uns auf. Wir ließen nicht von ihr ab, bis wir jedes Fitzelchen dieser Neuigkeit aus ihr herausbekommen hatten. Jede von uns wollte beim Abendbrot von der Sensation berichten und mit dem Wissen von Eingeweihten glänzen. Um es kurz zu machen: Hannes hatte auf dem Markt einen Burschen kennengelernt, der von einem entfernten Onkel zu berichten wusste, der nach Amerika gegangen und dort mit Baumwolle und Tabak steinreich geworden war. Klammheimlich hatte Hannes sich daraufhin erkundigt, wie man denn nach Amerika käme, was man für Papiere und wie viel Geld man brauchte. Und für einen wie ihn, der ein Handwerk erlernt hatte, der ledig, jung und gesund war, schien alles ganz einfach zu sein, wenn man einmal von den Gefahren der Seereise und den Attacken der Indianer absah – hierbei brach Helga endgültig in hemmungsloses Schluchzen aus.

Auf meinem Heimweg dachte ich an nichts anderes als an Amerika und daran, wie einer von uns, der Hannes, überhaupt auf eine so verwegene Idee kommen konnte. Auswandern, Heilige Maria Muttergottes! Ich fand die Geschichte überaus romantisch, wenn sie denn stimmte. Hannes war ja bekannt für sein großes Mundwerk. Der erzählte viel und tat wenig. Dennoch neigte ich dazu, das Ganze für wahr zu halten – es war viel zu *unglaublich*, um es nicht glauben zu können. So etwas konnte man sich nicht einfach ausdenken, zumindest nicht jemand wie der Hannes.

Tja, wer hätte das gedacht? Der Hannes. Mit dem ich auf

der Kirmes getanzt hatte und der mir einmal den Hof gemacht hatte. Den ich, selbst wenn es Michel nicht gegeben
hätte, niemals in irgendeiner Weise als Ehemann in Betracht
gezogen hätte. Der Hannes also … Je mehr ich mich unserem
Hof näherte, desto mehr Gefallen fand ich an der Vorstellung,
mir den Hannes noch einmal genauer anzusehen. Vielleicht
hatte ich ihm immer unrecht getan. Vielleicht war er nicht
der, für den ich ihn gehalten hatte. Oder vielleicht war er in
den letzten Jahren gereift und hatte sich zu seinen Gunsten
verändert. Jemand, der den Mut hatte, woanders ganz von
vorn anzufangen, konnte schließlich so schlecht nicht sein,
oder?

Wenige Tage später ergab sich eine Gelegenheit, wie ich
sie mir erhofft hatte. Ich traf Hannes auf meinem wöchent-
lichen Gang zum Ochsenbrücher. Auch er war auf dem Weg
zu dem alten Mann, den die Dorfbewohner, weil er ganz allein
lebte und sich mittlerweile nicht mehr selbst ernähren konnte, mit dem Nötigsten versorgten. Sogar Leute wie wir, die
selber nicht recht wussten, wie sie über den Winter kommen
sollten, brachten dem kauzigen Alten regelmäßig irgendetwas
vorbei oder halfen ihm dabei, nicht gar zu sehr zu verwahr-
losen. Auf meinem Weg zum Ochsenbrücher also begegnete mir Hannes. Ausnahmsweise war er ganz allein und nicht
umringt von einer Horde Neugieriger, die ihn nach seinen
verrückten Plänen ausquetschten.

»Mensch, Hannes, stimmt das, was man über dich hört?«,
überfiel ich ihn gleich. Es schien ihn nicht zu stören. Im Gegenteil, er machte den Eindruck, als sonnte er sich in der Aufmerksamkeit, die ihm seit Bekanntwerden seiner Auswanderungspläne zuteil wurde.

»Na, und ob das stimmt!«

»Menschenskinder … Wann geht's denn los?«

»Ach, weiß nicht. Du machst dir keine Vorstellung davon, was die Behörden alles von mir verlangen. Urkunden, Bescheinigungen, Atteste aller Art – und dann habe ich auch noch nicht das ganze Geld für die Überfahrt zusammen. Na, wenn ich weiterhin dem Ochsenbrücher Lebensmittel bringe, statt sie auf dem Markt zu verkaufen, kann das alles noch dauern.«

»Es wird ja wohl nicht an einem Laib Brot pro Woche scheitern.«

»Kleinvieh macht auch Mist, oder?«

»Aber dem Ochsenbrücher bedeutet das Brot viel mehr als dir die paar Groschen, die du damit verdienen könntest. Und dem lieben Gott auch.«

»Hilf dir selbst, dann hilft dir Gott.«

Mich störte der selbstgefällige Ton, in dem er diese abgedroschenen Sprüche aufsagte. Ich hätte einen Streit anfangen können, indem ich ihm etwa vor Augen hielt, wie er sich wohl fühlen würde, wenn er alt und einsam wäre und kein einziger Dorfbewohner sich um ihn kümmern würde. Oder indem ich ihn fragte, warum in Dreiteufelsnamen er denn dann dem Ochsenbrücher das Brot brachte – wobei ich die Antwort natürlich kannte: weil er am Haus des Bürgermeisters vorbeiging, dessen Frau genauestens darüber Buch zu führen schien, wer wann und in welcher Form seiner christlichen Nächstenliebe Ausdruck verlieh.

»Und wer wird *dir* helfen, in Amerika? Ich meine, so ganz allein auf dich gestellt, ohne eine Frau, die dir den Haushalt macht und dein Essen kocht?« Ich weiß nicht, was in mich gefahren war, dass ich ausgerechnet in diesem Moment die Sprache darauf brachte.

»Soll das heißen, du willst mitkommen? Als meine Frau?«

»Ach du liebes bisschen, nein!«, rief ich aus. Auch wenn

ich vielleicht kurz einmal mit dem Gedanken gespielt hatte – jetzt, da er seine Vermutung ausgesprochen hatte, ich wolle mich ihm an den Hals werfen, erschien mir das Ganze vollkommen abwegig. Außerdem empfand ich es als beleidigend, dass er mir gleich so viel mangelnden Stolz unterstellte.

Hannes betrachtete mich nachdenklich. Seinen angewinkelten rechten Ellbogen hielt er mit der linken Hand fest, während er in die andere Hand sein Kinn legte. Die Geste ließ ihn sehr erwachsen wirken. Seine Augen wanderten über meinen Körper hinauf zu meinem Gesicht. Als unsere Blicke sich trafen, hob er eine Augenbraue und sagte mit rauchiger Stimme: »Ach, tu doch nicht so unschuldig, Klärchen.«

10

Sie hieß Klärchen! Natürlich – Klara Helene Liesenfeld! Geboren am 21. November 1803 in Ahlweiler im Hunsrück, als neuntes Kind von Georg Liesenfeld und Sieglinde Liesenfeld, geborene Müller. Ah, es war herrlich, wieder einen Namen zu haben und die eigene Herkunft zu kennen!

Merkwürdig, dass sie sich nicht eher daran hatte erinnern können. Ob es daran lag, dass sie sich in den vergangenen Wochen für Menina gehalten und sich erst gar nicht bemüht hatte, ihren echten Namen herauszufinden? Oder war es, weil man von sich selber nicht in der dritten Person dachte? Wie auch immer – jetzt, da sie wusste, dass sie Klärchen hieß, kam ihr der Name Menina fremd vor. Oder war es vielleicht gar kein Name? War es ein normales Hauptwort und bedeutete so viel wie Frau? Oder Deutsche? Oder Idiotin? Diese Leute hier mussten sie wirklich für komplett verblödet halten.

Sie zückte ihr Notizbüchlein und den Stift, die sie jederzeit griffbereit hatte, seit sie vor einigen Tagen die Idee gehabt hatte, sich Notizen zu machen. Sie schrieb in sauberen lateinischen Druckbuchstaben ihren Namen und ihren Geburtstag nieder. Die gotische Schrift konnte der Finsterling sicher nicht lesen, und Teresa war des Lesens und Schreibens überhaupt nicht mächtig. Dann lief sie aufgeregt in die Küche. Sie wedelte mit dem Büchlein vor Teresas Nase herum, um ihr klarzumachen, dass sie das Geschriebene schnellstens dem Mann zeigen sollte, der laut ihren eigenen Notizen »Senjohr Ra-ul« hieß.

Mit Gesten erklärte sie Teresa, dass sie, Menina, gar nicht Menina hieß, sondern Klara. Sie zeigte immer wieder auf sich und wiederholte: »Klara. Ich heiße Klara.« Sie war über ihre Entdeckung so begeistert, dass sie sich lachend im Kreis drehte und dabei immer wieder rief: »Klara! Klara Liesenfeld!«

»Clara?«, fragte Teresa skeptisch. Sie hatte die junge Frau noch nie so aufgekratzt erlebt und befürchtete, dass sie nun vollends von allen guten Geistern verlassen war. Oder hatte sie sich an dem Cachaça vergriffen, der noch von gestern auf der Anrichte im Esszimmer stand? Es waren Gäste da gewesen, junge Männer, die bis spät in die Nacht getrunken und dummes Zeug geredet hatten.

Klärchen nickte und wiederholte, leiser diesmal: »Klara.«

Der nachdenklichere Ton in der Stimme der jungen Frau machte das Gesagte eindringlicher, als sei es dadurch wahrer, dass man es nicht herausschrie. Allmählich begann Teresa, ihr zu glauben. Sie ging zu ihr hin und streichelte ihre Wange. »*Clara, querida, que bom que você recuperou sua memória!*«[*]

Klara verstand kein Wort, aber sie begriff durchaus, was gemeint war. Eine Träne kullerte ihre Wange hinab, und Teresa fing sie mit dem Finger auf. Dann umarmten die beiden Frauen sich. Beide schluchzten – Klara vor Erleichterung, Teresa vor Sorge, dass ihr Schützling nun sicher bald fortgehen würde. Teresa war es ein bisschen peinlich, dass sie sich zu einer solchen Gefühlsregung hatte hinreißen lassen. Um von ihren Tränen abzulenken, ließ sie Klara abrupt los, lief in die Vorratskammer und kam, als sie sich gesammelt hatte, mit einer Flasche billigen Weinbrandes zurück, den sie ab und zu beim Kochen brauchte.

---

[*] Übersetzung dieser und der nachfolgenden portugiesischen Textstellen im Anhang

»Isso merece um brinde!«

Klara lachte und weinte gleichzeitig. Auf Deutsch antwortete sie: »Ja, darauf trinken wir ein Gläschen.«

Sie ging ins Esszimmer und holte aus der Vitrine zwei Sherrygläser. Sie hatte keine Ahnung, welches Glas für welches Getränk benutzt wurde, aber diese kleinen kristallenen Stielgläser gefielen ihr.

Zurück in der Küche setzte sie sich an den großen Tisch, Teresa schräg gegenüber, und baute mit großem Getue die Gläser vor ihnen auf. Mit ähnlich großspurigen Gesten schenkte Teresa den Weinbrand ein.

»*Saúde*«, sagte Teresa feierlich.

»Prost«, erwiderte Klara. Sie trank das Gläschen in einem Zug aus. Dann schrieb sie sich sogleich das portugiesische Wort auf, das unmissverständlich »Prosit« oder »Zum Wohl« bedeutet hatte. »Sa-u-dschi« notierte sie in ihrer improvisierten Lautschrift.

»Gibt es hier was zu feiern?«, quakte plötzlich Aninha. Das Mädchen stand vor dem geöffneten Fenster, hatte die Arme in die Taille gestemmt und sah sehr beleidigt aus, dass man sie nicht auch dazugebeten hatte.

»Gibt es«, antwortete Teresa. »Also komm rein, du nichtsnutziges Sklavenmädchen, dann kriegst du ausnahmsweise auch einen Schluck. Aber vergiss nicht, dir die Füße ordentlich abzustreifen. Wir wollen hier drin nicht die Erde aus dem Blumenbeet liegen haben.«

Sekunden später kam Aninha in die Küche gerannt. Zwischen ihren Zehen hingen Erdklumpen, aber sie war offenbar immun gegen Teresas erboste Blicke. »Was ist denn los? Was gibt es denn Neues?«

»Menina kann sich wieder an ihren richtigen Namen erinnern. Sie heißt Clara.«

»Ooch. Und ich hab gedacht, es wär was Spannendes passiert.«

Klara konnte dem Gespräch der beiden gut folgen. Sie verstand »Menina« und »Klara«, und die gelangweilte Mimik des Dienstmädchens sprach für sich. Sie lachte laut heraus. Ja, für die einfältige Aninha war es bestimmt keine weltbewegende Neuigkeit, wenn einer seinen Namen nennen konnte, zumal es sich dabei um einen so geläufigen Namen handelte.

»*Será que se trata de alguma piada?*«, fragte Aninha spitz. Sie hatte sich Klara zugewandt, die natürlich die Frage nicht verstand. Doch Klara beantwortete sie mit neuerlichem Lachen. Sie prustete so laut los, dass die beiden Schwarzen sich ausnahmsweise einmal in stillem Einverständnis ansahen. Diese Deutsche, oder was auch immer sie war, musste verrückt geworden sein.

»Das ist bestimmt die Erleichterung darüber, dass ihr Gedächtnis wieder funktioniert«, diagnostizierte Teresa, um Nüchternheit bemüht.

»Oder der Weinbrand ist ihr zu Kopf gestiegen«, mutmaßte die andere.

Klara konnte ihren Anfall nicht unterbinden. Je fragender die beiden sie ansahen, desto mehr musste sie sich vor Lachen ausschütten. Sie hielt sich den Bauch und wischte sich Tränen aus den Augen. Das alles war zu grotesk. Hier saß sie mit zwei Negerinnen am Küchentisch, ganz offensichtlich fern ihrer Heimat, und stieß darauf an, dass sie Klara hieß. Wie sie hierhergelangt war, daran konnte sie sich nicht erinnern. Die Geschichten, die sie sich zusammenreimte, waren allesamt haarsträubend. Und wo mochte sie sich befinden? Auf einer Farm in Afrika? Auf einer amerikanischen Baumwollplantage? Oder sogar in einer spanischen oder portugiesischen Überseekolonie? Es musste jedenfalls sehr weit weg vom Hunsrück liegen, davon zeugten sowohl das Klima als auch die Anwesenheit von Schwarzen. Mit einem Mal hörte sie auf zu lachen. Der Gedanke, dass ihre Familie und ihre Heimat in unerreichbarer Ferne lagen, stimmte sie traurig.

»Wo bin ich hier?«, fragte sie auf Deutsch und wies dabei mit dem Arm im Kreis.

»*O que ela tem? O que é que ela quer saber?*«, fragte Aninha.

»Woher soll ich das wissen. Vielleicht hat sie gefragt, wem das alles hier gehört.« Teresa blickte Klara fest in die Augen und antwortete: »*Esta é a casa do Senhor Raúl.*«

Klara schüttelte mit dem Kopf. Nein, über den Besitzer dieses Anwesens wollte sie nichts wissen. Wie sollte sie sich bloß verständlich machen? Dann fiel ihr plötzlich ein, dass sie durch die geöffnete Tür zum Arbeitszimmer darin einen Globus gesehen hatte. Den musste sie haben. Sie gab Teresa durch ein aufforderndes Winken zu verstehen, dass sie sie begleiten solle.

Teresa stand wortlos auf und folgte ihr. Vor dem Arbeitszimmer blieb Klara stehen. Sie traute sich nicht, dort hineinzugehen.

»*Ai, que nada, o Senhor Raúl ainda está dormindo. Vamos, me mostra.*« Sie zog Klara am Ärmel in den Raum hinein.

Klara deutete auf den Globus. Sie drehte ihn, fuhr mit dem Finger über die Kontinente und hob fragend die Schultern. Aber Teresa konnte ihr nicht helfen. Sie wusste nicht, wo Brasilien auf der Erdkugel zu finden war. Sie verstand allerdings die Frage und beantwortete sie: »*Estamos em Porto Alegre. No Rio Grande do Sul. No Brasil.*«

Erst bei dem letzten Wort gab Klara durch ein leichtes Zucken ihrer Lider zu erkennen, dass sie etwas verstanden hatte. »Brasilien?«, hakte sie nach.

»*Sim, menina, Brasil.*«

Es klang wie »Brasiu«, mit der Betonung auf dem »i«. Aber es konnte ja kaum etwas anderes bedeuten als »Brasilien«. Welches andere Land begann mit einer solchen Buchstabenfolge? Und alles andere passte ebenfalls dazu: das tropische Klima, die Negersklaven und der Hausherr, der mit seinem südländischen Äußeren gut und gerne portugiesischer Abstammung sein mochte. Himmel noch mal, wie war sie bloß in Brasilien gelandet?

Klara drehte den Globus und zeigte auf ihre Heimat, die sie nach kurzer Suche ausfindig gemacht hatte. »Da komme ich her.« Dann drehte sie den Globus weiter und zog mit dem Finger eine Linie vom Rhein bis nach Rio de Janeiro. Teresa zog zweifelnd den Kopf zurück, so dass sich ein Doppelkinn bildete, und glotzte sie aus großen Augen an. »*É de tão longe que você vem? Não está mentindo pra mim, está?*«

»Was habt ihr zwei hier in meinem Arbeitszimmer verloren?« Raúl stand in der Tür und sah verärgert aus. Er trug einen Hausmantel, unter dem die nackten, dichtbehaarten Beine hervorsahen. Klara wendete verschämt den Blick ab. In diesem Aufzug sollte ein Mann sich nicht vor Frauen zeigen, auch nicht, wenn er der Hausherr war. Er gähnte. Unter seinen Augen zeichneten sich Ringe ab, die von einer langen Nacht zeugten, und auf seinen Wangen lag ein dunkler Schatten, weil er sich noch nicht rasiert hatte. Er sah noch furchteinflößender aus als sonst. »Und wieso«, fuhr er fort, »macht ihr dabei so einen Lärm? Kann man nicht einmal in Ruhe ausschlafen?«

»Das tut uns sehr leid, Senhor Raúl«, sagte Teresa, ohne jedoch auch nur im Geringsten zerknirscht auszusehen oder zu klingen. »Es war nur so, dass Menina jetzt wieder weiß, wie sie heißt, nämlich Clara, und wo sie herkommt. Das hat sie mir auf der Erdkugel zeigen wollen. Und es duldete verständ-

licherweise keinen Aufschub – unsere Kleine ist vor lauter
Aufregung und Freude noch immer ganz durcheinander.«

»Aha.« Raúl sah die junge Frau an. »Clara, hm? Also
dann, herzlich willkommen in der Gegenwart. Und jetzt raus
aus meinem Arbeitszimmer.« Er drehte sich auf der Ferse um
und schlurfte wieder in sein Zimmer, wo er sich so schwer
auf sein Bett fallen ließ, dass die Holzdielen im ganzen Haus
erbebten.

Als er wenige Stunden später, diesmal korrekt gekleidet, rasiert und in deutlich besserer Stimmung, im Esszimmer saß
und sich ein spätes Frühstück servieren ließ, überraschte er
Teresa mit einem Vorschlag.

»Was hältst du davon, wenn wir unserer Menina, ich meine Clara, heute mal diese schöne Stadt zeigen? Sie ist seit
Wochen nicht vor die Tür gekommen, und inzwischen müsste sie doch wieder so weit hergestellt sein, dass sie der Belastung gewachsen ist, oder nicht?«

»Ja, sie ist zwar noch ein bisschen wacklig auf den Beinen, aber wenn sie die Kutsche nicht allzu oft verlassen und
irgendwelche Berge erklimmen muss, wird ihr ein Ausflug
sicher guttun. Und es bekommt ihr bestimmt ausgezeichnet,
unter Menschen zu gehen und einmal etwas anderes zu sehen
als immer nur uns und dieses Haus.«

»Nun, wir wollen sie ja nicht überfordern. Ich dachte eher
daran, dass wir mit ihr jemanden besuchen. Ich will mit ihr zu
einem Herrn gehen, der des Deutschen mächtig ist. Eduardo
hat mir gestern Abend von ihm erzählt. Er ist ein entfernter
Bekannter von ihm, aber Eduardo hält ihn für absolut ver-
trauenswürdig – je nachdem, was er herausfindet, müssen wir
uns ja auf seine Diskretion verlassen können. Dieser Mann
ist Professor für Altertumskunde und beherrscht an die zwölf

Sprachen. Vielleicht bekommt der mehr aus ihr heraus als wir.«

Teresa wackelte kritisch mit dem Kopf. »Sie können es gar nicht erwarten, sie loszuwerden, stimmt's?«

»Ehrlich gesagt: nein. Ich kann es nicht erwarten, dass diese Bürde von uns genommen wird, und noch viel weniger kann ich es erwarten, wieder heimzufahren. Fehlt dir die *estância* denn nicht auch? Die Gesellschaft von Tomás, von Maria Dolores oder von Hinkebein João?«

Die genannten Personen waren alle Sklaven, die schon seit vielen Jahren bei Raúl lebten und die, für ihn genau wie für Teresa, zu einer Art Familie geworden waren.

»Außerdem«, ergänzte er, ohne Teresas Antwort abzuwarten, »kannst du das Mädchen ja nicht wie eine Puppe behandeln. Irgendjemand vermisst sie bestimmt ganz fürchterlich. Stell dir ihre Leute vor, die müssen vor Sorge schier vergehen. Vielleicht ist sie mit ihren Eltern und Geschwistern hier, vielleicht hat sie einen Verlobten, was weiß ich. Wir haben viel zu lange gewartet, um das herauszufinden. Und solange Clara noch nicht auf dem Damm war und ihr Gedächtnis diese Lücken aufwies, war es wahrscheinlich ganz gut, dass wir ihr hier die Ruhe und die Zeit gelassen haben, zu sich zu kommen. Aber jetzt müssen wir etwas unternehmen.«

Teresa wusste, dass Raúl recht hatte. Dennoch tat es ihr in der Seele weh, Klara wieder hergeben zu müssen. »Also schön. Aber erstens komme ich mit – auch zu dem Gelehrten. Ich will nicht, dass er sie einschüchtert oder gar quält. Zweitens machen wir am Markt halt, weil ich nämlich ein paar Dinge besorgen muss und weil ich außerdem will, dass Clara unter Leute kommt und das wahre Leben in Porto Alegre kennenlernt.«

»Einverstanden. In spätestens einer Stunde soll es losgehen, also mach dich und das Mädchen ausgehfein.«

Gute anderthalb Stunden später fuhren sie los. Raúl saß vorn bei dem Kutscher, hinten saßen die beiden Frauen. Klara trug ordentliche, aber schlichte Kleidung, in der sie wirkte wie ein Lehrmädchen oder eine Handwerkertochter. Ein zufälliger Beobachter hätte aufgrund ihrer Mienen den Eindruck gewinnen können, sie und Teresa seien handelseinig geworden – vielleicht war die Weiße eine Näherin, die der Schwarzen einen schönen Auftrag abgerungen hatte, oder die junge Frau war eine Gouvernante, die ein Einstellungsgespräch zur Zufriedenheit der alten Sklavin absolviert hatte.

Während der Fahrt sprachen sie kein Wort miteinander. Klara betrachtete die Szenerie, die vorüberbrauste. Sie war überaus fasziniert von der fremden Umgebung, von den exotischen Pflanzen, die am Wegesrand wuchsen, von den Häusern in ihrer südländischen Bauweise, von den anderen Menschen, die ihnen zu Pferde, zu Fuß oder in offenen Kutschen entgegenkamen. Doch schon lange bevor sie das Stadtzentrum erreichten, fühlte Klara sich erschlagen von den vielen Eindrücken, dem bunten und lauten Geschehen auf der Straße. Sie vermisste die Stille und den Frieden im Haus.

Und dann wusste sie ja auch gar nicht, was man mit ihr vorhatte. War es nur ein harmloser Ausflug? Sicher nicht, denn sonst wäre der junge Herr ja wohl kaum dabei. Brachten sie sie zu einem Arzt? Lieferten sie sie im Armenhaus ab oder an einem vergleichbaren Ort, wo man gestrandete Weibspersonen aufnahm? Klara war ein wenig ängstlich angesichts des unbekannten Fahrtziels. Doch Teresa tätschelte ab und zu ihre Hand und flößte ihr Zuversicht ein. Die herzensgute Negerin würde bestimmt nicht zulassen, dass ihr, Klara, etwas Hässliches widerfuhr.

Sie hielten vor einem mehrstöckigen Gebäude mit eleganter, stuckverzierter Fassade. Raúl stieg ab, vergewisserte

sich, dass die Adresse mit der auf seinem Zettel überein-
stimmte, und betätigte den schweren Messingklopfer an der
Tür. Nichts tat sich. Er hatte zwar sein Kommen nicht ange-
kündigt, doch Eduardo hatte ihm versichert, dass der Professor kaum je das Haus verließe. Raúl klopfte ein zweites Mal,
ungestümer diesmal. Doch nichts im Haus rührte sich. Keine
Gardine wurde beiseitegeschoben, keine Stimmen erklangen
aus dem Innern – nichts. Das war allerdings sonderbar, denn
ein paar Hausklaven würde ein so angesehener Gelehrter
doch haben. Und die blieben gemeinhin im Haus, auch wenn
ihr Besitzer unterwegs war. Es sei denn, der Herr Professor
war überhaupt nicht in der Stadt, sondern mitsamt seinem
ganzen Personal verreist.

»Es sieht nicht so aus, als wäre jemand da«, rief er den
Wartenden auf der Kutsche zu.

Teresa fiel ein Stein vom Herzen. »Wir können es ja später noch einmal versuchen«, rief sie zurück und gab acht, dass
ihr die Erleichterung nicht anzuhören war.

»Ja, das tun wir. Hm … also dann fahren wir jetzt wohl am
besten zum Markt, was meinst du? Ihr könnt dort nach Herzenslust einkaufen, und später hole ich euch an der Ecke ab,
an der ich euch auch absetze. Ich selber werde unterdessen
die Gelegenheit nutzen und bei dem Schneider in der Rua da
Independência ein paar Hemden in Auftrag geben.«

»Und geben Sie gleich auch einen neuen Gehrock in
Auftrag«, antwortete Teresa, »der graue ist schon ganz ab-
gewetzt.«

»*Sim, senhora*, ganz wie Madame wünschen.«

Klara hatte den kurzen Wortwechsel mitverfolgt. Sie hatte zwar nichts davon verstanden, doch es war ihr nicht entgangen, wie Teresas Anspannung abrupt in jenem Moment
nachließ, in dem feststand, dass in dem feinen Haus niemand

war. Was auch immer sie hier zu suchen gehabt hatten, es war nichts Angenehmes gewesen. Und es würde warten müssen.

Die Kutsche fuhr mit einem Ruck an. Kurze Zeit später erreichten sie einen Marktplatz. Teresa bedeutete Klara, abzusteigen. Raúl reichte den beiden Frauen die Hand, erst Teresa, dann Klara, bevor er sich wieder auf den Kutschbock schwang und seinem Fahrer das neue Ziel nannte. Teresa redete auf Klara ein. Sie wirkte sehr ernst, und obwohl Klara sich keiner Schuld bewusst war, erschien ihr das Ganze wie eine Standpauke.

»… *e nunca fique longe de mim!*«, führte Teresa ihre strenge Ansprache zu Ende. Unmittelbar darauf drehte sie sich um und fuhr einen halbwüchsigen Jungen an. »Halt deine dreckigen Finger gefälligst fern von der Senhorita!«

Sie nahm Klara an der Hand und schleifte sie hinter sich her, an unzähligen Buden und Ständen vorbei, durch Gassen zwischen unvorstellbaren Mengen an Früchten und Gemüsesorten, Gewürzen und Kräutern, Fleisch und Fisch, Hülsenfrüchten und Getreidekörnern, Tee- und Kaffeesorten. Bei einigen Händlern, die Teresa offenbar bereits kannten, erstand sie nach langem Feilschen Waren, die sie in der kleinen Karre verstaute, die sie von zu Hause mitgenommen und nun Klara anvertraut hatte.

Allein diese Karre durch die engen Gänge des Marktes zu bugsieren war eine Mühsal, wollte man nicht kunstvoll aufgebaute Türme von Früchten umwerfen oder andere Leute zum Stolpern bringen. Klara war vollkommen überfordert, sowohl mit der Karre als auch mit dem Gewimmel, dem Lärm, den Menschenmassen, den zahlreichen Lebensmitteln, von denen sie kaum eines kannte. Wenn doch so viele Früchte hier wuchsen, warum sah sie dann keine Erdbeeren, Kirschen, Äpfel oder Pflaumen? Wieso gab es weder Spargel noch Saubohnen oder Kohlrabi, weder Fässer mit sauren Gurken noch welche mit Sauerkraut?

Von allen Ständen rief man ihnen etwas zu, manche Händler versuchten sie gar am Ärmel zu packen und auf ihr Angebot aufmerksam zu machen. Teresa schritt mit autoritärer Haltung durch dieses Durcheinander und verscheuchte die Verkäufer, so gut es eben ging. Manch einem warf sie allerdings auch eine Kusshand zu oder erwiderte etwas in der eindeutigen Absicht zu schäkern.

In Klaras Kopf drehte sich bald alles. Die Farben, Geräusche und Düfte waren zu intensiv, das Gedränge zu stark, die Hitze erdrückend. Sie fühlte eine Ohnmacht heraufziehen. Sie hatte seit Jahren keine mehr gehabt, aber als ganz junges Mädchen war es ihr ein paarmal passiert. Sie kannte die Anzeichen. Man fühlte sich flau, plötzlich rückten alle Geräusche in weite Entfernung, so als habe jemand eine Tür zwischen ihr und dem Geschehen um sie herum zugeschlagen, dann verschwamm alles vor ihren Augen. Und alles wurde dunkel.

Klara schwankte. Dann sank sie zu Boden und glaubte Engelein zu hören, als sie den Ruf »Klärchen!« vernahm.

11

*W*olfgang Eiser war in der *Colônia Alemã de São Leopoldo* zu einer Art inoffiziellem Bürgermeister geworden. Nicht, dass er klüger oder ehrlicher oder integrer gewesen wäre als die anderen Männer. Er war genau wie sie ein einfacher Bauer aus dem Hunsrück, gottesfürchtig und ein bisschen verschlagen. Zwei Dinge jedoch unterschieden ihn von den anderen Kolonisten, und die waren es, die ihn zu ihrem Fürsprecher und zu ihrem Boten geradezu prädestinierten: Wolfgang Eiser besaß ein Pferd. Und er verfügte über »hervorragende Kenntnisse«, wie er selber behauptete, der portugiesischen Sprache.

Beides hatte er in seinem ersten Jahr in der neuen Heimat erworben. Weil er alleinstehend war und ihm die Bearbeitung seines Landes sowohl zu einsam als auch zu unergiebig schien – ein einzelner Mann konnte dem Urwald gerade genug Ackerfläche abringen, um nicht hungers zu krepieren, mehr jedoch nicht –, hatte er sich auf einem Hof westlich von Porto Alegre als Stallknecht verdingt. Es war eine gute Entscheidung gewesen. Er hatte einen kränkelnden Gaul, der getötet werden sollte, in seiner Freizeit gesund gepflegt und ihn behalten dürfen. Die Kosten für das Futter des Tieres wurden ihm vom Lohn abgezogen, aber das war es Wolfgang wert gewesen. Als er nach einem Jahr zurück in die Kolonie kam, hatte er ein eigenes Pferd – und damit nicht nur eine wertvolle Hilfe bei der Bearbeitung seines Landes, sondern auch ein Fortbewegungsmittel, das zuverlässiger und wendiger war als ein Ochsenkarren. Mit seinem Gaul, dessen alten Namen, Dom João, er übernommen hatte, war er unabhängig von Hochwasser oder anderen Launen der Natur. Er konnte in die Stadt reiten, wann es ihm beliebte, sogar während der Regenzeit, wenn seine Nachbarn aufgrund der aufgeweichten Wege an ihr Land gefesselt waren. Mit Dom João kam er immer irgendwie durch. Und mit seinem bruchstückhaften Portugiesisch ebenfalls.

So ergab es sich, dass seine Landsleute zu Wolfgang Eiser kamen, wenn sie Hilfe im Umgang mit den brasilianischen Behörden benötigten oder ein bestimmtes Mittel aus der Apotheke brauchten. Sie vertrauten ihm ihre Briefe an, wenn er nach Porto Alegre ritt, und sie baten ihn um die unterschiedlichsten Besorgungen. Die eine benötigte Stopfgarn, der Nächste wollte ein Vergrößerungsglas, wieder ein anderer brauchte Tinte – alles, was klein genug war, dass ein Mann es in einer Satteltasche transportieren konnte, brachte Eiser den Leuten mit. Gegen gute Bezahlung, versteht sich.

Als er an diesem strahlenden Märztag über den Marktplatz schlenderte, war er bester Laune. Er hatte alle Aufträge ausgeführt und wollte sich nun mit einem ordentlichen Vorrat an *erva mate* belohnen, dem grünen Kraut, aus dem man hierzulande einen ebenso bitteren wie belebenden Aufguss zubereitete. Er hatte sich das Matetrinken in seiner Zeit als Stallknecht angewöhnt, und seitdem war er kaum noch ohne seine Kalebasse mit dem silbernen Trinklöffel anzutreffen. Das Zeug machte süchtig. Hier auf dem Markt gab es jede Menge Sorten, die er noch nie gekostet hatte – ah, wie er sich darauf freute, sie alle im Laufe der Zeit zu probieren!

Wolfgang Eiser verhandelte gerade mit einem mürrischen Verkäufer in der Tracht der Gaúchos über den Preis von einem Pfund Mate, als er aus dem Augenwinkel einen ungewohnten Anblick wahrnahm. Eine blonde Frau – die musste er doch kennen. Er unterbrach sein Gespräch mit dem Händler und blickte in die Richtung der Frau. Um seine Sehstärke war es nicht allzu gut bestellt, aber doch gut genug, um in dieser Person eine der Kolonistinnen zu erkennen, wie er es vermutet hatte.

»Klärchen!«, rief er.

Im selben Augenblick verschwand sie.

Gleichzeitig fiel Wolfgang Eiser ein, dass es wohl kaum Klärchen gewesen sein konnte. Die war nämlich tot.

Herrje, dachte er, jetzt sah er schon Gespenster. Die Hitze verbrutzelte ihm wirklich das Hirn. Oder trieb ihr ruheloser Geist hier in der Stadt sein Unwesen? Man konnte nie wissen.

Er bekreuzigte sich. Dann bezahlte er ohne weitere Debatte den viel zu hohen Preis, den der Matehändler verlangte, und achtete nicht einmal darauf, ob der Mann ihm den Tee auch korrekt abwog. Er nahm den Papierbeutel mit dem kostbaren Inhalt entgegen und ließ ihn achtlos in seinen Rucksack fallen.

12

Ich glaube, die Zeit vom Sommer 1823 bis zum Sommer 1824 war das glücklichste Jahr meines Lebens.

Hannes machte mir nach allen Regeln der Kunst den Hof, und ich verliebte mich in ihn. Welches Mädchen würde sich nicht in einen jungen Mann verlieben, der ihr beinahe täglich Blumen und im Winter körbeweise Nüsse und Äpfel brachte? Der ihr mit den schönsten Komplimenten schmeichelte? Der sie immer mit kleinen Mitbringseln von seinen »Reisen« – er fuhr gelegentlich zum Sägewerk in Lansbach oder wegen amtlicher Angelegenheiten nach Simmern – bedachte? Das konnten bunte Bänder sein, hübsche Knöpfe, Lippenpomaden oder ein feines Taschentuch. Einmal schenkte er mir sogar ein Porzellanfigürchen, eine Tänzerin, die sich in ihrer Zartheit und Transparenz auf dem plumpen Bord meiner Kammer ausnahm wie ein Schwan inmitten einer morastigen Pfütze.

Darüber hinaus führte Hannes mich häufig aus, und ich genoss seine Gesellschaft ebenso sehr wie die Tatsache, dass ich so viel erleben durfte. Keine Frau aus meiner Familie konnte es sich leisten, regelmäßig in Gaststuben zu essen, in Schankwirtschaften zu trinken oder beinahe alle Dorffeste in der näheren Umgebung von Ahlweiler zu besuchen. Es war herrlich!

Natürlich litt meine Arbeit darunter, und Theo, wie nicht anders zu erwarten war, beschwerte sich darüber. »Der Kerl hat doch nichts als Flausen im Kopf. Der ist ja fast noch schlimmer als du. Aber eines sag ich dir: Anpacken musst du hier schon noch, solange du hier wohnst. Und warum heiratet er dich nicht endlich? Dann kann er selber zusehen, wie das ist, eine Familie satt zu kriegen.«

Theo wusste genau, warum Hannes und ich uns noch nicht offiziell verlobt hatten, obwohl wir vor aller Augen längst ein Paar waren. Hannes war evangelisch, ich katholisch. Mir persönlich war das egal und Hannes ebenfalls. Wir glaubten schließlich beide an denselben Gott und befolgten dieselben Zehn Gebote, oder etwa nicht? Aber seine Eltern waren strikt dagegen, dass er sich mit einer Katholikin vermählte, die dann die zu erwartenden Enkelkinder katholisch erziehen würde.

Auch bei mir zu Hause gab es darüber heftige Diskussionen. Besonders Matthias und Peter waren sich einig, dass ich bei einer Heirat mit einem Protestanten das Seelenheil der ganzen Familie aufs Spiel setzte. Doch die Meinung meiner Geschwister bedeutete mir nicht halb so viel wie Hannes. Was mir deutlich mehr zusetzte, war das Wissen, dass auch mein Vater gegen eine Hochzeit mit Hannes gewesen wäre, wenn er noch bei Verstand gewesen wäre und sich hätte äußern können. Ihm wollte ich auf keinen Fall wehtun – und wer wusste schon, ob er nicht doch mehr von allem mitbekam, als es den Anschein hatte? Nur Theo war, zumindest in dieser Sache, einer Meinung mit mir. Er hatte es nicht so mit der Religion, und daher fand er gar nichts Verwerfliches an Ehen zwischen Katholiken und Protestanten. Trotzdem hielt er Hannes für eine schlechte Wahl.

»Was willst du eigentlich, Schwager?«, fragte ich ihn eines Tages. »Soll ich nun heiraten und hier nicht länger allen zur Last fallen, wie du es ausdrückst, oder soll ich den Hannes lieber nicht nehmen, weil er, wie du sagst, nichts taugt?«

»Himmel noch mal, Klärchen, das ist doch nicht so schwer zu verstehen. Du sollst heiraten, ja, und von mir aus auch einen evangelischen Mann. Aber nicht den Hannes, wenn's geht. Ich seh ihn schon unser hart verdientes Geld zum Fenster rausschmeißen.«

»Es ist dir offenbar noch nicht aufgefallen«, erwiderte ich, »dass der Hannes ein sehr tüchtiger Schreiner ist. Der verdient an einem Tag mehr als du in einer Woche.«

»Mag sein, aber weder spart er etwas, noch unterstützt er damit andere.« Hier machte Theo eine bedeutsame Pause und sah mich durchdringend aus seinen hinterlistigen Äuglein an. »Der kann sein Geld ganz allein für sich und sein Liebchen verjubeln – was er ja auch, wie's scheint, tut.«

»Jedenfalls ist er kein Geizkragen.« Ich wusste, dass er das sehr wohl sein konnte, insbesondere wenn es um uneigennützige Ausgaben ging. Aber das verschwieg ich wohlweislich.

»Weißt du was, Klärchen? Mach doch, was du willst. Heirate ihn halt. Oder hat er dich etwa noch nicht gefragt?« Die Häme in seiner Stimme ließ mir vor Wut die Augen wässrig werden.

»Selbstverständlich hat er das«, behauptete ich und stolzierte davon.

Selbstverständlich hatte er das *nicht*. Er hatte von Heirat gefaselt, ja, und immer wieder von dem wunderbaren Leben, das wir fernab unserer lästigen Familien führen würden, aber einen richtigen Antrag hatte Hannes mir nie gemacht. Er traute sich nicht. Er hatte Angst vor der Standpauke seiner Mutter und davor, dass sein Vater ihn enterben würde.

Wäre ich nicht so verliebt in Hannes gewesen, hätte ich mich sicher darüber aufgeregt. Ich hätte ihm Feigheit vorgeworfen und ihn mit der Frage gepiesackt, wie er denn seinen Weg in Amerika machen wolle, wenn er schon nicht Manns genug war, eine katholische Frau zu ehelichen. Aber ich war vollkommen blind. Ich sah nur den kräftigen, gutaussehenden Burschen mit seinen hübschen braunen Augen, seinen großen, zupackenden Händen und dem unerschütterlichen Optimismus. Regelrecht verzaubert hatte mich nämlich die Tatsache, dass er seine Amerika-Pläne weiterhin verfolgte, obwohl die Umsetzung mehr als kompliziert war. Ich liebte ihn wegen dieses Traums, den er nicht aufgab, und fast noch mehr als ihn liebte ich den Traum selber, den ich zu meinem eigenen gemacht hatte.

Es gab Momente, in denen ich mich fragte, ob es nicht allein der Wunsch nach dem Abenteuer und die Lust auf den fernen Kontinent waren, die mich für Hannes eingenommen hatten. Manchmal machte ich mir auch Gedanken darüber, was umgekehrt ihn dazu bewogen haben könnte, mich zu umwerben. Wir kannten uns schon unser Leben lang, doch erst als ich ihn darauf aufmerksam gemacht hatte, dass er in Amerika eine Frau brauchte, hatte er begonnen, mir den Hof zu machen. Waren es, ähnlich wie bei mir, praktische Erwägungen, die den Ausschlag gegeben hatten? Hatte er in mir plötzlich die ideale Ehefrau gesehen, eine Frau, die nicht nur ledig, gesund und hübsch war, sondern auch fleißig und sparsam?

Ach, im Grunde spielte es doch gar keine Rolle, wie und warum wir zusammengefunden hatten. Unsere ursprünglichen Motive, so unromantisch sie gewesen sein mochten, waren längst in den Hintergrund getreten. Wir hatten uns ineinander verliebt, und wir kosteten jede Sekunde der Zeit, die wir miteinander verbrachten, aus. Wir ließen es uns gutgehen, gingen tanzen, unternahmen gemeinsame Wanderungen durch den Soonwald oder gaben uns am Bachlauf unseren Phantasien von einer besseren Zukunft hin. Und natürlich tauschten wir, wenn wir im Gras lagen und die Abendsonne unsere Gesichter in ihr warmes Licht tauchte, Küsse und keusche Zärtlichkeiten aus. Dabei blieb es allerdings nicht. Im Herbst 1823 verlor ich meine Unschuld, auf einem Hochsitz im Putzenfelder Forst. Dieses erste Mal gehört nicht unbedingt zu den Erinnerungen, die ich in meinem Herzen bewahren möchte. Immerhin, danach wurde es besser. Es wurde sogar so gut, dass ich selber schon ungeduldig unserem nächsten Treffen entgegenfieberte und mich dann schamlos an Hannes rieb. Getrübt wurde das Vergnügen einzig durch die Schreckensvision einer Schwangerschaft. Aber gottlob passierte nichts.

Im April 1824 nahm unser Schicksal eine entscheidende Wendung. Ich wusste es schon in dem Augenblick, in dem ich von weitem den Trommelwirbel vernahm und die Männer auf dem Dorfplatz sah. Sie trugen Uniformen, aber nicht die unserer preußischen Soldaten, denn die kannte ich, und auch nicht die der französischen Soldaten, die bis 1815 allgegenwärtig gewesen waren. Ihre Uniformen waren viel weniger militärisch, sie waren gelb, grün und blau gehalten und mit goldenen Bordüren versehen, beinahe wie die eines Zirkusdirektors. Trotz ihrer schlammverschmutzten Stiefel wirkten sie wie hohe Beamte, was sie jedoch nicht sein konnten – in unser Dörfchen kamen *nie* wichtige Personen. Außerdem waren sie ausgesprochen freundlich, fast jovial, so dass sie auf keinen Fall irgendwelche Würdenträger sein konnte. Ein Grüppchen von Leuten, alle dick vermummt und mit den Füßen in dem aufgeweichten Lehmboden gegen die Kälte anstapfend, versammelte sich um sie. Während der eine Fremde einen Aushang an der kahlen Linde befestigte, trug der andere ihr Anliegen vor, wohlgemut, obwohl er in seinem vornehmen bunten Mantel sicher fror.

Ich war rein zufällig in der Nähe, um der alten Agnes einen Packen ausgebesserter Kleidung zu bringen, und natürlich ließ ich mich von meinen Pflichten ablenken. Es kamen viel zu selten Fremde nach Ahlweiler, als dass man sich das hätte entgehen lassen können, zumal die beiden Herren ja durchaus gesehen und gehört werden wollten. Das Spektakel hatte bereits begonnen, als ich mich zu der kleinen Menschenansammlung gesellte.

»… jedem Hausstand 160 000 Klafter fruchtbarsten Bodens sowie Saatgut zur Verfügung, des Weiteren Nutztiere und Arbeitsgerät. Jeder Erwachsene erhält im ersten Jahr täglich einen Franken zu seinem Unterhalt, im zweiten Jahr einen halben Franken. Die Familien sind in den ersten zehn Jahren von der Steuerpflicht befreit«, hörte ich den Mann mit seinem merkwürdigen Akzent sagen.

Dann ging ein Raunen durch die Gruppe, das immer lauter wurde. Wir waren alle sehr aufgeregt.

»Was hat das zu bedeuten?«, fragte ich Schusters Friede, die neben mir stand. »Wo gibt es das alles? Ich habe den Anfang verpasst.«

»In Brasilien«, antwortete sie beleidigt. Aus ihrem Mund klang es, als habe der Fremde ihr einen unsittlichen Antrag gemacht.

Mein Herz klopfte vor Begeisterung schneller. Brasilien! Ich hatte keine Ahnung, wo genau dieses Land lag, wie groß es war und wie es beschaffen war. Aber allein der Name klang so märchenhaft, so exotisch, dass mir davon schwindelte. Ich musste näher zu dem Redner vordringen. Keine Silbe wollte ich verpassen.

Der Mann war umringt von einer Handvoll Männer, die das Gehörte nicht glaubten und skeptisch dreinblickten. Der Hunsrücker an sich ist nicht gerade für seine Überschwenglichkeit berühmt. Obwohl die Leute vor Neugier schier platzten, stellten sie ihre Fragen in gelangweiltem Ton und mit mürrischen Gesichtern. Doch der Redner ließ sich davon nicht aus dem Konzept bringen. Eher trat das Gegenteil ein: Er begann sich richtig warmzureden und schien selber hellauf begeistert von dem, was er da erzählte.

»Doch, Leute, ihr könnt's ruhig glauben. Brasilien ist ein riesiges Land, und die brauchen da jede Menge tatkräftige Unterstützung. Händeringend, sage ich euch, händeringend suchen die nach Handwerkern und Bauern, die das Land urbar machen und es besiedeln. So dringend brauchen die euch da, dass sie euch die Überfahrt bezahlen, dass sie euch Land schenken, ein bisschen Vieh dazu und alles, was ich vorhin schon erzählt habe. Es ist das reinste Schlaraffenland – Winter kennen die da nicht, da könnt ihr zwei Ernten im Jahr einfahren.«

»Und wieso jetzt? Brasilien gibt's ja nicht erst seit gestern«, rief Bauer Herbert dazwischen.

»Ha, eine ausgezeichnete Frage«, lobte ihn der andere Fremde, der offenbar nun auch endlich einmal zu Wort kommen wollte. »Weil Brasilien erst seit zwei Jahren ein unabhängiges Land ist. Es ist nicht länger eine Kolonie von Portugal, nein, es ist jetzt ein Kaiserreich. Der brasilianische Kaiser ist zwar eigentlich nur ein Prinz, nämlich der Sohn des portugiesischen Königs, aber so ist das mit den jungen Leuten. Das ist bei den Hoheiten nicht anders als bei allen anderen: Die Jugend lehnt sich gegen die Eltern auf und fühlt sich zu Höherem berufen.« Er lachte affektiert und hielt sich dabei für äußerst volkstümlich. Wir empfanden ihn als Wichtigtuer.

Der erste Redner, der das ähnlich zu sehen schien, unterbrach seinen Kollegen unwirsch: »Die Frau des brasilianischen Kaisers ist die Erzherzogin Leopoldine, eine Habsburgerin. Und sie wünscht sich, dass mehr Siedler aus unseren Gefilden in ihr Land kommen. Weil sie weiß, dass ihr arbeitsam, robust und willensstark seid.«

Ein paar Leute um ihn herum schmunzelten.

Ja, das waren wir wohl. Ganz sicher waren wir von einem anderen Schlag als dieses Portugiesengesindel, das jeder hier als faules südländisches Pack betrachtete, obwohl wir nie im Leben einen Portugiesen vor uns gehabt hatten. Ich wusste, was in den Leuten vorging. Ich wusste aber ebenfalls, dass es den meisten, wenn nicht allen, im entscheidenden Moment an Mut mangeln würde, ihre Heimat zu verlassen. Ganz gleich, wie verlockend das Bild war, das die Fremden von dem fernen Paradies zeichneten, und ganz gleich, wie elend das Leben in Ahlweiler war – man würde sich auf ein solches Abenteuer niemals einlassen.

»Bestimmt steckt der Papst dahinter«, rief erneut Bauer Herbert. »Da müssen wir dann in Brasilien zu allen möglichen Heiligen beten und unsere Sünden einem Pfaffen erzählen, der keine Ahnung vom Leben hat. Damit der Papst die Macht seiner heiligen römisch-katholischen Kirche vergrößert.«

Kein schlechter Einwand, dachte ich, obwohl ich seine Sichtweise meines Glaubens nicht guthieß. Herbert war schlauer, als sein tölpelhaftes Aussehen vermuten ließ.

»Das«, und diese Silbe zog der erste Redner bedeutsam in die Länge, während er vielsagend die Augenbrauen hob, »ist vielleicht das Beste an dem ganzen Unterfangen. Die brasilianische Krone sichert allen Einwanderern das Recht auf freie Ausübung ihrer Religion zu.«

Es war zu gut, um wahr zu sein. Ich traute meinen Ohren kaum. Ein fruchtbares Land, in dem das ganze Jahr über Sommer war, in dem man ein freier Mensch war und in dem man noch dazu mit mehr Gütern begrüßt wurde, als die meisten von uns je besessen hatten – irgendeinen Haken hatte die Sache bestimmt. Wenn es so wundervoll war in diesem Brasilien, warum mussten sie dann die Leute anlocken? Würden die Menschen nicht freiwillig dorthin strömen?

Wie auch immer: Ich musste unbedingt Hannes davon erzählen. Er würde mit diesen Werbern, die unser Dorf besucht hatten, reden und sich nach bürokratischen Einzelheiten erkundigen müssen. Er hatte im Zusammenhang mit seinen Amerika-Plänen schon so vieles an Informationen zusammengetragen, dass er sich auch hier schneller einen Überblick verschaffen konnte als ich. Er hatte Vergleichsmöglichkeiten, würde Kosten und Aufwand einer solchen Reise besser einschätzen können als ich. Ich meine, mir hätte man als Schätzpreis für die Überfahrt 100 Taler oder 100 000 Taler sagen können, ich hätte beides für möglich gehalten.

Brasilien! Vielleicht war das die Lösung all unserer Probleme! Mein Tag war gerettet. Die Möglichkeit, jemals aus Ahlweiler herauszukommen, so unwahrscheinlich sie auch war, ließ mich den Trübsinn um mich herum vergessen. Die nach der späten Schneeschmelze aufgeweichte Erde, die tiefhängenden Wolken, die von derselben Farbe waren wie die feucht glänzenden Schieferdächer des Dorfs, die bleichen Gesichter, die trostlosen Farben unserer Kleidung – all das nahm ich kaum noch wahr.

In meinem Kopf ging es warm, bunt und fröhlich zu.

13

Zuerst sah sie die Heilige Muttergottes, die ein hellblaues Kleid trug und über deren Haupt ein Heiligenschein schwebte. War sie im Himmel gelandet?

Dann bemerkte sie, dass es sich um ein verbeultes Medaillon mit dem Antlitz der Madonna handelte. Es baumelte aus dem Ausschnitt einer Frau heraus und hing direkt vor ihrer, Klaras, Nase. Der üppige Busen der Frau wogte vor Entrüstung, als sie von Teresa beiseitegeschoben wurde. Klara lächelte das vertraute Gesicht der Schwarzen an. Sie ließ sich von Teresa zwei Klapse auf die Wangen und anschließend einen Schluck Wasser geben. Dann erhob sie ihren Oberkörper und blickte um sich. Ihre Ohnmacht hatte einige Schaulustige angelockt, aber als sie merkten, dass nichts weiter passiert war, zogen sie ihres Weges. Die Einkäufe waren wichtiger als so ein schwächelndes ausländisches Fräulein, dem anscheinend die Hitze zu Kopf gestiegen war.

An einen weiteren Versuch, den Professor zu sprechen, war nicht zu denken. Als Raúl die beiden Frauen wie verabredet am Markt abholte und von dem Missgeschick der jungen Deutschen hörte, fuhren sie auf direktem Weg nach Hause. Dort wurde Klara sofort ein von Teresa fabriziertes Gebräu eingeflößt. Anschließend steckte Teresa sie in die Wanne und nahm alle ihre Kleider zum Waschen mit – Klara war vor einem Fischstand in eine Pfütze gesackt und roch entsprechend. Dann wurde sie ins Bett gesteckt. Sie ließ das alles klaglos über sich ergehen. Es war ihr sehr peinlich, dass sie gleich bei ihrem ersten Ausflug in die Wirklichkeit da draußen so kläglich gescheitert war, und sie war heilfroh, dass sie sich vor den mitleidigen – oder gereizten? – Blicken der anderen in den Schlaf retten konnte.

Klara wachte von dem Lärm auf, den ein Gewitter verursachte. Es war dunkel draußen, doch gelegentlich tauchte ein Blitz die Landschaft sowie einen Teil ihres Zimmers in grellweißes Licht. Klara hatte keine Ahnung, wie spät es war. Es war später Nachmittag gewesen, als sie sich hingelegt hatte, bei nur halb geschlossenen Fensterläden. Sie lauschte angestrengt, konnte jedoch im Haus keine anderen Geräusche ausmachen. Es musste mitten in der Nacht sein.

Ihr Erwachen war begleitet von einer Fülle an Erinnerungen, die ebenso heftig auf sie einprasselten, wie die Regentropfen ans Fenster trommelten. Plötzlich war wieder alles da oder fast alles. Denn wie sie in diesem Haus hier gelandet war, dessen konnte sie sich beim besten Willen nicht entsinnen. Die Folge der Bilder, die auf sie einstürmte, endete bei jenem Moment, in dem die Porzellanfigur auf dem Fußboden in tausend Teile zerbrach. Klara hatte den Klang noch deutlich in den Ohren, sah genau, wie der zarte Kopf der Figur zwischen die Holzscheite unter den Herd gekullert war. Die Tänzerin schenkte ihr letztes geheimnisvolles Lächeln dem Astloch eines zerhackten Ipê-Baumstammes. Danach lag alles im Dunkeln.

Klara spürte, dass zahlreiche Erinnerungen in ihrem Kopf nur darauf lauerten, zum Vorschein zu kommen. Es war, als hockten sie da, still und reglos, und warteten auf ein Signal, endlich hervorkriechen zu dürfen. Manche von ihnen waren so nah, dass Klara meinte, sie müsse nur die Hand danach ausstrecken und würde sie zu greifen bekommen. Aber das Gegenteil war der Fall. Je mehr sie sich bemühte, je stärker sie ihr Gedächtnis anstrengte, desto mehr schienen diese vagen Eindrücke sich zurückzuziehen. Es verhielt sich so ähnlich wie mit Worten, die einem auf der Zunge lagen, von denen man wusste, dass sie da waren und dass man sie kannte, die einem aber partout nicht einfallen wollten, und das desto weniger, je mehr man nach ihnen suchte.

Schlimmer als diese vergebliche Jagd auf Erinnerungen war jedoch die Schuld, die Klara empfand. Wie hatte sie jemals ihre Lieben vergessen können? Wie hatten Hildegard und Hannes, ihre Brüder und ihr Vater jemals aus ihrem Gedächtnis verschwinden können, und sei es auch nur vorübergehend? Das war schlichtweg schockierend. Es war abstoßend. Es vermittelte Klara einen Eindruck von sich selber, über den sie lieber nicht länger nachdenken wollte. Und sie fragte sich, welche wichtigen Dinge sich ihrer Erinnerung wohl noch entzogen.

Klara wälzte sich bis zum Morgengrauen im Bett. Es gelang ihr nicht, ihr Gewissen zu beruhigen. Ebenso wenig gelang es ihr, zu entscheiden, was nun zu tun war. Sie musste zurück zu ihren Leuten, so viel stand fest. Aber war es nicht besser, damit zu warten, bis sie vollständig auskuriert war? Solange sie am helllichten Tag in Ohnmacht fiel, solange sie weiterhin Gedächtnislücken hatte und solange es ihr Schmerzen bereitete, längere Zeit zu gehen oder schwere Dinge zu heben, solange würde sie ihrer Familie eine schwere Last sein.

Nun, sagte sie sich, es nützte ja nichts. Diesen Leuten hier war sie ebenfalls eine Last, noch dazu eine, mit der sie eigentlich gar nichts zu schaffen hatten. Gute Christenmenschen waren das, die sie gepflegt und ernährt hatten, ohne dafür je eine Gegenleistung zu erwarten. Mochte der Hausherr auch ein wenig düster wirken, mochte Teresa auch afrikanischer Abstammung sein – beide hatten ihr mehr Nächstenliebe angedeihen lassen, als sie jemals würde zurückgeben können. Immerhin konnte sie ihren guten Willen zeigen: Ab sofort würde sie sich im Haushalt unentbehrlich machen. Es konnte ja nicht angehen, dass man ihr den ganzen Tag den Allerwertesten herumhob. Sie war tüchtig, sie war fast wieder gesund, und sie war harte Arbeit gewohnt. Es gab keine einzige Aufgabe im Haus oder im Garten, der sie sich nicht gewachsen sah, außer vielleicht der, ein original brasilianisches Gericht zuzubereiten. Ein Kaffee würde ihr aber ganz gewiss gelingen.

Sie stand auf, zog sich leise an und ging auf Zehenspitzen hinunter. Sie trug die Öllampe von ihrem Nachttisch vor sich her. Als sie ihren verzerrten Schatten an der Wand im Treppenhaus sah, zuckte sie zusammen. Ein sonderbares Gefühl war das, im Dunkeln durch das Haus anderer Leute zu schleichen. Dabei hatte sie sich wirklich nichts vorzuwerfen. Man hatte ihr bisher immer zu verstehen gegeben, sie solle sich wie zu Hause fühlen. Außerdem tat sie ja nichts Verbotenes. Sie wollte nur schon einmal den Kaffee kochen – in der Hoffnung, dass Teresa diese Geste als kleines Dankeschön und nicht etwa als Einmischung auffassen würde.

Kaum eine halbe Stunde später stieß Teresa zu ihr in die Küche. Inzwischen war es draußen hell genug geworden, dass man auch ohne Lampe einigermaßen zurechtkam. Die Schwarze gähnte und murmelte dann »bom dia«, was, wie Klara gelernt hatte, »guten Morgen« hieß. Sie äußerte keine Silbe zu den frühmorgendlichen Machenschaften Klaras, sondern ging schweigend zum Herd, packte den Griff der Kanne mit einem Topflappen und goss sich eine Tasse ein. Mit der setzte sie sich an den Tisch, stützte beide Ellbogen darauf und blies auf den schwarzen, ungesüßten Kaffee. Dann nippte sie vorsichtig daran – und spuckte beinahe wieder alles aus.

»Deus no céu, você chama isto de café, menina?«

Klara war enttäuscht. Was hatte sie falsch gemacht? Und warum nannte Teresa sie auf einmal wieder Menina?

Schwerfällig erhob Teresa sich, schüttete den ganzen von Klara zubereiteten Kaffee fort und rief sie dann zu sich. Sie wies sie an, Bohnen zu mahlen, während sie selber einen neuen Kessel mit Wasser aufsetzte.

»*Olha bem. É assim que se faz um café decente.*« Von dem gemahlenen Kaffee löffelte sie die dreifache Menge dessen, was Klara genommen hatte, in das Stoffsieb und übergoss ihn mit dem kochenden Wasser.

Klara hielt die Menge des Pulvers für maßlos übertrieben, aber als sie den ersten Schluck des Gebräus probiert hatte, musste sie zugeben, dass dieser Kaffee viel besser schmeckte als ihre Labberbrühe – allerdings musste man ihn schon mit sehr viel Milch und Zucker genießen, um nicht auf der Stelle Herzrasen zu bekommen.

Sie erklärte Teresa durch Zeichensprache, dass sie sich diese Zubereitung einprägen und in Zukunft immer den Kaffee kochen würde, wenn sie so früh auf war.

»*Está bem, menina, você que sabe.* Aber komm mir nicht auf die Idee und mach uns auch noch ein ungenießbares europäisches Frühstück.«

Klara imitierte Teresas Gestik und wackelte verneinend mit dem Kopf, als ob sie auch nur ein Wort verstanden hätte. Nein, sie würde bestimmt nichts kaputt machen, und nein, sie würde auch nicht mit dem Herdfeuer herumspielen.

Im Verlauf des Vormittags wiederholte sich diese Prozedur mehrfach. Klara erledigte unaufgefordert eine Aufgabe, Teresa zeigte ihr daraufhin, wie es richtig ging. Es verdross Klara, dass sie der Schwarzen anscheinend gar nichts recht machen konnte. Erst waren ihr die Brotscheiben zu dünn abgeschnitten, dann der Reis nicht sorgfältig genug gewaschen, schließlich der Tisch falsch gedeckt. Warum in aller Welt sollte man den Laib Brot so zerschneiden, dass nur mickrige sechs Scheiben dabei herauskamen? Daraus konnte man leicht die doppelte Anzahl bekommen! Wieso musste man den Reis so oft waschen? Ihr war er sauber vorgekommen, außerdem wurde er doch hinterher gekocht, oder etwa nicht? Und was zum Teufel spielte es für eine Rolle, auf welche Seite des Tellers man die Serviette legte? Bei ihnen in Ahlweiler hatte es überhaupt keine Servietten gegeben. Klara war wütend – nicht nur auf Teresa, die unbarmherzig an ihr herumkrittelte, sondern auch auf sich selber, weil sie merkte, was für ein Bauerntrampel sie doch war.

Vor allem aber war sie erschöpft. Nachdem sie mehrere Stunden hin und her gerannt war, dies geholt und jenes gebracht, Töpfe geschrubbt und Besteck poliert, Kräuter geerntet und Pfirsiche gehäutet hatte, taten ihr alle Glieder weh. Auch ihr Kopf dröhnte wieder entsetzlich. Matt ließ sie sich auf einen Küchenstuhl sinken.

Teresa hatte Mitleid mit Klara. Aber nie im Leben würde sie ihr das zeigen. Die Kleine hatte ja förmlich nach Beschäftigung geschrien – also bitte, daran mangelte es nie. Und wenn sie schon arbeiten wollte, dann auch gleich von Anfang an zu ihrer, Teresas, Zufriedenheit. Es war keinem damit gedient, das Mädchen alles falsch machen zu lassen. Natürlich hatte sie ihr nichts körperlich Anstrengendes zu tun gegeben, denn eine neuerliche Ohnmacht war in niemandes Sinn. Und natürlich hatte Teresa sich mehr als perfektionistisch gegeben, denn im Grunde hatte Klara sich gar nicht so übel angestellt. Aber lieber einmal richtig gelernt, als für den Rest des Lebens falsch gemacht. Morgen würde sie ja sehen, ob irgendetwas hängengeblieben war. Für heute reichte es jedenfalls. Sie stellte Klara ein Glas frischer Limonade vor die Nase, strich ihr über den Kopf und überließ sie ihrem Vokabelheft.

Klara notierte sofort das Wort, das Teresa gerade fallengelassen hatte und das keiner Übersetzung bedurfte: »limonada«. Sie hatte bereits an die zwanzig Seiten ihres Notizbüchleins gefüllt, mit einer Reihe von Wörtern, wie sie ihr der Alltag hier im Haus vorgegeben hatte, angefangen bei dem »Prosit« von neulich. Wasser, Bett, Brot, Ei, essen, Teller, Messer, Tisch, sitzen, gehen, Garten, Blume, Rock, Bluse, Laken, waschen, Zeitung, lesen, Kamm, Spiegel oder schlafen hatte sie sich notiert, dazu das entsprechende portugiesische Wort in Lautschrift. Teresa konnte ihr ja nicht die korrekte Schreibweise der Wörter sagen, und Klara glaubte ohnehin, dass die richtige Orthographie ihr weniger nützlich wäre als die verständliche Aussprache der Vokabeln.

Bei Begriffen, zu denen sie keine deutsche Übersetzung wusste, hatte sie sich kleine Skizzen gemacht, etwa bei der sauren Frucht mit dem glibberigen Innern, die »marakuscha« – mit weichem »sch« und Betonung auf der letzten Silbe – hieß. Viele der hiesigen Gewächse kannte Klara nicht, und obwohl sie nicht den Ehrgeiz hatte, sich als Botanikerin hervorzutun, schrieb sie doch fleißig all jene Wörter auf, die öfter vorkamen. »Abackaschieh« versah sie mit dem Bildchen einer stachligen Frucht, die aussah wie ein länglicher Kinderkopf mit einer lustigen Puschelfrisur obendrauf. Die Frucht war übrigens köstlich, saftig und süß. »Manga« zeichnete sie in aufgeschnittenem Zustand, damit man den dicken Kern im Innern gut erkennen konnte, und »mamaun« – für dessen nasale Aussprache ihr keine andere Schreibweise einfiel – versah sie, da die Frucht von außen recht unscheinbar war, ebenfalls mit Kernen, die aussahen wie kleine schwarze, kugelrunde Perlen.

≈ 112 ≈

Bei den Tieren war es ähnlich. Pferde, Mücken und Fliegen hatten sie auch im Hunsrück, so dass ihr die Zuordnung eines deutschen zu dem jeweiligen portugiesischen Wort, das Teresa ihr nannte, nicht schwerfiel. Aber diese verrückten bunten Vögel, die vor allem morgens ein Konzert veranstalteten, dass man sich vorkam wie im Urwald, kannte sie nicht. Jeden zweiten davon benannte Teresa als »papagaio«, was ja wohl Papagei heißen sollte. Aber mit den Papageien, von denen Klara daheim Abbildungen in klugen Büchern gesehen hatte, hatten sie kaum Ähnlichkeit.

Klara kostete von der Limonade und zog eine Grimasse. Uh, viel zu sauer. Dann blätterte sie in ihrem Heft ein paar Seiten zurück. Sie wusste genau, dass sie sich kürzlich das portugiesische Wort für Zucker notiert hatte. Und tatsächlich, da war es ja: »assuhkar« hatte sie geschrieben, und so sagte sie es jetzt auch. Sie war aufgestanden, um sich den Zucker aus dem Schrank zu holen, und hatte mit dem Wort auf Teresas fragenden Blick reagiert.

»Bravo, *menina*, das nenne ich ein gelehriges Mädchen!«, freute diese sich.

Klara freute sich noch mehr über ihren Erfolg. Sie wurde verstanden! Ihre Erschöpfung war wie weggeblasen. Plötzlich fühlte sie sich ganz leicht, und fröhlich lief sie durch die Küche, zeigte auf Gegenstände, um sie zu benennen. Bei manchen hatte sie sich die Bezeichnung gemerkt, bei anderen musste sie nachschauen. Übermütig öffnete sie den oberen Teil der Tür, die zu dem Gärtchen hinausging, deutete mit dem Finger in die Luft und rief begeistert, mit dem Kopf zu Teresa am Herd gewandt: »Papagaio.«

»Clara ist dumm, Clara ist dumm«, krächzte Raúl, der just in diesem Moment vor dem Fenster auftauchte. Seine Imitation eines Papageis war perfekt.

⤚ 113 ⤙

Teresa feixte, und Raúl hüstelte, um die Verlegenheit des Mädchens nicht noch durch das Gelächter, das ihm in der Kehle aufstieg, zu steigern.

»Oh«, brachte Klara erschrocken hervor. Mit rotem Kopf stammelte sie auf Deutsch eine Entschuldigung.

»Hier, bring dem Senhor Raúl ein Glas Limonade, damit er sich wieder abkühlt«, forderte Teresa sie auf.

»Nein, lass nur. Ich wollte eh gerade hereinkommen.« Er machte auf dem Absatz kehrt und betrat wenige Augenblicke später von der anderen Seite her die Küche. Er war jetzt barfuß.

»Ehrlich, Senhor Raúl, Sie müssen sich mal angewöhnen, Ihre Hausschuhe zu tragen«, maßregelte Teresa ihn.

»Muss ich das? Es ist so heiß, und unsere armen Männerfüße sind immer in steifen, geschlossenen Schuhen gefangen, da sind die Fliesen hier in der Küche eine herrliche Erfrischung.«

Er holte sich ein Glas, setzte sich neben Klara auf einen Stuhl und goss sich selber Limonade aus dem Krug ein. Es war Klara unangenehm, dass er ihr zuvorgekommen war. War er vielleicht doch kein so feiner Herr?

»Was ist das?«, fragte er und griff nach dem Notizbüchlein, das vor Klara auf dem Tisch lag.

In einem ersten Impuls wollte sie schützend ihre Hand auf das Vokabelheft legen. Doch in der Mitte der Bewegung hielt sie inne und ließ ihn gewähren.

Er deutete ihre Reaktion richtig.

»Nein, wenn du nicht willst, dass ich es sehe, ist es schon in Ordnung.«

Klara gab ihm zu verstehen, dass er gerne hineinsehen durfte. Was hätte sie auch anderes tun sollen? Dem Mann, der, wenn sie den mit großem pantomimischem Geschick vorge-

≈ 114 ≈

tragenen Bericht richtig gedeutet hatte, ihr Lebensretter war, konnte sie so eine Kleinigkeit wohl kaum verwehren.

Er las konzentriert, blätterte vor und zurück, betrachtete schmunzelnd ihre Zeichnungen. Seine Mundwinkel wanderten zusehends nach oben. Er gab einen leisen Grunzer von sich. Schließlich brach er vollends in Lachen aus.

»Genial«, rief er, »das ist ja genial!«

Raúl hatte eine Weile gebraucht, bis er überhaupt verstanden hatte, um was es sich handelte. Die Schreibweise der portugiesischen Wörter war zum Teil so grauenhaft verstümmelt, dass sie nicht wiederzuerkennen waren. Das Mädchen hatte zum Beispiel geschrieben »schickara«, und als Raúl es als *xícara*, Tasse, identifiziert hatte, musste er laut herausplatzen. Auch Frau, *mulher*, war sehr kreativ geschrieben worden, nämlich »mulljähr«, und Käse, *queijo*, hatte das Mädchen als »käischu« notiert. Die einheimischen Früchte, etwa *maracujá*, die Passionsfrucht, oder *abacaxí*, Ananas, waren in ihrer Schreibweise geradezu ungenießbar, genau wie *açúcar*, Zucker.

Sie hatte ihre eigene Lautschrift erfunden, und das allein zeugte sowohl von Intelligenz als auch von Phantasiereichtum. Ihre kleine Klara war also doch nicht so schwachsinnig, wie sie vermutet hatten. Er wollte ihr aufmunternd zulächeln, doch Klara sah ihn gar nicht an. Ihr Blick war starr auf die Tischplatte gerichtet, ihr Kopf hing herab.

Klara versank vor Scham fast im Boden. Am liebsten wäre sie diesem Unmenschen nie wieder begegnet, der sich über ihre mangelnden Sprachkenntnisse lustig machte. Sie würde baldmöglichst von hier fortgehen – sie hatte sich schon eine viel zu lange Schonfrist gegönnt. Irgendwann musste sie ja einmal den Tatsachen, so bitter diese auch waren, ins Auge blicken. Auge, dachte sie, »olljo«.

115

Hätte sie es niedergeschrieben, wären Raúl vor Lachen sicher die Tränen gekommen.

Trotz ihres Vorsatzes war Klara am nächsten Tag noch immer im Hause Almeida in der Rua Camões. Wohin sollte sie auch gehen, ohne Geld, ohne Transportmittel? Sie wäre ein letztes Mal von der Großzügigkeit dieses Scheusals abhängig. Denn anders, Lebensretter hin oder her, konnte sie nicht von diesem Mann denken. Er hatte schlechte Manieren und einen grausamen Humor. Das einzige Mal, das sie ihn aus voller Brust hatte lachen sehen, war während der Lektüre ihres Vokabelheftes gewesen. Und obwohl es sie extrem verletzt hatte, war es doch auch das einzige Mal, dass sie ihn attraktiv gefunden hatte. Er sollte öfter lachen – nur bitte nie wieder über sie.

Da Klara ihrem Gastgeber fortan aus dem Weg ging, konnte er ihr am darauffolgenden Tag ein Mitbringsel aus der Stadt nicht persönlich überreichen. Sie fand es auf dem Küchentisch vor, ohne Verpackung, ohne Grußkarte, einzig mit Teresas Hinweis: »Das hat er für dich gekauft.«

Als sie sah, um was es sich handelte, wäre sie dem Mann dafür am liebsten um den Hals gefallen. Sie ahnte, dass dieses Geschenk ihre kleine Welt auf den Kopf stellen sollte – dieses hässliche, plumpe, gebrauchte, dicke, abgegriffene deutschportugiesische Wörterbuch.

14

Nach und nach erfuhren wir mehr über diese Brasiliensache. Es verhielt sich tatsächlich so, wie die Werber behauptet hatten: Man wurde mit Land und allem Nötigen für einen erfolgreichen Neubeginn ausgestattet. Die ersten Auswanderer waren bereits nach Südamerika aufgebrochen, erzählte man uns, mehrheitlich Hamburger und Niedersachsen. Auch ein paar Hunsrücker waren dabei. Letztere kannten wir zwar nicht, merkten uns jedoch ihre Namen und Heimatorte, um bei Gelegenheit mit ihren Angehörigen zu reden. Irgendwann traf sicher ein Brief bei ihnen ein, und dann würden wir aus erster Hand erfahren, wie es wirklich zuging im fernen Südamerika.

Hannes verbrachte den Großteil seiner freien Zeit auf dem Amt, um sich auf dem Laufenden zu halten. Dort lag das »Intelligenzblatt für den Landkreis Simmern« aus, unsere einzige Zeitung, und in der wurde ausführlich über die Gefahren einer Auswanderung berichtet. Diese schienen uns jedoch nicht allzu arg zu sein. Die Hürden, die man zu nehmen hatte, waren ebenfalls nicht sehr hoch. Es sah ganz danach aus, als seien die erforderlichen Papiere, Pässe und Bescheinigungen nicht besonders schwer zu bekommen. Die Pässe wurden von der Provinzialregierung in Koblenz erteilt, wenn man nachweisen konnte, dass man ein unbescholtener Bürger mit gutem Leumund war, dass man als Mann seinen fünfjährigen Militärdienst abgeleistet hatte und dass man genügend Geld hatte, um die Reisekosten bis zum Einschiffungshafen zu tragen.

Denn die bezahlte der brasilianische Kaiser nicht. Die Fahrt nach Bacharach und dann über den Rhein nach Köln, von dort zur Küste, entweder nach Hamburg, Amsterdam oder nach Antwerpen, dann möglicherweise ein mehrtägiger Aufenthalt bis zur Einschiffung – für all das mussten die Auswanderer selber aufkommen. Einzig die Überfahrt nach Südamerika sowie die Weiterreise bis zum Bestimmungsort bezahlte die kaiserliche brasilianische Regierung. Während der gesamten Reise, versicherte man uns, würden sogenannte Agenten sich darum kümmern, dass alles planmäßig verlief – wir Bauerntrampel könnten uns ja sonst verirren oder das Schiff verpassen. Es klang wirklich alles ganz einfach.

Hannes und ich sprachen über nichts anderes mehr. Wir berauschten uns an der Vorstellung, ganz auf uns allein gestellt zu sein und aus eigener Kraft etwas aufzubauen. Dass es, wie Hildegard zu bedenken gab, schwierig werden könnte und wir allerlei Hindernisse würden überwinden müssen, taten wir mit einem Handwedeln ab. Pah, was sollte schon groß passieren? Wir waren jung und stark. Wenn es einer schaffen würde, dann wir. Wir hielten uns für unsterblich und unbesiegbar.

Insgeheim gefiel ich mir in der Rolle der rebellischen Heldin. Ich vertraute das nie jemandem an, nicht einmal Hannes, der doch meine Euphorie teilte und sich vielleicht ebenfalls ein Bild von sich selber im Kopf ausmalte, das ihm besser gefiel als sein wahres Ich. Plötzlich wusste ich mit absoluter Gewissheit, dass mir auf dieser Welt eine besondere Bestimmung zugedacht war. Mein Horizont würde, anders als bei meiner Mutter oder bei Hildegard, nicht am Hollbacher Drachenberg enden. Ich hatte dieses Gefühl schon früher gehabt, als Kind und als Heranwachsende, aber nie war es so greifbar gewesen wie jetzt. Ich würde die Welt entdecken, würde gegen alle Widerstände ankämpfen und allen beweisen, was in mir steckte. »Das Klärchen Liesenfeld aus Ahlweiler, wer hätte das gedacht?«, würden die Leute sagen und sich damit brüsten, mich gekannt zu haben.

Meine Rebellion scheiterte allerdings bereits daran, dass sich mir keine nennenswerten Widerstände boten. Meine Familie nahm meine Auswanderungspläne nicht wirklich ernst. Nachdem Hannes und ich wochenlang schwadroniert hatten, mochte uns auch niemand mehr richtig zuhören. »Ja, ja, ihr fahrt nach Brasilien – und Klärchen, gib mir doch bitte mal die Butter« –, so oder ähnlich waren die Reaktionen bei Tisch, wenn ich wieder davon anfing.

»Natürlich müsstet ihr vorher heiraten«, warf Theo eines Tages ein, als ich erneut meinen Mund nicht halten konnte.

»Nur über meine Leiche«, ereiferte sich Matthias, »Klärchen soll keinen Evangelischen heiraten.«

»War er nicht mal dein Freund?«, fragte ich.

»Das ist doch was ganz anderes.« Weiter erklärte Matthias diese Aussage nicht.

»Zum Glück brauche ich nur Vaters Segen und nicht deinen.« Ich senkte den Blick und konzentrierte mich voll auf meine Bohnensuppe, um mir meine Wut über Matthias' ständige Einmischungen nicht anmerken zu lassen.

»Du brauchst aber außerdem Geld«, meinte Theo. »Wenn ihr das wirklich machen solltet, musst du ja die Reise irgendwie bezahlen. Ich meine gehört zu haben, dass jeder Auswanderer nachweisen muss, dass er 150 Taler besitzt. Wo willst du die hernehmen? Ach, ich bezweifle eh, dass das jemals was gibt.«

Der Einwand gab mir zu denken. Bisher war ich immer davon ausgegangen, dass Hannes mich zu seiner Frau nehmen und die Kosten für mich mittragen würde. Aber Hannes hatte einen anderen Plan, den ich nur deshalb für gut befand, weil er so etwas Verwegenes und Wildromantisches hatte. Er wollte, dass uns der Kapitän des Transatlantikschiffes traute.

»Natürlich gibt das nichts«, nahm Hildegard die Bemerkung ihres Mannes auf. »So eine Schnapsidee – Brasilien! Klärchen kann uns doch nicht einfach im Stich lassen. So schlecht geht es uns ja nun auch wieder nicht. Man geht doch nicht einfach weg aus seinem Dorf, von seinen Leuten, nur weil man den Winter nicht mag. Was für ein Quatsch. Und jetzt Schluss mit dem dummen Gerede!«

»Kommst du uns denn besuchen, Tante Klara, wenn du in Basilen bist?«, fragte Hildegards kleine Tochter mich mit weinerlicher Stimme.

Es rührte mich, dass wenigstens einer in meiner Familie so tat, als würde er mich vermissen. Zugleich spürte ich das erste Mal einen winzigen Anflug von Angst: Die Entscheidung wäre unwiderruflich. Ich würde meine Nichte nicht mal schnell besuchen können. Ich würde überhaupt niemanden aus meiner Sippe jemals wiedersehen. Während mir diese Aussicht auf Anhieb äußerst verlockend erschienen war, musste ich realistischerweise zugeben, dass es auf Dauer vielleicht ein wenig traurig wäre. Nie wieder Hildegards mütterliche Ratschläge hören, nie wieder Lukas' Frotzeleien ausgesetzt sein, nie wieder die anhängliche kleine Luise auf den Arm nehmen – doch, sie würden mir fehlen, meine Leute, sosehr sie mich manchmal auch ärgerten und einengten. Wahrscheinlich würde ich sogar Theos bodenständige Art vermissen. Und meinen Vater – in nicht allzu ferner Zukunft würde er sterben, und ich würde nicht einmal zur Beisetzung kommen können. Bei dem Gedanken stiegen mir die Tränen in die Augen.

Ach was, rief ich mich zur Vernunft, wenn wir erst in Brasilien wären, würden wir unsere eigene Familie gründen und keinen Gedanken mehr an die Verwandtschaft in Ahlweiler verschwenden. Für mich stand fest, dass wir mindestens acht Kinder haben würden, denn kleinere Familien kannten wir kaum. Unsere Kinder würden frei von jedem Ballast aufwachsen, vor dem Hannes und ich zu entkommen suchten. Sie würden im christlichen Glauben erzogen werden, basta. Wo es keine Kirche gab, und dort im Urwald stand bestimmt keine, da gab es auch keine scharfe Trennung zwischen katholisch und evangelisch. Sie würden nie frieren und nie hungern müssen. Sie würden von uns alles an Liebe und Herzenswärme erfahren, dessen wir fähig waren. Hannes würde die Jungen in handwerklichen und landwirtschaftlichen Dingen unterweisen, ich würde unseren Töchtern alles an Haus- und Handarbeiten beibringen. Gemeinsam würden wir sie zu moralisch einwandfreien Menschen erziehen, die ehrlich und arbeitsam waren. Vor allem aber würden sie eine Freiheit kennenlernen, die wir selber uns hart erarbeiten mussten. Das war ein Ziel, für das es sich lohnte, Sentimentalitäten über Bord zu werfen.

Im Juli, während der Kirmes, hatten Hannes und ich unseren ersten üblen Streit. Wir hatten uns mal wieder verdrückt, um unsere körperlichen Begierden zu befriedigen. Es war sehr schön gewesen, und ich räkelte mich wohlig in Hannes' Armen, als ein unbequemer Gedanke an mir zu nagen begann. Was, wenn ich jetzt schwanger werden würde?

»Würdest du mich denn dann heiraten, Hannes?«

»Bitte, Klärchen, was stellst du nur für dumme Fragen. Das versteht sich ja wohl von selbst.«

»Und warum tust du es dann nicht sowieso? Warum muss erst etwas passieren?«

»Das weißt du doch. Du fandest die Idee selber gut, dass wir uns vom Kapitän trauen lassen.«

»Ich glaube, du machst dir vor Angst in die Hosen.«

»Ach ja?«

»Ja. Du traust dich erst, wenn deine Eltern schön weit weg sind.«

Hannes funkelte mich wütend an. Seine dichtbewimperten, haselnussbraunen Augen, aus denen ich nur warme und zärtliche Blicke kannte, schienen mich förmlich zu durchbohren. Sein Zorn ließ ihn von mir abrücken. Seine Stimme war kalt, doch er bemühte sich um einen sachlichen Ton, als er sagte: »Es ist nicht mutig, deine und meine Familie vor den Kopf zu stoßen, wenn es nicht unbedingt sein muss. Warum sollen wir uns unnötig das Leben schwermachen, wenn es doch so viel leichter – und schöner – geht?«

»Weil«, antwortete ich, während ich meine Kleidung richtete, »wir unsere Familien in jedem Fall vor den Kopf stoßen. Glaubst du etwa, die freuen sich, wenn wir zwei als unverheiratetes Paar auf diese Reise gehen?«

»Was willst du eigentlich, Klärchen? Ich dachte, wir wären uns einig gewesen.«

»Ich will, dass du Farbe bekennst. Ich will, dass wir uns lieben können, wann es uns gefällt. Ich will nicht mehr auf feuchten Wiesen oder staubigen Heuböden einen hastigen Akt vollziehen, bei dem man ständig fürchtet, erwischt zu werden. Ich will nicht gezwungen sein zu heiraten, weil ein Kind unterwegs ist. Ich will deine Verlobte oder besser noch deine Ehefrau sein und nicht länger nur dein Liebchen.«

»Ist es das? Bist du um deinen guten Ruf besorgt?«

»Und wenn es so wäre? Ist doch mein gutes Recht.« Ich wusste nicht, was in mich gefahren war, dass ich diesen Streit vom Zaun gebrochen hatte, denn Hannes brachte lauter Argumente vor, denen ich mich in der Vergangenheit bereits angeschlossen hatte. Wir würden uns wirklich viele Scherereien vom Hals halten, wenn wir bis zur Schiffsreise – wenn es uns denn jemals gelänge, unsere Pläne in die Tat umzusetzen – mit der Trauung warteten.

Ich gab keine Ruhe. Ich war an diesem Tag offenbar auf Krawall aus, warum auch immer. Wahrscheinlich saß mir irgendeine von Theos spitzfindigen Bemerkungen quer, oder eine für mein Leben völlig unbedeutende Frau aus dem Dorf hatte mich schief angesehen, was übrigens öfter vorkam, ich bislang aber immer an mir hatte abprallen lassen. Jedenfalls *wollte* ich mich streiten, und es gelang mir auch.

»Mein guter Ruf ist dir anscheinend nicht so wichtig wie dein Geldbeutel. Das ist es doch in Wahrheit, wovor du dich drückst, nicht wahr? Dass du für die Kosten aufkommen musst. Eine anständige Mitgift habe ich nicht zu erwarten, da soll ich wenigstens dieses Geld selber zusammensparen oder -betteln. Du bist ein Geizkragen, Hannes Wagner. Und ein feiger obendrein. Ich bin mir gar nicht sicher, ob ich mit Ja antworten würde, wenn du dich mal dazu durchringen würdest, mich zu fragen.«

Hannes fuhr sich mit der Hand durch sein feines braunes Haar. Das tat er immer, wenn er aufgebracht war. »Undank ist der Welten Lohn«, sagte er verbittert. Ich hätte ihn für seine schreckliche Angewohnheit, andauernd abgedroschene Redewendungen anzubringen, erwürgen können, auf der Stelle, mit meinem Haarband, das ich mir in diesem Moment um den geflochtenen Knoten, der unter meiner Haube hervorlugte, zu wickeln versuchte.

»Undank?«, keifte ich. »Soll ich etwa hierfür dankbar sein?« Damit endete mein Frisierversuch endgültig. Ich warf ihm das rote Samtband vor die Füße. »Soll ich dir auf Knien dafür danken, dass du mich mit Tand und Firlefanz reich bescherst, immer zu Lasten unserer Reisekasse?«

Sein Adamsapfel hüpfte auf und ab. Ich erkannte daran, dass Hannes vor Wut außer sich war, aber er beherrschte sich mühsam. »Du ...«, stieß er hervor, doch was immer er hatte sagen wollen, er schluckte es hinunter, drehte sich um und stapfte in Richtung Dorfplatz davon.

Ich stand auf dem Gras, das wir platt gewälzt hatten, fühlte seinen Samen aus mir herauslaufen und brach in Tränen aus. Das hübsche Samtbändchen ließ ich auf der Erde liegen, als ich in die entgegengesetzte Richtung marschierte, heimwärts.

In den Wochen nach diesem Streit befolgte ich einen Rat meiner Tante Mechthild, die vor zwei Jahren gestorben war und von der ich erst seitdem begriffen hatte, wie wichtig und lieb sie mir gewesen war: Ich machte mich rar. Ich musste mich mit aller Gewalt dazu zwingen, denn eigentlich hätte ich mich gern mit Hannes versöhnt, mit ihm geschmust und ihm erklärt, dass ich das alles nicht so gemeint hatte. Die Schuld, so redete ich mir ein, lag allein bei mir. Dennoch riss ich mich zusammen und machte einen großen Bogen um Hannes, sein Elternhaus, seine Lieblingslokale und alle Orte, an denen die Wahrscheinlichkeit hoch war, ihm zu begegnen. Insgeheim jedoch sehnte ich ein zufälliges Treffen herbei.

Meine Gemütslage war ähnlich jener zu Beginn unserer Verliebtheit, nur mit umgekehrten Vorzeichen. Ich bekam hektische rote Flecken, sobald ich auch nur in die Nähe seines Hauses kam. Meine Knie wurden weich, wenn der Postbote mal einen Brief vorbeibrachte, weil ich die absurde Hoffnung hegte, Hannes würde mich mit schriftlichen Liebesschwüren zurückerobern wollen – eine aberwitzige Idee, zugegeben, denn Hannes war in der Schule sehr schwach in Lesen und Schreiben gewesen. Einmal bekam ich sogar eine Gänsehaut, weil ich eine Wirtschaft betreten hatte, in der der unverwechselbare Duft von Hannes' Pfeifenrauch hing. Mir schlug das Herz wie wild, wenn irgendjemand Hannes' Namen fallenließ, was in dieser Zeit mehrfach der Fall war. Ein unschönes Gerücht machte nämlich die Runde, wonach Hannes ein Liebchen in Gemünden in Schwierigkeiten gebracht haben sollte. Ich glaubte kein Wort davon, und keiner, der diese Geschichte erzählte, wusste Genaueres zu berichten, was ja wohl als Beweis gelten konnte, dass nichts dran war. Nur neidisches Gerede, sonst nichts.

Ich bezweifelte, dass das erwünschte Ziel von Tante Mechthilds Rarmachen jenes war, dass *ich* mich verzehrte. Es hätte doch umgekehrt sein müssen, oder nicht? Nun, vielleicht war es ja auch so. Ich genoss die Vorstellung von einem sich grämenden Hannes, der in unbändiger Verzweiflung nach Simmern ritt, um dort den schönsten und teuersten Verlobungsring zu kaufen. Ich gab mich Tagträumen hin, in denen Hannes mich reuevoll um Verzeihung bat, mir ewige Liebe schwor und mich schließlich zum Altar führte, wo ich die anmutigste Braut wäre, die Ahlweiler je gesehen hatte.

Aber es kam natürlich alles ganz anders, wenngleich das Ergebnis Tante Mechthild, der Herr hab sie selig, bestimmt erfreut hätte. Am 15. August, es war der vierte Geburtstag meines jüngsten Neffen, und ich tanzte gerade mit dem Kind um die Kastanie vor unserem Haus herum, kreuzte Hannes auf. Ein blaugrünes Veilchen prangte unter seinem Auge, aber ich tat so, als hätte ich es nicht bemerkt. Ich gab mich bewusst kühl.

»Na, hast dir ja schnell einen neuen Tänzer angelacht.«

»Oh, und er liebt mich ohne Vorbehalt. Stimmt's, Lorenzchen«, damit hob ich den Kleinen hoch und machte eine schwungvolle Drehung, »du würdest mich auf der Stelle heiraten?«

Hannes zog eine belämmerte Miene. »Na, viel Spaß. Ich fahre derweil nach Brasilien. Klappt sicher auch ohne dich ganz gut.«

Alle meine Vorsätze, mich unnahbar zu geben, schwanden dahin. »Ist das wahr, Hannes? Wann geht es los? Erzähl!«

»Ach, lass. Heirate das Lorenzchen.«

»Jetzt sei doch nicht so. Komm, es tut mir leid, in Ordnung? Das wollte ich dir schon längst gesagt haben. Du hast mir gefehlt.«

»Ja?«

»Ja. Und hast du mich denn auch ein bisschen vermisst?«

»Ein bisschen.« Er grinste. Ich fand ihn hinreißend, wenn er so eine schiefe Grimasse zog und seine Wangen sich in Falten legten. Meine Güte, wie hatte ich es nur drei Wochen lang ohne ihn aushalten können? Ich warf mich ihm in die Arme, und er zog mich an sich. Wir küssten uns innig und wären wahrscheinlich noch weitergegangen, direkt vor meinem Elternhaus und am helllichten Tag, wenn nicht der kleine Lorenz eifersüchtig an meinem Rock gezerrt hätte.

Ich brachte das Kind zu seinen Eltern, holte einen Krug Apfelwein sowie zwei tönerne Becher nach draußen und setzte mich mit Hannes auf die Steinbank.

»Auf uns«, flüsterte ich.

»Auf uns«, prostete er mir zu.

Dann berichtete er. Hannes hatte seinen Vater gebeten, ihm einen Vorschuss auf das zu erwartende Erbteil auszuzahlen. Dem Ganzen war laut Hannes' Schilderung eine zähe Debatte vorausgegangen, doch schließlich war es ihm gelungen, seine Eltern davon zu überzeugen, dass sie ihn ohnehin nicht halten konnten. Entweder ginge er mittellos, oder aber er ginge mit einem kleinen Anfangskapital, aber gehen würde er auf alle Fälle. Sein Vater hatte ihm seine gesamten Ersparnisse gegeben. Es war nicht viel Geld, denn auch die Wagners waren wahrlich keine reichen Leute, aber es reichte, um die Reisekosten zu decken und noch ein wenig für harte Zeiten aufzubewahren. Hannes hatte daraufhin alle Behördengänge unternommen, um sich mit Zeugnissen und Nachweisen aller Art auszustatten. Er war nach Bacharach gefahren und hatte über einen dortigen Agenten die Passagen bis Antwerpen bezahlt. Für zwei Personen.

Ich schluckte vor Rührung. Das war hundertmal besser als ein Verlobungsring.

»Jetzt musst du nur noch deinen Pass beantragen, denn das konnte ich nicht für dich erledigen – ich bin ja nicht dein Ehemann«, sagte er. »Aber bald, Klärchen.«

»Wann«, fragte ich mit zittriger Stimme, »geht es denn los?« Ich war auf einmal, da unser Plan nun wirklich Gestalt annahm, sehr nervös. Es war eine Sache, zu träumen und sich mit der Hoffnung auf ein schöneres Leben die langen Tage auf den Feldern zu versüßen, wo ich im Sommer bei den reicheren Bauern bei der Ernte mitgeholfen hatte. Es war eine ganz andere Sache, konkrete Schritte in diese Richtung zu unternehmen. Ich konnte es nicht fassen – wir würden auswandern!

»Am dritten September«, sagte Hannes.

»Am ... aber das ist in drei Wochen!«

Er strahlte mich an. »Genau.«

»Das geht nicht, Hannes. Am vierten hat Lukas Geburtstag. Und am siebten ist der Auftritt des Kirchenchors, weil doch der Bischof zu Besuch kommt, und ich singe ein Solo.«

»Die werden ab sofort immer ohne dich auskommen müssen. Aber wenn du lieber in der Kirche singst, bitte sehr.«

»Nein, so war das doch nicht gemeint. Ich will nichts lieber, als mit dir zusammen ein neues Leben anfangen, das weißt du doch. Nur, warum muss es plötzlich so schnell gehen?«

»Weil wir sonst bis März warten müssten, und noch einen so grausamen Winter wie den letzten würden wir beide nicht ertragen.«

Das stimmte. Es fiel mir in der lauen Sommerluft schwer, mich in den Winter zurückzuversetzen und mir die Qualen vor Augen zu halten, denen wir ausgesetzt gewesen waren. Wir hatten erbärmlich gefroren, und dem Sohn von Peter waren, als er sich auf der Suche nach Brennholz im Wald verirrt hatte, mehrere Zehen abgefroren. Sogar im Haus war es, außer in der Küche, so klirrend kalt gewesen, dass ich, um unsere Nachttöpfe zu leeren, einen Eispickel benutzen musste. Jetzt erschien das alles so weit entfernt, aber schon in wenigen Wochen würde der Herbst Einzug halten und mit ihm die Luft, in der bereits der Duft von Schnee zu erahnen war. Wollte ich einen weiteren entbehrungsreichen Winter erleben? Nein. Endlich lächelte ich.

»Ich freu mich, Hannes.« Und das tat ich auch, obwohl meine Freude durch eine plötzlich aufkeimende Angst gedämpft wurde.

Mir war so bang wie nie zuvor in meinem Leben.

15

Das Wörterbuch eröffnete Klara ganz neue Horizonte. Es war wunderbar, endlich die Dinge beim Namen nennen zu können. Zwar haperte es allzu oft an der Aussprache, denn die wurde in dem Buch nicht aufgeführt, und vom Bilden vollständiger Sätze war Klara noch genauso weit entfernt wie von der Beugung der Verben. Aber immerhin konnte sie sich in primitiven Sätzchen mitteilen: *Clara querer casa* – Klara wollen heim. *Teresa ser amiga* – Teresa sein Freundin. *Senhor Raúl rir nunca* – Senhor Raúl lachen nie.

Was die anderen äußerten, verstand sie dagegen kaum besser als zuvor. Einzelne Wörter identifizierte sie als solche und schlug sie nach. Aber meistens sprachen Teresa, Aninha und Senhor Raúl so schnell, dass die Wörter ineinander übergingen und die Sätze klangen wie aus einem Stück. Nur wenn man ihr gezielt Fragen stellte, die so schlicht formuliert waren wie ihre eigenen Sätze, verstand sie – und war plötzlich gezwungen, Antworten zu geben.

Was genau ihr zugestoßen sei, begehrte Raúl zu wissen, wo sie herkomme, ob sie Familie habe, wie alt sie sei, ob sie Bekannte in der Stadt habe, die sich um sie kümmern konnten. Während sie ihm mit Hilfe ihres Wörterbuchs sowie mit Händen und Füßen die meisten Fragen beantworten konnte, geriet sie bei der Suche nach der Ursache ihres Unfalls in Erklärungsnot. Sie wusste es einfach nicht mehr. Sie sah weiterhin den Kopf der Porzellantänzerin unter die Brennscheite rollen, danach nur Schwärze. Was sie deutlich vor ihrem geistigen Auge sah, ihm jedoch verschwieg, war die Szene, die der Enthauptung der Figur vorangegangen war. Es hatte einen bösen Streit gegeben – wieder einmal. Sie hatten sich eigentlich nur noch gestritten. Er hatte seinen Stock über das Wandbord sausen lassen, auf dem die Porzellanfigur einen Ehrenplatz gefunden hatte. Sie wusste noch, dass sie sich gewundert hatte, wie ein Betrunkener so viel Kraft und Beweglichkeit aufbringen konnte. Über etwas anderes hatte sie sich ebenfalls gewundert, aber das war, mitsamt den nachfolgenden Ereignissen, verschlossen hinter einer Tür in ihrem Gedächtnis, die sie beim besten Willen nicht zu öffnen vermochte.

Ob sie zurück nach Hause wolle, hatte Raúl gefragt, und sie hatte zögernd bejaht.

»Schön. Du bist ja körperlich wieder in guter Verfassung, so dass wir die Reise bald antreten können – möglichst bevor der Winterregen einsetzt und solange eine Überquerung des Rio dos Sinos einigermaßen gefahrlos möglich ist. Ich bringe dich heim zu deinen Leuten.« Das alles sprach er überdeutlich aus. Er machte viele Pausen, damit sie einzelne Wörter nachschlagen konnte.

Schließlich sah sie ihn unglücklich an.

»Was ist, freust du dich nicht?«

Sie zuckte gleichgültig die Achseln. Nein, aus irgendwelchen Gründen freute sie sich nicht. Doch Klara spürte immer deutlicher, wie sehr sie diesem Mann zur Last fiel, der, so viel hatte sie inzwischen begriffen, darauf brannte, die Stadt zu verlassen und selber heimzukehren. Er hatte eine große Rinderfarm im Landesinnern, auf der er gebraucht wurde. Nur ihretwegen war er noch in Porto Alegre.

Nun, vielleicht doch nicht allein ihretwegen. Anscheinend traf er sich gelegentlich mit einer Frau, was Klara beruhigte.

Sie hielt ihn ohnehin für einen Sonderling, aber die Tatsache, dass er als eine anscheinend »gute Partie« noch Junggeselle war, hatte sie mehr als alles andere befremdet. Sie stellte sich manchmal vor, was das wohl für eine Frau sein mochte, die sich freiwillig mit so einem schroffen Kerl einließ, und malte sich eine abweisende, freudlose höhere Tochter aus verarmtem portugiesischem Adel aus. Eine mit Damenbart und schlechten Zähnen und inquisitionsgerechter Erziehung.

Dass es sich ganz und gar nicht so verhielt, davon durfte sie sich eines Nachmittags persönlich überzeugen, als besagte Dame unangemeldet in der Rua Camões auftauchte.

»Wo finde ich Senhor Raúl?«, fragte Josefina, als sie Klara, ohne sie eines Blickes zu würdigen, ihre Handschuhe und einen Sonnenschirm reichte.

Klara fühlte sich wie ein Garderobenständer. Leider, gestand sie sich ein, benahm sie sich auch wie einer. Sie stand da wie angewurzelt und schwieg die Besucherin – eine bildhübsche Person – an. Sie stand noch immer im Flur, als die schöne Frau längst verschwunden war.

Josefina hatte keine Antwort von dem offenbar blödsinnigen Mädchen abgewartet. Energisch schritt sie in die Richtung, in der sie den Hausherrn vermutete.

»Mein lieber Raúl, was für ein Glück, dass ich Sie zu Hause antreffe. Ich hoffe, ich störe Sie bei einer dieser langweiligen Beschäftigungen, wie nur Männer ihnen freiwillig nachgehen?«

Raúl schrak überrascht aus seiner Zeitungslektüre hoch. »Josefina!«

»Ah, ich sehe, Sie studieren die Börsenkurse. Na, machen Sie schon. Lesen Sie sie zu Ende – wenn Ihre Aktien gestiegen sind, entführe ich Sie zu einem Spaziergang, sind sie im Wert gesunken, trinken wir gemeinsam einen Likör.«

Er musste lachen.

»Was verschafft mir die Ehre, meine Liebe?«

»Ehre? Ich hatte gehofft, Sie würden es als freudige Überraschung bezeichnen. Schon gut, Sie müssen darauf nichts antworten – lesen Sie brav weiter, ich komme schon zurecht.« Damit griff sie nach einer Karaffe auf der Anrichte. Als sie sich ein Glas aus der Vitrine nehmen wollte, war Raúl bereits aufgesprungen, um ihr behilflich zu sein. Doch im Übereifer nahm er ihr die Karaffe so unbeholfen aus der Hand, dass sie zu Boden fiel.

»Teresa!«, rief er, und zu Josefina gewandt sagte er leise: »Verzeihen Sie meine Tolpatschigkeit. Ich bin es nicht gewohnt, dass junge Damen mich so überrumpeln.«

»Das glaube ich Ihnen nicht – ich hätte schwören können, dass Sie an jedem Finger zehn Verehrerinnen haben.«

In diesem Moment betrat Teresa den Salon, knickste ehrerbietig vor dem Gast und besah sich den Schaden. »Der gute Cognac, der gute Cognac«, nuschelte sie vor sich hin und lief eilig davon, um Handfeger, Kehrblech und Putzlappen zu holen.

Zurück kam sie in Begleitung von Klara. Diese hockte sich vor die Anrichte und fegte die Scherben auf. Als sie keine Splitter mehr entdecken konnte, nahm sie mit einem Wischtuch die verschüttete Flüssigkeit auf. Ordentlich zu putzen erschien ihr zu diesem Zeitpunkt mehr als unangemessen, sie wollte die beiden schließlich nicht länger mit ihrer Anwesenheit belästigen als nötig.

Aber Josefina und Raúl beachteten sie gar nicht.

»Tja«, sagte Josefina, »›der gute Cognac‹ ist hin. Gönnen wir uns auf diesen Schreck den guten Sherry?«

»Gönnen wir uns lieber ein paar Schritte an der frischen Luft – die Aktienkurse sind nämlich gestiegen.« Er nahm sie am Arm und führte sie in den Flur. Dort stand ihr Sonnenschirm an einen Stuhl gelehnt, die Handschuhe lagen glattgestrichen auf der Lehne. Josefina griff danach und meinte: »Das müssen Sie mir unterwegs erzählen, wo Sie Ihr dusseliges Hausmädchen herhaben. Sie sieht ja ganz adrett aus, aber sie scheint mir ein wenig, ähm, zurückgeblieben zu sein.«

»Ja, das ist eine längere Geschichte. Ich erzähle sie Ihnen gleich, wenn wir draußen sind.«

Sie verließen das Haus in dem Moment, in dem Klara aus dem Salon trat. Sie hatte sich an einer Scherbe geschnitten und ging, leise auf Deutsch vor sich hin schimpfend, in die Küche. Dort lief Teresa hektisch herum, um auf die Schnelle einen Imbiss für den unerwarteten Besuch zuzubereiten. Wahrscheinlich hatte Senhor Raúl sie deshalb so schnell aus dem Haus geschleppt, um ihr, Teresa, diese Zeit zu geben – er konnte wirklich rücksichtsvoll sein, der Junge, wenn er wollte. Sie schnitt ein paar Stücke von dem Kuchen ab, den es heute Abend zum Nachtisch hätte geben sollen, wies Klara an, einen Kaffee aufzusetzen, wusch etwas Obst, das sie anschließend kunstvoll in einer Schale drapierte, und belud dann ein Tablett mit allem. Dazu stellte sie noch eine Schale mit Keksen, außerdem Milchkännchen und Zucker. Jetzt konnte der Besuch kommen.

Teresa zwinkerte Klara zu. *Uma sedutora e tanto, a Josefina, não é?*«

Klara verstand sie nicht, entnahm aber der Miene der Schwarzen, dass ihr die Dame zusagte. Von sich selber konnte sie das nicht behaupten. Sie war selten jemandem begegnet, der ihr auf Anhieb so unsympathisch war. Allerdings war sie auch so gut wie nie einer vornehmen Dame begegnet, ganz zu schweigen von einer brasilianischen. Vielleicht benahmen die sich alle so hochnäsig?

Klara blätterte in ihrem zerfledderten, kostbaren Wörterbuch. Schade, dass genau die Seite fehlte, auf der sie »Gans« gefunden hätte. Nun, die Seite mit »Ziege« war ja wenigstens noch da. Sie sagte das Wort, und Teresa wieherte vor Vergnügen.

»*Tem ciúmes, hein?*«

Klara beantwortete die Frage, die sie natürlich wieder nicht verstanden hatte, mit einem Grinsen.

»Also, wenn ich zwanzig Jahre jünger wäre und keine dicke schwarze Negerin, ich würde ihn mir sofort schnappen, den Senhor Raúl. Er ist doch wirklich zum Anbeißen, der Junge.«

Wieder verzog Klara nur die Lippen zu einer halb belustigten, halb resignierten Miene.

Ihr Dauerlächeln legte sich in dem Moment, in dem Josefina und Raúl vorzeitig zurückkamen. Die hübsche Dame humpelte theatralisch. Sie hatte sich bei Raúl untergehakt, in der anderen Hand hielt sie den geöffneten Sonnenschirm, obwohl es sich schon wieder bewölkte. Es zog ein Gewitter herauf. Josefina sah ein wenig zerzaust aus: Aus ihrer Frisur hatten sich einige Strähnen gelöst, ihre Wangen waren gerötet, und ihr Kleid war auf Höhe der Knie fleckig.

»Ein Tag voller Missgeschicke«, sagte Raúl, als sie hereinkamen und Teresa im Flur bereitstand. »Die hübsche Senhorita ist gestürzt, aber es ist Gott sei Dank nichts Schlimmes passiert.«

»Nichts Schlimmes? Mein Kleid ist ruiniert!« Josefina löste sich ächzend von Raúls Arm, humpelte in den Salon und ließ sich auf einen Sessel fallen. »Was für ein Glück, dass ich auf meinem Weg hierher bei der Schneiderin vorbeikam – oder vielmehr verhielt es sich umgekehrt: dass ich, als ich bei der Schneiderin war, merkte, wie nahe Ihr Haus lag, so dass ich mich zu diesem spontanen Besuch entschied. Nun ja, wie auch immer. Ich habe jedenfalls ein nagelneues Kleid abgeholt, das in meiner Kutsche liegt. Es wäre wunderbar, wenn es jemand holen könnte.«

Josefina bekam das Paket sofort gebracht. »Wo kann ich mich umkleiden?«, fragte sie. Teresa führte sie in eines der unbewohnten Zimmer im oberen Stock, das, ähnlich wie Klaras Zimmer, mit einer Mindestausstattung für eventuelle Übernachtungsgäste versehen war.

»Hier, bürste das aus.« Damit reichte sie Teresa das »ruinierte« Kleid, dem nichts weiter fehlte als ein paar kräftige Striche mit der Kleiderbürste. Es war nur staubig. Sie zog ihr neues Kleid über, das für einen nachmittäglichen Besuch bei einem alleinstehenden Mann alles andere als passend war. Es handelte sich um eine elegante Robe, ein sündhaft schönes Stück aus lila-rot changierender Seide. Es hatte ein unanständig großes Dekolleté. »Warte«, rief sie, als Teresa sich anschickte, das Zimmer zu verlassen, »hilf mir mal, die Ösen zu schließen.« Teresa tat, wie ihr geheißen, aber sie stellte sich ungeschickt dabei an. Es war lange her, dass sie einer Dame bei ihrer Garderobe behilflich gewesen war. »Herrje, so wie du daran herumreißt, machst du es nur kaputt. Geh, ich bekomme das schon selber hin.« Nichts lieber als das, dachte Teresa und huschte eilig und so leichtfüßig, wie man es bei ihrem Körperumfang nie für möglich gehalten hätte, davon. In der Wäschekammer drückte sie Klara das verschmutzte Kleid sowie eine Bürste in die Hand. Dann ging sie in die Küche, um, sobald die Herrschaften fertig wären, den Imbiss zu servieren.

Klara hielt sich das Kleid andächtig an. Was für ein herrliches Stück! Für das Fräulein Josefina war es sicher nicht mehr als irgendein Alltagskleid, eines von unzähligen ähn-

⤜ 135 ⤛

lichen, die ihren Schrank füllten. Für sie, Klara, war es jedoch das schönste Kleid, das sie jemals in den Händen gehalten hatte. Material und Farben – es war aus hellgrün und weiß gestreifter Baumwolle – waren der heißen Jahreszeit angemessen. Natürlich machte es so nicht viel her, man musste es schon getragen sehen, am besten über einem schön gebauschten Unterrock. An Josefina hatte das herrlich ausgesehen. Und wie sähe es an ihr selber aus?

Bevor Klara länger darüber nachdenken konnte, ob ihr Tun klug war, hatte sie ihr einfaches Schürzenkleid schon abgestreift und war blitzschnell in das edlere Teil geschlüpft. Es passte ihr wie angegossen, oder besser: es hätte wie angegossen gesessen, wenn sie denn nur die ganzen komplizierten Knöpfe, Haken und Ösen geschlossen hätte. Entzückt von dem anderen Körpergefühl, das ihr dieses Kleid verlieh, drehte sie sich im Kreis und ließ den weiten Rock fliegen. Ah, was würde sie für einen Blick in den Spiegel geben! Sie versuchte, in der Fensterscheibe einen Blick auf sich zu erhaschen, doch es war noch zu hell draußen, so dass ihr Bild nicht gut reflektiert wurde. Sei's drum. Es war zu schön, sich einmal wie eine Prinzessin fühlen zu können – eine Prinzessin in der Wäschekammer, in derben Schuhen und mit bäurischen Zöpfen, fuhr es ihr kurz durch den Kopf. Aber nein, sie musste doch nur die Augen schließen, und schon sah sie sich mit passendem Hut, feinen Stiefelchen, Schirm und Handschuhen über einen Prachtboulevard flanieren, huldvoll ihren Bekannten rechts und links zunickend und die bewundernden Blicke der schmucken jungen Herren genießend.

Klara wurde jäh aus ihren Phantasien gerissen, als sie ein Geräusch auf dem Flur hörte. Verzweifelt sah sie sich um. Wo konnte sie sich schnell verstecken? Es gab in der Kammer keinen Schrank, in dem Platz genug für sie gewesen wäre – der große Wäscheschrank hatte Einlegeböden, in denen Laken, Handtücher und Tischwäsche fein säuberlich gestapelt lagen. Eine Truhe war ebenfalls mit Wäscheteilen gefüllt. Es blieb ihr nur, sich in der Ecke hinter der Tür zu verkriechen und zu hoffen, dass keiner so genau nachsehen würde.

Sie blieb mit hämmerndem Herzen hinter der Tür stehen. Die Schritte auf dem Flur entfernten sich. Als sie eine Weile nichts mehr gehört hatte, zog sie sich eilig um. Ihre Knie zitterten noch immer. Hoffentlich hatte niemand gesehen, was sie hier trieb. Aber dann hätte der- oder diejenige doch sicher etwas gesagt, oder? Die dumme Aninha hätte bestimmt laut herausposaunt, wie unmöglich ihr, Klaras, Verhalten war. Teresa hätte wahrscheinlich die Kammer betreten, ihr ernst in die Augen geblickt und ihr leise eine Gardinenpredigt gehalten. Und Senhor Raúl? Oh Gott, bitte lass es nicht ausgerechnet ihn gewesen sein!

Als Raúl aus dem rückwärtigen Teil des Hauses wiederkehrte, war er ein wenig durcheinander. Er hatte auf ausdrücklichen Wunsch von Josefina – »ah, diesen Anblick *dürfen* Sie mir nicht vorenthalten, es hat so etwas ... Urtümliches« – seinen typischen Gaúcho-Hut von hinten geholt. Dabei hatte er aus dem Augenwinkel eine Bewegung durch den Türspalt in der Wäschekammer wahrgenommen. Er war stehengeblieben und hatte gerührt mit angesehen, wie Klara sich in dem Kleid der anderen gedreht hatte. Zuerst hatte er sie zur Rede stellen wollen, doch ihr Anblick war zu hübsch und ihr Lächeln zu verträumt gewesen, als dass er es gewagt hätte. Außerdem, wie hätte er dagestanden? Als Voyeur wollte er sich gewiss nicht beschimpfen lassen.

»Was ist?«, schreckte ihn Josefina aus seinen Gedanken. »Zeigen Sie mir nun, wie ein echter Gaúcho aussieht?«

»Sehen Sie genau hin.« Er legte den flachen Filzhut auf

⌒ 137 ⌒

seinen Knien ab und sah ihr tief in die Augen. »Sie haben ein waschechtes Exemplar vor sich. Wissen Sie, man braucht weder den Hut dazu noch die *bombacha*-Pumphose, Stiefel mit Silbersporen, das weite Leinenhemd, eine Schärpe oder …«

»… ein Lasso!«, rief Josefina mit vor Begeisterung geröteten Wangen.

»Genau«, lachte Raúl, »all das braucht man *nicht*. Es soll sogar Gaúchos geben, die ganz ohne Pistole und Peitsche auskommen. Natürlich nur, wenn sie sich in der *Zivilisation* befinden. Bei uns in der Pampa, draußen in der Wildnis, da geht es nicht ohne.«

Josefina leckte sich unbewusst über die Lippen. Das war doch mal ein richtiger Mann, nicht so ein Waschlappen wie all die Juristen und Kaufleute und Mediziner, mit denen man sie andauernd bekannt machte. Die Vorstellung, wie er einem ungehorsamen *peão*, einem Landarbeiter, eins mit der Peitsche überzog, verursachte ihr eine wohlige Gänsehaut.

»Frieren Sie etwa?«, fragte Raúl mit einem anzüglichen Lächeln.

Josefina fühlte sich ertappt, hatte sich jedoch gut unter Kontrolle. »Keineswegs. Ich zittere vor Angst, weil ich Sie mir mit Pistole inmitten all der gefährlichen Bullen vorstelle.«

Oh la la, dachte sie, das reichte fürs Erste. Sie musste schleunigst hier fort, bevor sie sich noch vergaß. Sie stand auf und warf einen bedauernden Blick auf die Wanduhr. »Ich muss aufbrechen – abends ist der Weg nicht ganz ungefährlich.«

»Ich werde Sie in die Stadt begleiten.«

»Aber nein, nur das nicht, vielen Dank. Mein Kutscher reicht mir an Geleitschutz. Und wenn wir uns sputen, schaffen wir es noch vor Einbruch der Dunkelheit.«

»Na schön, wie Sie meinen.« Er nahm sie am Arm und führte sie hinaus. Im Flur stand Teresa, die gerade das Paket mit dem ausgebürsteten Kleid ablegen wollte. Josefina schnappte es sich, zog sich flink die Handschuhe über, nahm ihren Sonnenschirm und spurtete nach draußen. Sie hatte es auf einmal sehr eilig. Sie gab ihrem Fahrer durch einen Wink zu verstehen, dass er anspannen solle.

»Wir fahren«, rief Josefina ihm dann mit herrischer Stimme zu, die so gar nicht zu dem sanftmütigen Ausdruck ihres Gesichts passte, mit dem sie Raúl zum Abschied bedachte. »Adeus, mein Lieber.«

16

$\mathcal{W}$ir fahren!«, stellte ich meine Familie vor vollendete Tatsachen.

Die Reaktionen darauf hatten alle denselben Tenor: »Nein!«, riefen meine Brüder, und »oh Gott!«, schluchzte Hildegard.

Theo blieb nach außen hin gelassen, bat mich aber trotzdem darum, die ganze Sache noch einmal zu überdenken. »Tu's nicht, Klärchen. Die Hildegard wird vor Kummer vergehen. Und deine Neffen und Nichten werden dich vermissen. Wir anderen natürlich auch.«

Ausnahmsweise verleitete mich dies zu keiner unverschämten Bemerkung. Ich glaubte ihm. Mir selber würden sie ebenfalls alle fehlen, sogar mein Schwager.

»Und bei dem, was gerade so über den Hannes in Umlauf ist …«

»Das dumme Geschwätz glaubst du doch wohl nicht?«, fuhr ich Theo an, der daraufhin verstummte und mich mitleidig ansah.

Beim Abendbrot legte ich noch einmal meine Gründe dar. »Die Entscheidung ist gefallen. Wenn der Hannes geht, ziehe ich mit ihm. Was würde mich denn hier erwarten, ohne ihn? Ein Leben als unverheiratete Schwester, die weder hier in der Familie noch im Dorf hohes Ansehen genießt. Die schäbigste Kammer im ganzen Haus, unbezahlte Schwerstarbeit, Frostbeulen, Hunger. Und dann der trostloseste Grabstein auf dem Friedhof – so wie Tante Mechthild einen hat.«

»Tante Mechthild ging es doch gut hier bei uns«, warf Johannes ein, aber niemand sonst stimmte ihm zu. Sie war als ledige Schwester meines Vaters im Haus geblieben, hatte sich für uns aufgeopfert und nichts dafür geerntet außer dem Gefühl, das fünfte Rad am Wagen zu sein.

»Wer sagt denn, dass du nicht heiratest? Du bist doch ein hübsches Mädchen, kommst aus einer anständigen Familie und bist in jeder Hinsicht eine gute Partie.« Lukas lächelte mir aufmunternd zu.

Ich erwiderte sein Lächeln nicht, und ich antwortete auch nichts. Welcher Mann würde eine wie mich noch wollen? Eine, die einen festen Freund gehabt hatte, der sich zudem nach Brasilien davongemacht hatte; eine, die arm wie eine Kirchenmaus war; eine, die verrückte Pläne schmiedete und sich wahrscheinlich nicht mit dem Leben zufriedengeben würde, das sie an seiner Seite erwarten konnte? Keiner. So einfach war das.

»Aber der Hannes und du, ihr seid doch gar nicht verheiratet. Wie soll das gehen?«, fragte mein ältester Neffe.

»Das geht so, dass wir auf dem Schiff heiraten. Kapitäne dürfen auf ihren Schiffen Vermählungen vornehmen.«

Sie bestürmten mich mit weiteren Fragen, und ich versuchte sie so gelassen wie möglich zu beantworten. Wir hatten das alles schon so oft durchgekaut. Irgendwann jedoch riss mir der Geduldsfaden: »Ich fahre. Mit oder ohne eure Zustimmung, mit oder ohne Geld, und wenn es sein muss, auch ohne vollständige Papiere, als blinder Passagier.« Ich stand vom Tisch auf und rannte in meine Kammer, wo ich mich an den sorgfältig aufgeschichteten Stapeln von Wäsche abreagierte, indem ich sie umsortierte und von einer Ecke in die andere trug.

Unten hatten sie wahrscheinlich meine Holzpantinen

klacken gehört, wie ich da so sinnlos hin und her rannte, denn kurz darauf kam meine Schwester in mein Zimmer. »Mach dich nicht verrückt. Wird schon schiefgehen.«

Ich hätte sie abküssen können! Endlich kam einmal ein Kommentar, aus dem Sorge um mich sprach – und aus dem hervorging, dass meine Reise ab sofort beschlossene Sache war. »Das mit deinen Papieren«, fuhr sie fort, »regeln wir schon irgendwie. Vater kann ja nicht mehr unterschreiben, und solange du noch nicht einundzwanzig bist, brauchst du einen Schrieb deines Vormunds. Wenn du einverstanden bist, macht Theo das. Er kann auch mit dir zu den Behörden gehen.« Hildegards Kinn zitterte, als würde sie mühsam die Tränen unterdrücken. Umso bemerkenswerter fand ich es, dass sie mich trotzdem unterstützte und anscheinend auch ihren Mann davon überzeugt hatte, mir all seine Hilfe zuteil werden zu lassen.

Selbstverständlich war ich mit dieser Regelung einverstanden. Zwar leuchtete es mir nicht recht ein, warum und wie Theo die Vollmacht meines Vaters bekommen hatte, aber ganz gewiss war jetzt nicht der geeignete Zeitpunkt, das zu hinterfragen. Ich war heilfroh, wenn ich mich nicht auf dem Amt als minderjähriges und unverheiratetes »Frolleinchen« den strengen Befragungen und Blicken eines Beamten aussetzen musste. Wenn Theo dabei war, würde man mich mit deutlich mehr Respekt behandeln.

»Danke«, hauchte ich. Dann fielen wir uns in die Arme und heulten Rotz und Wasser.

Das Packen fiel mir sehr schwer. Die Anweisungen, die man uns zum Umfang unseres Gepäcks gegeben hatten, waren deutlich: Nicht mehr als eine Kiste pro Haushalt, maximal einen Meter in der Höhe, einen in der Tiefe und zwei in der

Breite, die nicht mehr wog als 60 Kilo, durfte man mitnehmen. Diese Kiste würde im Frachtraum des Schiffes verstaut werden und war daher sicher zu verschließen. Sie war unterwegs nicht mehr zugänglich. Kleidung und andere Dinge des persönlichen Bedarfs mussten daher in einem separaten Koffer mitgeführt werden.

Die große Kiste füllten wir zu drei Vierteln mit Handwerkszeug von Hannes. Möbel konnten wir keine mitnehmen. Aber Holz, hatte man uns versichert, gab es mehr als reichlich in Brasilien, und als Tischler würde Hannes uns schnell das Nötigste gezimmert haben. Den Rest der Kiste befüllten wir mit Dingen, die wir vor Ort weder vorfinden noch selber herstellen konnten, mit Decken und Bettwäsche, Geschirr, Essbesteck und Töpfen. Auch die Bibel, die mir der Pfarrer aus Hollbach geschenkt hatte, als er von meiner Reise und ihren sittenwidrigen Umständen erfuhr, nahmen wir mit, des Weiteren eine Fiedel, die Hannes seinem ältesten Bruder abgeschwatzt hatte. Die Nächte würden lang und einsam werden, da mussten wir auch an die seelische und geistige Erbauung denken.

Der kleine Koffer, den ich mit an Bord nehmen würde, war ein altes, abgestoßenes Ding aus brüchigem Leder. Matthias hatte ihn von seinem Meister bekommen, der, als er von Hannes' und meinem Abenteuer erfahren hatte, sofort seinen Dachboden nach nützlichen Dingen für uns durchstöberte. Unsere bevorstehende Abreise war das alles beherrschende Gesprächsthema im Dorf, und jeder wollte auf irgendeine Art und Weise daran teilhaben, und sei es nur durch die milde Gabe eines alten Gepäckstückes.

Der Koffer war nicht schwer zu packen. Ich besaß ja nur drei Kleider, ein paar Röcke und Blusen, ein Paar Stiefel, meine Holzpantinen und etwas Leibwäsche. Alle diese

Sachen waren alt, aber gut gepflegt. Meinen einzigen Mantel und den Hut würde ich während der Reise tragen, womit ich einiges an Platz für andere Dinge gewann. Ich packte mein Gesangbuch ein sowie die Porzellanfigur, die ich von Hannes geschenkt bekommen hatte. Ich betrachtete sie als eine Art Verlobungsgeschenk, und so knapp der Raum im Koffer auch war, auf keinen Fall würde ich dieses Stück zurücklassen. Meine älteste Schwester Ursula, die schon seit Jahren mit ihrer Familie in Ransfeld lebte, hatte mich mit einem Satz aus Kamm, versilbertem Handspiegel und Bürste beglückt – etwas so Kostbares hatte ich nie zuvor besessen, und ich würde es hüten wie einen Schatz. Auch diese Dinge quetschte ich noch in das Köfferchen. Und dann war es voll.

Die Habseligkeiten eines ganzen zwanzigjährigen Lebens.

Der Tag unserer Abfahrt aus Ahlweiler war sehr bewegend. Das ganze Dorf war zusammengekommen, um sich von uns zu verabschieden oder aber, was bei vielen Leuten wahrscheinlicher war, sich von dem großen Ereignis unterhalten zu lassen. Ich fühlte mich wie jemand vom Zirkus, der bestaunt wird, der teils voller Abscheu, teils voller Bewunderung angestiert wird. Hannes und ich waren *die* Sensation.

Mein Bruder Matthias – ja, plötzlich zeigte auch er so etwas wie Geschwisterliebe – hatte die Ochsen vor den Wagen gespannt. Er wollte uns nach Bacharach bringen, wo wir zunächst das Rheinschiff gen Köln nehmen würden. Mehr als wir drei Personen sowie unser Gepäck passte nicht auf den Wagen, so dass wir uns bereits hier von allen anderen Familienmitgliedern trennen mussten. Meine Leute waren vollständig versammelt. Vater hatten sie in einem selbst konstruierten Rollstuhl herbeigekarrt. Er sabberte, und Tränen liefen über seine Wangen. Es war unmöglich zu sagen, ob er begriff, was um ihn herum vor sich ging, und deshalb traurig war oder ob einfach nur seine Augen nässten. Ich küsste ihn, schluckte schwer und wendete mich dann den anderen zu. Da waren: Hildegard, Theo und ihre drei Kinder; mein Lieblingsbruder Lukas samt Frau und zwei Kindern; Johannes mit seiner Verlobten; meine drei ältesten Brüder Heinrich, Peter und Erich sowie deren Familien, zu denen ich nie viel Kontakt gehabt hatte, die mir jedoch, das fühlte ich auf einmal, ebenfalls sehr fehlen würden. Dann noch meine älteste Schwester mit Mann und fünf Kindern – Ursula, die, erkannte ich plötzlich, mit nicht einmal dreißig Jahren verhärmter aussah als die alte Agnes. Die war natürlich auch gekommen, genau wie meine ehemaligen Schulfreundinnen, ein paar Verehrer aus früheren Jahren, der Lehrer Friedrich, der nach wie vor die Kinder in Hollbach piesackte, der Pfarrer, der Chorleiter, der alte Ochsenbrücher und ausnahmslos alle Nachbarn und Bekannten der Familie. Von Hannes' Seite waren es kaum weniger Leute, und so geriet das Ganze zum reinsten Volksaufstand.

Ich heulte ohne Unterlass, während Hannes sich fröhlich gab und schulterklopfend die Runde drehte. Ich wusste, dass seine Heiterkeit aufgesetzt war. Er war genauso aufgewühlt wie ich. Als wir aufsaßen, nahm er meine Hand und umklammerte sie so fest, dass es wehtat. Mit der jeweils anderen Hand winkten wir, bis uns die Arme lahm wurden und die Gesellschaft nur noch als trister, graubrauner Haufen wahrzunehmen war und man die einzelnen Gesichter nicht mehr ausmachen konnte. Aus der Entfernung musste die Dorfgemeinschaft sehr armselig wirken, noch dazu bei dem regnerischen Wetter. Doch mir erschien sie wie eine Festgesellschaft, von der ich mich gar nicht trennen mochte. Mir blutete das Herz.

Unterwegs sprachen wir kein Wort. Wir betrachteten

andächtig die Landschaft, die wir nun für immer verlassen würden, die wir, möglicherweise leichtfertig, gegen eine neue Heimat eintauschten, von der wir nicht wussten, wie sie beschaffen war. Denn aufgrund unseres sehr eiligen Aufbruchs hatten wir es nicht mehr geschafft, die Leute in Rheinböllen zu besuchen, deren Verwandte bereits ausgewandert waren. Wir hatten nicht einen einzigen Augenzeugenbericht gehört oder gelesen und mussten uns auf das verlassen, was die Werber uns erzählt hatten.

Wir fuhren denselben Weg entlang, auf dem wir früher zu Fuß zur Schule gewandert waren – und erinnerten uns wehmütig an all die kleinen Streiche, die wir als Kinder ausgeheckt hatten. Wir passierten den Friedhof, auf dem ich wenige Tage zuvor am Grab meiner Mutter gebetet und um Beistand gefleht hatte. Ich schaute zur anderen Seite, um nicht erneut in Tränen auszubrechen. Dann rumpelten wir durch den Putzenfelder Forst. Hannes und ich sahen gleichzeitig zu dem Hochstand, dann trafen sich unsere Blicke, und wir lachten. War es wirklich erst ein Jahr her, dass wir dort oben unseren ersten, ebenso ungestümen wie ungeschickten Liebesakt vollzogen hatten?

Ich konnte nicht mehr aufhören zu lachen. Mit einem Mal löste sich ein Knoten, und all die über Monate angestauten Gefühle brachen in diesem Lachkrampf aus mir hervor. Die Ängste, die Hoffnungen, die Trauer, aber auch die Freude über das, was uns bevorstand – sie bahnten sich ihren Weg aus meinem Körper heraus. Ich hielt mir den Bauch, wischte mir die Augen trocken, holte zwischendurch Luft und nahm mir vor, mich zusammenzureißen. Nichts half. Nach kürzester Zeit ging es wieder los. Ich wurde derart geschüttelt, dass ich aufpassen musste, nicht in die Hose zu machen.

»Du bist hysterisch«, stellte Hannes sehr richtig fest,

worauf ich nur umso heftiger lachte. Er fand das gar nicht komisch.

Erst als wir in eine Gegend kamen, in der ich nie zuvor gewesen war, also etwa ab Kisselbach, beruhigte ich mich wieder. Dort gab es nichts, was mich an die Vergangenheit erinnert hätte. Die Fahrt verlief fortan ohne weitere Zwischenfälle, und der Wagen kam gut durch, obwohl die Wege wegen des Regens aufgeweicht waren.

Wir erreichten Bacharach am frühen Abend. Ein paar Sonnenstrahlen lugten durch die Lücken zwischen den Wolken und warfen ein romantisches Licht auf die hübschen Fachwerkhäuser und die glänzenden Pflastersteine.

Ich war sprachlos. Eine so quirlige, wunderschöne Stadt hatte ich noch nie gesehen. Doch was mir dann endgültig den Atem raubte, war der Blick auf den Hafen und den Rhein. Was für ein Strom! Was für ein Betrieb! Was für herrliche Schiffe!

Es kam mir auf einmal sehr seltsam vor, dass jemand wie ich, der richtige Segelschiffe nur von Abbildungen kannte – auf unseren Weihern und Bächen im Hunsrück sah man höchstens mal ein Ruderboot –, sich zu einer so außergewöhnlich langen Seereise aufmachte. Aber wahrscheinlich waren es gerade unsere Unerfahrenheit und Dummheit, die uns den Mut zu diesem Abenteuer eingaben. Das ganze Unterfangen erschien mir in diesem Augenblick wie der Gipfel an Vermessenheit. Wie konnten wir, Klärchen Liesenfeld und Hannes Wagner aus Ahlweiler, uns unterstehen, einfach nach Brasilien zu fahren?

Ich ergriff Hannes' Hand. Mir war mulmig zumute, und ich erhoffte mir von ihm Trost oder Zuspruch oder wenigstens ein Anzeichen dafür, dass ich mit meiner Furcht nicht allein war. Doch Hannes deutete die Geste anders. Er führte meine Hand zu seinen Lippen, küsste sie und sah mich freudestrahlend an.

»Na, habe ich dir zu viel versprochen?«, fragte er. Es klang, als seien Bacharach und der Rhein sein persönlicher Besitz.

Ich fühlte einen neuerlichen Lachanfall meinen Bauch heraufkrabbeln.

»Ich muss mal«, sagte ich schnell, bevor ein Unglück passierte.

Hannes bedachte mich mit einem konsternierten Blick. Dass ich in einem Moment, der für unsere Zukunft von so großer Bedeutung war, solche profanen Bedürfnisse verspürte, schien er zu missbilligen. Aber es nützte ja nichts.

Er regte sich allerdings schnell wieder ab – und behelligte dann seinerseits mich mit seinen körperlichen Bedürfnissen, später, in der Nacht. Die verbrachten wir in einem billigen Gasthof, in einem Viererzimmer, zusammen mit Matthias, der erst am nächsten Morgen zurück nach Ahlweiler fahren wollte. Kaum hörten wir Matthias schnarchen, schlüpfte Hannes unter meine Decke. Es war das erste Mal, dass wir gemeinsam in einem Bett beieinanderlagen. Wir fühlten uns sehr erwachsen, wie Mann und Frau. Wir taten kein Auge zu in jener Nacht, was jedoch weniger an unserer Begierde lag als vielmehr an unserer Aufregung.

Morgen würden wir den Hunsrück für immer hinter uns lassen.

17

Raúl war spät dran. Er musste sich beeilen, wenn er es vor Ladenschluss noch zu dem Uhrmacher schaffen wollte, bei dem er die Reparatur der Taschenuhr in Auftrag gegeben hatte. Es handelte sich um ein sehr renommiertes Juweliergeschäft in der Rua Portugal, das mehr für seine exquisiten Geschmeide bekannt war als für seine Uhrmacherkunst, aber wenigstens wusste Raúl seine kostbare Taschenuhr dort in besten Händen.

Es gelang ihm knapp, den Laden noch rechtzeitig zu erreichen. Ein Angestellter war bereits dabei, die Gitter vor den Schaufenstern zu befestigen. Raúl nahm die drei Stufen zur Eingangstür in einem Schritt, drückte mit Schwung die Ladentür auf, die ihn mit einem klangvollen Bimmeln ankündigte, und warf einen letzten Blick zurück auf die Straße, um sich zu vergewissern, dass er in der Eile auch sein Pferd gut festgebunden hatte.

In diesem Augenblick sah er Josefinas offene Kutsche vorbeifahren, unverkennbar mit ihrem leuchtenden Rot und dem protzigen Wappen des Barão de Santa Maria das Luzes sowie dem neugierig gereckten Schwanenhals der schönen Tochter des Barons. Oje, das hatte ihm gerade noch gefehlt, dass Josefina ihn wieder von seinen Pflichten abhielt. Schnell verdrückte er sich im Innern des Geschäftes und betete, dass sie ihn nicht gesehen hatte.

Als er seine Uhr in Empfang nahm, repariert, innen wie außen gesäubert und in ein vornehmes Etui aus Samt gebettet, bat

⮜ 149 ⮞

er darum, sie noch sicherer einzupacken. »Ich weiß nicht, ob dieses Etui den Anblick, den das Innere meiner Satteltaschen bietet, verkraftet«, scherzte er, doch der Verkäufer sah ihn nur indigniert an und meinte: »Ganz wie Sie wünschen, Senhor. Würde es Ihnen, ich meine dem Etui, vielleicht helfen, wenn ich es noch in ein wenig Zeitungspapier wickle?«

»Ich bitte darum.«

Der Verkäufer ging, offensichtlich verärgert über die Verzögerung so kurz vor Geschäftsschluss, in ein rückwärtig gelegenes Büro und kam wenig später mit einem übertrieben großen Packen alter Zeitungen heraus. Er verpackte die Taschenuhr sehr umständlich, aber sicher und stoßfest.

Daheim angekommen, wickelte Raúl das Etui aus, nahm die Uhr heraus und befestigte sie wieder an der Kette. Er klappte den Deckel auf, bewunderte das feingearbeitete Zifferblatt aus Perlmutt und verlor sich in Erinnerungen an seine Eltern, deren Gesichter er sich kaum mehr ins Gedächtnis rufen konnte. Er klappte die Uhr zu und verstaute sie in der Tasche seines Gehrocks, bevor er diesen auszog und über eine Stuhllehne hängte. Er befand sich in einer seltsam melancholischen Stimmung. Das hatte er selten. Und er würde ihr auch diesmal nicht nachgeben. Entschlossen ging er zu dem Silbertablett auf der Anrichte, auf dem seine kleine Auswahl an Spirituosen stand. Ein Whisky wäre jetzt genau das Richtige. Er gab eine doppelte Dosis in ein schweres Glas und ging mit diesem zurück an seinen Sekretär. Gedankenverloren strich er das Zeitungspapier glatt, das zu holen den Verkäufer so viel Mühe gekostet hatte.

Der Mann hat seine Berufung verfehlt, dachte Raúl, er hätte Beamter beim kaiserlichen Grundvermessungsamt werden sollen. Da hätte er es bestimmt nie mit Kunden zu tun, die eine Minute vor Ladenschluss die Unverschämtheit besaßen, darum zu bitten, eine sehr kostbare Uhr sicher zu verpacken. So etwas ärgerte Raúl. Vielleicht sollte er beim nächsten Mal, wenn er den Juwelier aufsuchte, ein Wort mit dem Besitzer des Geschäftes wechseln. Oder am besten direkt zu einem anderen Laden gehen – einem, wo man auch als Provinzler zuvorkommend bedient wurde.

Plötzlich blieb Raúls Blick an einem ungewöhnlichen Namen hängen, der in der Zeitung stand. Er hatte gar nicht darin gelesen – nichts war bekanntlich älter als die Zeitung von gestern, und diese war, Moment, vom 20. März –, sondern einfach nur vor sich hin geglotzt. »Klara«, stand da. Klara mit K.

Gespannt beugte er sich über die Seite und las den Artikel.

Mysteriöses Verbrechen in der Colônia Alemã de São Leopoldo

Wie der Redaktion des Jornal da Tarde erst am gestrigen Montag von offizieller Seite mitgeteilt wurde, ereignete sich in der vergangenen Woche ein ebenso schweres wie unerklärliches Verbrechen in der deutschen Kolonie von São Leopoldo, vormals bekannt als Colônia Alemã da Feitoria. Die Familie des deutschstämmigen Tischlers Hannes Wagner, seit Dezember 1824 in Brasilien sesshaft, wurde Opfer eines Überfalls, wie er in seiner Grausamkeit sowohl die Behörden als auch die Nachbarn der Wagners entsetzte.

Hannes Wagner, fünfundzwanzig Jahre alt, wurde mit eingeschlagenem Schädel im Dickicht des Urwaldes aufgefunden, der an sein Land grenzt. Der Mann starb, wie die Redaktion von dem Gendarmen João Francisco Pereira erfuhr, der zum Tatort gerufen worden war, an den Folgen eines Schlages auf den Kopf, der mit einem spitzen, wahrscheinlich eisernen Gegenstand ausgeführt wurde. Blutspuren, die von der Fundstelle des

⸰ 151 ⸱

Hannes Wagner fortführen und sich im Dschungel verlieren, ließen, so der wackere Gendarm, die Vermutung zu, die Frau des Mannes, Klara Wagner, dreiundzwanzig Jahre alt, habe ein ähnlich tragisches Schicksal ereilt.

Klara Wagners Leiche konnte trotz sorgfältigster Suche bisher nicht aufgefunden werden. Eine Nachbarin der Opfer, Christel Gerhard, hat sich der kleinen Tochter des Paares, Hildegard Wagner, angenommen. Das Kind hat den Angriff auf wundersame Weise ohne körperlichen Schaden überstanden.

Die Frage des Jornal da Tarde, ob die Frau als Mörderin ihres Ehegatten verdächtigt werde, verneinte João Francisco Pereira entschieden, obwohl er angelegentlich einräumen musste, dass derartige Gerüchte kursierten. »Aber«, so dürfen wir den Gendarmen zitieren, »wenn man mir die Frau lebendig bringt, werde ich sie gern dazu vernehmen.« Aufgrund der Menge der Blutspuren, die im Wald gefunden wurden, sei es äußerst unwahrscheinlich, dass die Frau noch lebe, so Pereira, desgleichen sei es undenkbar, dass sich eine junge Frau mit fremdländischem Aussehen und ohne Sprachkenntnisse derart lange versteckt halten könne, während die einzige andere mögliche Erklärung für das schaurige Verbrechen doch viel wahrscheinlicher sei, nämlich dass die Bluttat den Guaraní-Indianern anzulasten sei.

Dieser Hypothese muss sich die Redaktion leider anschließen.

Da die Familie Wagner von allen Nachbarn als ehrbar und friedliebend beschrieben wird, die mit niemandem zerstritten oder gar verfeindet war, glaubt man, dass es sich bei dem heimtückischen Verbrechen nur um einen Racheakt der Eingeborenen handeln kann, wie sie in der Vergangenheit bereits vereinzelt vorkamen. Als besonders infam müssen wir hierbei die Tatsache hervorheben, dass die Mörder nun augenscheinlich zu Waffen greifen, wie sie bisher nicht im tödlichen Repertoire der Indios zu finden waren, um den Verdacht von sich abzulenken.

*Trotz des trügerischen Friedens, der seit einiger Zeit zwischen
den Guaraní der Region und den deutschen Siedlern herrscht,
lässt diese ruchlose Tat eine rasche und gründliche Untersuchung
im Umfeld der Indianer als geboten erscheinen, auf dass man
die Übeltäter rasch der verdienten Strafe zuführen möge.*

Raúl war fassungslos.

Er las den Artikel wieder und wieder, bis er ihn beinahe
auswendig aufsagen konnte. War das möglich? Handelte es
sich um dieselbe Klara? Aber nein, die Klara, die in diesem
Moment beim Licht einer Funzel auf der Veranda saß und
sich die Augen an einer Stickerei verdarb, hieß ja mit Nachnamen Liesenfeld. Klara war nun einmal ein weitverbreiteter
Name, das schien bei den deutschen Klaras mit K nicht anders zu sein als bei den brasilianischen Claras mit C.

Andererseits: Alles passte zu gut zusammen, als dass es
sich um einen Zufall handeln konnte. Die Altersangabe,
Klaras Verletzungen, der Zeitpunkt des Verbrechens – wenn
er zurückrechnete, stimmte er ziemlich genau mit dem Tag
überein, an dem er Klara gefunden hatte – und nicht zuletzt
die Beschreibung der Klara Liesenfeld als einer Person mit
»fremdländischem Aussehen und ohne Sprachkenntnisse«,
das alles war für eine zufällige Übereinstimmung einfach zu
unwahrscheinlich.

Wenn es sich aber um dieselbe Frau handeln sollte, dann
taten sich da Abgründe auf, von denen er nichts geahnt hatte. Wie konnte eine Frau vergessen, dass sie verheiratet und
Mutter einer kleinen Tochter war? Nach eigenem Bekunden
erinnerte Klara sich an mehr oder weniger alles, was bis kurz
vor ihrem Unfall passiert war. Warum hatte sie nie von ihrer
Familie gesprochen? Wieso hielt es sie hier noch länger? War
sie noch ganz normal im Kopf? Jede andere Frau wäre doch

bestrebt gewesen, so schnell wie möglich zu ihrem Kind zurückkehren zu können.

Zugegeben, brachte Raúl sich selbst wieder zur Vernunft, er hatte sich nie ausführlicher mit Klara unterhalten. Sie hatte ihm irgendwann einmal den Zettel zu lesen gegeben, auf dem ihr Name und ihr Geburtsdatum gestanden hatten. Vielleicht war Liesenfeld ihr Mädchenname, und der war ihr vielleicht eher wieder eingefallen als die Hochzeit mit diesem Hannes Wagner und die Geburt ihres Kindes. Später hatte sie es dann vermutlich nicht mehr für nötig erachtet, weitere Einzelheiten aus ihrem Leben preiszugeben.

Ach, papperlapapp! Dann hätte sie es Teresa erzählt. Man konnte doch nicht in aller Seelenruhe auf der Veranda Geschirrtücher besticken, wenn man wusste, dass da in dem Siedlungsgebiet ein Mann und ein kleines Mädchen saßen, die ohne Frau beziehungsweise Mutter schwerlich zurechtkamen – immer vorausgesetzt natürlich, Klara hatte tatsächlich noch nicht die Erinnerung an jenen schicksalhaften Tag zurückerlangt und glaubte weiterhin, dass ihr Mann lebte. Nein, das war zu verrückt, um wahr zu sein.

Und wenn nun tatsächlich das geschehen war, was der Polizist in dem Artikel so energisch ausschloss? Dass nämlich Klara ihren Mann ermordet hatte und danach geflüchtet war? Das würde allerhand erklären. Es würde ihrem falschen Namen, Liesenfeld, genauso einen Sinn geben wie ihrem denkwürdigen Zögern, als er sie gefragt hatte, ob sie nach Hause wolle. Es würde erklären, warum dem Kind nichts zugestoßen war – selbst eine Gattenmörderin würde, wenn sie nicht vollkommen entmenscht war, vor Kindsmord zurückschrecken. Es würde ebenfalls den Gebrauch der Tatwaffe in einem anderen Licht erscheinen lassen – denn dass Indios sich einer Spitzhacke oder eines ähnlichen Gegenstandes bedient haben sollten, erschien Raúl sehr weit hergeholt. Die Guaraní hielten sich lieber an ihre altbewährten Methoden des Tötens, an giftige Pfeile beispielsweise.

Nein, nein und nochmals nein! Das konnte, das durfte nicht sein. Diese ruhige, freundliche Person, die nun seit Wochen in seinem Haus lebte, war doch keine Mörderin! Niemals war sie aufgebraust, kein einziges Mal war sie durch etwas anderes aufgefallen als durch Zurückhaltung, Höflichkeit und Hilfsbereitschaft. Nun ja, abgesehen von ihrer Gedächtnisstörung. Aber die legte sich ja zusehends. Aus dem Mädchen, das sowohl er als auch Teresa anfangs für schwachsinnig gehalten hatten, war im Laufe der Wochen kaum merklich eine Stütze des Haushalts geworden – und eine Mitbewohnerin, die er ungern missen wollte.

Seit er sie in dem hübschen Kleid gesehen hatte, war Raúls Bild von Klara ein völlig anderes. War sie vorher nur eine Bürde gewesen, irgendwie geschlechtslos, ein armes Ding, bemitleidenswert in seiner Hilflosigkeit und zusätzlich behindert durch die Sprachbarriere, so hatte sie sich an jenem Tag vor seinen Augen in eine junge Frau verwandelt. Eine außerordentlich hübsche obendrein. Warum war ihm vorher nie aufgefallen, was sie für herrliche weiße Haut hatte? Was für appetitliche runde Brüste? Und was für ein nettes, knackiges Hinterteil?

Ja, als Frau hatte er sie seitdem betrachtet – aber doch nicht gleich als männermordendes Ungeheuer! Das passte nun so gar nicht zu der Klara, die er kennengelernt hatte, so weiblich sie ihm neuerdings auch erscheinen mochte. Und die er sich übrigens schnellstens aus dem Kopf schlagen musste: Wenn sie und diese Klara Wagner ein und dieselbe Person sein sollten, dann war sie Mutter und Witwe und alles andere als aufgeschlossen für die Avancen eines einzelgängerischen

Gaúchos, der zu lange die Gesellschaft von schönen Frauen hatte entbehren müssen. Für ihn war ohnehin eine wie Josefina, eine heißblütige, temperamentvolle, freche Südamerikanerin, viel besser geeignet.

Das Bild der rassigen Josefina lenkte Raúl einen Augenblick von dem Zeitungsartikel ab. Er legte die Füße auf den Tisch, lehnte sich in seinem Stuhl zurück und genoss einen Schluck Whisky.

Ob er endlich das tun sollte, womit ihm Teresa schon seit Ewigkeiten in den Ohren lag? Warum nicht? Josefina gefiel ihm. Sie konnte sicher eine ganz schöne Nervensäge sein, aber das würde sie bestimmt durch andere Qualitäten wettmachen. Meine Güte, allein, wie sie ihn mit Blicken liebkost hatte! Wenn sie dasselbe mit ihrem Körper tat, dann … ah, daran durfte er jetzt überhaupt nicht denken.

Er verbot sich weitere erotische Gedankenspiele und kehrte zurück zu dem unerfreulichen Zeitungsartikel. Warum hatte er ihn eigentlich nicht früher gelesen? Am 20. März war er doch bereits hier in Porto Alegre gewesen, und er hätte dieses Blatt, das er abonniert hatte, auf seinem Sekretär vorfinden müssen. Er überflog immer die Lokalnachrichten, und eine Meldung wie diese wäre ihm bestimmt nicht entgangen. Ob diese dämliche Aninha wieder die Zeitung zum Fensterputzen genommen hatte, obwohl er ihr eingeschärft hatte, sich nie, und zwar *nie* mehr an der ungelesenen Zeitung zu vergreifen? Er würde der Sache auf den Grund gehen, und wenn sich herausstellen sollte, dass sich das Mädchen wirklich seinem Befehl widersetzt hatte, dann würde er sie verkaufen. Sie wollte ohnehin weg, weil sie mit einem Feldarbeiter von der Fazenda São José angebändelt hatte. Von ihm aus konnte sie eher heute als morgen gehen – wenn der alte Geizkragen Fernando de Sousa e Silva ihm einen vernünftigen Preis zahlte. Da, dachte Raúl, schon wieder hatte er sich von dem eigentlichen Problem ablenken lassen. Aninha war vollkommen nebensächlich. Er musste mit Klara reden, und das bald. Er würde sie mit dem, was in der Zeitung stand, konfrontieren. Wenn er Glück hatte, würde er an ihrer Reaktion erkennen können, ob irgendetwas Wahres daran war. Wenn sie nicht grandios simulierte und ihre Amnesie echt war, dann würde womöglich durch die Geschichte, wie sie in dem Artikel beschrieben wurde, ihre Erinnerung geweckt werden. Vielleicht waren die Wagners von Indios überfallen worden, und vielleicht hatte Klara angesichts der durchlebten Schrecken ihr Heil im Vergessen gesucht.

Wenn sie jedoch eine Lügnerin war? Hätte sie nichts zu verbergen, wäre sie doch sicher längst heimgekehrt, oder etwa nicht? War sie eine kaltblütige Mörderin, die seine Gastfreundschaft ausnutzte, um sich dem Zugriff der Polizei zu entziehen? In diesem Fall würde er persönlich sie an den Galgen bringen.

Nein, das konnte doch aber nicht sein. Doch nicht Klara. Vielleicht gab es ja noch eine dritte Möglichkeit, nämlich dass es sich um einen Unfall handelte, eine Verkettung unglücklicher Umstände, die zu Hannes' Tod geführt hatten. Raúl konnte sich zwar nicht vorstellen, was für ein »Unfall« das gewesen sein sollte, bei dem man dem Ehemann mit der Hacke, dem Hammer oder der Schaufel eins über den Schädel zog, aber man konnte nie wissen. Es passierten die haarsträubendsten Geschichten.

Hm, dachte Raúl, diese Möglichkeit sollte er ausschließen. Denn dann hätte Klara doch als Erstes nach ihrer Genesung die Behörden aufgesucht, um den Vorfall zu melden. Es sei denn ... verflixt, er drehte sich im Kreis.

Er musste mit Klara reden. Sofort.

18

Der 21. November 1824 war ein ausnehmend scheußlicher Tag. Wir befanden uns seit Wochen auf hoher See. Die Kanarischen Inseln lagen bereits hinter uns, seitdem hatten wir kein Land mehr gesehen. Der Kapitän behauptete zwar, wir befänden uns ganz in der Nähe einer anderen Inselgruppe, den Kapverden, aber davon war bei dem miserablen Wetter nichts zu sehen. Es stürmte und schüttete wie aus Kübeln. Das Meer war aufgepeitscht, meterhohe Wellen schwappten über die Reling. Die Seeleute an Bord fanden das nicht weiter schlimm. Dies sei nur ein Sturm von mittlerer Stärke, hieß es, und es bestünde keinerlei Gefahr für uns.

Ha! Bei mir bestand die akute Gefahr, dass ich mir die Seele aus dem Leib spuckte, und meinen Mitreisenden erging es nicht besser. Weil wir nicht nach oben ins Freie kommen durften – und ich es ohnehin nicht gewagt hätte, so wie das Schiff schwankte –, übergaben wir uns in unserem Zwischendeck. Es stank erbärmlich, und dazu kamen ja noch all die anderen Gerüche: der von unserem Nachtgeschirr, das wir wegen des Sturms nicht leeren konnten; der unserer nur notdürftig mit Salzwasser gewaschenen Leiber; der von verdorbenen Nahrungsmitteln; und schließlich der von Schimmel, der überall wucherte, weil alles klamm und die Belüftung nur unzureichend war. Es roch so ekelerregend, dass sich mir auch ohne die vermaledeite Seekrankheit der Magen umgedreht hätte.

Dieser Sturm war der bisherige Tiefpunkt einer Reise, bei

der so ziemlich alles danebengegangen war, was danebenge-
hen konnte. Ich hatte unsere Entscheidung, nach Brasilien
auszuwandern, schon mehrfach verflucht. Wenn Hannes
nicht gewesen wäre und mit seinem Optimismus immer dafür
gesorgt hätte, dass wir nach vorn schauen und niemals zurück,
ich glaube, ich hätte bereits in Köln die Rückreise angetreten.
Dort nämlich passierte uns das erste Malheur.

Als wir über den Markt schlenderten, um uns mit weiterem
Reiseproviant einzudecken – bereits auf dem Rheinschiff
hatten wir von einem Matrosen erfahren, dass die Verpro-
viantierung auf den Überseeschiffen mangelhaft war –, wurden wir bestohlen. Wir merkten es erst bei der Rückkehr in
unsere verlauste Unterkunft, denn unser Abendbrot konnte
Hannes, als er in seiner Hosentasche vergeblich nach Geld
suchte, nicht bezahlen. Und unser Erspartes, das in einem
Geheimfach in Hannes' Reisesack eingenäht war, wollten wir
so schnell noch nicht anbrechen. Die Wirtin machte ein Gezeter, dass es zum Fürchten war, und nur der Tatsache, dass
wir ihren wunderlichen Dialekt kaum verstanden, war es zu
verdanken, dass wir einigermaßen ruhig blieben. Wir gaben
ihr dafür ein Glas Honig sowie mehrere Würste, womit die
Frau das Geschäft ihres Lebens gemacht haben dürfte.

In Antwerpen erging es uns nicht besser. Unser Schiff hatte
Verspätung, so dass wir uns eine Herberge suchen mussten.
Unsere mangelnden Sprachkenntnisse erschwerten die Suche
erheblich. Mit viel Glück fanden wir schließlich eine Bleibe,
die wir uns leisten konnten und die uns einigermaßen sauber
erschien. Es waren dort noch andere Auswanderer, und wie
die meisten aßen wir in unserer Kammer. Kochen auf den
Zimmern wurde wegen der Brandgefahr nicht geduldet, also
ernährten wir uns von Brot, Käse und Wurst. Aber manchmal
braucht der Mensch ja auch etwas Warmes im Bauch, insbe-

sondere im Herbst. Und da der Wirt den Eindruck machte, ein anständiger Koch zu sein, erlaubten wir uns eines Abends den ungeheuerlichen Luxus eines warmen Abendessens in seiner Gaststube. Es gab eine Fischsuppe, die köstlich schmeckte und die dank diverser Tunken und des noch warmen Brotes zum Hineinstippen sehr nahrhaft war. Was das Essen anging, war ich glücklicherweise immer sehr unkompliziert – obwohl ich nichts anderes kannte als unsere Hunsrücker Bauernkost, fand ich schnell Gefallen an andersgearteten Gerichten. Ich verschlang also diese Suppe mit größtem Appetit und aß sicher mehr davon, als mein Magen fassen konnte. Wenige Stunden später zerriss es mir die Gedärme. Und nicht nur mir. Hannes und ich waren so krank, dass uns selbst die Peinlichkeit, voreinander aus allen Körperöffnungen alles auszuscheiden, egal war.

Am nächsten Tag stellte Hannes den Wirt zur Rede, doch der behauptete mit seinem merkwürdigen Akzent, wir Auswandererpack hätten etwas Verdorbenes aus unseren eigenen Vorräten gegessen. Dann warf er uns hochkant hinaus. Wir waren noch immer schwach auf den Beinen. Weil uns die Kraft fehlte, nach einer ordentlichen Unterkunft zu suchen, nahmen wir dann die erstbeste, oder genauer gesagt, die erstschlechteste. Als unser Schiff endlich zum Einsteigen bereit war, erschien uns das Zwischendeck, das wir später zu hassen lernten, wie das Paradies auf Erden.

Mit erheblicher Verspätung legten wir am 8. Oktober 1824 ab. Das Schiff, ein stattlicher Viermaster namens »Victoria«, war brechend voll mit Passagieren und Besatzung, Gepäck und Lebensmitteln. Die Stimmung an Bord war ausgezeichnet. Alle waren froh, dass es endlich losging. Die beengten Verhältnisse, die winzigen Kojen, den Mangel an Privatsphäre nahmen wir zunächst gar nicht wahr. Wir hielten uns so viel wie möglich an Deck auf, sahen in einiger Entfernung die Küstenlinie Südwesteuropas und berauschten uns an den exotischen Namen der Orte, die dort lagen. Die Fahrt durch die Biskaya, vor der man uns gewarnt hatte, verlief ruhig. Es war zwar schon recht kalt, und in dem Fahrtwind bekam man schnell eine Triefnase und rote Backen, doch von der angekündigten rauhen See war nichts zu spüren.

Kurz nach Lissabon hieß es Abschied nehmen von Europa. Wir waren alle so euphorisch angesichts der bevorstehenden Atlantiküberquerung, dass wir, wenn überhaupt, nur einen winzigen Anflug von Wehmut spürten. Die Arbeit hielt uns ebenfalls von rührseligen Anwandlungen ab: Wir Frauen wurden zu Küchenarbeiten herangezogen, die Männer mussten den Matrosen zur Hand gehen. Wir hatten jede Menge zu tun, außerdem war alles noch neu und spannend, so dass wir uns gar nicht länger mit traurigen Gedanken herumquälten.

Das alles änderte sich, als wir, irgendwo vor der Nordwestküste Afrikas, eine tagelang andauernde Flaute durchstehen mussten. Es war grauenhaft. Die »Victoria« bewegte sich nicht ein Stück vorwärts. Ihre Segel hingen schlaff an den Masten, traurige Zeugen eines Unvermögens, das wir als unser eigenes betrachteten. Nicht jeder von uns, die wir schon so lange unterwegs und sehr ungeduldig waren, endlich unser Ziel zu erreichen, war in der Lage, mit der Situation umzugehen.

Es gab Streit unter den Frauen. Die Männer betranken sich an dem guten Obstler, den sie für harte Zeiten mitgenommen hatten. Es gab eine Schlägerei unter zwei gestandenen und bislang zurückhaltenden Handwerkern aus dem Taunus, der sich weitere Männer anschlossen, darunter auch Hannes. Hinterher wusste keiner mehr so genau, um was es eigentlich gegangen war. Es hieß, der eine hätte die Frau des anderen unschicklich berührt, was ich nicht recht glauben mochte, denn die betreffende Frau war äußerst unansehnlich.

Eine Ehefrau war ich übrigens nun selber. Hannes hatte die Flaute gleich zu Beginn genutzt, um den Kapitän darum zu bitten, uns miteinander zu vermählen. Der Kapitän, einer der griesgrämigsten Männer, die mir je begegnet sind, stimmte, so schien es mir, nur zu, um sich selber ein wenig Ablenkung zu verschaffen. Die Zeremonie dauerte keine fünf Minuten und war so unromantisch wie der Kauf eines Kochtopfs. Trotzdem feierten wir mit allen Mitreisenden. Der Höhner-Heinz aus Westfalen spielte auf seinem Akkordeon ein paar schwungvolle Lieder, zu denen wir tanzten. Von irgendwoher tauchte ein Fass Wein auf, und später gab es die erste Schlägerei. Meine Hochzeitsnacht verbrachte ich mit Hannes in meiner Koje, die schon für mich allein zu schmal war. Er schlief irgendwann auf mir ein. Am nächsten Tag hörte ich mir hämische Bemerkungen der anderen Frauen an. Wahrscheinlich waren sie nur neidisch.

Als wieder Wind aufkam, hellte sich unsere Stimmung merklich auf. Ein paar Tage lang waren wir alle guter Dinge, verrichteten klaglos unsere Arbeit und träumten von der Ankunft in unserem gelobten Land. Bis zu diesem verflixten 21. November und dem grässlichen Unwetter. Ich hätte liebend gern den Sturm gegen eine weitere Flaute eingetauscht. Bei Windstille war mir zwar auch nicht ganz wohl gewesen, denn ohne Fahrtwind auf der Grunddünung zu schaukeln, das bekam meinem Magen nicht sonderlich gut; aber wenigstens hatte ich bis dahin nie das Gefühl gehabt, mein letztes Stündlein hätte geschlagen.

An jenem Novembertag also, als ich schon mit meinem Leben abgeschlossen hatte, kam auf einmal Hannes zu mir und überreichte mir ein kleines Päckchen. Er war selber ganz grün im Gesicht, aber er lächelte, drückte mir einen Kuss auf die Wange und sagte: »Herzlichen Glückwunsch zum Geburtstag!«

Eine besonders heimtückische Welle ergriff unser Schiff. Ich musste mich mit beiden Händen festhalten, um nicht durchs ganze Zwischendeck zu purzeln, und ließ das Päckchen fallen. Als ich mich wieder gefangen hatte, lief ich in die Ecke, wo es hingekullert war. Schwankend ging ich zurück zu Hannes. Er nahm mir das Missgeschick nicht übel.

»Oh Gott!«, stöhnte ich, und damit war alles gesagt. Mir war schlecht. Ich schämte mich, weil ich das Geschenk hatte fallen lassen. Und es erschütterte mich, dass ich meinen eigenen Geburtstag vergessen hatte, noch dazu den einundzwanzigsten. Den Tag meiner Großjährigkeit.

Bemüht, mein Gleichgewicht nicht zu verlieren, löste ich das Papier von dem Päckchen. Unter anderen Umständen hätte es mich zutiefst berührt, dass Hannes weder Mühe noch Kosten gescheut hatte, mir ein richtiges, hübsch verpacktes Präsent zu überreichen. An diesem Tag jedoch ließ es mich kalt.

»Lass mal sehen«, rief Käthe Schneider aus Münster.

»Zeig her«, schloss sich ihr Trude Maier aus Koblenz an.

So seekrank waren sie anscheinend nicht, als dass sie nicht noch die Gelegenheit hätten wahrnehmen können, ihren monotonen Alltag auf dem Schiff ein wenig aufzulockern.

»Haut ab, ihr Waschweiber!« Es wunderte mich, dass Hannes sich noch immer über so etwas empören konnte. Immerhin waren wir bereits seit sechs Wochen auf See, und inzwischen kannten wir alle uns in- und auswendig, ob wir wollten oder nicht. Mir selber war es herzlich gleichgültig, ob die anderen etwas von der Bescherung mitbekamen.

Ich wickelte das Geschenk aus. Mir stockte der Atem. Es

war ein kleiner, sehr aufwendig gearbeiteter Kristallflakon, der mit einer goldgelben Flüssigkeit gefüllt war. Ich öffnete den Verschluss und schnupperte daran. So etwas Wunderbares hatte ich noch nie gerochen! Das Parfüm duftete nach einer Mischung aus Rosen und Maiglöckchen. Es war das vielleicht unnützeste Geschenk auf Erden, aber ich liebte Hannes dafür umso mehr. Ich warf mich ihm in die Arme, sorgsam darauf bedacht, nichts von dem kostbaren Parfüm zu verschütten, und hauchte ihm ein leises »Danke« ins Ohr. Dann kam eine weitere schlimme Welle und schleuderte uns beide durch das halbe Zwischendeck, direkt in die Koje des Hufschmieds Höller. »Hoppla«, rief er, »so spät noch Besuch?« Wir lachten uns halbtot darüber und wankten zurück zu unseren eigenen Betten.

Ich rollte mich zusammen, erstens, um bei der nächsten Welle in einer stabileren Position zu liegen und nicht aus der Koje zu fallen, zweitens, weil es mir vor lauter Übelkeit kaum möglich war, mich ausgestreckt hinzulegen. Hannes streichelte meinen Kopf und hielt mir immer wieder den Eimer hin. Er selber litt erstaunlicherweise nicht in diesem Maße unter der Seekrankheit wie die meisten anderen. Er bildete sich sehr viel darauf ein, und das konnte er auch. Ich war stolz auf meinen Mann, der inmitten dieses Gestanks, dieser Unordnung und der ganzen Misere Haltung bewahrte. *Mein Mann*, ging es mir nicht aus dem Sinn. Es klang gut. Und es war auch gut, mit Hannes verheiratet zu sein. Von allen Leuten an Bord, so fand ich, war er der mit Abstand Stärkste, Gesündeste und Schönste. Und er gehörte mir. Gemeinsam würde uns alles gelingen, was wir uns vorgenommen hatten.

Bei einigen unserer Mitreisenden musste man sich dagegen fragen, wie sie es bis hierher geschafft hatten und wie sie die noch zu erwartenden Strapazen überstehen würden.

Die Hellmanns etwa. Dieses Ehepaar in etwas reiferem Alter machte nicht den Eindruck, als würden sie die Fahrt überleben. Therese Hellmann war so krank, dass sie nur mehr ein Wimmern von sich gab. Ihr Mann, Paul, war an Bord unglücklich gestürzt und hatte sich eine hässliche Wunde am Bein zugezogen, die sich entzündet hatte. Einen Arzt hatten wir nicht an Bord, so dass alle möglichen Kräutertinkturen zur Behandlung eingesetzt wurden, allerdings ohne sichtbare Wirkung. Ich fragte mich, was ein älteres Paar, sie waren sicher schon über vierzig Jahre alt, dazu bewogen haben könnte, alles hinter sich zu lassen und in Brasilien einen Neubeginn unter sehr viel schwierigeren Bedingungen zu wagen, als wir jungen Leute sie hatten. Aber die Hellmanns sprachen nicht über ihre Gründe, wie sie sich überhaupt von ihren Mitreisenden fernhielten.

Dann war da die Familie Schlüter, Vater, Mutter und drei Kinder zwischen sieben und elf Jahren. Grundgütiger, dachte ich, wenn wir zu zweit schon so viele Hürden hatten nehmen müssen, um auf dieses Schiff zu gelangen, wie musste es dann erst mit drei Kindern gewesen sein? Das jüngste Kind war an der Ruhr erkrankt, und es sah so arm und klein und schwach aus, dass ich nicht an sein Überleben glaubte. Die Eltern beteten ohne Unterlass, während die beiden anderen Kinder, von Seekrankheit und anderen Übeln verschont, durch das Zwischendeck rasten, Verstecken spielten und uns alle mit ihrem Geschrei in den Wahnsinn trieben.

In manchen Reisenden wiederum erkannten wir uns selber wieder: jüngere Leute, Paare meist, die noch keine Kinder hatten und die der Armut in ihrer Heimat zu entkommen suchten. Es gab auch einige alleinreisende Männer, Handwerksburschen oder Bauern zumeist, alle im Alter von Mitte zwanzig bis Mitte dreißig. Frauen ohne Begleitung befanden sich nicht an Bord, obwohl es solche gab. In Antwerpen hatten wir eine junge Lehrerin kennengelernt, die ganz allein nach Nordamerika aufgebrochen war.

Mit Christel und Franz Gerhard aus dem Westerwald freundeten wir uns gleich zu Beginn der Reise an. Sie waren etwa in unserem Alter und hatten sich aus denselben Gründen in dieses Abenteuer gestürzt wie wir: Sie hatten wenig zu verlieren und viel zu gewinnen. Sie war die Tochter eines hochverschuldeten Wirts, er war der jüngste Sohn einer einst neunköpfigen Bauernfamilie, von der allein im vergangenen Winter drei an Hunger und Kälte gestorben waren.

Gegen Abend dieses Tages, als entweder der Sturm nachgelassen oder aber wir uns an den Wellengang gewöhnt hatten, kam Christel an meine Koje.

»Alles Gute zum Geburtstag«, wünschte sie mir. »Hier, das ist für dich.«

Damit reichte sie mir ein Glas Hausmacher-Leberwurst. Ich war sehr gerührt. Ich hätte zwar bei dem Gedanken daran, feste Nahrung zu mir nehmen zu müssen, gleich wieder würgen können, aber offenbar hatte ich mir einen letzten Rest Verstand bewahrt. Ich wusste, dass angesichts der schlechten Versorgung dieses Glas Wurst ein kleines Vermögen darstellte.

»Das … kann ich nicht annehmen«, sagte ich heiser.

»Natürlich kannst du das«, mischte Franz sich ein. »Wenn du es aufmachst, dann kannst du uns ja an dem Festschmaus teilhaben lassen.«

Ich grinste ihn unglücklich an. »Ja, hm. Also schön. Vielen Dank.«

»So ein Quatsch«, widersprach Christel ihrem Mann. »Sie wird es ganz allein aufessen, es ist ja schließlich *ihr* Geburtstagsgeschenk.« Nach einem stirnrunzelnden Blick auf mich fügte sie leise, so dass nur ich sie hören konnte, hinzu: »Außerdem muss sie ja für zwei essen.«

Ich glaubte, mich verhört zu haben. »Wie kommst du denn auf so etwas? Ich bin seekrank, Christel, nicht in anderen Umständen.«

»Wer's glaubt …«, sagte sie bedeutungsschwer, bevor sie sich eines Besseren besann und mit aufgesetzter Fröhlichkeit fortfuhr: »Na, Gott sei Dank. Das wäre jetzt wirklich nicht der richtige Zeitpunkt für die Familiengründung.«

Nein, das wäre es wahrhaftig nicht. Als die Nacht kam, wobei es in unserem Zwischendeck kaum einen Unterschied zwischen Tag und Nacht gab, so düster, wie es darin war, lag ich noch stundenlang wach und rechnete nach. Bei all den Aufregungen der vergangenen Wochen war es mir ganz normal erschienen, dass mein Zyklus unregelmäßig war, ja, ich war sogar froh über das Ausbleiben meiner Regel gewesen. Es war bei den hygienischen Bedingungen auf dem Schiff eine sehr unangenehme Sache. Konnte es wirklich sein, dass ich ein Kind erwartete?

Selbstverständlich konnte es sein, gestand ich mir plötzlich ein. Es war eher ein Wunder, dass es nicht schon vorher passiert war. Die Erkenntnis traf mich wie ein Schlag. Ich hatte mir immer eine Familie erträumt, aber jetzt, da dieser Traum Wirklichkeit zu werden schien, war ich todunglücklich. Mutterfreuden! Mit dickem Bauch in einem fremden Land ankommen; hochschwanger die harte körperliche Arbeit verrichten, die uns erwartete; mit einem Säugling auf dem Arm die Angriffe der Wilden abwehren – ich sah es genau vor mir. Es war absolut unmöglich. Ich wälzte mich in meiner Koje und begann still vor mich hin zu weinen. Dieser Tag würde sich mir auf ewig ins Gedächtnis brennen. Mein Geburtstag. Das Datum, auf das ich insgeheim immer stolz gewesen war.

Ich erblickte an demselben Tag das Licht der Welt, an dem man den Schinderhannes hingerichtet hatte, nämlich am 21. November 1803. Ich habe mir mein Leben lang eingeredet, dass mit dem Ableben des berühmt-berüchtigten Hunsrücker Räuberhauptmanns ein Teil seines Wagemutes auf mich übergegangen wäre, die ich zum exakt gleichen Zeitpunkt geboren wurde, als die Guillotine seinen Hals traf. Obwohl der Schinderhannes ein gemeiner Verbrecher gewesen war, verehrten ihn viele Hunsrücker als eine Art Rächer der armen Leute, und auch ich hatte ihn immer als Helden betrachtet.

Doch erst an diesem schlimmen Tag auf See, dem 21. November 1824, drängte sich mir der Gedanke auf, dass dieses Datum möglicherweise nicht nur Gutes bedeutete.

Vielleicht lag auch ein Fluch darauf.

19

Männer waren ja so unglaublich leicht zu manipulieren! Sogar dieser, von dem sie doch nun angenommen hatte, er sei anders als die anderen. Stolzer, arroganter, unbeugsamer, egoistischer, selbstgenügsamer, härter. Aber nein – kaum hatte sie ihn mit ein paar gezielten Augenaufschlägen bedacht und elegant einige Andeutungen fallenlassen, war er in die Knie gegangen. Wie die anderen auch. Es schmeichelte ihr zwar, dass er sich so schnell in die Reihe ihrer Verehrer eingefügt hatte, doch mehr Vergnügen hätte es ihr bereitet, wenn er schwerer zu knacken gewesen wäre. Zu leicht durften es die Männer einem schließlich nicht machen.

Josefina betupfte ihre Nase mit Puder und musterte ihr Gesicht in dem vergoldeten Handspiegel. Mit ihrem schwarzen Haar und der milchig weißen Haut war sie eine Schönheit, das war ihr oft genug gesagt worden. Warum nur fühlte sie sich oft ganz und gar nicht wie eine? Sei's drum. Heute war einer jener Tage, an denen sie sich ganz gut gefiel. Sie spitzte die vollen Lippen und hauchte ihrem Spiegelbild einen selbstverliebten Kuss zu. Dann legte sie ihre Perlenohrringe an, setzte den roséfarbenen Hut auf und machte sich auf den Weg zu ihrer besten Freundin. Isabel war die einzige Person, mit der sie die Dinge erörtern konnte, die sie derzeit beschäftigten. Sollte sie, Josefina Ribeiro de Oliveira, Tochter des Barão de Santa Maria das Luzes, diesen Mann heiraten, oder sollte sie nicht?

Vieles sprach für eine Ehe mit Raúl Almeida. Er war reich,

sah blendend aus und war ein interessanter Zeitgenosse. Er würde auch in den Augen ihrer Eltern einen guten Schwiegersohn abgeben. Und er würde sie von dem ewigen Genörgel erlösen, sie solle sich endlich einen Bräutigam suchen, sie sei ja immerhin schon dreiundzwanzig Jahre alt und damit überreif für die Ehe. Gegen ihn sprach eigentlich nur eines: Er hatte eine leicht hinterwäldlerische Ader. Warum sonst hing er so an seiner *estância* in der Pampa? Wahrscheinlich würde er sich niemals dauerhaft in der Stadt niederlassen wollen. Nun ja, für solche Dinge gab es ja typisch weibliche Kniffe und Tricks. Und die Tatsache, dass er ihr zuliebe seinen Aufenthalt in Porto Alegre verlängert hatte, sprach ja Bände über seine Anpassungsfähigkeit.

Es hatte nicht mehr erfordert als ein vorgetäuschtes Stolpern, um sich ein wenig mehr Zeit mit Raúl zu erschleichen – Zeit, in der sie Gelegenheit gehabt hatte, ihn mit ein paar Seufzern sowie dem Anblick ihrer zarten Fesseln zu betören. Natürlich war ihr bei dem Sturz auch der Ausschnitt ein wenig tiefer gerutscht, und ihr keusches Flattern mit den Lidern hatte ein Übriges getan. Und was für ein *Zufall*, dass sie gerade an jenem Tag ihr vorteilhaftestes Kleid dabeigehabt hatte! Josefina wusste, dass sie darin hinreißend aussah, dass das Kleid ihre Taille schmaler, ihre Brust üppiger und ihren Teint alabastergleich erscheinen ließ.

Da sah man es mal wieder: Männer reagierten vollkommen vorhersehbar auf gewisse optische Reize. Und Raúl Almeida bildete da keine Ausnahme. Er übersah ja sogar, was er da für eine kleine blonde Schönheit in seinem Haushalt beschäftigte, nur weil diese ihre Anmut unter scheußlichen Kleidern verbarg und ihr Haar zu kindischen Zöpfen geflochten trug. In diesem Fall war es natürlich von Vorteil, dass er ebenso berechenbar – und blind – wie seine Geschlechtsgenossen

170

war. Ansonsten aber fand Josefina es eigentlich schade, dass er anderen Männern so sehr glich. Sie hatte ihn für etwas Besonderes gehalten. Doch bei dem Gedanken an das Juwel, mit dem er sich ihr zweifellos in Kürze erklären würde, streifte sie ihre vage Enttäuschung über die mangelnde Herausforderung ab. Welchen anderen Grund sollte Raúl sonst gehabt haben, einen der namhaftesten Juweliere der Stadt aufzusuchen, als den, ihr ein kostbares Geschenk zu kaufen? Das Schmuckstück wäre durchaus etwas Besonderes, das stand für Josefina außer Frage.

Und sie würde es mit errötenden Wangen annehmen.

20

*K*lara Wagner. Hannes Wagner. Hildegard Wagner.

Warum sah Senhor Raúl sie so lauernd an? Ja, doch, das waren sie selber, ihr Mann und ihre Tochter. Also hatte etwas in der Zeitung über sie gestanden. Ihr wurde bang ums Herz. Nun würde sie vielleicht endlich erfahren, was ihrer geliebten kleinen Hilde, was ihnen allen zugestoßen war. Denn sosehr Klara sich auch bemühte, noch immer setzte ihre Erinnerung in dem Augenblick aus, in dem die Figur vom Bord gefallen war, und sie setzte in jenem Moment ein, in dem sie in ihrem Zimmer hier im Haus die Augen aufgeschlagen hatte.

Raúl war wütend. Sie hatte also die ganze Zeit gelogen. Sie hatte gewusst, dass sie nicht Liesenfeld, sondern Wagner hieß, und sie hatte ihnen verschwiegen, dass sie eine Familienmutter war. Wo hatte sie eigentlich ihren Ehering gelassen? Sie hatte ihn abgenommen, und zwar in der Absicht, sie alle zu täuschen. Sie hatte sich als eine andere ausgeben wollen. Ungehalten fragte er sie unter Zuhilfenahme entsprechender Gesten, warum sie keinen Ring trug.

Ach, das. Klara verstand nicht, wieso ihr Retter sich über derartige Lappalien aufregte. Sie hatte den Ring, den Hannes ihr gleich nach der Ankunft in Porto Alegre gekauft hatte, bei der harten Arbeit nie getragen, weil er scheuerte. Hannes hatte seinen ebenfalls nicht getragen – die Ausgabe hätten sie sich wirklich sparen können.

Wieso der werte Senhor Raúl auf einmal so katholisch tat, war ihr unbegreiflich. Er ging ja nicht einmal regelmäßig in die Kirche. Und warum erklärte er ihr denn nicht endlich, was genau in dem Artikel stand?

Raúl nahm nicht die Beklommenheit, sondern nur den Zorn in Klaras Augen wahr und steigerte sich noch mehr in seine Wut. Aha. Dieses durchtriebene Biest versuchte es nicht mit Leugnen und Schöntun und Vergesslichkeit, nein, sie versuchte ihn dadurch ins Unrecht zu setzen, dass sie ihm, *ihm!*, irgendwelche Schandtaten unterstellte, welche das auch immer sein mochten. Ihr Ausdrucksvermögen unterbot sogar noch ihr angeblich lückenhaftes Erinnerungsvermögen. Doch dass sie aufgebracht war, war nicht zu übersehen.

»Morgen früh übergebe ich dich der Polizei. Sollen die doch herausfinden, was da in euerm Urwaldkaff passiert ist.«

Polícia – das war alles, was Klara von diesem Schwall verstand. Wieso begriff der Mann nicht endlich, dass sie gerne wüsste, was er ihr eigentlich vorwarf? Sie betraf es schließlich weit mehr als ihn, und sie hatte das Recht, von den in der Zeitung geschilderten Ereignissen zu erfahren. Sie zeigte immer und immer wieder auf den Artikel, hob fragend die Brauen und die Schultern.

War Hannes wegen der Misshandlungen seiner Ehefrau von einem ihrer Nachbarn angezeigt und von der Polizei verhaftet worden? Nein, erstens hatte ihr das alles ja niemand geglaubt. Zweitens wäre jeder, selbst wenn er ihrer Leidensgeschichte Aufmerksamkeit geschenkt hätte, davor zurückgeschreckt, die Polizei einzuschalten. Und drittens wäre das doch einer Zeitung nicht einen so großen Artikel wert gewesen. Allerdings hatte sie in Brasilien nie eine Zeitung zu Gesicht bekommen und wäre auch nicht imstande gewesen, sie zu lesen. Vielleicht passierte so wenig, dass die kleinsten Vorkommnisse zu fürchterlichen Tragödien aufgebauscht wurden.

Oder waren sie auf ihrer traurigen kleinen Parzelle das

Opfer von Raubtieren geworden? Hatte ein Jaguar ihren Mann und ihre Tochter zerfleischt, während sie selber Reißaus genommen hatte? Der Gedanke, dass sie ihr Kind in den Fängen eines wilden Tieres zurückgelassen haben könnte, war zu grässlich, um ihn weiterzuspinnen. Nein, so eine schlechte Mutter war sie nicht. Sie hätte ohne zu zögern ihr Leben gegeben, um das ihrer kleinen Hilde zu retten. Und überhaupt, wäre ein Jaguar über sie hergefallen, dann hätte sie selber ja sicher ebenfalls Bisswunden gehabt und nicht Knochenbrüche und Prellungen.

Aber ganz gleich, was geschehen sein mochte: Alle vorstellbaren Szenarien erfüllten Klara mit Entsetzen. Sie wusste nicht, was sie tun sollte, wenn ihrem Hildchen etwas zugestoßen wäre. Die Kleine war ihr Leben, ihr größter Schatz. Ohne sie hätte nichts mehr einen Sinn. Allein die Vorstellung, ihre Tochter könne tot sein, zerriss Klara das Herz. Sie trocknete mit ihrem halbbestickten Geschirrtuch, aus dem noch ein Faden mitsamt der Nadel baumelte, die Tränen, die ihr in die Augen geschossen waren.

»Deine Geflenne rührt mich kein bisschen«, brauste Raúl auf. »Du hast uns von A bis Z belogen. Du hast dich hier eingenistet und wie ein braves Mädchen gebärdet, und dabei bist du vielleicht sogar eine Mörderin. Mir wird übel bei der Vorstellung, wie leichtgläubig wir waren, wie bereitwillig wir dir auf den Leim gegangen sind. Ich gehe. Gute Nacht.«

Klara stand gleichzeitig mit ihm auf. Das konnte er doch nicht machen! Wer außer ihm sollte ihr sonst sagen können, was in dem Zeitungsartikel stand? Es musste etwas sein, was ein sehr schlechtes Licht auf sie warf. Wurde sie eines Verbrechens bezichtigt? Sie musste es jedenfalls wissen, jetzt sofort. Sie klammerte sich an Raúls Ärmel, um ihn davon abzuhalten, einfach zu verschwinden, und gab ihm zu verstehen, dass er ihr bitte, *por favor*, den Inhalt des Berichts resümieren möge.

»Na schön«, ließ er sich erweichen. »Es steht drin, dass dein Mann getötet wurde, dass du ebenfalls für tot gehalten wirst und dass dem Kind nichts fehlt. Der genaue Tathergang wurde noch nicht ermittelt«, hier verzog er die Lippen zu einem bitteren Lächeln, »da du es ja vorgezogen hast, dich hier bei uns zu verstecken.«

Nachdem Klara sich halbwegs zusammengereimt hatte, was gemeint war, fing sie an, hemmungslos zu heulen. Ihre Stickarbeit drückte sie immer wieder schniefend an Augen und Nase.

Raúl zog die Nadel von dem Faden herunter, bevor sie sich noch daran verletzte. Dafür hatten sie sie schließlich nicht gesund gepflegt, dass sie sich jetzt versehentlich eine Sticknadel ins Auge bohrte.

Sie schüttelte vehement den Kopf und schluchzte dabei immer wieder: »*Não, não, não*« – nein, nein, nein.

Was genau sie verneinte, erschloss sich Raúl nicht. Konnte sie nicht glauben, dass sich diese Tragödie abgespielt hatte, dass ihr Mann gestorben war? Oder leugnete sie, daran in irgendeiner Form Schuld zu tragen? Fest stand, dass ihr wiederholtes Nein überaus glaubhaft klang. Sie wirkte nicht wie eine Mörderin, nicht einmal wie eine Lügnerin. Sie machte vielmehr den Eindruck einer Frau, die zutiefst erschüttert war.

»Warum hast du uns nie gesagt, dass du Mann und Kind hast? Dass du gar nicht Liesenfeld heißt?«, fragte er in ruhigerem Ton. Ihre Seelenpein ließ ihn nicht so gleichgültig, wie er es gern gehabt hätte.

Klara versuchte es ihm zu erklären. »*Não importante*« – nicht wichtig, stotterte sie. Was sie meinte, war, dass es für ihren Aufenthalt hier im Haus vollkommen bedeutungslos

⮠ 175 ⮡

war, wie sie mit Nachnamen hieß und wie viele Kinder sie hatte. Änderte ihr Familienstand irgendetwas an ihrer Amnesie? Änderte die Tatsache, dass sie ein kleines Mädchen hatte, etwas an der Art und Weise, wie sie hier behandelt wurde? Nein.

Als sie sich vor einigen Tagen plötzlich wieder erinnert hatte, zuerst an den Ehemann und schließlich, als würde ein Schleier fortgerissen, an ihre kleine Tochter, da war sie vollkommen durcheinander gewesen. Der Schmerz des Verlustes hatte sie schier überwältigt, eine quälende Sehnsucht packte sie – von ihrer Hilde getrennt zu sein und nicht zu wissen, wie es der Kleinen ergangen war, hatte ihren schlimmsten Alpträumen Nahrung gegeben.

In ihrer Verwirrung hatte sie ihren Gefühlsaufruhr vor ihren Gastgebern zu verbergen versucht: Es wäre ihr unerträglich gewesen, ihnen zu gestehen, dass sie vorübergehend die Erinnerung an die eigene Tochter verloren hatte. Was sollten die denn von ihr denken? Sie würden sie entweder für geisteskrank halten oder für gefühlskalt oder für beides – in jedem Fall aber für eine Rabenmutter.

Außerdem hatte es ihr für ein derartiges Geständnis an Gelegenheit gemangelt. Senhor Raúl jagte ihr noch immer Angst ein, wenn auch nicht mehr so viel wie zu Beginn, und sie störte ihn nicht gern. Sie hatte die Szene genau vor Augen, die sich abgespielt hätte: sie, bewaffnet mit ihrem Zettel, auf den sie »Klara Wagner, *marido* Hannes Wagner, *filha* Hildegard« gekritzelt haben würde – und er, der gelangweilt und mit einem angestrengten kleinen Lächeln von seinen Büchern aufgesehen und abwesend »soso« gesagt hätte, wie zu einem Kind, das einen bei wichtigen Arbeiten mit Belanglosigkeiten unterbrach.

»Nicht wichtig«, ereiferte Raúl sich aufs Neue. »Mein

Gott, Klara, wenn das nicht wichtig ist, dann würde mich aufrichtig interessieren, was sonst für dich wichtig sein könnte.«

Klara verdrehte die Augen. Er hatte es in den falschen Hals bekommen, das hätte ihr eigentlich vorher klar sein müssen. Doch sie wusste nicht, wie sie es sonst hätte erklären können.

Nun, morgen würde sie, mit oder ohne Hilfe Raúls, irgendeine Polizeiwache aufsuchen, notfalls zu Fuß. Die würden wissen, was zu tun war, und die würden ihr bestimmt auch einen Übersetzer zur Seite stellen. Ihre bisherige Erfahrung im Umgang mit brasilianischen Beamten hatte sie gelehrt, dass diese Leute zuvorkommend und geduldig waren und die deutschen Einwanderer immer mit offenen Armen empfangen und mit größtem Respekt behandelt hatten.

Raúl klatschte sich mit voller Wucht auf seinen Unterarm. »Mücken«, konstatierte er. »Ich gehe lieber rein.« Er verschwand ohne einen Gruß.

Am besten wäre es, sagte Raúl sich, als er wieder an seinem Sekretär saß, er hörte jetzt auf, weiter über diese Sache nachzugrübeln. Wenn man die Dinge einmal überschlafen hatte, konnte man wieder klarer denken. Morgen früh würde er Klara in aller Ruhe erklären, warum es unumgänglich war, die Polizei aufzusuchen, vor allem in ihrem eigenen Interesse – sofern sie unschuldig sein sollte.

Klara blieb noch eine Weile wie erstarrt draußen sitzen. Ihr Blick heftete sich auf die Nadel, die Raúl schräg in das Deckchen auf dem Verandatisch gepiekst hatte, ohne sie jedoch bewusst zu sehen. Dann sprang sie mit einem Ruck auf, hektisch, als hätte sie vergessen, dass ein Topf mit Milch auf dem Herd stand. Sie schnappte sich ihre Sachen und verzog sich ebenfalls nach drinnen. Sie lief die Treppe hinauf und schloss sich in ihrem Zimmer ein. Auf das Abendessen, nach dem schon das ganze Haus duftete, verzichtete sie. Der Appetit war ihr gründlich vergangen.

Es war noch viel zu früh, um sich schlafen zu legen. Aber nach Gesellschaft war ihr jetzt überhaupt nicht zumute, und so ganz allein gab es nicht viel, womit sie sich hätte ablenken können. Es befand sich kein Buch im Haus, das sie lesen konnte, und ihre Handarbeit war ruiniert. Also entkleidete sie sich und warf sich aufs Bett.

Gott, es war so stickig hier drin! Das Fenster mochte sie allerdings nicht öffnen, denn aufgrund des feuchten Wetters und der Hitze wurden in der Tat die Mücken zur Plage. Klara gehörte zwar, anders als Senhor Raúl, nicht zu den Leuten, die die Biester magisch anzogen, doch man musste es ja auch nicht herausfordern, zumal sie noch keine Lust hatte, das Licht zu löschen.

Sie griff nach der einzigen verfügbaren Lektüre, ihrem Wörterbuch. Nachdem sie eine Weile darin herumgeblättert hatte und immer noch kein bisschen schläfrig war, setzte sie sich an den kleinen Tisch und begann mit dem Entwurf ihrer Aussage. Besser, sie legte sich bereits jetzt die Wörter zurecht, die sie auf der Wache brauchen würde: *imigrante, acidente, amnesia* und einige mehr.

Diese Aufgabe lenkte sie vorübergehend von ihrer Trauer ab, ihrer Trauer um sich selbst, ihre Vergangenheit, ihre Zukunft. Was gäbe sie darum, die Zeit einfach zurückdrehen zu können, sich im Kreis ihrer Familie aufzuhalten, mit ihnen an langen Winterabenden musizieren zu können und die kleine Hilde auf dem Schoß von deren Patentante Hildegard zu sehen – denn Klaras Wahl einer Taufpatin wäre mit Sicherheit auf ihre ältere Schwester gefallen. Was gäbe sie darum, wenn sie die tatsächlichen Erlebnisse der vergangenen zweieinhalb Jahre, an die sie sich mittlerweile nur zu gut erinnerte, gegen die Hoffnungen und Träume eintauschen könnte, die sie daheim in Deutschland noch gehabt hatte.

Sie trauerte auch um Hannes, obwohl er mehr als nur ihre Visionen von einem besseren Leben zerstört hatte. Wo war der optimistische, zupackende Bursche geblieben, dem sie in die Ferne gefolgt war, dem zuliebe sie die Vorhersehbarkeit eines ereignisarmen und entbehrungsreichen Lebens im Hunsrück weggeworfen hatte, um das Unvorhergesehene, das Abenteuer zu finden? Nun, sie hatte es gefunden, und jetzt war Hannes tot.

Klara kamen erneut die Tränen. Erst kullerten sie nur langsam über ihre Wangen, ohne dass sich Klaras Gesicht bewegte. Dann kamen erste Schluchzer, bis sie schließlich von Kopf bis Fuß von einem Weinkrampf geschüttelt wurde und kaum noch Luft bekam. Sie ließ ihre Notizen auf dem Tisch liegen, wankte halbblind zum Bett und vergrub den Kopf im Kissen. Sie heulte sich regelrecht müde – und schlief endlich bei brennendem Licht ein.

Raúl erwachte noch vor Sonnenaufgang. Eine nervöse Unruhe hatte von ihm Besitz ergriffen und ihn nicht friedlich ausschlafen lassen. Heute musste er Klara den Behörden ausliefern. Er hoffte nur, dass die Beamten es ihm nicht schwerer machten als nötig – wenn sie auf die Idee kämen zu fragen, warum er sich erst jetzt meldete, käme er in Erklärungsnot. »Weil«, hörte er sich sagen, »das Präsidium schon nicht mehr besetzt war, außer mit dem Nachtwächter, als ich meinen Kaffeeklatsch mit der Senhorita Josefina beendet hatte.« Tja, da musste er sich schon eine beamtentauglichere Version einfallen lassen. Wie wäre es mit: »Weil Dona Klara«, hier stutzte er kurz, denn weder hatte er sie jemals mit der für verheiratete Frauen bestimmten Form angesprochen noch sie als eine respektable, gleichsam unantastbare Dona Klara betrachtet, »nicht in der Verfassung war, sich auf dem Amt einzufinden, und Sie werden mir darin zustimmen müssen, dass bei einer Dame, die derartige Schrecken durchlebt hat, die Gesundheit an vorderster Stelle stehen muss, nicht zuletzt um des armen vaterlosen Kindes willen.« Das war gut, so würde er es sagen. Beamte mochten gestelzte Formulierungen, ja, sie gingen förmlich darin auf. Außerdem nahmen sie einen ernster, wenn man noch geschwollener reden konnte als sie.

Er nahm sich mehr Zeit als gewöhnlich für seine Morgentoilette, denn nur glattrasiert und mit pomadisiertem Haar würde sein Auftreten auch mit seiner Sprechweise harmonieren. Dann trank er schweigend seinen Milchkaffee, die neugierigen Blicke Teresas ignorierend. Die Schwarze merkte, dass mit ihrem Dienstherrn etwas anders war als sonst, aber sie ließ sich zu keiner indiskreten Frage hinreißen. Vielleicht wollte Senhor Raúl der feschen Josefina heute einen Antrag machen, so wie er sich herausgeputzt hatte? Nun, sie wäre die Erste, die ihm dazu gratulieren würde – aber fragen würde sie ihn niemals. Er musste schon selber damit herausrücken.

Nachdem er ein sehr frugales Frühstück zu sich genommen hatte – zu dem *café com leite* gab es noch drei Kekse – begann Raúl allmählich, unruhig zu werden. Wo steckte Klara bloß? Sie war doch sonst immer in aller Herrgottsfrühe auf den Beinen. Er fragte Teresa, aber die wusste auch nicht mehr als er.

»Ich hab sie heute noch nicht gesehen. Gönnen Sie ihr doch auch mal, dass sie ausschläft.«

Als Klara um acht Uhr morgens immer noch nicht aufgetaucht war, schickte Raúl Teresa nach oben, um nachzusehen, ob die Deutsche noch schlief.

Ihm schwante Übles, als er Teresa im Eilschritt die Treppenstufen herunterpoltern hörte. Sie bewegte sich nie anders als leise und bedächtig.

»Sie ist weg!«, rief Teresa völlig aufgelöst. »Sie ist nicht auf ihrem Zimmer.«

Na warte!, dachte Raúl und machte sich wutentbrannt auf, selber nachzusehen. Dabei wusste er genau, dass Teresa recht hatte. Klara war verschwunden.

21

$\mathcal{E}$s sollten weitere vier Wochen vergehen, bevor wir endlich die Küste Südamerikas erreichten. Noch bevor Land auszumachen war, kündigte es sich an: Auf einmal kreisten wieder Vögel über unserem Schiff. Wir hatten ihre Abwesenheit auf hoher See gar nicht wahrgenommen. Jetzt begrüßten wir die Vögel wie die Boten einer frohen Nachricht, die sie ja tatsächlich auch waren.

Man kann sich unsere Erleichterung darüber, dass diese Höllenfahrt nun bald ein Ende haben würde, kaum vorstellen. Unterwegs waren sowohl das Kind der Schlüters als auch Therese Hellmann gestorben, beinahe gleichzeitig. Sie waren auf See bestattet worden, wenn man das Über-Bord-Werfen zweier in Lumpen eingewickelter Leichname so nennen kann. Wir hatten ein Gebet gesprochen und waren dann eilig wieder an die Arbeit gegangen. Das Aufklatschen der Leiber auf dem Wasser hallte in unseren Ohren nach, und wir mussten uns sehr anstrengen, um nicht von Entmutigung übermannt zu werden.

Samt und sonders waren wir abgemagert, verlaust und litten unter Krätze oder Durchfall. Unsere seelische und geistige Verwahrlosung war ähnlich weit vorangeschritten. Jeder war nur noch sich selbst der Nächste. Die kleinste Meinungsverschiedenheit drohte in Mord und Totschlag auszuarten. Es kostete uns alle eine schier unmenschliche Beherrschung, die beiden anderen Kinder der Schlüters, die als Einzige ihre Gemütsruhe behalten hatten – wenngleich auch sie deutlich

⮌ 182 ⮎

weniger ausgelassen tobten als zu Beginn der Reise –, nicht windelweich zu prügeln, wenn sie einem wieder im Weg herumliefen. Für den alten Hellmann, der die Infektion überlebt hatte, jetzt aber humpelte und noch sehr schwach auf den Beinen war, hatten wir nicht die Spur von Mitgefühl übrig. Was mussten so alte Leute auch noch eine solche Reise antreten? Selber schuld, wenn er jetzt Witwer war.

Wir wurden immer mehr zu Tieren. Ich schämte mich dafür, konnte aber trotzdem nicht anders, als meine Geburtstags-Leberwurst klammheimlich allein zu verschlingen, pur, ohne ein Stück Brot, direkt aus dem Glas. Hannes war sehr wütend auf mich, als ich es ihm beichtete, konnte aber nicht viel Aufhebens darum machen: Einer schwangeren Frau musste man solche Fehltritte wohl oder übel verzeihen.

Inzwischen war mir klar, dass ich wirklich in anderen Umständen war. Ich hatte Hannes davon erzählt, sonst aber keiner Menschenseele. Wir waren uns einig, dass es besser war, bis zur Ankunft in Brasilien damit zu warten. Wahrscheinlich wollten wir uns mitleidige Blicke ersparen oder bürokratischen Ärger. Hannes hatte, als er die Neuigkeit erfuhr, zwiespältige Gefühle. Einerseits empfand er es, genau wie ich, als Belastung, die zum ungünstigsten Zeitpunkt kam, andererseits war er sehr stolz darauf, Vater zu werden. Ich musste ihn ein paarmal davon abhalten, sich vor den anderen Männern mit seiner Zeugungskraft zu brüsten.

An Heiligabend 1824 sahen wir zum ersten Mal Land am Horizont. Unser Jubel war unbeschreiblich – Brasilien! Am liebsten wären wir alle sofort vom Schiff gesprungen und an den Strand geschwommen, wenn wir denn hätten schwimmen können. Aber ein wenig Vernunft war uns noch verblieben, so dass wir uns sagten, dass wir es die kurze Zeit, bis wir Rio de Janeiro erreichen sollten, nun wohl auch noch aushalten könnten. Wir sprachen gemeinsam ein Gebet, sangen Weihnachtslieder und dankten dem lieben Jesuskind – weniger für seine Ankunft auf der Erde als vielmehr dafür, dass wir unser Ziel erreicht hatten. Es war ein sehr erhebendes Gefühl, das unser aller Moral stärkte.

Als wir in Rio de Janeiro einliefen, waren wir daher schon nicht mehr ganz so verwildert. Unsere Mitreisenden sahen wir wieder als Verbündete an und nicht länger als Feinde. Bei einigen überkam uns gar Wehmut bei dem Gedanken, dass wir uns nun nie mehr sehen würden – nicht alle Passagiere wollten weiter in den Süden des Landes. Wir hatten uns und unsere Kleidung so gut es ging gewaschen. Wir hatten unser von Sonne, Seeluft und Salzwasser filziges Haar gekämmt. Und wir selber fanden, dass wir wieder ganz manierlich aussahen. Die Leute am Kai dürften das anders empfunden haben.

Wenn die Einfahrt in die Bucht von Rio de Janeiro uns bereits vor Staunen große Augen hatte machen lassen – denn die Landschaft mit ihren Stränden und Bergen ist unbeschreiblich schön –, so wurde uns von unseren ersten Schritten auf dem Festland förmlich schwindlig angesichts der Vielzahl an Eindrücken. Einer der Matrosen lachte und behauptete, wir würden wanken, weil wir so lange keinen festen Boden unter den Füßen gehabt hatten. Er prophezeite uns, dass dieser Zustand noch eine ganze Weile anhalten würde. Aber ich glaubte das nicht. Ich war mir vollkommen sicher, dass dieser Taumel auf unsere Euphorie und die überwältigenden Sinneswahrnehmungen, nicht alle davon angenehmer Natur, zurückzuführen war. Es war heiß und sehr schwül. Es roch intensiv nach Fisch und Hafenschlick. Die Farben der Schiffe, der Marktbuden, der Kleider waren leuchtender als alles, was ich zu Hause je gesehen hatte. Und dann die Menschen!

Diejenigen, die unser Schiff sowie unsere Papiere inspizierten und offensichtlich Beamte waren, hatten olivfarbene Haut und schwarzes Haar – Portugiesen offensichtlich. Und diejenigen, die zum Entladen unserer »Victoria« abgestellt worden waren, hatten dunkelbraune Haut.

Zum ersten Mal in meinem Leben sah ich Negersklaven. Sie sahen nicht so aus, wie ich sie mir vorgestellt hatte. Keiner davon war angekettet oder wirkte ausgemergelt. Sie trugen ordentliche, wenngleich fremdartige Kleidung. Eine Frau war mit sehr viel Goldschmuck behangen. Sie machten einen gut aufgelegten Eindruck, redeten alle durcheinander und übertönten sich gegenseitig. Und sie starrten uns ebenso unhöflich an wie wir sie. Wenn ich bis zu diesem Zeitpunkt geglaubt hatte, dass wir den Afrikanern überlegen seien, so entpuppte sich dies nun als Irrglaube. Diese Leute glotzten uns nämlich an, als wären wir widerliche Insekten oder irgendetwas Undefinierbares, Übelriechendes aus der Gosse. Es hätte gerade noch gefehlt, dass sie sich die Nasen zuhielten. Ich fühlte mich in diesem Augenblick sehr minderwertig, doch die Ereignisse hielten mich davon ab, mich länger mit diesem Gefühl herumzuplagen.

Ein Beamter in Begleitung eines Dolmetschers holte uns ab. Sie erklärten uns, dass unsere Weiterfahrt nach Porto Alegre sich verzögerte und dass wir unterdessen in Rio de Janeiro untergebracht werden würden. Es hatte irgendetwas mit dem Löschen der Ladung zu tun.

Wir fragten nicht weiter nach, denn so ungeduldig wir einerseits waren, unser endgültiges Ziel zu erreichen, so froh waren wir auch, nicht sofort weitersegeln zu müssen. Christel nickte bei den Worten des Beamten, noch bevor sie übersetzt worden waren, eifrig mit dem Kopf, als würde sie jedes Wort verstehen. Sie benahm sich wie eine Musterschülerin, die unbedingt die Aufmerksamkeit des Lehrers auf sich ziehen wollte. Als der Mann zu Ende gesprochen hatte, setzte Christel ihrer Schau die Krone auf, indem sie sagte: »*Obrigada*« – danke.

Der Mann lächelte ihr höflich zu und erwiderte: »*De nada.*«

Wir anderen standen da wie vom Donner gerührt. Nicht nur hatte Christel sich als Erste getraut, ihr einziges an Bord gelerntes Wort auf Portugiesisch anzuwenden, nein, sie war sogar verstanden worden und hatte eine Antwort erhalten! Es war unfassbar. Wir beneideten sie um diese Erfahrung, während wir sie insgeheim auch ein wenig für ihr Strebertum verachteten. Christel sah sich in der Runde um, als erwartete sie, dass wir ihr nun applaudierten. Aber die einzige Reaktion, die sie hervorrief, war die Frage von Hannes: »Und was genau hat der Mann dir geantwortet?« Wir grinsten schadenfroh, als Christel ratlos den Kopf schüttelte.

»Ja was wohl?«, rief der Höhner-Heinz dazwischen. »›Halt's Maul‹ hieß das.«

Wir grölten darüber herzhafter, als es bei dem kleinen Scherz angemessen gewesen wäre. Der kleingewachsene portugiesische Beamte sah uns an, als wären wir alle übergeschnappt, und er lag damit nicht ganz daneben.

Fortan hütete Christel sich, ihre Klappe so weit aufzureißen. Sie und ihr Mann Franz sowie Hannes und ich blieben in den drei Tagen in Rio de Janeiro meistens zusammen. Gemeinsam erkundeten wir die Stadt, staunten über das bunte Treiben und blieben rätselnd an Marktständen stehen, um exotische Obstsorten zu bewundern. Einmal reichte uns eine Mulattin ein Stück einer Frucht zum Probieren, aber wir lachten nur verlegen und verneinten mit hin- und herwackelndem Zeigefinger. Wir trauten uns nicht. Christel hätte es vielleicht gewagt, aber nach ihrer Blamage vom ersten Tag mochte sie sich nun nicht erneut zu weit aus dem Fenster lehnen.

Rio machte uns ein bisschen Angst. Es war so groß, so laut, so chaotisch. Es gab dort eine Vielzahl an vornehmen Geschäften, in denen Waren angeboten wurden, wie man sie weder im Hunsrück noch im Westerwald, wo ja die Gerhards herkamen, je gefunden hätte. Kronleuchter, silberne Federhalter, Porzellan aus Limoges, Kristallkaraffen, opulent geschmückte Hüte, Parfüms, Polsterliegen, teure Portweine und Sherrys, kostbare Juwelen, verruchte Miederwaren – all das betrachteten wir in den Auslagen und fühlten uns unbehaglich dabei. In dieser Welt waren wir fremd. Wir verstanden kein Wort, doch ab und zu hörte man ein paar holländische Silben, die uns dann so etwas Ähnliches wie heimatliche Gefühle vermittelten. Es gab recht viele Holländer, was, wie Franz in Erfahrung brachte, damit zu tun hatte, dass auch die Holländer einst versucht hatten, sich die Kolonie anzueignen, oder jedenfalls Teile davon. Dasselbe traf auf die Franzosen zu, so dass man in den Straßen ein babylonisches Sprachengemisch vernahm.

Viel mehr jedoch machte uns das Klima zu schaffen. Es war unerträglich heiß. Uns lief der Schweiß in Strömen herab. Die hohe Luftfeuchtigkeit machte die Luft beinahe zu schwer zum Atmen. Jede Bewegung artete in Schwerstarbeit aus. Wir sehnten ein Gewitter herbei, als könne es, wie es daheim bei Sommergewittern der Fall war, die Luft abkühlen. Doch als wir dann unser erstes Tropengewitter erlebten, waren wir entsetzt. Es war so heftig, dass wir uns bei den krachenden Blitzeinschlägen und dem Donner, der wie Peitschenhiebe klang, verschreckt aneinanderklammerten. Abkühlung brachte das Gewitter nicht. Im Gegenteil – hinterher dampfte die Erde förmlich, so dass auf dem Schweiß unserer Haut auch noch die nass-klebrige Luft haftete.

Und das alles an Weihnachten. Was keiner von uns je für möglich gehalten hatte, trat bereits hier, vor der eigentlichen Ankunft in unserer neuen Heimat, ein: Wir sehnten uns nach dem Winter. Wir vermissten die Zauberlandschaft mit Eiszapfen und schneebeladenen, schwer herabhängenden Tannenzweigen, wir verzehrten uns nach Christstollen und Marzipanbrot, wir träumten von flackernden Kaminfeuern und festlich dekorierten Räumen. Dass die Realität meist anders ausgesehen hatte, bedachten wir nicht. Hunger und Kälte waren vergessen, nur die schönen Erinnerungen beschworen wir herauf. Weihnachten bei 40 Grad im Schatten, das erschien uns fast wie Gotteslästerung.

Doch die Brasilianer, größtenteils Katholiken, begingen das Fest natürlich auch. Wir hörten Kirchengeläut und sahen gutgekleidete Menschen in die Gotteshäuser gehen. Ich fragte die anderen, ob wir nicht an einer Messe teilnehmen sollten, denn allein hätte ich mich niemals in eine fremde Kirche gewagt. Doch sie lehnten ab. »Da verstehe ja nicht einmal ich etwas«, sagte Christel in einer seltenen Anwandlung von Selbstironie. »Was soll ich in einer katholischen Messe?«, fragte Hannes. Und Franz entschuldigte sich schließlich damit, dass »wir bestimmt alles falsch machen« würden, worin ich ihm im Stillen zustimmte. Man konnte ja nie wissen, was diese Leute hier, Katholiken hin oder her, für sonderbare Rituale hatten.

Als wir das Schiff gen Süden bestiegen und die anderen Reisenden wiedertrafen, erkannten wir in deren Gesichtern dieselbe Betroffenheit wie bei uns. Es war aufregend gewesen in Rio, ja, und es hatte gutgetan, sich nach Monaten auf See einmal Ablenkung zu verschaffen. Doch vieles, was wir gesehen und erlebt hatten, entsprach nicht gerade unseren Vorstellungen vom Paradies.

Der Schreck über diesen ersten Kontakt mit einer Kultur, die uns fremd war, und mit einem Klima, das uns nicht gut bekam, saß tief. Wir waren sehr nachdenklich geworden. Wir Frauen grübelten still vor uns hin, während die Männer ihre Beklommenheit mit großen Reden tarnten. Sie gaben an mit Heldentaten, die noch zu vollbringen waren, und ich hoffte, dass Hannes, einer der lautesten Krakeeler, wenigstens einen Bruchteil dieser eingebildeten Leistungen in die Tat würde umsetzen können.

Die Fahrt verlief sehr ruhig, wir hatten guten Wind und geringen Seegang. Meine Übelkeit hatte sich verflüchtigt. Es war mir egal, ob es Seekrankheit gewesen war oder ein Symptom meiner Schwangerschaft, Hauptsache, es war vorüber. Mit dem Unwohlsein waren auch meine schlimmsten Befürchtungen von mir abgefallen. Meine Laune hatte sich deutlich gebessert. Ich hatte nun keine Angst mehr vor den zusätzlichen Belastungen, die auf mich zukamen, sondern freute mich auf unseren Nachwuchs. Ich war meinen Berechnungen zufolge im dritten Monat, aber es war mir noch gar nichts anzusehen, und mittlerweile fühlte ich mich pudelwohl.

Am 30. Dezember erreichten wir Porto Alegre, den »fröhlichen Hafen«, wie uns jemand den Namen übersetzt hatte. Es handelte sich um die Hauptstadt der Provinz Rio Grande do Sul, die im äußersten Süden des Kaiserreichs lag. Wir hatten uns die Stadt ähnlich imposant wie Rio de Janeiro vorgestellt und waren erleichtert, als wir feststellten, dass sie kleiner und ruhiger war. Aber viel bekamen wir von Porto Alegre ohnehin nicht zu sehen, denn wir wurden praktisch unmittelbar nach unserer Ankunft auf kleinere Boote verfrachtet, die uns nach São Leopoldo bringen sollten.

Bereits auf der Fahrt dorthin, trotz der Brise und der etwas erträglicheren Temperaturen von etwa 35 Grad, schwante uns, was wirklich auf uns zukommen würde. Die Mücken schwirrten in Schwärmen um uns herum. Nach kurzer Zeit waren wir übersät von Stichen. Fremdartige Bäume säumten das Ufer des Flusses, und riesige Vögel, die wir nicht kannten, flatterten auf, sobald unsere Boote in ihre Nähe kamen. Wir erschraken, obwohl doch keiner von uns je durch besondere Schreckhaftigkeit aufgefallen wäre. Bei all den fremden Geräuschen und Düften, Pflanzen und Tieren waren wir äußerst angespannt. Man konnte ja nie wissen, womit man es zu tun hatte. Da waren zum Beispiel große schwarze Vögel mit enormen, vollkommen überproportionierten Schnäbeln, die zudem gelborange leuchteten. Ich wäre nicht gern von einem solchen Geschöpf attackiert worden und bevorzugte es, das Vieh zu verscheuchen, obwohl es nicht einmal annähernd in Reichweite von uns gelangte. Vor lauter nervösem Gewedel sah ich zu spät, was die anderen bereits entdeckt hatten.

An einer Biegung des Flusses war plötzlich ein Kanu aufgetaucht, in dem zwei halbnackte Männer saßen. Indios! Christel stieß einen kurzen Schrei aus, und mir selber blieb fast die Luft weg. Auch unsere Männer wirkten keineswegs so mutig, wie sie sich gerne gaben. Die Indianer ignorierten uns, was uns erlaubte, sie dafür umso genauer zu studieren. Sie hatten ihr Haar in eine kronenartige Form geschnitten und trugen in Lippen und Ohren Schmuck. Ihre Augen waren mandelförmig, ihre Nasen flach. Ihre Oberkörper waren braun, muskulös und völlig unbehaart. Weder wirkten die beiden wie primitive Wilde noch wie feindselige Angreifer. Ich fand sie eigentlich sehr schön, wie sie vollkommen ruhig in ihrem Kanu dahinglitten und sich nicht anmerken ließen, ob sie uns überhaupt zur Kenntnis genommen hatten.

»Späher vom Stamm der Kaingang«, erklärte uns Karl

Lehmann, einer der Führer, die unsere Boote von Porto Alegre nach São Leopoldo begleiteten. »Lasst euch von ihnen nicht täuschen. Es sind ganz schön hinterlistige Kerlchen. Sie tun nur so gleichgültig – in Wahrheit sind sie sehr erregt, weil nun weitere Fremde in *ihr* Land eindringen. Als ob nicht genug Platz für alle wäre.«

»Wehren sie sich gegen die neuen Siedler?«, wagte ich zu fragen und erntete prompt einen strengen Blick von Hannes.

»Was heißt hier ›wehren‹?«, empörte Herr Lehmann sich. »Wer sich wehren muss, sind wir. Diese Indianer haben nicht den geringsten Respekt vor unserem Eigentum. Sie stehlen unsere Tiere und plündern unsere Häuser …« Er nahm meine schreckgeweiteten Augen wahr und fuhr in besänftigendem Ton fort: »Nun ja, ganz so schlimm ist es nicht. Meist klappt das Zusammenleben in dieser weitläufigen Region ohne Reibereien. Nur in ganz wenigen Ausnahmefällen hat es Übergriffe auf die Kolonisten gegeben.«

Mich beruhigte das nicht sonderlich. Während ich noch dachte, dass man mit ein wenig Verständnis für die Sichtweise der Indios doch bestimmt in Frieden würde leben können, rief Hannes aus: »Na, die sollen bloß kommen! Denen werden wir's schon zeigen, nicht wahr, Klärchen?« Er klang nicht so, als hätte er dabei gegenseitige Rücksichtnahme im Sinn, was mich außerordentlich besorgte.

Ich hoffte nur, dass wir von jedwedem Kontakt mit den Eingeborenen verschont blieben, damit es erst gar nicht zu bösem Blut kommen konnte.

22

$\mathscr{B}$ei der einzigen Gelegenheit, da sie jemals das Grundstück von Senhor Raúl verlassen hatte, waren sie mit der Kutsche gefahren. Die Entfernung zur Stadt war ihr gering erschienen. Jetzt, da Klara sich zu Fuß auf den Weg gemacht hatte, kam ihr die Strecke endlos vor.

Das erste Stück war sehr hübsch gewesen. Gepflegte, zweigeschossige Häuser ähnlich dem von Senhor Raúl säumten die Straße. Sie waren in freundlichen Farben gestrichen, rosé, gelb, hellblau und weiß, einige waren auch mit alten portugiesischen Kacheln verziert. Schmiedeeiserne Zäune grenzten die Grundstücke voneinander ab, in den Vorgärten waren Blumenrabatten und sauber geschnittene Hecken zu sehen. Die Sonne ging gerade erst auf, und die Stimmung des frühen Morgens gefiel Klara. Das warme Licht der ersten Sonnenstrahlen fiel auf die Pflanzen und verlieh ihnen einen magischen Glanz. Der Himmel nahm eine Färbung an, die von Dunkelviolett über Türkis ging, und die Federwölkchen leuchteten in sattem Orange.

Auch die Luft duftete ganz anders, als sie es später am Tag tat. Sauberer, frischer. Das Vogelgezwitscher übertönte das Geräusch von Klaras Schritten auf den Pflastersteinen, wofür sie dankbar war. Da ihr sehr wenige Menschen begegneten, erschien ihr das Klacken ihrer Holzabsätze in der friedlichen Atmosphäre des Morgens unnatürlich laut. Außer ihr waren nur einige Sklaven auf den Beinen. Ein junges Mädchen, das eine Milchkanne schwenkte, kam ihr entgegen, und in einem der Häuser sah sie durch ein Fenster eine ältere Schwarze, die Kissen aufschüttelte. Ein Knecht hängte den prächtigen Pferden seiner Herrschaft einen Sack mit Futter um. Der Mann schielte kurz zu Klara hinüber, ließ sich aber keine Überraschung anmerken.

Klara verspürte ein diffuses Gefühl von Schuld, als ob sie auf der Straße nichts verloren hätte. Aber was sie tat, sagte sie sich, war nichts, dessen man sich schämen müsste, und schon gar nichts Verbotenes. Es war vielmehr das einzig Richtige. Sie war im Begriff, die Polizei aufzusuchen. Sie würde den Beamten alles sagen, was sie wusste. Sie würde dafür sorgen, so schnell wie möglich zurück nach São Leopoldo gebracht zu werden, zurück zu ihrer Tochter.

Das arme Hildchen, dachte Klara. Eine Halbwaise. Vater tot, Mutter verschollen. Sicher, bei Christel und Franz war die Kleine gut aufgehoben. Aber sie ersetzten gewiss nicht die leiblichen Eltern. Klaras Herz verkrampfte sich vor Sehnsucht nach ihrer Tochter, nach ihrer zarten Haut, ihrem süßen Duft, ihren großen Augen mit den dichten langen Wimpern, die so sehr denen von Hannes ähnelten. Und Hannes? Ja, auch nach ihm verzehrte sie sich, nach dem Hannes, der er bis zu seinem Unfall gewesen war. Den Mann dagegen, zu dem er sich danach entwickelt hatte, konnte sie beim besten Willen nicht betrauern. Wenn sie ganz ehrlich zu sich selber war, erleichterte sein Tod sie sogar.

Ein neuerlicher Schub von Gewissensbissen ließ sie schaudern. Oh Gott, was war sie nur für eine herzlose Person! Vielleicht war doch etwas dran an dem, was Senhor Raúl von ihr annahm. War sie eine Lügnerin? Hatte sie absichtlich alle getäuscht, um noch eine Weile die Fürsorglichkeit Teresas genießen zu können? Nun ja – als die Erinnerung an die Ereignisse der vergangenen Monate zurückgekehrt war, hatte sie es jedenfalls nicht sehr eilig gehabt, heimzukehren. Es war schön, wenn man zur Abwechslung einmal selber bemuttert und gepflegt wurde, wenn man sich keine Sorgen darum machen musste, wovon man am nächsten Tag satt werden sollte, und wenn man nicht bis zur Besinnungslosigkeit schuften musste. Es war ebenfalls schön, einmal der Eintönigkeit ihres Lebens zu entkommen. Tag für Tag für Tag dieselbe Fron, dasselbe Leid, dieselbe Einsamkeit. Da war man dankbar für jede Abwechslung, auch wenn diese wiederum selber von großer Monotonie geprägt war. Im Haus des Senhor Raúl ereignete sich schließlich auch nicht viel Interessantes, dort sah sie ebenfalls immer dieselben Leute, und vor die Tür kam sie so gut wie nie. Aber es war besser als nichts. Es eröffnete ihr neue Sichtweisen, erlaubte ihr Einblicke in das Leben der portugiesischen Oberschicht, die sie sonst nie gehabt haben würde. Und sie lernte sogar noch ein wenig Portugiesisch dabei – eine Herausforderung für ihre Intelligenz, wie sie sie allzu lange vermisst hatte. Nein, sie war weiß Gott nicht erpicht darauf, nach Hause zurückzukehren. Wenn sie nur nicht diese schmerzhafte Sehnsucht nach ihrer Tochter empfunden hätte!

Klara war gedankenverloren immer weiter geradeaus gestapft. Die Sonne stand mittlerweile deutlich höher, und ihre Kraft war schon jetzt immens. Klara begann zu schwitzen. Sie betrachtete die Häuser am Straßenrand. Beinahe unmerklich waren die gepflegten Blumenbeete von struppigeren Vorgärten abgelöst worden. Die Häuser waren weiterhin sehr hübsch und zeugten von einstigem Wohlstand, doch je mehr ihr Weg sie nach Süden, Richtung Stadtmitte führte, desto mehr fielen Klara die Anzeichen des Verfalls auf. Farbe, die von den Fensterläden abblätterte; Unkraut, das zwischen den Stufen zur Haustür hervorwucherte; vergilbte Vorhänge an den Fenstern, streunende Katzen, schlechtgekleidete Sklaven. Es war keine besonders schöne Gegend mehr. Merkwürdig, bei der Kutschfahrt war ihr gar nicht aufgefallen, dass es in Porto Alegre auch solche Ecken gab, wobei es hier noch recht bürgerlich aussah. Klara hoffte nur, dass sie sich nicht in Gegenden verirrte, in denen Elend, Schmutz und finstere Gestalten das Straßenbild beherrschten.

Dass die Richtung stimmte, davon war sie überzeugt. Ihr Orientierungssinn war nicht schlecht, und im Dschungel hatte sie gelernt, sich nach dem Stand der Sonne zu richten. Also ignorierte sie die abweisender werdenden Häuserfassaden, die zunehmend ärmlich gekleideten Leute und die bedrückende Stimmung, die über allem lag. Was sollte schon passieren, am helllichten Morgen? Es waren ja bereits genügend Leute unterwegs, so dass Räuber oder andere Missetäter keine Gelegenheit haben würden, sie zu überfallen. Außerdem sah sie gewiss nicht danach aus, als sei bei ihr viel zu holen. Sie trug die Kleidung eines Dienstmädchens, allerdings die eines Dienstmädchens gutsituierter Leute.

Sie kam an einer Bäckerei vorbei. Sie sah zwar nicht sehr einladend aus, doch der Duft frischen Brotes drang aus den Fenstern neben dem Verkaufsraum, wo offenbar die Backstube lag. Erst jetzt merkte Klara, wie hungrig sie war. Sie hatte vor ihrem Fußmarsch nichts gegessen. Und sie hatte nicht eine einzige Münze dabei. Sie hielt die Luft an und lief zügig an der Bäckerei vorbei, um ihren Appetit zu verdrängen. Als sie sich wieder traute durchzuatmen, überfiel sie ein spontaner Würgreiz. Himmelherrgott, was war das für ein bestialischer Gestank? Sie verfiel in einen Laufschritt, um dem Geruch zu entkommen. Doch er wurde immer intensiver. Als sie die nächste Straßenkreuzung erreichte, sah sie die Ursache. Eine Leiche lag an der Hausecke, eine Leiche, die bereits in Verwesung begriffen war. Warum schaffte sie denn keiner hier weg? Der Tote musste doch bereits seit Tagen hier liegen, wenn er derart roch. Klara bekreuzigte sich und lief noch schneller. Gut, dass sie ohnehin schon auf dem Weg zur Wache war und nicht noch einen Umweg machen musste, um den Fund der Leiche zu melden.

In dem ungewohnten Schuhwerk, das man ihr im Haus von Senhor Raúl gegeben hatte, schmerzten ihre Füße. Vielleicht lag es auch gar nicht an den Schuhen, sondern daran, dass sie schon seit Wochen keine längere Strecke mehr zu Fuß gegangen war? Wie auch immer, es wurde höchste Zeit, sich nach einer Wache zu erkundigen, denn mit wunden Füßen, ermüdenden Beinen und knurrendem Magen mochte sie nicht mehr länger weitergehen.

»Polícia?«, fragte sie eine Frau mittleren Alters, doch sie erhielt eine so komplizierte Antwort, dass sie hinterher genauso wenig wusste wie zuvor. Die Frau hatte das offenbar auch bemerkt, denn zuletzt fasste sie ihren Wortschwall in einer einzigen Geste zusammen: da entlang.

Klara ging in die gewiesene Richtung. Die Gegend wurde immer übler. Bettler lungerten in den Hauseingängen herum, ein Mann taumelte mit aufgeplatzter Lippe aus einer Schankwirtschaft und fiel, kaum dass er an der frischen Luft war, zu Boden. Klara beeilte sich, an dem besoffenen Kerl vorbeizukommen. Er rief ihr irgendetwas nach, und seinem lüsternen Lachen nach zu urteilen war es nichts gewesen, was sie unbedingt hätte verstehen müssen.

Drei Straßenecken weiter veränderte sich die Gegend erneut. Es wurde eindeutig bürgerlicher. Die Sklaven, die zu so früher Stunde bereits Erledigungen zu machen hatten, sahen besser aus als sie selber. Zumindest fürchtete Klara das, denn sie spürte, dass sie keinen sehr adretten Eindruck machte. Ihre

Schuhe waren staubig, unter ihren Armen hatten sich dunkle Schweißflecken gebildet. Und die Leute schauten ihr alle neugierig nach. Aber – so schlimm konnte sie doch nun auch wieder nicht aussehen, oder? Sie hielt kurz vor dem Schaufenster eines Barbiers, der noch geschlossen hatte, und betrachtete ihr Spiegelbild. Es schien alles so weit in Ordnung zu sein. Es lugten keine Haarsträhnen vorwitzig unter der Haube hervor, ihr Kleid war intakt und wies keine auffälligen Flecken auf, und ein Tuch, das sie sich um die Schultern gelegt hatte, vervollständigte den Eindruck der Rechtschaffenheit. Für ein loses Frauenzimmer konnte sie also auch niemand halten.

Klara wandte sich erneut an eine Frau mittleren Alters, um nach dem Weg zu fragen: »*Polícia?*«

Die Frau antwortete nicht gleich, sondern, das erkannte Klara an der Satzmelodie, stellte ihr eine Frage. Natürlich verstand sie sie nicht. Sie hob fragend die Schultern.

Die Frau lächelte, legte ihre Hand um Klaras Oberarm und gab ihr zu verstehen, sie möge ihr folgen. Sie waren kaum einen halben Häuserblock gegangen, als sie vor einer Polizeiwache standen. Klara atmete auf. Die Frau fragte sie erneut etwas, und wieder konnte Klara nur mit Verständnislosigkeit reagieren. Die Frau plapperte etwas, gab Klara einen gutgemeinten Schubs in Richtung Torbogen und begleitete sie hinein.

»Diese Frau hier hat sich offenbar verirrt«, sagte die Frau zu dem Mann, der hinter einem Empfangstresen stand. »Ich glaube, sie spricht unsere Sprache nicht. Haben Sie hier einen Dolmetscher? Oder irgendjemanden, der zumindest herausfinden kann, welche Sprache sie spricht?«

Der Beamte lachte höhnisch. »Einen Dolmetscher? Ha, schön wär's, wenn wir es mal nicht immer mit besoffenem Lumpenpack zu tun hätten, das nur eine Sprache versteht, nämlich die des Schlagstocks.« Er hielt kurz inne und besah sich die Ausländerin.

»Wie ein verkommenes Weibsstück sieht sie ja nicht gerade aus. Wo haben Sie sie denn aufgegabelt?«

»Sie lief durch die Avenida Nossa Senhora da Paz, und ich habe sie nicht aufgegabelt, sondern sie hat mich angesprochen und nach dem Weg zur nächsten Wache gefragt.«

»Ah!«, trumpfte der Polizist auf. »Eben hieß es aber doch noch, sie könne kein Portugiesisch.«

»Hören Sie, *tenente*. Ich habe keine Zeit, Ihnen das alles zu erklären. Aber ein paar Brocken unserer Sprache kann die junge Frau anscheinend schon, und damit wird sie Ihnen jetzt selber schildern, was passiert ist. Ich muss nämlich weiter, ich bin sowieso schon viel zu spät dran.« Damit tätschelte die Frau aufmunternd Klaras Hand und verabschiedete sich von ihr.

Der Polizist sah Klara erwartungsvoll an. Das versprach spannend zu werden. Mit Ausländern hatte er auf diesem Revier sonst nie zu tun – schon gar nicht mit so hübschen.

Klara räusperte sich. Den Wortwechsel zwischen der hilfsbereiten Frau und dem Beamten hatte sie nicht verstanden, aber was der Polizist jetzt von ihr wollte, war klar.

»*Meu nome* Klara Wagner«, radebrechte sie.

»Ah, das ist doch schon mal etwas«, freute sich der Mann. Er nickte ihr freundlich zu.

»Alemã«, erklärte sie weiter.

»Eine Deutsche, hab ich's mir doch gedacht.« Der Polizist musterte Klara anerkennend von Kopf bis Fuß. »Sie kommen doch bestimmt aus der Colônia Alemã de São Leopoldo, nicht wahr?«

Klara nickte mehrmals. Was für ein Segen, dass sie hier war und es mit einem verständigen Beamten zu tun hatte!

Da er ja nun ihren Namen und ihren Wohnort kannte, würde er sich den Rest wahrscheinlich selbst zusammenreimen können. Sie würde nicht mit ihrem Wörterbuch herumhantieren müssen, würde sich nicht dadurch blamieren, dass sie komplizierte Sachverhalte in einfachsten Sätzen wiedergeben musste. Als Polizist wusste der Mann ja sicher Bescheid.

»Und wie darf ich Ihnen behilflich sein, Senhorita Clara?«

Was fragte er denn da noch? Himmel, war das zu fassen? Er schien nicht zu begreifen. Klara wies auf sich, dann tippte sie sich an die Stirn und sagte: »*Amnesia.*«

»Wie, Sie wollen Ihr Gedächtnis verloren haben? So schlimm kann es aber doch gar nicht sein, oder, wenn Sie noch Ihren Namen und Ihre Adresse kennen? Und glauben Sie mir, junge Frau, die meisten Dinge sind es eh nicht wert, dass man sie in Erinnerung behält.« Er lachte schallend, und Klara fragte sich, was daran so komisch sein sollte, dass ihr dieses Missgeschick widerfahren war. Sie blickte verletzt drein, woraufhin der Mann aufhörte zu lachen.

»*Marido morto*«, stammelte sie weiter. Es war ihr sehr unangenehm, sich nicht besser ausdrücken zu können. Wenn sie an der Stelle dieses Wachtmeisters gewesen wäre und eine fremdländisch aussehende Frau hätte etwas von »Ehemann tot« gefaselt, hätte sie sie wahrscheinlich sofort ins Zuchthaus werfen lassen.

»Soso.« Der Polizist sah Klara nachdenklich an. »Ihr Mann ist also tot. Tja, das macht aus Ihnen eine sehr junge Witwe …« Knapp verkniff er sich eine anzügliche Bemerkung. »Wie ist er denn zu Tode gekommen, der werte Gatte?«

Klara hatte die Frage zwar nicht verstanden, antwortete jedoch korrekt: »*Acidente.*«

»Ein Unfall also, schön, schön. Das heißt, nicht schön, ganz und gar nicht schön. Aber was soll ich jetzt Ihrer Meinung nach in der Sache unternehmen? Da es sich ja um kein Verbrechen handelt und da der ganze Fall, sofern von einem ›Fall‹ überhaupt die Rede sein kann, es war ja schließlich ein *Un-Fall*, haha, da dieser also nicht in unseren Zuständigkeitsbereich fällt, wüsste ich nicht, womit ich dienlich sein könnte.«

Klara merkte, dass sie so nicht weiterkommen würde. Der Polizist hielt sie wahrscheinlich für eine dumme Pute, die aus nichtigem Grund auf der Wache erschienen war.

Ganz so verhielt es sich allerdings nicht, denn der Tenente war durchaus hellhörig geworden, wie seine folgende Frage, hätte Klara diese verstanden, ihr verraten hätte.

»Wie kommen Sie eigentlich hierher in die Stadt? So ganz allein? Und dann auch noch in eine anrüchige Gegend wie diese? Ich meine, irgendwer muss Sie doch hergebracht haben. Sie sind ja wohl kaum den ganzen Weg von São Leopoldo geschwommen beziehungsweise gelaufen.«

Der Mann ahnte nicht, wie nah er der Wahrheit damit kam, und die einzige Person, die es ihm hätte sagen können, stand vor ihm und starrte ihn ratlos an. Sie hatte kein Wort verstanden, außer dem Namen São Leopoldo.

»Wissen Sie was? Ich rufe jetzt mal meinen Vorgesetzten, den *comissário* Saraiva. Vielleicht weiß der, was zu tun ist. Nehmen Sie doch bitte so lange Platz.« Er wies auf eine Holzbank. Dankbar ließ Klara sich darauf nieder.

Genau in dem Augenblick, in dem der Polizist mit dem ranghöheren Mann zurückkam, Letzterer unschwer an seiner selbstgerechten Miene zu erkennen, gab Klaras Magen ein lautes und unmissverständliches Knurren von sich.

»Herrje, Mateus, die Frau zittert ja schon vor Hunger! Los, holen Sie ihr was zu essen. Ich unterhalte mich derweil mit ihr.«

Der Jüngere eilte davon. Eine Chance wie diese, sich während seiner Dienstzeit ein wenig die Beine zu vertreten und der niedlichen Fernanda aus der Konditorei einen Besuch abzustatten, würde er sich bestimmt nicht entgehen lassen.

»So, meine Liebe, dann erzählen Sie mir bitte noch einmal, was Sie hierhergeführt hat«, forderte der *comissário* Klara auf.

Klara wiederholte ihre Aussage, wenn man bei den paar Wörtern, die sie beherrschte, denn von einer solchen reden konnte. Erneut erntete sie Unverständnis.

Sie stotterte, verhaspelte sich, druckste herum. Sie errötete. Sie stellte sich so dumm an, dass der Beamte zu der Ansicht gelangte, er habe es mit einer geistig verwirrten Frau zu tun. Er reagierte mit enormer Erleichterung, als ein Herr auftauchte, der erklärte, die junge Frau sei in seinem Haushalt beschäftigt und müsse wohl auf dem Weg zu einer Besorgung, zu der man sie geschickt hatte, die Orientierung verloren haben. Er bat vielmals um Entschuldigung wegen der Unannehmlichkeiten.

»Aber da ich schon einmal hier bin«, fuhr Raúl fort, »möchte ich die Gelegenheit ergreifen und Sie darum bitten, mir den Namen des Beamten zu nennen, der die Untersuchung eines mysteriösen Mordfalles in der Colônia leitet. Diese Frau hier ist eine wichtige Zeugin, und ich würde sie gern zu der entsprechenden Behörde begleiten, damit sie ihre Aussage machen kann.«

»Das ist sehr löblich, Senhor Almeida. Man sieht es nicht oft, dass Männer wie Sie so um das Wohlergehen ihrer Untergebenen besorgt sind.« Der *comissário* unterstellte ihm damit, und Raúl hatte das durchaus zwischen den Zeilen lesen können, ein Verhältnis mit der jungen Frau. Raúl biss die Zähne zusammen, um den Dummkopf nicht wüst zu beschimpfen.

»Also, wie gesagt, wenn Sie so freundlich wären, mir die gewünschte Auskunft zu geben …«

»Selbstverständlich würde ich nichts lieber tun als das, mein sehr verehrter Senhor Almeida. Aber hier ist uns über einen derartigen Fall nichts zu Ohren gekommen. Ich fürchte, Sie müssen sich direkt an die Autoritäten in der Colônia wenden.«

»Gut. Besten Dank auch, Senhor …«

»*Comissário* Saraiva.«

»Danke, *comissário*. Dann werden wir uns jetzt unverzüglich auf den Weg dorthin machen.« Zu Klara gewandt, fügte er milde lächelnd hinzu: »Nicht wahr, Dona Klara?«

Dann nahm er sie bei der Hand und zerrte sie hinaus.

Klara ließ sich bereitwillig mitnehmen, und erst als sie schon auf der Straße standen, fiel ihr ein, dass sie vergessen hatte, die Leiche zu melden.

Es dauerte eine halbe Stunde, bevor die hilfsbereite Frau, die Klara zur Wache begleitet hatte, bei sich zu Hause eintrudelte und ihrem Mann erklärte, warum sie so spät dran war. Der war sogleich ganz Ohr. Ob es sich bei der Ausländerin nicht um die verschwundene Kolonistin handeln könne, fragte er, die, über die neulich etwas in der Zeitung gestanden hatte. Deren Mann ermordet worden war. Doch seine Frau verdrehte nur ungehalten die Augen. Da lachten ja die Hühner! Als ob sie, Leonor dos Santos, jemals eine Berühmtheit treffen würde, über die sogar die Zeitung berichtete, ha! Dennoch bestand ihr Mann darauf, dass sie gemeinsam zur Wache gingen und seinen Verdacht meldeten.

Doch als sie dort eintrafen, war die junge Frau schon fort. Sie sei von ihrem Dienstherrn abgeholt worden, einem überaus respektablen Mann, der für die Frau gebürgt hatte. Im

Übrigen hätten sie, Leonor und José dos Santos, die Polizei nicht darüber zu belehren, was sie zu tun oder zu lassen hätte, und wenn es sich um eine von Amts wegen gesuchte Person gehandelt hätte, wären sie, die Beamten, doch gewiss als Erste darauf gekommen. Leonor warf ihrem Mann einen Blick zu, in dem er genau jenen Satz lesen konnte, den er ihr verboten hatte, noch einmal ihm gegenüber zu verwenden: Habe ich es nicht gleich gesagt?

23

*D*er Neujahrstag 1825 war zugleich unser erster Tag auf unserem eigenen Land. Uns gefiel dieses symbolträchtige Datum – welches andere wäre für einen Neubeginn besser geeignet gewesen? »Neues Jahr, neues Glück«, sagte Hannes, während er den Arm um mich legte und mich auf die Wange küsste. Ich konnte ihm seine Vorliebe für abgeschmackte Sprüche in diesem Moment nicht einmal verübeln. Ich selber hatte das Gleiche gedacht. Wir standen auf der Parzelle, die uns der Verwaltungsbeamte zugewiesen hatte, und sahen uns voller Besitzerstolz um. Unser Land! Unsere Heimat! Unsere Zukunft!

Dass es sich um ein Stück Urwald handelte, in das man erst monatelange Arbeit stecken musste, bevor es auch nur halbwegs brauchbar war, kratzte uns nicht. Wir fanden es wundervoll – das schönste Fleckchen Erde, das wir uns vorstellen konnten. Ach, von wegen Fleckchen! Ein riesiges Grundstück war es, bestimmt zwanzigmal so groß wie das Land, das unsere Familien daheim besaßen. Es war mit hohen Bäumen bestanden, von denen wir keinen einzigen beim Namen nennen konnten. Doch der Georg Hellrich, einer der allerersten Pioniere, die bereits vor einem halben Jahr hier angekommen waren, gab uns einige Ratschläge zu deren Nutzung. »Ihr habt hier *maricá*, *taquara*, *sarandí*, *camboatá*, *timbauva* und jede Menge andere Bäume, die entweder hartes Holz oder gute Früchte liefern. Die *pitanga* zum Beispiel ist sehr lecker, auch die *araçá* oder die *jaboticaba*. Der *umbú* dagegen ist ein Baum, der zwar sehr weiches Holz hat und auch keine essbaren Früchte trägt, den ihr aber trotzdem nicht abholzen solltet. Er hat eine sehr breitgefächerte Krone, für deren Schatten ihr noch dankbar sein werdet.«

Ich hatte den Verdacht, dass Georg Hellrich nur aufschneiden wollte. Wahrscheinlich hatte er sich die Hälfte der Wörter ausgedacht, um uns tüchtig zu beeindrucken, was ihm, zugegeben, auch gelang. Besonders hilfreich war diese Lektion nicht, denn wir merkten uns keinen einzigen Namen.

Aber das mussten wir auch nicht. Bei der Rodung eines winzigen Teils unseres Landes waren uns unsere Nachbarn, darunter eben auch Leute, die schon etwas länger hier waren als wir und sich besser mit allem auskannten, behilflich. Umgekehrt halfen auch wir bei der Urbarmachung der Nachbargrundstücke.

Das war hier gang und gäbe, gegenseitige Hilfestellung war lebensnotwendig. Auch bei der Errichtung unserer ersten, sehr bescheidenen Hütte packten die anderen Männer mit an, so dass wir gleich zu Beginn in den eigenen vier Wänden wohnen konnten – wobei ich mir bis dahin unter *Wänden* etwas anderes vorgestellt hatte als Blätter, die an ein paar Ästen befestigt waren.

Alle Grundstücke lagen entlang eines schnurgeraden Wegs. Je mehr neue Siedler ankamen, desto tiefer wurde diese Schneise von denselben in den Urwald getrieben. Vorerst jedoch hatten wir die vorletzte Parzelle an diesem Weg, hinter uns kamen nur noch Christel und Franz Gerhard und dann gar nichts mehr. Undurchdringlicher Dschungel. Allerdings waren auch unsere Grundstücke weiterhin Urwald, denn erst im Laufe der Zeit, so hatte man uns erklärt, würden wir das alles abholzen und beackern können. Es lohnte nicht, so hieß es, gleich alles zu roden, denn der Urwald wüchse in einer so rasanten Geschwindigkeit nach, dass wir uns unnötige Arbeit machten.

So hatten wir also ein kleines Stück freigelegt, auf dem unsere Hütte, unsere Kuh und das Federvieh Platz hatten und auf dem wir außerdem die erste Saat ausbringen konnten. Hierbei würden wir erneut die »Alteingesessenen« konsultieren müssen, denn wir hatten nicht die geringste Ahnung, wie man Maniok und Zuckerrohr anpflanzte. Wir kannten nichts anderes als Kartoffeln und Rübenzucker.

Zunächst jedoch hatten wir ja die Vorräte, die man uns bei der Ankunft gegeben hatte und von denen wir zehren konnten: Maniokmehl, Zucker, Reis, schwarze Bohnen, Linsen, Speck, Trockenfleisch, Salz, Öl, Kaffee, Dörrobst, Tabak. Wasser gab es im Überfluss, desgleichen Fische und frisches Obst – wobei wir uns natürlich nicht trauten, uns unbekannte Nahrungsmittel zu verzehren.

Am ersten Abend, den wir in unserer Hütte verbrachten, öffneten wir die große Truhe, in der unser Hausrat verstaut war. Ich brauchte die Töpfe, um unser Abendessen auf der primitiven Kochstelle zuzubereiten. Zuoberst jedoch lag die Fiedel, die uns hier, in unserer provisorischen Behausung mitten im Dschungel, vollkommen fehl am Platz erschien. Dennoch löste ihr Anblick in mir eine Wehmut aus, wie ich sie nicht für möglich gehalten hätte. Ich dachte an die geselligen Abende daheim, als wir in großer Runde musiziert und gesungen hatten, und verglich sie mit der augenblicklichen Situation: Hannes und ich, mutterseelenallein im Wald, erschöpft bis zum Umfallen von der Arbeit des Tages. Nach Singen stand uns wirklich nicht mehr der Sinn, wir wollten nur noch essen und uns schlafen legen.

Ich verbot mir sämtliche gefühlsduseligen Anwandlungen und fahndete in der Kiste nach dem Kochgeschirr. Irgendwann hatte ich zwei Töpfe mittlerer Größe entdeckt und zog sie scheppernd hervor. Meine Hände brannten wie Feuer, doch vor lauter Hunger vergaß ich die Schwielen, die ich mir beim Errichten der Hütte zugezogen hatte. Ich pustete kurz in die Töpfe, um sie von Staub zu befreien. Dann ging ich nach draußen, um vom Bach, der durch unser Grundstück floss, Wasser zu holen.

Ich schlotterte vor Angst. Das Zirpen und Zwitschern, Pfeifen und Kreischen, das ich allenthalben vernahm, war mit nichts vergleichbar, was ich kannte. Zu Hause hatte es selbst in schwülen Sommernächten nie so geklungen. Es war, als sei der Dschungel selber ein gefährliches Tier, das nur darauf lauerte, einen in der Dunkelheit anzufallen.

»Hannes, begleitest du mich?«, bat ich meinen Mann. Aber der war bereits im Sitzen eingeschlafen.

Ich machte mich also allein auf den Weg, der zwar nicht weit, deswegen aber nicht weniger furchteinflößend war. Ganz kurz stellte ich mir die Frage, ob ich überhaupt noch etwas kochen sollte, denn ich hätte sowohl auf die Mühe als auch auf die Nahrung verzichten können. Doch dann sagte ich mir, dass wir ja spätestens beim Aufwachen froh darüber wären, nicht noch lange warten zu müssen, bis etwas Essbares zubereitet wäre. Ich würde noch am Abend einen Eintopf aus Bohnen und Speck kochen, auf den wir uns am Morgen stürzen konnten. Mit ein wenig Glück hätten wir auch ein paar Eier, aber auf unsere mageren Hühner allein wollte ich mich nicht verlassen.

Ich nahm all meinen Mut zusammen, schnappte mir einen großen Eimer und stapfte über das Wurzelwerk, das unserer Rodung nicht zum Opfer gefallen war. Ein paarmal strauchelte ich, doch immerhin fiel ich nicht hin. Erstmals an diesem Tag dachte ich an das arme unschuldige Wesen in meinem Bauch. Dass harte körperliche Arbeit ihm schaden könnte, wäre mir nie in den Sinn gekommen. Aber ob dieses nächtliche Gegrusel ihm gut bekam? Am Bach angekommen, gelang es mir trotz meiner Furcht, den Eimer zu füllen, ohne auszugleiten. Bei noch immer mindestens dreißig Grad überkam mich eine Gänsehaut – ich fühlte mich von tausend Paar Augen beobachtet. Ein wüstes Schreien ließ mich zusammenzucken. Wahrscheinlich war es nur ein Affe, dennoch ging mir das Geräusch durch Mark und Bein. Auf meinem Rückweg begann ich zu laufen, so sehr grauste es mich. Ich holperte den Weg zu unserer Hütte zurück und verschüttete dabei mindestens die Hälfte des Wassers, das ich unter so großer Mühe geholt hatte. Aber es war mir gleichgültig. Bevor mich eine Schlange biss, mir eine riesige Giftspinne auf den Kopf springen konnte oder ich zum Abendschmaus eines Jaguars wurde, wollte ich lieber verdursten und verhungern. Die letzten Meter rannte ich. Ich keuchte, als ich über die Schwelle unseres bescheidenen Heims stolperte, weniger vor Anstrengung als vielmehr vor tödlicher Furcht.

Hannes blinzelte mir müde zu. »Was gibt es zu essen?«, fragte er gähnend.

Am liebsten hätte ich ihm gesagt: Schlangenragout mit Spinnenmus. Doch ich hielt an mich. Es war ja nicht seine Schuld, dass es dort draußen so gespenstisch war, und er hatte sich wahrhaftig ein warmes Essen verdient. Den ganzen Tag hatte er Baumstämme gehievt, gezogen und gestemmt, hatte Holz gesägt und gehackt, hatte sich mit der Machete durch das Dickicht gekämpft, damit wir unsere winzige Lichtung samt Hütte hatten.

»Bohneneintopf«, antwortete ich also.

»Wie lange dauert das noch?«

Das war allerdings eine gute Frage. Wahrscheinlich zu

lang, als dass er es ausgehalten hätte. Nur hatten wir ja nichts anderes, was ich auf die Schnelle hätte zubereiten können. Brot konnten wir hier noch keines backen, und wie dieses grobkörnige Maniokmehl zu verwenden war, wusste ich ohnehin nicht so genau.

»Tja«, antwortete ich, während ich lautstark mit den Töpfen herumhantierte, um von meiner Unsicherheit abzulenken, »vielleicht koche ich doch einfach nur etwas Reis. Das geht schnell und macht satt.«

»Und dazu eine schöne Scheibe Speck?«, bettelte er.

»Ja.« Ich fand die Zusammenstellung unseres Mahls mehr als merkwürdig, aber wenn man vor Hunger und Müdigkeit kaum noch stehen kann, ist einem so etwas egal.

Das Wasser, das ich am Bach geholt hatte, war schlammig braun. Sogar das war mir zu diesem Zeitpunkt gleichgültig – ein bisschen Lehm würde uns schon nicht umbringen. »Dreck reinigt den Magen«, hatte mein Vater immer gesagt, und beim Gedanken an meinen lieben kranken Vater, der schon lange nichts Vernünftiges mehr von sich gegeben hatte, verkrampfte sich mir vor Heimweh plötzlich das Herz.

Hannes half mir, den Topf an der Kette über dem Feuer aufzuhängen. Schweigend sahen wir dem Reis beim Kochen zu. Es bildete sich ein bräunlicher Schaum auf dem Kochwasser, aber nicht einmal dieser etwas unappetitliche Anblick hätte verhindern können, dass uns bei dem Geruch, der von dem Reis ausging, das Wasser im Munde zusammenlief. Als er gar war, fiel mir ein, dass ich noch gar kein Sieb bereitgestellt hatte, um ihn abzugießen. Da ich nicht noch einmal in unserer unförmigen Kiste kramen wollte, ließ ich den Reis einfach so lange köcheln, bis alles Wasser verdampft war. Er brannte ein wenig an, doch sogar dieser Geruch erschien uns wie der Inbegriff der Festtagsküche.

Wir schlangen unser Essen herunter, gierig und schweigend. Danach errichteten wir unser Nachtlager. Ein Bett hatten wir natürlich noch nicht, aber wir hatten uns bei der Ankunft in Porto Alegre an die Empfehlung gehalten, uns Hängematten zu beschaffen. Ich war darüber sehr froh – um nichts auf der Welt hätte ich mich auf den Boden gelegt, nur durch eine Strohmatte von all dem Gekrabbel und Gewimmel getrennt, das uns unbekannt war und von dem man nie wusste, ob man von ihm nicht lebensgefährliche Stiche oder Bisse zu erwarten hatte.

Die Hängematte war breit genug für zwei Personen. Wir befestigten sie an den Balken unserer Hütte und hofften, dass diese dem zusätzlichen Gewicht gewachsen wären. Es knirschte und ächzte verdächtig im Gebälk, aber die schlichte Konstruktion hielt. Dann rollten wir uns zwei Decken zu Kopfkissen zusammen und legten uns in die Hängematte. Zum Zudecken brauchten wir wegen der Hitze nichts, doch auf unsere Nachtwäsche verzichteten wir schon allein deshalb nicht, weil wir nicht von den Mücken aufgefressen werden wollten. Wir sanken beide augenblicklich in tiefen Schlaf.

Hannes schien die Position, in der er lag, nichts auszumachen – er schlief und schnarchte, als hätte er nie anders gelegen als mit gekrümmtem Kreuz. Mir jedoch war es nicht bequem, ich wachte mitten in der Nacht auf. Auf der Seite konnte man nicht liegen und auf dem Bauch noch viel weniger. Lag man aber auf dem Rücken, so drückte dieser sich zu einem Buckel durch. Dazu kam, dass mir durch die Nähe zu Hannes sehr warm war. Ich schwitzte von Kopf bis Fuß, mein Nachthemd klebte richtig an mir. Irgendwann schlief ich dann aber doch wieder ein, da war die Müdigkeit stärker als das Bedürfnis nach Komfort.

Ich erwachte von Hannes Hand, die sich langsam und zielstrebig an meinem Schenkel hinaufbewegte. Ich schlug die Augen auf, gab ein Grunzen von mir und hörte ihn raunen: »Wir müssen doch unser neues Heim richtig einweihen.«

Ich hatte vorher, im Hunsrück und dann auf dem Schiff, diese Situation so oft herbeigewünscht: dass wir endlich allein und ungestört und ohne Gewissensbisse beieinanderliegen könnten. Jetzt, da es so war, wünschte ich mir nur, dass Hannes von mir ablassen möge. Mir taten alle Knochen weh, ich war müde, ich dachte voller Unbehagen an die viele Arbeit, die auf uns wartete. Andererseits sah ich ein, dass er recht hatte. Was nützen das Auswandern, das eigene Stück Land, die Plackerei, das Heimweh und das alles, wenn man dem einzigen Menschen, den man hatte, nicht seine Liebe zeigte? Zu einem guten, vollständigen Neuanfang, den man als junges Ehepaar wagt, gehörte schließlich auch, dass man ihn mit etwas Schönem beging, nicht nur mit Schwielen an den Händen und Mückenstichen am Rest des Körpers. Ich ließ ihn gewähren, wenngleich ich mich ein wenig um das Kindchen in meinem Bauch sorgte.

Nach einer Weile begann ich, Gefallen daran zu finden. Seine Berührungen, seine Küsse und seine unübersehbare Erregung riefen auch bei mir Lust hervor. Wegen der Hängematte waren einige Verrenkungen nötig, so dass unsere Vereinigung hastiger verlief, als ich es mir gewünscht hätte, aber wir waren anschließend trotzdem angenehm ermattet und zugleich voller Schwung, diesen neuen Tag in der neuen Heimat anzugehen.

Das Frühstück verpasste uns den ersten Dämpfer. Die Hühner hatten kein einziges Ei gelegt, und der Brei, den ich aus dem Maniokmehl und Wasser kochte, war ungenießbar. Wir aßen ihn trotzdem, zehrten aber erneut von unserer wertvollen Speckseite. Ewig konnte das so nicht weitergehen.

Heute, so nahm ich mir vor, würde ich weniger Zeit mit Sense und Hacke verbringen und mehr mit den eigentlichen Frauenarbeiten: die Kuh zu melken, die Bohnen einzuweichen und das Trockenfleisch zu wässern, unsere Truhe auszuräumen und die Hütte einzurichten, genügend Wasser zum Kochen herbeizuschaffen und Wäsche zu waschen. Des Weiteren wollte ich uns aus den länglichen Blättern einer mir unbekannten Pflanze Hüte flechten, denn unsere Filzhüte waren viel zu warm, unsere Strohhüte hatten die Reise nicht überstanden, und ohne Kopfbedeckung verbrannte unsere Haut. Beide hatten wir uns schon den ersten Sonnenbrand geholt, wobei meiner nicht ganz so garstig wie der von Hannes war, dessen Nase leuchtend rot glühte und schmerzte.

An unserer Kleidung musste ebenfalls allerhand ausgebessert werden, wozu mir während der Reise das richtige Handwerkszeug gefehlt hatte. In der Truhe jedoch war alles, ich selber hatte ein kleines Nähkästchen hineingepackt.

Die Menge der Aufgaben, die vor uns lagen, schien unüberwindlich. Ich sehnte mich nach einem Brunnen mit klarem Wasser, nach einem Herd und einem Backofen, nach vernünftigen Möbeln und einem stabilen Haus. Doch all das hatte zu warten. Bevor wir nicht die erste Saat ausgebracht hätten, würden wir weiter hausen müssen wie die Hottentotten. Bevor wir uns nicht mit den örtlichen Gegebenheiten vertraut gemacht hätten, bevor wir nicht die Pflanzen und Tiere der Region sowie deren Tauglichkeit für unseren Speisezettel kannten, war die Behaglichkeit unseres Heims nebensächlich. Es fiel mir sehr schwer, das zu akzeptieren, denn mehr Freude macht die Eingewöhnung an einem neuen Ort bestimmt, wenn man dort gleich von ein paar hübschen Dingen umgeben ist, die annähernd an zivilisiertes Leben erinnern. Nicht, dass ich mich schon an vielen Orten hätte einleben müssen.

Wohl wissend, dass ich zuallererst die Hühner hätte füttern müssen, wühlte ich in unserer Truhe herum und förderte die Porzellanfigur zutage, die Hannes mir geschenkt hatte. Ich wickelte sie vorsichtig aus dem Papier aus und dankte dem lieben Gott, dass das kleine Kunstwerk die lange Reise unbeschadet überstanden hatte. Es gab in der Hütte bislang weder ein Regal noch eine andere Stellfläche für die Tänzerin, dennoch war mir gleich wohler zumute, als ich sie auf den grobgezimmerten Tisch stellte. Ja, das war ein Anfang für mein neues Zuhause. Ich betrachtete sie verträumt und ließ mich zu Hirngespinsten hinreißen, wie dereinst mein Haus aussehen würde.

Dann hörte ich Hannes draußen fluchen. Ich straffte die Schultern und machte mich daran, die undankbaren Hühner für ihre Legefaulheit mit dicken gelben Körnern zu belohnen – Mais, wie Hellrich uns erklärt hatte. Diese Maiskörner sahen nahrhafter aus als so manches, womit wir im Hunsrück unsere knurrenden Mägen hatten füllen müssen.

Vielleicht, dachte ich auf einmal, waren wir doch im Schlaraffenland gelandet.

Für das Federvieh galt das allemal.

24

Teresa hatte einen klebrigen Brei aus weißem Mais, Milch und Zucker gekocht. Er erschien Klara köstlicher als alle Süßspeisen, die sie je gegessen hatte. Er schmeckte nach Trost, nach mütterlicher Zuwendung, nach Liebe. Natürlich, das wusste sie selbst, war es nur ihr enormer Hunger, der sie mit solchem Appetit zulangen ließ. Sie bediente sich dreimal hintereinander. Teresa sah ihr wohlwollend zu. Es war doch sehr befriedigend, wenn mal jemand ihre Kochkünste zu würdigen wusste, auch wenn es sich nur um eine schlichte *canjica* handelte.

Raúl saß unterdessen in seinem Arbeitszimmer und verwünschte sich dafür, dass er Klara zurückgeholt hatte. Die Polizisten hätten sich schon gut um sie gekümmert, und früher oder später wären sie, egal wie blöde sie sich angestellt hätten, dahintergekommen, was es mit der blonden Ausländerin auf sich hatte.

Er hatte sich ernstliche Sorgen um sie gemacht. Eine junge Frau, die sich nicht auskannte und der Landessprache nicht mächtig war, konnte nicht ohne Schutz in der Gegend herumlaufen, schon gar nicht, wenn sie nicht einmal über Geld verfügte. Auch Teresa war am Morgen, als sie Klaras Flucht bemerkt hatten, außer sich gewesen vor Angst um ihren Schützling. »So tun Sie doch etwas, Senhor Raúl!«, hatte sie ihn unnötigerweise aufgefordert, denn er war bereits dabei gewesen, sich die Reitstiefel anzuziehen.

Also war er losgeritten. Unterwegs hatte er sich immer wieder bei Passanten erkundigt, ob ihnen eine junge blonde Frau begegnet sei. Es war lächerlich einfach gewesen, ihre Spur zu verfolgen. Sie war wegen ihrer fremdländischen Erscheinung im Straßenbild so auffallend gewesen, dass praktisch jeder, den er fragte, sie gesehen hatte. Als er sie schließlich auf dem Revier eines der übelsten Bezirke der Stadt ausfindig gemacht hatte, hätte er sogleich umkehren und sie in der Obhut der Polizei lassen sollen. Er verstand nicht recht, was in ihn gefahren war, als er sich als ihr Dienstherr zu erkennen geben und sich wie ihr Vormund aufspielen musste.

Ein Klopfen an der Tür zu seinem Arbeitszimmer riss ihn aus seinen Gedanken. Die Tür stand halb offen, und er sah, dass es Klara war, die ihn zu sprechen wünschte.

»*Entra*«, sagte er mit einem Winken, »komm rein.«

Er wies auf den Stuhl gegenüber seinem Schreibtisch. »*Senta, por favor*« – »nimm Platz, bitte.« Einen Augenblick fragte er sich, ob er sie nicht lieber siezen solle, immerhin war sie weder ein kleines Mädchen noch seine Angestellte. Und schon gar nicht sein Mündel. Dennoch brachte er es nicht über sich. Klara war nun seit Wochen bei ihm im Haus, nie hatte er sie anders betrachtet als eine Person, die jünger war als er, für die er verantwortlich war und die offensichtlich einen geringeren sozialen Status innehatte als er – alles gute Gründe, sie nicht zu siezen. Im Übrigen war es ohnehin gleich: Klaras fragmentarische Sprachkenntnisse erlaubten ihr noch gar nicht, den Unterschied zu erkennen.

Klara setzte sich. Sie sah ihn ernst an. Anders als bisher sprachen aus ihrer Miene weder Ängstlichkeit noch Verwirrung. Sie wirkte entschlossen und gefasst. Durch diese Haltung, die Raúl so noch nie an ihr erlebt hatte, wirkte sie gleichzeitig viel erwachsener. Er hatte es nicht länger mit einer verstörten, bedeutungslosen Kolonistin zu tun, sondern mit einer Frau, die wusste, was sie wollte – wenngleich sie es noch nicht auszudrücken wusste. Trotzdem: Sogar die wenigen Worte, die sie auf Portugiesisch beherrschte, veränderten den Eindruck, den sie hinterließ, komplett. Hatte sich einem vorher zuweilen das Gefühl aufgedrängt, sie sei ein bisschen zurückgeblieben, so wäre man jetzt nicht mehr auf diese Idee gekommen. Unglaublich, dachte Raúl, wie die Beherrschung einer Sprache das Bild beeinflusste, das man sich von dem Sprecher machte. Wie dumm man wirkte, wenn man kein Wort sagen konnte. Und wie dumm er selber gewesen war, dass er sich von diesem – falschen – Eindruck hatte beeinflussen lassen.

Klara verständigte sich weiterhin mit Händen und Füßen sowie vereinzelten Wörtern, die sie nachschlug. Doch Raúl verstand sehr gut, was sie sagte. Sie wollte heim. Sie wollte zu ihrer Tochter. Sie wollte sich den Behörden in São Leopoldo stellen. Sie wollte mit allem, was sie wusste und aus ihrer Erinnerung zutage gefördert hatte, bei den Ermittlungen behilflich sein. Und vor allem wollte sie, dass weder er, Senhor Raúl, noch sonst irgendjemand sie für die Mörderin ihres Mannes hielt.

Das alles trug sie in sehr nüchternem Ton und mit ungerührter Miene vor. Es kam Raúl so vor, als hätte Klara diesen Auftritt einstudiert wie eine Rolle bei einer Theateraufführung. Als hätte sie sich dazu gezwungen, sachlich und kühl zu bleiben. Andere Frauen hätten in derselben Situation ihr Anliegen doch mit viel mehr Leidenschaft vorgetragen, unter Tränen und untermalt von theatralischen Gesten, oder nicht? Nun, vielleicht war diese trockene Art ja auch ein typischer Wesenszug der Kolonisten? Oder handelte es sich vielmehr um reine Berechnung? Hatte sie begriffen, dass man bei Männern wie ihm eher zum Ziel kam, wenn man ihren Verstand ansprach und nicht ihr Herz?

Er brachte es nicht über sich, ihr zu erklären, dass niemand sie für eine Gattenmörderin hielt. Es wusste ja sonst keiner, dass Klara noch am Leben war, wodurch sich die tragische Geschichte, die sich dort im Dschungel abgespielt hatte, in einem völlig anderen Licht darstellte. Erst durch ihr Auftauchen würde sie den Verdacht auf sich lenken. Dennoch musste er ihr in einem Punkt beipflichten: Es war unumgänglich, die zuständige Behörde aufzusuchen und zu berichten, was sich zugetragen hatte. Zumindest von jenem Zeitpunkt an, da er Klara gefunden hatte.

»Weißt du was, Klara? Bevor wir uns auf den Weg nach São Leopoldo machen, werden wir meinem Freund Paulo Inácio einen Besuch abstatten. Er ist Redakteur beim ›Jornal da Tarde‹, und bestimmt kann er weitere Details des ganzen Vorfalls in Erfahrung bringen. Dinge, die sie vielleicht nicht veröffentlicht haben. Mir erscheint das alles nämlich sehr ominös. Ich glaube nicht, dass ihr von Indianern überfallen wurdet. Genauso wenig mag ich annehmen, dass du eine Mörderin bist. Ein wenig haben wir dich hier ja kennengelernt, in den vergangenen Wochen, und – nein, du bist keine Mörderin.«

Allerdings, gestand Raúl sich ein, wusste er auch nicht, wie man sich eine solche vorzustellen hatte. Ganz bestimmt waren es nicht nur alte, warzige Hexen, die ihre Männer meuchelten. Aber Klara? Mit ihren großen hellen Augen, ihrer sommersprossigen Nase, ihren vollen Lippen und den mittlerweile rosigen Bäckchen sah sie aus wie die personifizierte Unschuld. Dass ein so hübsches Geschöpf eine gemeine Verbrecherin sein sollte, konnte und wollte er einfach nicht glauben.

Klara hatte sich ihre kleine Ansprache in der Tat vorher genau überlegt. Sie war zu der Überzeugung gelangt, dass sie sich keinen Gefallen damit täte, wenn sie heulte und jammerte und sich aufführte wie jemand, der dringend der Bevormundung bedurfte. Wenn sie vernünftig auftrat, wenn sie Gezeter oder Gezänk vermied, dann würde sie auch behandelt werden wie ein erwachsener Mensch.

Umso unerklärlicher war ihr, mit was für einem unsinnigen Vorschlag Senhor Raúl ihr jetzt nun wieder kam. Was sollten sie bei der Zeitung? Oder hatte sie seine Worte vollkommen falsch gedeutet? Wieso ließ er sie nicht einfach ihres Weges ziehen? Warum spielte er sich als ihr Beschützer auf? Klara musste sehr an sich halten, um weiter verständig und ruhig zu wirken. Dabei kochte sie vor Wut. Männer! Was bildeten die sich überhaupt ein? Mit welchem Recht benahm sich Senhor Raúl wie ihr Vormund? So tragisch ihr persönliches Schicksal auch war, einen gewissen Vorteil barg der Tod ihres Mannes: Als Witwe hatte Klara beinahe so viele Rechte wie ein Mann. Und die neugewonnenen Freiheiten würde sie auf keinen Fall wieder aufgeben, weil irgendein irregeleiteter Gaúcho meinte, sich um sie kümmern zu müssen. Er hatte sich genug gekümmert. Sie war ihm dankbar dafür. Aber nun war es allerhöchste Zeit, ihr Leben wieder selbst in die Hand zu nehmen.

Klara schüttelte den Kopf. Dann erklärte sie Raúl erneut, was sie vorhatte. Ihre portugiesischen Sätze waren so simpel wie deutlich: »Ich. São Leopoldo. Allein.«

»Oh nein, meine Liebe. Allein hast du es ja kaum nach Porto Alegre geschafft. Wie willst du dann in die Wildnis kommen? Zu Fuß? Ohne Geld, ohne männliche Begleitung?«

Klara hütete sich, ihm eine schnippische Antwort zu geben. War sie schließlich nicht schon einmal von Porto Alegre nach São Leopoldo gereist? Mehr als zwei Jahre war das jetzt her, aber sie erinnerte sich daran, als wäre es gestern gewesen. Es war ganz einfach, leichter jedenfalls, als zu Fuß in die

Stadt zu gehen. Auf dem Rio dos Sinos verkehrten Boote. Die Boote transportierten Auswanderer. Die sprachen Deutsch. Und die Überfahrt kostete keinen Pfennig, sofern sie sich unter die frisch eingetroffenen Kolonisten mischte, die ja auf Einladung des brasilianischen Kaisers kamen.

Klara schluckte ihre Verärgerung herunter. Es war wirklich besser, sich gefügig zu geben. Je mehr sie sich gegen die Pläne des Senhor Raúl sträubte, desto mehr würde sie ihn ja in seinem Glauben bestärken, sie sei eine Betrügerin oder gar eine Mörderin. Sie lächelte ihn freundlich an.

Er lächelte zurück. Nicht freundlich, sondern eher mit einem Hauch von Spott oder Überheblichkeit. Es stand ihm gut.

Einen Moment verharrten sie so, schweigend, sich im Blick des anderen verlierend. Die Geräusche, die aus dem Hausflur ins Arbeitszimmer drangen, klangen wie aus weiter Ferne. Die Luft in dem Raum schien zu knistern. Klara verstand nicht recht, was passiert war. Für ein paar Sekunden hatte sie geglaubt, in Raúls Augen etwas erkannt zu haben, was sie bisher nie wahrgenommen hatte. Begierde vielleicht.

Dann lösten sie die Blicke voneinander. Plötzliches Unbehagen machte sich in der Stille des Raums breit. Klara stand auf und wandte Raúl ihren Rücken zu. In dem Versuch, von der peinlichen Situation abzulenken, ging sie zu dem Bücherregal, das die ganze linke Wand des Raums ausfüllte, und griff nach einem Bilderrahmen, der dort einen Ehrenplatz einnahm.

»*Deixa!*«, blaffte er sie an.

Sein Ton war unmissverständlich. Klara stellte den Rahmen wieder an seinen Platz. Hatte sie zunächst nur Interesse daran vorgetäuscht, um ihre Beklommenheit zu überspielen, so war sie nun neugierig geworden. Wer waren die Leute auf der Zeichnung? Seine Eltern? Plötzlich ging ihr auf, wie wenig sie über den Mann wusste, dem sie ihr Leben verdankte.

Sie würde bei Gelegenheit einmal Teresa ausfragen, die konnte ihr sicher alles genauestens erzählen. Doch dann hörte sie leise Raúls Stimme hinter sich. Er war zu ihr herangetreten und nahm jetzt den Rahmen in die Hand.

»*Foram os meus pais* – das waren meine Eltern. Sie sind bei einem Brand ums Leben gekommen. Diese Zeichnung war nur die Skizze eines Malers, der von ihnen ein großes Gemälde anfertigen sollte. Das Gemälde wurde nie vollendet, die Skizze ist die einzige Abbildung, die ich von ihnen habe. Sie ist den Flammen nicht zum Opfer gefallen, weil sie sich im Haus des Malers befand. Er hat sie mir geschenkt.«

Klara war feinfühlig genug, diese ungewohnte Redelust nicht durch Blättern in ihrem Wörterbuch zu stören. Sie verstand auch so genug.

»*Hoje o artista é uma celebridade.* Seine Gemälde erzielen astronomische Preise.« Er lachte bitter auf. »Diese Skizze ist ein kleines Vermögen wert, man hat mir schon mehrfach sehr viel Geld dafür geboten. *Mas obviamente ela não está à venda.*«

Klara schwieg. Sie hatte so gut wie nichts begriffen, aber der traurige Tonfall stimmte sie nachdenklich. Verbarg sich hinter der stachligen Schale dieses Mannes, den sie bei sich immer nur »den Finsterling« genannt hatte, etwa ein weicher Kern?

»*O pior é*«, fuhr Raúl fort, »dass ich mir ihre echten Gesichter gar nicht mehr in Erinnerung rufen kann. Wenn ich an sie denke, sehe ich immer nur diese Skizze vor Augen, diese für den Maler aufgesetzte, arrogante Pose. So waren sie nicht. Aber wie sie stattdessen waren, weiß ich auch nicht mehr.«

Klara hätte Gott weiß was dafür gegeben, wenn sie ihn verstanden hätte. Aber sie wusste auch, dass sie, wäre sie seiner Sprache mächtig gewesen, niemals in den Genuss dieses persönlichen Geständnisses gekommen wäre. Und *dass* er eine Art Beichte abgelegt hatte, entnahm sie dem Ton. Wahrscheinlich war der arme Mann froh, dass er endlich einmal loswurde, was ihn bedrückte, ohne sich eine Blöße geben zu müssen, und dass er sich jemandem anvertrauen konnte, der ihn für diese vermeintliche Weichlichkeit nicht für einen Schwächling hielt. Darin schienen die brasilianischen Männer sich ja kaum von den deutschen zu unterscheiden, dass sie immerzu darauf bedacht waren, stark und heldenhaft zu wirken, um welchen Preis auch immer.

»Ach, das alles liegt Jahre zurück«, sagte Raúl nun, auf einmal wieder ganz der Alte. Er stellte den Rahmen in das Regal zurück. »Bleiben wir lieber in der Gegenwart.« Er sah auf seine Taschenuhr. »Es ist noch früh am Tag. Wir könnten jetzt sofort in die Stadt fahren – zweimal am Tag nach Porto Alegre, das habe ich bisher auch noch nicht geschafft – und meinen alten Freund aufsuchen. Wenn du nicht mitkommen willst, soll es mir auch recht sein. Aber nicht, dass du wieder eine so unbedachte Flucht antrittst. Langsam habe ich genug davon, dich ständig retten zu müssen.«

Klara bedachte ihn mit einem Blick, aus dem deutlich hervorging, dass sie nichts von alldem verstanden hatte. Er erklärte es ihr in einfacheren Worten und fasste schließlich zusammen: »Heute bleibst du hier. Du packst. Morgen fahren wir nach São Leopoldo.«

Sie warf ihm ein strahlendes Lächeln zu, eines von der Sorte, wie Josefina sie unentwegt zustande brachte. Du lieber Himmel, dachte Raúl, Josefina! Ja, es wäre eindeutig besser, ohne Klara in die Stadt zu fahren.

Der Redakteur Paulo Inácio da Silva war vertieft in einen Artikel über die Unabhängigkeitsbestrebungen Uruguays sowie die schwelenden Unruheherde an den Grenzen zu Argentinien und Paraguay. Er musste den Text bis Sonnenuntergang fertig haben, damit er es in die morgige Ausgabe schaffte. Der Besuch seines alten Schulfreundes kam ihm demnach mehr als ungelegen. Dennoch ließ er sich seine Unruhe nicht anmerken. Raúl hatte ihm schon mehrfach aus der Patsche geholfen, und Paulo Inácio war froh über jede sich ihm bietende Gelegenheit, seinen Dank zum Ausdruck zu bringen.

»Lass mal sehen.« Er griff nach dem Zeitungsausschnitt, den Raúl mitgebracht hatte. »Ah, das muss Alves da Costa geschrieben haben. Er ist zuständig für die Provinzpossen.«

Raúl war versucht, diese Wortwahl zu kritisieren, ließ es jedoch bleiben. Zu viel Engagement wollte er nicht an den Tag legen. Es musste ja nicht jeder wissen, was hinter seinem Interesse für diese Geschichte steckte.

Aber Paulo Inácio, dessen natürliche Neugier schon immer sein herausragendes Charakterkennzeichen gewesen war, hakte natürlich nach.

»Was hast du denn mit dieser Sache zu schaffen? Seit wann steckst du deine Nase in die Angelegenheiten der Kolonisten?«

»Seit ich die Bekanntschaft einer Dame gemacht habe, die am Rande in diese Geschehnisse verwickelt ist. Und um die Antwort auf deine nächste Frage gleich vorwegzunehmen: Nein, es ist nicht, was du denkst. Sie ist eine Witwe.« Dabei rümpfte er abfällig die Nase. Mit dieser Aussage mochte der Redakteur nun anfangen, was er wollte. Er, Raúl, jedenfalls hatte die Wahrheit gesagt.

Paulo Inácio wusste, wann es besser war, nicht weiter in seinen Freund zu dringen. Wenn Raúl reden wollte, würde er es beizeiten tun. Wenn nicht, dann war es auch nicht möglich, etwas aus ihm herauszukitzeln. Der Mann konnte verbohrt sein wie ein Esel.

»Na schön. Dann lass uns doch schnell zu dem alten Alves rübergehen. Der freut sich, wenn sich mal einer für seine belanglosen Stückchen interessiert.«

Dass die Bezeichnung »belangloses Stückchen« nicht unbedingt zutreffend war, behielt Raúl ebenso für sich wie seine Erleichterung, als Paulo Inácio ihn mit dem älteren Kollegen allein ließ. »Nimm's mir nicht übel, altes Haus, ich bin höllisch unter Zeitdruck. Aber wenn du hier fertig bist, komm doch noch bei mir vorbei.«

Der Redakteur Alves da Costa war überaus hilfsbereit. Es war, wie Paulo Inácio prophezeit hatte: Der Mann war sichtlich erfreut darüber, dass sich jemand für ihn und insbesondere diese Kolonisten-Geschichte interessierte, die er aufwendig recherchiert hatte und die ihm dann von seinem Chefredakteur so schamlos zusammengekürzt worden war, dass kaum mehr der eigentliche Sachverhalt daraus hervorging.

»Wer fragt heute noch nach den Hintergründen? Alle wollen nur die blutrünstigen Schlagzeilen«, beklagte er sich. »Skandale will der Chefredakteur, Skandale! Dass der eigentliche Skandal darin liegt, dass wir uns hungernde Bauern aus dem Ausland holen, damit sie unser Land urbar machen und die grenznahen Regionen bevölkern, das will niemand hören. Zu wenig Blut. Als Gegenleistung dafür, dass sie ohne ihr Wissen wie ein Schutzschild gegen die Aggressionen der Argentinier eingesetzt werden, gibt man ihnen ein Stück wertloses Land und eine Kuh. Das ist kriminell, mein lieber Senhor Almeida, kriminell!«

Raúl nickte bedächtig. Er hatte zwar nicht die geringste Lust, sich einen Monolog über die Grenzpolitik anzuhören, mochte den Mann aber auch nicht brüskieren. Wer wusste schon, was der missverstandene Redakteur noch alles zu berichten hatte?

»Man lockt diese Leute mit allen möglichen Versprechungen ins Land. Man gibt ihnen ihre Kuh, ein bisschen Federvieh, eine Parzelle im Urwald. Und dann überlässt man sie ihrem Schicksal. Da draußen in der Colônia herrschen Zustände, das kann man sich gar nicht vorstellen. Diese Leute haben zuvor in ihrem Leben noch keine Banane, keine Kobra und kein Gürteltier gesehen. Sie sind starr vor Angst, weil sie unsere Flora und Fauna nicht kennen. Und keiner bringt sie ihnen nahe. Die werden einfach drauf losgelassen, um es salopp auszudrücken, und die armen Teufel sind so verzweifelt, dass sie auch noch dankbar dafür sind. Unter den gegebenen Umständen schlagen sie sich sogar ganz wacker, das muss man ihnen lassen. Aber ihnen bleibt ja auch nichts anderes übrig, als das Beste draus zu machen, nicht wahr? Zurück können sie nicht. Und die, die diese entsetzliche Schiffsreise halbwegs intakt überstanden haben, sind meist jung und gesund und haben noch Träume.«

Raúl räusperte sich. Die Ausführungen von Alves da Costa waren sehr lehrreich, und seine Kritik entbehrte sicher nicht einer gewissen Berechtigung. Dennoch wollte Raúl allmählich gern mehr über das in der Überschrift des Artikels so bezeichnete »mysteriöse Verbrechen« hören, dessentwegen er gekommen war.

»Dies alles schicke ich voraus, damit Sie den Hintergrund verstehen, vor dem sich dieses Drama abgespielt hat«, sagte der Redakteur, der Raúls Räuspern ganz richtig interpretiert hatte. »Was Sie ebenfalls wissen sollten, ist, dass an den Ufern des Rio dos Sinos verschiedene Indio-Stämme leben. Sie sind friedfertig. Sie freuen sich sogar über die neuen Nachbarn. Sie betrachten sie als eine Art Belustigung. Sie beobachten sie und amüsieren sich über ihre Sitten. Aber unsere eigene, wenig ruhmreiche Vergangenheit hat uns gezeigt, dass auch die freundlichsten Völker sich zur Wehr setzen, wenn man sie nur lange genug quält, vertreibt, versklavt oder auf andere Weise demütigt. Die paar hundert Kolonisten stören niemanden. Doch wenn wir unsere Einwanderungspolitik so fortführen und wenn Europa durch weitere Kriege oder Hungersnöte weiter im Elend versinkt, dann werden eines Tages Tausende kommen, Zehntausende. Und dann werden die Indianer von ihrem angestammten Land weichen müssen.«

Er hielt kurz inne, als er Raúls leicht angespannten Gesichtsausdruck wahrnahm. »Ja, ja, Sie haben recht. Entschuldigen Sie, es ist wieder mit mir durchgegangen. Also, Tatsache ist, dass die Indios bisher niemanden dort tätlich angegriffen haben. Die Theorie von dem Indianerüberfall stammt nicht von mir. Ich distanziere mich sogar ausdrücklich davon. Manchmal bekomme ich Sätze in meine Artikel hineinrediegiert, die … aber redaktionsinterne Probleme will ich Ihnen nun wirklich keine schildern.«

»Was ist da draußen passiert?«, wagte Raúl sich zu Wort zu melden. »Ich meine: Was glauben *Sie*, was geschehen ist?«

»Es gibt meiner Meinung nach nur zwei Möglichkeiten. Erstens: Die Frau hat ihren Mann umgebracht und ist geflohen. Zweitens: Jemand anders – vielleicht ein Nachbar, der die Familie Wagner hasste, vielleicht ein Zechkumpan des getöteten Mannes – hat das Ehepaar ermordet. Die Leiche der Frau könnte in den Bach gefallen und fortgeschwemmt worden sein.«

»Und warum haben Sie das so nicht geschrieben beziehungsweise nicht schreiben dürfen?«

»Weil wir die Kolonisten nett zu behandeln haben, auch und gerade in der Presse. Weisung von ganz oben. Unser Chefredakteur und der Gouverneur der Provinz Rio Grande do Sul sind … aber lassen wir das. Dona Leopoldina will sich nicht allein auf die Werber verlassen, die überall in Europa nach Auswanderungswilligen Ausschau halten. Eine kluge Frau hat unser Kaiser sich da genommen, ja wirklich, sie ist raffiniert. Sie kann sich nämlich ausrechnen, was passiert, wenn wir, die portugiesischstämmigen Brasilianer, die neuen Siedler nicht freundlich behandeln.«

Er holte tief Luft, bevor er seine Ausführungen fortsetzte. »Also angenommen, in der Zeitung stünde etwas über einen Mord unter den Kolonisten. Dann würden doch Ihre Frau Mama oder meine liebe Gattin oder der nette Doutor Silveira von nebenan gleich denken: ›Schlimmes Gesindel, das!‹ Und sie würden ihre Ressentiments dann natürlich im Umgang mit den Kolonisten zeigen, vielleicht unwillentlich, aber sie würden die Einwanderer immer von oben herab behandeln. Wie armes Lumpenpack eben, das sich gerne gegenseitig umbringen soll. Dann wiederum würden die Siedler sich hier alles andere als willkommen fühlen. Und deren Beitrag zur Werbung von weiteren Einwanderern ist nicht zu unterschätzen. Sie schreiben Briefe in die Heimat. Aber nun stellen Sie sich vor, wenn in diesen Briefen stünde, wie schlecht es den Leuten hier ergeht. Damit wären alle anderen Werbemaßnahmen null und nichtig.« Alves da Costa sah Raúl mit einem triumphierenden Lächeln an, sichtlich stolz darauf, seine Theorie zur Einwanderungspolitik einem Laien so anschaulich erläutert zu haben.

»Das leuchtet mir ein«, brachte Raúl lahm hervor. Er war wie betäubt von der Flut an Informationen – wichtigen und unwichtigen, wahren oder unwahren –, die da über ihn hereingebrochen war. Schließlich gab er sich einen Ruck und stellte die Fragen, die ihm am meisten auf den Nägeln brannten: »Waren Sie am Schauplatz des Verbrechens? Haben Sie mit Zeugen gesprochen? Gibt es Details, die Ihre Theorie stützen, es handele sich um einen Mord unter den Kolonisten?«

»Ja, ich war dort. Zeugen hat es keine gegeben, sonst wüsste man ja, was genau sich zugetragen hat. Aber es gab da eine Frau, eine Freundin der Familie, die auch das Kind bei sich aufgenommen hat, mit der ich gesprochen habe. Das heißt, wir haben uns mehr durch Zeichensprache miteinander verständigt, denn die Frau konnte außer ›obrigada‹ nichts auf Portugiesisch sagen. Diese Kolonistin also hat den Toten gefunden. Sie hat mir beschrieben, wie er zugerichtet war. Mein Gott, der arme Mann! Er hatte nur noch ein Bein, wussten Sie das?«

Raúl schüttelte den Kopf. Nein, das hatte er nicht gewusst. Es gab anscheinend jede Menge Dinge, die Klara ihm noch nicht berichtet hatte.

»Diese Frau also beschrieb mir die verschwundene Frau des Toten als ein wenig verwirrt. Insofern könnte es gut sein, dass die Verschollene die Täterin war. Aber Sie wissen ja, wie es ist: Diese Einwanderer halten zusammen wie Pech und Schwefel, niemals würden sie einem Außenstehenden Dinge erzählen, die einen von ihnen ernstlich belasten könnten. Da war es doch viel einfacher, die Indianer zum Sündenbock zu machen.«

Raúl nickte. Er fand die Aussage der Nachbarin, Klara sei »ein wenig verwirrt«, durchaus belastend.

»Und natürlich habe ich mich mit dem Beamten unterhalten, der den Fall bearbeitet, wenngleich von einer ordnungsgemäßen Untersuchung keine Rede sein kann. Er beschrieb mir, wie der einbeinige Kolonist zu Tode kam, nämlich durch einen Schlag auf den Kopf, wie es ja auch in meinem Artikel steht. Dieser Schlag wurde von hinten links ausgeführt. Mehr wollte er dazu nicht sagen.«

»Scheußliche Sache«, warf Raúl ein.

»Ja, wirklich schlimm«, stimmte Alves da Costa zu.

»Aber«, fiel ihm plötzlich ein, »wieso interessieren Sie sich eigentlich so dafür? Und warum jetzt? Das Ganze liegt schon Wochen zurück.«

»Weil ich die Bekanntschaft einer Dame gemacht habe, einer Witwe, die aus der Colônia kommt und deren Darstellung der Ereignisse mich stutzig machte.«

»Aha?«, meinte der Redakteur. »Das müssen Sie mir genauer erklären. Vielleicht ergeben sich da auch für meine Arbeit ganz neue Perspektiven.«

»Liebend gern, mein lieber Senhor Alves da Costa. Ich fürchte nur«, damit warf Raúl einen bedauernden Blick auf seine Taschenuhr, »dass wir uns das für ein anderes Mal aufsparen müssen. Ich habe noch eine Verabredung und bin schon viel zu spät dran. Aber es hat ja keine Eile, nicht wahr? Ich verspreche Ihnen, dass ich mich melde, wenn ich wieder in der Stadt bin.«

»Aber gerne, jederzeit.«

»Herzlichen Dank für die Zeit, die Sie sich genommen haben. Auf Wiedersehen. Und einen wunderschönen Tag noch.«

»Auf Wiedersehen!«, rief Alves da Costa, aber da war Raúl bereits auf dem Flur.

Er ging an dem Büro vorbei, in dem neben Paulo Inácio noch mehrere Männer fieberhaft schrieben. Sein Freund war derart vertieft in seine Arbeit, dass Raúl nicht wagte, ihn darin zu unterbrechen.

Ohne einen Abschiedsgruß und tief in düstere Gedanken versunken verließ er die Räume des »Jornal da Tarde«.

25

Baumschneis im Bezirk São Leopoldo,
am 14. Februar 1825

Geliebter Vater, liebe Geschwister, Schwäger und
Schwägerinnen, liebe Neffen und Nichten!

Ja, da schaut Ihr wohl – ein Brief aus Brasilien! Ich weiß
nicht, wann und wie er Euch erreicht, aber Ihr haltet ihn
ja in den Händen und wisst: Hannes und Klärchen haben es
geschafft.
Wir denken so oft an Euch. Ihr fehlt uns, nicht nur im
Herzen, sondern auch in vielen praktischen Angelegenheiten,
bei denen wir Beistand und guten Rat gebrauchen könnten.
Da fragen wir uns manchmal: Wie hätte der Vater das
gelöst? Was hätte Theo darüber gedacht? Wie hätte Hildegard
gehandelt? Und so seid Ihr immer bei uns, in Gedanken, und
helft uns dabei, in der neuen Heimat zurechtzukommen.
Über die sehr beschwerliche Reise, die trotz aller Hindernisse
letzten Endes gut verlaufen ist, mag ich Euch nun eigentlich
gar nichts mehr erzählen, da sie mir schon eine Ewigkeit
zurückzuliegen scheint, nur so viel: Hannes hat mich auf
dem Schiff zur Frau genommen – ich heiße jetzt also
Klara Wagner, der Kapitän hat uns getraut, und unsere
Mitreisenden haben mit uns gefeiert. Es war ein sehr schönes
Fest, obwohl ich mir schmerzlich Eurer Abwesenheit bewusst
war. Wie schön wäre es gewesen, Euch dabeizuhaben und mit

Euch gemeinsam den größten Tag meines Lebens zu begehen!
Seid versichert, dass ich trotz der Einschränkungen an Bord
eine sehr hübsche Braut war und der Hannes der stattlichste
Bräutigam, den man sich nur wünschen kann.
Aber wie gesagt, das alles kommt mir vor, als wäre es in
einem anderen Leben passiert. Seit wir hier im Süden des
Kaiserreichs Brasilien eingetroffen sind, hat sich so viel getan,
dass ich kaum weiß, womit ich beginnen soll. Zunächst einmal:
Die Werber hatten nicht zu viel versprochen. Wir wurden
sehr freundlich empfangen, man gab uns das versprochene
Land sowie Vieh und alles andere, was man für den Anfang
braucht. Brasilien ist ein riesiges Land, alles ist größer als im
Hunsrück, und so fanden wir uns von einer Großzügigkeit
umgeben, wie wir sie uns daheim gar nicht leisten können.
Stellt Euch nur vor: Unsere Parzelle ist größer als das
Ackerland des Stotter-Pauls! Es läuft ein Bach direkt über
unser Grundstück, und die Erde ist so fett, dass aus jedem
Körnchen, das zu Boden fällt, eine kräftige Pflanze wächst.
Auch ist das Wetter dem Wachstum der Pflanzen überaus
förderlich, denn es ist sehr warm und regnet häufig – man hat
uns erzählt, dass zwei Ernten im Jahr durchaus üblich seien,
und allmählich beginne ich das sogar zu glauben.
Wir leben in einem kleinen Haus, das bisher nur mit dem
Nötigsten eingerichtet ist. Zuerst mussten und müssen wir
uns ja darum kümmern, dass wir und unser Vieh immer
genügend Nahrung haben, und da blieb noch keine Zeit, ein
schönes großes Haus zu bauen. Aber ich hege keine Zweifel,
dass wir schon bald ein geräumiges Heim bewohnen können, in
dem Platz für viele Kinder ist – das erste erwarte ich gerade.
Ja, Ihr lest richtig, Hannes und ich werden bald Eltern,
und wir können es kaum abwarten! Mir geht es sehr gut,
die viele Arbeit, die wir als erste Siedler dieses Landstriches

zu leisten haben, schadet mir und dem Kind, das ich unter
dem Herzen trage, überhaupt nicht. Mir scheint vielmehr,
dass die hoffnungsfrohe Stimmung, die von Hannes und mir
Besitz ergriffen hat, sich auf das Kleine überträgt. Wenn
die Umgebung und unsere Laune auch nur ein ganz kleines
bisschen abfärben, dann wird unser Erstgeborenes bestimmt
ein sonniges Gemüt und eine unkomplizierte Natur haben, es
wird wachsen und gedeihen, dass es die reine Freude ist, und
es wird stark wie einer der vielen Bäume werden, die hier in
schier unüberschaubarer Anzahl wachsen und die wir nach
Herzenslust abholzen dürfen.
Wir sind Besitzer eines ganzen Waldes, ist das zu glauben?
Kein Jäger von Kurpfalz treibt hier sein Unwesen, höchstens
ein paar Indios – so nennen sie hier die Ureinwohner –, aber
die sind uns bisher nur als scheue Wesen begegnet, die sich
ebenso wenig Unfrieden wünschen, wie wir es tun.
An einigem herrscht natürlich schon Mangel, aber das hatten
wir ja auch nicht anders erwartet. Es leben noch nicht sehr
viele Leute hier, so dass es weder Schulen noch Kirchen gibt.
Aber mit der wachsenden Zahl an neuen Siedlern werden wir
sicher bald eine richtige kleine Gemeinde haben, in der wir
gemeinsam für den Bau solcher Einrichtungen sorgen werden.
Bislang setzen wir uns mit unseren Nachbarn sonntags
zusammen, um gemeinsam ein wenig in der Bibel zu lesen und
ein Gebet zu sprechen.
Öfter sieht man sich hier eh nicht, denn die Entfernungen
sind groß und die Wege, die durch den Busch verlaufen, nicht
immer gut passierbar. Ist das nicht unglaublich, dass der
nächste Nachbar so weit weg wohnt, dass man nichts von ihm
hören und sehen kann? Wenn ich nur denke, dass Ihr Euch
noch immer das Geschrei der schwerhörigen Oma Lutzberger
von gegenüber anhören müsst ... aber selbst sie schließe ich in

meine Gebete mit ein, denn ich bete oft und innig für Euch alle.

Inzwischen müsste der kleine Lorenz ja schon fast in die Schule gehen, und meine liebe Luisa dürfte bald die heilige Kommunion feiern. Ach, ich drücke Euch, Kinder, und wünsche Euch das Allerbeste! Ihr fehlt mir sehr, jeder Einzelne von Euch – schreibt mir doch bitte recht bald zurück und berichtet mir von allem. Lasst nichts aus, jede noch so unbedeutende Nachricht oder Neuigkeit ist uns hier willkommen und hilft uns, die große Distanz zu überbrücken und uns Euch näher zu fühlen.

Ich hoffe, dass auch Ihr uns nicht so bald vergesst und bei dem lieben Gott ein gutes Wort für uns und unser ungeborenes Kind einlegt, so wie wir umgekehrt immer Eurer gedenken und für Euch beten wollen!

In Liebe,
Eure Klara

Ich legte den Gänsekiel beiseite und fing schnell eine Träne auf, bevor sie auf den Brief fiel und all meine schönen Geschichten Lügen strafte. Gewellt war das Papier wegen der hohen Luftfeuchtigkeit ohnehin schon. Aber wir hatten weder die richtigen Lagerbedingungen für unseren einzigen kostbaren Karton mit Briefbögen noch die Möglichkeit, neues Papier zu beschaffen. Wahrscheinlich würde das jedoch niemandem auffallen, denn wer wusste schon, wie ein Brief aus Brasilien, der ein halbes Jahr unterwegs sein mochte, bei seiner Ankunft – wenn er denn jemals ankam – aussah. Und selbst wenn er in ordnungsgemäßem Zustand eintreffen sollte, brauchte ich mir nur vorzustellen, wie meine Leute damit umgingen, um zu wissen, dass er sehr bald speckig und fleckig wäre. Sie würden ihn jedem im Dorf zeigen, würden den

Pfarrer und den Lehrer und den Bürgermeister und überhaupt alle damit beeindrucken wollen. An langen Abenden würden sie sich wieder und wieder daran ergötzen, würden sich ausmalen, wie es Hannes und mir und unserem Kind im Urwald erging. Sie würden sich, und das lag durchaus in meiner Absicht, schöne exotische Märchen ausdenken und glauben, dass alles gut war. Wozu sollte ich sie mit unerfreulichen Dingen belästigen, an denen sie nichts ändern konnten und die nur dazu beitragen würden, dass sie sich Sorgen machten? Nein, besser war es, ihnen die Wahrheit vorzuenthalten und ihnen nicht noch mehr Kummer zu bereiten, als sie zweifellos hatten.

Trotz meines Heimwehs und trotz der Schwierigkeiten, mit denen wir auf unserer Scholle zu kämpfen hatten, war ich sehr wohl in der Lage, meine Vergangenheit – und das gegenwärtige Leben meiner Verwandten – nüchtern zu betrachten. Sicher, manches verklärte ich in der Erinnerung. Aber mir war noch sehr deutlich bewusst, wie mein Bauch vor Hunger geschmerzt oder wie ich in dem fadenscheinigen Mantel gefroren hatte – mit diesen und ähnlichen Kümmernissen plagten sich die Leute auch jetzt herum, wenn sich in dem knappen halben Jahr seit unserer Abreise nicht einiges grundlegend verändert haben sollte, was ich bezweifelte.

Jetzt, Mitte März, konnte das Wetter im Hunsrück besonders heimtückisch sein. Es gaukelte einem erste Frühlingslüftchen vor, nur um hinterher umso erbitterter mit dem Frost zuzuschlagen. Das alles wusste ich nur zu gut – dennoch hätte ich es liebend gerne hingenommen und nie wieder darüber geklagt, wenn ich nur der erstickenden Hitze Brasiliens entkommen dürfte. Das Klima war grauenhaft, und es war sehr viel unerbittlicher als ein harter Winter. Der Kälte ließ sich mit Kaminfeuer und warmer Kleidung wenigstens beikommen, während gegen die Hitze gar nichts half. Einzig das Baden im Bach hätte einem eine gewisse Erleichterung verschaffen können, aber nachdem wir unseren ersten *jacaré* gesichtet hatten, so nannte man hier die Krokodile, hatte uns Hellrichs Georg wichtigtuerisch erklärt, hielten wir das für keine so gute Idee mehr.

Dann fiel mir ein, dass bald Fastnacht war und damit die Fastenzeit beginnen würde. Auch das war für unsere Familien daheim eine schwierige Zeit, denn wenn das Gröbste überstanden ist und man den Frühling nahen spürt, steht einem nicht gerade der Sinn nach Zurückhaltung in der Befriedigung körperlicher Gelüste. Sie taten mir leid, meine Leute. Gleichzeitig beneidete ich sie glühend um all die Dinge, die wir hier nicht hatten. Selbst das Aschekreuz, das uns der Pfarrer am Aschermittwoch auf die Stirn gezeichnet hatte, wäre mir hier in der Einsamkeit eine willkommene Abwechslung vom täglichen Einerlei gewesen.

Denn das war das Schlimmste: die Eintönigkeit. Jeder Tag verlief gleich. Es gab keinen Unterschied zwischen Werktagen und Sonntagen. Es gab keine samstäglichen Tanzveranstaltungen, keine Dorffeste, keine kirchlichen Feierlichkeiten oder Prozessionen, auf die man sich hätte freuen können und die die Routine durchbrochen hätten. Jeden Tag dasselbe: bei Sonnenaufgang aufstehen, bis Sonnenuntergang schuften, essen, schlafen. Mittlerweile war uns schon der Liebesakt, den wir anfangs nicht oft genug hatten vollziehen können, verleidet worden. Wenn man nur beisammenliegt, weil nichts anderes an Abwechslung da ist, dann verkommt auch die Liebe zur lästigen Pflicht.

Gott sei Dank war meine Schwangerschaft jetzt bereits so weit fortgeschritten, dass sich mein Bauch sichtbar wölbte – der perfekte Vorwand für mich, Hannes abweisen zu können. Im Übrigen glaubte ich selber, dass der Beischlaf mir in meinem Zustand mehr schadete, als dass er mich erfreute, und über die Auswirkungen auf das arme unschuldige Leben in meinem Leib wollte ich erst gar nicht genauer nachdenken. Ich glaube, Hannes erging es ebenso, denn er wurde zusehends zurückhaltender. Er benahm sich so, als könnte das Kind durch seine Gegenwart bei unseren unkeuschen Handlungen einen seelischen Schaden davontragen, was ich zwar für unwahrscheinlich hielt, aber nicht vollkommen ausschließen wollte, insbesondere da Christel mir diesbezüglich einige sehr unschöne Geschichten erzählt hatte.

Unsere sonntäglichen Gebete bei den Nachbarn, die ich in meinem Brief erwähnt hatte, waren frei erfunden. Wahr war indes, dass wir Christel und Franz gelegentlich trafen. Alle paar Tage machten wir uns auf den Weg zu unseren Nachbarn, um zu sehen, ob sie unserer Hilfe bedurften. Umgekehrt verhielt es sich genauso. Wenn ein großer Baum gefällt werden sollte, war man über jeden zusätzlichen Helfer froh – ein Mann allein konnte das nicht schaffen. Doch auch die Besuche bei oder von Gerhards vermochten meine Laune nicht zu heben.

Wenn das neue Leben bei uns ebenso verheerende Schäden angerichtet hatte wie bei den beiden, dann durfte ich mich glücklich schätzen, dass Hannes meinen Silberspiegel, das Geschenk von Ursula, aus Versehen zerbrochen hatte. Wir sahen kaum je unser Spiegelbild, außer bei dem Blick in eine der vielen Pfützen, die unsere Hütte nach kräftigen Regenfällen zu überschwemmen drohten. Unsere Töpfe waren nicht so blank, als dass man sich darin hätte betrachten können. Trotzdem hoffte ich, dass wir nicht so aussahen wie die Gerhards. Christel und Franz hatten tiefe Ränder um die Augen, dicke Krusten von verheilenden Sonnenbränden auf den Nasen und gingen gebeugt und schwerfällig. Bei uns, das heißt bei Hannes, war mir nie aufgefallen, ob oder wie sein Aussehen sich verändert hatte, denn wenn man einander jeden Tag sah, schaute man sich ja kaum noch richtig an.

Jedenfalls war es so, dass unsere lieben Nachbarn mir vor Augen hielten, wie es um uns alle bestellt war, und das drückte meine Stimmung erheblich. Wir waren arm, einsam und überarbeitet. Wir litten unter entsetzlichem Heimweh und unter noch entsetzlicheren Fieberschüben, die, wie es schien, von den Mücken kamen. Wir waren entkräftet, körperlich wie geistig. Nach nur wenigen Wochen in unserer neuen Heimat hatten wir gelernt, diese noch abgrundtiefer zu hassen, als wir es mit der alten Heimat je getan hatten.

Wir wurden schwermütig, und obwohl diese gegenseitigen Besuche der Schwermut Vorschub leisteten, halfen sie uns doch auch gleichzeitig dabei, zumindest vorübergehend wieder Mut zu schöpfen.

Die kleinste frohe Botschaft wurde von uns zu einem gigantischen Erfolg aufgebauscht.

»In meine Falle ist ein komisches dickes Tier gelaufen, irgendetwas zwischen Biber und Dachs, das haben wir gebraten«, hatte Franz neulich erzählt, »und ob ihr's glaubt oder nicht: Es war köstlich und ist uns ausgezeichnet bekommen.«

Daraufhin haben wir alle durcheinandergeredet, die Christel hat das »Rezept« zum Besten gegeben, ich habe mir laut über die Verwendung des Fells als Kopfkissen oder Teppich Gedanken gemacht, Hannes ließ sich die Bau- und Funktionsweise der Falle erklären, der Franz beschrieb lang und breit, wie das Tier ausgesehen hatte. Wir alle kannten es vom Sehen, es schien hier weitverbreitet zu sein. Und das gab uns allen Auftrieb: zu wissen, dass uns dieses wunderbare, schmackhafte, zarte und offenbar nicht gesundheitsschädliche

Fleisch in rauhen Mengen zur Verfügung stand. An solchen unspektakulären Nachrichten erbauten wir uns – nur um anschließend, wenn der Besuch fort war, in noch dumpferes Brüten zu verfallen als vorher.

»Klärchen, komm schnell!«, brüllte Hannes von draußen und riss mich aus meinen Grübeleien.

Ich sprang auf, weil ich glaubte, dass irgendetwas Schlimmes passiert war. Dabei stieß ich so heftig gegen die Tischkante, dass das Tintenfass, das ich noch nicht wieder verschlossen hatte, umkippte. Zum Glück ergoss die Tinte sich nicht über den Brief, sondern über den festgestampften Lehmboden. Trotzdem brach ich im selben Moment in Tränen aus. Es war die einzige Tinte gewesen, die wir besessen hatten, und die Beschaffung eines neuen Vorrates konnte noch Monate dauern. Es war ja nicht so, als hinge unser Leben von der Tinte ab – meinen Brief hatte ich schließlich schon geschrieben, und einen weiteren würde ich so bald sicher nicht verfassen. Aber allein das Wissen darum, dass ich jäh der Möglichkeit beraubt worden war, einen anderen Brief zu schreiben, stürzte mich in tiefe Trauer – als sei es nun genau diese eine Möglichkeit des Kontaktes zur Außenwelt gewesen, die mich von der totalen Isolation trennte. Ich konnte gar nicht mehr aufhören zu heulen, ließ jedoch die Tinte Tinte sein und ging nach draußen, um zu sehen, was mit Hannes los war.

»Klärchen! Wo bleibst du denn?«

»Ich komme ja schon!«, rief ich zurück und begann, als ich Hannes auf der Erde knien sah, zu rennen. »Hast du dich verletzt? Was ist passiert, um Gottes willen?«

Er sah auf und strahlte mich übers ganze Gesicht an. »Klärchen, es klappt! Es wächst! Schau nur, wie unsere Saat hier mitten im März aufgeht. Das glaubt uns daheim kein

Mensch!« Er erhob sich, packte mich mit beiden Armen um die Taille und wirbelte mich herum. »Klärchen, bald ist es geschafft!« Dann stellte er mich wieder ab, sah mir tief in die Augen und meinte: »Ja, das ist zum Heulen schön, nicht wahr?«

Ich schniefte und nickte. Es war wirklich schön. Wir hatten die ganze Zeit geglaubt, der Hellrich würde sich nur großtun wollen, aber anscheinend wuchs hier wirklich alles in dreifacher Geschwindigkeit wie zu Hause.

»Das musst du unbedingt noch in deinen Brief reinschreiben«, sagte Hannes und rieb sich die Hände, wohl in der Vorfreude darauf, was unsere Leute daheim für Augen machen würden – auch wenn wir nicht dabei wären, wenn sie es lasen, konnten wir uns doch ziemlich genau ihre ungläubigen Gesichter ausmalen.

Ich nickte und lächelte ihm zu. Ja, diese Neuigkeit würde ich allerdings noch hinzufügen.

Dann fiel mit plötzlich wieder die vergossene Tinte ein.

Ich schluchzte laut auf, hielt mir die Hände vors Gesicht und lief zurück zur Hütte.

Ich versuchte, die letzten Tropfen Tinte, die noch nicht im Boden versickert waren, mit einer Messerspitze aufzufangen. Dass sich dabei Dreck mit hineinmischte, war egal. Lieber verschmutzte Tinte als gar keine. Als ich längst schon alles, was noch zu retten gewesen war, aufgesammelt hatte, hockte ich noch immer auf dem Boden und kratzte, schabte, schürfte verzweifelt an dem dunklen Fleck herum, als hinge mein Leben davon ab.

Und irgendwie tat es das auch. Ich sah in dem Fleck, der wundersamerweise die Form eines Herzens angenommen hatte, all das, was ich verloren glaubte: meine Heimat, meinen Halt, meine Hoffnung.

26

Nach seinem Besuch bei der Zeitung war Raúl nervös und fahrig. Er ritt durch die dichtbevölkerten Straßen der Stadt, ohne auf seinen Weg zu achten. Fast wäre er mit einem Karren zusammengestoßen, auf dem unzählige Hühnerkäfige übereinandergestapelt waren. Der Karren musste abrupt halten, und die Vögel flatterten und gackerten in ihren kleinen Gefängnissen. Mehr passierte zum Glück nicht, außer dass der Vorfall Raúl wieder in die Realität beförderte.

Den Abschiedsbesuch bei Josefina musste er noch hinter sich bringen, bevor er heimreiten und Klara zur Rede stellen konnte. Er würde es kurz machen bei der koketten Senhorita. Nach sinnlichem Geplänkel war ihm nämlich jetzt überhaupt nicht zumute. Doch er hatte Glück: Josefina war nicht zu Hause. Er hinterließ bei dem Hausdiener der Familie eine kurze Notiz, in der er eine dringende geschäftliche Angelegenheit anführte, die ihn zur Abreise zwänge. Er brachte sein Bedauern zum Ausdruck, sich nicht persönlich verabschieden zu können, und bestellte ihr, Josefina, sowie den sehr verehrten Eltern seine allerergebensten Grüße.

In langsamem Trott machte er sich auf den Heimweg. Was der Redakteur Alves da Costa ihm berichtet hatte, bestärkte ihn in seinen bösesten Befürchtungen. Hatte er am Morgen noch an Klaras Unschuld geglaubt, so deuteten jetzt immer mehr Indizien auf ihre Schuld. Der Mann hatte nur ein Bein gehabt, Jesus Christus! Und sie selber war als verwirrt beschrieben worden. Wenn das keine Konstellation von unglücklichen Umständen war, die jemanden zu einem Mord oder zumindest zu einem Totschlag bewegen konnte! Raúl konnte sich in etwa ausmalen, wie es auf der Parzelle der Wagners zugegangen war. Der Mann, verkrüppelt und verbittert, war dem Trunk anheimgefallen. Die Arbeit war an der Frau, also an Klara, hängengeblieben. Raúl kannte in Santa Margarida jede Menge ähnlich gelagerter Fälle. Wenn die Frauen erst zu Haupternährern der Familie geworden waren, wurden die Männer noch unausstehlicher. Die meisten verprügelten ihre Frauen.

Der Gedanke, dass dieser ihm unbekannte Hannes Wagner seine Frau geschlagen hatte, trieb Raúl die Zornesröte ins Gesicht. Fast war er froh über den Tod des armen Teufels. Aber halt – noch wusste er ja nicht, ob es sich so zugetragen hatte. Immerhin war da ja noch die Aussage, Klara sei »verwirrt« gewesen. Das wiederum, dachte Raúl, konnte alles Mögliche bedeuten. Die Einsamkeit, die Furcht, die seelische Vernachlässigung – all das hatte Klara vielleicht so sehr zugesetzt, dass ihre Freunde und Nachbarn die Zeichen als »Verwirrtheit« gedeutet hatten. Ebenso denkbar war es, dass Klara tatsächlich nicht ganz bei Verstand war, dass sie immer schon einen wie auch immer gearteten geistigen Defekt gehabt hatte. Womöglich war der arme Hannes Wagner ganz ohne eigene Schuld und ohne eigenes Dazutun zu ihrem Opfer geworden. Und er selber, Raúl Almeida, wäre vielleicht der Nächste, der daran glauben musste. Ihn schauderte bei der Vorstellung.

Als Raúl zu Hause eintraf, hatte er die wenigen Fakten, die er kannte, so oft hin und her gewälzt, dass er vollends verunsichert war. Klara würde ihm Rede und Antwort stehen müssen – und auf der Reise nach São Leopoldo hätten sie genügend Zeit für eine lange Unterredung. *»Já fez a mala?«* –

»Hast du schon gepackt?«, fragte er Klara, kaum dass er das Haus betreten hatte. Zu Höflichkeitsfloskeln war er jetzt nicht gerade aufgelegt.

»*Sim, senhor*«, antwortete sie artig. Auf gar keinen Fall wollte Klara riskieren, dass die Abreise sich jetzt noch durch irgendetwas verzögerte, und sei es nur durch eine freche Antwort. »Gepackt« hatte sie – ein kleines Bündel mit dem Notwendigsten für unterwegs. Die Kleider, die sie trug, würde sie behalten, das Wörterbuch ebenfalls, sonst nichts. Sie stand ohnehin schon viel zu tief in der Schuld von Senhor Raúl.

»Sehr gut. In einer halben Stunde fahren wir los.« Damit hechtete er die Treppe hinauf. Sie hörte ihn in seinem Zimmer herumpoltern. Offenbar packte er nun auch. Warum er Teresa das nicht machen ließ, war ihr unbegreiflich. Andererseits hätte die alte Schwarze auch gar keine Zeit dazu gehabt: Sie wirbelte durch die Küche und bereitete Proviant vor, der für die einwöchige Reise einer zehnköpfigen Familie gereicht hätte. Dabei würden sie doch nur einen Tag unterwegs sein.

Klara wurde von einer beinahe überirdischen Ruhe ergriffen. Während um sie herum hektische Aktivität ausgebrochen und jeder sehr geschäftig war – Teresa in der Küche, Raúl auf seinem Zimmer, der Bursche im Stall und Aninha hinten im Hauswirtschaftsraum –, stand Klara gestiefelt und gespornt in der Halle und wartete darauf, dass es losging. Sie war bereit. Ganz gleich, was sie erwartete, sie würde es mit Fassung tragen. Selbst wenn sich herausstellen sollte, dass sie diejenige war, die Hannes auf dem Gewissen hatte, würde sie es so hinnehmen und klaglos ihre Strafe dafür verbüßen. Alles war besser, als die Wahrheit nicht zu kennen. Die Zweifel und die Sorge um ihre Tochter fraßen sie förmlich auf. Und alles war besser als Feigheit. Sie musste den Tatsachen ins Auge sehen, so hässlich diese auch sein mochten.

Es war bereits Mittag, als Raúl die Zügel ergriff und der Einspänner sich in Bewegung setzte. Klara und Teresa hatten sich kurz und tränenreich voneinander verabschiedet und einander versprochen, den Kontakt aufrechtzuerhalten. Aber Klara wusste, dass sie, wenn sie erst wieder auf ihrer Parzelle wäre und der Alltag sie eingeholt hätte, Porto Alegre und erst recht die Farm von Senhor Raúl in Santa Margarida in ebenso unerreichbarer Ferne lagen wie der Hunsrück.

Sie hatte Teresa zum Abschied ein Taschentuch geschenkt, das sie mit deren Namen sowie filigranen Ornamenten bestickt hatte. Mit diesem Taschentuch winkte Teresa nun, als sich das Gefährt in Bewegung setzte. Und als es außer Sichtweite war, tupfte sie sich damit die Augen ab. »Was glotzt du so, nichtsnutziges Ding!«, fuhr sie Aninha an, die mit offenem Mund dastand und den Anblick der anderen ungläubig in sich aufnahm. Niemand hatte Teresa je weinen gesehen.

Raúl war nicht sehr glücklich darüber, dass er sich aus Anstandsgründen dazu hatte breitschlagen lassen, den Wagen zu nehmen. Viel praktischer wäre es gewesen, er und Klara wären geritten, am besten auf nur einem Pferd. Die Boote auf dem Rio dos Sinos waren nicht groß, und bei der derzeitigen Strömung, die manche der Boote zum Kentern brachte, wären sie ohne das Gespann beweglicher und damit sicherer gewesen. Auch der Abschnitt ihrer Reisestrecke, der sie nach dem Fluss erwartete, war, so vermutete er, auf dem Rücken eines Pferdes schneller zu bewältigen als auf einem Gefährt, so leicht und wendig dieses auch war. Aber gut – wenn alle Stricke rissen, konnten sie sich ja immer noch auf das Pferd setzen und den Wagen einfach zurücklassen. Die Gegend war so dünn besiedelt, dass schon nicht sehr viele empörte Matronen auf die Straße gerannt kommen würden. Außerdem war

Klara eine Witwe, das war schließlich etwas ganz anderes, als sich mit einem jungen Mädchen den Platz auf dem Pferderücken zu teilen, dessen Ruf durch derartige Dinge schweren Schaden nehmen konnte. Klaras Ruf indes konnte kaum noch schlechter werden, nach allem, was er bisher erfahren und sich zusammengereimt hatte.

Sie fuhren schweigend. Raúls Aufmerksamkeit war auf den Weg gerichtet. Es war ziemlich viel los auf den Straßen, denn es war Markttag, und Raúl hatte keine Lust auf einen neuerlichen Zusammenstoß mit einem Geflügelhändler. Klara hingegen konnte sich auf nichts anderes konzentrieren als auf die Stelle an ihrem Oberschenkel, wo sie in regelmäßigen Abständen Raúls Bein berührte, immer dann nämlich, wenn sie über eine Unebenheit in der Straße rumpelten oder wenn es um eine Kurve ging. Sie hatte versucht, weiter von ihm abzurücken, aber es war einfach nicht mehr Platz da. Menschen, die breiter gebaut waren als sie beide, würden eng zusammengequetscht werden und von der Hüfte bis zu den Knien Körperkontakt haben. Aber auch so war es für ihren Geschmack viel zu eng. Raúls Nähe machte sie befangen.

Sie erreichten den Bootsanleger am Fluss ohne besondere Zwischenfälle und ohne ein Wort miteinander gewechselt zu haben. Raúl stieg ab, um einen Bootsführer ausfindig zu machen, der sie jetzt sofort flussaufwärts brachte. Er bedeutete Klara, auf dem Wagen zu bleiben und diesen zu bewachen. Sie sah ihn am Anleger gestikulieren. Er schien einen Preis auszuhandeln. Dann waren Raúl und der Bootsführer offenbar handelseinig geworden, denn sie reichten sich die Hände. Raúl kam zum Wagen zurückgelaufen.

»Es kann sofort losgehen. Der Halsabschneider hat mir ein Vermögen dafür berechnet, aber weil keine anderen Passagiere dabei sind – das nächste Auswandererschiff wird erst in ein paar Tagen erwartet –, schien mir der Preis angemessen zu sein.«

Sie schafften Pferd und Gefährt unter einigem Gewackel auf das flache Boot. Als schließlich alles verstaut und festgezurrt war, legten sie ab.

Klara setzte sich auf die Holzbank, die sich seitlich vom Bug bis zum Heck zog. Es war ein herrlicher Tag, klar und sonnig, und der Fahrtwind machte die Hitze erträglich. Sie beobachtete die Männer, wie sie souverän das Boot durch den Fluss steuerten. Nachdem das Segel gehisst war, hatte der Kapitän das Steuer übernommen, während sein dunkelhäutiger Gehilfe mit einem langen Stab im Wasser herumstakte. Klara war nicht ganz klar, ob er nach Untiefen Ausschau hielt oder ob er das Boot abstieß.

Raúl hatte sich anfangs nützlich gemacht, Leinen aufgewickelt oder stoßdämpfende Matten eingeholt. Jetzt, da nichts mehr für ihn zu tun war, setzte er sich zu ihr. »Ein hübscher kleiner Ausflug aufs Land, nicht wahr, Madame?«, sagte er mit spöttisch verzogenen Lippen.

Klara erwiderte nichts. Sie lächelte, schloss dann die Augen und genoss den Wind, der ihr um die Nase wehte.

Also gut, dachte Raúl. Wahrscheinlich war es wirklich das Beste, die Flussfahrt, die ruhig zu werden versprach, damit zu verbringen, Kräfte für die Weiterreise zu sammeln. Er ging zur gegenüberliegenden Seite des Bootes, an der eine identische Holzbank entlanglief, und legte sich darauf. Er verschränkte die Hände unter dem Kopf und starrte in den Himmel. Dicke weiße Wolkenberge zogen an ihm vorbei. Ein *quero-quero* flog über ihn hinweg, dicht gefolgt von einem prachtvollen *martim pescador*. Winzige Punkte surrten vor dem Blau des Himmels umher, doch dank der Brise hielten sich die Insekten vom Boot fern. Das Geäst der Uferbäume spendete ab und zu

Schatten. Es war eine friedliche Atmosphäre, und schon bald schloss Raúl die Augen und schlief ein.

Klara betrachtete ihn versonnen. Der Fluss, die Pflanzen des Waldes, die über sie hinwegfliegenden Vögel – all das kannte sie besser, als ihr lieb war. Aber das Gesicht ihres Begleiters war ihr fremd, wie sie jetzt feststellen musste. Alles Finstere war daraus verschwunden. Der Schlaf hatte die Arroganz daraus gelöscht, hatte ihm ein wenig von seiner Härte und Strenge genommen. Es war noch immer ein männliches, markantes Gesicht. Aber es wirkte nun überhaupt nicht mehr abweisend, verschlossen oder düster. Erst jetzt, da er mit einem kleinen seligen Lächeln und vollkommen schutzlos in der Sonne lag, sah sie, wie jung Senhor Raúl noch war. Sie hatte nie nach seinem Alter gefragt, aber er war ihr, dank seiner Autorität und seiner Stellung als Hausherr, immer deutlich älter als sie selber erschienen. Dabei mochte er höchstens dreißig Jahre alt sein. Und erstmals fiel Klara etwas auf, was sie vorher nicht bewusst wahrgenommen hatte, weil sie allzu sehr mit ihrer befremdlichen Situation beschäftigt gewesen war: Senhor Raúl war ein schöner Mann.

Er hatte ein klassisches Profil, mit hoher Stirn, gerader Nase und kräftigem Kinn. Seine Lippen waren voll, aber nicht wulstig, und die Mundwinkel waren, zumindest jetzt im Schlaf, ein wenig nach oben gebogen, was ihm ein leicht spitzbübisches Aussehen verlieh. Sein halblanges Haar, das vom Fahrtwind zerzaust war, fiel in leichten Wellen nach hinten. Es war dick, glänzend und schwarz. Dasselbe traf auf die Brauen und Wimpern zu. Auf den Wangen zeichnete sich bereits ein dunkler Schatten ab, und Klara verspürte auf einmal das unbändige Verlangen, mit dem Handrücken über die Stoppeln zu streichen und das kratzige Geräusch zu hören.

In diesem Augenblick schlug Raúl die Augen auf. Klara

wandte den Blick sofort ab. Sie fühlte sich ertappt. Aber auch er wirkte verlegen, dass er bei seinem Nickerchen Zuschauer gehabt hatte. Er schwang die Beine von der Bank, setzte sich aufrecht hin und fuhr sich mit der Hand durchs Haar. »Wie lange habe ich geschlafen? Ist es noch weit?«, fragte er.

Klara schüttelte den Kopf. »*Uma meia hora, mais ou menos*«, sagte sie, »eine halbe Stunde, mehr oder weniger«, womit sie die Dauer seines Schläfchens meinte. Wie lange sie noch brauchten, bis sie São Leopoldo erreichten, wusste sie nicht.

»Dein Portugiesisch wird von Tag zu Tag besser.«

»*Obrigada.*« Wie leicht dieses Danke ihr nun über die Lippen kam, dachte Klara. Bei ihrer Ankunft in Brasilien hatten sie Christel für ihren Wagemut und ihre Effekthascherei ausgelacht, weil sie genau dieses Wort gesagt hatte. Christel. Was die wohl gerade machte? Ob sie gut zu Hildchen war? Ob sie dem Kind erklärt hatte, seine Mutter sei tot? Aber nein, dafür war Hilde noch zu klein. Ob das Mädchen den Verlust seiner Mutter überhaupt wahrnahm? Oder war ein Kind von anderthalb Jahren so anpassungsfähig, dass es eine andere Frau als seine Mutter annahm? Die Vorstellung, Hildchen könne Christel inzwischen vielleicht schon mehr kindliche Liebe entgegenbringen als ihr selber, versetzte Klara einen schmerzhaften Stich.

Eine Reihe lauter Flüche holte sie in die Gegenwart zurück. Der Bootsführer und sein Gehilfe standen am Bug der Schaluppe und schimpften wüst vor sich hin. Raúl und Klara standen gleichzeitig auf, um nach vorn zu gehen und nachzuschauen, was bei den beiden diese Aufregung ausgelöst hatte. Sie benötigten keine langen Erklärungen. Beide sahen sofort, was das Problem war: Ein umgestürzter Baum lag quer über dem Fluss. Das Wurzelwerk ragte zur Hälfte aus der Erde, ein

Teil schien jedoch noch im Boden verankert zu sein. Die Krone des mächtigen Baums war auf dem gegenüberliegenden Ufer zwischen die dichte Vegetation gefallen und hatte dabei eine Schneise in das grüne Dach des Waldes gerissen. An den Zweigen und Ästen, die im Wasser lagen, hatte sich allerlei Treibgut gesammelt.

Einen kleineren Stamm hätten die Männer mit vereinten Kräften vielleicht aus dem Weg räumen können. Hier jedoch war es müßig, auch nur darüber nachzudenken. Zu dritt oder sogar zu viert, mit Klaras Unterstützung, war der Baum nicht fortzuschaffen. Sie hatten weder eine Säge dabei noch anderes Arbeitsgerät, das in diesem Fall hätte nützlich sein können. Mit ein paar Seilen, Stangen oder Haken wäre es nicht getan.

»Hab ich Ihnen doch gleich gesagt, dass der Fluss um diese Zeit nicht befahrbar ist.« Der Bootsführer sah Raúl giftig an und nahm einen Schluck aus seinem Flachmann.

»Ich erinnere mich vor allem daran, dass Sie gesagt haben, es sei machbar.«

»Sehen Sie ja selbst, dass es nicht so ist. Ist ja nicht meine Schuld, wenn hier Bäume umfallen.«

»Was schlagen Sie vor?«

Der Kapitän kratzte sich am Kopf. »Na, umdrehen, würd ich sagen.«

»So, würden Sie? Und in Porto Alegre würden Sie mir dann bestimmt auch das Geld zurückerstatten, das Sie mir abgeknöpft haben.« Nur gut, dachte Raúl, dass er erst die Hälfte des Fahrpreises bezahlt hatte. Die andere wäre bei Ankunft fällig gewesen. Er war sich jedoch ziemlich sicher, dass der Bootsführer gewusst hatte, was sie nach halbstündiger Fahrt erwartete.

»Sind Sie von allen guten Geistern verlassen, Mann?«,

⌐ 247 ⌐

entrüstete sich der Kapitän. »Ist nicht meine Schuld, wenn's nicht weitergeht. Wir haben jedenfalls geliefert, was Sie bezahlt haben: unsere Zeit, unsere Arbeit, das Boot. Keinen *tostão* kriegen Sie zurück. Im Gegenteil: Sie schulden mir noch die andere Hälfte vom ausgemachten Preis.«

»Dafür, dass Sie uns hierhergebracht haben, obwohl Sie wussten, dass der Baum dort liegt?«

»Woher hätte ich das wissen sollen, Mann?« Er nahm einen weiteren Schluck Schnaps und funkelte Raúl unter seinen zusammengewachsenen Brauen unheilvoll an.

Klara verstand genug von dem Streit, um es mit der Angst zu bekommen. Der Kapitän schien ihr nicht die Sorte Mann zu sein, die besonders geduldig oder beherrscht war. Und Raúl gehörte sicher nicht zu denen, die einem Kampf aus dem Weg gingen.

»Weil«, erklärte Raúl kühl, »der Baum hier schon seit mindestens einer Woche liegt. Das sagt mir die Menge des Treibguts, das sich in den Ästen verheddert hat, außerdem der Zustand der aufgeweichten Rinde.«

»Hören Sie mir mal gut zu, Sie Klugscheißer, Sie. Wenn Sie sich so gut in der Wildnis auskennen, dann können Sie von mir aus gern auf dem Landweg weiterreisen. Oder zurückkehren. Ist ja Ihre Sache. Aber wenn Sie auf meiner Schaluppe mit zurückwollen, dann löhnen Sie, und zwar jetzt sofort.«

»Nein.«

»Dann runter vom Boot!«

»Ich werde dafür sorgen, dass Sie ins Zuchthaus kommen.«

»Sorgen Sie erst mal dafür, dass Sie es durch den Dschungel jemals wieder nach Hause schaffen.« Er stieß ein boshaftes Gelächter aus, das jedoch in dem Augenblick abrupt endete, als er Raúls Pistole sah.

Klara blieb die Luft weg. Oh Gott, das alles war ihre Schuld! Wenn sie es nicht so eilig gehabt hätte, nach Hause zurückzukehren, wären sie jetzt nicht auf diesem verfluchten Boot und diesem Trunkenbold von Kapitän ausgeliefert. Sie musste etwas unternehmen, und zwar schleunigst. Auf keinen Fall wollte sie riskieren, dass Raúl etwas Unbedachtes tat, wofür er später würde büßen müssen. Selbstverständlich war er im Recht, daran hatte sie nicht den geringsten Zweifel. Aber wenn er ein jähzorniger Mensch war – was sie nicht so genau abschätzen konnte, da sie ihn noch nie erlebt hatte, wenn er sich aufregte –, würde er sich womöglich allein durch sein unüberlegtes Handeln ins Unrecht setzen.

Sie stellte sich schützend vor den Bootsführer. »Nicht, Raúl!« Erst als sie es ausgesprochen hatte, merkte sie, dass sie ihn nicht, wie sonst, »Senhor Raúl« genannt hatte. Sie hätte gern noch mehr zu ihm gesagt, ihm ins Gewissen geredet und vor den Folgen des Gebrauchs der Pistole gewarnt, doch ihr fehlten die Worte.

Raúl verstand auch so. »Geh aus dem Weg, Klara. Dieser Halsabschneider wird uns jetzt zurückbringen.«

Doch der tat nichts dergleichen. Stattdessen legte er seinen Arm um Klaras Hals und nahm sie als Geisel. »Hör mir gut zu, du feiner Pinkel. Du und dein Auswandererflittchen verlasst auf der Stelle mein Boot. Wir drehen so nah ans Ufer heran, wie wir können. Dann geht ihr samt euerm Gaul und sonstigem Zeugs von Bord.«

Der Gehilfe, der die ganze Zeit mit schreckgeweiteten Augen dem Geschehen zugesehen hatte, verstand den unausgesprochenen Befehl. Mit seiner Stange stieß er sich am Grund des Flusses ab und schob das Boot Richtung Ufer.

Raúl kochte vor Wut, zeigte jedoch nichts davon. Wenn Klara sich da herausgehalten hätte, wären sie längst auf dem

Rückweg. Für was hielt sie ihn? Für einen wild gewordenen *pistoleiro?* Für einen unbeherrschten Gaúcho, der nach Belieben Leute abknallte, die ihm im Weg standen? Herrje!

In der aktuellen Situation blieb ihm nicht viel anderes übrig, als den Anweisungen des Bootsführers Folge zu leisten. Dem nämlich war durchaus zuzutrauen, dass er Klara etwas zuleide tat. Er hielt sie weiterhin fest in seinem Würgegriff, und Klaras Versuche, sich daraus zu befreien, wirkten geradezu lachhaft. Der Mann hatte dicke, sehnige und extrem muskulöse Arme – Ergebnis eines Lebens harter körperlicher Arbeit –, die einen ähnlichen Umfang haben mussten wie Klaras Taille.

»Waffe fallen lassen«, herrschte der Kapitän ihn an, während er seinen Arm noch fester um Klaras Hals spannte. Raúl hörte sie keuchen. Er beabsichtigte nicht, diesen Dreckskerlen seine Pistole zu überlassen, genauso wenig aber wagte er es, nicht das zu tun, wozu er aufgefordert worden war. Er warf die Waffe in hohem Bogen über Bord.

»So, und jetzt Abmarsch.«

Raúl musste das Pferd mit Gewalt dazu bewegen, in das seichte Gewässer zu springen. Er schulterte ein paar Bündel sowie den Proviantkorb und stieg dann selber in das kniehohe Wasser. Dort blieb er stehen und streckte eine Hand aus, mit der er Klara behilflich sein wollte. Doch der Bootsführer, zu einem letzten grausamen Scherz aufgelegt, stieß sie einfach über die Bordkante, so dass sie beim Aufkommen hinfiel und von Kopf bis Fuß durchnässt war. Raúl half ihr aufzustehen.

Sie wateten an Land, die Kleidung schwer vom Wasser, die Schuhe voller Schlamm, das Herz überquellend vor Wut und Hass.

27

Am Karfreitag 1825 standen wir, wie jeden Tag, gegen 5.30 Uhr auf, aßen unser Frühstück aus geröstetem Maniokmehl mit Eiern, gingen auf unser Maisfeld und bestaunten das schnelle Wachstum der Pflanzen. In die Zwischenräume setzten wir Manioksecklinge, denn die Wurzel, so war uns gesagt worden, brauchte zwölf bis achtzehn Monate, bevor sie erntereif war. Es war eine sehr harte und schweißtreibende Arbeit, und ich hatte mit meinem inzwischen ziemlich dicken Bauch große Mühe, sie überhaupt zu verrichten. Aber es half ja nichts – die Arbeit konnte nicht bis zur Niederkunft warten. Gegen Mittag gab ich auf. Ich ging zu unserer Hütte, die wir mittlerweile so weit befestigt und verschönert hatten, dass sie beinahe den Namen »Haus« verdient hätte, und begann mit den Vorbereitungen fürs Mittagessen. Da erst wurde mir klar, dass es Karfreitag war.

Der Eintopf mit Trockenfleisch entfiel damit. Meine Religiosität war nie sehr ausgeprägt gewesen, aber am Karfreitag Fleisch zu essen wäre mir wie die schlimmste Gotteslästerung vorgekommen. Es *musste* Fisch sein. Allerdings hatten wir keinerlei Vorräte an Stockfisch – den sogenannten *bacalhau*, den einer unserer Nachbarn in größerer Menge in der Stadt besorgt und an einige der Siedler verkauft hatte, hielten sowohl Hannes als auch ich für ungenießbar –, und frischer Fisch war trotz des nahen Bachs gar so leicht auch nicht zu beschaffen.

Angeln dauerte seine Zeit, und über die verfügten wir ein-

⤳ 251 ⤳

fach nicht. Für die Jagd mit einem Kescher wiederum war der Bach nicht fischreich genug. Was nun?

Ich dachte an den *jacaré*, den ich gestern beim Wasserholen erschlagen hatte – übrigens ganz ohne Hannes gegenüber ein Wort über meine Heldentat zu verlieren, denn nach drei Monaten in diesem Land hatte ich weit größere Schrecken kennengelernt als ein kleines, träges Krokodil. Das tote Tier müsste noch immer am Ufer liegen, und nach einem Tag war es sicher noch nicht in Verwesung begriffen. Handelte es sich bei Krokodilfleisch um Fleisch oder um Fisch? War es überhaupt essbar? Ähnelte es nicht vielmehr einem Stück Leder – wenn man von der Haut des Krokodils auf die Beschaffenheit seines Fleischs schließen durfte, lief mir nicht gerade das Wasser im Mund zusammen. Aber einen Versuch war es allemal wert.

Ich nahm eine Leine und ging hinunter zum Bach. Der *jacaré* lag dort noch genauso, wie ich ihn zurückgelassen hatte. Ich näherte mich ihm vorsichtig, denn man konnte ja nie wissen, zu welcher Hinterlist diese Urwaldtiere fähig waren. Ich stieß ihn mit dem Fuß an, aber er rührte sich nicht. Anscheinend war er wirklich tot. Ich nahm die Leine, wickelte sie unterhalb seiner Vorderbeine um den Leib des Tieres und schleppte es dann hinauf zum Haus.

Als es so dalag, auf dem Rücken, die kurzen, kräftigen Beine in die Luft ragend und seinen weißen Bauch schutzlos darbietend, hatte ich fast ein wenig Mitleid mit ihm. Es widerstrebte mir, den Kadaver aufzuschneiden, zu häuten und zu entbeinen. Ich war bestimmt nicht zimperlich, ich war oft bei Schlachtungen anwesend gewesen und hatte selber schon unzählige Hühner gerupft und Fische ausgenommen. Doch dieses außergewöhnliche Tier kam mir weniger wie ein Nahrungslieferant als vielmehr wie eine von Gott geschaffene Kreatur vor, die es uns Menschen nicht zusteht zu essen. Vielleicht lag es an seinem merkwürdigen Aussehen, das an so gar keines der mir bekannten Schlachttiere erinnerte, vielleicht hatte aber auch meine Schwangerschaft meine Sichtweise und meinen Appetit verändert. Blödsinn, rief ich mich zur Ordnung, wir konnten es uns hier im Busch nicht leisten, Rücksicht darauf zu nehmen, ob ein Tier lecker aussah oder nicht, Hauptsache, es machte satt.

Ich ging ins Haus, um ein großes Messer zu holen, mit dem ich den *jacaré* aufschlitzen konnte, sowie eine Schüssel, in der sich die Innereien auffangen ließen. Ich wetzte das Messer ordentlich, denn die Haut des Krokodils schien mir sehr zäh zu sein. Dabei sah ich aus dem Fenster, obwohl die Sicht mir weiß Gott vertrauter war, als mir lieb war, und ich auch niemanden und nichts Neues zu sehen erwartete. In Ahlweiler war das ganz anders gewesen, da war immer einer aus der Familie gekommen oder gegangen, da waren Nachbarn auf der Straße zu sehen gewesen, oder man hatte den Briefträger erwartet. Hier sah ich aus dem Fenster nur Grün. Das Zuckerrohrfeld hatten wir mit etwas Abstand zum Haus angelegt, damit, wenn die Stoppeln abgebrannt werden würden, nicht gleich auch unser Heim in Flammen aufging. Ich konnte also Hannes nicht sehen, und an das Gekreuche und Gefleuche im Wald – die herumtobenden Affen, die riesenhaften Schmetterlinge, die lauthals trällernden Vögel – hatte ich mich längst gewöhnt.

Trotzdem überkam mich plötzlich das beunruhigende Gefühl, dass mich jemand beobachtete. Es war so real, ich hätte schwören können, dass jemand da draußen im Gestrüpp saß und jeden meiner Schritte verfolgte. Ich starrte hinaus, sah jedoch nichts anderes als sattgrünes Blattwerk, auf das Licht, Schatten und Wind immer neue schillernde Muster zauberten.

Das war es sicher gewesen, redete ich mir gut zu, ein im Wind wehendes Blatt oder das Glitzern der Sonne in einem Regentropfen, der trotz der Hitze noch nicht verdampft war.

Dann war mir auf einmal, als hörte ich etwas hinter mir.

Hastig drehte ich mich herum, sah jedoch nichts anderes als das, was auch dorthin gehörte: einen Durchgang, rechts davon zwei einfache Stühle, die an die Wand geschoben waren, links ein Holzbord an der Wand, an dessen Unterseite Haken zum Aufhängen von Töpfen und anderen Küchenutensilien angebracht waren. Obendrauf standen unsere wertvolleren Habseligkeiten, allen voran natürlich meine geliebte Porzellantänzerin, daneben unser Geschirr und die Bibel. Unter dem Bord stand der Tisch, an den wir zum Essen immer die Stühle schoben, der jedoch außerhalb der Mahlzeiten als Arbeitsfläche diente. Wir hatten zu wenig Platz in unserem Häuschen, um den Tisch, wie es sich gehörte, mitten in den Raum und die Stühle daran zu stellen.

Nichts rührte sich.

Alles war normal und still. Ich schüttelte den Kopf über mich selbst – jetzt sah ich schon Geister, nur um etwas Gesellschaft zu haben. Ich wappnete mich mit Messer und Schüssel sowie dem Mut, das Krokodil auch wirklich ausnehmen zu können, und ging wieder vor die Tür.

Der *jacaré* war verschwunden.

Ich bekam eine Gänsehaut. Es war also keine Einbildung gewesen – irgendjemand hatte sich ganz in der Nähe aufgehalten und praktisch geräuschlos dieses schwere Tier entfernt.

»Hannes?«, rief ich, erhielt aber keine Antwort.

»Hannes? Sei nicht albern, bring das Vieh wieder her. Du machst mir Angst!«

In der Entfernung vernahm ich ganz leise das typische sausende Geräusch, das entstand, wenn die Machete das hohe

Wildgras durchtrennte. Hannes war demnach noch auf dem Feld. Und ich war völlig auf mich gestellt. Ich schloss meine Hand fester um den Griff des Messers – zwar bibberte ich vor Angst, aber kampflos wollte ich mich keineswegs ergeben. Allerdings war niemand zu sehen, der mich hätte überfallen wollen, was die Sache noch viel unheimlicher machte. Einen sichtbaren Gegner konnte man wenigstens einschätzen, man konnte sich zur Wehr setzen oder um Hilfe schreien. In diesem Fall stand ich jedoch einem Feind gegenüber, der gar nicht zu existieren schien. Sollte ich die Bäume anschreien? Auf die Erde einschlagen? Hannes von der Arbeit wegrufen, damit er mich aus der tödlichen Gefahr heißer Luft befreien konnte?

Ich hatte sehr zwiespältige Gefühle in diesem Augenblick. Während sich einerseits die vage Befürchtung in mir regte, ich könne allmählich dem Wahnsinn anheimfallen, wusste ich doch gleichzeitig mit absoluter Gewissheit, dass da jemand gewesen war. Der Krokodilkadaver war fort, und den hatte ich ja nun selber hierhergeschafft. Geträumt hatte ich diese Episode ebenfalls nicht, die Schleifspuren waren der beste Beweis.

Die Schleifspuren! Weshalb waren keine zu erkennen, die von der Stelle wegführten? Mir liefen kalte und heiße Schauer über den Rücken. Ich fürchtete mich erbärmlich. Hatte sich womöglich ein Raubtier meine Beute geschnappt? Das würde erklären, warum ich nichts davon mitbekommen hatte. Es lieferte mir allerdings immer noch keine Erklärung dafür, warum ich mich beobachtet gefühlt hatte. So schlau war doch kein Tier, dass es vor seinem Raubzug überprüfte, ob der rechtmäßige Besitzer der Beute gut abgelenkt war? Und so stark war auch kein Tier, dass es das Krokodil mit den Zähnen packen und fortschleppen konnte, oder doch? Gab es hier vielleicht Bären oder ähnlich riesenhafte Geschöpfe, deren Kieferkraft allein ausreichte, einen *jacaré* wegzutragen?

Ich gruselte mich derart, dass ich nicht mehr vor die Tür gehen mochte, und schrak erst aus meinen Überlegungen hoch, als Hannes von der Feldarbeit zurückkam.

»Hier waren heute Diebe«, empfing ich ihn.

»Ah ja.« Er zog sein durchgeschwitztes Hemd aus, warf es in eine Ecke, in der ich es später würde einsammeln dürfen, und wirkte nicht so, als hätte er mich überhaupt gehört.

»Diebe!«, wiederholte ich.

Er warf mir einen fragenden Blick zu und runzelte die Stirn.

»Sieh mich nicht so an, als ob ich von allen guten Geistern verlassen wäre. Wenn ich dir doch sage ...«

»Und was haben sie gestohlen?«

»Den *jacaré.*«

»Welchen *jacaré?*«

»Den ich gestern am Bach erwischt habe.«

»Davon hast du mir ja gar nichts erzählt.«

»Nein. Wahrscheinlich war ich zu müde oder hatte es vergessen oder so.«

»Das vergisst man doch nicht, wenn man eines von diesen Biestern erlegt«, sagte Hannes, während er sich von mir abwandte, zum Wasserkrug ging und sich einen Becher voll eingoss. Dass unser Wasser braun war, störte uns schon lange nicht mehr, wir tranken es inzwischen bedenkenlos und in großen Mengen, auch ohne es vorher abzukochen, wie es uns geraten worden war.

»Ach, Hannes, das ist doch jetzt auch egal. Glaub mir einfach: Ich hatte das Vieh getötet, und heute habe ich es hier heraufgehievt, weil ich dachte, dass man es ja vielleicht essen kann.«

»Igitt.«

»Na ja, ich wollte es halt mal versuchen. Mehr, als dass wir das ungenießbare Fleisch zurück in den Bach schmeißen müssen, hätte ja nicht passieren können, oder?«

Er nickte, sah mich dabei aber mitleidig lächelnd an.

»Ja, und dann bin ich reingegangen, um das Messer zu wetzen, und als ich wieder rauskam, war der *jacaré* weg.«

»Aha. War er vielleicht gar nicht erst dort gewesen?«

»Hannes, bitte, du musst mir glauben. Schau doch selber nach, die Schleifspuren vom Bach herauf kann man noch erkennen.«

Er schüttelte den Kopf wie einer, der ein sinnloses Streitgespräch nicht fortsetzen wollte, weil ihm sein Gegenüber dafür zu unverständig erschien. Ich ärgerte mich maßlos darüber. Er hätte doch wirklich einmal nachsehen können, anstatt meine Geschichte von vornherein als Unfug abzutun.

»Was gibt es denn zu essen, jetzt, wo wir das köstliche Krokodil nicht mehr verzehren können?«, lenkte er vom Thema ab.

»Nichts«, blaffte ich ihn an.

»Hör mir mal gut zu, Klärchen. Ich weiß, dass es schwierig für dich ist hier draußen. Für mich auch. Und durch deine, ähm, anderen Umstände bist du noch empfindlicher als andere. Aber ich lasse nicht zu, dass du hier durchdrehst. Deine Lügengeschichten kannst du anderen auftischen, mir tischst du bitte schön ein anständiges Essen auf. Ich habe nämlich geschuftet wie ein Tier und habe einen Mordshunger. Ende der Diskussion.«

Mir schossen Tränen in die Augen, aber ich fügte mich. Auf meinem Weg zur Kochstelle hörte ich ihn sagen: »Und keine Krokodilstränen«, woraufhin er in gemeines Gelächter ausbrach und ich nur noch heftiger heulte.

Ich hantierte mehr oder weniger blind mit dem Essen herum. Durch meine Tränen verschwamm alles vor meinen Augen. Ich nahm einen Scheffel Maismehl sowie ein Löffelchen Salz und gab beides in einen Topf mit Wasser. Den fertigen Brei würde ich in dicke Scheiben schneiden und diese in Öl anbraten.

Das hatte ich jetzt ein paarmal so gemacht, es war sättigend und einigermaßen essbar. Vor allem aber war es so einfach zuzubereiten, dass es mir sogar in meinem aufgelösten Zustand gelingen würde. Und passend war es ebenfalls: Am Karfreitag gedachte man schließlich durch die frugale Kost der Leiden unseres Herrn Jesus Christus, die man damit sozusagen nachvollzog.

Als ich das Essen auftischte, hatte Hannes immerhin ein frisches Hemd angezogen, die Stühle an den Tisch gerückt und eine feierliche Miene aufgesetzt.

»Es ist Karfreitag. Da sollten wir ein Gebet sprechen.«

»Wie du meinst.« Das kam schroffer heraus, als ich beabsichtigt hatte. Eigentlich war ich froh, dass Hannes daran gedacht hatte.

Er zuckte die Achseln, faltete die Hände zum Gebet und sah vor sich auf den noch leeren Teller. »Lieber Herr im Himmel, wir danken dir, dass du uns auch an diesem Tag genug zu essen gegeben hast. Wir danken dir, dass wir beide gesund sind, um mit unserer Hände Arbeit deine Erde zu bearbeiten. Wir danken dir, dass wir bald mit Nachwuchs gesegnet sein werden. Und wir bitten dich: Lass uns hier draußen nicht im Stich. Schicke uns keine weiteren Krokodile oder ähnliche Prüfungen, damit wir gesund bleiben und damit wir eines Tages mit Wohlstand und einer großen Familie gesegnet sind. Darum bitten wir dich. Amen.«

Er schaute mich schüchtern und mit gesenktem Kopf an,

so als fürchtete er, zu weit gegangen zu sein, indem er erneut das leidige Krokodil erwähnt hatte.

Ich mied seinen Blick. Ich ertrug es nicht, dass mein eigener Mann mir nicht glaubte, dass er dachte, ich würde langsam verrückt werden und Dinge sehen, die gar nicht da waren. Lange hielt ich mich mit derlei Gedanken aber nicht auf, denn als das Kind in meinem Bauch eifrig zu strampeln begann, war ich augenblicklich abgelenkt.

Ich hätte Hannes' Hand nehmen und stillschweigend auf meinen gewölbten Leib legen können. Diese Geste hätte sicher den häuslichen Frieden wiederhergestellt. Aber mein Groll auf ihn war stärker. Mich verlangte nicht nach Harmonie, sondern nach Taten. Ich wollte, dass er hinausging und nachprüfte, was ich ihm erzählt hatte. Also genoss ich klammheimlich die Freude darüber, dass unser Kind quicklebendig und anscheinend mit großem Bewegungsdrang gesegnet war, was ich als gutes Zeichen sah. Unbewusst musste ich mir den Bauch gerieben haben, denn Hannes sagte in sehr versöhnlichem Ton: »Ja, das schmeckt wirklich gut.«

Im Stillen sprach ich ein eigenes Gebet: »Schenke mir, oh Gott, die Gnade der Geduld mit diesem Kerl!« Ich atmete tief durch und zwang mich, nichts zu erwidern, was Hannes einen weiteren Hinweis hätte liefern können, dass ich nicht ganz bei Trost war. Wir aßen unser kärgliches Mahl schweigend zu Ende. Danach legte Hannes sich für eine Stunde in die Hängematte, weil wir die Erfahrung gemacht hatten, dass die Arbeit in der Mittagshitze einfach zu mörderisch war. Man bekam davon höchstens einen Sonnenstich. Ich spülte unterdessen unser Geschirr ab und setzte mich anschließend auf einen Stuhl, wo ich meinen trübsinnigen Gedanken nachhing.

Das Kind trat mich unentwegt. Ich hätte herumlaufen, mich bewegen müssen, denn dann gab es immer Ruhe, aber ich war zu müde, um irgendetwas zu tun. Stattdessen überschwemmten mich die übelsten Befürchtungen. Was, wenn die Geburt nicht normal verlief? Hier im Busch gab es keine Ärzte oder Hebammen, und die Nachbarn wohnten zu weit entfernt, als dass man sie in der Stunde der Not schnell herbeiholen konnte. Was, wenn das Kind nicht gesund zur Welt kam? Wenn es körperlich oder geistig verkrüppelt war? Es war unvorstellbar, zu all unseren Sorgen und Schwierigkeiten auch noch ein Kind zu haben, das uns nicht uneingeschränkt Freude machte. Was, wenn ich die Niederkunft nicht überlebte? Hannes würde allein kaum zurechtkommen. Und ich selber hatte, bei aller Schwermut, die mich manchmal überfiel, nun wirklich keine Todessehnsucht. Ich wollte noch nicht sterben!

Dann kamen die zweitrangigeren Bedenken: Wenn es nun ein Mädchen wäre? Wenn es hässlich oder dumm wäre oder sogar beides? Wenn es schwächlich wäre? Und, beinahe die bangste Frage von allen: Würde das Kind, egal ob Junge oder Mädchen, aussehen wie wir? Oder würde es vielmehr, da es ja in Brasilien geboren wäre, südländisch aussehen? Von allen Einwandererfrauen, die ich kannte, war ich die erste, die in der neuen Heimat ein Kind gebären würde, und man hatte bisher keinerlei Erfahrung damit, wie sich der Geburtsort auf die Hautfarbe auswirkte. Würde ich ein kleines Indio-Kind bekommen? Das war unausdenkbar! Aber nein, die Kinder ähnelten doch entweder Vater oder Mutter oder doch zumindest Großvater oder Großmutter, nach allem, was ich bisher gesehen und gelernt hatte. Bei Bäcker-Pauls Gerhard war das zwar anders gewesen, denn der hatte mehr ausgesehen wie der Müller aus Hahnenfeld, aber solche Unwägbarkeiten musste man wohl einfach hinnehmen – solange die Kinder denn wenigstens aussahen wie hunsrückische Kinder.

Erschwerend kam hinzu, dass die gesamte bisherige Schwangerschaft überschattet war von meinen fürchterlichen Phantasien und Hirngespinsten und Ängsten. Was ich in meinem Brief geschrieben hatte – der Brief, schoss es mir kurz durch den Kopf, wie weit der es nun wohl schon geschafft hatte? –, war frei erfunden gewesen. Ich war alles andere als frohgemut. Das Einzige, was stimmte, war, dass ich glaubte, meine Seelenlage würde auf das Kind abfärben. Ich wollte aber kein verhuschtes, ängstliches oder trauriges Kind haben. Ich wollte, dass es fröhlich, mutig und stark war – so wie ich selber es als Kind gewesen war. Aber: War ich denn als Kind tatsächlich so gewesen? Ich wusste es nicht mehr. Wie lange das alles her war!

Das Wissen darum, wie undankbar ich war, verursachte mir weitere Schuldgefühle. Hier saß ich nun, im eigenen Haus, auf dem eigenen Grund und Boden, gerade einundzwanzig Jahre alt, satt, schwanger und mit einem hübschen Mann verheiratet, der in der Hängematte schnarchte. Ich hatte alles, wovon ich immer geträumt hatte.

Und ich fühlte mich so verbraucht und so verlassen wie nie zuvor in meinem Leben.

28

Sie zogen zunächst ihre Schuhe aus, um sie von eingedrungenem Wasser und Schlamm zu befreien. Weder Klara noch Raúl sprachen ein Wort. Beide verwünschten diesen Tag, die Bootsfahrt und die Lage, in der sie sich nun befanden. Diese *misslich* zu nennen wäre eine grandiose Beschönigung gewesen. Es war eine furchtbare Situation. Mitten im Dschungel festzusitzen, wissend, dass man die Nacht unter freiem Himmel würde verbringen müssen, war mehr als beängstigend. Es war lebensbedrohlich. Sie hatten kein Zelt und nun auch keine Pistole mehr. Raúl hatte im Stiefelschaft zwar noch ein Messer versteckt, aber das war nur ein geringer Trost. Wenn ein Jaguar sie angriff, dachte Klara, würden sie nur noch beten können.

Doch zunächst mussten sie marschieren, was nicht minder grässlich war. Es gab keinen Pfad. Das Buschwerk war so dicht, dass sie sich einen Weg schaffen mussten, den auch das Pferd passieren konnte. Sie kamen nur äußerst langsam voran, schweigend und vor Anstrengung keuchend. Sie bogen Zweige beiseite, trampelten kleinere Pflanzen nieder, brachen Äste ab, schoben Lianen fort und schnitten besonders störrische Büsche mit dem Messer ab. Es war schattig, heiß und feucht. Ein intensiver, modriger Geruch lag in der Luft. Insekten schwirrten um sie herum und piesackten sie. Ihre schwitzenden und von Kratzern übersäten Leiber mussten ein Festmahl für die Mücken sein.

»Ich glaube, wir vergeuden hier unsere Zeit. Wir sollten

ein Floß bauen, damit wären wir viel schneller als zu Fuß. Auf dem Fluss lassen wir uns von der Strömung südwärts treiben, das dürfte nicht so schwierig sein. Nur die Konstruktion bereitet mir noch Kopfzerbrechen. *Você sabe nadar?*«

Klara hatte nicht alles verstanden, wohl aber die letzte Frage: »Kannst du schwimmen?« Sie verneinte kopfschüttelnd. Es gelang ihr gerade so, sich über Wasser zu halten, aber richtig schwimmen hatte sie nie gelernt. Raúl blieb stehen und sah sich um.

An abgebrochenen Zweigen herrschte kein Mangel, doch umgestürzte Bäume, die klein genug waren, um sie schleppen zu können, und groß genug, um sie zu einem provisorischen Floß zusammenzubauen, das sie tragen würde, sah er keine. Ans Bäumefällen war mangels Werkzeug nicht zu denken. Er musste sich damit abfinden, dass sie den Weg zu Fuß zurücklegen würden, was in ihrer derzeitigen Geschwindigkeit mehrere Tage dauern konnte. Wenn sie Glück hatten, kam ein anderes Boot den Fluss herauf, das sie mitnehmen würde. Sie mussten sich also ständig in Ufernähe aufhalten, was das Gehen nicht unbedingt erleichterte. Der Boden war dort feuchter und glitschiger, das Vorankommen war deutlich anstrengender als auf dem weichen und trockenen Grund im Innern des Waldes.

Still stapften sie weiter. Außer ihrem schweren Atem waren nur die Geräusche des Dschungels zu hören, ein unentwegtes Summen, Surren, Zwitschern, Pfeifen, Rascheln und Knacksen. Klara kannte diese beunruhigende Symphonie allzu gut. Sie rief ihr wieder all die Geschehnisse in Erinnerung, die sie vor dem Unfall durchlebt hatte. Wie schnell man Unangenehmes verdrängt, fuhr es ihr durch den Kopf. In den Wochen, die sie in der Stadtresidenz Raúls verbracht hatte, waren der Urwald und seine Schrecken in sehr weite Entfernung gerückt. Jetzt waren sie wieder da, lebendiger und eindringlicher denn je.

Auf ihrer Parzelle waren sie zwar vom Wald umgeben gewesen, doch ihr Häuschen und die hart erarbeitete Normalität eines kleinbäuerlichen Haushalts hatten ihnen ein Gefühl von Sicherheit vermittelt: Wo Hühner im Sand scharren, wo eine Kuh muht und wo die Hausfrau am Herd einen Eintopf zubereitet, kann keine Gefahr drohen. Das zumindest hatten sie sich eingeredet. Hier dagegen waren sie der Natur völlig ausgeliefert.

Unter dem dichten Blätterdach war es die ganze Zeit dämmrig gewesen. Jetzt aber erschien es Klara so, als würde sich tatsächlich die Abenddämmerung auf sie herabsenken. Sie machte eine entsprechende Bemerkung, und Raúl zog seine Taschenuhr hervor.

»Verdammt, sie ist stehengeblieben! Es scheint Wasser eingedrungen zu sein.« Er blickte nach oben, sah jedoch nur einzelne kleine Fleckchen eines strahlend blauen Himmels. »So lange sind wir doch noch gar nicht gegangen«, meinte er, »ein bisschen können wir noch.«

Klara war ganz und gar nicht seiner Meinung. Sie wusste genau, wie schnell es dunkel wurde. Besser wäre es, sie würden jetzt anhalten, damit sie noch beim letzten Tageslicht Feuerholz sammeln und sich ein halbwegs geschütztes Plätzchen für die Nacht suchen konnten.

»Na schön, wahrscheinlich hast du recht.«

Sie ließen das Ufer hinter sich und wählten eine riesige Zeder, unter der sie ihr Lager aufschlagen wollten. Dieser Baum war, selbst wenn sie sich von der Stelle entfernten, um nach Nahrung oder Feuerholz zu suchen, gut wiederzufinden. Raúl nahm ihr weniges Gepäck vom Pferd und fahndete in seinem Reisebeutel nach Streichhölzern. Das Pferd brauchte nicht einmal festgebunden zu werden, das Dickicht war so undurchdringlich, dass das Tier ohnehin nicht weit käme. Als er die Schachtel mit den Zündhölzern trocken vorfand, gab er ein kleines triumphierendes Grunzen von sich. Dann nahm er die Satteldecke ab und breitete sie unter dem Baum aus.

»Hier, setz dich und bewache unsere Sachen.« Er lachte trocken auf. »Vor all den Übeltätern, die hier ihr Unwesen treiben.«

Klara hätte ihm sagen können, dass das gar nicht so komisch war. Sie hatten Proviant dabei, der Tiere anlocken würde, und die Neugier der Indios, die möglicherweise ganz in der Nähe lebten, würden sie ebenfalls bereits geweckt haben. Doch sie verlor darüber kein Wort, sondern nickte nur. Raúl schien den Dschungel nicht so gut zu kennen wie sie. Er lebte im trockeneren Hinterland, das, wie Teresa ihr geschildert hatte, von weiten, offenen Grasflächen überzogen war. Wenn er dort nicht war, hielt er sich in Städten auf. Den Urwald mochte er gelegentlich betreten, ihn gekreuzt haben – aber kennen tat er ihn nicht.

Dennoch blieb Klara bei ihrem Lager. Raúl hatte ihr die Schachtel mit den Streichhölzern zugeworfen, bevor er im Wald verschwunden war. Sie würde ein Feuer machen, um gefährliche Tiere fernzuhalten. Fürs Erste reichten die wenigen Zweige, die sie rund um die auserkorene Feuerstelle zusammenscharren konnte. Sie waren feucht und noch biegsam, dennoch gelang es Klara, sie zu entzünden. Sie zischten und spritzten, aber vielleicht war das zur Abschreckung von Tieren gar nicht so schlecht. Es reichte ja ein kleines Feuerchen, kochen würden sie nicht und zu wärmen brauchten sie sich nicht – die Nächte waren schließlich nur unwesentlich kühler als die Tage.

Klara überlegte, wie und womit sie eine Art Dach oder

Segel über sich befestigen konnte. Es war ihr sehr unheimlich, unter der Baumkrone zu nächtigen, wo sich Spinnen und alle möglichen anderen Tiere auf sie herabfallen lassen konnten. Sie wühlte in Raúls Satteltaschen herum, auf der Suche nach einer weiteren Decke oder einem Tuch, das sie für diesen Zweck nehmen konnte, fand jedoch nichts Brauchbares. Nun, dann würde sie eben den schönen Unterrock zweckentfremden müssen, den ihr Teresa geschenkt und den sie nicht übers Herz gebracht hatte, im Haus Almeida zurückzulassen. Er war sehr bauschig, somit aus viel Stoff genäht. Wenn sie ihn an den Nähten auftrennte und die Baumwolle ausbreitete, wäre es genug, um eine Fläche, wie zwei Personen sie einnahmen, damit zu überdecken.

Gerade als sie die Satteltasche wieder schloss, kam Raúl aus dem Unterholz gekrochen. »Was treibst du da?«, herrschte er sie an. »Was kramst du in meinen Sachen herum?«

Sie habe nach einer weiteren Decke gesucht, gab sie ihm zu verstehen. Aber er ließ sich nicht überzeugen. Er war erbost über ihre Frechheit. Irgendwo in seinem Hinterkopf flüsterte ihm seine innere Stimme zu, dass er noch immer nicht schlüssig hatte widerlegen können, dass Klara eine »verwirrte« Frau, wenn nicht gar eine Mörderin sein sollte. Wahrscheinlich, dachte er, war dieses mulmige Gefühl auf seine Erschöpfung oder auf seinen Unmut über ihre derzeitige Lage zurückzuführen. Vielleicht war es aber auch die Begegnung mit einem riesigen, aggressiven Ameisenbär, die er gerade hinter sich hatte. Jedenfalls war er ernstlich böse, und er musste sehr an sich halten, um Klara nicht zusammenzustauchen. Streit konnten sie sich jetzt keinen leisten. Sie saßen gemeinsam hier fest, und zusammen mussten sie die Situation meistern.

Klara bemerkte Raúls Verstimmung. Aber Himmelherrgott, hier war nun einmal kein Raum für Zartgefühl und

Rücksichtnahme auf die Privatangelegenheiten anderer. Sie wollten überleben, er genauso wie sie, oder etwa nicht? Sie griff nach ihrem Reisebündel, fischte den Unterrock heraus und zerriss ihn mit einem lauten Ratsch, der für einen Augenblick alle anderen Geräusche des Waldes zum Verstummen brachte. Sie lachte leise in sich hinein. Ja, damit hatte sie die Tiere gehörig erschreckt. Ein tröstlicher Gedanke, dass die Geschöpfe des Waldes mindestens ebenso viel Angst vor ihnen, den Eindringlingen, hatten wie sie vor den Tieren.

Sie knotete die Zipfel der aus dem Unterrock gewonnenen Stoffbahn um ein paar Zweige. Es war ein schöner Baldachin, groß genug, um darunter Zuflucht zu suchen und vielleicht sogar, bei aller Furcht, ein Auge zutun zu können. Er schuf so etwas wie Heimeligkeit, die wiederum an sich beängstigend war. Klara fürchtete die Nähe, die unweigerlich zwischen ihr und Raúl entstehen würde. Zwar konnten sie in ihrer Situation nicht auch noch die Regeln des Anstands befolgen, aber der Gedanke, dass sie Zeugin von Raúls Schnarchen oder anderer intimer Dinge werden könnte, war irgendwie beunruhigend.

Nun ja, Schicklichkeit hin oder her, sie würden hier die Nacht gemeinsam verbringen, auf engstem Raum und allein auf die Wachsamkeit des anderen angewiesen. Denn dass sie abwechselnd Wache halten würden, war für Klara beschlossene Sache. Raúl sollte sich bloß nicht als Held und Beschützer aufspielen, indem er die ganze Nacht das Feuer am Brennen und Ausschau nach *jararacas*, Schlangen, oder anderen feindselig gestimmten Tieren hielt, während sie schlief. Er brauchte den Schlaf genauso dringend wie sie, und eine Wachschicht würde sie übernehmen.

»Ich schlage vor, wir schlafen abwechselnd«, hörte sie ihn hinter sich sagen. »Zuerst du. Nach ein paar Stunden wecke ich dich.«

Klara nickte. Sie musste sich ein Grinsen verkneifen. Tja, da hatte sie den guten Senhor Raúl wohl falsch eingeschätzt. Wenn es ums Überleben ging, gestand er sich doch durchaus etwas Eigennützigkeit zu. Recht hatte er.

»Nicht dass du denkst, ich wollte mich drücken. Aber wenn ich nicht auch ein wenig Schlaf bekomme, werde ich uns morgen keine große Hilfe sein.«

»In Ordnung«, sagte Klara in neutralem Ton. Insgeheim freute sie sich, dass Raúl sie betrachtete und behandelte wie seinesgleichen und nicht wie ein armes, schutzbedürftiges Mädchen. Und dass er sie Wache halten ließ, konnte doch wohl nur bedeuten, dass er ihr vertraute. Würde man sein Leben einer geistesgestörten Mörderin anvertrauen? Na also.

Nachdem ihr Unterschlupf so weit fertig war – der Baldachin gut befestigt, die Decke auf dem Boden glattgestrichen, der Boden selbst von den gröbsten Unebenheiten befreit –, begann Klara, den Korb mit den Nahrungsmitteln auszupacken. Sie bedeutete Raúl, sich zu ihr zu setzen. Er warf ein paar Zweige, die er mitgebracht hatte, in das kleine, knacksende Feuer. Dann zog er die Stiefel aus und ließ sich ächzend fallen.

»Gott sei Dank packt Teresa selbst für kurze Ausflüge immer Essen ein, das für eine ganze Kompanie eine Woche lang reichen würde. Ich sterbe vor Hunger.«

Ja, Klara erging es ähnlich. Ihr Magen war so leer, dass er schon wieder aufgehört hatte zu knurren. Noch während sie die Speisen aus dem Korb holte, griff Raúl zu. Ein Stück Bananenkuchen war vertilgt, bevor Klara überhaupt zu den »Hauptspeisen« vorgedrungen war: gebratene Hähnchenkeulen gab es da, kalten Bratenaufschnitt, Schinken, einen ganzen Laib Brot, verschiedene Hartkäsesorten, diverse Früchte, Kuchen sowie eine Flasche Wein. Selbstverständlich fehlten weder Teller noch Besteck, Gläser oder Korkenzieher. Es war ein sehr liebevoll zusammengestellter Picknickkorb, der nicht so recht zu ihrer Lage zu passen schien, obwohl er doch mehr als willkommen und überaus nützlich war. Klara sah vor ihrem geistigen Auge Szenen von französischen Adligen bei einem Ausflug aufs Land, die sie sich nach ihrer spärlichen Lektüre einschlägiger Romane ausgemalt hatte. So ähnlich mussten auch diese Leute ausgestattet gewesen sein, stellte sie sich vor, wobei sie bestimmt jede Menge Diener dabeihatten, die ihnen die Köstlichkeiten servierten.

»Wie die englischen Landadligen«, bemerkte Raúl, und Klara lachte laut heraus.

»Was ist daran so lustig?«

»Ich dachte an französische Landadlige«, antwortete sie. Raúl starrte sie mit offenem Mund an.

»Was?«

»Dein Portugiesisch. Gerade hast du einen vollständigen und außerdem korrekten Satz gesagt. Das ist ja unglaublich.«

Klara war sehr stolz auf sich. Dass sie das Wort »Landadlige« zuvor aus seinem Mund gehört hatte und dass der Rest des Satzes sehr schlicht war, verdarb ihr keineswegs die Freude.

Nach diesem kurzen Wortwechsel schwiegen sie. Klara bediente sich aus dem Proviantkorb mit derselben Gier wie Raúl. In stiller Eintracht saßen sie beieinander, kauten vergnügt vor sich hin und betrachteten das armselige Feuerchen, das noch immer nicht vernünftig brannte. Es zischte und sprühte, aber es mochte genügen, um Tiere fernzuhalten. Inzwischen war es ziemlich dunkel geworden. In kaum mehr als einer halben Stunde wäre es stockduster.

Nachdem der erste Hunger gestillt war, entkorkte Raúl den Wein. Er füllte zwei Gläser und reichte eines Klara.

»Zum Wohl. Auf unser Überleben im Dschungel.«

»*Saúde*«, antwortete sie lächelnd.

Der Wein schmeckte gut, was Klara vor allem der Miene Raúls entnahm. Sie selber hatte in ihrem ganzen Leben so wenig Wein getrunken, dass man ihr die sauerste Sorte hätte vorsetzen und sie damit hätte erfreuen können. Bier, Apfelwein, Schnaps oder Aufgesetzter waren die alkoholischen Getränke, mit denen hunsrückische Bauern sich ihren Kummer fortzusaufen oder sich eine künstliche Heiterkeit anzutrinken pflegten.

Beide tranken ihre Gläser zügig leer. Raúl füllte ihres sofort wieder, nahm sich selber jedoch nichts mehr. Klara schaute ihn fragend an.

»Ich soll Wache halten, nicht wahr?«

Na schön, aber allein wollte sie keineswegs den Wein genießen.

Raúl bemerkte ihr Zögern. »Trink schon. Er wird dich schön schläfrig machen. Wenn du noch stundenlang wach bist, kannst du mich später nicht ablösen, richtig?«

»Richtig«, erwiderte sie, auch wenn sie nicht jedes Wort verstanden hatte. Den Sinn hatte sie begriffen.

»Also solltest du dich so bald wie möglich hinlegen. Satt gegessen und mit ein bisschen Wein intus – da schläfst du wie ein Murmeltier.« Und, hätte er hinzufügen mögen, da merkst du gar nicht, was du für eine Angst hast.

Sie hob ihr Glas, prostete ihm zu und stürzte es in einem Zug hinunter. Müdigkeit brauchte sie gewiss keine mehr zu erzeugen, denn sie war halb ohnmächtig vor Erschöpfung. Ihr lag mehr daran, sich Mut anzutrinken. Die Lage war doch ein bisschen heikel. Erstens musste sie einmal einem dringenden Bedürfnis nachgeben, wozu sie sich nicht allzu weit von ihrem Lager entfernen wollte. Zweitens war es ihr wirklich unangenehm, dass sie die Nacht hier draußen allein mit Raúl verbringen musste, auch wenn sie nicht gleichzeitig nebeneinanderliegen und schlafen würden und obwohl er doch eigentlich der letzte Mensch auf Erden sein sollte, vor dem ihr irgendetwas peinlich war. Immerhin hatte er sie halb nackt und halbtot aus dem Rio Paraíso gefischt.

Der Wein begann zu wirken. Klara entspannte sich. Ein ganz leichtes Schwindelgefühl bemächtigte sich ihrer. Es fühlte sich gut an. Sie stand auf und verschwand um die Ecke. Sie hockte sich hinter einen Busch und hoffte, dass kein Skorpion sie in den Hintern kneifen würde. Sie schmunzelte bei der Vorstellung – ihre Furcht war einer Art Galgenhumor gewichen. Dann kehrte sie zu ihrem Lager an der Zeder zurück und legte sich auf die Decke. Komfortabel war es nicht gerade. Sie lag auf dem Bauch, die Arme unter dem Gesicht verschränkt. Sie spürte jede Unebenheit des Bodens, ein Ästchen bohrte sich ihr in die Brust. Aber sie war inzwischen so müde, dass sie nicht mehr die Energie aufbrachte, ihre Schlafstatt bequemer herzurichten. Keine fünf Sekunden später war sie eingeschlafen.

Raúl saß an dem mickrigen Feuer und schaute zu Klara hinüber. Er selber fühlte sich ebenfalls wie gerädert, und nichts hätte er lieber getan, als sich hinzulegen und ein paar Stunden zu schlafen. Aber das durfte er nicht riskieren. Einen Kaffee hätte er jetzt gut gebrauchen können oder, noch besser, seinen *chimarrão*, denn der Matetee hatte eine erstaunlich belebende Wirkung. Aber weder hatte er die Zutaten noch Kochgeschirr dabei, um Wasser zu erhitzen. Er hätte nicht so viel essen dürfen, jetzt war er träge und bettschwer. Um sich wach zu halten, stand er auf, streckte sich und ging ein paar Schritte. Am liebsten hätte er sich sinnvoll betätigt, zum Beispiel nach kleineren Stämmen gefahndet, die sich zum Bau eines Floßes verwenden ließen. Doch die Nacht war mondlos und tiefschwarz. Außerhalb des Radius ihres Feuerchens war die Dunkelheit des Waldes so dicht, so schwer, dass er meinte, sie mit Händen greifen zu können. Er konnte nichts weiter tun, als in dem schwachen Lichtschein zu bleiben und seinen widersprüchlichen Gedanken nachzuhängen.

Raúl hatte angefangen, Klara als Frau zu betrachten und nicht mehr nur als geschlechtslosen Schützling, als er sie in Josefinas Kleid gesehen hatte. Er hatte sie sehr anziehend gefunden. Im Laufe der Zeit hatten sich ihm weitere Eigenschaften offenbart, die ihm gefielen. Klara war intelligent – ihre schnellen Fortschritte im Portugiesischen belegten das eindrucksvoll. Sie war zurückhaltend und hatte ein freundliches Temperament. Das jedenfalls glaubte er daraus schließen zu dürfen, wie sie mit Teresa und Aninha umgegangen war. Und sie war, das hatte er auf dieser Reise festgestellt, hart im Nehmen. Sie jammerte nicht, wurde nicht hysterisch, verfiel nicht in Selbstmitleid. Oder wenn sie es tat, dann verheimlichte sie es jedenfalls gut. Sie wirkte vielleicht ein wenig zu beherrscht. Waren sie alle aus diesem Holz geschnitzt, die Einwanderer? Hatten sie gelernt, aus dem Schlechten das Beste zu machen?

Vielleicht war Klara aber auch nur gefühlsarm, und dort, wo sich bei anderen Frauen ein weiches Herz befand, saß bei ihr ein Stein. Wenn dem so wäre, würde sich auch erklären lassen, wie sie den tragischen Vorfall auf ihrem abgelegenen Grundstück – wie auch immer sich das Ganze abgespielt hatte – so gut verkraftet hatte. Raúl ging leise um das improvisierte Zelt herum, bückte sich und betrachtete Klaras Gesicht. Es lag seitlich auf ihren Armen, so dass eine Hälfte in dem schwachen Lichtschein, der von dem Feuer ausging, gut zu erkennen war. Im Schlaf wirkte Klara viel jünger als im Wachzustand. Jetzt, da sie die Augen geschlossen hatte, strahlte ihr Antlitz nicht mehr jene Wachsamkeit aus, die sie so reif wirken ließ. Ihre Lippen waren ein wenig geöffnet, und auch das verlieh dem Gesicht etwas Kindliches, Naives. Sie sah sehr süß aus, und beinahe hätte Raúl dem Impuls nachgegeben, ihr eine Haarsträhne aus dem Gesicht zu streichen.

Er wusste nicht, wie viel Zeit vergangen war, als er sie weckte. Es war noch immer tiefschwarze Nacht, aber sein Gefühl sagte Raúl, dass es nicht mehr lange dauern konnte, bis die Sonne aufging. Er hätte sie gern weiterschlafen lassen, doch er konnte sich beim besten Willen nicht mehr wachhalten. Er schubste sie an, rüttelte sie und ließ sich, kaum dass sie schlaftrunken die Augen geöffnet hatte, auf die Decke fallen. Er schlief sofort ein. Er sah nicht mehr, dass Klara noch eine Weile neben ihm liegen blieb. Er bekam nicht mehr mit, wie sie ihn aus dieser Nähe intensiv musterte. Er hörte nicht mehr, dass sie ihm etwas zuflüsterte. Und er hätte es auch gar nicht verstanden.

Deutsche Kosewörter hätten in seinen Ohren nicht anders geklungen als Beleidigungen.

29

Am Tag nach Raúls und Klaras Abreise Richtung São Leopoldo nahm Teresa die Gelegenheit wahr, mit dem Kutscher der Leute von schräg gegenüber in die Innenstadt zu fahren. Ihr eigenes Gefährt war ja fort. Da sie Raúl spätestens am Abend zurückerwartete und vorhatte, ihm ein ganz besonders gutes Essen zu servieren, wollte sie zum Markt und noch ein paar Dinge besorgen, die sie hier im Außenbezirk nicht bekam.

Außerdem machte ihr der Kutscher, Luiz, schon länger den Hof, und man musste solche Dinge ja weiterköcheln lassen. Schließlich war sie eine Frau, es gefiel ihr, wenn ein Mann sich für sie interessierte. Sie selber fand Luiz ganz annehmbar, immerhin war er unterhaltsam. Mehr als freundschaftliche Gefühle brachte sie ihm allerdings nicht entgegen. Auch konnte sie nicht recht nachvollziehen, was ihn an ihr anzog. Sie war alt und fand sich nicht besonders schön – wobei die Blicke von Luiz ihr das Gefühl vermittelten, sie sei es eben doch. Das war einer der Hauptgründe dafür, dass sie seine Gesellschaft schätzte.

»Frag doch Senhor Raúl mal, ob er mich nicht kaufen will«, sagte Luiz, als sie auf etwa halber Strecke waren und bisher nur belangloses Zeug gequasselt hatten.

»Und warum sollte er einen alten, hässlichen Neger wie dich kaufen wollen?«

»Aus Gutmütigkeit? Damit ich dir im Alter Gesellschaft leisten kann?«

»Was soll das heißen, ›im Alter‹? Ich bin jung, stark und noch viele Jahre einsetzbar.«

»Natürlich bist du das. Aber alt wirst du ja irgendwann auch einmal.«

»Besonders, wenn ich mit der Pflege eines Tattergreises wie dir betraut werde.« Sie legte eine kleine Pause ein und fragte sich, ob sie mit ihrer Frotzelei nicht zu weit ging. »Na, wenn es so weit ist, sehen wir weiter. Was meinst du denn, was die Fagundes für dich verlangen?«

»Keine Ahnung. Was meinst du denn, was ich wert bin?« Er zwinkerte Teresa zu.

Sie schnaubte in gespielter Empörung und gab ihm eine Antwort, die er verdient hatte. Sie setzten ihre Fahrt mit ähnlichem Geplänkel fort. Kurz bevor sie den Hauptmarkt erreichten, erhaschte Teresa einen Blick auf ein Kleid, das ihr bekannt vorkam. »Fahr mal langsamer. Ich glaube, das da drüben ist Sinhá Josefina. Und ich glaube, der fesche Kerl bei ihr, das ist ein alter Schulfreund von Senhor Raúl. Ts, ts. Das müssen wir uns genauer ansehen.«

»Du bist unmöglich, Teresa«, wies Luiz sie zurecht. »Was, wenn sie uns dabei erwischen, wie wir sie ausspionieren?«

»Tun sie nicht. Die sehen uns doch nie auch nur ins Gesicht. Ich glaube, die kennen ihre eigenen Sklaven kaum. Da meinst du, sie würden uns erkennen? Vielleicht tun sie das da, wo sie uns erwarten, also wenn Josefina mich im Haus von Senhor Raúl sieht. Aber hier? Wir sehen doch aus wie ein altes, verheiratetes Paar. Wie Freie. Die erkennen uns nie und nimmer, selbst wenn wir ganz dicht heranfahren.«

Sie wartete einen Moment, in der Hoffnung, Luiz würde ihr den indirekt ausgesprochenen Wunsch erfüllen. Aber es passierte nichts. »Nun mach schon, du alter Esel. Fahr näher ran!«

Luiz wagte nicht, sich ihr zu widersetzen. Teresa war eine Frau von großer Autorität. Also bog er in die Straße ein, in der sie die beiden Bekannten Raúls gesehen hatten. Er hielt unmittelbar hinter der Kutsche, in der Josefina saß und an deren Tür sich Paulo Inácio gerade von ihr zu verabschieden schien. Sie konnten jedes Wort hören. Es war genau, wie Teresa prophezeit hatte: Die beiden ignorierten die Kutsche mit den beiden schwarzen Insassen vollkommen. Teresa und Luiz konnten ungeniert lauschen.

»… und er scheint sich wirklich in diese Sache verrannt zu haben«, sagte der Redakteur. »Es bereitet mir ein wenig Sorge.«

»Nun, sehr sorgenvoll sehen Sie eigentlich nicht aus, mein lieber Paulo Inácio. Ich finde sogar, Sie wirken äußerst entspannt. Haben Sie den Sommer in den Bergen verbracht? Die kühlere Luft dort wirkt reinste Wunder, nicht wahr?«

»Nein, ich musste hierbleiben – die Nachrichten machen nie Urlaub«, sagte er wichtigtuerisch. »Aber, ist das das Geheimnis Ihres strahlenden Aussehens? Die Berge? Wo waren Sie in der Sommerfrische?«

»Ich war ebenfalls hier, die meiste Zeit zumindest. Es sind so attraktive Kavaliere wie Sie, die auf mich diese belebende Wirkung haben.«

Teresa musste sich auf die Zunge beißen, um der hübschen Dame nicht an die Gurgel zu gehen. Dieses Biest! Mit fast denselben Worten hatte sie Senhor Raúl Honig ums Maul geschmiert.

»Außerdem behagt mir die städtische Atmosphäre mehr als das Landleben. Und Städter gefallen mir viel besser als Männer aus der Provinz …«

Deutlicher konnte sie kaum werden. Teresa war so entsetzt über die Falschheit der Sinhá Josefina sowie über ihren eigenen Mangel an Menschenkenntnis – bis vor fünf Minuten hatte sie die junge Frau ja noch als Braut für ihren Senhor

⏁ 276 ⏁

Raúl in Betracht gezogen! –, dass sie nach der Hand ihres Begleiters griff.

Luiz verstand überhaupt nichts. Aber er war selig.

Von ihm aus konnten sie den ganzen Tag so hier sitzen bleiben, händchenhaltend und fremde Leute beim Austausch von Belanglosigkeiten belauschend. Kaum merklich drückte er Teresas Hand.

»Pah«, brauste sie auf, »du alter Schwerenöter! Glaubst wohl, das Unglück eines Mädchens ausnutzen zu können?« Sie zog ihre Hand zurück. Dann gab sie ihm den Befehl, weiterzufahren.

Luiz fuhr so rasant an, dass ihr Wagen eine riesige Staubwolke aufwirbelte, die dem Gespräch von Josefina und Paulo Inácio eine vollkommen andere Wendung gab.

Die Flüche der beiden hallten noch bis zum Marktplatz in ihren Ohren nach.

30

Im Norden grenzte an unser Grundstück das der Gerhards, im Süden das der Familie Schmidtbauer. Es waren Leute aus Niedersachsen, mit denen uns nicht viel verband, nicht zuletzt deshalb, weil wir ihre Sprechweise kaum verstanden. Unser Kontakt beschränkte sich auf das Mindestmaß an Nachbarschaftshilfe, ohne die hier in der »Baumschneis« – so war unsere in den Urwald geschlagene Schneise getauft worden – gar nichts ging. Hannes hatte Wilhelm Schmidtbauer beim Dachdecken geholfen, Wilhelm hatte seinerseits mit angepackt, als wir unseren Brunnen bauten. Agathe Schmidtbauer hatte uns einen Teil ihrer gestampften Butter rübergebracht, denn die verdarb ohnehin zu schnell, als dass die Familie sie allein hätte aufessen können, während ich ihnen umgekehrt einmal ein paar Gläser selbstgekochten Guavengelees abgetreten hatte. Es war eine Notgemeinschaft, nichts Freundschaftliches, im Gegensatz zu unserem Verhältnis zu den Gerhards, für die wir eine stetig wachsende Zuneigung empfanden.

Dennoch war ich im Juni 1825 heilfroh, dass diese Familie in der Nachbarschaft lebte und nicht etwa ein jüngeres Paar, das uns vielleicht nähergestanden hätte. Agathe Schmidtbauer hatte nämlich vier Kinder zur Welt gebracht, lauter dicke, gesunde Wonneproppen, und so erschien sie mir als die geeignete Person, die ich um Rat und Hilfe bitten konnte. Die Schmidtbauer-Kinder waren zwischen fünf und sechzehn Jahre alt und alle noch in der alten Heimat geboren worden, wo Agathe Beistand von den zahlreichen Frauen ihrer Familie gehabt hatte. Trotzdem würde sie wissen, was zu tun war.

Die Geburt unseres ersten Kindes stand jetzt kurz bevor, und ich hatte große Angst.

Agathe hatte uns bereits über die wichtigsten Schritte aufgeklärt und insbesondere Hannes eingeschärft, was zu tun war. Im Zweifel wäre ja er der Geburtshelfer. Bei ihrem ersten Kind, hatte Agathe behauptet, wäre es so schnell gegangen, dass das Kleine schon da war, bevor sie die Hebamme des Dorfs überhaupt wach bekommen hatten. Ich glaubte, dass Agathe maßlos übertrieb, um mir Mut zu machen. Dabei erreichte sie nur das Gegenteil. Ich wollte ja gar nicht, dass es so schnell ging. Ich wünschte mir, es möge so lange dauern, dass die Nachbarsfrauen bei der Geburt zugegen sein konnten. Die Vorstellung, allein auf Hannes' Hilfe angewiesen zu sein, war mir ein Graus – als er mir vor zwei Wochen einen Holzsplitter aus dem Fuß hatte ziehen müssen, weil ich wegen meines Umfangs nicht mehr allein herankam, war er beinahe in Ohnmacht gefallen. Andererseits hatte ich natürlich ebenso wenig Lust darauf, dreißig Stunden in den Wehen zu liegen, wie es bei Christels Schwägerin wohl der Fall gewesen war.

Christels eigener Kinderwunsch hatte sich bisher zwar nicht erfüllt, doch wenn man sie so reden hörte, konnte man glauben, sie hätte schon mindestens zehn kleine Gerhardse in die Welt gesetzt. Ich war darüber sehr froh, denn Christel wusste auf alle meine Fragen, und seien sie noch so dumm, eine Antwort. Sie war sehr fürsorglich und hatte sich auch bereit erklärt, mir später, wenn das Kind erst da war, mit Rat und Tat zur Seite zu stehen. Ihr Angebot, bis zu dem wahrscheinlichen Geburtstermin bei uns zu wohnen, hatte Hannes allerdings abgelehnt.

»So wild wird es schon nicht werden. Außerdem kannst du Franz nicht so lange allein lassen.«

Ich war ein bisschen beleidigt, weil er das Kinderkriegen als etwas so Normales abtat. Wenn unsere Kuh gekalbt hätte, wäre er wahrscheinlich besorgter gewesen. Zugleich war ich aber auch erleichtert. Es wäre mir sehr unangenehm gewesen, wenn Christel eine Woche oder länger bei uns hätte ausharren müssen, nur weil das Kind später als erwartet kam. Außerdem konnte ich mit solcher Aufopferungsbereitschaft nicht umgehen, schon gar nicht, wenn ich diejenige war, die in ihren Genuss kommen sollte. Ich war es nicht gewohnt, dass man mir half, sich um mich kümmerte, mich umsorgte.

In der Nacht vom 23. auf den 24. Juni erwachte ich von einem scheußlichen Ziehen und Zerren in meinem Bauch. Ich dachte, ich hätte starke Blähungen, denn wir hatten Bohneneintopf gegessen, der leider diese Wirkung auf die Eingeweide hat. Der Schmerz hörte bald wieder auf, nur um wenig später mit noch größerer Wucht über mich herzufallen. Erst da ging mir auf, dass es sich um die Wehen handeln musste. Ich drehte mich auf die Seite – inzwischen schliefen wir nicht mehr in der Hängematte, sondern in einem schönen großen Bett, das Hannes gebaut hatte – und stieß Hannes an. Schlaftrunken hob er ein Lid.

»Es geht los«, flüsterte ich.

Schlagartig war er wach. Mit einem Satz war er aus dem Bett und in seine Kleider gesprungen.

»Ich hole Christel«, sagte er. Ich merkte, dass er seine Aufregung vor mir zu verstecken suchte, was ihm aber nicht gelang. Allein, dass er so schnell wach geworden war, wo ich ihn morgens nur träge und langsam kannte, veranschaulichte seine Nervosität.

»Nein, bitte bleib bei mir«, bettelte ich. »Was soll ich denn tun, wenn es kommt und keiner da ist?«

»So schnell kommt es schon nicht«, behauptete er mit der Miene eines Mannes, der schon unzählige Kinder auf die Welt geholt hatte. Agathe und Christel hatten mir zwar dasselbe erzählt, dass nämlich zwischen dem ersten Zwacken im Bauch und der eigentlichen Ankunft des Kindes selbst bei einer schnellen Geburt noch viel Zeit verging, aber es war mir trotzdem nicht recht, dass Hannes mich allein lassen wollte.

»Bitte.«

»Christel ist dir eine viel größere Hilfe, als ich es bin«, sagte er und setzte seinen Hut auf. »Ich bin ja in spätestens einer Stunde wieder da, dann bist du froh, dass du dich nicht allein auf meine Hilfe verlassen musst.«

Das stimmte allerdings. Trotzdem befürchtete ich das Allerschlimmste für genau diese Stunde, in der ich allein wäre.

»Dann hol lieber Agathe Schmidtbauer. Ich glaube, die ist mir mit ihrer Erfahrung …« Weiter kam ich nicht. Ein jäher Schmerz wütete in meinem Innern. Ich krümmte mich und stöhnte. Das gab bei Hannes offensichtlich den Ausschlag: Er verlor kein weiteres Wort mehr und verschwand energischen Schrittes durch die Tür.

Als ich allein war und der Schmerz wieder abklang, genauso abrupt, wie er gekommen war, ging ich zu unserer Kochstelle und erhitzte einen großen Topf mit Wasser. Dann holte ich alles an Leinen, was ich auftreiben konnte – Handtücher, Geschirrtücher, Tischdecken – und legte den Packen auf die Fußseite des Bettes. Ich machte mich auf den Ernstfall gefasst, und obwohl ich vor Angst heftiges Herzklopfen hatte, ging ich ruhig und mit Bedacht vor. Ich gab mir die größte Mühe, den kleinen Anflug von Selbstmitleid sich nicht zu einem größeren Anfall auswachsen zu lassen, der mich in meiner Handlungsfähigkeit doch nur behindert hätte. Meine Vernunft übernahm das Kommando, und ich begann schon,

⧤ 281 ⧢

mich für meine Selbstbeherrschung zu beglückwünschen, als ich von der nächsten Wehe heimgesucht wurde. Der Schmerz tobte so grausam in mir, dass er all meinen Verstand ausschaltete. Ich ließ mich aufs Bett fallen. Wo blieb nur Hannes? Waren nicht schon etliche Stunden verstrichen, seit er mich hier so schmählich im Stich gelassen hatte?

So ging es eine Weile. Nach jeder Woge rasender Schmerzen kam ich in ein Wellental, in dem wieder alles normal schien und ich mich beruhigte, bevor der nächste Brecher über mir zusammenschlug. Die Abstände zwischen den Wehen wurden geringer, genauso, wie Agathe es mir beschrieben hatte, doch auf mein Zeitgefühl mochte ich mich nicht gern verlassen. Mittlerweile schien es mir ja auch Jahre her zu sein, dass Hannes aus dem Haus gegangen war. Oje, was, wenn ihm etwas passiert war? Wie sollte ich nur jemals das Kind ohne jegliche Hilfe zur Welt bringen? Aber, sagte ich mir in einem der immer seltener werdenden Momente von geistiger Klarheit, ich war doch sicher nicht die erste Frau, die in einer derart misslichen Lage steckte – die Natur musste es doch so eingerichtet haben, dass es auch ohne fremde Hilfe ging, oder?

Dann wieder trieb mir der Gedanke, ich müsste wie eine Katze die Nabelschnur durchbeißen, den Angstschweiß auf die Stirn. Nein, das würde nicht passieren. Ich rappelte mich auf und holte ein Messer, das ich zu dem Haufen Leinen legte. Dann schob ich einen Stuhl aus der Küche neben das Bett, nahm anschließend den Topf mit dem Wasser, das inzwischen kochte, vom Feuer und stellte ihn auf den improvisierten Nachttisch. Ich hatte jetzt alles, was man laut Christel und Agathe brauchte, in der Nähe. Ab sofort hätte ich nicht mehr viel Einfluss auf die Ereignisse. Das Kind würde kommen, ob nun Hilfe da war oder nicht, ob ich vor Furcht beinahe umkam oder nicht.

Ich hatte mich schon fast mit meinem Schicksal abgefunden, als ich Schritte und leises Murmeln von draußen vernahm. Froh war ich darüber nicht mehr – mir war alles egal. Ich wollte nur noch, dass das Kind sich endlich seinen Weg ans Licht der Welt bahnte. Wie, mit wessen Hilfe und unter welchen Umständen, war mir vollkommen gleichgültig. Auch hatte ich mittlerweile alle schamhaften Anwandlungen abgelegt. Von mir aus hätte der gesamte Männerchor aus Ahlweiler zugegen sein können, wenn denn ihr Gesang das Kind hätte hervorlocken können.

Christel trat ans Bett heran.

»Wo ist Hannes?«, fragte ich sie.

»Der soll draußen warten – Männer können das nicht gut verkraften.« Draußen bedeutete in diesem Fall wirklich draußen, also im Freien, denn unser Häuschen bestand ja nur aus einem einzigen Raum, in dem das Bett durch einen Vorhang von der Küche getrennt war.

»Es tut so weh«, jammerte ich. War ich, als ich mich noch auf mich allein gestellt glaubte, gar nicht wehleidig gewesen, so war ich es nun doppelt. Dass Christel mir die Hand drückte und meine Stirn mit einem feuchten Tuch abtupfte, hatte irgendeinen Widerstand in mir gelöst.

»Natürlich tut es das. Aber es dauert ja nicht mehr lang, und dann wird dich das Kind die Strapazen sofort vergessen lassen.«

Ich nickte ergeben.

Dann ging es los.

An die Einzelheiten erinnerte ich mich schon am nächsten Tag nicht mehr, es stellte sich mir vielmehr als eine lose Abfolge blutiger und übelriechender Vorgänge dar, die es gar nicht lohnen, dass man sie im Gedächtnis bewahrt. Ich weiß nur noch, dass sich die eigentliche Geburt ganz genauso anfühlte, wie ein Stuhlgang sich anfühlt, wenn man tagelang nicht konnte und dann alles auf einmal kam, wenn also großer Druck mit großer Erleichterung einherging. Darüber habe ich nie geredet, nicht einmal Hannes gegenüber habe ich es erwähnt, denn ich fand den Vergleich allzu derb. Ein so heiliges Ereignis wie die Geburt eines Menschen darf man nicht damit auf eine Ebene stellen. Trotzdem war es so.

Alle anderen hatten ebenfalls recht behalten. In dem Moment, als ich das kleine, blutige und mit weißer Pampe verschmierte Bündel aus mir herausflutschen fühlte und Christel sagen hörte: »Ein gesundes Mädchen!«, war alles vergessen. Die Schmerzen, die Angst, die Ungewissheit – wie weggeblasen. Ich war erschöpft und glücklich. Einzig die Tatsache, dass Christel meine Tochter unmittelbar nach der Geburt fortschleppte, badete und dick in Tücher einwickelte, bevor sie sie mir an die Brust legte, empfand ich als enttäuschend. *Ich* war doch die Mutter, warum bekam dann nicht auch ich als Erste das Kind?

»Aber doch nicht mit all dem Blut und der Käseschmiere!«, beantwortete Christel entrüstet meine diesbezügliche Frage, und allein ihre Wortwahl, die sie als größere Expertin auf dem Gebiet auswies als mich, machte mich sprachlos. Was auch immer *Käseschmiere* war, ebendiese ließ es mir ratsam erscheinen, nicht weiter nachzufragen.

Der Moment, in dem die Kleine an meiner Brust lag – daran allerdings noch nicht saugte, denn bestimmt war sie noch erschöpfter als ich – und Hannes mir einen Kuss gab, der verdächtig nach Schnaps roch, gehört zu den schönsten, an die ich mich erinnere. Es war ein wunderbares Zusammenspiel von Mutterglück, Liebe und dem Gefühl, etwas wahrhaft Großes geleistet zu haben. Lange genoss ich es nicht: Ich schlief sehr bald nach der Geburt ein und wachte erst zehn

Stunden später wieder auf, und zwar vor Hunger und Durst. Und von durchdringendem Säuglingsgeschrei.

Ich hatte immer geglaubt, nach einem solchen Kraftakt fühle man sich geschwächt und irgendwie krank. Dem war nicht so. Mein Unterleib war wund, aber darüber hinaus fehlte mir nichts. Das kleinste bisschen Fieber beeinträchtigte einen mehr. Ich war bei klarem Verstand und hatte einen gesunden Appetit. Ich fühlte mich durchaus in der Lage, aufzustehen und ein Frühstück zuzubereiten, was ich auch tat.

Am Küchentisch saß Christel und schlief, den Kopf auf die Unterarme gebettet. Ein Speichelfaden lief ihr aus dem Mund. Von Hannes war weit und breit keine Spur. Vielleicht war er schon auf dem Feld. Was hätte er auch im Haus groß ausrichten können? Kinderkriegen war nun einmal Frauensache, und da für ihn ja nicht einmal im Bett Platz gewesen war, denn das Kind hatte die ganze Nacht bei mir gelegen, hatte er wahrscheinlich das einzig Sinnvolle getan und war wieder an die Arbeit gegangen. Es versetzte mir einen klitzekleinen Stich, dass ihm unsere Tochter nicht einen freien Tag wert war, aber ich verstand es auch.

Ich briet mir drei Eier, bereitete mir eine heiße Milch mit sehr viel Zucker zu und ging zurück zum Bett. Jetzt, da ich wieder ich selbst war, betrachtete ich die Kleine mit anderen Augen. Sie war ziemlich hässlich. Sie war fast ganz kahl, nur drei feine hellbraune Härchen auf ihrer Stirn ragten in die Luft. Ihr Gesichtchen war rot und verknautscht. In den Hautfalten, das heißt in der Armbeuge, den Kniekehlen oder am Hals, hatte sie rötlichen Schorf. Ich wurde von Gewissensbissen übermannt: Irgendetwas – abgesehen davon, dass sie ein Mädchen war – hatte ich bestimmt falsch gemacht. Gleichzeitig durchflutete mich eine heiße Liebe zu diesem kleinen, hilflosen Bündel. Die winzigen Finger, die weichen

Füßchen, das niedliche Mündchen waren das Entzückendste, was ich in meinem ganzen Leben gesehen hatte. Ich nahm sie hoch, genoss ihren Duft und ihre zarte Haut und küsste ihre Fußsohlen. Ich setzte mich auf den Bettrand und legte eine Brust frei.

»Gib sie mir, du musst dich ausruhen«, hörte ich auf einmal Christel sagen. Sie war, von mir unbemerkt, aufgewacht und ans Bett herangetreten.

»Aber nein, mir geht es blendend. *Du* musst dich ausruhen – nach dieser langen Nacht. Lass uns Hannes suchen, damit er dich heimbegleiten kann.«

Christel betrachtete mich und das Kind skeptisch, zuckte aber dann die Achseln. »Du hast recht. Ich bin todmüde. Und ihr wollt bestimmt gerne für euch sein.«

Sie klang ein wenig traurig, und mich überkam augenblicklich eine Mischung aus Mitleid und schlechtem Gewissen. Da hatte sie sich die ganze Nacht um die Ohren geschlagen, um mir zu helfen, und nun konnte ich sie gar nicht schnell genug loswerden. Ich war ihr über die Maßen dankbar für alles, was sie getan hatte – aber ich wollte auch endlich einmal allein und unbeobachtet mit meinem Kind sein. Christel hatte es, leider, klar erkannt. Dennoch verneinte ich vehement.

»Aber wo denkst du hin? Und was heißt überhaupt ›für euch sein‹? Du bist doch fast schon ein Teil der Familie. Nein, nein, Christel, wenn es nach mir ginge, könntest du für immer hierbleiben. Ohne dich hätte ich das nicht geschafft, und bestimmt wird es mit einem Säugling auch ganz schön hart werden, wenn man so auf sich gestellt ist. Ich finde nur, dass du jetzt heimgehen und schlafen solltest – und dann kannst du mit neuer Energie zurückkommen und uns gerne jederzeit bekochen.« Ich lachte, und es hörte sich sogar für mich künstlich an.

Christel nickte. »Natürlich. Ich gehe dann jetzt mal.« Sie klang müde und kraftlos.

Wir verabschiedeten uns herzlich, und ich versicherte ihr unzählige Male, wie dankbar ich ihr war, wie willkommen ihre Hilfe auch in Zukunft sei und dass es gar nicht ohne ihre Unterstützung ginge. Dann suchten wir Hannes.

Als die beiden fort waren, atmete ich auf. Hannes würde so bald nicht zurückkehren, denn er würde bestimmt noch die anderen Nachbarn besuchen und die frohe Botschaft verkünden. Ich würde mich in den nächsten Stunden ganz dem Kind widmen können, ohne dass es mir zum Baden oder Wickeln oder Herumtragen andauernd weggenommen wurde.

Andächtig betrachtete ich das kleine Bündel. Ich nahm sie hoch, und sie blinzelte mir aus ihren blauen Äuglein zu. Vor lauter Rührung war ich den Tränen nahe. Dann legte ich sie an die Brust, und diesmal trank meine Tochter gierig. Es war ein gutes Gefühl, vor allem deshalb, weil meine Brüste vor lauter eingeschossener Milch gespannt hatten. Während sie saugte, überlegte ich mir, wie wir das Kind nennen sollten. Sonderbar, Hannes und ich hatten nur über Jungennamen nachgedacht, nie über Mädchennamen. Wahrscheinlich war es Hannes bei einem Mädchen ohnehin egal, wie es hieß. Das freute mich. So würde es keinerlei Disput darüber geben, ich würde allein entscheiden dürfen. Und für mich stand fest, dass die Kleine nach meiner Schwester benannt werden sollte: Hildegard.

Hilde. Ja, das war hübsch.

»Hilde«, wisperte ich ihr ins Ohr, und fast schien es so, als lächelte sie.

31

An ihrem dritten Tag im Dschungel wurden Raúl und Klara erlöst. Ein großes Boot fuhr flussabwärts und nahm sie auf. Ja, ein Stück weiter oben läge noch immer ein Baumstamm im Wasser, und nein, an eine Räumung sei zur Zeit nicht zu denken, denn der ungewöhnlich hohe Wasserstand sowie die starke Strömung machten ein solches Unternehmen zu einer lebensgefährlichen Sache. Besser sei es, man wartete, bis der Wasserpegel sank, spätestens im Mai sei der Weg wieder frei.

Der Steuermann wusste weiterhin zu berichten, dass sein betrügerischer Kollege, der Raúl und Klara in der Wildnis ausgesetzt hatte, vor zwei Tagen gekentert und dabei zu Tode gekommen war. »Geschieht ihm ganz recht«, sagte Raúl, und der Steuermann stimmte ihm zu. »Er ist schon des Öfteren unangenehm aufgefallen. Der war eine Schande für unseren ganzen Berufsstand, der alte Saufkopf.«

Glück im Unglück, dachte Klara. Wenn sie mit dem Trunkenbold an Bord gewesen wären, lägen sie jetzt auf dem Grund des Flusses. Da war es doch weitaus erfreulicher gewesen, sich mit Raúl durch den Urwald zu schlagen, obwohl das weiß Gott nicht schön gewesen war. Mehr als alle Insektenbisse, mehr als der Schmutz, das ständige Jucken, die Furcht und die körperliche Anstrengung hatte sie die Stille bedrückt. Anstatt einander besser kennenzulernen und freundschaftlich miteinander zu reden, hatten sie und Raúl sich fortwährend angeschwiegen. Nur das Nötigste war gesagt worden. Woher ihre eigene Befangenheit rührte, wusste sie: Sie war drauf und dran, sich in Raúl zu verlieben. Das jedoch erschien ihr in ihrer derzeitigen Lage mehr als unangemessen, und weil es andere ebenso empfinden mochten – sie war eine junge Mutter und hatte gerade erst ihren Mann verloren –, würde sie sich unter gar keinen Umständen auf etwas einlassen, das ja doch zu nichts Gutem führen konnte.

Raúl, das spürte sie deutlich, empfand ebenfalls mehr für sie. Er hatte sie manchmal, wenn er glaubte, sie bemerke es nicht, mit Blicken gemustert, in denen sie Zärtlichkeit zu erkennen glaubte. Doch auch er war offenbar nicht willens, sich tiefere Gefühle ihr gegenüber zu gestatten. Er hatte sich während der zwei Tage im Wald überaus ritterlich und zuvorkommend verhalten.

Manchmal hatte sie sich gewünscht, er möge weniger korrekt sein, nur um sich kurz darauf ihrer Gelüste zu schämen. Was war sie nur für eine verdorbene Seele, so kurz nach Hannes' Tod schon wieder sinnliche Empfindungen für einen anderen Mann zu hegen?

Was wohl in Raúl vorgehen mochte? Jeder andere hätte die Situation doch wohl zu seinem Vorteil ausgenutzt. Warum nicht er? Ach, was für eine dumme Frage: Natürlich konnte und wollte er nichts von einer Frau wissen, die ein Kind hatte und die noch dazu unter Mordverdacht stand. Vermutlich war er nur vorübergehend von der samtigen Nachtluft und dem Glimmen ihres Lagerfeuers in eine romantische Stimmung versetzt worden. Zum Glück – für sie beide – hatte er die Vernunft bewahrt. Was ihn nur noch anziehender machte. Verflucht.

Als sie in Porto Alegre ankamen, nahmen sie sich am Hafen eine Mietdroschke. Es war nicht leicht gewesen, einen Kutscher zu finden: Sie sahen abgerissen aus, waren schmutzig und trugen zerrissene Kleider. Schließlich überzeugten die Münzen, die Raúl einem Fahrer in die Hand drückte, diesen davon, dass die lange Fahrt vielleicht doch ein ganz gutes Geschäft war.

Als sie Raúls Haus erreichten, fanden sie eine völlig aufgelöste Teresa vor, die sie vor lauter Erleichterung, dass ihnen nichts Schlimmes widerfahren war, wüst beschimpfte. Nachdem die beiden Rückkehrer gebadet und gegessen hatten, gingen sie zu Bett. Beide schliefen durch, vom späten Nachmittag bis zum nächsten Morgen.

»Du brauchst nicht in der Küche zu essen«, begrüßte Raúl seine Reisegefährtin, als sie zum Frühstück nach unten kam. »Nach allem, was wir zusammen durchgemacht haben, kannst du genauso gut hier mit mir im Speisezimmer frühstücken.«

Im Grunde sah Klara das genauso. Andererseits hatte sie sich in den Wochen ihres Aufenthaltes hier im Haus immer bei den Dienstboten aufgehalten. Es kam ihr merkwürdig vor, dies nun zu ändern und sich womöglich noch von Teresa oder Aninha bedienen zu lassen. Dennoch nahm sie Platz. Sie schenkte erst Raúl, dann sich selber eine Tasse Kaffee ein. Sie nahm sich Zucker und Milch dazu und war froh, die durch das Umrühren erzeugten Strudel in ihrem Getränk betrachten zu können. Da fiel es nicht weiter auf, dass sie Raúls Blicken auswich.

»*E agora?*«, fragte er sie. »Und jetzt?«

Sie sah kurz auf, nur um sich wieder mit vorgetäuschter Konzentration ihrem Kaffee zu widmen.

»*Não sei* – ich weiß nicht.« Heim konnte sie vorerst nicht. Und hier würde Raúl sie sicher nicht behalten wollen. Nun, dann musste sie eben bei den Behörden – wenn nicht bei der Polizei, dann vielleicht bei der Einwanderungsbehörde – so viel Lärm veranstalten, dass man sie anhörte, sich ihrer annahm, sie irgendwo unterbrachte. Notfalls im Gefängnis. Die Vorstellung war scheußlich.

»Ich kann nicht bis Juni hier in der Stadt bleiben. Ich muss dringend nach Hause, auf meine *estância* in Santa Margarida«, sagte Raúl. »Es lässt sich beim besten Willen nicht länger aufschieben.«

Klara nickte traurig. Natürlich musste er das. Sie allein war schuld, wenn Raúl seinen Hof vernachlässigte und sich stattdessen in haarsträubende Abenteuer wie jenes im Urwald stürzte.

»Dass du mitkommst, mag ich dir erst gar nicht anbieten – du wirst ja bestimmt hierbleiben und dich um deine eigenen Angelegenheiten kümmern wollen.«

Endlich hörte Klara auf zu rühren und sah Raúl überrascht an. Hatte sie ihn richtig verstanden? Er wollte sie mitnehmen? Ja!, hätte sie am liebsten laut gerufen. Doch dann dachte sie an die große Entfernung, die zwischen Santa Margarida und São Leopoldo lag – laut Teresa dauerte allein die Fahrt von der *estância* nach Porto Alegre fünf Tage. Von dort aus wäre es noch komplizierter, nach Hause zu gelangen. Wann würde sie jemals wieder ihr Hildchen in die Arme schließen können? Nein, das ging nicht. Sobald der Fluss wieder befahrbar wäre, wollte sie zur Stelle sein und das erste Boot nehmen – bevor die typischen Regenfälle im Juli und August den Fluss erneut unpassierbar machten. Und nicht nur ihrer Tochter wegen. Was war mit Hannes' Grab? Wo hatte man ihn bestattet? Kümmerte sich jemand um seine letzte Ruhestätte, oder zeugte nur ein schlichtes Holzkreuz von dem ersten Todesfall unter den neuen Einwanderern?

»Im Juni käme ich wieder zurück in die Stadt. Also wenn du willst …« Raúl wusste nicht, was in ihn gefahren war. Hatte er tatsächlich gerade angeboten, Klara mitzunehmen?

Wieso zum Teufel überließ er sie nicht endlich sich selbst? Sie war wieder gesund, und sie war mittlerweile in der Lage, sich einigermaßen auf Portugiesisch zu verständigen. Sie konnte durchaus für sich selber sorgen. Er könnte ihr etwas Geld geben, damit sie die Kosten für Unterbringung, Essen und Bootsfahrt bestreiten konnte. Aber nein, er musste sich weiter als ihr Beschützer aufspielen. Und damit ritt er sich selber immer tiefer in Schwierigkeiten. Was den bürokratischen Teil ebenjener Probleme anging, war er gelassen. Sie hatten schließlich versucht, nach São Leopoldo durchzukommen – schlimmstenfalls konnte man ihm Langsamkeit vorwerfen, nicht aber, dass er seine Bürgerpflichten vernachlässigt hätte.

Die persönlichen Probleme jedoch, die er sich aufzuhalsen im Begriff war, würden nur noch ärger werden. Er wollte sich nicht in eine junge Witwe verlieben, die irgendwelche dunklen Geheimnisse vor ihm verbarg. Dass sie eine kleine Tochter hatte, empfand er nicht als Hindernis, dass Klara womöglich schwerwiegende seelische Störungen hatte, dagegen schon. Zunächst mussten die näheren Umstände aufgeklärt werden, unter denen ihr Mann zu Tode gekommen war. Vorher würde er, Raúl, sich nicht erlauben, an ihre Unschuld zu glauben.

Ach, er machte sich etwas vor! Im Grunde glaubte er doch bereits an ihre Unschuld. Er hatte nun so viel Zeit mit Klara verbracht, sie besser kennengelernt, als es für zwei unverheiratete junge Leute üblich und schicklich war. Und sein Gefühl sagte ihm, dass Klara selber ein Opfer war. Aber wann hätte er je auf seinen Bauch gehört? Sein Kopf bestimmte sein Handeln, hatte es immer schon getan. Er sollte von dieser Regel auch jetzt keine Ausnahme machen. Doch es war zu spät. Er hatte ihr seinen Vorschlag unterbreitet, und an Klaras Lächeln erkannte er, dass sie im Begriff war, ihn anzunehmen. Einen Rückzieher konnte er jetzt nicht mehr machen. Verdammt!

Zwei Tage später brachen sie auf. Aninha und den Stallburschen hatten sie zurückgelassen, um nicht mit zwei Wagen reisen zu müssen und auf dem einen all ihr Gepäck verstauen zu können. Außerdem sollten die beiden ein Auge auf das Stadthaus haben, es in Schuss halten und dafür sorgen, dass im Juni, wenn Raúl erneut nach Porto Alegre käme, innen wie außen alles sauber und ordentlich war. Dass die beiden irgendwelchen Unfug trieben, war nicht zu befürchten: Die Sklaven der umliegenden Häuser, darunter auch Luiz, waren mindestens ebenso peinlich auf die Einhaltung der guten Sitten bedacht wie ihre Herrschaften.

Aus der Stadt heraus fuhren sie alle auf dem Wagen, Raúl vorn auf dem Kutschbock, Teresa und Klara hinten, wie zwei Passagiere einer Mietdroschke. Das zweite Pferd trottete hinter dem Gefährt her. Erst als sie das Stadtgebiet verlassen hatten, band Raúl das zweite Pferd los und ritt auf ihm, während Teresa und Klara sich mit den Zügeln des vorgespannten Pferdes abwechselten. Teresa tat dies erst nach längerem Lamentieren, sie sei schließlich eine Haussklavin und keine Feldnegerin, die man zu so niederen Arbeiten heranziehen dürfe. Doch das Zugpferd war freundlich und gehorsam, und weil Raúl ohnehin den Weg vorgab, war es ganz einfach, die Zügel zu halten. Irgendwann begann Teresa sogar Spaß dabei zu haben. Sie dachte an Luiz und an sein ungläubiges Gesicht, wenn sie ihm von diesem Abenteuer erzählte.

Sie übernachteten in einer kleinen Ortschaft, in deren einziger Herberge Raúl anscheinend regelmäßig abstieg. Das Essen war gut, die Kammern und Betten waren schlicht, aber sauber. Klara spürte jeden Stein, über den sie gefahren waren, in ihren Knochen. Auch ihr Hinterteil schmerzte, denn so dicke Kissen, die das Holpern ihres Gefährts abgefangen hätten, gab es gar nicht. Am liebsten wäre sie ebenfalls geritten, der Sattel sah eindeutig bequemer aus als die Holzbank der Kutsche. Selber reiten konnte sie nicht, obwohl es ziemlich einfach aussah. Dafür erwischte sie sich bei der Vorstellung, wie sie eng an Raúl geklammert auf dem Pferd saß. Oder säße sie dabei vor ihm, würde seine breite Brust an ihrem Rücken spüren und seine Arme, die an ihrer Taille vorbei die Zügel hielten? Beide Bilder waren gleichermaßen verstörend – und erregend. Oh Gott, sie war wirklich verderbt bis ins Mark. Wo war ihre katholische Erziehung geblieben? Wahrscheinlich begraben auf einer abgelegenen Parzelle in der Baumschneis, zusammen mit ihren Illusionen von einer besseren Zukunft und einem glücklichen Familienleben.

Sie teilte sich die Kammer mit Teresa. Die Schwarze, die während Klaras Genesung jeden Winkel von deren Körper zu sehen bekommen hatte, war selber sehr schamhaft. Sie bat Klara, sich umzudrehen, als sie sich ihre Nachtwäsche anzog, und den Raum zu verlassen, als sie den Nachttopf benutzte. Klara respektierte ihre Wünsche. Manche Leute wurden mit zunehmendem Alter einfach schrullig. Oder begannen zu schnarchen. Teresas leises Grunzen hinderte Klara allerdings nicht daran, gut, fest und lange zu schlafen. Als Teresa sie am Morgen weckte, waren die anderen schon reisefertig.

Im Laufe der nächsten Tage änderte sich die Landschaft erheblich. Sanfte Hügel erstreckten sich bis zum Horizont, bedeckt von Mischwäldern mit wieder ganz anderen Bäumen, als Klara sie im Urwald kennengelernt hatte, und unterbrochen von Grasflächen, auf denen Rinderherden weideten. Auch das Klima schien sich geändert zu haben. Anders als in Küstennähe war es hier trockener, nicht mehr so schwül. Es erinnerte sie ein wenig an den Hunsrück. Natürlich nicht, wie er im April, sondern wie er im Sommer war, wenn Wälder und Wiesen in vollem Saft standen und ihr Grün die Schroffheit der Landschaft verdeckte.

Dann, am Nachmittag des fünften Tages, passierten sie das Dorf Santa Margarida. Es war ein sehr bescheidener Marktflecken, mit ärmlichen Häusern und einem staubigen Weg, der mitten hindurchführte. Die Leute blieben stehen und winkten ihnen zu. Manche riefen auch laut, und Raúl und Teresa antworteten ihnen lachend. Man kannte sie hier. Klara freute sich für die beiden, die nun endlich nach Hause kamen. Sie merkte, wie die Spannung von ihnen abfiel, wie ihr Benehmen sich änderte. Sowohl Teresa als auch Raúl wirkten viel natürlicher, was, wenn Klara sich vor Augen hielt, wie sie selber in ihrem Heimatort eine ganz andere gewesen war als unter Fremden, nur normal war.

Ihr selber hingegen wurde, aus demselben Grund, klamm ums Herz. In Ahlweiler hatte sie jeden gekannt. In São Leopoldo war sie unter Gleichgesinnten gewesen – und hatte nach einiger Zeit auch jeden gekannt. In Porto Alegre war sie unfreiwillig gelandet. Hierher jedoch war sie freiwillig gekommen, einzig in Begleitung zweier Menschen, die ihr zwar wohlgesinnt waren, die aber kein Ersatz für eine gute Freundin, eine Leidensgefährtin oder eine Schwester waren. Eine ältere Negersklavin und ein äußerst attraktiver Gutsbesitzer, zu dem Klara sich hingezogen fühlte – das waren beileibe nicht die Menschen, mit denen sie sich gerne über gemeinsame Erfahrungen ausgetauscht hätte. Weder Raúl noch Teresa würden ihre Empfindungen verstehen, geschweige denn teilen können.

Die Freude über die Ankunft in Santa Margarida wurde von diesen Überlegungen überschattet. Zugleich hatte Klara jedoch das erhebende Gefühl, das jedem Neubeginn zu eigen ist. Sie spürte eine herrlich irrationale Euphorie in sich aufwallen, geboren aus Hoffnung und Zuversicht. Ungewissheit konnte beängstigend sein – aber auch betörend. In jedem Fall war sie anregend. Klara bekam eine Gänsehaut.

Die *estância* erreichten sie nach einer weiteren Viertelstunde. Raúl und Teresa waren nun völlig entfesselt. Sie alberten herum, redeten viel mehr als üblich und machten alles in allem den Eindruck von Kindern, die von einer aufregenden Wanderung zurück nach Hause kamen und darauf brannten, den Eltern von den gemeisterten Gefahren zu berichten. Klara indes nahm still die Szenerie in sich auf.

In der Ferne sah sie das Anwesen. Ein schnurgerader Weg, gesäumt von verschiedenen Palmen, Bäumen und farbenfrohen Sträuchern, von denen sie keinen beim Namen nennen konnte, führte auf das Herrenhaus zu. Es wirkte bereits von weitem imposant: ein steinerner, zweigeschossiger, gleißend weißer Bau, schnörkellos und streng. Die Fenster waren farbig abgesetzt, doch ob es sich um Grün oder Blau oder auch Braun handelte, vermochte Klara aus der Distanz nicht zu erkennen. Das rote Ziegeldach lief bei weitem nicht so spitz zu wie die Dächer, die sie aus ihrer Heimat kannte. Unter der leichten Schräge lagen sicher gleich die Schlafzimmer und kein Dachboden oder Ähnliches. An das Haupthaus grenzten diverse andere Gebäude, alle von gleicher Höhe und ebenfalls weiß gestrichen. Sie bildeten ein U um einen Hof herum, der wiederum von der größten Araukarie beherrscht wurde, die Klara je gesehen hatte. In dem Hof konnte sie, bisher nur winzig klein, Leute erkennen, die geschäftig hin und her liefen.

Raúl gab seinem Pferd die Sporen und preschte voraus. Teresa sah ihm tadelnd nach, wandte sich dann Klara zu und sagte: »Wir fahren schön gemächlich weiter. Feine Leute haben es nie so eilig. Und sollte es doch einmal so sein, lassen sie es sich nicht anmerken.«

Als sie in der Mitte des Weges angelangt waren, der Hof nunmehr keine dreihundert Meter mehr entfernt, fegte eine Bö über sie hinweg. Das Wetter war den ganzen Tag wechselhaft gewesen, aber Regen war ihnen erspart geblieben. Nun sah es aus, als zöge ein Gewitter herauf. Die schräg stehende Sonne funkelte durch die düsteren Wolkenberge hindurch. Hinter dem Anwesen reichte das Grau der Wolken bis zum Boden – es regnete. Es war ein grandioser Anblick, denn die Sonne zauberte einen Regenbogen an den Himmel, wie um Raúls Hof zur Begrüßung des Hausherrn in dem denkbar schönsten Rahmen zu präsentieren.

Der Wind wirbelte winzige silbrige Blättchen durch die Luft. Sie glitzerten wie Schneeflocken. Jetzt, dachte Klara, erinnerte die Landschaft doch mehr an den Hunsrück an einem Apriltag, wenn kräftiger Wind die feinen Kirschblüten vom Baum fegte, wenn es sommerlich warm sein und kurz darauf schneien konnte. Sie schluckte schwer und tupfte sich verstohlen die Augen. Nein, keine Sorge, gab sie Teresa zu verstehen. Es war nur ein Staubkorn.

32

Am 13. August fiel Schnee. Wir trauten unseren Augen kaum. Feine Flocken rieselten vom Himmel herab, legten sich auf die Felder, bestäubten die hohen Araukarien, bedeckten gnädig den Dreck im Hühnerpferch. Wir waren völlig aus dem Häuschen, waren hingerissen und entsetzt zugleich. Sosehr uns die Hitze des Sommers zugesetzt hatte, so wenig wollten wir, dass Frost und Kälte unsere Ernte angriffen. Unsere Besorgnis erwies sich gottlob als voreilig, denn das ganze Spektakel dauerte nicht lange. Der Schnee schmolz, kaum dass er die Erde berührt hatte, und für den Rest des Monats ähnelte das Wetter dem, das man im Hunsrück gewöhnlich im April hatte.

Während wir dem kurzen Schneefall durchaus schöne Seiten abgewinnen konnten, weil er eine so willkommene Abwechslung von der ewigen Hitze bot – obwohl natürlich der Herbst, also der Zeitraum von April bis Juni, bereits ein wenig frischer gewesen war –, war er für die neuen Siedler eine Katastrophe. Mittlerweile waren drei weitere Schiffe mit Deutschen angekommen, das letzte davon mitten in der kältesten Phase des insgesamt sehr milden Winters. Ich hatte großes Mitleid mit ihnen, denn ich stellte es mir grausam vor, in der neuen Heimat einzutreffen, in der angeblich immer Sommer war, und dann in einem primitiven Verschlag frieren zu müssen.

Für uns dagegen war die Kälte nicht weiter schlimm. Inzwischen hatten wir ein richtiges kleines Fachwerkhaus errichtet, mit einem Ziegeldach, mit Holzböden und mit zwei separaten Räumen, die eine Holztür mit aufwendigen Schnitzereien miteinander verband. Wir hatten vernünftige

Möbel, ein gemütliches, warmes Bett und genügend Vorräte an Lebensmitteln. Hannes hatte von dem kleinen Gewinn, den wir mit unserer ersten Tabak- und Maisernte einfuhren, zwei Schweine in der Stadt gekauft und mir diverse Stoffe und Garne mitgebracht, aus denen ich bereits einige hübsche Decken und Kissenbezüge gefertigt hatte. Unser Haus wirkte dadurch viel wohnlicher. Im Garten hatten wir unseren Brunnen, einen schönen, großen, überdachten Steinofen sowie einen kleinen Stall für unser Vieh. Es war nach wie vor alles sehr einfach, aber wir hatten, was wir brauchten. Wir fühlten uns wohl. Und wir begannen, uns heimisch zu fühlen.

Dazu trug ebenfalls bei, dass die Neuankömmlinge uns mit Fragen löcherten. In ihren Augen waren wir die Alteingesessenen, die sich hier schon bestens zurechtfanden und alles wussten. Mir erschien das ein wenig lächerlich, denn jemanden, der selber noch nicht so genau wusste, wann die Maniokwurzeln reif zum Ernten waren, konnte man ja nicht allen Ernstes als Experten betrachten. Aber wir beantworteten alle Fragen nach bestem Wissen und Gewissen. Es ließ sich kaum vermeiden, dabei auch bestimmte exotische Wörter zu gebrauchen, etwa die eine oder andere einheimische Bezeichnung von Pflanzen oder Tieren, die wir irgendwo aufgeschnappt hatten und wie selbstverständlich verwendeten, wenn es kein entsprechendes deutsches Wort gab. Bestimmt klang auch hier und da der Stolz auf das durch, was uns in der kurzen Zeit schon alles gelungen war. Jedenfalls spürten wir, wie bewundernd die Neuen zu uns aufschauten, und es gab uns ein gutes Gefühl.

»Genauso haben wir vor nicht mal einem Jahr dem Hellrich gelauscht«, stellte ich grinsend fest. Hannes lachte und meinte: »Ausgerechnet! Da hatte der alte Dummkopf endlich ein paar Blöde gefunden, die ihm zuhörten. Weißt du noch, wie wir uns haben beeindrucken lassen, weil er mit *pitangas* und *jaboticabas* nur so um sich warf?«

Ich schüttelte den Kopf: »Unglaublich.« Heute fanden wir es die natürlichste Sache der Welt, nicht nur mit diesen »wichtigen« Begriffen zu hantieren, sondern die solcherart bezeichneten Früchte auch genüsslich zu verzehren. Die Obstsorten, die es in Brasilien gab, waren unvergleichlich köstlich und von einer Süße, wie man sie daheim nur selten fand – die Äpfel, Kirschen und Pflaumen aus unserer »Bitz«, dem Obstgarten, waren jedenfalls meist sauer gewesen. Manchmal träumten wir schon noch von Früchten, die wir hier nicht hatten, Erdbeeren etwa, aber wir wurden ja mehr als reich entschädigt. Vor unserem Haus wuchsen mehrere *banana*-Stauden, und nachdem wir einmal unsere Scheu überwunden und die komische Frucht gekostet hatten, wurden *bananas* zum festen Bestandteil unseres Speisezettels. Sogar mit dem Gebrauch eines solchen Namens, der sich in unserem Wortschatz verankert hatte, würden wir die Neuankömmlinge tief beeindrucken. Nicht, dass es uns ein Anliegen gewesen wäre, so wie damals dem Georg Hellrich.

Unsere süße Hilde dagegen würde diese ganzen exotischen Wörter sozusagen mit der Muttermilch aufsaugen – und wenn sie es mit derselben Inbrunst täte, wie sie mich auffraß, dann wäre sie vielleicht eines Tages die Erste von uns, die Portugiesisch sprach. Hannes hatte dank seiner gelegentlichen Touren in die Stadt und des Kontaktes zu Käufern unserer Erzeugnisse ein paar Brocken der Landessprache gelernt. Ich selber verstand davon vielleicht gerade zwanzig Wörter, jene nämlich, die Dinge bezeichneten, die es im Hunsrück nicht gegeben hatte. Darüber hinaus sprach ich kein Wort Portugiesisch, und ich sah auch keine Notwendigkeit, es zu lernen. Mein Umgang bestand ausschließlich aus Deutschen. Es war haarsträubend, aber mitten im brasilianischen Dschungel war die Wahrscheinlichkeit, eines Tages fließend niedersächsisches Plattdeutsch zu sprechen, größer als die, korrektes Portugiesisch zu erlernen.

Von den Neuen kamen viele aus Norddeutschland. Eine der Schneisen durch den Urwald hieß sogar »Hamburger Schneis«. Doch der Anteil an Rheinländern und Hunsrückern wuchs stetig. Wir begrüßten sie euphorisch, quetschten sie nach Neuigkeiten aus und fahndeten nach gemeinsamen Bekannten. Einmal hatten wir Glück, der August Schlenz und seine Frau Gertrud kannten den Pfarrer Köhler aus Hollbach, weil der vor Jahren einmal den schwer erkrankten Pfarrer ihres Dorfes vertreten hatte. Ich hätte mir nie träumen lassen, dass ich mich über einen unbedeutenden Zufall derart freuen könnte, aber so war es. Die Schlenzens hatten keine Ahnung, wie es dem Pfarrer Köhler heute ging, aber allein dass sie ihn kannten, gab uns ein Zusammengehörigkeitsgefühl, wie wir es unter anderen Umständen nie gehabt hätten.

Insgesamt war die Anzahl der deutschen Siedler im Umkreis von São Leopoldo auf über fünfhundert Seelen angewachsen. Und es würden immer mehr werden. Die Neuankömmlinge berichteten schlimme Dinge aus der Heimat, von Käferplagen über Hagelschäden bis hin zu Hungersnöten gingen die Hiobsbotschaften, je nachdem, wo die Berichterstatter herkamen. Unter den Leidtragenden, so hieß es, spielte jeder, der alle Sinne beisammenhatte und kräftig genug war, einen Koffer zu tragen, mit dem Gedanken, auszuwandern. Viele taten es, wobei es die meisten nach Nordamerika zog.

Unsere Zahl erhöhte sich aber nicht allein wegen der Zuwanderer. Wir »Brasilianer« wurden ja auch mehr: Mehrere andere Frauen hatten Kinder geboren, sieben waren derzeit schwanger. Immer lauter wurde daher der Ruf nach einer Schule. Und der nach einer Kirche, oder besser: zwei Kirchen, denn wir waren etwa gleich viele Katholiken wie Protestanten.

Die Männer trafen sich nun einmal in der Woche, immer im Haus eines anderen, um Angelegenheiten wie diese zu besprechen und in Angriff zu nehmen. Hannes war natürlich mit von der Partie, denn seine Tochter sollte eine gute Christin werden und in ein paar Jahren eine Schule besuchen können. Nachdem er Hilde in den ersten Tagen kaum angesehen hatte, war er jetzt zu einem hingebungsvollen Vater geworden. Sicher hatte die äußerliche Ähnlichkeit der beiden damit zu tun: Hilde war Hannes wie aus dem Gesicht geschnitten, obwohl man bei einem Säugling von zwei Monaten vielleicht nicht allzu viel hineindeuten sollte. Sie war ein sehr hübsches Kind, und Vater und Tochter gaben zusammen ein wirklich goldiges Bild ab.

Ob es daran lag, dass er so verliebt in Hilde war, oder aber daran, dass er sich einen Sohn wünschte, wusste ich nicht. Auf alle Fälle gab Hannes sein Bestes, um mich möglichst bald wieder in anderen Umständen zu sehen. Es wurde mir fast ein bisschen zu arg – andererseits gab es ja auch nicht sehr viel andere Dinge, die wir an den langen Abenden tun konnten.

Die Einsamkeit machte mir weiterhin schwer zu schaffen. Zwar sah ich seit Hildes Geburt keine Krokodile mehr – inzwischen glaubte ich selber, dass die Episode mit dem *jacaré* Einbildung gewesen und auf meine damalige Gemütsverfassung zurückzuführen war –, doch ich litt unter der Abgeschiedenheit und dem Mangel an Austausch. Es war einfach nicht genug, zweimal in der Woche andere Menschen zu sehen, und dann auch noch immer dieselben. Christel und Franz waren unsere besten Freunde, und mit einigen Neusiedlern verstanden wir uns ebenfalls prächtig, unter anderem mit den Schlenzens, aber mir fehlte eine richtige Dorfgemeinschaft. Irgendwann gäbe es die sicher, wenn erst Kirchen und Schulen da waren. Bis dahin lebte jeder auf seiner ihm zugewiesenen Parzelle und hatte vor lauter Arbeit wenig Zeit oder Sinn für irgendetwas anderes. Da es auch keinen Ortskern gab – nur die Schneisen –, waren zufällige Begegnungen so gut wie ausgeschlossen. Man sah praktisch nie einen Nachbarn, wenn man es nicht darauf anlegte. Niemand lugte neugierig über den Gartenzaun, niemand grüßte nett auf seinem Weg zum Müller oder zum Markt.

Einzig die alte Hanfleinen-Faktorei sowie der Bootsanleger waren zu einer Art Treffpunkt geworden. Alle Neuankömmlinge wurden zunächst in den Räumlichkeiten der stillgelegten Faktorei untergebracht, bevor man ihnen ihr Land zuwies; genauso war es auch bei uns gewesen. Dieses Gebäude befand sich nahe der Anlegestelle, wo man sehnsüchtig die Fracht der Boote erwartete, sowohl die menschliche – die neuen Einwanderer – als auch die Waren, die aus Porto Alegre mit angeliefert wurden. Aber meist waren es die Männer, die sich dort zu einem Schwatz zusammenfanden, denn sie waren für Kauf, Verkauf und Transport von Waren zuständig und hatten so manches Mal Gelegenheit, ihre Parzelle zu verlassen. Wir Frauen dagegen waren durch die Art unserer Arbeit sowie die Kinder ans Haus gebunden. Nur die Frau vom Fritz Holzappel hatte ein wenig mehr Freiheiten als wir anderen, weil sie geschäftstüchtiger als ihr Mann war und darauf bestand, selber die Anlieferungen am Anleger in São Leopoldo zu begutachten. Fritz Holzappel wurde dafür von den anderen Männern ausgelacht, Marlies Holzappel wurde von den anderen Frauen heimlich beneidet.

Immerhin hatten wir einen kleinen gemischten Chor gegründet. Wir wollten uns einmal alle vier Wochen zusammenfinden, wobei man erst im Laufe der Zeit sehen würde, ob wir diesen Rhythmus beibehalten konnten. Bisher hatten wir uns einmal getroffen. Dieser Tag war für mich der Höhepunkt meines Aufenthaltes in der neuen Heimat. Ich merkte erst, wie viel das Singen mir bedeutete, beziehungsweise was mir während der ersten Zeit hier in Brasilien gefehlt hatte, als ich wieder damit begann. Wir sangen im Freien, weil keines unserer Häuser geräumig genug war, deshalb war die Akustik nicht berühmt, aber das war uns egal. Das Einzige, was zählte, war der Spaß an der Freud – und den hatten wir spätestens, als wir »Der Jäger von Kurpfalz« anstimmten. Es war herrlich. Es fühlte sich an, als löste sich ein Knoten in meinem Herzen, und nach der Probe war ich so gut gelaunt wie lange nicht mehr.

Vermutlich lag es an dieser gelösten Stimmung, dass ich dem Friedhelm Wörsdörfer gestattete, um mich herumzuscharwenzeln wie ein verliebter Kater. Er hatte nicht nur den schönsten Bass unseres Chors, sondern war auch ein ziemlich gutaussehender Kerl. Er war ganz allein nach Brasilien gekommen, wahrscheinlich in dem Glauben, hier sei es leichter als daheim, auf Brautschau zu gehen. Aber weit gefehlt: Ohne Kirmes oder Schützenfest, ohne ledige Mädchen in heiratsfähigem Alter in der näheren Umgebung und mit Nachbarn gestraft, die mit sich selbst und ihren Familien genug zu tun hatten, war es ein beinahe aussichtsloses Unterfangen, eine Frau zu finden. Er konnte nur hoffen, dass demnächst Neuankömmlinge dabei waren, die mit erwachsenen Töchtern anreisten, oder dass alleinstehende Frauen ohne Begleitung eintrafen, wobei Letzteres so gut wie unmöglich war. Hierher verirrten sich keine Gouvernanten oder Lehrerinnen. Und alleinstehende Bäuerinnen waren mir persönlich keine bekannt, abgesehen von alten Witwen.

Dieser Friedhelm also lungerte während der Chorprobe immerzu in meiner Nähe herum, obwohl ich doch nicht nur vergeben, sondern auch noch mit der Kleinen unterwegs war.

Ich hatte sie mir mit Hilfe einer langen Stoffbahn um den Bauch gewickelt, so dass ich mich einigermaßen frei bewegen konnte. Obwohl ich mir nicht vorstellen konnte, was ihm an einer jungen Mutter wie mir gefiel, sonnte ich mich in seiner Aufmerksamkeit. Friedhelm machte mir schöne Komplimente und sah mich verzückt an, beides Dinge, die Hannes schon länger nicht mehr getan hatte. Ich sehnte bereits die nächste Chorprobe herbei. Und ich fühlte mich schäbig, weil ich Friedhelm bereitwillig gewähren ließ und ihm dadurch womöglich falsche Hoffnungen machte.

»Der hat dich ja fast mit Blicken aufgefressen«, stellte Christel nach der Probe fest. Es klang wie ein Vorwurf.

»Was kann ich dafür?« Am liebsten hätte ich hinzugefügt: »Wenn ich hübscher aussehe als du.« Es war das erste Mal seit unserer Abreise aus dem Hunsrück, dass ich so etwas überhaupt dachte. Ich hatte mich nicht mehr attraktiv gefunden, hatte gar keinen Gedanken an mein Äußeres verschwendet, bis Friedhelm mir zu verstehen gab, dass ich ihm gefiel. Komisch, erst jetzt begann ich auch Vergleiche anzustellen. Vorher war mir Christels Aussehen nie weiter aufgefallen, weder positiv noch negativ. Sie war von durchschnittlicher Statur, hatte dunkelblondes Haar und ein Gesicht, das einigermaßen gefällig, aber nicht schön war. Jetzt, da meine Eitelkeit wieder geweckt worden war, betrachtete ich sie genauer. Erstmals bemerkte ich, dass ihre Augen zu eng zusammenstanden und dass ihre Hände klobig waren.

»Erzähl mir doch nichts, Klärchen, du ermunterst ihn doch. Du hast ihm deinen Busen ja geradewegs unter die Nase gehalten.« – »Das stimmt doch gar nicht!« Ich ärgerte mich über Christels Unterstellung. Bestimmt war sie neidisch auf meine üppigen Brüste, die seit Hildes Geburt ziemlich an Größe zugelegt hatten.

Bevor das Ganze zu einem Streit ausarten konnte, trat Franz zu uns. Er sang ebenfalls im Chor, im Gegensatz zu Hannes. »So, ihr zwei Hübschen, dann wollen wir mal wieder die Heimfahrt antreten.«

Ich war mit Christel und Franz auf deren Karren mitgefahren, denn zu den Lohmeiers war es weit. Ich fand es schade, so bald schon aufbrechen zu müssen. Zu gerne hätte ich noch mit den anderen geredet und Lotte Lohmeyers Einladung auf ein Gläschen angenommen. Aber ich sah ein, dass es vernünftiger war, schon heimzufahren. Im Winter brach die Nacht auch hier früh herein – nicht gerade um vier Uhr nachmittags, wie in Deutschland, aber doch gegen sechs am Abend. So spät wäre es bald. Ich verabschiedete mich wortreich von den anderen Chormitgliedern, genoss das Lob für meine schöne Stimme, winkte Friedhelm zu und lief dann mehr zum Karren, als dass ich ging, vor lauter Angst, der Abschied von dieser netten, geselligen Runde könne mir sonst noch schwerer fallen. Auf die anderen musste es so wirken, als hätte ich es sehr eilig, heimzukommen. Aber dem war nicht so.

Zu Hause wartete Hannes auf mich. Er rieb sich die Augen – offenbar war er am Küchentisch eingenickt.

»Na, wie war euer Trällerstündchen?«, empfing er mich.

»Es war wundervoll.« Als ich sah, dass er skeptisch die Brauen hob, betonte ich es noch einmal. »Doch, wirklich, es lief phantastisch. Der Garben hat einen grandiosen Bariton, und Christels Alt ist auch nicht von schlechten Eltern.«

»Äh, apropos schlechte Eltern … gib mir doch mal die Kleine. Ihr klingelt es bestimmt noch in den Ohren. Vielleicht sollte sie zukünftig lieber bei mir bleiben, wenn du *aushäusig* bist.«

Was nun daran so furchtbar sein sollte, dass auch ich einmal das Haus verließ, ging mir nicht in den Sinn. Es war ja nicht etwa so, als würde ich meine Pflichten vernachlässigen und mich herumtreiben. Noch viel weniger verstand ich, warum ich Hilde nicht mitnehmen sollte.

Ich setzte ihm unsere Tochter auf den Schoß und sagte: »Hildchen war ganz friedlich. Ich glaube, die Fahrt auf dem Ochsenkarren und dann unser Gesang, das hat ihr gefallen. Außerdem kannst *du* sie ja schlecht stillen, nicht wahr? Was hättest du denn getan, wenn ich sie hiergelassen hätte und sie hungrig geworden wäre?«

Er schüttelte den Kopf und setzte zu einer Antwort an, doch ich kam ihm zuvor. Ich war ungehalten, weil er sich so unmöglich aufführte und dann noch nicht einmal die Hühnersuppe aufgewärmt, geschweige denn den Tisch gedeckt hatte. »*Dich* dagegen kannst du sehr wohl füttern, und ich schlage vor, dass du genau das jetzt tust. Mir ist der Hunger vergangen. Gute Nacht.«

Ich drehte mich auf dem Absatz um, ging in unsere Schlafkammer und knallte die schöne Tür hinter mir zu. Gedämpft vernahm ich das leise Wimmern von Hilde, das im selben Augenblick einsetzte. Während ich unter anderen Umständen sofort zu ihr geeilt wäre, um ihr die Brust zu geben oder sie zu wickeln, hatte ich nun das genugtuende Gefühl, recht behalten zu haben.

Doch irgendwo in meinem Hinterkopf machte sich zaghaft das Stimmchen meines schlechten Gewissens bemerkbar. Für Hannes musste es sich tatsächlich so darstellen, als habe ich erst wegen des Chors meine hausfraulichen Pflichten vernachlässigt und vergaß jetzt obendrein meine mütterlichen.

Durch meinen Trotz hatte ich ihm noch Munition für seine ungerechte Sichtweise geliefert. Ich nahm mir fest vor, in Zukunft überlegter zu handeln.

33

Das Zimmer, das man Klara auf der »Herdade da Araucária«
zuwies, hatte eine frappierende Ähnlichkeit mit dem, das sie
in Raúls Stadtresidenz bewohnt hatte. Es war größer, doch
es war beinahe genauso karg eingerichtet. Jedes Möbelstück
war von guter Qualität, der Holzboden war auf Hochglanz
gewienert, die Wände waren frisch geweißt und die Bettwäsche steif vor Stärke. Doch genau wie ihre Kammer in Porto
Alegre war es vollkommen schmucklos: keine Bilder, keine
Zierkissen, keine bauschigen Gardinen. Es war von klöster-
licher Anmut und Schlichtheit. Es war sehr maskulin. Und
trug unverkennbar die Handschrift des Hausherrn.

Teresa hatte gemeint, sich dafür entschuldigen zu müssen,
aber Klara mochte den Raum, gerade *weil* er so sehr an Raúl
erinnerte. Bestimmt hatte Raúl, als er das Haus eingerichtet
hatte, geglaubt, ohne schmückendes Zubehör verrate das Haus
nicht allzu viel über seinen Besitzer. Doch das Gegenteil war
der Fall. Klara fand die völlige Abwesenheit von Zierat aller
Art sehr aufschlussreich. Sie passte genau zu seiner spröden
Art, zu seiner bewussten Ablehnung von überschwenglichen
Gefühlsäußerungen und sentimentalen Anwandlungen. Dies
war das Haus eines Mannes, der andere seine Empfindungen
nicht sehen lassen wollte – was ja an sich schon für eine gewisse Art von Empfindsamkeit sprach.

Ganz neu hingegen war für Klara die permanente Gegenwart dienstbarer Geister. Auf dem Hof lebten etwa fünfzig
Sklaven, mindestens zehn von ihnen waren Haussklaven.

Keinen Handgriff durfte Klara allein tun. Immer war irgendjemand in der Nähe, der hinter ihr herräumte, sie ankleiden
oder frisieren wollte, ihr Gebäck und Kaffee servierte, ihr
ihre Sticksachen nachtrug und ihr gar Luft zufächelte, wenn
sie auf dem Schaukelstuhl auf der Veranda saß und auch nur
ein Hauch von Schweißfilm auf ihrer Stirn erschien.

Es war Klara sehr unangenehm, dass sie hier wie eine Königin hofiert wurde. Sie kam sich vor wie eine Hochstaplerin.
Sie wurde für eine andere gehalten als die, die sie war, und vor
lauter Schüchternheit, den Fehler aufzuklären, spielte sie die
Rolle dieser anderen Person. Immerzu fürchtete sie, nun jeden Augenblick entlarvt und verspottet zu werden. Sie, Klara
Wagner, war doch nicht mehr als ein Bauernmädchen! Nur
eine merkwürdige Fügung des Schicksals hatte sie auf dieses
Landgut verschlagen, wo trotz der betont schmucklosen Ein-
richtung ein sehr gehobener Lebensstil gepflegt wurde, der
sie vollkommen überforderte.

Klara kannte weder die Speisen, die auf den Tisch kamen,
noch wusste sie, welches Besteck oder welches Glas zu benutzen war. Sie beobachtete Raúl lauernd und machte ihm alles
nach. Sie wusste nicht, wie man mit Dienstboten umging, und
manchmal beschlich sie das ungute Gefühl, sie sei vielleicht zu
freundlich zu ihnen und würde dafür verachtet werden. Das
war hier nicht anders als im Hunsrück: Denen, die einen am
schlechtesten behandelten, brachte man den größten Respekt
entgegen. Dennoch konnte Klara nicht aus ihrer Haut. Sie
bedankte sich weiterhin für jede Hilfe und jeden Dienst, den
man ihr erwies. Sie lächelte die Sklaven nett an, und sie entschuldigte sich ständig für Dinge, mit denen sie unwissentlich
die Ordnung des Hauses durcheinandergebracht hatte.

Und davon gab es jede Menge. Sie hatte blühende Zweige
abgeschnitten und in eine Vase im Salon gestellt, die kurz

darauf dort entfernt und in Klaras Zimmer geschafft wurde. Sie hatte den falschen Abtritt benutzt, nämlich den, der für die Schwarzen vorgesehen war. Sie war in die Küche gegangen, um sich etwas zu trinken zu holen, und war von den missmutigen Blicken der Küchensklaven verscheucht worden. Sie hatte sich Zutritt zur Bibliothek verschafft, weil sie sich langweilte und gerne etwas gelesen hätte, und war deswegen von Raúl heruntergeputzt worden. Kurz darauf entschuldigte er sich allerdings dafür.

»Es tut mir leid. Ich hätte mir denken können, dass du Beschäftigung suchst, und mit dir zusammen die Bibliothek aufsuchen sollen. Es ist nur ...«

»*Mir* tut es leid«, unterbrach sie ihn. Sie wollte gar nicht hören, welche verqueren Gründe er hatte, so geheimniskrämerisch zu tun. Die Lust auf das Stöbern in den Regalen war ihr ohnehin vergangen – nur schwere Folianten hatte sie entdeckt und nichts, was auch nur annähernd nach einem Liebesroman oder einer Seeräubererzählung ausgesehen hätte. Außerdem war natürlich alles auf Portugiesisch, was vermutlich ihrem Spracherwerb zugute käme, dem Lesevergnügen jedoch abträglich war.

»Fühlst du dich einsam?«, fragte er unvermittelt.

Sie antwortete nicht sofort. Ja, natürlich tat sie das. Aber wollte sie ihm seine Gastfreundschaft mit Genörgel vergelten? Gewiss nicht. »Nein«, sagte sie also, doch es kam trotziger heraus, als sie beabsichtigt hatte.

»Sicher?«

»Sicher.« Herrgott, musste er auch noch nachhaken? Merkte er denn nicht, dass er sie in Verlegenheit brachte? In holprigem Portugiesisch, aber durchaus verständlich erklärte sie ihm, dass die Umgebung nur ungewohnt für sie sei und dass sie die ewige Bedienerei langsam satthabe. »Ich will arbeiten«, fügte sie hinzu und erntete ein belustigtes Grinsen. Was daran jetzt wohl wieder so komisch sein sollte?

Raúl war noch nie in seinem Leben einer weißen Frau begegnet, die von sich aus darauf beharrte, sich nützlich zu machen. Gewiss, es gab auch in Brasilien viele Kleinbauern, Handwerker oder Gewerbetreibende, bei denen die ganze Familie mit anpacken musste. Aber selbst die hatten immer noch wenigstens einen Sklaven, der für die echte Drecksarbeit zuständig war und den sie drangsalieren konnten. Ganz gleich, welche der ihm bekannten Frauen aus weniger wohlhabenden Kreisen er sich vorstellte – sei es die Schneiderin Isabel Campos, sei es die Frau des Hufschmieds, Mariana Silveira da Costa –, jede von ihnen würde sich als Gast in seinem Haus aufspielen wie die Kaiserin von China. Bescheidenheit war nicht weitverbreitet unter den portugiesischstämmigen Einwohnern Brasiliens. Allzu viel davon hielt er allerdings auch nicht für gut.

Warum ließ Klara es sich nicht einfach mal gutgehen? Warum genoss sie nicht die Ruhe vor dem Sturm, der sie unweigerlich erwartete, wenn sie zum Schauplatz des Unglücks zurückkehrte? Aber schön, wenn sie glaubte, eine sinnvolle Beschäftigung haben zu müssen, würde er als guter Gastgeber ihr auch die verschaffen.

»Willst du mit raus zu den Rindern? Ein paar Kühe haben gerade gekalbt, die Kälber würden dir gefallen. Sie sind noch ganz wacklig auf den Beinen.«

Was zum Teufel, dachte Klara, sollte sie bei den Kühen? Sie melken? Sie brandmarken? Diese Aufgaben würde man ihr ganz bestimmt nicht übertragen. Sollte sie ihnen beim Zermalmen von Gras zusehen? Außerdem war sie schon unzählige Male an den Stallungen vorbeigekommen und hatte sich, in Ermangelung einer anderen Beschäftigung, die Rinder angesehen. Starke, gesunde Tiere hatte er da. Und viele. Er musste sehr vermögend sein, wenn er allein hier schon so viel Vieh hatte. Der Großteil der Herde befand sich ja draußen, auf den Weiden.

Sie schüttelte verneinend den Kopf.

»Soll ich Rodrigues bitten, dich das Reiten zu lehren? Er ist mein zuverlässigster *vaqueiro* und mein bester Lassowerfer. Vielleicht kann er dir das dann auch gleich beibringen.« Raúl schmunzelte bei dem Gedanken an eine Frau, die das *laço* warf. Das war nun wirklich eine rein männliche Angelegenheit.

Wider Erwarten erregte sein Vorschlag Klaras Interesse, und Raúl musste sich zusammennehmen, um nicht einen enervierten Seufzer von sich zu geben.

Klara jedoch hatte den Teil mit dem Lasso gar nicht verstanden. Sie begriff nur, dass vom Reiten die Rede war, und das würde sie gerne erlernen. Vielleicht könnte sie dann schon bald, immer vorausgesetzt, Raúl stellte ihr ein zahmes Pferd zur Verfügung, ein wenig die Gegend erkunden. Für Fußmärsche war die Landschaft zu weitläufig, und bei den paar Spaziergängen, die sie gemacht hatte, war sie von den Feldarbeitern misstrauisch beäugt worden. Überhaupt war das Reiten eine Kunst, die zu beherrschen ihr auch für die Zukunft sinnvoll erschien. Spätestens im Juni, wenn sie zurück an die Küste fuhren, wäre sie froh, wenn sie sich nicht wieder blaue Flecken an ihrem Gesäß zuziehen würde, so wie es bei der Hinreise der Fall gewesen war. Wenn sie gelegentlich ihre Sitzposition ändern konnte, käme ihr die Strecke vielleicht auch nicht mehr ganz so endlos vor.

»Na schön, abgemacht. Rodrigues gibt dir Reitunterricht – wobei ich nicht weiß, ob er sich mit Damensattel auskennt. Ach, das wird er schon irgendwie hinbekommen. Zuvor müssen wir dir allerdings die richtige Garderobe dafür beschaffen. Feste Stiefel, ein Kleid aus belastbarem Stoff, einen Hut.«

»Nein, keine Kleider!«, rief Klara aus. Wenn sie geahnt hätte, dass der Reitunterricht einherging mit weiteren allzu großzügigen Geschenken von Raúl, hätte sie das Angebot von vornherein abgelehnt. Sie kam sich vor wie ein Kind, das nach Strich und Faden verwöhnt wurde, oder wie eine Spielzeugpuppe, deren hübsche Ausstaffierung den Ehrgeiz Raúls herausforderte. Das alles verursachte Klara nicht nur Unbehagen, sondern es erschien ihr auch nicht recht. Was sollten denn die anderen Leute denken? Dass sie die Braut des Hausherrn war? Ach du liebe Güte!

Genau das dachten die anderen. Obwohl Raúl seinen Gast als »eine Bekannte« bezeichnete und Teresa sie »unseren Schützling« nannte, waren die Sklaven davon überzeugt, Klara sei die zukünftige Frau ihres Dienstherrn. Sie wunderten sich, warum er sich eine so blasse, dünne Person ausgewählt hatte, die immerzu lächelte, leise sprach und verschüchtert wirkte. Der Senhor Raúl hatte doch wahrhaftig genügend Verehrerinnen, etwa die dralle Inês vom Nachbarhof, oder die feurige Dora aus der Familie des Großgrundbesitzers Lima Oliveira.

Vielleicht gefielen dem Senhor Raúl ja genau die weiße Haut, die hellen Augen und das blonde Haar von Klara. Das Stubenmädchen Maria José hatte herausgefunden, dass die junge Frau sogar blondes Schamhaar hatte, und das war natürlich etwas, da waren sich alle einig, was durchaus die Neugier eines Mannes wecken konnte, obwohl es, auch da herrschte Einhelligkeit, irgendwie widernatürlich war. Jede wollte nun einen Blick auf das goldene Vlies werfen, und so wurden Klaras Bäder jeden Tag von einem anderen Mädchen eingelassen, bis das gesamte weibliche Hauspersonal es gesehen hatte.

Sie wunderten sich ebenfalls darüber, warum Klara und Raúl sich so gar nicht verliebt gaben, sondern im Gegenteil einander auszuweichen schienen. Dabei sah doch jedes Kind, dass er sie mit Blicken verschlang – warum auch immer, denn an ihr war ja außer der nur auf den ersten Blick aufregenden Farblosigkeit nichts dran – und dass sie ihn von fern anhimmelte. Sie stand manchmal eine halbe Ewigkeit am Fenster und sah Raúl versonnen dabei zu, wie er sein Pferd sattelte oder seine Männer instruierte. Bei der eigentlichen Arbeit konnte sie ihm nicht zuschauen, denn vom Haus aus sah man nicht die Bereiche des Hofs, in denen es rauh und schmutzig zuging.

Vollends irritiert aber waren die anderen Bewohner des Guts, als Klara, wenige Tage nach ihrem Gespräch mit Raúl und nunmehr mit einem modischen Reitdress ausgestattet, das die Schneiderin in Rekordzeit angefertigt hatte, im Hof auf einem Pferd ihre Runden drehte. Rodrigues, von dem keiner mehr wusste, wie er eigentlich mit Vornamen hieß, stand daneben, hielt das Pferd an einer Leine und machte ein blödes Gesicht. Er hielt diese Aufgabe eines Gaúchos für unwürdig, hatte sich aber dem Wunsch seines Brötchengebers gefügt. Klara schaute nicht minder unglücklich aus der Wäsche. Sie war sich der neugierig gelupften Vorhänge hinter den Fenstern und des Getuschels der Männer durchaus bewusst. Aber, dachte sie sich, die konnten ihr alle gestohlen bleiben. Keinen von diesen Leuten würde sie je wiedersehen. Stolz hob sie den Kopf und folgte den Anweisungen von Rodrigues, als seien sie, das Pferd und er allein auf der Welt.

Auch Raúl gehörte zu den heimlichen Beobachtern des Reitunterrichts. Er war hingerissen von Klaras Haltung, aus der große Würde und enormes Selbstbewusstsein sprachen. In der neuen Montur, die sie trug, wirkte sie sehr damenhaft, sehr erwachsen. Sie stellte sich außerdem einigermaßen gelehrig an, und Raúl war stolz auf sie. Sobald sie sicher im Sattel saß, würde er sie von der Schmach befreien, vor aller Augen im Hof zu üben und sich dem Gerede der Leute auszusetzen. Er würde sie zu einem Ausritt mitnehmen und ihr seine Ländereien zeigen. Die Vorfreude auf diesen hoffentlich nicht mehr allzu fernen Tag ließ sein Herz einen Hüpfer machen.

Gerade als es draußen im Hof lustig zu werden versprach, weil Klara schief im Sattel hing und herunterzufallen drohte – ein Spektakel, das er genauso wenig verpassen wollte wie irgendeiner seiner Leute, die schon die ganze Zeit auf so etwas warteten –, klopfte der Hausbursche an der Tür seines Arbeitszimmers. Bevor Raúl »herein« rufen konnte, stand der junge Schwarze schon bei ihm und reichte ihm die Zeitungen, die eben am Hintereingang abgeliefert worden waren. Raúl nahm sie entgegen, warf sie achtlos auf seinen Sekretär und widmete sich wieder der Unterhaltung, die Klara ihnen allen unfreiwillig bot.

Doch er hatte den entscheidenden Moment verpasst. Klara stand neben dem Gaul, klopfte sich den Staub von ihrem Hinterteil und zog eine erboste Miene. Sie war fuchsteufelswild, das ahnte Raúl, aber niemals hätte sie sich die Blöße gegeben, herumzuzetern, laut zu fluchen, das Pferd anzuherrschen oder gar Rodrigues zurechtzuweisen, obwohl sowohl das Tier als auch der Reitlehrer es verdient gehabt hätten. Raúl meinte aus dem Wiehern der lammfrommen alten Stute Häme herauszuhören, und die Miene von Rodrigues war unverhohlen höhnisch. Mit dem Rest an Würde, der ihr verblieben war, machte Klara sich daran, wieder aufzusteigen.

Wie viele Frauen gab es, die diesen Mumm besaßen? Die nicht einfach aufgaben, wenn es schwierig wurde, die nicht klagten, wenn sie einen Rückschlag erlitten, sondern die aufstanden und ihr Ziel weiterverfolgten? Bestimmt nicht viele. Und schon gar nicht viele, die so hübsch waren.

Raúl fand Klara einfach großartig. Am liebsten hätte er ihr den ganzen Tag zugesehen. Aber er hatte noch allerhand zu erledigen. Und ein Blick in die Zeitung könnte auch nicht schaden.

34

Ich stickte in jeder freien Minute. Es sollte das schönste Taufkleid werden, das die Welt und erst recht São Leopoldo je gesehen hatten. Natürlich standen mir weder Seide noch Silberfäden zur Verfügung, kein zarter Batist und keine Perlenknöpfchen. Aber im Rahmen unserer Mittel war das Stück oder das, was davon bereits fertiggestellt war, wirklich atemberaubend. So etwas Feines war mir noch nie gelungen. Das Kleid bestand aus einfacher weißer Baumwolle, in die ich jedoch so viele Rüschen und Falten und Biesen eingearbeitet hatte, dass es ebenso gut aus dem edelsten Gewebe hätte sein können. Die obere Schicht dieser opulenten, duftigen Stoffwolke hatte ich mit rosafarbenem und hellgrünem Garn bestickt. Da rankten sich die phantasievollsten Blumen und Zweige und Knospen – hätte ich mit mehr Farben arbeiten können, wäre es der reinste Paradiesgarten geworden. Aber es sollte ja ein Taufkleid und daher vorwiegend weiß sein. Also hatte ich mich für diese Farbkombination entschieden, die unauffällig und dabei trotzdem elegant war. Auf den ersten Blick wirkte mein Werk zart und transparent. Nur wer genau hinschaute, der konnte den Aufwand ermessen, den ich mit diesem Taufkleid betrieb. Und es war längst nicht fertig. Bis zum Tag von Hildchens Taufe in einer Woche sollte es noch verschiedene Verbesserungen erfahren.

Mit einem der letzten Schiffe war auch ein Pfarrer aus dem Schwäbischen eingetroffen. Wir alle, die katholischen Glaubens waren, hatten ihn sogleich mit zahlreichen Wünschen bestürmt. Beichten wollten wir ablegen, eine Sonntagsmesse besuchen können, für die Kinder Katechismusunterricht haben. Dass der arme Mann, genau wie alle anderen, zunächst eine Bleibe errichten und sich einleben musste, nahmen wir nur widerwillig hin. Selbstverständlich halfen wir ihm nach Kräften, denn wenn schon keine Kirche da war, so musste doch wenigstens ein Pfarrhaus her. Kaum stand das Häuschen, fragte ich bei ihm an, wann er Hildchen taufen könne.

Dass die Taufe mit schlammigem Wasser aus dem Rio dos Sinos vollzogen werden würde, war mir gleich. Der Pfarrer Zeller würde es ja zuvor segnen. Auch die fehlende Kirche fehlte mir nicht sehr, denn wo keine Kirche war, da würde der liebe Gott schon seinen Weg in das kleine Pfarrhaus finden. Nur ein Taufbecken vermisste ich. Sollten wir dem armen Kind etwa Wasser aus einem Blecheimer auf die Stirn träufeln? Auf keinen Fall! Ich fragte also den Friedhelm, der Steinmetz war, ob er nicht ein wenig Zeit erübrigen könne, ein einfaches Taufbecken herzustellen. Er willigte sofort ein, nicht, weil er es als seine christliche Pflicht betrachtete, sondern weil er froh war, mir einen Gefallen tun zu können. Ich wusste das, aber der Zweck heiligte schließlich die Mittel, oder? Und der Zweck, nämlich die Taufe meiner Tochter über einem ordentlichen Taufbecken, war mir wichtiger als alles andere.

Als der Tag endlich gekommen war, erwachte ich voller Ungeduld und Vorfreude. Das Wetter war traumhaft, wie es das den ganzen September über nicht gewesen war: trocken, mit strahlend blauem Himmel und Frühlingstemperaturen. Ein gutes Zeichen. Auch Hannes war wohlgemut – nachdem er sich einmal damit abgefunden hatte, dass seine Tochter von einem katholischen Pfarrer getauft werden sollte, freute er sich jetzt auf das große Ereignis. Wir badeten unser Hildchen, kämmten ihren dünnen Flaum und verpackten sie in eine doppelte Schicht Windeln. Dann zogen wir ihr das wunderschöne Taufkleid an sowie die dazu passende Mütze, die ich gehäkelt und ebenfalls in Rosa und Hellgrün bestickt hatte. Bei all diesen Verrichtungen half mir Hannes, was ich sehr rührend fand. Er war so vernarrt in seine Tochter, dass es ihm nicht einmal etwas ausmachte, wenn er unmännlich wirkte. Was er natürlich gar nicht tat. Mir jedenfalls erschien er dadurch nur männlicher, denn es erforderte einiges an Selbstbewusstsein, seine Liebe so zeigen zu können.

Hilde sah hinreißend aus in ihrem Aufzug. Doch auch Hannes und ich hatten uns schön gemacht. Hannes trug einen einfachen, aber ordentlichen schwarzen Anzug, den er sich von einem der Kolonisten geliehen hatte, die nicht zur Taufe kommen würden. Dazu hatte ich ihm aus der weißen Baumwolle, die ich auch für das Taufkleid verwendet hatte, ein Hemd genäht. Seine Schuhe hatte ich mit sehr viel Schuhwichse auf Hochglanz poliert, so dass sie nicht gar so unangenehm auffielen. Seinen Hut hatte ich stundenlang gebürstet, mit Wasserdampf in Form gebracht und mit einem neuen Band versehen. Insgesamt war Hannes solchermaßen herausgeputzt eine sehr respektable Erscheinung, und ich konnte mich gar nicht sattsehen an ihm. Es war ewig her, seit ich ihn in anständiger Garderobe gesehen hatte.

Ich gab ihm einen Kuss, und er erwiderte meine Zärtlichkeit, indem er den Arm um mich legte, mich zu sich heranzog und mir ins Ohr raunte: »Klärchen Wagner, du bist das zweitsüßeste Mädchen weit und breit.«

Ich rückte etwas von ihm ab, um meiner spontanen Entrüstung Ausdruck zu verleihen – »also ehrlich, Hannes …« –, als er laut herauslachte: »Das süßeste ist Hildchen. Das wirst du doch wohl zugeben müssen.«

Ich stimmte in sein Lachen mit ein und ließ mir einen sehr innigen Kuss gefallen. Dann löste ich mich aus der Umarmung und drehte mich vor ihm. Es war herrlich, Komplimente zu bekommen, und ich wollte noch eines hören.

Ich hatte mein bestes, allerdings abgetragenes Kleid mit viel Mühe aufgearbeitet, so dass es jetzt fast wie neu wirkte. Genau genommen sah es jetzt sogar besser aus als im Neuzustand, denn ich hatte es mit üppigen Stickereien verziert, die den verblichenen Baumwollstoff in den Hintergrund treten ließen. Dazu hatte ich an den Ärmeln, am Rocksaum sowie im Ausschnitt eine Häkelbordüre angebracht, so dass ich in dem Kleid insgesamt einen sehr adretten Eindruck machte. Mein Haar hatte ich mir zu dem besonderen Anlass aufgesteckt, und obwohl man unter der weißen Haube nicht viel von der schönen Frisur sah, nahmen sich die einzelnen Haarsträhnen, die ich kokett daraus hervorlugen ließ, sehr hübsch aus. Ich hatte sehr viel mehr Zeit, als es ein Pfarrer gutgeheißen hätte, vor dem Spiegel verbracht, den wir mittlerweile angeschafft hatten. Er war zwar klein und erlaubte keinen Blick auf die ganze Gestalt, aber mein Gesicht konnte ich darin bewundern. Es gefiel mir.

Die Mutterschaft hatte mir gutgetan. Ich hatte gottlob keinen einzigen Zahn während der Schwangerschaft eingebüßt, mein Gebiss war weiterhin makellos, wenn man einmal von dem leicht schiefstehenden Schneidezahn absah. Ich hatte durch die viele Arbeit im Freien, trotz des ständigen Tragens eines Hutes, eine leichte Bräune, die auf manch einen vielleicht ordinär gewirkt hätte, mir aber zusagte. Sie gab mir ein gesundes Aussehen. Dasselbe traf auf die Sommersprossen zu, die sich über meine Nase zogen. Ich wusste, dass sie bei feinen Leuten als Schönheitsmakel galten, doch ich mochte die görenhaft verschmitzte Anmutung, die sie mir verliehen. Außerdem war ich ein wenig fülliger geworden, wobei ich weit davon entfernt war, als dick bezeichnet zu werden. Ich hatte runde Wangen, einen glatten Hals und ein volles Dekolleté.

Einzig mit dem Anblick meiner Hände haderte ich. Sie waren von Natur aus schmal, und meine Finger waren verhältnismäßig lang. Bei einer Frau, die weniger harte Arbeit mit ihren Händen verrichten musste und die Zeit und Muße für deren Pflege hatte, hätten es sehr schöne Hände sein können. Bei mir jedoch waren sie spröde geworden, die Nägel waren kurz und eingerissen. Auf den Handrücken hatten sich ebenfalls Sommersprossen gebildet, die hier jedoch so gar nichts Freches oder Lustiges hatten, sondern einfach nur aussahen wie Altersflecken. Die Fingerknöchel waren rot und rissig, und die Innenfläche war eine einzige Schwiele.

Feine Ausgehhandschuhe, um dieses Elend zu bedecken, besaß ich nicht. Ich hätte mir welche häkeln können, wenn ich denn vor lauter anderen Handarbeiten – das Taufkleid, Hannes' Hemd, meine eigene Garderobe – dazu gekommen wäre. Aber im Grunde war es nicht wichtig. Wir alle hier in der Colônia Alemã hatten Ähnliches erlebt und hatten ähnlich bäurische Hände. Außer mir fiel es sicher niemandem auf.

Ich vollführte eine weitere graziöse Drehung vor Hannes, um noch ein Kompliment herauszufordern. Und es gelang mir auch.

»Du siehst genauso aus wie vor zwei Jahren, als wir uns, ähm, zum ersten Mal geliebt haben«, sagte er. »Das begehrteste Mädchen im Dorf.« Damit griff er meine Hand, zog mich wieder zu sich heran und küsste mich. Doch seine Bemerkung hatte bei mir keine Freude, sondern Nachdenklichkeit ausgelöst. War es wirklich erst zwei Jahre her, dass ich meine Unschuld an Hannes verloren hatte? Mir kam es vor wie eine Ewigkeit. Das Mädchen von einst, das sich für unwiderstehlich gehalten hatte und das davon überzeugt gewesen war, es sei zu Höherem berufen, war nur mehr eine blasse Erinnerung, wie man sie vielleicht an eine vor vielen Jahren verstorbene Tante hegte. Das Klärchen von früher, ein wenig hochmütig, ein wenig unbedarft, war irgendwo zwischen damals und heute verlorengegangen. In nur zwei Jahren!

Das heißt, so ganz war es auch wieder nicht verschwunden. Mein altes Selbst war von Friedhelm wieder zum Leben erweckt worden, und heute kam es endlich auch vor Hannes wieder zum Vorschein. Vielleicht war doch noch nicht Hopfen und Malz verloren. Und ging es mir im Grunde jetzt nicht viel besser als früher? Wir hatten genug zu essen, wir bearbeiteten unser eigenes Land, lebten in unserem eigenen Haus. Wir mussten uns von keinen Eltern oder Schwägern Vorwürfe anhören. Ich hatte einen wunderbaren Mann, der tüchtig war und gut aussah, und eine gesunde, bildschöne Tochter. Was zählten da schon das bisschen Heimweh oder das Verlangen nach mehr Vergnügungen?

Ob es an der feierlichen Stimmung oder aber an dem herrlichen Frühlingswetter lag, wusste ich nicht. Aber plötzlich war mir, als strahlte die Sonne direkt in meine Seele. Auf einmal nahm ich mein Schicksal mit ganz anderen Augen wahr. Vielleicht trug auch unsere Aufmachung einen Teil dazu bei, denn Kleidung kann ja einen ganz anderen Menschen aus einem machen. Doch bevor ich darüber länger nachgrübeln konnte, zog Hannes mich hinter sich her aus dem Haus. »Komm schon, es wird Zeit. Nachher verpassen wir noch die Taufe unserer eigenen Tochter.«

Vor dem Pfarrhaus wartete bereits eine Gruppe von Gästen. Auch die Taufpaten waren schon eingetroffen: Christel und

Franz Gerhard. Es war nicht üblich, Ehegatten als Taufpaten für ein Kind zu wählen, aber angesichts der Umstände war uns nicht viel anderes übriggeblieben. Weder Hannes noch ich wollten, dass Hilde, wenn uns je etwas zustoßen würde, etwa bei den Schmidtbauers aufwuchs, so gut sie ihre eigenen Kinder erzogen haben mochten. Auch die Eheleute Schlenz hatten wir gar nicht erst gefragt, denn so weit ging unsere Freundschaft dann doch noch nicht.

Alle hatten sich nett herausgeputzt, wobei wir mit Abstand am besten gekleidet waren. Den kleinen Riss in Hannes' Hose, den er sich unterwegs auf dem Karren an einem Nagel zugezogen hatte, sah man gar nicht. Und wenn ich die Hose erst genäht hätte, würde auch ihr Besitzer nichts mehr von dem Riss sehen. Hilde, die friedlich auf Hannes' Armen schlummerte, nachdem ich sie zuvor auf dem Weg hierher gestillt hatte, rief in ihrem prachtvollen Taufkleid große Bewunderung hervor. Der Pfarrer begrüßte uns huldvoll. Er war sich durchaus der Tatsache bewusst, dass es sich um einen historischen Moment handelte – die erste Taufe in São Leopoldo d – und er erstickte beinahe an der Würde, die er auszustrahlen sich vorgenommen hatte.

Die Taufe sollte auf dem Grundstück vor dem Pfarrhaus vorgenommen werden, auf dem man eines Tages eine richtige Kirche errichten wollte. Noch aber war es nichts weiter als eine Fläche festgestampfter Erde. Dennoch entbehrte die Szene nicht einer gewissen Schönheit, denn mitten auf dem kleinen Platz prunkte ein Taufbecken aus poliertem, grünschwarz gesprenkeltem Granit, das in der Sonne funkelte. Dankbar sah ich zu Friedhelm hinüber – da war ihm wirklich ein Glanzstück gelungen!

Der Pfarrer Zeller sprach sehr gelehrte Worte, die aber wegen seines starken schwäbischen Akzents in unseren Ohren ein wenig lächerlich klangen. Dennoch wurde es eine gute Taufe. Hildchen schlief die ganze Zeit, und nur als das braune Wasser an ihr Gesichtchen kam, blinzelte sie kurz. Dann schlief sie weiter. Ich hatte ebenfalls keinen rechten Sinn für die Erhabenheit der Zeremonie, weil ich schon in Gedanken dabei war, die Flecken des Taufwassers aus dem Kleid und dem Mützchen herauszuwaschen. Die anderen Leute jedoch, etwa vierzig an der Zahl, waren offensichtlich bewegt, weniger von der Taufe selber als vielmehr von dem katholischen Ritual, dem lateinischen Gesang des Pfarrers und dem gemeinsam gesprochenen Vaterunser. Wir hatten allzu lange ohne geistlichen Beistand gelebt. Es tat gut, wieder einen Pfarrer in unserer Mitte zu haben.

Im Anschluss an die Taufe kamen alle in überaus aufgeräumter Laune zu uns, um uns zu gratulieren und kleine Geschenke für Hildchen zu überreichen. Die schönste Überraschung kam von Holger Winterfeld, einem der am längsten hier ansässigen Kolonisten: »Hier«, sagte er und übergab uns einen abgegriffenen Umschlag, der mit vielerlei Marken und Stempeln versehen war, »der kam vorgestern für euch. Ich dachte, ich warte bis nach der Taufe, bis ich ihn euch gebe, man weiß ja nie, ob es gute oder schlimme Nachrichten sind.«

Ein Brief von daheim! Ich griff gierig danach und riss ihn ungeduldig auf. Vergessen waren die Taufe und der Pfarrer, der die Runde drehte und allen ein paar freundliche Worte sagte. Vergessen waren die Gäste, die Geschenke und der Durst, der mich während der etwas ausschweifenden Rede des Pfarrers geplagt hatte. Ich überflog hastig die Zeilen. Unsere engeren Freunde waren näher herangetreten. Post aus der alten Heimat war hier zu einer Art öffentlichen Guts geworden. Jeden interessierte brennend, was zu Hause vor sich ging, wie die Ernte und die politischen Umstände waren.

Die Handschrift meiner Schwester Hildegard konnte ich zum Glück gut entziffern. Ich las den Brief, der viele Seiten lang war, zunächst quer. Dann trug ich die Stellen, die weniger privater Natur waren und die für unsere Kolonistengemeinschaft von Bedeutung sein mochten, laut vor.

So heiß und trocken war es Anfang Juli hier seit Menschengedenken nicht mehr. Die Kinder freut's, denn sie tollen ausgelassen herum und sind kaum noch je im Haus anzutreffen. Doch wir Erwachsenen sorgen uns: wochenlang blauer Himmel und kein Tropfen Regen. Die Bäche sind nur noch Rinnsale, und von Mosel und Rhein hört man, sie stünden so tief, dass keine Schiffe mehr passieren können. Der letzte Regen fiel Anfang April! Wenn das so weitergeht, werden wir mit dem Darben nicht erst bis zum Winter warten müssen. In den Wäldern färbt sich vor lauter Trockenheit schon jetzt das erste Laub braun, und vorgestern hat es beim alten Ochsenbrücher gebrannt, weil ein Funke aus dem Herd geradewegs in seine Heumatratze geflogen ist. Sicher, der Mann hätte besser achtgeben müssen, aber wem nützt das Schimpfen jetzt noch? Das ganze Dorf, Männer wie Frauen, kamen, um beim Löschen zu helfen, so dass der Hof im Großen und Ganzen gerettet werden konnte. Aber die Stube ist unbewohnbar, so dass die Schneiders den Alten bei sich aufgenommen haben.

Hier unterbrach ich kurz, denn wie die Schneiders sich dabei fühlten, wenn die den sonderlichen Kauz beherbergten, ging keinen hier etwas an. All die Passagen, in denen es um persönliche Dinge, aber auch um alte Nachbarn, Freunde und Bekannte ging, würde ich mir daheim in Ruhe durchlesen.

Zu allem Überfluss haben wir eine üble Maikäferplage. Die Biester sind unersättlich, und in der Furcht, sie ließen uns von dem wenigen gar nichts mehr übrig, haben wir nun beschlossen, die Kinder über die Felder zu schicken und die Käfer einzusammeln. Einige, insbesondere ein paar Mädchen, ekeln sich, aber ich denke, wenn wir ihnen eine Art Belohnung versprechen, werden sie schon spuren.

Die Werber sind einige Male wiedergekommen. Bei den meisten Leuten rennen sie offene Türen ein. Die Armut und das Leiden der Bevölkerung scheinen stetig zu wachsen, und der einzige Ausweg ist für viele, in der Ferne ihr Glück zu suchen. Aber was soll aus dem Hunsrück werden, wenn alle Jungen, Starken und Gesunden weggehen?

Erneut übersprang ich einige Zeilen. Ich wollte nicht, dass die Gäste der Taufe mitbekamen, wie sehr mich Hildegards Beteuerung, sie könne meine und Hannes' Entscheidung verstehen, erschütterte.

Konnte sie das wirklich? War es nicht vielmehr ein versteckter Vorwurf? Fand sie, wir hätten dortbleiben und die Stellung halten müssen, anstatt die Alten und Schwachen ihrem Schicksal zu überlassen? Wenn man es so ausdrückte, klang unsere Auswanderung wie ein Verrat. Aber wem nützte es, wenn auch die Jungen und Starken hungerten? Wenn sie nur mehr Kinder in die Welt setzten, die ebenfalls leiden würden? Wenn die Grundstücke wegen der Erbteilung immer kleiner wurden, bis sie ihre Besitzer nicht mehr ernähren konnten? Ich schluckte meinen Unmut herunter und mit ihm all die Erwiderungen auf die unausgesprochenen Vorhaltungen meiner Schwester. Sie hörte mich ja doch nicht. In ein paar Monaten würde sie meinen nächsten Brief lesen können – aber in dem würde ich natürlich auch keinen Streit vom Zaun brechen.

Ein Familienzwist über den Atlantischen Ozean hinweg, lachhaft!

Weil keine weiteren Absätze über politische Umwälzungen oder dergleichen mehr in dem Brief standen – wobei ich bezweifelte, dass man diese in Ahlweiler überhaupt zur Kenntnis nehmen würde, es sei denn, die Franzosen hätten unsere Region wieder vereinnahmt –, las ich eine Passage vor, die gut zu dem heutigen Tag passte und die unser aller Interesse wieder auf die Gegenwart lenken würde.

Dein Brief erreichte uns Anfang Mai. Inzwischen müsste Euer Kind geboren sein. Ich hoffe, Du hast es gut überstanden, zweifle aber nicht daran, denn Du warst immer schon die Zäheste von uns. Und natürlich wünsche ich Dir und Hannes, dass das Kind gesund und wohlauf ist. Wie schade, dass ich Dir nicht zur Seite stehen konnte, und wie traurig, dass ich nicht seine Patin werden kann. Ich betrachte mich trotzdem einfach als seine Patentante, denn ich bin mir sicher, dass Du, wäre das Kind hier zur Welt gekommen, mir diese Ehre hättest zuteilwerden lassen. Du musst mir alles über Dein brasilianisches Kleines erzählen, ob es ein Junge oder Mädchen ist, wie es heißt, wem es ähnlich sieht, wo und von wem Ihr es taufen lasst, wer die glücklichen Paten sind und und und. Wir alle hier schicken Euch jedenfalls die allerbesten Wünsche, auch nachträglich zu Eurer Hochzeit.

An dieser Stelle beendete ein Zwischenruf von Gertrud Schlenz meine Lektüre: »Na, wenn sie da nicht den perfekten Zeitpunkt für ihre Glückwünsche abgepasst hat!«

Dasselbe hätte man auch von Gertruds Einwurf sagen können, den ich zum Anlass nahm, den Brief zusammenzufalten und mich wieder dem Geschehen um mich herum zu widmen. »Wobei ja eigentlich der Winterfeld derjenige war, der den Zeitpunkt bestimmt hat. Ich finde, dafür hat er sich jetzt eine kleine Stärkung verdient. Und wir anderen auch.«

Hannes hievte ein Fässchen mit selbstgebranntem Schnaps von unserem Karren, und nach Schulterklopfen, Händeschütteln und weiteren Glückwünschen prosteten wir uns alle zu.

Erst da erwachte Hilde. Ihr durchdringender Schrei klang derart empört – als wolle sie sich beschweren, weil sie als Einzige nichts abbekam –, dass alle Gäste laut herauslachten.

Nur der Pfarrer Zeller verzog keine Miene. Und mir war ebenfalls nicht mehr nach Lachen zumute.

Ich zog mich in eine ruhige Ecke des Pfarrhauses zurück und stillte das Kind, während ich von draußen das fröhliche Stimmengewirr vernahm, auf das ich mich so gefreut hatte.

35

An einem klaren, kühlen Morgen war es so weit: Klara würde erstmals das Gutsgelände auf einem Pferderücken verlassen. Sie war sehr aufgeregt – nicht, weil sie den Ritt besonders gefürchtet hätte, sondern weil sie sich so darauf freute, einmal mit Raúl zusammen zu sein, ohne dass sie beobachtet wurden. Sie gab sich an diesem Morgen sehr viel Mühe mit ihrer Aufmachung, steckte das Haar sorgfältig hoch und eine Blume an das Revers des kurzen Reitjäckchens, das für sie den Gipfel an Eleganz bedeutete. Etwas so Feines zum Anziehen hatte sie noch nie besessen, und heute trug sie es zum ersten Mal. Vorher war es draußen noch viel zu warm dafür gewesen.

Sie sah umwerfend aus, fand Raúl, als er sie zum verabredeten Zeitpunkt in der Halle traf. Ganz gleich, wie sie sich beim Reiten anstellte: Der Ausflug wäre, jedenfalls für ihn, ein Genuss. Allzu oft gönnte er sich ohnehin keine Ausritte, die einzig und allein dem persönlichen Vergnügen dienten. Er hätte dem Tag mit großer Vorfreude entgegengesehen, wenn da nicht dieser Zeitungsartikel gewesen wäre, der ihn permanent beschäftigte. Nicht, dass es eine große Qual bedeutet hätte. Es war mehr wie ein Steinchen im Schuh oder ein Stachel in der Fingerspitze – ein Ärgernis, das man vorübergehend ausblenden konnte, das einem jedoch insgesamt Unbehagen bereitet. Er würde versuchen, mit Klara drüber zu reden, obwohl es eigentlich eher sein Problem war als ihres.

Die Pferde standen fix und fertig für sie im Hof bereit.

Der Stallbursche hielt Klara seine verschränkten Hände als Steigbügel hin, und sie saß ebenso schwungvoll wie graziös auf. Raúl konnte sich gar nicht sattsehen an ihr, wie sie da, in ihrem schicken Jäckchen und den dünnen wildledernen Handschuhen ganz die feine Dame, im Sattel saß. Eine Art Besitzerstolz erfüllte ihn, und er musste sich gezielt in Erinnerung rufen, dass er weder ihr Besitzer war noch sie jemals würde besitzen können. Der Tag ihrer Abreise nach Porto Alegre rückte unaufhaltsam näher, und wenn er sie erst auf das Boot nach São Leopoldo verfrachtet hätte, würde er sie wahrscheinlich nie wiedersehen. Zu unterschiedlich waren ihre Lebenswelten, als dass ihre Wege sich wieder kreuzen würden. Zumindest nicht zufällig.

Klara wunderte sich über den entrückten Ausdruck in Raúls Gesicht. Anstatt ihn in die Gegenwart zurückzuholen, nutzte sie die Gelegenheit, um ihn von Kopf bis Fuß zu mustern. Was für einen prachtvollen Anblick er bot! Er trug die typische Gaúcho-Montur: die *bombacha*, die schwarze Pluderhose, die in den *botas*, den Lederstiefeln mit Ziehharmonika-Schaft, steckte; ein weißes Baumwollhemd, ein rotes Halstuch, darüber einen *ponche*, einen dichtgewebten Umhang. Die *guaicá* war unter dem Poncho verborgen, aber Klara hatte inzwischen schon viel über Sitten und Gebräuche der Gaúchos gelernt und wusste ganz einfach, dass Raúl diesen breiten Ledergurt trug, in dem Fächer zur Aufbewahrung von Messer, Tabak und anderen Dingen eingearbeitet waren. Kein Mann, der auf sich hielt, verließ jemals ohne *guaicá* das Haus beziehungsweise dessen nähere Umgebung. Raúl trug außerdem einen flachen Lederhut sowie kostbare silberne Sporen, Letztere das einzige deutliche Zugeständnis an seinen Stand. Seine Arbeiter trugen eiserne Sporen.

Die Tracht der Gaúchos hatte nur einen einzigen Nachteil: Sie war sehr weit und bequem geschnitten. Einzelheiten des Körpers, der sich darin befand, waren nicht zu erkennen. Klara bedauerte dies einen Moment. Zu gern hätte sie sich an dem Spiel der Muskeln ergötzt, an dem straff gespannten Stoff über den Oberarmen, wenn Raúl die Zügel anzog, oder an seinen kräftigen Oberschenkeln, wenn er sie an die Flanken des Pferdes presste. Oh Gott, war sie von Sinnen? Sie verbot sich jeden weiteren Gedanken an die Beschaffenheit von Raúls Körper. Schroff sagte sie: »*Estou pronta.*« – »Ich bin fertig.«

»Ja, ich auch. Auf geht's.«

Sie ritten in gemächlichem Trab. Der Frühnebel hatte sich noch nicht ganz verflüchtigt. Wie ein Gazeschleier lag er über der Landschaft und verlieh ihr einen märchenhaften Zauber. Im Gras und auf den Blättern der Sträucher entlang der Lehmstraße schimmerten Tautröpfchen. Da, wo die Morgensonne sich ihren Weg durch die Nebelschwaden bereits gebahnt hatte, glitzerte und funkelte es so stark, dass Klara und Raúl geblendet wurden und die Augen zusammenkneifen mussten. Die Vögel gaben ihr allmorgendliches Konzert, wobei dieses hier nicht annähernd so laut und schrill war wie das Geschrei der Vögel im Urwald. Ein lustiges Zwitschern, fast wie zu Hause im Hunsrück, dachte Klara. Die Luft duftete nach Gras und feuchter Erde. Eine friedliche Stimmung lag über alldem, und weder Raúl noch Klara sagten etwas. Jedes gesprochene Wort hätte die Atmosphäre entweiht.

Nach etwa zehn Minuten verließen sie die Straße, die nach Santa Margarida führte, und bogen in einen kleinen Feldweg ab. Klara trabte einfach hinter Raúl her. Er würde schon wissen, wo es schön war und gleichzeitig sicher genug, damit sie mit ihren frisch erworbenen Reitkünsten nicht an einem Abhang oder in unwegsamem Gelände ins Straucheln kam. Bisher hatte sie sich wacker gehalten, hatte keinen Augenblick das Gefühl gehabt, das Pferd nicht kontrollieren zu können oder die Balance zu verlieren. Allerdings war die bisherige Strecke auch wirklich leicht gewesen. Bestimmt langweilte Raúl sich zu Tode.

Das tat er nicht. Er dachte fieberhaft über das Ziel ihres Ausrittes nach. Daran hatte er vorher gar keinen Gedanken verschwendet. Jetzt aber wurde ihm bewusst, dass sämtliche Strecken irgendeine Art von Gefahr bargen. Zu dem schönen Wald an der Nordgrenze seines Landes konnte er Klara nicht bringen, denn der Weg führte durch das steinige Bett eines Baches. In das malerische Dörfchen Escondido konnten sie nicht reiten, weil sie dabei eine Weide hätten überqueren müssen und er nicht wusste, wie Klara oder ihr Pferd auf möglicherweise aggressive Bullen reagierte. Und die Hütte auf der Anhöhe kam ebenfalls nicht in Frage, denn es handelte sich dabei um ein derart romantisches Fleckchen, dass er fürchtete, seine Empfindungen für Klara träten allzu offensichtlich zutage oder, schlimmer noch, sie würde ihn als einen Don Juan betrachten, der all seine Eroberungen zu dieser lieblichen Stelle brachte und sie dort verführte.

Er schlug den Weg zu der Hütte ein.

Noch immer hatten sie kein einziges Wort miteinander gewechselt, aber die Stille lastete nicht auf ihnen, sondern gab ihnen ein Gefühl der Vertrautheit. Sie passierten eine Wiese, auf der Pfirsich- und Feigenbäume angepflanzt worden waren, ritten am gras- und schilfbewachsenen Ufer eines kleinen Baches entlang und erreichten dann einen schmalen Weg, der bergauf führte. Raúl blieb stehen. Klara ritt an seine Seite und hielt dort ebenfalls an. Er deutete auf den Hügel: »Traust du dir das zu? Es ist an einigen Stellen ziemlich steil, aber der Weg ist gut befestigt und führt an keinem tief abfallenden Hang oder Ähnlichem vorbei.«

Warum nicht?, dachte Klara. Das Pferd würde ja kraxeln müssen, nicht sie. Und wenn der Weg gut war … »Ja«, antwortete sie.

»Gut.« Damit setzte Raúl sich in Bewegung.

Klara folgte ihm. Der Aufstieg erwies sich als anstrengender, als sie vermutet hatte. Sie musste im Sattel eine unbequeme Position einnehmen, um nicht herunterzurutschen. Zudem war es mittlerweile in der Sonne recht warm geworden, so dass sie ins Schwitzen kam. Aus Angst davor, einen Fehler zu machen und sich zu blamieren, konzentrierte Klara sich ganz auf den Weg. Für die Schönheit der Strecke hatte sie wenig Sinn.

Das änderte sich, als sie ihr Ziel erreichten. Auf dem Gipfel der Anhöhe, die sie erklommen hatten, thronte ein verfallenes Häuschen, von dem nur noch die Wände aus grobbehauenen Steinen standen. Das Dach fehlte, Äste ragten daraus hervor.

»Es war einmal zum Schutz der Kuhhirten gedacht«, erklärte Raúl. »Bevor es die ›Herdade da Araucária‹ gab. Heute wird die Hütte wegen der nahe gelegenen *estância* nicht mehr gebraucht.«

Raúl stieg geschmeidig von seinem Pferd und half ihr, von ihrem herunterzukommen. Dabei umfasste er kurz ihre Taille, ganz keusch und kavaliersmäßig. Dennoch spürte Klara die Kraft in seinen Armen – und einen leichten Schauder. Sofort rückte sie einen Schritt von ihm ab. Dann sah sie sich um.

Ein atemberaubendes Panorama bot sich ihr dar. Sie befanden sich auf dem höchsten Punkt eines kleinen Berges, mehr eines Hügels, der jedoch, als einzige Erhebung inmitten eines leicht gewellten, insgesamt aber flachen Landes, höher wirkte, als er wahrscheinlich war. Nach allen Seiten hin war der Blick offen. Mit Wildblumen bestandene Wiesen, einige Äcker und kleine Wälder lagen ihnen zu Füßen.

»Das ist wunderschön«, sagte Klara.

»Ja, das ist es. Noch mehr würdigen könnte ich es allerdings, wenn ich etwas im Magen hätte.«

Erst jetzt merkte Klara, dass auch sie furchtbar hungrig war. Sie hatte am Morgen nur eine Tasse Kaffee auf ihrem Zimmer getrunken und einen Keks dazu gegessen.

»Dann wollen wir mal sehen, was uns Teresa diesmal für Köstlichkeiten eingepackt hat.« Raúl förderte den Proviant aus seinen Satteltaschen zutage. Es war kein üppiges Mahl, das sich daraus bestreiten ließ. Aber für eine kleine Stärkung, wie man sie auf einem Ausflug brauchte, der nicht mehr als drei Stunden dauern sollte, war es mehr als genug. Es gab Brot, hartgekochte Eier, Käse sowie einige Stücke Schokoladenkuchen. Beide machten sich gierig darüber her. Als ihre Blicke sich trafen, mussten beide lachen. Die Erinnerung an eine ähnliche Situation, die jedoch unter einem anderen Vorzeichen gestanden hatte, war noch frisch.

»Im Dschungel war unsere Tafel reicher gedeckt«, meinte Raúl. Klara hätte gern etwas darauf erwidert, doch ihr fielen die richtigen Vokabeln nicht ein, so dass sie schwieg.

Sie saßen auf einer bröckelnden Kante der halb eingestürzten Mauer, wo sich einst ein Fenster befunden hatte. Diese Seite des Häuschens lag im Schatten, in dem es relativ frisch war. Klaras Härchen auf den Armen richteten sich auf.

»Warte, bis ich dir erzählt habe, was in der Zeitung stand. Dann wirst du erst recht eine Gänsehaut bekommen.«

»Ah?« Mehr wusste sie darauf nicht zu sagen.

Raúl räusperte sich. »Also, der ›Jornal da Tarde‹ hat die Geschichte von dem tragischen Unfall bei euch wieder aufgegriffen. Daran bin ich schuld, denn ich war in der Redaktion und habe mich bei dem zuständigen Journalisten nach Details erkundigt.«

Klara war fassungslos. *Das* hatte er getan? Und sie hatte geglaubt, ihn längst von ihrer Unschuld überzeugt zu haben.

»Sei nicht böse. Das war vor unserer missratenen Bootsfahrt, und ich wollte wissen, was genau sich da draußen zugetragen hatte, bevor ich mit dir in die Höhle des Löwen ging.«

»Und?«

»Und es kam nicht viel dabei heraus. Aber ich schwöre, dass ich diesem Redakteur gegenüber kein Wort über dich habe fallenlassen. Trotzdem bist du – sind wir – Gegenstand eines neuen Artikels. Hier.« Damit zog er den zusammengefalteten Zeitungsausschnitt aus seiner Westentasche.

Klara nahm ihn entgegen und las angestrengt den Text, von dem ihr wegen ihrer noch immer mangelhaften Sprachkenntnisse die Hälfte entging. Grob jedoch erschloss sich ihr der Inhalt. Die vermisste Deutsche, von der man angenommen hatte, sie sei bei dem Überfall zu Tode gekommen, erfreue sich bester Gesundheit, stand da sinngemäß. Sie habe bei einem ehrbaren Mitglied der Gesellschaft Unterschlupf gefunden, offenbar unter Vorspiegelung falscher Tatsachen. Die Behörden seien informiert, doch sowohl ihr Beschützer als auch die Verdächtige selbst hätten sich dem Zugriff der Polizei entzogen.

Klara stand ihre Bestürzung deutlich ins Gesicht geschrieben. Wie hatte Raúl es wagen können, sich mit ihrer persönlichen Tragödie an die Presse zu wenden? Und warum war die Geschichte derart verzerrt wiedergegeben, dass man sie für schuldig halten *musste*?

»Nun schau mich nicht so schockiert an. Ich weiß nicht, wie es dazu kommen konnte, habe aber eine Theorie. Mein Freund, Paulo Inácio, wusste nichts über dich, genauso wenig der andere Schreiberling, Alves da Costa. Ich habe nur gesagt, ich erkundige mich für eine Bekannte, die entfernt mit der Sache zu tun hätte. Ich kann mir nicht vorstellen, dass sie daraus die richtigen Folgerungen gezogen haben. Was ich mir hingegen sehr gut vorstellen kann, ist, dass Senhorita Josefina, die laut Teresas Beobachtungen auf offener Straße mit Paulo Inácio schäkert, sich vielleicht etwas zusammengereimt hat – immerhin hat sie dich bei mir im Haus gesehen. Im Gespräch zwischen den beiden ergab dann wahrscheinlich eins das andere. Paulo Inácio hat vielleicht erwähnt, dass ich mich in einer merkwürdigen Angelegenheit an seinen Kollegen gewandt habe, oder er hat Josefina vielleicht gefragt, ob sie etwas von einer Frau wisse, die mit dem Vorfall in São Leopoldo zu tun hat. Woraufhin sie vermutlich ihre Schlüsse gezogen und sie eiligst meinem Freund mitgeteilt hat.« Er lachte trocken auf. »Meinem ehemaligen Freund.«

Klara traten Tränen in die Augen. Mein Gott, nun hatte sie auch noch Raúl mit ins Verderben gerissen, ihn, der doch nur hilfsbereit gewesen war und den nicht die geringste Schuld an irgendetwas traf. Eine alte Freundschaft war in die Brüche gegangen, und nun musste er sich auch noch gesetzeswidriges Verhalten vorwerfen lassen. Und seine Schwärmerei für die fesche Josefina schien, Raúls Tonfall nach zu urteilen, ebenfalls argen Schaden genommen zu haben – was Klara allerdings nicht so sehr bedauerte.

»Was war mit Josefina?«, fragte sie. Diesen Teil seiner Erzählung hatte sie nicht ganz begriffen.

»Ach, gar nichts. Als wir fort waren, im Urwald, hat sie sich an Paulo Inácio herangemacht. Und zwar ziemlich schamlos, wenn man Teresa glauben darf, die die beiden zufällig in der Stadt gesehen hat.«

Klara schwankte zwischen Mitgefühl für Raúl einerseits und Erleichterung andererseits. Es tat ihr zwar leid, dass die

Dame in Raúls Abwesenheit anscheinend gleich einen anderen Mann bezirzt und damit ihre Flatterhaftigkeit unter Beweis gestellt hatte. Zugleich war sie aber auch froh darüber. Ein wenig eifersüchtig war sie schon gewesen, auch wenn sie wusste, dass sie selber sich keinerlei Hoffnungen auf Raúl zu machen brauchte.

Oder vielleicht doch? Er sah sie auf einmal so sonderbar an. Sie erwiderte diesen Blick, in dem sie Melancholie und Begierde gleichermaßen zu erkennen glaubte. Sie konnte seinen Zwiespalt nachvollziehen, ihr ging es ja kaum anders: Die Faszination, die sie aufeinander ausübten, war so stark, dass sie sich ihr kaum entziehen konnten, doch das Wissen darum, dass sie beide keine gemeinsame Zukunft hätten, verlieh der sich anbahnenden Romanze etwas Trauriges. Diese Wehmut trug nun aber ihrerseits zu einer erhöhten Empfindsamkeit bei, steigerte ihre Gefühlswahrnehmungen, versetzte ihre Herzen in Aufruhr – als sei ein Quentchen Tragik das i-Tüpfelchen der Verliebtheit.

Ach was, ermahnte Klara sich, vergiss es einfach. Es würde wohl nur jener Zustand sein, von dem schon ihre Großmutter gewusst hatte: Was man nicht haben konnte, erschien einem umso begehrenswerter. Hatte man es erst, verlor es jegliche Anziehungskraft. Und daraus konnte Klara nur einen Schluss ziehen: Sie sollte Raúl nicht begehren. Sie senkte den Blick.

Gerade als sie ein Stück von ihm abrücken wollte, umfasste er mit einer Hand ihr Kinn und drehte ihr Gesicht wieder dem seinen zu. Sie waren kaum zwei Handbreit voneinander entfernt. Klaras Herzschlag beschleunigte sich. Ihre Blicke versanken ineinander, bevor eine Bö Klara eine Haarsträhne in die Stirn und über die Augen wehte. Raúl strich sie ihr behutsam aus dem Gesicht und beugte sich näher zu ihr heran. Klara schloss die Augen.

Ihre Lippen trafen sich, zu einer zarten Berührung zunächst, zu einem Hauch von Kuss, bei dem sie ihre Münder immer wieder ein wenig voneinander lösten, um dann umso inniger zusammenzufinden. Raúls Hände legten sich um Klaras Taille. Er zog sie fester zu sich heran, erhöhte gleichzeitig den Druck auf ihre Lippen, in die er schließlich mit seiner Zungenspitze eindrang. Klara gab sich seinem Kuss bereitwillig hin, erwiderte seine Liebkosungen mit ihren Lippen und ihrer Zunge. Sie konnte sich an keinen Kuss erinnern, der sie jemals so erregt, der in ihr je einen solchen Schwindel ausgelöst hätte. Er berauschte sie. Und er ließ sie nach mehr verlangen.

Raúls Hand wanderte von ihrer Taille hoch, fuhr über ihre Rippen, bis er schließlich eine Brust umfasste und sie zärtlich streichelte. Klara ertastete ebenfalls Raúls Oberkörper, strich ihm über Nacken und Schultern, verharrte andächtig bei den ausgeprägten Rückenmuskeln, glitt dann nach vorn und in den Ausschnitt seines Hemdes hinein. Als sie seine eckige Brust und die dichte Behaarung darauf unter ihren Fingern spürte, durchfuhr es sie wie ein Blitz. Sie wollte ihn ganz, jetzt, wollte seine Haut auf ihrer spüren, wollte die Atemlosigkeit ihres Kusses in der Vereinigung ihrer Körper fortsetzen.

Raúl erhob sich und zog sie in einer einzigen Bewegung hoch und zu sich heran. Sie umklammerten einander und pressten ihre Leiber in einer Gier aneinander, als gäbe es kein Morgen. Klara spürte seine Erregung, pralles Fleisch an ihrem Bauch. Sie stellte sich auf die Zehenspitzen und drückte sich an sein hartes Glied. Er umfasste ihre Pobacken und gab durch den Druck seiner Hände einen Rhythmus vor, in dem sie sich an ihn drängte. Nur die Kleider, die sie trugen, standen dem Liebesakt noch im Weg. Beide keuchten.

Und dann stieß Raúl Klara plötzlich von sich fort, drehte

sich abrupt um und ging – flüchtete – zu seinem Pferd, wo er sich geschäftig am Sattel zu schaffen machte. Er stand mit dem Rücken zu Klara, hielt inne und sagte schließlich, mit geballten Fäusten: »Es tut mir leid. Ich hätte mich besser im Griff haben müssen.«

Klara bebte noch immer vor Lust, und die Enttäuschung war so groß, dass sie beinahe laut aufgeschluchzt hätte. Die Zurückweisung zerriss ihr fast das Herz. Dennoch blieb sie nach außen gefasst. Eisig erwiderte sie nur: »Ja.«

Auf dem Heimritt waren beide in Gedanken versunken. Wie schon auf dem Hinweg sprachen sie kein Wort miteinander, sondern warfen sich nur gelegentliche lauernde Blicke zu. Doch diesmal war die Stille zwischen ihnen nicht friedlich und entspannt.

Sie war erdrückend.

36

$\mathcal{D}$er Hofer-Kurt bekam seinen Anzug in besserem Zustand zurück, als wir ihn bekommen hatten. Ich wäre lieber gestorben als ihm eine Hose mit Riss zurückzugeben, und als ich das gute Stück flickte, besserte ich auch gleich noch ein paar andere Dinge aus. Ich nähte die Knöpfe wieder gut an, befestigte den Saum, wo er sich gelöst hatte, und stopfte ein Loch in der Jackentasche.

Schwieriger war die Wunde, die Hannes sich zugezogen hatte. Es war zunächst nur eine winzige Schramme gewesen, die er während der Taufe und auch an den beiden Tagen darauf überhaupt nicht bemerkt hatte. Bei der vielen Arbeit im Freien, oftmals noch immer inmitten von Gestrüpp, waren wir ständig voller Kratzer und blauer Flecken. Dann, am dritten Tag, begann die Schramme zu nässen. Sie hatte sich entzündet, was wir nicht weiter ernst nahmen. Wir hatten die Erfahrung gemacht, dass die meisten kleineren Verletzungen dieser Art am allerbesten heilten, wenn man gar nichts unternahm. Doch diese Wunde tat das nicht. Sie wurde immer hässlicher, eiterte und schmerzte. Auch das ignorierten wir mehr oder weniger. Wir wuschen die Stelle gründlich, trugen unsere Allzwecksalbe auf und hofften, dass der Spuk bald ein Ende haben würde.

Aber es wurde immer schlimmer. Rund um die Schramme, die inzwischen aussah wie eine böse Wucherung, verfärbten sich die Adern. Hannes Wade war dichtbehaart, so dass wir das erst recht spät bemerkt hatten. Wir rasierten die Haut rund um die Verletzung, um genauer erkennen zu können, was sich da tat. Es sah nicht schön aus. Dann bekam Hannes Fieber. Und ich war zunehmend beunruhigt. Ich würde einen Fachmann hinzuziehen müssen. Dass auf einem der jüngst angekommenen Schiffe auch ein Apotheker dabei gewesen war, hatte sich sogar bis zu uns herumgesprochen. Der war zwar kein Arzt, aber doch besser als nichts.

Der Apotheker war ein wunderlicher Typ, mit struppigem Bart und merkwürdiger Kleidung – ganz so, wie man sich einen zerstreuten Professor vorstellte, nur dass unserer hier sich einen Schleier an den Hut geheftet hatte und einen breiten Gürtel trug, in dem er Röhrchen, Messer, Pinzetten und alle möglichen mir unbekannten Gerätschaften mit sich herumtrug. Als ich bei seiner Hütte eintraf, verließ er diese gerade in seiner komischen Montur. Offenbar war er auf dem Weg in den Busch.

»Gott zum Gruße«, stellte ich mich artig vor. »Ich bin Klara Wagner, drüben von der Baumschneis, und Sie müssen mir helfen.«

»Mein liebes Kind, nichts lieber als das. Aber wie du siehst, bin ich gerade im Begriff, meine Feldstudien zu betreiben. Könntest du vielleicht am frühen Abend wiederkehren?«

Es störte mich, dass er mich duzte. Wenn ich Hildchen dabeigehabt hätte, wäre das wahrscheinlich nicht passiert. So jedoch hielt er mich anscheinend für ein junges Mädchen.

Noch mehr irritierten mich allerdings diese geheimnisvollen »Feldstudien«. Was hatte das zu bedeuten? Nun, das würde ich später ergründen. Jetzt ging es allein um Hannes.

»Nein«, sagte ich mit fester Stimme. »Ich bin den ganzen Weg zu Fuß gekommen, nur um Sie zu sprechen. Bitte, lieber Herr Apotheker Breitner – mein Mann hat eine sehr üble Verletzung, und jetzt hat er auch noch Fieber.«

Der Apotheker sah mich stirnrunzelnd an. »Ich bin kein Arzt. Und ich bin auch kein Apotheker – jedenfalls nicht in dem Sinne, wie Sie alle es hier zu verstehen scheinen. Es ist eine Art Spitzname, den mir einer gleich bei meiner Ankunft verliehen hat. Eigentlich bin ich Biologe. Gestatten, Professor Dr. Alfons Breitner.« Damit reichte er mir die dürre Hand. Sein Händedruck war schlaff.

Mir fiel auf, dass er mich jetzt siezte – sicher wegen der Erwähnung meines Mannes. Aber Genugtuung konnte ich darüber keine empfinden. Denn dass er kein echter Apotheker war, versetzte mir einen kleinen Schock. Was sollte ich mit einem Biologen? Und was hatte er hier überhaupt verloren?

Die Antwort darauf gab er mir selber.

»Ich erforsche Heilpflanzen. Hier im Dschungel gibt es einen phantastischen Artenreichtum und unzählige Gewächse, die wir in Europa noch gar nicht kennen. Einige davon sind sicher von großem pharmazeutischem Nutzen. Nehmen Sie nur die *Tagetes erecta Linnaeus*, deren entzündungshemmende Wirkung bei den Ureinwohnern …«

Als ich ihn über die entzündungshemmende Wirkung sprechen hörte, war ich so erleichtert, dass ich ihm ins Wort fiel. »Aber genau das brauchen wir doch!«

»Gewiss, gewiss.« Der »Apotheker« wirkte auf einmal ein wenig abwesend, als sei ihm eingefallen, dass er etwas überaus Wichtiges im Haus vergessen hatte. »Aber«, fuhr er fort, »die *Tagetes erecta* wächst in diesen Breitengraden nicht. Es handelt sich um eine Pflanze, die wir aus den weitaus besser erforschten Trockenklimaten im Norden kennen, und zwar auch unter dem indigenen Namen *Cempasúchil*. Ihr Hauptverbreitungsgebiet sind Mexiko sowie die südlichen Regionen der …«

Erneut unterbrach ich ihn. Mir stand wirklich nicht der

Sinn danach, mir gelehrte Vorträge über irgendwelche Wunderpflanzen anzuhören, die in der Wüste wuchsen und nicht hier im Urwald.

»Um Gottes willen, sehr geehrter Herr Professor Apotheker Breitner«, flehte ich ihn an, vor Aufregung die korrekte Anrede nun vollends durcheinanderbringend, »können Sie nicht einfach mit zu uns kommen und sich den Hannes, ich meine, meinen Mann, einmal ansehen? Sie verstehen doch offensichtlich mehr von solchen Sachen als wir. Und außerdem, falls Sie sich gerade auf den Weg zum Pflanzensammeln machen wollten: Bei uns wachsen diese ganzen verrückten Dinger auch alle.«

»Na schön«, lenkte er ein. »Aber ohne Gewähr auf Erfolg. Und nur unter der Bedingung, dass Sie keiner Menschenseele davon erzählen – nachher werde ich wie ein Wald-und-Wiesen-Doktor bei jedem Zipperlein gerufen.«

Dass die Leute, die sich hier niedergelassen hatten, ganz bestimmt nicht bei jedem Wehwehchen einen Arzt rufen würden, selbst wenn es Hunderte davon gäbe, sagte ich ihm nicht. Ich wollte ja nicht riskieren, dass er es sich noch anders überlegte.

Er ging, ohne einen Ton zu sagen, in die Hütte zurück. Mich ließ er einfach vor der Tür stehen. Ich sagte mir, dass er von drinnen vielleicht ein paar Arzneien holen wollte, und geduldete mich. Nach wenigen Minuten kam er zurück, eine Tasche in der Hand.

»Medikamente«, sagte er. »Einige davon habe ich selbst zusammengestellt, zum Teil bereits mit hiesigen Arzneipflanzen. Der Siedlungsbeauftragte der Regierung, der ehrenwerte Senhor Pinheiro, war so freundlich, mich mit einem Stammeshäuptling der Guaraní bekannt zu machen, der wiederum sehr bereitwillig meine Fragen beantwortete, natürlich mehr mit Gesten als mit Worten, wenn Sie verstehen. Die Indianer besitzen ein bemerkenswertes Wissen über die Dschungelgewächse und ihre Wirkungsweise …« Er plapperte weiter vor sich hin, doch ich hörte ihm schon gar nicht mehr genau zu. Wir gingen zu dem Pferdefuhrwerk, das der »Apotheker« besaß und das ihn als einigermaßen vermögenden Mann auswies. Während er das Pferd anspannte, hörte er keine Sekunde lang auf, über seine Forschung zu reden. Ich jedoch war in Gedanken woanders. Was, wenn seine selbstentwickelten Arzneien giftig waren oder völlig wirkungslos? Würden sie meinen Hannes nur noch kränker machen? Aber was hatten wir schon zu verlieren? Wir hatten es mit Nichtstun versucht, und dabei war Hannes' Zustand immer schlechter geworden. Wir hatten es mit Wasser und mit der Fettsalbe versucht, ohne Erfolg. Alles, sogar dieser falsche Apotheker, wäre besser als tatenlos zuzusehen, wie Hannes immer mehr litt.

»So, wo geht es denn lang zu Ihnen?«, fragte mich der Professor Breitner, als wir auf dem Gefährt saßen.

Ich riss ungläubig die Augen auf. Was wollte das für ein Forscher sein, der nicht einmal wusste, wo sich die Baumschneis befand? Sie war zu einer der »Hauptstraßen« geworden. Wahrscheinlich kroch er einfach zu viel durchs Unterholz, auf der Suche nach unbekannten Kräutchen und Gräsern, als dass er die grobe Struktur unserer Siedlungen begriffen hätte.

»Links herum. Dann immer geradeaus. Richtung Nordwesten.«

»Ah. Gut.« Er ließ die Gerte auf den Gaul niedersausen. Wir holperten schneller über die Wege, als es deren Zustand erlaubte, aber ich beklagte mich nicht. Ich war froh, dass der »Apotheker« ein so zügiges Tempo fuhr, und nahm gerne ein paar blaue Flecken an meinem Gesäß dafür in Kauf.

Wir erreichten unser Haus nach vielleicht einer halben

Stunde. Alles war still. Nichts rührte sich. Kein Scharren aus dem Hühnerpferch, kein Gequieke von unseren beiden Schweinen, kein Weinen von Hilde aus dem Innern des Hauses. Es wirkte wie ausgestorben.

Ich sprang von dem Karren, noch bevor dieser vollständig zum Halten gekommen war. Mit gerafften Röcken rannte ich ins Haus, über alle Maßen besorgt. Doch es war nichts Fürchterliches passiert. Hannes lag auf dem Bett, fieberglühend. Hildchen krabbelte auf seiner Brust herum und machte nicht den Eindruck, als fehlte ihr etwas. Schlurfend betrat nun auch der »Apotheker« das Haus. Er trat in unsere Schlafkammer und reichte Hannes die Hand: »Sehr erfreut. Ich bin Professor Doktor Alfons Breitner.«

»Ein echter Professor!«, brachte Hannes in einem ebenso müden wie überraschten Ton hervor.

Ich war dem Professor Breitner dankbar dafür, dass er sich keinerlei Unsicherheit anmerken ließ, wenn er diese denn verspürt haben sollte. Er wirkte selbstbewusst, geradezu autoritär, und kompetent. Als Gelehrter würde er ja auch gewiss genug von der menschlichen Seele verstehen, um zu wissen, wann es ratsam war, den Doktor herauszukehren, und wann nicht. Mir hatte er offen anvertraut, dass er kein Arzt war. Hannes würde er das, wenn er klug war, nicht verraten.

Hannes fragte auch nicht weiter nach. Wie die meisten anderen Leute, wie ich selber auch, ließ er sich von den Titeln blenden. »Was fehlt mir, Herr Doktor?«, fragte er schwach. »Es war doch nur ein harmloser Kratzer.«

»Na, dann lassen Sie mal sehen.«

Ich hob Hilde vom Bett herunter. Der Professor krempelte Hannes' Hosenbein auf und besah sich die Wunde. Es war kein sehr erfreulicher Anblick, aber der Doktor zuckte nicht mit der Wimper.

»Hm«, war sein einziger Kommentar.

»Ist es sehr schlimm?«, quengelte Hannes. Jetzt, da er sich in den erfahrenen Händen eines Mediziners glaubte, gestattete er sich so etwas wie Hilflosigkeit und Schutzbedürftigkeit. Ich konnte es ihm nachempfinden. Mir war es bei Hildes Geburt so ähnlich gegangen. Man hört automatisch auf, die Zähne zusammenzubeißen, wenn das sozusagen von höherer Stelle abgesegnet ist, in diesem Fall durch die Gegenwart eines Professors.

»Ja.« Alfons Breitner schürzte die Lippen zu einer Art Kussmund, der ihn sehr nachdenklich aussehen ließ. »Ja, leider lässt es sich kaum anders sagen: Es ist schlimm. Es ist einer der unschönsten Fälle von Sepsis, die mir je untergekommen sind.«

»Von was?«, fragten Hannes und ich gleichzeitig.

»Sepsis. Blutvergiftung. Wenn wir den Entzündungsherd nicht auf der Stelle ruhigstellen, werden Sie sterben«, sagte der Professor zu Hannes. »Dafür wiederum fehlen mir hier die entsprechenden Medikamente. Ich fürchte, die einzige Maßnahme, die jetzt noch greifen könnte, ist eine Amputation.«

»Sie wollen ihm das Bein abschneiden?«, fuhr ich ihn an. »Sie … Sie Biologe Sie! Was verstehen denn Sie schon davon? Haben Sie überhaupt schon einmal einen Menschen mit Blutvergiftung gesehen, oder waren das nur Kriechtiere im nördlichen Trockenklima?« Ich hätte mir im selben Moment auf die Zunge beißen mögen. Herrje, nun hatte ich selber verraten, dass der kompetente Herr Professor nichts weiter als ein verrückter Forscher war.

»Was meinst du?« Hannes sah mich fragend an. Er sah mitleiderregend aus, und mir fehlte der Mut, ihm die Wahrheit zu gestehen.

»Ach, nichts. Auf dem Weg hierher hat der Herr Professor mir ein wenig von sich erzählt. Weißt du, er ist ein sehr berühmter Gelehrter, der überall auf der Welt neue Arzneien erforscht. Es ist halt mit mir durchgegangen, als er gesagt hat, dass das Bein ab muss. Ich bin mir aber sicher, dass ihm noch eine andere Lösung einfällt, nicht wahr, Herr Professor?«

»Gewiss, gewiss. Lassen Sie mich einen Augenblick nachdenken. Bei einem Schluck Wasser, wenn Sie so nett wären?«

Ich verstand. Er folgte mir zu unserer Wohn-und-Ess-Stube, und ich schloss die Tür hinter uns.

Während ich ihm Wasser in einen von unseren guten Zinnbechern eingoss, legte er bereits los. »Es geht nicht anders. Bitte glauben Sie mir. Ich mag kein Arzt sein, aber ich habe genügend auf der Welt gesehen und erlebt, um mit absoluter Sicherheit die Diagnose stellen zu können sowie die Therapie zu bestimmen. Und ich sage Ihnen: Eine rasche Amputation des Beins bis etwa zur Mitte des Oberschenkels ist unumgänglich. Sonst verlieren Sie Ihren Mann.«

Ich ließ mir das Gesagte durch den Kopf gehen. Obwohl Zorn in mir aufwallte, blieb ich nach außen gefasst. Wenn es stimmte, was der Professor behauptete, dann blieb uns wohl kaum etwas anderes übrig. Ich wollte lieber den ganzen Mann retten als nur sein Bein. Dennoch: Mir Hannes als Krüppel vorzustellen trieb mir Tränen der Verzweiflung in die Augen. Wie sollten wir hier draußen überleben, wenn Hannes nur noch mit halber Kraft vorankam?

Der Forscher trank einen Schluck Wasser und fuhr fort: »Natürlich sollten wir die Entscheidung darüber Ihrem Mann überlassen, nicht wahr, junge Frau?«

»Und warum erzählen Sie mir das alles, wenn meine Meinung sowieso nicht zählt?« Ich musste mich sehr am Riemen reißen, um nicht laut zu werden. Hannes sollte von der Unterredung ja nichts mitbekommen.

»Weil ich fürchte, dass Ihr Mann schon bald bewusstlos

werden könnte. Schon jetzt dürfte sein Urteilsvermögen aufgrund des Fiebers getrübt sein. Sie müssen ihm gut zureden. Sie müssen ihn von der Notwendigkeit des Eingriffs überzeugen. Und Sie werden auch diejenige sein, die mir bei der Operation assistiert.«

»Was?!« Ich war fassungslos. Verlangte dieser Wahnsinnige etwa von mir, dass ich danebenstand, während er meinem Mann das Bein absägte?

»Ist hier sonst noch jemand, der es tun könnte?«

»Selbstverständlich. Wir haben Nachbarn. Da sind die Gerhards, unsere besten Freunde, die drei Meilen weit die Schneise hinauf leben, und die Schmidtbauers, an deren Hof wir vorhin vorbeigefahren sind. Es gibt in der Umgebung jede Menge kräftige Männer, die diese Aufgabe ganz sicher besser bewältigen als ich.«

»Das, meine Liebe, bezweifle ich. Frauen haben meist die stärkeren Nerven, wenn es um so, äh, blutrünstige Dinge geht. Im Übrigen haben wir keine, und ich meine: absolut keine Minute, Zeit zu verlieren.«

»Was redet ihr da so lange?«, vernahmen wir gedämpft Hannes' Stimme durch die schöne geschnitzte Holztür.

Ich wollte schon die Tür öffnen und zu ihm eilen, als der Professor mich am Ärmel zurückhielt. »Wo befinden sich Ihre Werkzeuge?«, fragte er flüsternd.

»Warum?«

»Sie leisten die Überzeugungsarbeit. Ich stelle das Operationsgerät zusammen.«

Mit weichen Knien und zitternder Stimme gab ich ihm die gewünschte Auskunft, bevor ich schweren Herzens zu Hannes stapfte.

Weinerlich empfing er mich: »Was hattet ihr da zu bereden? Will der Quacksalber mir das Bein abnehmen?«

‿ 348 ‿

»*Wollen* tut er das ganz bestimmt nicht.« Ich fuhr Hannes mit der Hand über die Stirn, wie man es bei einem Kind machte, wenn man es tröstete. Sie fühlte sich heißer an als am Vormittag, bevor ich die Hilfe des Professors gesucht hatte. »Aber es sieht so aus, als *müsse* er. Hannes, wenn wir die schlimme Stelle nicht wegschneiden, dann stirbst du.« Ich hatte begonnen zu schluchzen.

Hilde, die ich die ganze Zeit mit meinem linken Arm auf meinem linken Beckenknochen herumgetragen hatte, auch während des Gesprächs mit dem Professor, spürte offensichtlich, dass etwas Schreckliches im Schwange war. Auch sie begann zu heulen.

»Und sterbe ich denn nicht, wenn der Kurpfuscher an mir herumschnippelt?«, hauchte Hannes mit letzter Kraft.

Darüber hatte ich noch gar nicht nachgedacht. Teufel auch! Was, wenn Hannes dem Professor und mir unter den Händen wegsterben würde? Eine Amputation war ein schwerer Eingriff, und wenn sie nicht fachmännisch ausgeführt wurde – was bei dem »Apotheker« und mir als seiner Gehilfin zu befürchten stand –, endete sie nicht selten tödlich. Ich zwang mich dazu, nicht hemmungslos zu flennen.

»Unsinn! Du bist jung und stark«, antwortete ich. »In ein paar Wochen bist du wieder auf den Beinen.«

»Auf dem Bein«, flüsterte er und verzog die Lippen zu einer geraden Linie, die ich angesichts der Umstände als Lächeln deutete. Keiner von uns konnte über den makabren Witz lachen, aber ich empfand es als außerordentlich gutes Zeichen, dass Hannes in seiner Lage noch zu derartigen Wortspielen aufgelegt war.

Ich verwünschte mich jedoch dafür, dass ich ihm die Vorlage geliefert hatte. Ich würde in Zukunft genau aufpassen müssen, was ich sagte. »Na, bist du heute mit dem linken Fuß

349

zuerst aufgestanden?« – solche und ähnliche Redewendungen durften mir nicht mehr unbedacht herausrutschen.

Der Professor riss mich aus diesen Überlegungen. »Sind Sie zu einer Entscheidung gelangt? Wünschen Sie, dass ich die Operation ausführe?« Er trug einen Kochtopf, aus dem der Dampf von kochend heißem Wasser aufstieg und in dem sein Operationsbesteck lag. Ich erkannte die Griffe unserer Säge und unseres schärfsten Messers.

»Da können wir uns den Schnaps ja sparen«, sagte er leichthin und wies mit dem Kinn auf den Patienten.

Hannes war in Ohnmacht gefallen.

37

Der Schnaps, den Raúl sich unmittelbar nach ihrer Rückkehr zur »Herdade da Araucária« eingegossen hatte, brachte nicht die geringste Linderung. Eher intensivierte er noch das niederschmetternde Schuldgefühl, das von ihm Besitz ergriffen hatte. Was für ein Lump er doch war, was für ein niederträchtiger Mistkerl! Nur gut, dass er in letzter Sekunde noch genügend gesunden Menschenverstand und Selbstdisziplin hatte aufbringen können, um es nicht zum Äußersten kommen zu lassen. Wenn sie sich dort oben bei dem alten Hirtenhäuschen geliebt hätten, würde er sich jetzt überhaupt nicht mehr in die Augen sehen können.

Es war schlichtweg unverzeihlich, sich mit einer Frau zu vergnügen, die man für ihre Dienste nicht entlohnte oder die man nicht in Kürze zu ehelichen wünschte. Und da Klara weder eine Hure war noch seine Verlobte, waren jegliche Zärtlichkeiten zwischen ihnen tabu. So einfach war das. Und so schwer. Die Glut, die sie in ihm entfacht hatte, wollte partout nicht verglimmen. Im Gegenteil, je länger sie hier bei ihm weilte und je unmissverständlicher sie ihm aus dem Weg ging, desto heißer wallte die Leidenschaft in ihm auf. Er hatte sich in Klara verliebt, so viel stand fest. Ebenfalls fest stand aber auch, dass sie in zwei Wochen voneinander Abschied nehmen würden, wahrscheinlich für immer. Sie musste zurück zu ihrem Kind, musste sich ihrer Vergangenheit stellen und sich in ihrer eigenen Welt behaupten. Da war für ihn kein Platz.

Dass er um ihre Hand anhielt, war völlig ausgeschlossen.

Sie würde ihn für einen gefühllosen Grobian halten, der nicht einmal die Mindestgebote der Höflichkeit und des guten Geschmacks kannte. Einer frisch verwitweten Frau machte man keine Avancen. Aber vielleicht, irgendwann … Er schenkte sich ein weiteres Glas Schnaps ein und gab sich einem Tagtraum hin, der bestenfalls in ferner Zukunft, wahrscheinlich jedoch nie in Erfüllung gehen würde.

Klara hatte sich nach dem Ausritt auf ihr Zimmer geflüchtet, das sie für den Rest des Tages nicht mehr verließ. Eine Reihe widersprüchlicher Empfindungen wühlte sie auf. Da war zunächst die Demütigung – sie waren so kurz davor gewesen, körperliche Befriedigung zu finden, und in einem solchen Moment zurückgewiesen zu werden tat weh. Wenn es Raúls Gewissen gewesen war, das sich da plötzlich geäußert hatte, dann, so fand Klara, hätte es sich ruhig schon vorher melden können. Man erklomm doch nicht gemeinsam schwindelerregende Höhen, um sich kurz vor dem Gipfel in den Abgrund zu stürzen. Wenn man schon so weit oben war, würde man doch den einen Schritt zum allerhöchsten Punkt auch noch gehen, oder nicht? Wenn man dann abstürzte, willentlich oder nicht, tat man es wenigstens mit dem beseelten Gefühl der Erfüllung.

Und was sollte diese Zurückhaltung überhaupt? Sie war schließlich keine Jungfrau mehr, sie wusste ja, worauf sie sich eingelassen hätte. Oder war genau das der springende Punkt? War sie ihm zu forsch gewesen, zu erfahren? Oder gar zu *geil?* Herr im Himmel, lass es nicht das gewesen sein! Klara kam sich ohnehin schon vor wie ein loses Frauenzimmer. Sie hatte sich Raúl ja förmlich in die Arme geworfen, und bestimmt war ihm, gerade noch rechtzeitig, aufgegangen, mit was für einem hemmungslosen, mannstollen Luder er es zu tun bekommen hatte.

Klara schämte sich zutiefst für ihr haltloses Benehmen.

Zu Scham, Wut und unerfüllter Begierde gesellte sich jedoch irgendwann Hunger, so dass sie gezwungen war, ihr Zimmer zu verlassen. Auf Zehenspitzen ging sie die Treppe hinunter. Wenn Raúl im Haus war, wollte sie nicht, dass er sie hörte oder sah. Sie schlich in die Küche, wo sie, nachdem sie ihren Wunsch nach einem leichten Imbiss vorgetragen hatte, von einer Schar aufgeregt gackernder Mägde verscheucht wurde.

»Na, wo brennt's denn, *menina?*«, fragte Teresa, die sie hinausbegleitete.

»Es brennt?«, fragte Klara zurück, die die Redewendung falsch gedeutet hatte.

Teresa brach in schallendes Gelächter aus. »Ja, es brennt. Im Herzen von Senhor Raúl brennt es und in deinem auch. Von anderen Stellen ganz zu schweigen.« Sie bekam sich gar nicht mehr ein über ihre vermeintlich witzige Bemerkung, und Klara lief feuerrot an.

»Mein Gesicht brennt auch«, sagte sie überflüssigerweise.

»Ja, Kindchen, das ist kaum zu übersehen. Also, wir setzen uns jetzt auf die Veranda, und du isst etwas, und dann schüttest du der alten Teresa dein Herz aus, in Ordnung? Ich sehe doch, dass dich etwas bedrückt. Das muss raus, sonst bekommst du ein Magengeschwür. Und außer mir hast du hier ja niemanden zum Reden.«

»Ich will auf mein Zimmer.«

»Keine Bange, mein Herz, Senhor Raúl ist nicht da. Wir können uns an die frische Luft setzen. Der Tag ist doch viel zu schön, um ihn in einem stickigen Raum zu verbringen.«

Halbherzig nickte Klara und folgte der Schwarzen auf die Veranda. Sie hatte nicht vor, sich ihr anzuvertrauen. Erstens glaubte sie nicht, dass die alte Frau verstehen konnte, was ihr so zu schaffen machte, und zweitens wusste sie ja selber nicht so genau, was das eigentliche Problem war. Es war ein ganzer Knoten aus Sorgen und Ängsten, den zu entwirren es mehr bedurfte als eines Gesprächs mit einer mitfühlenden Frau.

»Du wirst dir das kaum vorstellen können, das können junge Leute ja nie, für euch sind wir einfach nur alt und jenseits von Gut und Böse, aber ich war auch mal eine junge hübsche Frau und habe einen Mann geliebt.«

Klara fühlte sich sehr unwohl. Sie hatte genug mit sich selber zu regeln, als dass sie sich auch noch die Beichte einer alten Sklavin anhören wollte. Doch Teresa, die Klaras Unbehagen sehr wohl gespürt hatte, fuhr unbeirrt fort.

»Wir durften nicht heiraten, weil wir Sklaven waren. Wir durften auch keine Kinder haben – das heißt, wir Frauen durften welche gebären, aber sie nicht als unsere Babys betrachten, sondern als unseren Beitrag zum Sklavenbestand unseres Besitzers.«

Wie entsetzlich, dachte Klara. Darüber hatte sie sich noch nie Gedanken gemacht. Ihr einziger Kontakt zu Sklaven war im Haushalt Raúls gewesen, in dem Teresa die Rolle einer Matriarchin zufiel und in dem alle anderen Schwarzen genauso behandelt wurden, wie man auch in Deutschland Mägde und Knechte behandelte. Aber dass man woanders mit den Sklaven wie mit Vieh umging, das sich wie Vieh fortpflanzen sollte, und ihnen kein menschenwürdiges Leben vergönnt war, auf die Idee wäre sie nie gekommen.

»Ja, *menina*, da guckst du. Aber keine Sorge, ich will dich nicht mit den alten Geschichten quälen. Was ich dir nur sagen wollte, ist, dass ich weiß, wie die Liebe sich anfühlt – und wie sich Leid anfühlt. Ist zwar lange her, aber es hat sich tiefer in mein Gedächtnis gebrannt als das Brenneisen meines ersten Besitzers in mein Fleisch.« Dabei schob sie einen Ärmel ihres

Kleides nach oben und entblößte einen Oberarm, auf dessen dunkler Haut ganz schwach ein bläuliches Symbol zu erkennen war. Klara musste wegsehen, weil ihr Magen einen Satz machte. Die Vorstellung, wie man einer Frau wie Teresa ein Brandmal setzte, löste einen Anflug von Übelkeit bei ihr aus.

»Ekelhaft, nicht wahr? Nun, da gäbe es noch weit ekelhaftere Dinge zu berichten, aber deshalb sitzen wir ja nicht hier, oder? Also, Herzchen, jetzt du.«

Klara war froh, dass in diesem Augenblick ein Dienstmädchen kam, um ein Tablett mit Kaffee, Limonade, belegten Broten und süßen Knabbereien vor ihnen abzustellen. Das Mädchen machte sich ans Servieren, aber Teresa verjagte sie unwirsch.

»Hier gibt es nichts, was für deine großen abstehenden Ohren bestimmt wäre, Juliana. Ab in die Küche mit dir, ich erledige hier den Rest.« Das Mädchen zog mit gesenktem Kopf von dannen und war bereits durch die Fenstertür geschritten, als Teresa ihr noch nachrief: »Und wenn ich einen von euch beim Lauschen erwische, kriegt er von mir die Hammelbeine langgezogen!«

Klara fühlte sich nach Teresas privaten Geständnissen verpflichtet, nun ihrerseits ebenfalls etwas von dem preiszugeben, was sie beschäftigte. Was, dachte sie, wahrscheinlich genau der Grund gewesen war, warum Teresa ihr das alles erzählt hatte. Und warum auch nicht? Wenn schon kein Beichtvater zur Verfügung stand, würde ihr vielleicht leichter ums Herz, wenn sie sich Teresa anvertraute. Doch schon in ihrer Muttersprache wäre es ihr schwergefallen, die richtigen Worte zu finden. Mit ihrem schlichten Kinder-Portugiesisch würde sie ihre komplizierte Seelenlage niemals beschreiben können.

»Benutz ruhig einfache Wörter und kurze Sätze«, sagte Teresa, als hätte sie Klaras Gedanken gelesen, »die meisten

Sklaven können auch kaum besser Portugiesisch als du, aber die Verständigung klappt trotzdem.«

»Ich will heim«, stotterte Klara endlich.

Teresa nickte nachdenklich.

»Zu meiner Tochter.«

Teresa schwieg weiter. Wenn Klara sich ihr nun langsam öffnete, würde sie sie keineswegs durch eine unbedachte Zwischenbemerkung durcheinanderbringen.

»Aber ich will auch nicht heim.« Klara schluckte.

Wieder nickte Teresa nur bedächtig. Jetzt kamen sie der Sache schon näher.

»Ich … Senhor Raúl …« Klaras Mund war trocken, ihre Hände waren dafür umso feuchter. Sie rieb sie nervös an ihrem Kleid ab. Dann nahm sie sich, obwohl sie überhaupt keinen Appetit mehr verspürte, einen Keks aus der Schale. Irgendwie musste sie ihre Verlegenheit überspielen.

»Ah ja«, äußerte Teresa sich nun. »Verstehe. Und was ist daran so falsch?«

»Ich bin Witwe. Ich habe ein Kind. Ich bin Deutsche. Und ich bin vielleicht eine, äh«, sie suchte einen Augenblick nach dem Wort, »eine Mörderin.«

»So ein Quatsch!«, ereiferte Teresa sich. »Du und eine Mörderin, da lachen ja die Hühner! Und ich will dir mal was sagen, *menina:* Senhor Raúl glaubt das auch nicht. Sonst wäre er ja nicht so verschossen in dich.«

»Verschossen?«, fragte Klara nach, die das Wort nicht kannte.

»Ja, verschossen. Oder verliebt, nenn es, wie du willst. Er ist verrückt nach dir. Hast du das denn noch nicht bemerkt?«

Doch, zumindest hatte sie es sich eingebildet. Bis zu der erniedrigenden Zurückweisung. »Er will mich nicht«, gestand sie der Schwarzen.

»Unsinn. Natürlich will er dich. Und ich finde, ihr gebt ein wunderbares Paar ab. Was soll er mit einer Frau wie Josefina anfangen, die vergnügungssüchtig ist und ihm hier auf dem Land das Leben zur Hölle machen würde? Was soll er mit einer wie der Inês, die so dick ist, dass nicht einmal Senhor Raúl sie über die Schwelle tragen könnte, oder mit Dora Lima Oliveira, die nur auf Juwelen aus ist? Nein, glaub mir, Kindchen, du bist genau die Richtige. Du bist bildhübsch, du bist schlau, du kennst die Arbeit auf einem Hof und findest sie nicht abstoßend, und bald wirst du auch unsere Sprache gut genug sprechen, um die Sklaven so zu behandeln, wie sie es verdient haben.«

Kurz fragte Klara sich, wie diese Behandlung denn auszusehen hätte, aber sie äußerte ihre Frage nicht laut. Sie fand es ohnehin viel zu anmaßend, sich vorzustellen, wie sie als Hausherrin mit dem Personal umgehen würde. Dem *Personal*, ha! Und außerdem wollte Raúl sie ja gar nicht. Er begehrte sie, mochte sie vielleicht sogar, aber als Ehefrau zog er sie bestimmt nicht in Betracht. Wie sie Teresa das klarmachen sollte, ohne die Einzelheiten ihrer beschämenden Begegnung auf dem Berg zu schildern, wusste sie allerdings nicht. Sie hob resigniert die Schultern und tat Teresas Mutmaßungen und ihr gutes Zureden mit einem traurigen Kopfschütteln ab.

»Na, nur Mut, meine Kleine. Ich bin mir ganz sicher, dass ihr bald zueinanderfindet. Spätestens auf der *festa junina*.«

»Was ist das?«, fragte Klara.

»Das, mein Herz, ist ein traditionelles Fest, mit dem wir im Juni den Einzug des Winters begrüßen. Mit einem großen Feuer, mit besonderen Spezialitäten und natürlich mit Tanzmusik. Hier auf der ›Herdade da Araucária‹ gibt es eine der schönsten Feiern der ganzen Umgebung. Dieses Jahr soll sie schon am 2. Juni stattfinden.«

Zwei Tage vor ihrer geplanten Abreise nach Porto Alegre, schoss es Klara durch den Kopf. Wahrscheinlich wollte Raúl noch genau dieses Fest abwarten, bevor er wieder in die Stadt zurückkehrte. Sie fand die Aussicht auf ein dörfliches Fest herrlich. Ihr Leben hier auf der *estância* war nur unwesentlich spannender als das in Porto Alegre oder gar in São Leopoldo. Hier wie dort ging es wenig abwechslungsreich zu – und noch weniger gesellig. Es wäre schön, wieder einmal unter Leute zu kommen, vielleicht sogar zu tanzen. Mit Raúl zu tanzen. Ja, das wäre schön. Sie blickte verträumt in die Ferne und vergaß dabei ganz die Gegenwart der alten Sklavin.

Wie leicht doch diese jungen Dinger zu durchschauen waren, dachte Teresa. Kaum bot sich ihnen die Aussicht auf eine Tanzveranstaltung und damit die Gelegenheit, ihrem Schwarm näherzukommen, vergaßen sie all ihre anderen Sorgen. Wenn doch nur alles so einfach wäre. Sie seufzte und stand auf.

Zurück an die Arbeit.

38

In den schweren Tagen und Wochen, die auf die Operation folgten, las ich immer und immer wieder den Brief meiner Schwester Hildegard. Er spendete mir mehr Mut und Hoffnung, als es sein Inhalt gerechtfertigt hätte. Vieles, was Hildegard erzählte, war nämlich gar nicht erfreulich. Ich mochte nicht glauben, dass das Leid der anderen mir mein eigenes erträglicher machte. Vielmehr führte ich die tröstliche Wirkung des Briefes darauf zurück, dass das Wissen, nicht völlig auf mich allein gestellt zu sein, mir Halt gab. Mein Mann mochte invalide sein, ich mochte mit einem Kleinkind im Urwald hocken – aber ich hatte ja eine Familie! Da gab es Menschen, denen ich etwas bedeutete, deren Schicksal umgekehrt auch mir naheging. Dass meine Leute unendlich weit entfernt von mir waren und ich ihnen wohl nie mehr im Leben von Angesicht zu Angesicht gegenüberstehen würde, spielte dabei keine Rolle. Der Briefwechsel allein, so selten auch Post kam, munterte mich auf.

Es ginge ihnen allen gut, berichtete Hildegard, nur um im Verlauf ihres Briefes immer mehr traurige Nachrichten zu enthüllen. Das erste Kind vom Matthias, der seine Anna endlich geheiratet hatte, war tot geboren worden. Hildegards und Theos viertes Kind war unterwegs, aber ihre Tochter, mein Patenkind, hatte die Kinderlähmung bekommen und würde nun für den Rest ihres Lebens entstellt und behindert bleiben. Ursula war von ihrem Mann halb totgeschlagen worden und hatte Zuflucht in ihrem Elternhaus in Ahlweiler gesucht, war jedoch von Theo zurück zu ihrem gewalttätigen Ehemann geschickt worden, weil dort ihr Platz sei und weil es das Recht eines Mannes sei, sein aufsässiges Weib zu züchtigen. Die alte Agnes war gestorben, und die Kuh vom Strickhausen hatte ein Kalb mit zwei Köpfen bekommen, das seitdem die größte Attraktion weit und breit war. Über unseren Vater schrieb sie indes so gut wie nichts. Ich nahm an, dass sein Zustand bestenfalls unverändert war, wahrscheinlich jedoch sich zum Schlechteren entwickelt hatte. Und dann berichtete sie noch etwas, das mich nun, ein gutes Jahr nach unserer Abreise aus dem Hunsrück, die damaligen Ereignisse schlagartig verstehen ließ.

Stell dir vor: Der Bruder des Mädchens, das der Hannes damals angeblich ins Unglück gestürzt hat, was sich gottlob als Falschmeldung erwies, kreuzte neulich wieder bei uns auf. Hannes Wagner habe ihn zum Krüppel geschlagen und er fordere von uns, die wir ja durch deine Heirat mit Hannes verwandt seien, eine Entschädigung. Theo hat ihm ins Gesicht gelacht und gesagt, wir hätten kein Geld übrig, um Faulenzer wie ihn durchzufüttern, und im Übrigen solle er seine gebrochene Nase nicht in unsere Familienangelegenheiten stecken.

Ich fasste es nicht. Unsere überstürzte Abreise, Hannes' plötzliche Großzügigkeit, dank deren ich mir die Reisekosten nicht vom Munde absparen musste, sein Veilchen, die hässlichen Gerüchte, denen ich keinen Glauben geschenkt hatte, Hannes' Weigerung, selber mal einen Brief an seine Leute zu schreiben – all das ergab plötzlich einen Sinn. Ich fragte mich nun auf einmal, warum mir nicht früher schon Zweifel gekommen waren, aber die Antwort lag ja auf der Hand. Ich war so erpicht auf die Reise nach Brasilien gewesen, dass ich alles Störende einfach verdrängt hatte. Und so würde ich es auch jetzt halten. Hannes hatte immerhin kein entehrtes Mädchen zurückgelassen, und ihrem Bruder hatte er, wie's schien, nur die Nase gebrochen. Ich beschloss, den Vorfall in die hinterste Ecke meines Hirns zu verbannen.

Hildegard hatte bestimmt nur das Nötigste erzählt, um mir in der Ferne Kummer zu ersparen. Die vielen kleineren Tragödien des Alltags, die in ihrer Gesamtheit nicht minder niederschmetternd sein konnten als die großen, hatte sie nicht erwähnt. Etwa dass die Hälfte der Äpfel wurmstichig war, dass eines der Kinder stark schielte, dass die Hühner vom Bussard geholt worden waren oder dass der Preis für Schnupftabak schon wieder gestiegen war – solche und ähnliche Dinge verschwieg sie mir. Ich verstand sie. Ich würde es umgekehrt ebenfalls so halten. In meiner Antwort, so beschloss ich, würde auch ich ein wenig ehrlicher sein als in dem ersten Brief und nicht alles beschönigen. Aber die kleinen Schrecken des täglichen Lebens, die mir zunehmend zu schaffen machten, würde ich ihr vorenthalten.

Ich schrieb also von Hildchens Geburt und Taufe, von der Freude, die uns dieses Kind machte und was für ein Geschenk des Himmels sie war. Ich berichtete natürlich ebenfalls von Hannes' Verletzung, wobei ich die grausigen Einzelheiten der Operation ausließ. Ich wollte sie ja selber am liebsten aus meiner Erinnerung löschen. Ich schilderte ihr stattdessen die Schwierigkeiten, mit denen ich seither zu kämpfen hatte – und die nur noch ärger werden konnten.

Zweieinhalb Monate waren seit dem schrecklichen Tag verstrichen, an dem wir Hannes' Bein amputiert hatten. Mitten im Frühling konnte sich auf unserem Grundstück keiner um die Aussaat kümmern, denn Hannes lag ja darnieder, und ich hatte alle Hände voll mit seiner und Hildchens Pflege zu tun. Der Urwald nahm sich bereits Teile unseres Landes zurück. Es war jetzt, Anfang Dezember, bereits sommerlich warm und feucht-schwül. Alles wuchs und gedieh in unglaublicher Geschwindigkeit – nur nicht unsere Nutzpflanzen. Wir würden weder Mais noch Zuckerrohr oder Bohnen ernten können. Wir schlitterten sehenden Auges in eine Katastrophe. Hunger würden wir zwar nicht leiden müssen, denn erstens kannten wir mittlerweile längst die essbaren Früchte und Tiere des Waldes, der davon einen schier unerschöpflichen Reichtum bot, und zweitens wurden wir von unseren Nachbarn mit dem Wichtigsten versorgt. Doch auf Dauer konnte das ja so nicht weitergehen.

Hannes war nach dem schlimmen Eingriff schnell genesen. Die Wundheilung war vorbildlich verlaufen, und nach etwa zwanzig Tagen hätte er durchaus wieder aufstehen können. Aber er hütete weiterhin das Bett, in dem er sich in seinem Schweiß und in seinem Elend suhlte. Nachdem er sich wochenlang geweigert hatte, es überhaupt einmal mit Gehen zu versuchen, hatte er sich kürzlich immerhin eine Krücke geschnitzt, diese jedoch nie benutzt. Mitsamt dem Bein, so schien es, waren ihm auch sein Optimismus und seine Tatkraft abhandengekommen. Er war träge geworden. Er mied jede überflüssige Bewegung, und auch das Denken hatte er völlig eingestellt. Er gab sich keinerlei Mühe, sich wenigstens einmal Gedanken darüber zu machen, wie wir die Zukunft in Angriff nehmen sollten. Um ihn aufzumuntern, unterbreitete ich ihm täglich neue Ideen, die er alle mit einer barschen Geste abtat.

»Du könntest dich doch aufs Schnitzen verlegen«, schlug ich einmal vor. »Alle Besucher bewundern unsere schöne Tür, und ich bin mir sicher, dass einige etwas Vergleichbares bei dir in Auftrag geben würden, wenn sie nur wüssten, dass du solche Aufträge annimmst.«

»Pah«, sagte er daraufhin, »dann kämen sie alle und würden aus reiner ›Nächstenliebe‹ Schnitzarbeiten anfertigen lassen – damit der Sack Bohnen, den sie uns im Gegenzug dalassen, nicht ganz so nach Almosen aussieht.«

Ein anderes Mal versuchte ich ihn mit einem Einfall aus seiner Stumpfsinnigkeit zu reißen, den ich selber ein wenig abwegig fand.

»Erlerne doch einen neuen Beruf. Einen, wo man auch mit nur einem Bein gut zurechtkommt. Der Johann Rüb, der ja Schustermeister ist, würde dich mit Kusshand als Lehrling nehmen.«

»Ha, ein Schuster, der für die anderen Leute das anfertigt, wovon er selber nur noch die Hälfte braucht.« Hannes lachte bitter auf. »Außerdem bin ich Tischlergeselle, du glaubst doch nicht im Ernst, dass ich jetzt noch mal eine Lehre mache.«

Nein, das glaubte ich tatsächlich nicht. Dennoch ärgerte es mich, dass er all meine Vorschläge verwarf, ohne wenigstens kurz darüber nachgedacht zu haben, so als wären sie ohnehin nichts wert, nur weil sie von mir kamen. Genauso erregte es meinen Unmut, dass Hannes, wenn er schon für die Feldarbeit ausfiel, sich nicht wenigstens in Haus und Vorgarten nützlich machte. Er hätte zum Beispiel durchaus auf das Kind aufpassen und das Essen zubereiten können. Er hätte die Hühner füttern oder die Kuh melken können. Aber das waren ja alles Frauenarbeiten, und für die war er sich zu schade. Letztlich lief es darauf hinaus, dass alles an mir hängenblieb, sowohl die Frauen- als auch die Männeraufgaben. Und weil es schon für zwei Personen mehr Arbeit gewesen war, als man schaffen konnte, war ich allein hoffnungslos überfordert.

Ich dachte immer öfter über das Angebot von Christel

und Franz nach, Hildchen vorübergehend bei sich in Pflege zu nehmen. Für mich wäre es eine große Erleichterung gewesen. Allerdings hatte die Sache zwei große Nachteile. Zum einen würden unsere Freunde das Kind mit verdünnter Kuhmilch füttern müssen, denn Hildchen hing ja noch an der Brust. Mir war nicht wohl bei der Vorstellung, sie so abrupt abstillen zu müssen und dann auch noch in die Obhut anderer zu geben. Bestimmt würde sie irgendeinen Schaden davontragen. Allerdings würde sie das wohl ebenfalls tun, wenn sie mit mir zusammen in der Gluthitze der Felder wäre oder aber zusammen mit Hannes in der erdrückenden Stille des Hauses bliebe. Der andere Nachteil, den ich mir vor Augen hielt, war die möglicherweise verlangsamte Genesung meines Mannes. Ich versprach mir von Hildchen eine heilende Wirkung auf Hannes' kränkelnde Seele. Irgendwann würde er schon wieder zur Besinnung kommen. Er würde seine niedliche Tochter anblicken und sich ihr zuliebe einen Ruck geben – hoffte ich.

Natürlich schilderte ich meiner Schwester die Vorkommnisse und die Stimmung bei uns zu Hause nicht in all diesen Einzelheiten. Aber ich ging immerhin so weit, ihr zu beichten, dass mich am meisten nicht der eigentliche Verlust von Hannes' Bein betrübte, sondern die Beschwernisse, die sich daraus ergaben. Ich musste beim Formulieren sehr genau achtgeben, denn in Ahlweiler würde mein Brief sicher wieder die Runde machen, und auf keinen Fall wollte ich meine Schwester oder meine Familie in irgendeiner Weise bloßstellen. Auch Hannes' Eltern würden den Brief lesen, dafür hätte ich meine Hand ins Feuer gelegt. Warum Hannes noch nicht selber zur Feder gegriffen und warum die Wagners noch nichts von sich hatten hören lassen, wunderte mich nun nicht mehr. Ich war mir ziemlich sicher, dass das Geld für unsere

Reise, der angeblich vorzeitig ausbezahlte Erbteil, ursprünglich dafür gedacht war, die Familie des mir unbekannten Mädchens zu besänftigen. Stattdessen hatte Hannes sich aus dem Staub gemacht, ohne diese unschöne Angelegenheit befriedigend geklärt zu haben. Dass das Mädchen anscheinend doch nicht schwanger war, hatte sich wahrscheinlich erst nach unserer Abreise herausgestellt. Ein Glück für Hannes und unsere Familien im Hunsrück. Es hätte auf alle ein sehr schlechtes Licht geworfen. Ich stellte mir vor, wie die alten Wagners dreingeschaut haben mussten, als eines Tages dieser Bruder des Mädchens vor der Tür gestanden und gebettelt hatte. Bestimmt hegten sie einen Groll auf Hannes.

Ich hatte Hannes vor Monaten, als alles noch in Ordnung war, gefragt, warum er selber nie nach Hause schrieb, aber er hatte die viele Arbeit vorgeschoben. Ich glaubte zu wissen, dass er erst dann schreiben wollte, wenn er es zu etwas gebracht hätte. Eine katholische Frau, ein ebenfalls katholisch getauftes Kind, noch dazu eine Tochter, ein winziges Häuschen und ein paar ergiebige Äcker waren nicht das, was Hannes seinen Leuten berichten wollte. Insgeheim hatte er vielleicht davon geträumt, vor seinem Vater mit irgendeinem spektakulären Erfolg auftrumpfen zu können.

Nun, jetzt hatte sich das erledigt. Vom Verlust seines Beines würde er erst recht nicht gerne erzählen. Wenn es wenigstens einem Raubtier zum Opfer gefallen wäre, ja, da hätte er sich als Held darstellen können. Aber ein Kratzer, den man sich an einem rostigen Nagel zugefügt hatte, gehörte eindeutig nicht zu den Dingen, die man zur Heldentat umdichten konnte. Dennoch erfuhren es ja seine Leute in der alten Heimat – weshalb er es besser selber berichtet hätte. Die Zeit dazu hatte er jetzt auch. Ich machte ihn darauf aufmerksam, aber Hannes antwortete lahm: »Schreib, was du willst. Grüß

⮞ 365 ⮜

alle von mir. Aber verlange bloß nicht, dass ich mein Unglück auch noch selber niederschreibe.«

Ich hätte ihn rütteln mögen, ach was, windelweich hätte ich ihn am liebsten geschlagen, wenn er dadurch nur wieder zur Vernunft gekommen wäre. Aber ich tat natürlich nichts dergleichen. Ich zwang mich zu Geduld und Ruhe und sagte mir, dass sein Verhalten angesichts der Umstände wahrscheinlich normal war. Aus demselben Grund unterließ ich es auch, ihn über die Episode mit dem Mädchen auszufragen. Meine verspätete Eifersucht war völlig fehl am Platz, und weitere Fehltritte dieser Art würde Hannes sich so bald wohl nicht mehr leisten. Bei diesem Gedanken bekreuzigte ich mich, denn dass das Unglück, das Hannes erfahren hatte, meiner eigenen Beruhigung diente, empfand ich als schändlich.

Ich schrieb tagelang an dem Brief an Hildegard. Jeden Abend, wenn ich draußen Obst gesammelt und Fische gefangen hatte, Hildchen gestillt, Wäsche gewaschen, das Vieh versorgt, Hildchen ins Bett gebracht, Essen gekocht und ein Tablett zu Hannes ans Bett gebracht hatte, setzte ich mich an den Tisch und verfasste einige Zeilen. Oft fielen mir darüber die Augen zu. Einen unschönen Tintenklecks hatte einer der Bögen bereits. Wie kostbar Tinte war, hatte ich gemerkt, als mir damals das Fässchen heruntergefallen war. Ich wollte die Tinte nicht dadurch verschwenden, dass ich zu erschöpft war, um die Feder zu halten. Aber wann sonst hätte ich den Brief schreiben sollen? Die Versorgung meiner Familie ging nun einmal vor.

Eines Abends, als ich wieder vollkommen ermattet über dem Papier hockte und mich zwang, wach zu bleiben, bemerkte ich aus dem Augenwinkel eine ungewohnte Bewegung vor dem Fenster. Es war kein herunterfallendes Blatt, kein sich im Wind wiegendes Gras und auch kein Vogel oder eine Fledermaus. Es war etwas Größeres. Ich war auf der Stelle hellwach. Doch ich rührte mich nicht vom Fleck. Ich blieb weiterhin mit gesenktem Kopf sitzen, die Ellbogen auf den Tisch gestützt. Wenn dort draußen ein Tier oder ein menschlicher Eindringling war, dann sollte dieses Wesen sich unbeobachtet glauben. Ich wollte es sehen, wollte wissen, womit ich es zu tun hatte.

»Hannes«, rief ich leise. »Da draußen ist etwas.«

Er antwortete nicht. Wahrscheinlich war er bereits eingeschlafen. Vor lauter Herumliegen war er nämlich andauernd müde. Allerdings hörte ich ihn auch nicht schnarchen.

»Hannes, wach auf«, rief ich im Flüsterton, eindringlicher diesmal. »Draußen ist jemand. Ich habe Angst.«

Da ich nicht aufstehen mochte und mit dem Rücken zu der angelehnten Tür saß, konnte ich nicht sehen, ob Hannes die Augen geöffnet hatte oder auf irgendeine Weise zu erkennen gab, dass er mich gehört hatte.

Mein Herz hämmerte. Ich wagte einen seitlichen Blick durchs Fenster. Nichts. Dann raffte ich all meinen Mut zusammen und erhob mich, um nachzusehen. Nur ein schneller Blick durch die Haustür, der würde mich schon nicht umbringen. Wenn es ein wildes Tier war, konnte ich ihm die Tür vor der Nase zuschlagen. Und wenn es sich um einen Indio handelte, der vielleicht in räuberischer Absicht auf unser Gelände eingedrungen war, dann würde ich ihn mit Hannes' Hilfe schon verjagen.

Ich riss die Tür mit einem Ruck auf. Dann hörte ich plötzlich ein Schwein quieken, sah ein menschliches Bein, das gerade hinter einer Staude verschwand, spürte mit meinen aufs äußerste geschärften Sinnen Hannes' Atem auf meinem Haar und erschrak darüber mehr als über die Entdeckung, dass wir es mit einem gemeinen Dieb zu tun hatten. Ich zuckte zusammen.

»He, bleib stehen, du Dieb!«, brüllte Hannes, bevor er mich kaum weniger laut anfuhr: »Worauf wartest du? Lauf ihm nach! Hol unsere Sau zurück!«

Ich sah ihn an, als wäre er ein Gespenst. Es war das erste Mal seit der Operation, dass er in meiner Gegenwart aufrecht stand. Er musste es geübt haben, denn er war geschickt und flink im Umgang mit seiner Krücke. Am liebsten wäre ich ihm um den Hals gefallen, aber er sah mir nicht danach aus, als ob er jetzt Verständnis für derlei aufgebracht hätte. Dem Dieb hinterherlaufen wollte ich ebenso wenig. Ich hatte Angst, und lieber opferte ich unsere kostbare Sau als mein Leben bei dem Versuch, sie zurückzuholen. Ich zögerte. Dann dachte ich mir, dass der Anlass, Hannes' »Auferstehung«, eine besondere Geste meinerseits erforderte. Ich rannte los.

Vor dem Schuppen schnappte ich mir die Heugabel. Ich lief, schwenkte meine Waffe und brüllte aus vollem Hals. Sämtliche Schimpfwörter, die mir einfielen, schrie ich dem gemeinen Kerl hinterher. »Du Hundsfott, bleib stehen! Halunke, hinterhältiger Mistkerl! Kanaille! Niederträchtiger Lump! Du Drecksack, Teufel, du! Rück die Sau wieder raus, sonst setzt es was mit der Mistgabel!« Aber er war längst über alle Berge. Selbst wenn dem nicht so gewesen wäre, dürfte meine Schimpftirade ihn nicht sonderlich beeindruckt haben – wenn es sich tatsächlich um einen Indio gehandelt hatte, was aufgrund des nackten Beines anzunehmen war, dann verstand er ohnehin kein Wort davon. Und ob eine Frauenstimme ihm Furcht einjagte, bezweifelte ich ebenfalls.

Ich hielt erst inne, als ich mitten im Urwald und außer Sichtweite des Hauses war. Bedrückt und mit hängenden Schultern schlich ich heim. Ich hatte versagt. Die Sau hatte zu unseren wertvollsten Gütern gehört. Was sollten wir mit dem Eber anfangen, wenn keine Sau da war? Wir hatten darauf gesetzt, dass wir uns in Zukunft über unsere Fleisch-vorräte keine Gedanken mehr würden machen müssen. Die beiden Tiere hatten den Grundstock einer kleinen Schweine-zucht bilden sollen, die nicht nur einträglich war, sondern auch – wobei sich dies ja erst im Nachhinein als weiterer Vor-teil herausgestellt hatte – von einem Einbeinigen betrieben werden konnte.

Als ich wieder auf kultiviertem Gelände war und in einiger Entfernung die erleuchteten Fenster unseres Hauses erken-nen konnte, sah ich, dass wir Besuch bekommen hatten. Das Pferdefuhrwerk der Schmidtbauers stand im Hof.

Ich ging schneller. Ich hob das Kinn und rüstete mich in-nerlich für die Begegnung. Sie sollten mich auf keinen Fall mit der Körperhaltung einer Versagerin sehen oder dem Aus-druck der Besiegten in den Augen. Zudem waren sie gewiss nicht gekommen, um sich unsere Klagen und Schicksalsschlä-ge anzuhören. Wer sich am Abend noch zu einem Besuch bei den Nachbarn aufmachte, der brauchte normalerweise Hilfe. Und wir, die wir in letzter Zeit so viel Güte und Mildtätigkeit von unseren Nachbarn erfahren hatten, waren bestimmt die Letzten, die ihnen die Hilfe verweigern würden.

Ich war sehr gespannt, was die Schmidtbauers hierherge-führt hatte. Also trat ich forschen Schrittes über die Schwelle und versuchte eine Tatkraft auszustrahlen, die ich nicht im Geringsten verspürte. Die beiden Männer saßen am Küchen-tisch, während Agathe einen Kessel mit Wasser aufsetzte. Alle hielten inne, als ich eintrat. Sie starrten mich an, als hätte ich sie nicht alle beisammen. Erst da ging mir auf, dass ich noch die Heugabel trug. Ich musste einen grauslichen Anblick ge-boten haben, verschwitzt, zerzaust und mit der bewusst her-beigeführten wilden Entschlossenheit in den Augen. Wie eine Irre, schoss es mir durch den Kopf.

»Da seht ihr's selber«, sagte Hannes, traurig den Kopf schüttelnd.

Was ging hier vor sich? Was hatte Hannes den Schmidtbauers erzählt?

»Guten Abend. Schön, euch zu sehen«, sagte ich, als ob nichts gewesen wäre. »Was führt euch um diese Zeit hierher? Hoffentlich nichts Schlimmes?«

»Ach, Klärchen!«, schluchzte Agathe und warf sich in meine Arme, was in mir augenblicklich das Bedürfnis weckte, ebenfalls loszuheulen.

»Was? Was ist denn, um Gottes willen?«

»Die Antonia … die Antonia …« Weiter kam sie nicht.

Wilhelm sprach für sie weiter. »Unsere Tochter ist in anderen Umständen. Sie will uns aber nicht sagen, wer der Kerl ist, der ihr das angetan hat. Und heute Abend ist sie nicht daheim aufgetaucht. Ihre wichtigsten Sachen sind auch fort.«

»Willi«, schluchzte Agathe auf, »glaubt, es ist der Friedhelm.«

Es versetzte mir einen kleinen Stich.

»Und was wollt ihr dann hier? Ich meine, hier ist die Antonia ganz bestimmt nicht. Ganz zu schweigen vom Friedhelm.«

»Wir wollten euch bitten mitzukommen«, erklärte Agathe. »Damit wir den Friedhelm vor Zeugen zur Rede stellen können. Und damit du«, hier sah sie mich an, »der Antonia ins Gewissen reden kannst. Auf dich hört sie eher als auf uns. Du bist ja kaum älter als sie.«

»Aber«, fügte Wilhelm hinzu, »wir kommen anscheinend ungelegen.« Er warf seiner Frau einen vielsagenden Blick zu, bevor er mich von Kopf bis Fuß musterte.

»Ich bin einem Dieb nachgerannt. Er hat unsere Sau gestohlen.« Ich glaubte, meinen Aufzug entschuldigen zu müssen. Dabei hatte Hannes ihnen doch sicher schon erzählt, was sich hier gerade eben zugetragen hatte.

»Ah«, meinte Agathe und betrachtete den Boden.

»Hm«, machte Wilhelm und schaute Hannes zweifelnd an.

»Glaubt ihr mir jetzt?« Hannes sah unsere Nachbarn triumphierend an.

Die beiden senkten betreten den Blick.

Wenn ich dieses unfassbare Verhalten nicht mit meinen eigenen Augen gesehen hätte, ich hätte es nicht für möglich gehalten. Was fiel Hannes ein? Und was meinte er bloß? Was hatte er den beiden für eine Geschichte aufgetischt?

Am schlimmsten von allem aber fand ich Hannes' Ton. In seiner Stimme hatte eindeutig der blödsinnige Stolz mitgeschwungen, recht behalten zu haben. Als freue er sich über seine schwache, wenn nicht gar schwachsinnige Frau.

Ich ließ die Heugabel mit einem Poltern zu Boden fallen und verließ die Stube ohne einen Abschiedsgruß.

39

Teresa behielt – natürlich – recht. Immerzu hatte sie den Haussklaven gepredigt, sie sollten nicht so ungestüm die Treppe hinunterlaufen und dabei am Treppengeländer rütteln. Unermüdlich hatte sie Senhor Raúl auf die Gefahr hingewiesen, der sich über ihre Vorsicht lustig gemacht hatte. Irgendwann hatte sie sogar eigenmächtig einen Handwerker aus Santa Margarida bestellt, der jedoch wegen einer vermeintlichen Krankheit nie erschienen war. Krankheit – der Suff war schuld, beklagte Teresa sich lautstark, sonst gar nichts! Dann hatte sie, weil ihr ja nichts anderes übriggeblieben war, den Sklaven João gebeten, das Geländer zu reparieren, aber der hatte andere, wichtigere Dinge vorgeschoben, die er zuerst erledigen müsse.

Und jetzt, am 1. Juni 1827, war es schließlich passiert: Sie, Teresa Almeida dos Santos, war die Treppe hinaufgestiegen, ihre Hand wegen ihres fortgeschrittenen Alters immer am Handlauf entlanggleitend – und nicht etwa daran rüttelnd, oh nein –, und hatte plötzlich gespürt, wie das Geländer sich aus seiner Verankerung löste. Gerade rechtzeitig hatte sie losgelassen, dann hatte der Teil des schmiedeeisernen Gebildes mit seinem Handlauf aus Rosenholz, an dem sie sich gerade festhielt, nachgegeben. Und weil sie so schnell hatte loslassen müssen, dazu noch der Schreck!, hatte sie das Gleichgewicht verloren und war ein paar Stufen hinabgestürzt.

Im Gegensatz zu dem Geländer. Das hing nun zwar an der Einbruchstelle etwas windschief über der Treppenkante, aber der Rest der Konstruktion gab dem beschädigten Teil genügend Halt, dass es sich nicht vollends löste. Teresa fühlte sich erbärmlich, wie sie da mit wehen Knochen auf der Treppe lag, sich kaum rühren konnte und zu allem Überfluss auch noch die Schmach ertragen musste, dass das vermaledeite Geländer, anders als von ihr prophezeit, gar nicht hinuntergekracht war.

Sie versuchte sich aufzurichten, gab ihr Vorhaben allerdings sofort wieder auf. Was für Schmerzen! Bestimmt hatte sie sich etwas gebrochen. In der halben Minute, die Teresa allein auf der Treppe lag und vor Schreck noch gar nicht um Hilfe gerufen hatte, gingen ihr zahllose Dinge durch den Kopf. Wer würde nun die *canjica* zubereiten, die ein Muss für eine echte *festa junina* war? Wer würde bei den Vorbereitungen zu dem morgigen Fest die Aufsicht über all die nichtsnutzigen Sklaven haben, die nur ihr eigenes Vergnügen im Auge hatten, mit Ablauf und Organisation einer solchen Veranstaltung jedoch hoffnungslos überfordert wären? Würde sie selber daran teilnehmen können, und sei es nur im Sitzen und mit geschientem Bein? Oder würde Senhor Raúl einen Doktor kommen lassen, der ihr wochenlange Bettruhe verordnen würde? Bloß das nicht!

Und was wäre mit der für Montag anberaumten Fahrt nach Porto Alegre? Wer würde Raúl und Klara begleiten? Wer würde die beiden zueinanderführen – unauffällig und behutsam, aber zielstrebig, wie es nun mal ihre, Teresas, Art war? Man konnte die zwei doch nicht allein fahren lassen!

»Tia Teresa!«, hörte sie da den Ruf eines jungen Sklavenmädchens, das sich durch besondere Anhänglichkeit wie unfassbare Dummheit gleichermaßen auszeichnete. »Um Gottes willen, was ist passiert?«

Teresa verdrehte die Augen und fragte sich, womit sie das verdient hatte.

⮜ 373 ⮞

40

Der Tag begann alles andere als verheißungsvoll. Ein dünner, kalter Regen tröpfelte aus grauen Wolken, die bleiern über dem weiten Land hingen, und zwar so weit das Auge reichte. Es sah nach Landregen aus. Sie stand am Fenster und nahm den trübseligen Anblick in sich auf: die aufgeweichte Erde, die Pfützen, das Grau in Grau. Nicht gerade die idealen Bedingungen für ein Fest im Freien. Die Gäste würden in gedrückter Stimmung eintreffen. Sie würden sich schon beim Aussteigen aus ihren Kutschen die Schuhe ruinieren und sich Sorgen um ihre aufwendigen Frisuren machen. Die vornehmsten Familien der Umgebung waren geladen, und Klara fragte sich, wie sie diese bei Laune halten sollten. Vielleicht sollten sie die Feier nach drinnen verlagern? Bei diesem Dreckswetter würde man ja nicht einmal einen Hund nach draußen schicken.

Klaras eigene gespannte Erwartung, ihre Vorfreude auf die *festa junina*, war einer dumpfen Beklemmung gewichen – und einem diffusen Gefühl von Schuld. Sie fühlte sich mitverantwortlich für die Feier, und damit war sie auch irgendwie zuständig für das Wetter. Natürlich wusste sie, dass das Unfug war, dennoch blieb der Eindruck haften, versagt zu haben. Ach was!, rief sie sich zur Vernunft, wir werden uns schon eine Lösung einfallen lassen. Sie gab sich einen Ruck und begab sich lächelnd nach unten, in der Hoffnung, ihre aufgesetzte Fröhlichkeit könne einen Teil dazu beitragen, die Stimmung unter den Sklaven zu heben. Teresas Sturz hatte allenthalben große Betroffenheit ausgelöst, und nun kam auch noch das abscheuliche, nasskalte Wetter dazu. Klara war sich ganz sicher, dass die Dienstboten niedergeschlagen waren, wenn nicht gar vor Sorge vollkommen außer sich. So viel Pech auf einmal würden sie nie einem Zufall zuschreiben, sondern einen missgestimmten Orixá dafür verantwortlich machen. Ihr Aberglaube war sehr ausgeprägt, hatte Klara beobachtet, und wenn es darauf ankam, entpuppte sich alle christliche Erziehung als reine.Fassade. Im Zweifel trauten die Schwarzen ihren heidnischen Gottheiten mehr Macht zu als dem Gott der Christen.

Umso erstaunter war sie, als sie merkte, wie gutgelaunt die Sklaven waren, geradezu beschwingt. Aus der Küche hörte sie lautes Gelächter und obszöne Rufe. Klara wagte einen Blick hinein, obwohl sie wusste, dass man sie gleich wieder fortjagen würde. Es ging dort zu wie in einem Taubenschlag. Emsig wurde da Teig geknetet, Gemüse geputzt, Fleisch entbeint, Suppe gekocht, wurden Fischklößchen gebraten und *pastéis* gebacken. Die Schwarzen waren mit vollem Einsatz dabei, schwitzten, rannten hektisch hin und her, gaben sich freundschaftliche Knuffe und erzählten einander Witze, die Klara nicht verstand. Und mittendrin thronte Teresa wie die Königin in einem Bienenkorb.

Sie saß am Tisch, vor sich eine Torte, die sie offenbar mit Zuckerguss verzieren wollte. Ihr eingegipster Fuß lag auf einem Schemel. Mit der Torte schien sie keine Eile zu haben, denn ihr Blick huschte unablässig durch die Küche, während sie den Leuten Anweisungen zurief. Keine Einzelheit entging ihr, jede noch so geringfügige Nachlässigkeit wurde sofort mit einem Tadel oder einer höhnischen Bemerkung geahndet. »Wie schludrig schälst du den Maniok, Luisa?«, »He, Carlos, gehst du bei deinem Liebchen auch so derb ran wie bei dem Schweinebraten?«, »Maria da Graça, du sollst die Masse schaumig rühren und nicht zu Tode quälen!« Und schließlich: »Klara, Schätzchen, bring mir dieses faule Gesindel nicht durcheinander. Geh ins Esszimmer, Isaura wird gleich mal ihren fetten Hintern, mit dem sie andauernd vor José herumwackelt, für etwas Sinnvolleres in Bewegung setzen müssen und dir dein Frühstück bringen.«

Klara verdrückte sich sofort. Teresas Ton duldete keine Widerrede. Sie ging ins Esszimmer und setzte sich an den Tisch, der nur für eine Person gedeckt war. Raúl hatte wahrscheinlich bereits gegessen. Gott sei Dank. Andererseits hätte Klara gerade jetzt gern Gesellschaft gehabt, möglichst von einer Person, die ihr erklären konnte, warum alle sich so vollkommen unbeeindruckt von dem schlechten Wetter zeigten.

Kurz nachdem Isaura ihr ein leichtes Frühstück serviert hatte, humpelte Teresa an ihrem Krückstock herein.

»Der Regen ... er macht dir keine Sorgen?«, fragte Klara und verwünschte einmal mehr ihre Unfähigkeit, weniger plumpe Formulierungen zu finden.

»Aber warum denn, *menina?* Wir alle freuen uns darüber. Es ist ein besonderer Gunstbeweis der Götter, wenn es regnet. Nicht, dass ich an diesen afrikanischen Firlefanz glauben würde ...«

Klara zog skeptisch eine Augenbraue hoch und grinste die Schwarze an. Die schmunzelte ebenfalls.

»Na ja, nur ein bisschen.«

»Aber das Fest ...?«, erkundigte Klara sich.

»Das Fest wird wundervoll. Die Männer werden Zelte errichten. Das hatten wir schon einmal, vor sieben Jahren, und es war eine der gelungensten Feiern, die man sich nur vorstellen kann. Weißt du, die Leute rücken dann enger zusammen, machen es sich gemütlicher, trinken auch mehr.«

»Und das Feuer?«

»Darum brauchst du dir wirklich keine Gedanken zu machen. Das Brennholz, das wir gestern aufgeschichtet haben, wurde mit einer Plane abgedeckt. Und wenn es heute Abend angezündet wird, dann brennt es lichterloh, ganz gleich, wie viel Wasser vom Himmel herunterkommt.«

Klaras Zweifel waren zwar noch nicht vollständig ausgeräumt, dennoch hob sich ihre Laune merklich. Teresas Optimismus war ansteckend.

Und ihre Voraussagen stimmten alle, wie sich am Abend zeigte. Noch immer nieselte es, doch dank der Dunkelheit war zumindest das Grau nicht mehr zu sehen, das Himmel, Erde, Hof und Lebewesen mit seiner stumpfen Tristesse überzogen hatte. In den Zelten flackerten unzählige Lichter, die eine freundliche, behagliche Atmosphäre schufen. Die Gäste waren alle in ihren Festtagstrachten gekommen, zu denen sie vernünftiges Schuhwerk trugen. Gegen die Kälte waren die Frauen durch ihre *mantilhas* und Stolen geschützt und die Männer durch ihre *ponches*, die sie aber im Verlauf des Abends ablegten, gewärmt von deftigen Speisen, hochprozentigen Getränken und der sich zunehmend aufheizenden Luft in den Zelten.

Am höchsten ging es in dem Zelt her, in dem sich der Tanzboden befand. Eine Musikergruppe spielte traditionelle Gaúcho-Musik, und die Leute tanzten dazu ihre Volkstänze. Klara beobachtete das Treiben aus sicherer Entfernung. Sie beherrschte keinen dieser Tänze, und es wäre ihr sehr peinlich gewesen, aufgefordert zu werden und ablehnen zu müssen. Doch die Musik war beschwingt und fröhlich, so dass Klara im Takt mit den Füßen wippte und sehnsüchtig zu den tanzenden Paaren blickte. Daheim, in Ahlweiler, hätte sie nichts in der Welt davon abhalten können, die ganze Nacht hindurch zu tanzen.

»Möchtest du es lernen?«

Klara zuckte zusammen. Raúl war von hinten zu ihr herangetreten und hielt ihr nun auffordernd eine Hand hin.

»Ja.« Nach einer kurzen Pause fügte sie hinzu: »Nein.« Oje, er musste sie ja für vollkommen verblödet halten.

»Verstehe«, sagte er. »Du würdest gern, traust dich aber nicht.«

Klara nickte.

»Komm, der nächste Tanz ist ganz leicht. Du hüpfst einfach von einem Fuß auf den anderen und machst ansonsten den Frauen alles nach. Im Grunde dreht ihr euch nur links herum, wir Männer bewegen uns kreisförmig im Uhrzeigersinn. Dann das Ganze umgekehrt – bis du irgendwann wieder vor mir stehst.«

Also schön. Mehr als dass sie hinfiel, die Ordnung dieses Tanzes durcheinanderbrachte und sich bis auf die Knochen blamierte, konnte eigentlich nicht passieren.

»Schnell, sonst fangen sie ohne uns an.« Damit zog Raúl sie zur Tanzfläche, wo bereits sieben weitere Paare Aufstellung genommen hatten. Sie standen in zwei Kreisen da, außen die Männer, innen und ihren Tanzpartnern zugewandt die Frauen. Alle hatten die Hände in die Taille gestemmt.

Und dann ging es los. Alle hüpften von einem Fuß auf den anderen, genau wie Raúl gesagt hatte. Klara tat es ihnen gleich. Bisher war es wirklich ganz einfach. Dann stampften die Männer mit den Füßen auf, klatschten in die Hände und gaben damit offenbar das Signal dafür, dass die beiden Kreise sich nun umeinander drehen sollten. Klara setzte sich ein wenig verzögert in Bewegung, holte aber rasch auf. Den Ablauf des Tanzes hatte sie nicht nennenswert beeinträchtigt.

In Seitwärtsschritten und ziemlich hoher Geschwindigkeit drehten die Frauen sich linksherum, während der Kreis aus Männern sich in die andere Richtung bewegte und dadurch den Eindruck noch höherer Beschleunigung erzielte. Klara war froh, dass sie keinen Wein getrunken hatte, denn sonst wäre ihr sicher schwindlig geworden.

Nach einigen Runden wurde die Richtung geändert. Wieder kam Klaras Einsatz etwas verspätet, aber auch diesmal wirkte es sich nicht störend auf den Ablauf aus. Sie hatte immer mehr Spaß an der Sache. Es war ein rasanter Tanz, bei dem die Röcke hochwirbelten, die Haare flogen, bei dem alle rote Wangen bekamen und kurzatmig wurden. Als die beiden sich umeinander drehenden Kreise abrupt anhielten, reagierte Klara erneut zu spät, aber Raúl, vor dem sie hätte stehenbleiben müssen, griff nach ihrem Ärmel und hielt sie davon ab, noch weiter seitwärts zu tanzen und womöglich jemandem auf die Füße zu treten. So plötzlich in ihrem Schwung gebremst, verlor Klara das Gleichgewicht – und fand sich auf einmal in Raúls Armen wieder.

Er lachte und ließ sie sofort los, aber der kurze Moment hatte genügt, um Klara ins Bewusstsein zu rufen, wie sehr sie sich nach der Umarmung dieses Mannes sehnte. Sie hoffte, dass man es ihr nicht anmerkte. Dass sie errötet war, würden die anderen Leute doch gewiss auf den anstrengenden Tanz zurückführen, oder? Die Kapelle spielte die letzten Takte des Stückes, die Tänzer stampften und klatschten und verbeugten sich schließlich vor ihren Partnerinnen. Klara war erleichtert, dass es vorbei war und sie es ohne größere Fehltritte durch den Tanz geschafft hatte. Zugleich jedoch bedauerte sie, dass Raúl sie nun von dem Tanzboden fortführte.

Er hatte eine Hand in ihr Kreuz gelegt und schob sie vor sich her, auf den Zeltausgang zu. »Gleich wird das Feuer angezündet. Das willst du dir doch sicher nicht entgehen lassen.«

Inzwischen gingen auch weitere Gäste nach draußen. Der Regen hatte sich gelegt, und alle blickten gespannt zu dem riesigen Scheiterhaufen. Raúl wechselte mit jedem seiner Gäste ein paar belanglose Worte oder winkte jenen zu, die weiter entfernt waren. Dennoch wurde Klara den Eindruck nicht los, dass er angespannt war. Aber war das nicht normal? Vermutlich machte er sich als Gastgeber einfach zu viele Gedanken um das Gelingen des Festes.

Plötzlich war ein kurzes Aufstöhnen von Raúl zu hören, dann sah Klara auch den Grund dafür. Eine dralle Brünette kam auf sie zu, strahlend und sehr aufgeregt.

»Raúl, mein Lieber, endlich finde ich dich! Du läufst doch nicht etwa vor mir davon?« Dabei gackerte sie albern, ihr Doppelkinn bebte.

»Inês, schön dich zu sehen.« Er begrüßte sie mit zwei Wangenküsschen, um sogleich einen Schritt zurückzutreten und mit ausholender Geste die beiden Frauen miteinander bekannt zu machen. »Darf ich vorstellen – Inês Sobral Lima, Klara Wagner.«

»Ich habe schon von deiner deutschen Eroberung gehört, Raúl, aber dass sie so … unscheinbar ist, hätte ich von dir nicht erwartet.« Dabei lächelte Inês und nickte Klara wohlwollend zu, als habe sie etwas sehr Vorteilhaftes über die andere geäußert. Offenbar ging sie davon aus, dass Klara kein Wort verstand.

»Sehr angenehm«, sagte Klara und reichte Inês die Hand.

Ihrer ungerührten Miene war nicht zu entnehmen, ob sie die beleidigende Bemerkung als solche begriffen hatte oder nicht.

Inês verschluckte sich beinahe vor Schreck. »Oh, ähm …

da drüben sind ja die Pereiras, die habe ich seit Ewigkeiten nicht gesehen, da werde ich doch gleich mal …« Und schon war sie im Getümmel verschwunden.

Klara ließ den Blick über die vielen Leute schweifen, die mittlerweile vor den Zelten standen und darauf warteten, dass das große Feuer entzündet wurde. Die Stimmung war ausgelassen, man hörte die Menschen lachen und laut reden und sah sie einander zuprosten. Und so fiel Klara eine Person nur dadurch auf, dass sie reglos dastand und den Blick auf Raúl heftete, durchdringend, als könne sie ihn durch ihre schiere Willenskraft dazu bewegen, zu ihr hinzuschauen. Sie war sehr hübsch, fand Klara, und im Gegensatz zu Inês sicher eine Frau, die Raúls Interesse erregte. Augenblicklich fühlte Klara Eifersucht in sich aufwallen. Ihre Blicke trafen sich. Klara fühlte sich regelrecht durchbohrt von dem intensiven Starren der anderen, hielt dem Blick jedoch stand. Es war kindisch, trotzdem wollte sie nicht als Erste wegsehen. Im Niederstarren war sie schon immer gut gewesen. Doch dann drehte die andere sich abrupt um, und Klara verlor sie aus den Augen. Ihre Aufmerksamkeit wurde nun ohnehin mehr von dem Feuerspektakel in Anspruch genommen.

Einige schwarze Burschen liefen mit Fackeln um den Scheiterhaufen herum und setzten ihn in Brand. Es knisterte und qualmte, bevor die ersten Flammen aufloderten und schließlich das ganze aufgeschichtete Holz lichterloh brannte. Es war ein schönes Feuer, das ihre Gesichter zum Leuchten brachte und ihre Körper wärmte. Unvermittelt verspürte Klara den Drang, nach Raúls Hand zu greifen – aber sie griff ins Leere. Er stand nicht mehr bei ihr.

Stattdessen war ein junger Mann zu ihr herangetreten, der sie unverhohlen lüstern musterte. »Sie müssen die deutsche Senhorita sein, von der man so viel hört.«

»Und wer sind Sie?« Klara war von den mangelnden Manieren des Mannes so entgeistert, dass sie selber nicht eben höflich reagierte.

»Oh, Verzeihung. Ich bin Eduardo Felipe Vieira Lima. Sehr erfreut.« Er nahm ihre Hand und hauchte einen angedeuteten Kuss darauf. »Hat das Feuer Sie auch durstig gemacht? Kommen Sie, gehen wir nach da drüben, wo der Punsch ausgeteilt wird.«

Klara blieb nichts anderes übrig, als dem Geck zu folgen. Nachher war er irgendein furchtbar wichtiger Geschäftspartner Raúls, und so jemanden wollte sie keineswegs brüskieren. Sie sah hilfesuchend um sich, doch von Raúl war weit und breit keine Spur.

»Suchen Sie Ihren Gönner? Der hat sich ins Haus verzogen – Sie wissen schon, das Feuer. Davor hat der große Held Angst, wussten Sie das nicht?«

Nein, das hatte sie nicht gewusst. Aber sie hätte es sich eigentlich denken können. Sie hatte große Lust, ebenfalls ins Haus zu gehen und Raúl Mut zuzusprechen oder einfach nur seine Hand zu drücken. Aber Senhor Eduardo Felipe war überaus besitzergreifend und ließ sie nicht aus seinen Fängen.

»Keine Bange, meine Liebe«, sagte er, als er ihren sorgenvollen Gesichtsausdruck wahrnahm, »er muss nicht allein vor sich hin leiden. Senhorita Dora leistet ihm bestimmt, ähm, Beistand.« Er sagte das in einem so unmissverständlich anzüglichen Ton, dass Klara ihm am liebsten eine Ohrfeige gegeben hätte. Und obwohl sie genau wusste, dass dieser eitle Mensch einzig aus Boshaftigkeit so schlecht über seinen Gastgeber sprach, erreichte Eduardo Felipe sein Ziel: Klara war mit einem Mal jegliche Lust vergangen, Raúls Gesellschaft zu suchen.

≈ 382 ≈

41

Hinterher habe ich mir gesagt, dass es Hannes' Eitelkeit gewesen sein musste. Weil ich dem Dieb nachgelaufen war und nicht er, fühlte er sich wie ein Schlappschwanz. Wie einer, der seiner Frau die schwierigen Aufgaben überlässt. Wie einer, der nicht Manns genug war, einen Eindringling selbst zu stellen. Wären nicht genau während des unseligen Vorfalls die Schmidtbauers aufgekreuzt, hätte Hannes ganz sicher anders reagiert. Aber sie waren ja nun einmal gekommen. Ich reimte mir das Ganze dann so zusammen, dass Hannes tatenlos im Hof gestanden und in den Wald gestarrt hatte, als das Pferdefuhrwerk der Schmidtbauers angerumpelt kam.

»Klärchen ist mit einer Heugabel in den Wald gerannt«, wird er gesagt haben. Agathe und Wilhelm werden befremdet dreingeschaut haben, und erst da wird Hannes aufgegangen sein, was für einen – in seinen Augen – armseligen Eindruck er machte. »Na ja, sie hat wieder was gesehen. Immerhin keinen *jacaré* diesmal.«

So dürfte es sich zugetragen haben. Aber egal, wie es sich genau abgespielt hatte, das Ergebnis war immer dasselbe: Unsere Nachbarn glaubten, ich wäre verrückt geworden. Und mein Mann unterstützte sie auch noch in diesem Irrglauben. Die Geschichte würde die Runde machen. Alle Leute in der Colônia würden denken: »Ach Gottchen, die Frau vom Wagner, gerade ein Kind bekommen, dann der Unfall vom Hannes, das war wohl ein bisschen zu viel für die Ärmste.« Einige würden sich vielleicht sogar an die Episode mit dem

Krokodil erinnern und sagen: »Nun, so ganz richtig war sie ja noch nie im Oberstübchen.«

Der Einzige, der die Wahrheit kannte und dem man sie auch abgenommen hätte, war Hannes. Ich fragte ihn, warum er mir das antat. Er war doch dabei gewesen, hatte mit eigenen Augen den Dieb gesehen. Und das Schwein blieb natürlich ebenfalls verschwunden, ein weiterer Beweis dafür, dass es sich um einen Diebstahl gehandelt hatte und nicht um ein Hirngespinst von mir.

»Warum tust du das, Hannes?«

»Tue ich was?«

»Stell dich doch nicht dümmer, als du bist. Warum verleumdest du mich? Warum willst du allen weismachen, ich würde allmählich irr werden?«

»Das will ich doch gar nicht. Da redest du dir was ein, Klärchen. Und da liegt ja genau der Hase im Pfeffer: Deine Phantasie geht immer öfter mit dir durch.«

»Das stimmt nicht. Ich weiß, was ich gesehen habe. Es war keine Einbildung. Und ich weiß, dass du es auch weißt. Was ich nur nicht verstehe, sind deine Gründe. Fühlst du dich besser, wenn ich schlechter dastehe?«

»Was soll das denn jetzt bitte heißen?«, brauste er auf. »Du willst mir doch wohl nicht unterstellen, ich hätte solche fiesen Spielchen nötig?«

»Ich«, sagte ich ernst und sah ihm tief in die Augen, »unterstelle dir überhaupt nichts. Du bist es doch, der mir etwas unterstellt.« Damit drehte ich mich um und verließ das Haus. Von der Tür rief ich ihm noch zu: »Ich muss aufs Feld, zwischen dem Unkraut nach ein paar restlichen Maispflanzen suchen. Damit du satt wirst.«

Ich brauchte mich nicht umzusehen, um zu wissen, dass Zorn in seinen Augen aufblitzte. Aber auch meine Langmut hatte Grenzen. Ich sah nicht ein, dass ich mich ganz allein um alles kümmern musste und zur »Belohnung« nichts als Lügen, Verleumdungen und Hohn erntete. Es ging über meine Kraft. Wenn Hannes nicht bald wieder zur Vernunft kam, würde ich wahrscheinlich wirklich verrückt werden.

Antonia Schmidtbauer war übrigens nicht mit Friedhelm durchgebrannt und auch nicht von ihm in die missliche Lage gebracht worden. Der Schuldige hieß Konrad Oberländer, war der Sohn eines Sattlers aus dem Süddeutschen und mit seinen siebzehn Jahren nur unwesentlich älter als das arme Mädchen. Es wurde viel beratschlagt und lamentiert. Nachdem sowohl Antonia als auch Konrad von ihren Vätern Dresche bezogen hatten, nachdem von den Müttern literweise Tränen vergossen worden waren und das junge Glück glaubhaft versichert hatte, es handle sich um die eine wahre, große Liebe, wurde eine Hochzeit anberaumt. Während die Familien des Paares nicht wirklich glücklich über die Entwicklung waren, ihnen andererseits aber auch keine bessere Lösung einfiel, jubilierten wir anderen Kolonisten: die erste Hochzeit in der neuen Heimat!

Unser Chor sollte bei der Trauung, die für Januar geplant war, singen. Aber ohne mich. Nicht, dass ich nicht gefragt worden wäre, ja, geradezu bekniet haben sie mich, dass ich mit meinem schönen Sopran das »Ave-Maria« vortragen sollte. Doch wie sollte ich das schaffen? Mit Kind, verkrüppeltem Mann, einem Haushalt, in dem es schon jetzt drunter und drüber ging, sowie einem Grundstück, das mittlerweile so verwildert war, dass man ohne Machete kaum durchkam – wo in aller Welt sollte ich noch die Zeit und Kraft zum Singen hernehmen? Die Enttäuschung schnitt mir tief ins Herz, tiefer als alle anderen Missgeschicke der jüngeren Zeit. Die

Unstimmigkeiten in meiner Ehe, die schier unmenschliche Menge an Arbeit, die mitleidigen Blicke unserer Nachbarn, die mich ja für geistesgestört hielten, mit alldem konnte ich irgendwie zurechtkommen. Aber nicht mehr im Chor sein zu können, das setzte mir so sehr zu, dass ich kurz vor dem Zusammenbruch stand.

Hannes indes ging es besser. Seit jener unseligen Nacht humpelte er munter auf seiner Krücke durchs Haus – wenn er denn zu Hause war. Meist fuhr er zum Bootsanleger, wo er auf dem Fuhrwerk sitzen bleiben konnte und dabei ganz wie der Alte wirkte. Er begrüßte die Neuankömmlinge, denn der Fluss an Auswanderern riss nicht ab. Im Gegenteil, es kamen immer mehr Leute, und der Anteil an Hunsrückern unter ihnen wuchs stetig. Hannes erzählte ihnen bereitwillig alles, was sie über den Beginn in der Kolonie wissen mussten. Meist spendierten die armen Leute, die nach der langen Reise ausnahmslos abgerissen und erschöpft waren, ihm dafür ein Gläschen ihres kostbaren Aufgesetzten, den sie von daheim mitgebracht hatten.

Ich wusste das alles von Christel. Ich selber hatte ja keine Sekunde Zeit, um an solche Ausflüge auch nur zu denken. Manchmal nahm Hannes unsere Tochter mit, was mich nicht nur entlastete, sondern mir auch die Gewissheit verschaffte, dass er wenige Stunden später wiederkommen würde, spätestens dann nämlich, wenn Hildchen vor Hunger schrie. Meist jedoch blieb sie bei mir. Da ich sie nicht allein im Haus lassen konnte, zumal ich ja wusste, dass hier irgendwelche Indios ihr Unwesen trieben, nahm ich sie in ihrem Körbchen mit nach draußen. Ich legte immer ein leichtes Baumwolltuch über den Korb, damit sie vor der Sonne und vor Insekten verschont blieb. Umwickeln konnte ich sie mir nicht, weil es meine Bewegungsfähigkeit zu stark eingeschränkt hätte. Und bewegen musste ich mich: Den halben Tag kniete ich auf der Erde, um nach den ersten reifen Maniok- und anderen Wurzeln zu suchen, und die andere Zeit verbrachte ich bis zu den Oberschenkeln in dem Bach, um Jagd auf größere Fische zu machen. Meine Angst vor Schlangen, Krokodilen oder Raubfischen hatte sich mehr oder minder gelegt. Ich war mir ziemlich sicher, dass ich sie erlegen konnte. Das Einzige, wovor ich mich wirklich ekelte, waren die Riesenegel, die sich an mir festbissen, wenn ich eine Weile im Wasser stand. Aber was blieb mir anderes übrig?

Unser Land war innerhalb kürzester Zeit völlig verwildert. Die einzige Nutzpflanze, der das Unkraut und das Gestrüpp offenbar überhaupt nichts anhaben konnten, waren die *banana*-Stauden – zum Glück für uns, denn ohne diese Früchte wären wir wahrscheinlich kurz vor dem Verhungern gewesen. Um unser Haus war es ebenfalls nicht gut bestellt. Ohne Hannes' Hilfe konnte ich mich nicht auch noch um undichte Stellen im Dach, verzogene Türen oder wacklige Stühle kümmern. Ich stellte Töpfe und Krüge unter die Lecks im Dach, alles andere nahm ich einfach so hin. Die Holzdielen waren schon länger nicht mehr ordentlich geschrubbt worden, die Wäsche wusch ich nur notdürftig im Bach. Flecken, die man hätte auskochen müssen, blieben als blassbraune Schatten zurück. Der Gesamteindruck muss der völliger Vernachlässigung gewesen sein, aber ich nahm das alles gar nicht mehr wahr. Wir hausten wie Elendsgestalten, und je ungepflegter es wurde, desto weniger Lust hatte Hannes natürlich, nach Hause zu kommen.

Eines Abends kam er sehr spät von seiner Fahrt zum Anleger zurück. Er hatte eine Fahne.

»Hier sieht es aus wie im Schweinestall!«, beschwerte er sich.

»Tja, schön wäre es, wir hätten noch einen«, keifte ich zurück. Unseren Eber hatte Hannes verkauft. Von dem Geld hatte ich allerdings nicht viel gesehen.

»Und du siehst kaum besser aus als ein Schwein«, fuhr er fort. »Hast du in letzter Zeit mal in den Spiegel geschaut? Dein Haar ist wie Stroh, deine Haut speckig, dein Kinn voller Pickel, deine Lippen sind aufgeplatzt, deine Kleider schmutzig.«

»Ich bin leider nicht dazu gekommen, in den Spiegel zu sehen. Ich muss nämlich eine Familie ernähren, etwas, was du ja nicht zustande bringst.«

Und dann passierte etwas, womit ich in meinen bösesten Träumen nie gerechnet und was ich Hannes nie zugetraut hätte: Er schlug mich ins Gesicht, und zwar mit einer solchen Wucht, dass meine Nase zu bluten begann.

Ich war fassungslos. Ich war derart entsetzt, dass ich nicht einmal weinen konnte.

»Hat es dir jetzt die Sprache verschlagen? Hä? Antworte mir gefälligst!«

Ich bekam keinen Ton heraus, sondern schlug die Hände vors Gesicht.

»Kannst mich jetzt wohl nicht mal mehr ansehen, oder? Ich bin ja kein ganzer Kerl mehr, was? Das ist es doch, was du denkst. Was ihr alle denkt.«

Ich schüttelte den Kopf und sah ihn an. Sollte ich lieber den Mund halten, um seine Raserei nicht noch anzuheizen? Oder sollte ich versuchen, ganz ruhig und vernünftig mit ihm zu reden, ihm meine Sichtweise zu erklären? Die nämlich, dass es nicht zwei gesunde Beine waren, die einen ganzen Mann ausmachten, sondern Charakter, Willenskraft und der Mut, eine solche Herausforderung, wie der Verlust eines Körperteils es nun einmal war, anzunehmen. Ich zögerte einen

Augenblick zu lang. Hannes humpelte einen Schritt auf mich zu. Sein Gesicht war vor Wut zu einer Fratze entstellt. Er blieb hinter einem Stuhl stehen, hielt sich an der Lehne fest und holte dann mit seinem Krückstock zum Schlag aus.

»Ich habe dich was gefragt, du Schlampe! Antworte!«, schrie er.

Hildchen in ihrem Korb fiel in sein Gebrüll mit ein.

Ich dagegen war mucksmäuschenstill. Er hatte mich am Arm getroffen. Es schmerzte, aber unter dem Ärmel meines Kleides konnte ich nicht sehen, ob es blutete. Ich rührte mich nicht von der Stelle. Aber ich begann zu sprechen.

»Schlag mich doch tot. Tu es einfach. Bei mir gelingt es dir vielleicht, wo du es bei dem Bruder des armen Mädchens, das du daheim entehrt hast, schon nicht geschafft hast. Schlag zu, los! Dann kannst du ja sehen, wer dich durchfüttert. Vielleicht findest du ja noch eine Frau, die dich so nimmt, wie du bist – ein einbeiniger Trunkenbold, ha, ich wünsche dir viel Glück! Nicht mal der Friedhelm findet eine Braut, dabei ist der doch viel …« Weiter kam ich nicht. Ein weiterer Schlag streckte mich nieder. Er hatte mich am Kopf getroffen, und bei dem Fall zur Erde hatte ich mir unglücklich auf die Lippen gebissen, so dass diese bluteten. Ich konnte es schmecken.

»Na los, worauf wartest du?«, sagte ich ganz leise. »Hau doch noch mal drauf, damit ich dann als Ernährerin auch ausfalle. Meinen Arm hast du schon verletzt. Hier«, dabei streckte ich ihm ein Bein entgegen, »schlag feste drauf, immer schön aufs Knie. Dann brauche ich wenigstens nicht länger im Unterholz herumzukriechen, um für dich nach Essen zu graben.«

Unter Wutgeheul schlug er mit der Krücke auf mich ein. Ich rollte mich zu einem Knäuel zusammen, um weniger Angriffsfläche zu bieten, und wimmerte vor mich hin. Das alles war zu schrecklich, um wahr zu sein. Dann warf Hannes sich plötzlich auf mich, oder vielleicht hatte er auch nur das Gleichgewicht verloren, ich wusste es nicht. Ich merkte nur, dass die furchtbaren Schläge mit dem Stock auf einmal aussetzten, dass dafür aber der Mann, den ich in diesem Augenblick mehr als alles auf der Welt hasste, mich mit seinem Körper zu ersticken drohte und wie von Sinnen an meiner Kleidung riss. Er würde doch nicht etwa … hier, auf dem Holzfußboden?

»Und das? Kann das der Friedhelm auch besser?«, keuchte er, während er an seiner Hose herumnestelte.

Ich presste instinktiv meine Beine zusammen.

»Was ist los, du Luder? Machst du beim Friedhelm auch auf Fräulein Rührmichnichtan? Ah, nein, bei dem kriegst du die Schenkel bestimmt gar nicht schnell genug gespreizt.« Er drückte meine Beine mit Gewalt auseinander, rollte sich dazwischen und versuchte, in mich einzudringen. Es klappte aber nicht, weil ich nicht bereit war und er nicht richtig hart. Das erzürnte ihn nur noch mehr.

Obwohl ich bestimmt nicht wollte, dass wir uns unter solchen Umständen vereinigten, betete ich, dass er sein Ziel erreichen möge. Wenn zu allem Unglück, das er bereits erfahren hatte, nun auch noch der Verlust seiner Manneskraft käme, dann gnade mir Gott. Ich fügte mich also in mein Schicksal und gab mich weniger widerspenstig. Doch auch das war offenbar nicht richtig.

»Was ist? Stellst du dich jetzt tot? Bei einem so schlaffen Körper kann einem ja alles vergehen.«

Wenn es doch so gewesen wäre! Aber er blieb auf mir liegen und versuchte weiterhin, sein halb aufgerichtetes Glied zu etwas zu zwingen, wozu es nicht imstande war. Er versuchte, mit der Hand nachzuhelfen, indem er sich selber rieb und zwischendurch mit dem Finger in mich stieß. Dieser Vorgang war so mechanisch, so vollkommen bar jeder Zärtlichkeit, dass es mich zutiefst anwiderte. Immerhin war ihm nach ein paar Minuten, die mir wie eine Ewigkeit erschienen, Erfolg beschieden, und er drang in mich ein. Er atmete schwerer, bewegte sich immer schneller, stöhnte, zuckte und ergoss sich in mir. Ich spürte kaum mehr als ein unangenehmes Scheuern – und die Unebenheiten der Holzdielen an meinem Gesäß. Und dann war der Spuk auch schon vorüber.

Hannes zog sich die Hose hoch, griff nach der Krücke und stemmte sich mit einer Hand an der Tischkante nach oben. Er würdigte mich keines Blickes mehr, als er davonhumpelte. Ich lag wie erstarrt auf dem Boden. Erst als ich hörte, wie er sich ins Bett fallen ließ, rappelte ich mich auf.

Wenig später hörte ich ihn schnarchen. Hilde in ihrem Korb schlief ebenfalls. Ich selber jedoch verspürte nicht die geringste Lust, mich schlafen zu legen, schon gar nicht ins Bett zu Hannes. Auf Zehenspitzen schlich ich ins Schlafzimmer, öffnete die große Reisetruhe und kramte darin nach der Hängematte, die wir anfangs benutzt hatten. Ich zog sie hervor und ließ den Deckel der Truhe versehentlich zu früh fallen. Es gab einen ziemlich lauten Knall. Hannes grunzte und drehte sich um, wachte aber nicht auf. Leise verließ ich den Raum.

In der Stube fand ich zwei hölzerne Bolzen, die sich in der richtigen Entfernung voneinander befanden, um die Hängematte daran aufzuhängen. Ich musste auf einen Stuhl klettern, um die Schlingen sicher darumzulegen. Dann setzte ich mich in die Matte und schaukelte eine Weile vor mich hin. Ich fiel fast um vor Erschöpfung, aber ich verspürte keinerlei Müdigkeit. In meinem Kopf jagte ein Gedanke den nächsten. Ich dachte an Flucht, an Mord, an Selbstmord. Ich spielte alle Möglichkeiten durch, doch keine davon versprach eine dauerhafte Lösung, oder zumindest keine, mit der ich zufrieden gewesen wäre.

Vielleicht, dachte ich schließlich, sollte ich mir woanders Rat holen. Andere Leute mussten doch auch schon gemerkt haben, dass Hannes nicht mehr er selber war, dass er zu trinken begonnen hatte und seine Pflichten vergaß. Und vielleicht wüssten die anderen, was zu tun war. Christel und Franz würden sicher vernünftiger mit Hannes reden können. Bei ihnen würde er sich benehmen, und auf sie würde er eher hören als auf mich. Obwohl ich meine Sorgen lieber mit mir selber ausmachte und andere Leute nicht gern mit meinen persönlichen Nöten belästigte, fasste ich den Beschluss, am nächsten Tag zu unseren Nachbarn zu gehen. Und kaum hatte ich das beschlossen, hob ich die Beine in die Hängematte und schlief sofort ein.

Ich wurde von Hannes geweckt, der ungeschickt mit dem Geschirr klapperte. Er schien unser Frühstück zubereiten zu wollen. Ich beobachtete ihn ein paar Minuten aus dem Augenwinkel. Er wusste nicht einmal, wo sich was in der Küche befand, so selten hatte er je darin zu tun gehabt. Es war irgendwie rührend, wie er in jedes Gefäß blickte, um den Zucker zu finden, oder wie er den falschen Topf nahm, um Wasser für den Kaffee aufzusetzen.

»Lass schon. Ich mach das«, meldete ich mich.

Er schrak zusammen. Dann drehte er sich zu mir um. Er wirkte über alle Maßen zerknirscht.

»Es … das gestern Abend, also das … tut mir leid.«

»Hm.«

»Es wird nie wieder vorkommen.«

Ich wandte den Blick ab.

»Klärchen, bitte glaub mir. Ich weiß nicht, was in mich

gefahren war. Aber es wird bestimmt nie wieder passieren, das versichere ich dir. Verzeihst du mir?«

Ich konnte ihm noch immer nicht in die Augen sehen. Er klang aufrichtig. Er sah aus wie der Hannes, den ich einmal geliebt hatte. Er war mir, bis auf die vergangenen Wochen, immer ein guter Mann gewesen, und er war ein hingebungsvoller Vater. Doch der Schrecken des Vorabends saß mir noch zu tief in den Knochen, als dass ich ihn einfach so hätte vergessen können. Und die körperlichen Schmerzen erinnerten mich jede Sekunde daran. Als ich aus der Hängematte krabbelte, taten mir meine Arme weh, mein Kopf pochte, und ich fühlte, dass sich unter meiner Nase angetrocknetes Blut befand. Unfreiwillig stieß ich ein leichtes Stöhnen aus, als ich mich aufrichtete.

»Oh Gott«, flüsterte Hannes, »wie kann ich das je wiedergutmachen?«

Ich ging zum Spiegel, doch ein kurzer Blick hinein reichte aus, um meine Stimmung weiter zu verdüstern. Ich gab etwas Wasser in die Waschschüssel und reinigte mein Gesicht notdürftig. Dann erst sah ich Hannes an. Ich straffte die Schultern.

»Gutmachen kannst du das nicht. Was passiert ist, ist passiert. Was du jedoch tun kannst, ist deine Arbeit. Hier. Auf unserem Land, in unserem Haus. Es gibt jede Menge Sachen, die man auch mit nur einem Bein schaffen kann.«

Er nickte. Seine Miene war ernst. Offenbar hatte ich nur das ausgesprochen, was er selber sich ebenfalls schon überlegt hatte.

»Du hast recht.«

»Na, dann könntest du doch zum Beispiel schon einmal ein paar Eier von draußen holen. Lass mich den Kaffee kochen und den Tisch decken. Das ist meine Aufgabe.«

Er machte sich sogleich auf, erleichtert, wie mir schien, dass er mit einer so milden Strafe davongekommen war. Ich musste schmunzeln. Ich würde ihn noch ein wenig zappeln lassen, ihn ein bisschen herumscheuchen, ihn streng ansehen. Aber eigentlich hatte ich ihm schon vergeben.

Zu früh, wie sich herausstellen sollte.

42

*N*ach der *festa junina* befand sich Klara im Besitz der Visitenkarte des Senhor Eduardo Felipe Vieira Lima sowie der zweier weiterer Herren, die ihr ähnlich geckenhaft und hohl erschienen waren. Aber vielleicht tat sie ihnen auch unrecht, und es lag nur an ihren eigenen mangelhaften Sprachkenntnissen, dass die jungen Galane sie so angeödet hatten. Oder es lag ganz einfach daran, dass jeder Mann, der nicht Raúl Almeida war, sie langweilte. Klara zerriss die Karten und warf sie in die noch schwelende Glut des Feuers vom Vorabend. Sie würde diese Männer nie wiedersehen – und schon gar nicht in die Verlegenheit kommen, sich ihrem Charme aussetzen zu müssen.

Sie war am Morgen früh aufgewacht und schlenderte nun über den Innenhof, in dem die Aufräumarbeiten in vollem Gange waren. Die Sklaven bauten die Zelte, den Tanzboden sowie Bänke und Tische ab, fegten Scherben und Zigarrenstummel auf und trugen die schweren gusseisernen Töpfe zum Spülen hinters Haus. Dort würden sie zuvor jeden noch essbaren Krümel daraus sicherstellen, nicht etwa, weil sie Hunger litten, sondern weil die *canjica* sowie die *feijoada* und diversen anderen Eintöpfe so köstlich gewesen waren. Die kulinarische Hauptattraktion waren allerdings die Fleischgerichte gewesen. Klara hatte noch nie in ihrem Leben solche Berge an feinstem Rindfleisch gesehen, geschweige denn gegessen. In Ahlweiler hatte es hier und da mal ein Huhn gegeben, zu besonderen Anlässen wurde ein Schwein geschlachtet, von dessen Speckschwarten man ein halbes Jahr zehren konnte, und zu Weihnachten gab es eine Gans. Rindfleisch hatte als Reiche-Leute-Essen gegolten. Kühe lieferten Milch, Ochsen zogen Pflüge und Karren – zum Schlachten waren beide zu wertvoll.

Hier dagegen war Rindfleisch Hauptbestandteil des Speiseplans. Der Oberbegriff für den Grill wie auch das gegrillte Fleisch lautete, das hatte Klara gestern gelernt, *churrasco*. Es schien sich um eine lokale Spezialität zu handeln, eine ausgesprochen *leckere* Spezialität, denn Klara hatte herzhafter zugelangt, als es der Anstand erlaubte. Solche Mengen verdrückten nur Feldneger, hatte einer ihrer Verehrer ihr grinsend erklärt und ihr dabei versichert, dass er ihren Appetit durchaus reizvoll fand.

In Wahrheit war sie ja auch ein Feldneger, nur eben mit weißer Hautfarbe, gestand Klara sich ein. Wenn all diese feinen Herrschaften auf dem Fest auch nur geahnt hätten, wie sehr sie, Klara, sich abgeplagt hatte, sie hätten nicht ein freundliches Wort für sie übriggehabt. Nicht einer der Gäste wusste, wie hart sie und die anderen Kolonisten geschuftet hatten und noch schufteten, und nicht einer würde es überhaupt für möglich gehalten haben. Ein Weißer, der Feldarbeit verrichtete? Der in Ermangelung eines Ochsen sich vielleicht selber vor den Pflug spannen musste? Unausdenkbar. Geradezu obszön.

Der Abend hatte Klara erneut und deutlicher denn je ins Bewusstsein gerückt, wie wenig sie hierherpasste. Das war nicht ihre Welt, und es wurde höchste Zeit, dass sie sich auf den Weg in *ihre* Welt machte. Morgen war es so weit. Sie fürchtete den Abschied von der *estância* ebenso sehr, wie sie ihn herbeisehnte. Sie wollte Raúl nicht aus den Augen verlieren, aber noch mehr verlangte es sie danach, ihr Kind endlich wieder in den Armen zu halten. Ihr süßes, weiches, zartes Hildchen – ach, wie sehr sie sie vermisste!

Klara ging ins Haus und machte sich ans Packen. Diesmal würde sie nichts zurücklassen, was nicht ursprünglich ihr gehört hatte. Sie würde auch keine weiteren Geschenke zurückweisen oder sie nur verschämt akzeptieren. Sie musste nach vorn schauen. Und was da auf sie wartete, erlaubte keinerlei vornehme Zurückhaltung. Wenn sie sich erst wieder auf ihrem Hof befand, wäre sie dankbar für jedes Kleid, jeden Schinken und jeden Sack Mehl, die man ihr hier aufdrängen würde. Und so gut kannte sie ja inzwischen Raúl und Teresa: Beide würden sie mit Bergen von guten Dingen ausstatten wollen.

Erst am Nachmittag begegnete sie Raúl. Er hatte eine kratzige Stimme, Ringe unter den Augen, strubbeliges Haar und wirkte wie jemand, der die ganze Nacht durchgefeiert hatte. Was wohl auch der Fall war, dachte Klara mit einem Anflug von Eifersucht. Sie selber hatte sich zeitig zurückgezogen. Was später noch zwischen Raúl und der Senhorita Dora passiert war, entzog sich ihrer Kenntnis. Hatten sie miteinander getanzt? Waren sie noch ein wenig in der würzigen Nachtluft spazieren gegangen? Hatte er dabei ihre Hand gehalten? Hatten sie sich geküsst? Oh Gott, was fiel ihr nur ein, sich derartige Gedanken zu machen? Es stand ihr nicht zu, sich über Raúls Privatleben den Kopf zu zerbrechen, und noch viel weniger durfte sie dabei so besitzergreifende Maßstäbe anlegen. Er gehörte ihr nicht und würde es nie tun.

»Na, schon gepackt?«, krächzte Raúl. Seine rauchige Stimme jagte Klara einen prickelnden Schauer über den Rücken. Auch sein zerzaustes Aussehen fand sie sehr attraktiv.

»Ja, das meiste ist schon im Koffer.«

»Freust du dich?« Er presste stöhnend beide Hände um

seinen Schädel – offensichtlich hatte er ein paar Schnäpse zu viel genossen.

»Ja.« Ihm ihre widersprüchlichen Gefühle angesichts der bevorstehenden Abreise mitzuteilen, fühlte sie sich nicht in der Lage.

Raúl sah sie überrascht an. Er setzte zu einer Erwiderung an, überlegte es sich dann jedoch anders. Wenn sie sich freute, von hier fortzukommen, dann war es nicht an ihm, das in Frage zu stellen. *Er* freute sich nicht, dass er die »Herda-de da Araucária« schon wieder verlassen musste und dass der endgültige Abschied von Klara immer näher rückte.

»Hast du dich gut amüsiert gestern Abend?«, fragte er stattdessen.

»Ja. Und du?«

»Ich mich auch, danke. Ich habe nach dir gesucht, aber du bist anscheinend schon früh zu Bett gegangen.«

»Früh nicht. Gegen Mitternacht.«

»Sage ich doch.« Er verzog die Lippen zu einem Lächeln, das schelmisch wirken sollte, doch es geriet ihm ein wenig traurig. »Ich war bis ungefähr fünf Uhr morgens wach – erst als die Sonne aufging, haben sich die letzten Gäste auf den Heimweg gemacht.«

»Dora auch?« Kaum hatte sie es ausgesprochen, hätte Klara sich am liebsten die Zunge abgebissen. Herrje, sie musste ihm ihre peinliche Eifersucht doch nicht noch zeigen!

»Nein, Dora ist ebenfalls früh gegangen. Etwa um drei«, lachte er und gab der Richtung, die das Gespräch zu nehmen drohte, dadurch eine andere Wendung, eine beiläufigere. Klara war ihm sehr dankbar dafür. »Zusammen mit dem grässlichen Eduardo Felipe.«

»Ich dachte, er ist vielleicht ein Geschäftspartner von dir«, erklärte Klara.

»Hast du dich deshalb so lange mit dem Langweiler unterhalten?«

»Ja. Ich mag ihn nicht.«

»Danke. Das war sehr aufopferungsvoll von dir. Vielleicht hätte ich vorher die Gästeliste mit dir durchgehen und dir sagen sollen, wer wichtig war und wer nicht. Also auf rein geschäftlicher Basis. Du hättest dir viel ermüdendes Geschwätz ersparen können. Na ja, beim nächsten Mal.« Diesmal war Raúl es, der über die letzte Bemerkung erschrak und sich wünschte, er könne sie zurücknehmen. Es würde kein nächstes Mal geben.

Klara schluckte. Sie dachte genau dasselbe.

»So, meine Liebe. Ich muss mich jetzt so weit wiederherstellen, dass ich alle Erledigungen und Pflichten, die für heute anstehen, noch schaffe. Ich denke, wir sehen uns heute nicht mehr. Morgen früh um sieben dann, ja?«

Klara nickte. Sie hatte verstanden. Er wollte ungestört sein. Mit hängenden Schultern zog sie von dannen.

Die Woche begann mit herrlichstem Sonnenschein. Wobei, überlegte Klara, hierzulande ja der Sonntag als Wochenbeginn galt, während der Montag als »segunda feira« bezeichnet wurde, was so viel wie »zweiter Markttag« bedeutete. Im Allgemeinen sagte man aber nur »segunda«. Die folgenden Wochentage wurden ebenfalls durchgezählt, *terça*, *quarta*, *quinta* und *sexta*. Obwohl Klaras Portugiesisch inzwischen recht flüssig war, wenn auch auf einfachem Niveau, bekam sie die Tage noch immer durcheinander. *Sábado* und *domingo* waren leicht zu merken, aber die Numerierung der Werktage fiel ihr schwer. »Dritter« für Dienstag zu sagen, den sie, wenn überhaupt, als »Zweiten« betrachtet hätte, kam ihr sonderbar vor.

Wie auch immer: Es war ein sonniger, milder Montag, der

⌇ 399 ⌇

die bevorstehende Fahrt wie einen erholsamen Ausflug erscheinen ließ und nicht wie eine beschwerliche, lange Reise. Raúl war voller Energie und belud schwungvoll den Wagen. Der Sklave, der das eigentlich hätte tun sollen, stand ratlos daneben und schaute beleidigt drein. Raúl hatte nicht länger mit ansehen können, wie ungeschickt der Bursche sich anstellte, und hatte ihn ungehalten verscheucht. »Zum Teufel, Zé, was soll das? Runter da, ich mach es selber. Ich habe jetzt keine Zeit, dir zu erklären, wie du was zu verstauen hast. Aber schau gut hin – beim nächsten Mal will ich, dass du es richtig machst.«

Zé schaute natürlich nicht hin, weil er vollauf mit der Kränkung beschäftigt war. Teresa, die von der Veranda aus das Treiben auf dem Innenhof beobachtete, entging nichts von alldem, und am liebsten hätte sie dem Jungen mit ihrem Gipsfuß in den Hintern getreten. Sie beherrschte sich jedoch, denn neben ihr saß die junge Sklavin Joaninha, der sie noch alles Mögliche erklären musste. Joaninha würde Raúl und Klara auf der Fahrt begleiten, denn dass die beiden allein reisten, war schlichtweg ausgeschlossen. Sie, Teresa, hatte es verboten. Wenn es den beiden schon gleich war, was die Leute dachten – ihr war es ganz gewiss nicht egal.

»Es ist ganz einfach«, fuhr sie nun in ihrer Unterweisung fort, »du sagst so wenig wie möglich, und auch nur, wenn du etwas gefragt wirst. Ansonsten hältst du den Mund. Verstanden?«

Joaninha nickte eifrig. Der Stolz darauf, dass man sie mit dieser wichtigen Aufgabe betraute, war ihr deutlich anzusehen. Die Aufregung allerdings auch. Sie saß in nagelneuer Garderobe stocksteif auf dem Stuhl, umklammerte das Täschchen, das auf ihren Knien stand, und versuchte vergeblich, das Jucken auf ihrem Kopf zu verdrängen, das von dem neuen Häubchen ausgelöst wurde. Unter gar keinen Umständen wollte sie sich hier vor aller Augen kratzen.

»Wenn die beiden sich benehmen, als wären sie allein auf der Welt, mit Händchenhalten oder so, dann räusperst du dich. Verstanden?«

Erneut nickte das Mädchen. Sie räusperte sich, wie zum Beweis, dass sie diese schwierige Aufgabe bravourös meistern würde.

»Genau. Ansonsten kümmerst du dich um Dona Klara. Das hast du hier ja auch schon gemacht, und unterwegs ist es nichts anderes. Du hilfst ihr aus dem Mieder, kämmst ihr Haar, lässt ihr das Badewasser ein und Ähnliches. Verstanden?«

»*Sim, senhora, tia Teresa.*«

Teresa nickte befriedigt. Die jungen Sklaven sagten häufig »Tante Teresa« zu ihr, es war ein Zeichen großer Ehrerbietung. Die junge Joaninha wäre der Verantwortung, die sie, Teresa, ihr übertrug, gewachsen. Sofern außer ihr selber überhaupt ein anderer Mensch auf Gottes Erden ihr gewachsen war. Sie seufzte und schloss dann ihre Ansprache: »Na los, worauf wartest du noch?«

Joaninha stolzierte zu dem inzwischen vollbeladenen Wagen, ließ sich von Zé hinaufhelfen und schaute dann huldvoll um sich. Erst ein Blick in Teresas angriffslustig funkelnde Augen sagte ihr, dass es besser wäre, auf ein königliches Winken zu verzichten.

Raúl richtete sich auf dem Kutschbock ein, während Klara noch mit der Verabschiedung beschäftigt war. Nicht, dass sie nicht zuvor schon allen Mitgliedern des Haushalts Lebwohl gesagt hätte. Aber bei Teresa konnte auch eine zehnte Umarmung nicht schaden.

»Das hatten wir ja alles schon einmal, *menina*«, sagte Teresa, deren tränenfeuchte Augen ihren bemüht gelassenen

Ton Lügen straften. »Ich bin mir sicher, auch jetzt werden wir uns nicht zum letzten Mal gesehen haben.«

Klara brachte kein Wort mehr heraus. Sie nickte nur, dann drehte sie sich um und lief zu dem Wagen. Erst als sie außer Sichtweite des Gutshauses waren, ließ sie ihren Schluchzern freien Lauf. Sowohl Raúl als auch Joaninha hüteten sich, eine Silbe darüber zu verlieren. Nur das Taschentuch, das Raúl ihr reichte, ohne sie dabei anzusehen, bewies, dass überhaupt jemand von ihr und ihrem Kummer Kenntnis nahm.

Die Fahrt verlief unspektakulär. Nachdem Klara sich wieder beruhigt hatte, waren außer Hufgetrappel und dem Knirschen der Räder auf den Steinchen des Lehmweges keine anderen Geräusche zu hören. Gegen Mittag legten sie eine kurze Rast in einer Gastwirtschaft ein, wo sie eine einfache warme Mahlzeit sowie die Möglichkeit bekamen, sich frisch zu machen. Danach ging es genauso still weiter wie zuvor. Joaninha rutschte auf ihrem Platz hin und her, verlagerte ihr Gewicht von der einen auf die andere Seite und zog eine Leidensmiene. Doch sie hütete sich davor, sich zu beklagen. Kein Wort sollte sie sagen, außer sie wurde etwas gefragt, so lautete Teresas Anweisung.

»Tut dir dein Po weh?«, fragte Klara mit mitleidigem Lächeln.

»Und wie! Das ist ja schrecklich, wie einem hier der Hintern durchgewetzt wird, dass man meint, man sitzt auf den blanken Knochen! Und dieses Geschaukel, da wird man ja ganz krank davon. Jesus und Maria, Sinhá Klara, wie halten Sie das nur aus, dieses fürchterliche …«

»Halt den Mund, Mädchen«, fuhr Raúl sie an, ohne ihr einen Blick zuzuwerfen.

Klara tat die Sklavin leid. Musste Raúl sie so anherrschen? Na schön, sie alle waren in derselben Lage, Raúl und sie selber fanden die Fahrt ebenfalls nicht gerade entspannend, beklagten sich jedoch nicht. Aber für die arme Joaninha war es bestimmt das erste Mal, dass sie eine so lange Reise antrat. Im Gegensatz zu Raúl, der ständig unterwegs war, und zu ihr selber, die schon ganz andere Reisen überstanden hatte, musste es für das Mädchen ungleich schlimmer sein.

»Willst du reiten?«, richtete Raúl nun das Wort an Klara. »Traust du dir zu, auf meinem Hengst zu reiten?«

Klara nickte. Das Tier trabte hinter dem Gefährt her, denn vor den Wagen ließ es sich nicht spannen, und Raúl hatte es auch nicht daheim lassen wollen. Es war ein temperamentvolles Pferd, aber wenn Klara es sich so ansah, wirkte es recht zutraulich und freundlich. Außerdem hatte sie ganz erhebliche Fortschritte im Reiten gemacht.

Sie hielten an. Raúl sattelte das Pferd, band es los und half Klara hinauf. Joaninha räusperte sich unentwegt.

»Herrgott, Mädchen, huste halt einmal richtig, dann geht das Kratzen im Hals schon weg, aber hör endlich auf mit diesem unerträglichen Räuspern!«

»Aber die Senhora Tia Teresa hat gesagt …«

»Ganz bestimmt hat Teresa dir aufgetragen, still zu sein. Und daran wirst du dich jetzt auch halten.« Raúl schüttelte unwirsch den Kopf. Diese taube Nuss trieb ihn in den Wahnsinn. Es ärgerte ihn, dass er Teresa nachgegeben und diese Anstandsdame mitgenommen hatte, wobei von »Dame« ja nicht wirklich die Rede sein konnte. Er wusste, dass es ungerecht war, seinen Unmut an Joaninha auszulassen, aber er konnte es einfach nicht unterdrücken.

Dann widmete er sich wieder Klara.

»Alles in Ordnung da oben? Traust du es dir wirklich zu? Er ist eigentlich ganz brav, wenn man ihn zu nehmen weiß. Er hat nur eine Macke. Man darf ihm nämlich keineswegs …«

Doch genau das hatte Klara offenbar gerade getan. Sie hatte dem Hengst in einer Geste des, wie sie meinte, Zuspruchs auf den Hals geklopft, und zwar genau dreimal hintereinander, woraufhin er in wildem Galopp losgeprescht war. Man hörte einen erschrockenen Schrei von Klara, die sich erstaunlich gut auf dem Rücken des Pferdes hielt, sah eine Staubwolke, und dann waren Pferd und Reiterin auch schon hinter einer Wegbiegung verschwunden.

Raúl setzte mit dem Wagengespann nach, obwohl er um die Aussichtslosigkeit dieses Unterfangens wusste. Joaninha krallte sich mit beiden Händen an der Bank fest, auf der sie, nunmehr des Haltes durch einen weiteren Passagier beraubt, herumrutschte und auf und ab hüpfte. Die Verfolgung dauerte etwa fünf Minuten an. Dann stoppte Raúl den Wagen abrupt. Joaninha schrie auf, weil sie durch das starke Abbremsen nach vorn geschleudert wurde. Raúl spannte den Gaul aus und sprang mit einem Satz auf seinen Rücken. Das Tier war weder schnell noch rassig oder feurig, und ohne Zaumzeug und Sattel war es erst recht nicht in der Stimmung, sich schneller als nötig zu bewegen. Aber Raúl gab ihm tüchtig die Sporen und zerrte an seiner Mähne, so dass das Pferd schließlich sein Bestes gab.

Raúl ritt wie ein Besessener. Er machte sich schreckliche Vorwürfe, weil er Klara auf seinem eigenwilligen Hengst hatte reiten lassen, dessen Charakter zwar gut, aber eben auch exzentrisch war. Er hätte das voraussehen müssen. Er hätte sich nicht durch sein Mitleid mit ihrem geschundenen Gesäß dazu hinreißen lassen dürfen, sie auf das Pferd zu setzen. Er hätte … ach, verflucht, er hätte alles anders machen müssen. Alles.

Etwa drei Meilen vor der Stelle, an der er den Wagen und die wahrscheinlich völlig aufgelöste Joaninha zurückgelassen

⇌ 404 ⇋

hatte, sah er endlich Klara. Sie ritt, als hätte sie ihr Lebtag nichts anderes getan. Ihr Haar hatte sich gelöst, es wirbelte heiter im Wind, und fast meinte er, einen Freudenjuchzer gehört zu haben. Es war ein schönes Bild, und am liebsten hätte er innegehalten, um sich noch ein wenig daran zu erfreuen. Doch er ritt weiter und rief ihren Namen, bis sie endlich bemerkte, dass er ihr nachgesetzt war.

»Es ist herrlich! *Maravilhoso!*« Klara ritt nun auf ihn zu, war offensichtlich ganz in ihrem Element und so fröhlich, wie er sie noch nie erlebt hatte. »Dieses Pferd ist göttlich, ein Engel!«, rief sie ausgelassen.

Merkwürdig, dachte Raúl, er hatte dem Tier eher teuflische Qualitäten zugeordnet.

Es hatte schließlich einen Grund, warum sein Hengst den Namen »Diabo«, Teufel, trug.

43

An dem Brief für meine Schwester schrieb ich nur noch selten weiter. Hier ein Sätzchen, da einen kleinen Abschnitt. Es war nicht die körperliche Erschöpfung allein, die mich davon abhielt, sondern vor allem die geistige. Die äußerte sich in absoluter Einfallslosigkeit. Die Wahrheit mochte ich Hildegard nicht schildern, und Märchen kamen mir keine in den Sinn. Es war lachhaft, dass Hannes und unsere Freunde in der Colônia mir eine zu rege Phantasie andichteten. Das Gegenteil war der Fall. Meine Gedanken kreisten ausschließlich um das, was bei uns geschah, um meine Verletzungen, um Hildchen sowie um unsere Ernährung. Für etwas anderes war gar kein Platz mehr – nicht einmal mehr für Träume. Die hatte Hannes mir aus dem Leib geprügelt.

Denn natürlich blieb es nicht bei dem einen Mal. Er schlug immer öfter zu und immer brutaler. Ausgelöst wurden diese Attacken vom Alkohol sowie von Nichtigkeiten, die ihn rasend machten. Einmal war es ein versalzenes Essen, ein anderes Mal war es ein Fleck auf seinem Hemd, den ich nicht ordentlich ausgewaschen hatte. Es konnte meine Unlust sein, mit ihm zu schlafen, aber es hätte genauso gut meine Lust sein können – wenn ich solche denn noch verspürt hätte. Doch das tat ich nicht. Mein Ehemann widerte mich zunehmend an.

Ich versuchte es ein paarmal mit Gegenwehr, doch trotz der körperlichen Beeinträchtigung durch das fehlende Bein war er stärker als ich. Und da meine missglückten Versuche, mich zur Wehr zu setzen, seine Wut ins Unermessliche steigerten und ich letztlich nur noch schlimmer misshandelt wurde, gab ich es schließlich ganz auf. Ich ließ die Ausbrüche über mich ergehen, als wären sie gottgegeben, so wie man einen Hagelschauer fürchtet, ihn aber trotzdem hinnehmen muss.

Denn einen Ausweg aus meiner furchtbaren Lage sah ich keinen. Nicht selten wünschte ich Hannes den Tod an den Hals, aber ohne meinen Mann wäre ich erst recht verloren gewesen. Als Frau, allein mit einem kleinen Kind, konnte man es hier nicht schaffen. Die Bewirtschaftung des Landes erforderte einfach zu viel Kraft und Zeit. Solange Hannes am Leben war, konnte ich mich immerhin der trügerischen Hoffnung hingeben, eines Tages käme alles wieder in Ordnung. Wenn er erst diese Krise überwunden, wenn er sich mit seinem Dasein als Einbeiniger abgefunden hatte, dann würde sich schon alles wieder einrenken. Redete ich mir ein.

Selbstverständlich hatte ich ebenfalls mit einer Flucht geliebäugelt, regelmäßig sogar. Doch auch das schien mir keine gute Lösung zu sein. Wo hätte ich denn hingehen sollen? In der Colônia konnte ich allein nicht überleben. Und außerhalb der Kolonie hätte ich schon gar keine Chance, ohne das Land, seine Sitten und die Sprache zu kennen. Da hätte ich mich nur noch mit Betteln durchschlagen können. Oder mit dem Verkauf meines Körpers. Beides war undenkbar, insbesondere wegen Hildchen. Mir selber wäre es mittlerweile egal gewesen, meine Selbstachtung war sowieso dahin.

Hilfe von unseren Freunden und Nachbarn war ebenso wenig zu erwarten. Sie glaubten mir nicht, und selbst wenn sie es getan hätten, wäre ich wahrscheinlich schnurstracks zu Hannes zurückgeschickt worden. So war eben die landläufige Meinung: dass eine Frau von ihrem Mann durchaus die eine oder andere Züchtigung hinzunehmen habe. Dass es sich um ernstzunehmende Verletzungen handelte, die Hannes mir zufügte, mochte niemand glauben. Denn so schlau war mein lieber Gatte: Er schlug mich nach diesem ersten Mal nie wieder ins Gesicht oder auf irgendeine Stelle, die für andere sichtbar gewesen wäre. Er rammte mir eine Faust in den Bauch, versohlte mir den Hintern, schlug mich mit dem Gürtel auf den Rücken, prügelte mich windelweich und grün und blau – aber nie hatte ich auch nur ein Veilchen oder einen Kratzer auf dem Arm.

Eines Tages fasste ich mir ein Herz und marschierte zu den Gerhards. Ich ahnte zwar, dass daraus nur wieder weiteres Ungemach entstehen würde, doch ich *musste* ganz einfach jemandem mein Leid klagen, brauchte Verständnis und Mitgefühl und wollte mir Rat holen. Denn dass meinem eigenen Verstand nicht recht zu trauen war, das mutmaßte ich inzwischen selber. Hannes hatte ihn mir ja ausgedroschen.

Ich war wochenlang nicht von unserer Parzelle fortgekommen und seit Monaten nicht mehr bei Christel und Franz gewesen. Als ich ihr Grundstück betrat, traf es mich wie der Schlag einer Keule: Es war alles so gepflegt, ihr Häuschen hübsch, das Vieh gesund und fett – genauso hätte es auch bei uns aussehen können, wenn mein Mann mich nicht so schmählich mit all der Arbeit alleinlassen würde. Hinter dem Gerhard-Hof erstreckten sich ihre Mais-, Bohnen- und Tabakpflanzungen, die in vollem Saft standen. Die Felder verschwammen in meinen tränenfeuchten Augen zu einem prachtvollen grünen Teppich. Vor dem Haus flatterte strahlend weiße Wäsche auf der Leine im Wind, und auch die empfand ich als einen einzigen Vorwurf. Unsere Wäsche wäre so sauber nie wieder hinzubekommen.

»Klärchen!«, rief Christel, die gerade dabei war, in dem

kleinen Gemüsebeet vor dem Haus Unkraut zu jäten. »Lieber Gott, was ist passiert? Du siehst zum Fürchten aus.«

»Ach, Christel«, brachte ich hervor, bevor ich losheulte und mich ihr in die Arme warf.

»Scht«, beruhigte sie mich und klopfte mir auf den Rücken. Sie traf eine Stelle, an der meine Haut aufgeplatzt war, so dass ich unter der besänftigend gemeinten Berührung zusammenzuckte. Sofort ließ sie von mir ab. »Ist jemand gestorben? Ist etwas mit Hildchen?«, fragte sie leise.

Ich schüttelte verneinend den Kopf.

»Na, gegen alles andere lässt sich doch bestimmt etwas tun. Komm mit rein, da kriegst du einen Schnaps, und dann erzählst du mir in Ruhe, was los ist.«

Ich folgte ihr ins Haus. Beim Anblick der schmucken Stube, der blank geschrubbten Böden und der liebevoll bestickten Spruchbänder über dem Herd und im Flur überkam mich ein neuerlicher Weinkrampf. Alles an diesem Haushalt zeugte von Ordnung, Rechtschaffenheit und Tüchtigkeit. Christel und Franz hatten es geschafft. Wir nicht.

Christel goss mir eine großzügig bemessene Dosis ihres selbstgebrannten Zuckerrohrschnapses ein, sich selber gab sie nur einen Fingerhut voll.

»So, dann schieß mal los.«

Wir kippten beide unseren Schnaps in einem Schluck hinunter und schüttelten uns anschließend, weil wir das starke Gebräu nicht gewohnt waren und es unsere Kehlen zum Brennen brachte. Ich wusste nicht, womit ich beginnen sollte. Christel und Franz waren schließlich auch mit Hannes befreundet, vielleicht sogar mehr als mit mir, denn er besuchte sie recht häufig. Da konnte ich doch nicht einfach daherkommen und schlecht über ihn reden. Andererseits war es ja genau der Grund, aus dem ich diesen Besuch machte.

»Mit Hannes und mir … also bei uns ist nicht alles so, wie es sein sollte«, begann ich.

Christel nickte. »Ja, das hat dein Mann uns auch schon erzählt.«

»Aha? Was genau hat er denn erzählt?« Mir schwante Übles. Nachdem Hannes mich schon vor den Schmidtbauers verleumdet hatte, damals, als der Einbrecher bei uns war, würde er sicher nicht davor zurückschrecken, auch den Gerhards Lügengeschichten zu erzählen.

»Na ja, also, nichts Genaues«, wand Christel sich. »Nur, dass du … also, dass du in letzter Zeit komisch bist.«

»Ah.«

»Ja, und dass du dir Sachen einbildest.«

»Zum Beispiel, dass er mich verdrischt?«

Christel glotzte mich ungläubig an. »Nein, das würde er doch nicht tun.«

»Nicht?«

»Vielleicht war es ein Missverständnis. Du bist gestolpert und hast geglaubt, er hätte das Stolpern ausgelöst oder so.«

Ohne dass ich es wollte, kam ein schwerer Seufzer aus meiner Brust. Hannes hatte unsere Freunde längst auf seine Seite gezogen. Er hatte sogar schon die Erklärungen für meine Verletzungen geliefert, nur für den Fall, dass ich ihn eines Tages verpetzen wollte.

»Du musst mir glauben, Christel. Es ist nicht mehr zu ertragen. Er fällt über mich her wie ein Irrer. Er schlägt so erbarmungslos zu, dass ich nicht mehr klar denken kann.«

Ich hätte mir die Zunge abbeißen mögen. Das mit dem klaren Denken hätte ich mir wirklich verkneifen müssen, denn Christel bedachte mich mit einem sorgenvollen Blick, dem ich entnahm, dass genau das mein Problem war und dass sie diesen Punkt bereits mehrfach mit Hannes erörtert hat-

⮌ 410 ⮍

ten. Ich fühlte mich unverstandener denn je. Wenn unsere besten Freunde und mein Ehemann sich gemeinsam gegen mich verschworen hatten, wer sollte mir dann noch glauben? In einem letzten verzweifelten Versuch, sie von der Wahrheit meiner Darstellung zu überzeugen, riss ich mir das Oberteil meines Kleides vom Leib.

»Siehst du?«, sagte ich. »Striemen auf dem Rücken, die habe ich mir bei einem kleinen Stolpern zugezogen. Und hier«, damit zeigte ich ihr die blauen, lilafarbenen und gelben Flecken auf meinen Rippen, »ein blöder Sturz von der Treppe – nur dass wir gar keine Treppe haben.« Ich lachte trocken auf. Dann ging dieses bittere Lachen in Schluchzen über. Während ich meine Entstellungen wieder bedeckte und das Kleid zuknöpfte, heulte ich: »Oh Gott, Christel! Wenn das so weitergeht, schlägt er mich beim nächsten Mal tot.«

»Unsinn«, hörte ich Franz sagen und drehte mich erschrocken um. Er stand in der Tür, die Arme in die Taille gestemmt. Seinen Gesichtsausdruck konnte ich nicht erkennen, denn hinter ihm stand die Sonne. Ich fragte mich, wie viel genau er gesehen und gehört hatte. Wahrscheinlich nicht viel, denn wenn er meine Wunden gesehen hätte, würde er meine Befürchtungen nicht als Unsinn abtun.

Franz kam herein und setzte sich zu uns an den Tisch. Er sah tadelnd auf die Schnapsflasche, die vor uns stand. Na prima, dachte ich, wahrscheinlich hält er das alles nur für eine Ausgeburt meiner vom Alkohol benebelten Phantasie.

»Wir kennen euch ja nun schon seit einiger Zeit«, begann er seine Predigt, »und ich würde meine Hand für den Hannes ins Feuer legen. Er ist ein braver Mann, Klärchen. Und kann man es ihm verdenken, wenn ihm wirklich mal die Hand ausgerutscht sein sollte? Er musste allerhand durchstehen in letzter Zeit, das war bestimmt nicht einfach für ihn.

Hab etwas Geduld mit ihm. Im Grunde seines Herzens ist er doch ein freundlicher Zeitgenosse – und bestimmt ein guter Ehemann.«

»Nein!«, schluchzte ich auf. »Ihm ist nicht *einmal* die Hand ausgerutscht, er verdrischt mich regelmäßig. Und er nimmt dafür einen Gürtel oder sogar seinen Krückstock.«

»Das glaube ich nicht.« Franz wirkte entsetzt, dass ich solche Dinge über seinen besten Freund behauptete.

»Frag doch deine Frau. Christel hat die Verletzungen gesehen, die Hannes mir zugefügt hat. Dir kann ich sie ja schlecht zeigen, sonst unterstellt man mir nachher noch, ich wolle dich verhexen oder so etwas.«

Franz schaute Christel fragend und auffordernd an, aber die schüttelte nur verlegen den Kopf. Genauso gut hätte sie mir ins Gesicht spucken und laut aussprechen können, was sie dachte, nämlich, dass ich ein hoffnungsloser Fall sei.

»Was soll das, Christel? Du hast es doch gesehen! Glaubst du etwa, diese Wunden hätte ich mir selber beigebracht?«

»Wer weiß? Hör mal, Klärchen, du hast ja schon öfter merkwürdige Visionen gehabt, wie wir alle wissen. Vielleicht hast du dir diese angeblichen Schläge auch nur eingebildet?«

Ich stand so plötzlich auf, dass der Stuhl umkippte. »Ja, natürlich, so wie ich mir auch die Geburt von Hildchen nur eingebildet habe. Und die Amputation von Hannes' Bein, mein Gott, das war vielleicht ein gruseliger Traum!« Ich lachte hysterisch und lieferte damit erst recht den Beweis, den die anderen brauchten. Sie hielten mich für vollkommen gestört. Stolpernd rannte ich davon. Nichts wie weg von diesem behaglichen Zuhause, dem gepflegten Hof, meinen falschen Freunden. Je eher ich sie und ihre Verlogenheit nicht mehr ertragen musste, desto besser.

Auf halber Strecke zu uns überkam mich ein so enormer

Widerwille, unser Grundstück zu betreten, dass ich spontan beschloss, weiterzulaufen, bis nach São Leopoldo. Das war mittlerweile zu einem richtigen kleinen Dorf geworden, dank des Fähranlegers und des dort ansässigen Pfarrers. Es war ein weiter Weg, aber ich scheute ihn nicht. Hildchen war mit Hannes unterwegs, und mich erwartete daheim ohnehin nichts anderes als Elend und Trübsal. Ja, ich würde nach São Leopoldo wandern und mich dem Pfarrer anvertrauen. Der hätte gewiss ein offenes Ohr für mich. Und dass auch er sich von Hannes auf dessen Seite hatte ziehen lassen, konnte ich mir nicht vorstellen.

Ein Karren näherte sich rumpelnd von hinten. Ich drehte mich um, erkannte zunächst jedoch nur eine riesige Staubwolke, die er aufwirbelte. Erst als der Wagen fast auf meiner Höhe war, erkannte ich den Kurt Hofer.

»Klärchen?«, wunderte er sich laut über meine Anwesenheit auf der Lehmpiste. »Was treibst du denn hier? Ist etwas Schlimmes passiert?«

Ich spürte schon wieder einen Schluchzer in meiner Kehle aufsteigen, doch ich unterdrückte ihn. »Nein, nichts Schlimmes. Nimmst du mich mit nach São Leopoldo?«

»Natürlich, was für eine blöde Frage! Komm her«, damit reichte er mir die Hand und zog mich hoch auf den Karren, »ich freue mich, dass ich etwas Gesellschaft habe.«

Diese Freude dürfte ihm im Laufe der etwa halbstündigen Fahrt vergangen sein, denn ich sprach kein Wort. Ich wusste, dass er das als sehr unhöflich empfinden würde, aber ich fürchtete, dass meine Stimme zittern, meine Unterlippe beben und ich in Tränen ausbrechen würde. Ich wollte nicht, dass er so genau über meine Gemütsverfassung Bescheid wusste. Da blieb ich lieber still und stieß ihn damit vor den Kopf.

In São Leopoldo angekommen, dankte ich ihm – nicht

halb so überschwenglich, wie ich es unter anderen Umständen getan hätte – und lief schnell von dem Karren fort, um die nächste Ecke. Ich wollte nicht, dass er sah, wohin ich ging.

Der Pfarrer Zeller war da und wirkte überaus erfreut, mich zu sehen. »Liebe Frau Wagner, wie schön, dass Sie es auch mal wieder ins Dorf schaffen. Der Anlass ist ein froher, wie ich hoffe? Gibt es vielleicht bald eine weitere Taufe?« Dabei zwinkerte er mir zu, und bei diesem Zwinkern vergaß ich mich nun vollends. Ich heulte erbärmlich drauflos, wurde geschüttelt von Schluchzern und wischte mir den Rotz mit dem Ärmel ab. Ich hasste den Mann schon jetzt dafür, dass er mit solcher Blindheit geschlagen war. Sah ich etwa schwanger aus? Ich war klapperdürr, wirkte verwahrlost, hatte dunkle Augenringe.

»Kann ich beichten?«, gelang es mir unter rasselndem Atemholen zu fragen. Nicht, dass ich selber irgendwelche Sünden begangen hätte, aber im Beichtstuhl würde es mir leichter fallen zu reden. Außerdem würde der Pfarrer dann nichts von dem Gehörten weitererzählen dürfen.

»Selbstverständlich«, sagte er, »kommen Sie herein.«

Er führte mich in das kleine Kirchlein, das unsere gottesfürchtigen Männer in Windeseile errichtet hatten. Das Prunkstück darin war noch immer das von Friedhelm angefertigte Taufbecken, ansonsten gab es einen bescheidenen Altar, ein paar Holzbänke sowie einen schlichten Beichtstuhl. Ich kniete mich in mein Abteil und murmelte rasch die erforderlichen Formeln. Dann sprudelte es förmlich aus mir heraus: wie schlecht es uns ging, wie übel uns das Schicksal mitgespielt hatte, wie Hannes sich nach dem Verlust des Beines verändert hatte und wie sich das bemerkbar machte; wie er mich misshandelte, mich verleumdete, mich unglücklich machte; wie ich um mein Leben fürchtete und um das Seelenheil meiner Tochter.

⮜ 414 ⮞

Als ich fertig war, entstand eine kurze Pause. Ich hörte den schnaubenden Atem des Pfarrers. Schließlich begann er zu sprechen.

»Um Hildchens Seelenheil brauchen Sie sich schon einmal keine Sorgen zu machen. Ich sehe sie oft, hier im Dorf, wenn Ihr Mann sie herumträgt. Ich habe dabei den Eindruck gewonnen, dass es dem Kind sehr gutgeht. Hannes Wagner ist, für einen Protestanten jedenfalls, ein guter Christ. Er ist ein wunderbarer Vater, und es fällt mir schwer zu glauben, dass er nicht auch ein wunderbarer Ehemann sein soll.«

Ich schwieg. Ich spürte, wie mir die Galle hochkam, aber ich wagte es nicht, den Herrn Pfarrer zu unterbrechen. Dass er mich siezte, deutete ich als ein weiteres schlechtes Zeichen. Als würde er unser Gespräch als normale Unterhaltung betrachten und nicht als offizielle Beichte – im Beichtstuhl wurde man üblicherweise vom Pfarrer geduzt.

»Wenn jedoch auch nur ein Bruchteil der Schandtaten, deren Sie Ihren Mann bezichtigen, wahr sein sollte, dann darf ich Ihnen das Beispiel Hiobs nennen, der die ihm auferlegten Strafen ...«

»Aber es sind nicht die Strafen Gottes, Herr Pfarrer, die ich fürchte, sondern die grausamen Prügel von meinem Mann!«

Dass ich ihn unterbrochen hatte, war der erste Fehler gewesen, dass ich behauptet hatte, die Strafe Gottes nicht zu fürchten, der zweite. Ich konnte den wachsenden Unmut des Pfarrers durch die Trennwand hindurch riechen. Er schien plötzlich keine Lust auf eine weitere Diskussion zu haben, auf Widerworte einer in seinen Augen ungehorsamen Ehefrau und Rabenmutter. Er trug mir eine unfassbar hohe Zahl an Gebeten auf, die ich zur Buße sprechen sollte, und riet mir zu weniger aufsässigem Verhalten. Sein abschließendes »Amen«

erwiderte ich nicht mehr. Ich floh aus dem Beichtstuhl, der Kirche und dem Ort, als wäre der Teufel selber hinter mir her.

Auf dem Rückweg begegnete ich zufällig Friedhelm. Er war in die andere Richtung unterwegs, bot mir aber an, mich auf seinem Pferd heimzubringen. Ich war viel zu unglücklich und in Gedanken viel zu weit weg, als dass ich ihm dabei unlautere Absichten unterstellt hätte. Den ganzen Weg über dachte ich an nichts anderes als daran, dass ich nur noch meine Schwester hatte, der ich meine Misere schildern konnte und die mir glauben würde.

Doch dazu kam ich gar nicht. Der unfertige Brief lugte vorwurfsvoll aus der Bibel, wo ich ihn immer hinsteckte, damit er keine Flecken und Knicke bekam.

Ich sollte ihn nie zu Ende schreiben.

44

Klara fragte sich, warum sie die Zeit in Santa Margarida nicht dazu genutzt hatte, ihrer Familie im Hunsrück zu schreiben. Da erlebte sie nun wirklich einmal etwas, das so viele Auswanderer sicher nicht erlebten, und dann behielt sie es einfach für sich. Sie hatte die Muße gehabt, sie hatte die Zeit gehabt, sie hatte das Schreibzeug gehabt. Sie hatte sogar ausnahmsweise etwas Schönes gehabt, wovon sie erzählen konnte, nicht immer nur Arbeit und Mühsal. Aber nicht einen Gedanken hatte sie in all diesen Wochen an Ahlweiler verschwendet. Nun ja, kaum einen jedenfalls.

Umso intensiver kehrten nun die Erinnerungen – und das schlechte Gewissen – zurück. Sie standen mit ihrem Wagen an dem Fähranleger in Porto Alegre, von dem aus die Boote nach São Leopoldo abgingen. Raúl hatte die Umsicht besessen, gar nicht erst sein Haus aufzusuchen. Dort wäre ihnen der Abschied noch schwerer gefallen. Sie waren, obwohl sie alle drei von der Reise erschöpft waren und nichts sehnlicher herbeiwünschten als ein schönes Bad und ein weiches Bett, schnurstracks zu der Anlegestelle gefahren. Joaninha traute sich nicht mehr, auch nur einen Mucks von sich zu geben, nachdem ihr bei den wenigen Gelegenheiten, wo sie sich geäußert oder auch nur geräuspert hatte, Raúl über den Mund gefahren war. Raúl und Klara schwiegen ebenfalls, warfen einander jedoch vielsagende Blicke zu. Hier hatten sie vor kaum drei Monaten gestanden, waren dem betrügerischen Bootsmann aufgesessen und anschließend im Dschungel gestrandet, hatten einander besser kennengelernt, als es zwei Menschen in ihrer Situation zugestanden hätte.

Bald würden sie endgültig voneinander Abschied nehmen müssen. Raúl bestand darauf, Klara bis São Leopoldo zu begleiten, obwohl sie ihm versicherte, es sei in Ordnung, wenn er sie an der Fähre absetzte.

»Und dann passiert auf dem Boot wieder etwas Unvorhergesehenes? Oh nein, Klara. Ich komme mit. Erst wenn ich dich wohlbehalten abgeliefert habe, bist du mich los.«

Klara war gerührt über diese beschützende Haltung. Andererseits wollte sie wirklich nicht, dass er mitkam. Bis zum Anleger in São Leopoldo, na schön, von ihr aus. Aber nicht weiter. Sie wollte nicht, dass er sah, in welchen Verhältnissen sie lebte. Wenn sich während ihrer Abwesenheit die Dinge nicht grundlegend gebessert hatten, woran sie arge Zweifel hegte, dann wäre ihr Haus wahrhaftig nicht in dem Zustand, in dem man es Besuchern zeigen mochte. Da das Haus schätzungsweise unbewohnt war, es sei denn, neue Siedler hätten es bezogen, hätten mittlerweile die Vegetation des Urwaldes, das Ungeziefer sowie der Schimmelpilz von ihm Besitz ergriffen. Na ja, sagte Klara sich, dann sah man immerhin nicht mehr, wie sehr sie ihre Pflichten als Hausfrau vernachlässigt hatte. Sollte Raúl tatsächlich mit bis zu ihrer Parzelle kommen wollen, würde er die Verwahrlosung immer noch auf äußere Ursachen zurückführen können.

Der Rio dos Sinos floss voll und träge dahin. Weder war er zum reißenden Strom angeschwollen noch zu einem Rinnsal mit gefährlichen Untiefen eingetrocknet. Jetzt bot er die idealen Bedingungen für den schwimmenden Transport auch größerer und schwererer Güter, so dass Raúl, Klara und Joaninha mitsamt den Pferden und dem vollbeladenen Wagen problemlos die Fähre besteigen konnten. Joaninha bekreuzigte sich, weil sie in ihrem ganzen Leben noch nie einen Fluss per Fähre hatte überqueren müssen und der Tragkraft des Bootes nicht traute. Doch die Fahrt verlief so ruhig, dass selbst sie ihre Angst vergaß.

Es befand sich außer ihnen nur eine fünfköpfige deutsche Familie an Bord, die sie neugierig anglotzte. Diese Leute waren ganz offensichtlich fasziniert von der Gegenwart einer echten Negersklavin, noch dazu einer, die sich, wie es schien, im Besitz eines südländisch aussehenden Mannes und seiner nordeuropäisch anmutenden Frau befand. Von einer solchen Konstellation hatten sie noch nie gehört.

Klara spürte die unhöflichen Blicke in ihrem Rücken, doch sie hatte überhaupt keine Lust, diese Leute von ihrer Neugier zu erlösen. Sie unterhielt sich mit Raúl auf Portugiesisch und empfand einen kindischen Stolz auf ihre Sprachkenntnisse sowie darüber, dass sie den deutschen Einwanderern zumindest in dieser Hinsicht überlegen war. Albern, dachte sie, aber so war es nun einmal.

»Du bist auf einmal so gesprächig. Sollte es etwas mit dieser Familie zu tun haben? Du wirst doch nicht etwa *angeben* wollen?«, raunte Raúl ihr zu. Klara fühlte sich ertappt, verriet sich aber immerhin nicht dadurch, dass sie errötete.

»Doch, genau das will ich«, versetzte sie und brachte Raúl damit zum Lachen.

»Richtig so. Zeig allen, was in dir steckt.«

Klara bedachte ihn mit einem wehmütigen Lächeln. Allein für diese Worte hätte sie ihn küssen mögen. Niemand sonst auf der Welt hatte jemals erlaubt oder auch nur gewünscht, dass sie ihre Fähigkeiten und Begabungen zeigte oder weiterentwickelte. Man hatte ihr gestattet, gefällige Stickarbeiten auszuführen und ihre angenehme Stimme einem Chor zu leihen. Mehr nicht. Alle ihre anderen Talente waren unterdrückt worden. Über ihr phänomenales Gedächtnis hatten sich ihre Leute schon lustig gemacht, als sie noch ein Kind gewesen war, und ihre athletische Ader war erst gar nicht wahrgenommen worden. Außer von Raúl, der ihre schnellen Fortschritte beim Reiten bewundert und gelobt hatte. Ach, die ganze Welt hätte ihr offengestanden, wäre sie mit einem Mann wie Raúl verheiratet gewesen statt mit einem, der sie immerzu niedermachte!

Raúl war hingerissen von ihrem versonnenen Gesichtsausdruck und wagte es nicht, sie aus ihrem Tagtraum zu reißen. Vor allem in seinem eigenen Interesse: Er wollte noch ein wenig länger in den Genuss dieses seltenen Anblicks kommen. Er betrachtete sie mit so offensichtlicher Verliebtheit, dass die anderen Passagiere peinlich berührt wegsahen. Er studierte voller Hingabe den Schwung ihrer Lippen, ergötzte sich an ihrer leicht nach oben gebogenen Nase mit dem feinen Bogen aus Sommersprossen und bestaunte den zarten Flaum auf ihren Wangen, der nur bei bestimmter Sonneneinstrahlung zu sehen war.

Dann kehrte Klara plötzlich in die Wirklichkeit zurück und schaute ihn überrascht an. Sie fuhr sich mit der Hand über die Wange, als säße dort ein Insekt oder irgendetwas, was dort nicht hingehörte. Warum sonst hätte Raúl diese Stelle so intensiv angestarrt? Doch mitten in der Bewegung ergriff er ihre Hand und drückte sie nach unten. »Es ist nichts. Du hast nichts auf der Wange – nur sehr niedliche, feine, hellblonde Härchen. Die waren mir noch nie vorher aufgefallen.«

»Oh«, sagte Klara und kam sich unglaublich töricht vor.

Ihre Hand war in der von Raúl verblieben. Sie mochte sie nicht daraus lösen, und Raúl wollte es offenbar ebenso wenig. Händchenhaltend standen sie an der Reling, lauschten dem Platschen des Flusswassers an die Planken der Schaluppe sowie dem ausgelassenen Zwitschern und Trällern der Vögel und ignorierten weitgehend das unerschütterliche Räuspern Joaninhas. Raúl hatte Klara bereits darüber aufgeklärt, was es damit auf sich hatte, denn so gut kannte er seine Teresa.

Es war eine äußerst friedliche Atmosphäre, doch Klara ließ sich davon nicht täuschen. In Kürze würden sie in São Leopoldo eintreffen, wo praktisch jeder jeden kannte. Bestimmt wären Leute am Kai, die auf Warenlieferungen warteten oder die Neuankömmlinge abholten, und mit Sicherheit war jemand dabei, der Klara kannte. Sie konnte sich das Staunen genau ausmalen, wenn sie, die Totgeglaubte, plötzlich in Fleisch und Blut vor ihnen stand, konnte sich die erschrockenen Ausrufe vorstellen und das ungläubige Begaffen ihres kleinen Grüppchens. Klaras Herz flatterte – sie hatte Lampenfieber.

Raúl entging Klaras Aufregung durchaus nicht, auch wenn sie nach außen gefasst wirkte. Er glaubte zu verstehen, was in ihr vorging, und das war einer der Hauptgründe dafür gewesen, dass er sie hierherbegleiten *musste*. Er konnte sie doch nicht ganz allein diesen Spießrutenlauf durchstehen lassen. Ganz gleich, wessen man sie verdächtigte oder wessen sie nachher noch schuldig gesprochen wurde, ganz gleich, ob es ein Unfall gewesen war oder ob wirklich sie ihren Mann erschlagen hatte – für ihn stand fest, dass Klara auf gar keinen Fall eine Mörderin war. Wenn überhaupt, hatte sie in Notwehr gehandelt. Und sie benötigte seinen, Raúls, Beistand jetzt mehr, als sie selber sich weiszumachen versuchte. Er drückte ihre Hand, bevor er sie losließ und zu dem Wagen ging. Sie legten an.

Es war noch übler, als Klara befürchtet hatte. Georg Hellrich stand am Anleger und bekreuzigte sich, als er sie sah, desgleichen Wolfgang Eiser, dem plötzlich wieder einfiel, dass er sie ja bereits gesehen hatte, vor Monaten in Porto Alegre. Damals hatte er seinen Augen nicht getraut, jetzt tat er es. Es war eindeutig Klärchen Wagner, die da, vornehm angezogen, mit rosigen Bäckchen und vor allem in hochinteressanter Begleitung, von der Fähre stieg. Ihm fiel die Kinnlade herunter. Einzig Marlies Holzappel bewahrte einen vergleichsweise kühlen Kopf: »Klärchen, bist du's wirklich? Meine Güte, Mädchen, wo hast du bloß gesteckt? Wir dachten, du wärst tot! Gerade vor einem Monat haben wir dich zu Grabe getragen.«

Klara ging auf die ältere Frau zu, umfasste ihre beiden Hände und sagte mit tränenerstickter Stimme: »Ja, ich bin's. Ich hatte einen Unfall, und dieser Herr hier, der Senhor Raúl, hat mir das Leben gerettet. Es hat halt etwas länger gedauert, bis ich wieder so weit hergestellt war, dass ich die Reise hierher antreten konnte. Aber nun bin ich ja wieder da. Wissen Sie, wie es dem Hildchen geht? Wo steckt sie? Ist sie …«

»Beruhige dich, Klärchen. Dein Kind ist bei den Paten, wo sonst? Und nach allem, was ich höre, geht es deinem Hildchen blendend.« Sie legte einen Arm um Klara und fuhr nun ganz geschäftsmäßig fort: »Wisst ihr schon, wo ihr unterkommt? Ich meine, in deinem Haus, da wird es wohl nicht sehr, ähm, wohnlich sein, und bei den Gerhards ist viel zu wenig Platz für drei Gäste. Ich wüsste da nämlich etwas. Die Antonia, du weißt schon, geborene Schmidtbauer, die hat mit ihrem Mann, na ja, wenn man den Burschen, den Konrad, als Mann bezeichnen will, die beiden also haben eine Art Gästehaus eröffnet, hier im Dorf. Da wärt ihr gut untergebracht, auch der vornehme Herr und die Negerin, ohne dass es böses Gerede gibt. Na, wie findest du das?«

Klara hatte nie darüber nachgedacht, wo Joaninha und Raúl die Nacht verbringen sollten, da sie davon ausgegangen war, dass sie gleich wieder die Rückfahrt antreten würden. Aber jetzt sah sie ein, dass für eine Unterkunft gesorgt werden musste – es war zu spät, um die beiden zurückreisen zu lassen. Und wahrscheinlich war es für sie selber ebenfalls das Beste, sie schliefe vorerst hier. In ihr Haus mochte sie nicht, schon gar nicht ganz allein. Sie hätte natürlich auch bei den Gerhards bleiben können, denn zu ihnen wollte sie ohnehin als Erstes fahren, am liebsten jetzt gleich.

»Das klingt gut«, sagte sie zu Marlies Holzappel. »Was kostet denn da die Übernachtung?«

Marlies zögerte nicht lange, ihr den doppelten Satz des üblichen Preises zu nennen. Der reiche brasilianische Schnösel würde das schon verschmerzen können – und sie selber, Marlies, würde bestimmt etwas Vernünftigeres mit dem Geld anfangen als er. Sie war zu achtzig Prozent an der nagelneuen Herberge von Antonia und Konrad beteiligt.

Klara übersetzte Raúl den Vorschlag sowie den genannten Preis, und der erklärte sich, wenngleich widerstrebend, einverstanden.

»Meine Güte, Klärchen, Portugiesisch hast du auch gelernt!«, begeisterte Marlies sich, mehr um sich selber von den durchdringenden Blicken des Brasilianers abzulenken. Der Mann hatte sie durchschaut, mochte aber keine Szene machen. Das wiederum sprach für ihn, dachte sie. »So, na, dann kommt mal mit, es ist nicht weit, nur ein paar Schritte von der Kirche.«

Sie nahm auf dem Wagen Platz und dirigierte die Gruppe zu dem Haus, vor dem Antonia gerade Wäsche aufhängte. Die junge Frau hatte wieder einen dicken Bauch, mindestens achter Monat, schätzte Klara. Sie rechnete schnell nach – und kam zu dem Schluss, dass das junge Paar keine Zeit verloren hatte, gleich nach der Geburt des ersten Kindes das zweite zu machen. Wenn das in dem Tempo weiterging, hätte Antonia mit fünfunddreißig Jahren zwanzig Kinder, Jesus und Maria! Klara fragte sich, wieso sie gerade jetzt so idiotische Berechnungen anstellte, konnte den Gedanken aber nicht mehr zu Ende führen. Antonia, im ersten Moment des Erkennens starr vor Schreck, kam auf sie zugelaufen und herzte sie, als sei ihre verlorene Schwester zurückgekehrt.

»Klärchen! Ich fass es nicht!«

»Ich fass es selber kaum.«

»Oh, wie gut, dass du lebst und dass es dir gutgeht. Du siehst wunderbar aus!«

»Danke. Du aber auch.«

»Kommt rein in die gute Stube. Wollt ihr hier wohnen? Wir versuchen uns gerade als Herbergsleute, das hat euch die Marlies bestimmt schon erzählt. Aber wir sind derzeit nicht gerade voll ausgebucht, und ihr wohnt hier natürlich umsonst!«

Marlies, die dabeigestanden hatte, verdrehte die Augen. *So* würde das junge Glück nie zu etwas kommen.

Klara übersetzte für Raúl, der ihr ein verschwörerisches Zwinkern zuwarf. »Sag deiner Freundin, wir bezahlen den normalen Preis – nicht den, den die Alte uns genannt hat. Aber wir hätten gern die schönsten Zimmer, eine anständige Kammer für Joaninha, die beste Versorgung der Pferde und das schmackhafteste Essen für uns. Und den besten Wein, den sie auftreiben kann.«

»Herrje, Klärchen, hast du dieses Kauderwelsch etwa verstanden? Oje, oje, was ist dir bloß alles widerfahren? Du musst uns alles erzählen, lass keine Einzelheit aus!«

»Das tue ich beizeiten. Vorerst wollen wir nur etwas essen und uns frisch machen, dann will ich sofort zu Hildchen.« Klara erklärte Antonia weiterhin, was Raúl für Wünsche geäußert hatte, bevor sie sich diesem zuwendete und fragte: »Ist es dir recht, wenn wir nur schnell etwas essen und dann raus zu der Familie Gerhard fahren? Sie haben meine Tochter.«

»Natürlich.«

Unter dem nicht enden wollenden Geschnatter von Antonia wurden der Wagen entladen, die Zimmer bezogen, das Essen aufgetischt, der kostbarste – für Raúl noch eben so genießbare – Wein entkorkt, die wichtigsten Neuigkeiten ausgetauscht. Raúl beobachtete das ganze Gewusel mit einem unfreiwillig spöttischen Lächeln auf den Lippen, während Joaninha sich schier zu Tode ängstigte angesichts all dieser merkwürdig aussehenden Leute und der grässlichen Laute, die sie ausstießen. Sie hielt sich abseits des Geschehens und war froh, als man ihr eine eigene Kammer zuwies. Sie verließ sie bis zum nächsten Morgen nicht mehr. Was Senhor Raúl und Sinhá Klara unterdessen anstellten, war ihr völlig egal. Wenn sie brav waren, war ihre, Joaninhas, Gegenwart ja nicht vonnöten. Waren sie es nicht, würde Senhor Raúl sie bestimmt nicht bei Teresa anschwärzen. Verblüfft über die Logik dieser Überlegung, war Joaninha nur betrübt darüber, dass ihr das nicht schon vorher eingefallen war. Sie hätte sich viel »Arbeit« ersparen können.

Klara und Raúl nahmen den nunmehr leeren Wagen, um hinaus zur Baumschneis zu fahren. Sowohl Marlies als auch Antonia und Konrad hatten sie begleiten wollen, aber Klara hatte klipp und klar gesagt, dass sie diesen Wirbel um ihre Person nicht wünschte. Den würde es natürlich trotzdem geben, denn, das war Klara bewusst, die Sensation ihrer Wiederauferstehung hätte sich in Windeseile in São Leopoldo und der ganzen Colônia herumgesprochen. Wie schnell das bereits geschehen war, merkten Raúl und Klara, als sie den Wagen von dem Grundstück ihrer Gastgeber herunterlenkten.

»Klärchen Wagner, dem Himmel sei Dank, dass du noch lebst!«, rief Pauline Dernbacher, die Klara nur entfernt kannte.

»Ja, ist denn das die Möglichkeit?«, freute der Höhner-Heinz sich, den Klara nach der Transatlantikpassage nur noch ein- oder zweimal zu Gesicht bekommen hatte. Sie begrüßte ihn überschwenglich, erklärte rasch, was es mit ihrem Verschwinden auf sich hatte, und bat um Entschuldigung, aber sie hätten es eilig.

Doch immer mehr Leute waren auf die Straße gerannt. Einige von ihnen hatte Klara noch nie gesehen. Das Wunder ihrer Rückkehr war das alles beherrschende Thema im Dorf, in dem sonst wenig Spannendes passierte. Niemand wollte sich die einmalige Gelegenheit entgehen lassen, zum Augenzeugen dieses historischen Moments zu werden.

»Ich fürchte, wir müssen die Fahrt auf morgen verschieben. Es wäre eigentlich ohnehin schon zu spät gewesen – ich schätze, auch hier in der Colônia ist das Fahren im Dunkeln nicht sehr ratsam.« Raúl sah Klara von der Seite an, ein wenig lauernd, wie ihr schien.

»Vielleicht hast du recht«, gab sie zu. »Die lassen mich hier jetzt nicht fort, bevor ich alles haarklein erzählt habe.«

Sie fügten sich in ihr Schicksal und lenkten den Wagen wieder zur Herberge. Die winzige Wirtsstube war nach wenigen Minuten zum Bersten voll mit Leuten, und Klara musste wieder und wieder die abenteuerliche Geschichte ihrer Rettung erzählen. Sie bekam gar nicht mit, dass Raúl früh den Raum verließ und auf sein Zimmer ging.

Der große Empfang, den man Klara bereitete, konnte ihn nicht von einem störenden Gedanken ablenken, der sich im Laufe des Nachmittags in seinem Kopf eingenistet hatte. Im Gegenteil, je mehr Leute Klara begrüßt und umarmt hatten,

≈ 426 ≈

desto deutlicher war es geworden: Klara hieß nicht Klara. Nicht ein einziges Mal hatte er den Namen gehört, und trotz seiner Unkenntnis der fremden Sprache hielt Raúl sich für durchaus in der Lage, so weit zu abstrahieren, dass er »Klara« verstanden hätte, wenn es ausgesprochen worden wäre. Aber das war nicht der Fall gewesen.

Unruhig wälzte er sich in dem harten Bett. Vergeblich versuchte er, den Verdacht, den er endgültig abgestreift zu haben glaubte und der jetzt erneut in seinem Hirn herumspukte, zu entkräften. Bestimmt gab es eine logische Erklärung dafür. Vielleicht hatten die Leute sie alle beim Nachnamen genannt? Aber nein, da waren so viele offensichtlich engere Bekannte dabei gewesen, die würden Klara wohl kaum siezen.

Unten in der Wirtsstube ging es hoch her. Sein Zimmer lag nicht einmal direkt darüber, dennoch konnte er fast alles hören. Während Raúl allmählich doch die Augen zufielen, dachte er daran, dass Klara diesem jungen tölpelhaften Paar sowie der geschäftstüchtigen älteren Frau den umsatzstärksten Abend des Jahres bescherte. Doch dann war es die eine, entscheidende Frage, über der er schließlich einschlief: War er vielleicht doch nur einem brillanten Täuschungsmanöver aufgesessen?

45

*H*ast du was mit ihm?«, fragte Hannes mich. Sein Ton war unheilvoll, drohend.

»Mit wem?« Ich wusste wirklich nicht, wen er meinte. Es war lächerlich. Wann hätte ich noch ein Verhältnis mit jemandem haben sollen? Und wer hätte mich gewollt, verlottert wie ich aussah?

»Tu doch nicht so scheinheilig, du Hure!« Er schlug ebenso plötzlich wie heftig zu.

»Aber ich weiß nicht, wovon du redest!«, schrie ich. »Hör endlich auf damit!«

»Du und dein Liebhaber, ihr seid gesehen worden, weißt du. Man hat mir genauestens beschrieben, wie du dich an ihn gedrängt hast, auf seinem Pferd.«

»Ach du liebe Güte, Hannes – der Friedhelm hat mich nur heimgebracht, weil es doch zu Fuß so weit ist.«

Er versetzte mir eine gemeine Ohrfeige, nach der mir die Ohren klingelten.

»So, und warum musste er dich überhaupt heimbringen? Wieso bist du am helllichten Tag unterwegs und nicht hier, wo du hingehörst?«

»Ich war beim Pfarrer, weil …«

»… du deine Sünden beichten musstest? Ihr habt euch das schön eingerichtet, ihr Katholischen, könnt tun und lassen, was ihr wollt, und hinterher geht ihr beichten, sagt ein paar Gebete, und alles ist wieder gut. Aber so leicht kommst du mir nicht davon, Klärchen.«

Ich wusste schon, was als Nächstes kommen würde. Ich gab mir gar nicht erst die Mühe, ihm zu antworten und zu versuchen, ihn von meiner Unschuld zu überzeugen. Hannes hatte getrunken und war in der Stimmung, seine Wut an mir auszulassen. Ganz gleich, was ich gesagt hätte, es wäre immer das Falsche gewesen. Das Einzige, was ich ihm hätte erzählen wollen und was ihn vielleicht von allzu brutalen Schlägen in den Bauch abgehalten hätte, war zugleich das, was ich in dieser Lage am wenigstens sagen konnte: dass ich wieder schwanger war.

Hannes hätte getobt und mir unterstellt, das sei das Ergebnis meines vermeintlichen Ehebruchs. Also hielt ich still. Im Grunde wäre ich froh gewesen, das Kind nicht austragen zu müssen – es war ja nicht in Liebe empfangen worden, und es würde mir mein Leben nur noch schwerer machen. Ich hasste mich für diesen Gedanken, ich hatte mir ja immer viele Kinder gewünscht. Allein dafür verdiente ich es wohl, verprügelt zu werden.

Diesmal nahm er nicht einmal mehr Rücksicht darauf, ob er offensichtliche Spuren seiner Gewalt hinterließ. Er boxte mich ins Gesicht und brüllte: »Du gehst ab sofort nicht mehr aus dem Haus! Und Besuch empfängst du auch keinen.«

Ich suchte hinter dem Küchentisch Deckung, denn diesmal, so schien es mir, hegte er echte Mordabsichten. In seiner Raserei stürzte er sich auf mich. Doch er verlor das Gleichgewicht und fiel der Länge nach hin. Ich schnappte mir einen seiner Gehstöcke, sprang auf und stellte mich angriffslustig über ihn, die Krücke zum Schlag erhoben. Ich glaube nicht, dass ich jemals wirklich zugeschlagen hätte, mir genügte es schon, dass ich ausnahmsweise einmal in der stärkeren Position war. Er legte schützend die Arme über seinen Kopf. Dann hörte ich ihn wimmern: »Nicht, tu's nicht, bitte.«

Ich blieb weiter reglos über ihm stehen. Da ich nicht zuschlug, kam Hannes wohl zu der Einsicht, dass ich es auch nie tun würde. Er wurde mutiger. »Du Hexe. Erst sägst du mir ein gesundes Bein ab, an dem nur ein kleiner Kratzer war, und dann nutzt du meine Lage auch noch aus.«

Ich nutzte *seine* Lage aus? Das war ja die Höhe! Ich hatte große Lust, den Krückstock voller Wucht auf ihn niedersausen zu lassen, doch wie er da so armselig lag, mit seinem Stummelbein, brachte ich es nicht übers Herz.

»Du hast Mitleid mit deinem entstellten Mann, das sehe ich dir an. Na los, schlag zu. Du hattest ja auch keine Hemmungen, als du mir das Bein abgenommen hast. *Du* hast mich doch erst zum Krüppel gemacht, du und dieser betrügerische Quacksalber, der wohlweislich das Weite gesucht hat, bevor ich ihm dasselbe antun konnte!«

Der »Apotheker« war weitergezogen, nordwärts, auf der Suche nach neuen Heilpflanzen und -kräutern in tropischeren Klimaten. Vielleicht war er auch einfach vorausschauend genug gewesen, um durch seine bloße Anwesenheit in São Leopoldo nicht den Zorn meines Mannes herauszufordern. Er hatte sich bei mir verabschiedet, war eigens vorbeigekommen, um mir noch einmal zu sagen, wie sehr er bedauerte, dass wir diese Operation hatten ausführen müssen, und wie froh er sei, dass mein Mann überlebt hatte. Bei seinem unerwarteten Besuch hatte der Professor nur in einem Nebensatz festgestellt, es sei wohl sehr viel Arbeit, alles in Schuss zu halten, aber das allein hatte gereicht, um mir bewusstzumachen, wie tief wir seitdem gesunken waren.

»Na ja«, meinte ich, »mein Mann ist ja nicht mehr voll einsatzfähig …«

Professor Breitner schaute mich zweifelnd an, äußerte seine Vermutungen aber nicht. Er wusste, dass nun eh nichts mehr zu ändern war. Dafür sagte er das Freundlichste, was ich in Monaten zu hören bekommen hatte und woran ich mich noch lange aufbauen konnte: »Wissen Sie, Frau Wagner, wenn ich ein echter Chirurg wäre, würde ich Sie sofort bitten, als meine Assistentin mit mir zu ziehen. Sie waren während der Operation sehr tapfer und sehr kaltblütig. Ohne Ihre Hilfe hätte ich es nicht geschafft. Sie haben etwas Besseres …«, doch da bremste er sich rechtzeitig.

Ich ergänzte den Satz im Stillen: »… verdient als dieses Drecksloch.« So etwas in der Art hatte er sagen wollen, das sah ich ihm an, aber er war zu fein, um mir noch all mein Elend unter die Nase zu reiben.

Hannes schnappte sich den Stock und holte mich in die Gegenwart zurück. Er hatte sich mittlerweile aufgerappelt. Er holte schneller zum Schlag aus, als ich reagieren konnte. Die Krücke landete mit einem hässlichen Knirschen seitlich an meinem Brustkorb, wobei ich nicht wusste, ob es eine meiner Rippen oder der Gehstock selber war, der das Geräusch verursacht hatte. Ich ging in die Knie. Aber ein letztes Fünkchen von Überlebenswillen musste noch in mir gesteckt haben, denn erstmals tat ich etwas anderes, als klaglos die Schläge zu erdulden: Ich rannte fort.

Hannes schrie mir wüste Verwünschungen nach, aber es war mir ganz egal. Laufen konnte ich nun einmal besser als er, da hatte er nicht die geringste Chance, mich zu erwischen. Ich rannte, bis ich keine Luft mehr bekam. Dann erst, längst außer Sichtweite des Hauses, traute ich mich, anzuhalten. Ich beugte mich nach vorn, die Ellbogen auf die Oberschenkel gestützt, und keuchte. Als mein Atem wieder normal ging, schaute ich mich um, aber es war nichts von Hannes zu sehen. Wahrscheinlich saß er im Haus wie eine fette giftige Spinne und wartete darauf, dass sein Opfer ihm ins Netz ging. Aber das hatte ich nicht vor. Jedenfalls nicht so bald.

Irgendwann, so sprach ich mir Mut zu, würde er schon wieder abhauen, würde zu seinen Saufkumpanen nach São Leopoldo reiten und dort bei den armen Neuankömmlingen den dicken Maxe markieren. Und so lange wollte ich abwarten. Zur Not würde ich die Nacht im Freien verbringen. Das schreckte mich weit weniger als die Vorstellung, mit meinem mir angetrauten Mann, der versprochen hatte, mich zu lieben und zu ehren, im Ehebett zu liegen.

Ich schlich nah an unser Häuschen heran, damit ich den Zeitpunkt nicht verpasste, zu dem er es verließ. Ich hörte Hildchen heulen, und es zerriss mir fast das Herz, nicht auf der Stelle zu ihr gehen und sie füttern, trösten oder wickeln zu können. Ich verbot mir jede gefühlsduselige Anwandlung. Das eine machte er ja wenigstens gut, der Hannes: Er kümmerte sich liebevoll um unsere Tochter.

Ich kauerte mich dicht in die Wurzeln der *figueira branca*, die oberhalb der Erde verliefen und aussahen wie Sehnen, über die die glatte Baumrinde gespannt war. Ich wendete den Blick keine Sekunde von unserem Haus ab. Das Schreien des Kindes hielt unvermindert an. Herrgott noch mal, warum unternimmt er denn nichts?, dachte ich noch, als Hannes vor die Tür trat, das heulende Hildchen auf dem Arm.

»Ich weiß, dass du da draußen bist. Und da kannst du von mir aus auch bis zum Sankt-Nimmerleins-Tag bleiben und verrotten. Mal sehen, ob dein Friedhelm dich dann immer noch will, wenn du so richtig schön verlumpt, verlaust und verdreckt bist. Wenn du am ganzen Leib zerstochen bist, hässliche Wunden hast von Schlangen- oder Spinnenbissen, oder wenn dir einer deiner geliebten *jacarés* ein Körperteil abbeißt.« Er brach in irres Gelächter aus, das mich mehr ängstigte als alle Gefahren des Dschungels zusammengenommen.

Ich gab keinen Laut von mir und wagte auch nicht, mich

zu rühren. Mit erstaunlicher Geschicklichkeit schritt er vor dem Haus hin und her, unter den Achseln die Krücken, mit einer Hand das Kind an die Brust gedrückt. Hätte er nicht so gehumpelt, hätte er sehr an den nervösen Tiger in seinem Käfig, den ich einmal bei einem Wanderzoo gesehen hatte, erinnert. Ich ließ die Augen nicht von ihm und dachte darüber nach, wie zum Teufel er auf die Idee mit Friedhelm und mir gekommen war. Eigentlich konnte es doch nur Christel gewesen sein, die ihm erzählt hatte, dass der Friedhelm mich bei der Chorprobe so angegafft hatte. Andererseits konnte sie nicht diejenige gewesen sein, die mich auf Friedhelms Pferd gesehen hatte, denn an dem Haus der Gerhards waren wir ja nicht vorbeigeritten. Da kamen dann nur die Osterkamps, die Müllers oder die Schmidtbauers in Frage. Von denen hielt ich wiederum keinen für boshaft genug, in diesen harmlosen Ritt etwas Unanständiges hineinzudeuten. Aber das hatten sie ja vielleicht auch gar nicht getan. Vermutlich hatte derjenige, der uns gesehen hatte, es nur beiläufig gegenüber Hannes erwähnt, woraufhin dieser dann seine – falschen – Schlüsse gezogen hatte. Und daran wiederum war einzig seine eigene Verderbtheit schuld: Wer selber nicht treu war, unterstellte anderen ebenfalls nur unlautere Absichten. Und als Untreue legte ich ihm das Techtelmechtel mit jenem unbekannten Mädchen im Hunsrück aus, obwohl wir damals noch nicht verheiratet gewesen waren.

»Tja«, rief Hannes plötzlich und hielt in seinem stumpfsinnigen, holprigen Auf-und-ab-Gehen inne, »ich muss leider bald los. Hildchen kann ich nicht mitnehmen, es wird nämlich spät. Am besten lege ich sie gleich hier ab, auf der Erde, damit du sie im Blick hast. Wenn ein *jacaré* sie holen will oder so.«

Ich traute meinen Augen nicht, als er tatsächlich das arme Kind auf die Erde legte. Das konnte er doch nicht tun! War ihm nicht einmal das Leben seiner Tochter heilig? Wie wollte er mich denn noch demütigen? Ich nahm mir fest vor, nicht dorthin zu gehen, um mir Hildchen zu schnappen. Bestimmt versteckte Hannes sich irgendwo und wartete nur darauf, mich zu erwischen. Es tat mir in der Seele weh, Hildchen da auf dem Rücken liegen zu sehen wie einen Käfer im Todeskampf, mit in die Luft gereckten, strampelnden Beinchen. Sie würde in der noch immer heißen Sonne des späten Nachmittags einen Sonnenbrand bekommen und zahlreiche Insektenstiche. Wenn ihr irgendetwas zustieß, nur weil Hannes sie in seinem gnadenlosen Willen, mich zu bestrafen, zum Köder machte, dann würde ich ihn umbringen. Dann würde mich nichts mehr davon abhalten, ihm alles zurückzuzahlen, was er mir angetan hatte. Meine Lust auf Rache schien mir in diesem Moment größer, unbezwingbarer als jede andere Gefühlsregung, die ich je erlebt hatte.

Sie war es nicht, wie ich mir später selber eingestand. Mein Überlebenswille war noch stärker. Die Dunkelheit brach herein, und Hilde lag immer noch draußen. Aber Hannes hatte ein dünnes Laken schützend über sie gelegt, immerhin. Ich hockte nach wie vor zwischen den Wurzelsträngen des Baums und beobachtete das Geschehen. In meinem ganzen Leben hatte ich noch nie so reglos an einer Stelle ausgeharrt. Ich fürchtete, dass, wenn ich aufzustehen versuchte, meine Muskeln sich verkürzt hätten und dass mein Fleisch taub geworden wäre. Dann sah ich auf einmal Hannes, der den Ochsen vor den Karren spannte und wenig später abfuhr. Seine Tochter ließ er im Freien liegen.

Kaum war der Karren außer Sichtweite, stand ich auf. Es war so ähnlich, wie ich vermutete hatte. Mir wurde kurz schwarz vor Augen, weil alles Blut in meine Beine strömte. Es kribbelte und knackste und schmerzte überall, aber ich ließ mir keine Zeit, mich zu dehnen. Steif und ungelenk lief ich zu Hildchen hinüber.

Sie schlief selig.

Ich hob sie behutsam auf, untersuchte ihre zarte Haut nach Stichen oder Bissen, entdeckte jedoch nichts. Dann brachte ich sie ins Haus. Sie war aufgewacht und krähte nun, ob vor Vergnügen, weil ich sie herumtrug, oder vor Hunger, konnte ich nicht so genau bestimmen. Sicherheitshalber gab ich ihr ein zerdrücktes, gekochtes Stück des Manioks vom Vortag, dann noch eine *banana*. Sie mampfte fröhlich vor sich hin. Ich betrachtete sie verliebt. Was für ein anspruchsloses, freundliches Kind sie war. Und was für ein hübsches! Trotz ihrer großen Ähnlichkeit mit Hannes hatte ich bei ihrem Anblick keinerlei Beklemmungen, im Gegenteil: Ich liebte alles an ihr, bedingungslos.

Einen Moment lang erlaubte ich mir, mich Phantastereien hinzugeben. Ich malte mir aus, wie sie später aussehen, was sie für gute Schulnoten mit nach Hause bringen und was sie als Backfisch für Eigenarten entwickeln würde. Ich hoffte für sie, dass sie nur das Aussehen von Hannes geerbt hatte und nicht seinen schäbigen Charakter. Wobei ich ebenfalls hoffte, dass sie bestimmte Dinge seines Äußeren nicht haben würde, wie zum Beispiel die vielen Leberflecke. Ein paar davon waren ganz hübsch, aber wenn man damit übersät war, litt die Schönheit doch ein wenig darunter. Außerdem hatten sich bei Hannes zwei davon entzündet. Sie nässten und wurden immer größer. Aber nein, das würde Hildchen nicht passieren – bestimmt waren diese scheußlichen Male eine Strafe des Himmels. Wenn mir schon sonst niemand auf der Welt glaubte, geschweige denn half, so konnte ich mich wenigstens mit dem Gedanken trösten, dass der Herrgott alles sah, dass Er um meine Unschuld wusste.

Gerade hatte ich Hilde in ihr Bettchen gepackt, da hörte ich das unverwechselbare Klacken der Holzkrücken. Ich hätte es wissen sollen. Hannes hatte wahrscheinlich den Karren an der nächsten Biegung stehengelassen und war zurückgehumpelt, um mir nun endlich die Strafe angedeihen zu lassen, die ich seiner Meinung nach verdiente. Aber diesmal reagierte ich schneller. Geistesgegenwärtig schnappte ich mir ein Laken, öffnete das Fenster und flüchtete hinaus in die Dunkelheit.

Ich entfernte mich nicht sehr weit vom Haus, dennoch hatte ich das Gefühl, ich befände mich weitab jeglicher menschlicher Zivilisation. Die Geräusche des Urwaldes, die ich doch längst kannte und einordnen konnte, waren sehr viel gespenstischer, wenn man sie nicht im Schutz eines Hauses vernahm, sondern inmitten der Wildnis. Aus unserem Haus hörte ich gar nichts mehr. Ich hoffte, dass Hannes das Kind in Frieden schlafen lassen und sich selbst besinnungslos betrinken würde. Wenn er sich nicht mehr aufrecht halten konnte, stellte er noch die geringste Gefahr für sich und andere dar.

Nach einer Weile verstummten alle Geräusche um mich herum. Mir liefen heiß-kalte Schauer über den Rücken. Dann zerriss der Schrei eines Brüllaffen die Stille, und da diese Tiere normalerweise nur tagsüber ihre schrillen Rufe ausstießen, war mir klar, dass das nur eines bedeuten konnte: ein größeres Raubtier war in der Nähe. Obwohl ich schon so viel über sie gehört hatte, obwohl viele Männer sich brüsteten, schon reihenweise Jaguare und Pumas erlegt zu haben, hatte ich noch nie eine dieser Raubkatzen gesehen. Natürlich, sie wollten uns Menschen ebenso wenig begegnen wie wir ihnen.

Professor Breitner hatte mir in den langen Stunden, die wir nach der Amputation gemeinsam am Krankenbett gewacht hatten, den Unterschied zwischen einem Puma und einem Jaguar erklärt. Sein Fachgebiet war zwar die Botanik,

⁓ 436 ⁓

aber auch bei der Beschreibung der Tiere machte er einen sehr kompetenten Eindruck. Der Puma sehe in etwa aus wie eine Hauskatze, nur dass er etwa einen Meter lang werde, den Schwanz nicht mit eingerechnet, behauptete der Professor. Er sei meist von gelblicher bis hellbrauner Färbung und niemals gepunktet. Für Menschen stelle er keine Gefahr dar, er jage kleinere Tiere – unter anderem, um dem Jaguar nicht ins Gehege zu kommen. Der nämlich sei deutlich größer und suche sich auch größere Beutetiere aus. Der Jaguar, so hatte ich gelernt, war gefleckt wie ein Leopard, konnte eine Länge von einem Meter fünfzig erreichen, wieder den Schwanz nicht mitgezählt, und war ein miserabler Kletterer, dafür aber ein guter Schwimmer. Auch er stellte keine Gefahr für den Menschen dar, es sei denn, man bedrohte ihn.

Diese Erläuterungen hatte ich beinahe noch wortwörtlich im Kopf, aber nun, in der Stunde der Wahrheit, nützten sie mir herzlich wenig. Mir war speiübel vor Angst. Ich verharrte reglos an dem glatten Stamm des *pau-ferro*. Das heißt, ein wenig bewegte ich mich doch, denn ich zog mir sacht das Laken über den Kopf, als könne ein dünnes Baumwolltuch den Prankenschlag dämpfen. Doch ganz blind zu sein erwies sich als noch schlimmer. Also lupfte ich ein paar Minuten später das Tuch und schaute mich um. Der Mond war beinahe voll, und sogar durch die dichten Baumkronen des Urwaldes drang ein wenig Licht. Und dann sah ich ihn.

Immerhin wusste ich, dass das, was da lauerte, ein Jaguar war, was meine Furcht keineswegs verringerte. Ich hatte keine Augen für seine Schönheit, für seine herrliche Zeichnung. Ich dachte immerzu an die Zahlen, die Professor Breitner mir genannt hatte, erkannte jedoch auch ohne dieses Wissen, dass dieses Geschöpf viel größer war als ich und mindestens doppelt so schwer. Es schien mir in Sachen Körperbau durchaus mit dem Tiger aus dem Wanderzoo mithalten zu können. Wenn es Hunger hatte, würde es darauf, dass man ihm Menschenscheu zuschrieb, wahrscheinlich keine Rücksicht nehmen.

Mein Verstand verabschiedete sich vollends. Ich war nur noch Angst und Instinkt, wie ein Tier. Doch während ein Tier an meiner Stelle vielleicht seine Krallen ausgefahren, das Gefieder gesträubt oder drohende Geräusche ausgestoßen hätte, begann ich zu singen. Es geschah ohne mein Dazutun. Aus tiefster Kehle schmetterte ich »Im Frühtau zu Berge«, und der Jaguar, der schon ganz in der Nähe gewesen war, machte einen Satz ins Unterholz. Es war ein so unfassbarer Vorgang, dass ich eigentlich in wildes Gelächter hätte ausbrechen müssen. Aber nach Lachen war mir nicht zumute. Stattdessen sang ich weiter. Ich hielt alle Schrecken des Dschungels von mir fern, indem ich »Der Mai ist gekommen« trällerte und »Alle Vöglein sind schon da«. Ich sang sämtliche Volkslieder, die mir spontan einfielen, so lange, bis ich heiser und total erschöpft war.

Mitten in »Mein Vater war ein Wandersmann« muss ich eingeschlafen sein.

46

Raúl erwachte von der Stille. Das laute Schmettern deutscher Lieder, das aus dem Schankraum zu ihm drang, hatte er irgendwann ausblenden können, doch die plötzliche und totale Abwesenheit jeglicher Feiergeräusche war bis in seine Träume gekrochen, hatte sich mit ihnen vermischt und sorgte bei Raúl nun für eine kurze Orientierungslosigkeit. Was war passiert? Wo befand er sich? Dann verscheuchte die Erinnerung an den gestrigen Tag den letzten Nebel der geträumten und nicht minder realistischen Ereignisse. Er war in São Leopoldo, in einer primitiven Herberge, die Freunden von Klara gehörte. Klara lag nebenan. Aber Klara hieß gar nicht Klara.

Auf einmal war er hellwach. Er schob die Beine unter dem Laken hervor, stellte einen Fuß auf die Bodendielen. Es dauerte einen Moment, bis er sich dazu aufraffen konnte, sich auf die Bettkante zu setzen. Warum sollte er aufstehen? Es musste mitten in der Nacht sein. Er sollte versuchen, noch etwas Schlaf zu finden, denn der morgige Tag versprach erneut aufregend und anstrengend zu werden. Doch dann hörte er aus dem Nebenraum ein leises Rumpeln. Klara – er konnte nicht umhin, weiterhin diesen Namen mit ihr in Verbindung zu bringen – war anscheinend noch wach. Vielleicht hatte die spontane Wiedersehensfeier eben erst aufgehört? Die Schlafzimmer lagen im rückwärtigen Teil des Hauses. Wenn unten vor dem Haus noch ein paar Leute bei ihrem Fortgehen lärmten, würde man es hier kaum mitbekommen.

Raúl saß nun kerzengerade auf dem Bett und lauschte. Es

war kein Laut zu hören. War Klara, möglicherweise angeheitert, mit einem Rumms aufs Bett gefallen und sofort eingeschlafen? Aber nein, da, ein leises Tapsen. Sie ging barfuß durch den Raum. Ob er die Gelegenheit nutzen und bei ihr anklopfen sollte, um sie zur Rede zu stellen? An Schlaf war ohnehin nicht mehr zu denken.

Auf Zehenspitzen schlich er durch seine Kammer, zog sich etwas über, öffnete lautlos die Tür, sah sich im Flur um und huschte dann zu ihrem Zimmer. Er klopfte zaghaft – schließlich wollte er nicht die anderen Bewohner dieses hellhörigen Hauses auf seine nächtlichen Umtriebe aufmerksam machen, auch wenn diese vollkommen keuscher Natur waren. Kaum eine Sekunde später öffnete Klara die Tür, als hätte sie die ganze Zeit mit nichts anderem als seinem Besuch gerechnet.

Ein Blick in sein Gesicht genügte ihr. Romantische Absichten hatten ihn gewiss nicht zu ihr geführt. Insgeheim hatte sie sich gewünscht, die wahrscheinlich letzte Nacht, die sie mit ihm unter einem Dach verbrachte, möge sie einander näherbringen. Der Genuss zahlreicher Obstbrände hatte ihr Verlangen noch mehr angefacht. Jetzt aber war sie erleichtert, dass zumindest er nüchtern und vernünftig schien.

Raúl schlängelte sich elegant durch den Türspalt, schloss die Tür dann leise und baute sich vor ihr auf. Er wirkte bedrohlich. Als er ihren Oberarm umfasste, entzog sie sich ihm mit einem Ruck und trat einen Schritt zurück. Was auch immer Raúl ihr vorwerfen wollte – von gewalttätigen Männern hatte sie ein für alle Mal den Hals voll.

Er kam direkt zur Sache. »Wie heißt du wirklich?«

»Was soll das? Klara natürlich. Klara Wagner.«

»Und warum nennt dich dann keiner so? Ich habe genau darauf geachtet, und Deutschkenntnisse hin oder her, ich habe nicht ein einziges Mal jemanden ›Klara‹ sagen hören.«

Klara begann leise zu kichern. Dann gluckste sie, bis sie sich vor stummem Lachen schüttelte.

»Was ist so komisch daran?«, brummte er.

Klara hatte die Hände vors Gesicht geschlagen. Ihr Körper bebte. Raúl war sich plötzlich gar nicht mehr sicher, ob sie lachte oder weinte. Bis sie ihn tränenüberströmt ansah.

»Du glaubst noch immer, ich bin eine Lügnerin und Mörderin«, stellte sie fest, bevor sie weiterschluchzte.

»Nun mach doch nicht so ein Theater. Beantworte mir bitte nur meine Frage.«

»Deine Frage ist … eine schlimme Beleidigung. Aber gut«, langsam bekam Klara sich wieder einigermaßen in den Griff, »ich erkläre es dir. Die Leute nennen mich ›Klärchen‹. Das ist die, äh«, ihr fiel nicht die Vokabel ein, und sie sah sich gezwungen, es zu umschreiben, »das ist die Form für ›kleine Klara‹. So wie ›Joaninha‹ es für ›Joana‹ ist, oder ›Ronaldinho‹ für ›Ronaldo‹. Oder Raúlzinho für … na ja. Klärchen für Klara. Alle nennen mich so. Ich selber mag lieber Klara. Aber einmal Klärchen, immer Klärchen.«

Raúl starrte Klara ein paar Sekunden lang an, entsetzt über sein eigenes Verhalten. Wie hatte er nur so schnell seinen Zweifeln die Oberhand lassen können? Es war eine so einfache, harmlose Erklärung. Er fühlte sich unglaublich schäbig.

»Es tut mir leid«, sagte er, während er auf sie zuging und sie in die Arme nahm. Sie legte ihren Kopf an seine Schulter und begann wieder zu weinen. Er strich zärtlich über ihr Haar, in einer Geste, die tröstlich hatte sein sollen, die aber ganz andere Gefühle in ihm auslöste. Und in ihr ebenfalls. Sie hob das Gesicht und sah ihn an. Er sah sie an. Wie von allein fanden ihre Lippen zueinander.

Ihr Kuss schmeckte salzig und dabei süßer als alles, was

sie je gekostet hatten. Er war gierig und feucht und atemlos. Ihre Leiber pressten sich in derselben Leidenschaft aneinander, in der ihre Münder sich zu ihrem erotischen Spiel trafen. Sie hielten einander dabei fest umklammert, strichen mit den Händen über des anderen Schultern, Rücken, Taille und Gesäß. Allein die schön definierten Muskeln von Raúls Hinterteil, die sich unter der Berührung ihrer Hände anspannten, ließen Klara vor Wonne aufseufzen.

Dann schob Raúls Hand sich Klaras Rücken hinauf. Er vergrub seine Finger in ihrem Haar, verkrallte sich darin und zog ihren Kopf nach hinten, während seine Lippen gleichzeitig über ihr Kinn zu ihrem Hals wanderten, der sich ihm nun völlig schutzlos darbot.

Klara hatte nie zuvor eine derartige Erregung verspürt. Raúl erforschte ihren Hals mit unendlicher Hingabe. Sie erschauerte unter den Küssen seiner weichen Lippen, seinen kleinen Bissen, dem Kratzen seiner Bartstoppeln auf ihrer zarten Haut, seinem Knabbern an ihren Ohrläppchen, seinem heiseren Stöhnen. Noch immer hielt er ihren Kopf, während er mit der anderen Hand ihre Brust umfasste und mit dem Daumen die Brustwarze umkreiste, die sich hart unter dem Stoff ihres Nachthemdes abhob. Unterdessen zeichnete er mit der Zunge die Adern an ihrem Hals nach, hinauf bis zum Ohr, dessen Muschel er ebenfalls mit der Zungenspitze nachfuhr. Die angefeuchtete Haut fühlte sich kühl und prickelnd an, der Atem Raúls kam ihr darauf umso heißer vor. Die Gegensätzlichkeit dieser Sinneswahrnehmungen ließ Klaras Haut am ganzen Körper sich vor Verlangen zusammenziehen. Ihre Knie waren bereits jetzt bedrohlich weich.

»Meine kleine Klara – *Clarinha*«, hauchte er in ihr Ohr, bevor er sie durch den Druck seines Körpers zwang, einen Schritt nach hinten zu gehen. Sie stieß gegen die Wand.

Er löste seine Finger aus ihrem Haar. Seine Hände griffen nach ihren, hoben sie hoch und drückten sie auf der Höhe ihres Kopfes gegen die Wand, während sein Körper sich an ihren presste. Plötzlich kam Klara sich vor wie eine Gefangene, aber es war die lustvollste Gefangenschaft, die sie sich vorstellen konnte. Sie spürte seine Erregung, hart und drängend. Sie stellte sich auf die Zehenspitzen, um ihn näher an ihrem empfindlichsten Punkt fühlen zu können. Sie hätte ihn gern berührt, hätte Raúl gern gestreichelt, die samtige Haut seiner Männlichkeit mit ihrer Hand umschlossen. Aber ihre Hände waren weiterhin erhoben, wie in einer Geste des Ergebens, nur dass Raúl sie dort an der Wand hielt und nicht sie selbst. Seine Finger hatten sich mit ihren verschränkt, und die Haut ihrer Handinnenflächen, die aufeinanderlagen, glühte.

Ihr Kuss war inbrünstig und hungrig. Sie lösten die Lippen voneinander, um Luft zu holen, nur um sie danach umso intensiver mit denen des anderen verschmelzen zu lassen. Raúl leckte über ihre Lippen, saugte daran, biss sie, stieß mit seiner Zunge in sie hinein, löste dann keuchend seinen Mund von ihrem und betrachtete sie aufmerksam. Klaras Lider flatterten, ihr Blick war verhangen und voller Begehren. Sie sah in seine Augen und entdeckte dort dasselbe, was sie fühlte: grenzenlose Lust. Und einen winzigen Zweifel. Sie schloss die Augen, drückte ihren Unterleib noch fester an seinen und gab dadurch ihr Einverständnis, falls es dessen noch bedurft hatte.

Daraufhin ließ er seine und damit auch ihre Hände herab, lockerte seinen Griff, bis er sie schließlich ganz freigab. In einer einzigen fließenden Bewegung raffte er ihr Nachthemd und fuhr besitzergreifend über ihre Schenkel und ihr Hinterteil. Erfreut stellte er fest, dass sie unter dem Hemd keine Leibwäsche trug. Ihr Fleisch war fest, ihre Haut glatt und zart. Sie fühlte sich herrlich an unter seinen rauhen Händen.

Klara empfand ihrerseits den Druck seiner großen, starken Hände als betörend. Doch so fest er zugepackt hatte, so sanft war nun seine Berührung, als er empfindlichere Partien ihres Körpers liebkoste. Er streichelte die Innenseiten ihrer Schenkel, bewegte seine Hand dann quälend langsam hinauf, bis sie den Quell ihrer Weiblichkeit erreichte. Erst die Leichtigkeit, mit der seine Finger ihre Spalte erkundeten, machte Klara bewusst, wie heiß und feucht sie war.

Behutsam erforschte er ihre geheimsten Winkel und Falten, drang schließlich zur Knospe ihrer Lust vor und rieb diese mit sanftem Druck und in einem gleichbleibenden Rhythmus. Klara stellte sich erneut auf die Zehenspitzen, spannte alle Muskeln in den Beinen und im Po an und gab sich ganz dieser berauschenden Massage hin. Eine Woge der Erregung ergriff sie. Beginnend bei den Füßen, rollte die Welle über ihre Beine bis zu ihrem Becken hinauf, wo sie über ihr mit einer Wucht zusammenschlug, dass Klara die Sinne zu schwinden drohten. Ihre verkrampften Muskeln lösten sich in demselben Maße, in dem sich in ihrem Unterleib alles zusammenzog. Ihr Kopf prallte in einem unkontrollierbaren Zucken gegen die Wand, und ihrer Kehle entrang sich ein lautes Stöhnen. In ihren Ohren rauschte es. Ihre Beine drohten wegzuknicken.

Als hätte er dies vorhergesehen, packte Raúl ihre Pobacken, hob ihren Körper an und entlastete ihre zitternden Beine. Irgendwann musste er sich, ohne dass sie es mitbekommen hatte, seiner Kleidung entledigt haben. Klara erhaschte nur einen kurzen Blick auf seine steil aufgerichtete Pracht. Sie spreizte die Schenkel, ließ sich weiter hochheben und schlang die Beine um Raúls Taille. Sie wurde nun nur von dem Druck seines Körpers, von der Wand in ihrem Rücken sowie von Raúls Beckenknochen getragen. Und dann – nachdem er in sie eingedrungen war – auch von seinem prallen, harten Geschlecht.

Das Gewicht ihres Körpers allein hätte genügt, um ihn pulsierend in sich zu spüren, groß und erfüllend. Doch erst der Takt, in dem er sich bewegte, langsam am Anfang, als müsse er zunächst herausfinden, wie tief sie ihn in sich aufnehmen konnte, jagte ihr einen Schauer der Erregung nach dem anderen durch den Körper. Die ganze Zeit sahen sie einander unter halb geöffneten Lidern in die Augen, und ihre Blicke verschmolzen mit der gleichen leidenschaftlichen Kraft miteinander, in der ihre Körper sich vereinigten.

Raúls Bewegungen wurden nun immer fordernder und fester. Sein Atem beschleunigte sich, auf seiner Brust glitzerten Schweißperlen. Klara schloss die Augen und gab sich ganz dem Taumel hin, der von ihr Besitz ergriff, je schneller und heftiger Raúl in sie stieß. Ihr Herz und ihr Atem rasten. Sie wurde von Hitze durchflutet, während sich zugleich alle Härchen auf ihrem Körper aufrichteten. Sie hatte eine Gänsehaut und verglühte innerlich – ein köstlicher Schüttelfrost der Begierde. Auf diese Weise war sie noch nie genommen worden. Noch nie hatte der Liebesakt ihr dieses Gefühl vermittelt, ohnmächtig und zugleich lebendiger denn je zu sein. Es war, als würde sie auf einer riesenhaften Welle fortgetragen, als wäre sie in einen schwindelerregenden Sog geraten – eine Naturgewalt, die alle ihre Sinne forderte und der sie sich weder widersetzen wollte noch konnte. Sie krallte die Finger in seinen Rücken, spürte seine nasse Haut, gab sich ganz dem Takt seiner pumpenden Bewegungen hin und keuchte heftig. Ganz kurz schoss ihr der Vergleich mit Hannes durch den Kopf, der nie derartige Erschütterungen in ihr ausgelöst hatte.

Hatte sie geglaubt, den Gipfel der Erfüllung bereits erreicht zu haben, so wurde sie nun eines Besseren belehrt. Raúls Stöße kamen immer brennender und wilder – und ihr Körper beantwortete sie mit dem Zusammenziehen ihrer inneren Muskeln, mit Zuckungen, auf die sie keinen Einfluss hatte. Raúl stöhnte und stammelte mit krächzender Stimme unverständliche Worte. Sein Körper erbebte, sein Gesicht verzog sich in völliger Ekstase, bevor er seine ganze Kraft in die letzten Stöße legte. In völliger Raserei knallten sie gegen die Wand, die im schnellen Rhythmus ihres wilden Ritts erzitterte.

Klara schrie auf. Sie zerfloss buchstäblich. Ihr liefen Tränen der Glückseligkeit übers Gesicht, ihr Körper war schweißnass, und in ihr vermischten sich ihre eigenen Körpersäfte mit den seinen. Heiß fühlte sie seinen Samen in sich strömen.

Dann hörten sie ein Klopfen aus dem Raum über ihnen. Dort oben schien sich jemand gestört zu fühlen.

Raúl lächelte Klara an, abgekämpft, erschöpft und befriedigt. Langsam hob er sie von sich herunter. Ihre Beine zitterten. Sie ließ ihre Arme um seinen Hals geschlungen.

»Ich sollte jetzt besser gehen.«

»Ja«, sagte Klara, entließ ihn aber nicht aus ihrer Umarmung. Am liebsten hätte sie sich die ganze Nacht an ihn geschmiegt, sich an seinem maskulinen Duft berauscht, seinen wundervollen Körper betrachtet, gestreichelt und geküsst. Sie wollte seine rauhe Stimme hören, wenn sie ihr Liebesschwüre ins Ohr flüsterte, und sie wollte seine Lippen auf ihrer Haut spüren, überall. Sie wollte mit ihm in Löffelchenhaltung im Bett liegen, wollte, dass er seinen Arm beschützend um sie legte und ihre Brüste streichelte. Sie wollte sein Glied anschwellen spüren und seinen stoßhaften Atem in ihrem Genick und ihn in sich aufnehmen, wieder und wieder, die ganze Nacht hindurch.

Was sie nicht wollte, war, dass er sie jetzt allein ließ, mit nichts als dem Nachhall seiner platten Feststellung: »Ich sollte jetzt besser gehen.« Warum sagte er ihr nichts Liebevolles, nichts Zärtliches? War es für ihn nicht mehr als die Befriedigung eines körperlichen Bedürfnisses gewesen? Und jetzt, da es gestillt war, wollte er sie hier zurücklassen wie einen benutzten … Putzlappen?

Genau das schien er vorzuhaben. Er löste sich schweigend aus ihrer Umarmung, zog sich eilig Hose und Hemd über und ging zur Tür.

Sie unterdrückte einen Schluchzer der Enttäuschung, warf sich aufs Bett und vergrub sich unter dem Laken. Sie hörte nicht mehr, wie er, kurz bevor sich die Tür hinter ihm schloss, flüsterte: »*Te amo*, Clara, Clarinha.«

47

Während Klara und Raúl auf dem Weg zu den Gerhards waren, jeder von ihnen tief in Gedanken versunken, brodelte in São Leopoldo bereits die Gerüchteküche.

Klärchen sei auf der Flucht vor den Eindringlingen, die Hannes auf dem Gewissen hatten, in einen Fluss gestürzt und auf wundersame Weise von dem zufällig vorbeikommenden vornehmen Herrn gerettet worden, erzählte Antonia Anni. Anni schilderte ihrerseits Klemens die Geschichte, wobei sie zu berichten wusste, dass der gutaussehende Brasilianer wohl nicht ganz so zufällig des Weges gekommen war. Klemens machte sich seinen Reim darauf und ging mit seiner Version bei seinen Freunden hausieren, wonach Klärchen ein Techtelmechtel mit dem Schönling gehabt und ihn womöglich beauftragt hatte, Hannes aus dem Weg zu räumen. Die Freunde von Klemens, keiner von ihnen persönlich bekannt mit Klara, hatten bereits von anderer Seite gehört, dass diese Frau offenbar nicht ganz bei Verstand gewesen war, und hielten Klemens' Darstellung für absolut stimmig.

Die Leute, die am Vorabend im Schankraum von Antonia und Konrad zugegen gewesen waren, als Klärchen selber berichtet hatte, was geschehen war, dichteten ebenfalls allerlei dazu. So war die Tatsache, dass Klärchen sich an den eigentlichen Tathergang angeblich nicht erinnern konnte, von einigen als Beweis dafür angesehen worden, dass sie selber Hand an ihren armen verkrüppelten Mann angelegt hatte. Marlies wiederum fand es äußerst romantisch, dass der Retter ein so umwerfender Mann war, und manch einer sah das genauso – wobei das gute Aussehen des Mannes ja durchaus suspekt schien. Ursula behauptete, es könne einfach kein Zufall gewesen sein, dass dieser schneidige Herr Raúl Klärchen gefunden hatte, doch ihren Neid auf das hübsche Paar behielt sie wohlweislich für sich. Der Höhner-Heinz schenkte Klaras Darstellung durchaus Glauben, er hatte sie schließlich als eine gute, ordentliche und geistig vollkommen normale Frau kennengelernt. Allerdings gab er in seinem Überschwang – er war einer der Redner, denen man am meisten Gehör schenkte, da er Klärchen ja schon so lange kannte – die Episode mit der Leberwurst zum Besten, die Klara auf dem Schiff ganz allein vertilgt hatte. Das war nun manchen Leuten Beweis genug, sie der Selbstsüchtigkeit zu bezichtigen, und man habe ja schon immer gewusst, dass das Klärchen sich für etwas Besseres hielt.

Der Pfarrer Zeller war es schließlich, der mit seiner Beobachtung auch den abenteuerlichsten Gerüchten einen Anstrich von Wahrheit gab. Frau Wagner, empörte er sich, hätte an ihrem ersten Tag nichts Besseres zu tun gehabt, als sich dem Trunk hinzugeben und sich feiern zu lassen, und das alles nicht nur innerhalb des Trauerjahres, sondern auch noch in Begleitung eines geheimnisvollen Mannes, der nicht den Anschein eines aufrichtigen Christenmenschen erweckte. Sie war nicht einmal auf die Idee gekommen, das Grab ihres Gatten zu besuchen, und das, meine lieben Bürger von São Leopoldo, sei unverzeihlich, unchristlich und praktisch ein Eingeständnis ihrer Schuld.

Noch bevor Klara ihre Tochter wieder in den Armen hielt, war sie im Dorf zur Verbrecherin abgestempelt worden.

48

Ich lag im Schatten eines knorrigen Apfelbaumes. Durch seine Äste hindurch, die mit noch unreifen, winzigen Äpfelchen vollhingen, sah ich den Himmel. Er war blau. Es war warm. Schönwetterwolken zogen über mich hinweg, Bienen summten in der Baumkrone. Die Wiese, in der ich lag, war bestanden mit Klee, Wiesenschaumkraut und Löwenzahn. Einige Blüten des Löwenzahns waren bereits zu Pusteblumen geworden, und der Wind trug die feinen Härchen durch die Luft. Sie kitzelten mich in der Nase. Dann fiel ein Schatten auf mich, dauerhaft, nicht der einer vorbeiziehenden Wolke. Ich versuchte zu erkennen, was es war, das mein gemütliches Dösen im Freien störte. Ein Mensch war es. Aber keiner, den ich kannte, also keiner von hier oder aus der Umgebung von Ahlweiler. Überhaupt konnte es kein Hunsrücker sein, denn die Person hatte braune Haut, war kaum bekleidet und hatte etwas im Ohrläppchen stecken, das wie ein Raubtierzahn wirkte.

Mit einem Satz richtete ich mich auf. Nein, das war nicht mehr Teil eines schönen Traums. Vor oder besser über mir stand eine Indio-Frau, die ähnlich erschrocken war wie ich, denn sie wich einen Schritt zurück.

Die Morgendämmerung war heraufgezogen. Ich konnte es nicht fassen: Die ganze Nacht hatte ich hier draußen gelegen und seelenruhig durchgeschlafen, ohne mich von der Gegenwart gefährlicher Tiere beeindrucken zu lassen. Oder der von Indianern. Ich reckte mich und stand auf. Die Indianerin sah mir neugierig, aber aus sicherer Entfernung zu. Sie hatte sich hinter einen Baum gestellt. Sie wirkte scheu, und meine Furcht vor ihr schwand dahin. Ich lächelte ihr zu. Sie lächelte zurück. Ich musste sehr an mich halten, um vor Schreck nun nicht meinerseits einen Schritt zurückzuweichen: Ihr Gebiss war grauenhaft, denn die Zähne liefen spitz zu, wie die eines Raubfisches. Alles andere an der Frau sah eigentlich nicht viel anders aus als bei uns Weißen, abgesehen von der Farbe der Haut, des Haars und der Augen natürlich. Die Indianerin war zierlich, von kleinem Wuchs, hatte stämmige Beine und hängende Brüste. Ihre Nacktheit schockierte mich weniger, als man vermutet hätte. Es passte zu ihr, es passte in den Dschungel. Wenn sie vollständig bekleidet gewesen wäre, hätte mich das viel mehr gewundert.

Sie starrte mich genauso ungeniert an wie ich sie. Sie wagte sich hinter dem Baum hervor und zeigte aufgeregt auf mein Laken, mit dem ich mich in der Nacht bedeckt hatte und das noch auf der Erde lag. Was wollte sie? Das Laken ansehen? Es berühren? Oder geschenkt haben? Ich fand es äußerst merkwürdig, dass sie ausgerechnet einem so alltäglichen Gegenstand ihre Aufmerksamkeit schenkte, aber dann sagte ich mir, dass ich es ihr ja ruhig geben konnte, als Zeichen meiner Friedfertigkeit sozusagen. Vielleicht hatte es sich ja sogar bis zu den Indianern herumgesprochen, dass weiße Flaggen für friedliche Absichten stehen, wobei man das verschmutzte Laken nur mit sehr viel gutem Willen als weiße Flagge betrachten konnte. Ich hob es auf und streckte den Arm aus, um es ihr zu reichen. Sie trat vorsichtig vor, schnappte es sich dann so schnell, dass meine Augen dem Vorgang kaum folgen konnten, und wich erneut ein Stück zurück.

Sie hielt es ausgebreitet vor sich, studierte es mit ernstem Gesicht, schnupperte daran, zog daran, wie um seine Reißfestigkeit zu überprüfen. Sie hängte es sich um ihre Schultern, wickelte es sich dann kichernd um die Taille wie einen Rock, legte es schließlich wie einen Schleier über ihren Kopf. Dann hielt sie es wieder vor sich. Sie sah ein wenig enttäuscht aus. Ob sie sich Wunderkräfte von dem Laken versprochen hatte? Vielleicht dachte sie, dass es ein besonderes Zaubertuch war, weil es mich die ganze Nacht vor Angriffen geschützt hatte?

Dann schien sie einen neuen Einfall zu haben. Wieder legte sie sich das Tuch über den Kopf, doch diesmal sang sie dazu. Es erinnerte sehr entfernt an das »falleri, fallera« und das »hollahi, hollaho«, die ich letzte Nacht angestimmt hatte. Ich konnte mir ein Grinsen nicht verkneifen. Bestimmt dachte die Frau, dass das Laken in Verbindung mit geheimen Formeln, die gesungen wurden, eine besondere Kraft hatte. Ich hätte ihr gern erklärt, dass dem nicht so war. Aber erstens würde sie mich wohl kaum verstehen, und zweitens sah ich nicht ein, warum ich sie nicht in dem Glauben lassen sollte. Es hatte schließlich gewirkt, oder nicht? Warum das so war, spielte keine Rolle. Vermutlich war den Geschöpfen des Waldes ein großes und vollkommen weißes Wesen beunruhigend erschienen, noch dazu eines, das verrückte Gesänge trällerte. Sie dürften sich aus Angst vor dem Unbekannten verzogen haben, nicht wegen der Magie des Tuchs.

Ich sagte: »Ich heiße Klara.«

Daraufhin quasselte die Frau munter in ihrer Sprache drauflos, von der ich kein Wort verstand. Als sie endete, kicherte sie wie verrückt. Ich fiel in ihr Lachen mit ein, dessen Grund ich zwar nicht kannte – obwohl mir schwante, ich selber müsse die Ursache für den Heiterkeitsausbruch sein –, das aber sehr fröhlich klang und ansteckend wirkte. Mit Gesten gab ich ihr zu verstehen, dass sie das Tuch behalten durfte. Doch sie deutete meine Zeichensprache offensichtlich falsch, denn sie rannte aufgeregt davon. Das Laken allerdings behielt sie.

Ich schüttelte den Kopf, als würden dadurch meine wirren Gedanken und Eindrücke wieder ins rechte Lot gebracht werden. Hatte ich das alles nur geträumt? War ich wirklich im Begriff, den Verstand zu verlieren, so wie alle anderen es ja ohnehin schon glaubten? Was ich gerade erlebt hatte, und auch schon die Nacht, war so hanebüchen, dass es in Wirklichkeit nicht passiert sein konnte. Erst ein Jaguar, dann die Indianerin? Mich schauderte bei der Vorstellung, dass das alles vielleicht Einbildung gewesen war und ich tatsächlich unter einer Art geistiger Umnachtung litt. Aber nein – nein! Ich würde den durchtriebenen Lügen meines Mannes und der Leute, die ich für meine Freunde gehalten hatte, keinen Glauben schenken. Nicht ich. Ich wusste, was ich gesehen und erlebt hatte.

In Gedanken noch immer bei den Vorfällen der Nacht, schlenderte ich zu unserem Haus zurück. Erst auf den Stufen zur Haustür holte mich die Erinnerung an das, was sich vor meinen Abenteuern im Wald zugetragen hatte, ein. Aber es war schon zu spät. Bei dem Schlag mit dem Krückstock ging ich in die Knie, dann stürzte ich die Stufen hinunter und schaffte es nicht mehr, mich aufzurappeln und den Schlägen auszuweichen. Diesmal war ich davon überzeugt, dass Hannes mich umbringen würde. Doch in mir steckte offenbar mehr Leben, als er mir auszudreschen in der Lage war. Nachdem er von mir abgelassen hatte, anscheinend in dem Glauben, ich sei bewusstlos, blieb ich eine Weile reglos liegen. Ich wartete, dass er mit dem Karren davonfuhr. Und das tat er auch, kurze Zeit später. Dem blutigen Bündel Mensch, dem er vor dem Haus ausweichen musste, also mir, schenkte er keinerlei Beachtung. Das war beinahe noch grausamer als die Prügel selber: dass er nicht einmal mehr Scham empfand.

Ich quälte mich ins Haus, wusch vorsichtig das Blut ab, betupfte die Wunden mit Alkohol. Dabei ließ es sich nicht vermeiden, dass ich in den Spiegel sah. Was ich darin erblickte, war grässlich. Mein Gesicht war kaum noch als solches zu erkennen, so verquollen war es und so verunstaltet von Platzwunden, lila-grünen Flecken, Kratzern und Prellungen. Einer meiner Schneidezähne wackelte, ich betete, dass er mir nicht ausfiel.

Dann lenkte mich ein jäher Schmerz im Unterleib von der traurigen Begutachtung meines Gesichts ab. Ich musste mich bücken und die Hände auf den Bauch legen, aber das half nicht viel. Die Schmerzen waren denen der Geburtswehen nicht unähnlich, und ich dachte plötzlich an das arme unschuldige Wesen in meinem Leib, das ich nicht gewollt hatte. Jetzt fürchtete ich um sein Leben. Die Vorstellung, ihm wäre etwas geschehen, tat mir in der Seele weh. Ich bereute meinen sündigen Eigennutz zutiefst und versprach dem gütigen Vater im Himmel, dass ich nie wieder die Empfängnis eines Kindes verfluchen würde, wenn er nur dieses hier durchkommen ließ. Aber der liebe Gott war auch nicht mehr auf meiner Seite. Eine halbe Stunde nach dem ersten Ziehen im Becken wurde ich von grausamen Krämpfen geschüttelt, und dann – nun ja, dann kam das, was einmal ein Kind hätte werden sollen.

Ich kroch auf allen vieren zum Bett, hievte mich hinein und blieb dort den ganzen Tag liegen. Ich war froh, dass Hannes Hilde mitgenommen hatte. Ich würde unbehelligt den ganzen Tag hier verbringen und hoffen können, dass ich schnell wieder genesen würde. Denn wenn Hannes erfuhr, dass ich eine Fehlgeburt gehabt, ihm also meine Schwangerschaft verschwiegen hatte, dann würde er noch mehr toben als sonst.

Er tauchte weder am Abend noch in der Nacht auf. Ich war darüber heilfroh, fragte mich jedoch, wo er schlafen und was er mit Hildchen anstellen würde. Es war ja nicht so, als hätte es in São Leopoldo Herbergen und Wirtshäuser in großer Menge gegeben. Die einzige Schänke, bei der er wahrscheinlich der beste Gast war – wenn auch nicht der mit der besten Zahlungsmoral –, erschien mir nicht als der geeignete Ort, um dort mit einem Kleinkind die Nacht zu verbringen. Ob er unsere Tochter bei Christel und Franz abgeliefert hatte? Oder bei den Schmidtbauers? Ich konnte es nur hoffen.

Am nächsten Morgen ging es mir, körperlich zumindest, sehr viel besser, wenngleich ich mich schwach fühlte. Doch meine Moral war, wenn das überhaupt möglich war, noch weiter gesunken. Ich hatte keine Lust, aufzustehen. Mir war nicht danach, mich zu waschen, anzuziehen und mir ein Frühstück zuzubereiten. Ich hatte keinerlei Appetit. Ich wollte niemanden sehen. Wach sein wollte ich nicht, aber schlafen konnte ich auch nicht. Ich hatte sämtlichen Lebensmut verloren. Ich lag im Bett, starrte an die Decke und dachte daran, mit wie viel Eifer und Zuversicht wir dieses Haus gebaut hatten. Ich hätte heulen können, aber selbst meine Tränen waren versiegt.

Irgendwann stand ich trotzdem auf. Es lag mir wohl im Blut, dieses Pflichtbewusstsein. Ich führte die alltäglichen Handgriffe aus und fühlte mich dabei wie betäubt. Ich holte Wasser aus dem Brunnen, füllte die Waschschüssel sowie den Spülstein und setzte eine dünne Suppe auf. Reine Macht der Gewohnheit – denn ich wollte sie bestimmt nicht essen, und Hannes würde sie, wenn er denn wieder heimkäme, auch nicht essen wollen. Er würde den Teller, wie er es schon so oft getan hatte, auf dem Fußboden auskippen und mich für meine schlechten Kochkünste beschimpfen. Dass in eine gute Suppe

Zutaten gehörten, die *er* nicht imstande war heranzuschaffen, brauchte ich ihm nicht zu sagen. Hätte er es nicht selber gewusst, hätte er mich für eine so aufsässige Bemerkung eh nur mit einer neuen Gemeinheit bestraft.

Ich ließ die Suppe auf kleiner Flamme vor sich hin köcheln. Dann schaute ich mich in der Stube um. Plötzlich kam es mir vor, als wäre ich in anderer Leute Haus. Ich sah die Dinge mit dem klaren und unvoreingenommenen Blick einer Fremden: den Schmutz, die überfälligen Reparaturen, die Töpfe unter den undichten Stellen im Dach, die fleckigen Kissenbezüge. Es kam mir gar nicht vor, als befände ich mich bei mir daheim – und ebenso wenig, wie eine Fremde dazu Lust gehabt hätte, wollte ich dieser Verwahrlosung mit Scheuerlappen oder sonst wie zu Leibe rücken. Es ging mich nichts an.

Ich ging nach draußen, und auch dort hatte ich dieses merkwürdige Gefühl, dass alles weit entfernt war und nichts mit mir zu tun hatte. Die Hühner, die durch den mit Unkraut überwucherten Hof schritten und ähnlich träge waren wie ich; die schlecht festgezurrte Wäscheleine, an der noch ein vergessenes, gräulich verfärbtes Hemd hing; der verbeulte Blecheimer, der neben den Stufen herumlag; der leere, zerfetzte Sack, in dem sich einmal Zucker befunden hatte – all das betrachtete ich mit abwesendem Blick.

Früher einmal hatte ich mich gewundert, wieso manche armen Leute, der alte Ochsenbrücher zum Beispiel, sich so gehenließen. Man brauchte doch wahrhaftig nicht reich zu sein, um die Abfälle fortzuräumen oder zu verbrennen, um regelmäßig zu schrubben und Unkraut zu jäten. Wir hatten auch kein Geld für Dienstboten gehabt, und wir waren alle mit anderer Arbeit mehr als eingedeckt gewesen. Trotzdem hatten wir unseren Hof immer in Schuss gehalten. Jetzt aber stand ich vor einem Trümmerhaufen, der schlimmer aussah als es der Hof vom Ochsenbrücher je getan hatte, und es ließ mich vollkommen kalt. Ich hatte keine Lust mehr, die Stätte meiner Vereinsamung und meiner Qualen in Ordnung zu halten. Wenn alles hübsch sauber und gepflegt gewesen wäre, hätte das doch auch nichts geändert, oder? Und was andere darüber dachten, war mir erst recht gleich. Die anderen – die waren doch sowieso blind und taub. Wenn sie schon nicht erkannten, was mit mir geschah, dann brauchten sie auch nicht über den Zustand unseres kleinen Bauernhofs die Nase zu rümpfen.

Ich wünschte mir plötzlich, ich hätte noch einmal Gelegenheit, den alten Ochsenbrücher zu sehen. Jetzt verstand ich ihn. Nie wieder würde ich abfällig von seinem verdreckten Haushalt denken. Ich wusste, dass der Zustand des Hofs nur den seiner verwahrlosten, einsamen Seele widerspiegelte. Mich überkam auf einmal großes Mitleid mit dem Mann. Es war meine erste echte Gefühlsregung an diesem Tag. Mein Herz war also noch nicht abgestorben.

Ob es dieser Gedanke war, die Erleichterung, die er mir verschaffte, wusste ich nicht. Jedenfalls schnappte ich mir eine Sense und bahnte mir durch das Gestrüpp, das unser Grundstück immer mehr vereinnahmte, einen Weg zu den Feldern. Es war ein aussichtsloses Unterfangen, sie im Alleingang mähen und anschließend pflügen zu wollen, aber plötzlich hatte ich das Bedürfnis, etwas zu tun. Etwas Sinnvolles zu tun. Denn Nahrung brauchten wir schließlich, während wir auf einen sauberen Fußboden in der Stube ganz gut verzichten konnten. Aber schon als ich ankam, verflog mein Anfall von Fleiß. Ich sah mir stirnrunzelnd den wachsenden Urwald an, der das einstige Maniokfeld unter sich begrub. Es war hoffnungslos.

Wut und Verzweiflung überkamen mich mit einer solchen

Wucht, dass ich mir nicht anders zu helfen wusste, als wild mit der Sense um mich zu schlagen. Jemand anders hätte vielleicht gebrüllt oder geheult, hätte, wenn er vornehmer gewesen wäre, mit kostbarem Porzellan um sich geworfen, hätte seinen Hund gequält oder seine Frau verprügelt. Erstmals konnte ich nachvollziehen, wie Hannes sich während seiner Ausbrüche fühlen musste, wenn sich der angestaute Zorn über die Muskeln seinen Weg nach draußen suchte und sich nicht mehr aufhalten ließ. Das hatte er mir mal, sozusagen als Entschuldigung, erzählt: dass es ihn überkommen hatte und dass es stärker war als er.

So ging es mir jetzt. Ich mähte wie eine Wahnsinnige. Und es war stärker als ich, denn mein Verstand sagte mir, dass es besser für mich wäre, damit aufzuhören. Andere Frauen hüteten immerhin eine Woche lang das Bett, wenn sie eine Fehlgeburt gehabt hatten. Aber mein freier Wille war mir abhandengekommen. Ich bestand auf einmal nur noch aus Wut, Trauer und Verbitterung. Mit jeder Faser meines Körpers verlangte es mich danach, mir diese Gefühle auszutreiben – und das, so schien mir, war nur durch völlige Verausgabung zu erreichen.

Natürlich ging ich nicht nach irgendeiner Ordnung vor. Ich schlug wie wild um mich, taumelte mal in die eine, mal in die andere Richtung, drehte mich senseschwingend im Kreis und hatte schließlich eine unregelmäßige Fläche niedergemäht, die sicher so groß war wie die Lichtung am nördlichen Ende des Soonwaldes, wo ich einst mit Hannes Zärtlichkeiten ausgetauscht hatte. Dieselbe übrigens, auf der ich Jahre zuvor, als vielleicht Elfjährige, das kleine Kind der Hoffmanns, das ich beaufsichtigen sollte, gepiesackt hatte.

Abrupt hielt ich inne. Warum fiel mir dieses Vorkommnis ausgerechnet jetzt wieder ein? Ich hatte seitdem nie wieder daran gedacht, doch nun hatte ich es in sehr lebendigen Farben vor Augen. Das Gör war mir in seinem Drang, die Umgebung zu erkunden, lästig geworden. Ich hatte es, immer wenn es aufstand und sich mit Mühe auf seinen zwei Beinchen hielt, umgeschubst. Erst dachte das Kind, es wäre ein Spiel, es juchzte und freute sich. Dann stieß ich es unsanfter zu Boden, immer und immer wieder, bis es endlich begriff, dass ich seine ersten Gehversuche nicht lustig fand, sondern ärgerlich.

Oh Gott, hatte ich das wirklich getan? Oder spielte mir meine Erinnerung einen Streich? Aber nein – auf die Genauigkeit meiner Erinnerungen hatte ich mich immer verlassen können. Wenn ich aber ein unschuldiges Kind gequält hatte, und das in einer Lage, die im Vergleich zu meiner jetzigen geradezu rosig war, wozu wäre ich dann heute imstande? Würde ich am Ende noch Hand an Hildchen legen? Gar nicht auszudenken!

Ich ließ die Sense in das abgemähte Gestrüpp fallen und setzte mich daneben.

Es war allerhöchste Zeit, etwas zu unternehmen.

49

*K*lara, Raúl und Joaninha fuhren schweigend auf der Hauptstraße, die schnurgerade die Mitte der Baumschneis beschrieb. Als Klara zuletzt hier gewesen war, war der Weg bei Regenfällen so gut wie unpassierbar gewesen. Während ihrer Abwesenheit war die Straße mit Steinen und Kies befestigt worden. Allmählich nahm die Colônia Gestalt an. Eine ordentliche Straße, ein Dorf mit Kirche und, wie Klara gestern am Rande mitbekommen hatte, einer kleinen Schule. Die Bauernhöfe der allerersten Siedler zeigten alle Anzeichen des bescheidenen Wohlstands, den sie sich in gerade einmal drei Jahren erwirtschaftet hatten. Die Hütten waren kleinen, aber gut befestigten Fachwerkhäusern gewichen, die Felder dehnten sich immer weiter aus und hatten den Urwald bereits ein gutes Stück verdrängt.

Jetzt, Mitte Juni und am frühen Morgen, war es empfindlich kühl. Klara schätzte jedoch, dass es bei dem sonnigen Wetter im Laufe des Tages noch sommerlich warm werden würde. Wären nicht weiterhin Tukane über sie hinweggeflogen, hätte man nicht die Affen durch das Geäst jagen hören und wären nicht allenthalben die immensen, vor Morgentau schillernden Netze von Riesenspinnen zu sehen gewesen – man hätte fast glauben können, sie befänden sich im Hunsrück.

Auch Raúl staunte. Er hatte die Colônia genau einmal durchquert, nämlich vor drei Monaten. Damals hatte er sich weder für die deutschen Siedler interessiert noch für die Umgebung. Er hatte eine vermeintliche Abkürzung durch den

⮞ 460 ⮜

Wald genommen und sich geärgert, dass die Strecke zwar deutlich kürzer, dafür jedoch viel unwegsamer gewesen war. Dann hatte er Klara gefunden, reglos am Ufer des Rio Paraíso liegend, und war, nunmehr erst recht ohne den Fortschritten der Kolonisten irgendeine Beachtung zu schenken, nach Porto Alegre geritten. Diese Straße, auf der sie jetzt fuhren, hatte seinerzeit unter Wasser gestanden und war unpassierbar gewesen, er hatte sich daher für einen anderen Weg entschieden. Umso mehr überraschte ihn nun, wie emsig die Siedler gewesen waren. Und wie wenig brasilianisch es hier aussah. Er war in einer anderen Welt gelandet.

Bereits in São Leopoldo hatte er dieses Gefühl gehabt, doch da war der Einfluss der deutschen Kultur nicht so alles beherrschend wie hier. Dank der alten Faktorei in ihrer portugiesischen Bauweise sowie dank vereinzelter portugiesischer Sprachfetzen, die man von den Fährleuten oder Händlern aufschnappte, wusste man dort wenigstens noch, in welchem Land man war. Hier jedoch erinnerte außer der Landschaft, die ja auch schon zunehmend gezähmt wurde, gar nichts mehr an Brasilien. Die Fachwerkhäuser waren typisch europäisch, und die Beete und Vorgärten, in denen die Leute das Gemüse für ihren persönlichen Bedarf anbauten, waren in dieser Form in Brasilien unüblich. Sogar die Wäsche, die an den Leinen flatterte, war fremdartig.

Er ließ das alles auf sich wirken und dachte dabei an den Vortrag, den der Journalist Alves da Costa ihm gehalten hatte, als er in der Redaktion des »Jornal da Tarde« nach näheren Informationen gesucht hatte. Raúl kam zu dem Schluss, dass der Mann ein wenig übertrieben haben musste. Den Leuten hier ging es doch offensichtlich nicht schlecht. Auch dass sie in einer grenznahen Region angesiedelt worden waren, hatte sich bislang noch nicht negativ ausgewirkt – sie lebten hier so fernab jeglicher politischer Unruhen, dass sie es wahrscheinlich nicht einmal mitbekämen, wenn an der Grenze zu Uruguay wieder die Hölle los wäre. Die Indianer schienen ebenfalls kein ernsthaftes Problem darzustellen. Bisher hatte er keine Klagen über ein schwieriges Zusammenleben gehört. Nun ja, zugegeben, er war auf das angewiesen, was Klara ihm erzählte, denn die anderen Kolonisten sprachen ja kein Portugiesisch. Und Klara war überaus zurückhaltend mit der Preisgabe von Einzelheiten, die ihr Leben hier im Dschungel betrafen.

Klara hing ähnlichen Gedanken nach. Sie hatte Raúl so wenig von ihren Lebensumständen mitgeteilt – zu welchem Urteil über sie würde er gelangt sein, wenn sie ihm alles berichtet hätte? Die Amputation des Beines, die zunehmende Verbitterung von Hannes, seine wachsende Gewalttätigkeit, die Trostlosigkeit ihres Daseins? Sie hatte befürchtet, dass er, genau wie ihre Nachbarn und Freunde, zu dem Schluss kommen würde, sie sei der Last dieser Sorgen nicht gewachsen gewesen und habe, vielleicht im Affekt, ihren Mann getötet. Sie selber wusste ja ebenfalls nicht genau, ob es sich nicht tatsächlich so zugetragen hatte. Und sie hatte ohne Zweifel Mordgelüste gehabt.

Und jetzt? Was würde er denken, wenn er ihr armseliges Häuschen sah? Klara wurde klamm ums Herz. Sie hatte nicht gewollt, dass er mitkam. Aber ohne ihn hatte sie diese schwierige Fahrt auch nicht machen wollen. Es würde für alle Beteiligten hart werden: erst ein Blick auf ihre Parzelle, den Schauplatz der Tragödie, die auf dem Weg zu Gerhards lag, dann der Besuch bei Christel und Franz, die sich zu Tode erschrecken und die vielleicht das Hildchen nicht so gern wieder hergeben würden. Klara hatte da so ihre Vermutungen. Christel konnte offenbar selber keine Kinder bekommen. Sie war von Hildchens Geburt an immer in der Nähe des Kindes gewesen und hatte sich förmlich aufgedrängt, sich um das Kind zu kümmern. Sie hatte Klaras Qualen nicht ernst genommen, ja sogar Hannes noch in seinen Verleumdungen unterstützt. Für Klara lag es auf der Hand, dass Christel sich insgeheim beglückwünschte, doch noch die ersehnte Mutterrolle ausfüllen zu dürfen.

Sie fuhren nun am Grundstück der Schmidtbauers vorbei. Klara senkte den Kopf. Sie wollte nicht, dass die Nachbarn sie sahen. Sie hatte keinerlei Verlangen, erneut all die Fragen zu beantworten, die man ihr gestern schon gestellt hatte. Sie hatte keine Lust auf die missgünstigen und skeptischen Blicke, mit denen die Leute Raúl musterten und sie selber bedachten, als wäre es sonnenklar, dass sie Ehebrecher waren. Gestern waren sie es noch nicht gewesen, und Klara hatte den gemeinen Blicken standhalten können. Wie es heute um ihren Widerstandsgeist bestellt war, wusste sie nicht. Streng genommen hatten sie nichts Verbotenes getan, denn weder sie noch Raúl waren verheiratet. Oder war man auch als Witwe an das Treuegelöbnis gebunden? Nein, bestimmt nicht.

Sie hatten Glück. Auf dem Hof der Schmidtbauers war kein Mensch zu sehen. Sicher waren sie auf den Maisfeldern, die weit entfernt von der Straße lagen. Klaras Nervosität wuchs dennoch. In vielleicht zehn Minuten würden sie ihre Parzelle erreichen. Was erwartete sie dort? Es war das herzhafte Gähnen Joaninhas, das Klara ein wenig von ihren Ängsten ablenkte. Natürlich, sagte sie sich, es war nichts weiter als eine langweilige Fahrt auf einer monotonen Straße, hin zu einem unbewohnten Hof. Was sollte schon groß passieren? Sie würden das Haus und die umliegenden Nutzflächen inspizieren, aber finden würden sie dort gewiss nichts. Was auch? Und wenn ihr kleiner Hof allzu verkommen aussah, würde sie dies vor Raúl damit rechtfertigen können, dass er ja nun schon so lange verlassen war. Es bestand kein Grund dazu, sich zu schämen oder zu fürchten.

»Halt! Hier links.« Beinahe hätte Klara selber die Einfahrt übersehen.

Raúl lenkte den Wagen in einen kleinen Stichweg, der von der Straße abging und der vollkommen überwuchert war. Das Gestrüpp war bereits so hoch, dass es sich in den Achsen ihres Wagens verhedderte. Dann bogen sie um eine Kurve, und da stand das Haus. Auf den ersten Blick wirkte es ganz normal, wie all die anderen Fachwerkhäuschen, an denen sie vorbeigekommen waren. Es strahlte eine freundliche Rechtschaffenheit aus. Raúl wusste nicht, was er erwartet hatte, aber dies hier bestimmt nicht. Das Haus konnte man sich kaum als Schauplatz ehelicher Dramen oder gar als den schwerer Verbrechen vorstellen.

Doch als sie vor dem Haus zum Stehen kamen, waren die Anzeichen des fortschreitenden Verfalls nicht mehr zu übersehen. Das, was einmal ein Vorgarten gewesen sein musste, war im Begriff, zum Dschungel zu werden. Der Hühnerstall war zusammengebrochen, und in dem Trog hatten sich Blätter und Wasser zu einem schleimig grünen Brei zersetzt. Auf der Wäscheleine flatterte noch ein grauer Fetzen Stoff, der nicht mehr als ein bestimmtes Wäschestück zu identifizieren war. Es lag allerlei Unrat herum, auch das eine oder andere Werkzeug erspähte er unter dem dichten Grün, das alles überzog. Diebe waren keine hier gewesen, die hätten eine brauchbare Schaufel sicher nicht dagelassen. Warum allerdings keine neuen Bewohner eingezogen waren, war Raúl schleierhaft. Es kamen ständig neue Siedler aus Europa, ein bereits gerodetes Grundstück mit einem festen Haus darauf würde wohl kaum einer von ihnen verschmähen.

Die Haustür war offen und wurde vom Wind bewegt, wobei sie knarzende Geräusche von sich gab.

»Das ist gruselig«, rutschte es Joaninha heraus.

»Hat dir Teresa nicht gesagt, du sollst nur den Mund aufmachen, wenn du etwas gefragt wirst?«, fuhr Raúl sie an. Es *war* gruselig, selbst bei ihm löste der Anblick ungute Gefühle aus. Aber der armen Klara war sicher nicht damit gedient, wenn man es auch noch so deutlich aussprach.

»Ich geh da nicht rein«, nörgelte Joaninha.

»Hat dich irgendjemand gefragt?« Raúl fand dieses Mädchen überaus lästig, aber er hatte sie nicht allein in São Leopoldo lassen wollen. Er sah sie kopfschüttelnd an. »Du darfst draußen bleiben. Ganz allein. Wache schieben.« Dann, als das Mädchen schon eine Leidensmiene zog und zu einer quengelnden Antwort ansetzte, befahl er: »Und jetzt kein Ton mehr!«

Er nahm Klara bei der Hand und stieß die Tür ganz auf. Ein Geruchsgemisch von Wald, Erde und Schimmel schlug ihnen entgegen. Die Holzdielen knacksten bedenklich, als sie sie betraten. Raúl sah sich aufmerksam um. An Phantasiemangel hatte er nie gelitten, aber hier fiel es ihm schwer, sich vorzustellen, wie es ausgesehen haben mochte, bevor die Natur ihre Verwüstungen angerichtet hatte.

Es gab keinen Flur oder Eingangsbereich – hinter der Haustür kam direkt ein Raum, der Küche, Ess- und Wohnzimmer in einem zu sein schien. Trotz seiner vielfältigen Funktionen war es ein kleiner Raum. Raúl konnte schwerlich glauben, dass man in so beengten Verhältnissen überhaupt leben konnte. Warum hatten sie nicht einfach ein größeres Haus gebaut? Das hätte unwesentlich mehr Aufwand, dafür jedoch deutlich mehr Lebensqualität bedeutet.

»Jeder einzelne Balken hier drin hat uns unfassbar viel Mühe gekostet«, sagte Klara.

Hatte er laut nachgedacht? Konnte sie Gedanken lesen?

»Mit wenigen Leuten und nur dem allernotwendigsten Gerät Bäume fällen, hierherschleifen, sie zersägen, sie zu einem Gerüst zusammenfügen – das war hart.« Ihr erschien das Haus nun selber viel zu klein. Sie rief sich die Arbeit in Erinnerung, die es sie gekostet hatte. Ja, damals hatten sie gedacht, es wäre vollkommen ausreichend. Sie waren sogar stolz darauf gewesen. Und sie hatten sich gesagt, dass man später, wenn die Familie wuchs, jederzeit anbauen konnte.

Sie löste ihre Hand aus der von Raúl und ging zum Herd. Ihre Töpfe, ihr Geschirr und die Kochutensilien waren fort. Einzig ein selbstgehäkelter Topflappen, verschmutzt und an einer Ecke angebrannt, hing traurig an einem Haken. Sie nahm ihn und betrachtete ihn, als wäre er ein Fundstück aus einer anderen Zeit, ein interessantes Fossil, wie man es in den Schiefergruben im Hunsrück oft fand. Dann hängte sie ihn wieder an den Haken und ging zu der Tür, die die Schlafkammer von der Stube trennte. Die Tür, dachte sie, ausgerechnet die Tür war noch da. Warum nahm jemand wertlose Kochtöpfe mit, ließ aber eine so schön gearbeitete Tür zurück?

Sie drückte sie vorsichtig auf. Die Kammer stank erbärmlich nach Moder. Bestimmt hatte die mit Maisstroh gefüllte Matratze allerlei Tiere angelockt. Die Möbel standen alle noch dort, wo Klara sie zuletzt gesehen hatte, aber alle tragbaren Gegenstände waren ebenfalls fort. Kissen, Wäsche, selbst die Waschschüssel und der Nachttopf waren verschwunden.

Dann fiel ihr Blick auf einen winzigen Gegenstand, der inmitten von Staubknäueln und Spinnweben achtlos in der Ecke lag. Sie ging die Hocke und betrachtete ihn: einen kleinen Schuh, aus weichem Leder von Hannes passgenau angefertigt für Hildchen und ihre ersten Gehversuche. Klara hob das Schühchen auf, umklammerte es mit beiden Händen, hielt es sich unter die Nase und schluchzte in gekrümmter Haltung.

»Es ist nur ein Schuh, den sie hier übersehen haben. Deiner Tochter geht es gut, das haben sie dir doch gestern im Dorf gesagt, oder?«

Klara nickte. Sie wusste, dass Raúl recht hatte. Trotzdem kam es ihr vor, als wäre der Schuh ein böses Omen, ein Zeichen dafür, dass es ihrem Hildchen nicht gutging und es ihr an dem Notwendigsten mangelte.

Raúl reichte ihr erneut die Hand, zog sie hoch und führte sie aus der Kammer hinaus. Als Klara durch den Türrahmen trat, wurde sie von irgendetwas geblendet. Es dauerte nur den Bruchteil einer Sekunde, aber es war eindeutig ein Funkeln gewesen, wie wenn die Sonne von Glas widergespiegelt wird. Doch was konnte das sein? fragte Klara sich. Alles, was eine halbwegs glatte oder glänzende Oberfläche besaß, war aus dem Haus geräumt worden. Sie ließ ihren Blick durch die Stube wandern, konnte jedoch nichts außer stumpfem Holz und Staub entdecken.

»Was ist? Suchst du etwas Bestimmtes?«, fragte Raúl, dem Klaras aufmerksame Inspektion des Raums nicht entgangen war.

»Nein.« Dennoch hielten der wachsame Blick und das Suchen an. Sie bückte sich, schaute unter dem Tisch nach, verschob die wackligen Stühle, kniete sich dann mit ausgestrecktem Hinterteil hin, um unter dem Spülstein und unter dem Schrank nachzusehen. Nichts außer Mäusedreck und Moos.

Sie richtete sich wieder auf. Und dann sah sie, was den einen Sonnenstrahl reflektiert hatte, der jetzt, am späten Vormittag, ihr düsteres Haus erhellte. Neben dem Herd, versteckt zwischen den Brennholzscheiten, die ebenfalls mit Spinn- und

Staubweben überzogen waren und in denen tote Insekten hingen, lag der abgetrennte Kopf der Porzellantänzerin.

Ein Schwindel ergriff sie, und sie hielt sich mit einer Hand an Raúls Rockärmel fest, während sie mit der anderen ihre Stirn umfasste.

»Ist alles in Ordnung?«, fragte er besorgt.

»Ja«, antwortete sie mit belegter Stimme. Aber das stimmte nicht. Nichts war in Ordnung. Denn blitzartig erschien mit größter Klarheit jenes Bruchstück der Ereignisse vor ihrem geistigen Auge, an das sie sich bisher vergeblich zu erinnern versucht hatte. Der Abend der Tragödie.

Plötzlich war alles wieder da.

50

*H*annes hielt sich mit einer Hand an der Stuhllehne fest. Mit der anderen erhob er seinen Krückstock und fegte damit über das Bord. Unsere kostbarsten Habseligkeiten flogen durch den Raum. Meine Porzellanfigur zerbrach in tausend Teile, nur der Kopf blieb in einem Stück. Er kullerte unter die Brennholzscheite neben dem Herd. Die Bibel landete mit den geöffneten Seiten nach unten auf dem schmutzigen Boden. Der begonnene und niemals vollendete Brief an meine Schwester flatterte heraus und blieb auf der Asche vor dem Herd liegen, die ich seit Ewigkeiten nicht mehr aufgekehrt hatte. Unsere Fiedel zerbrach und erzeugte, als eine Saite riss, einen sonderbar gequälten Ton, der all meine Trauer und all mein Entsetzen zu beinhalten schien. Es kam mir vor wie der Klang der Totenglocke.

Eine Ahnung, dass ich heute würde sterben müssen, kroch mir in die Glieder und lähmte mich. Ich stand Hannes gegenüber am Tisch und rührte mich nicht. Wie aus weiter Entfernung hörte ich Hildchen weinen. Sie lag in unserer Schlafkammer. Dort legte ich sie fast immer am späten Nachmittag aufs Bett, weil es der kühlste Platz im Haus war.

»Ich bring dich um!«, brüllte Hannes.

Als ob ich das nicht gewusst hätte.

»Du verkommenes Miststück!«, tobte er und fügte dieser Beleidigung noch etliche andere hinzu. Sie trafen mich nicht sonderlich hart – ich hatte ja etwas in der Art vermutet, als ich ihm von meiner vorzeitig beendeten Schwangerschaft erzählte. Hannes glaubte allen Ernstes, dass Friedhelm der Vater des armen Würmchens gewesen war und dass ich selber der Schwangerschaft ein Ende gesetzt hätte. Ich machte mir nicht die Mühe, ihm zu erklären, dass ich, selbst wenn ich gewollt hätte, gar keine Gelegenheit gehabt hatte, etwas mit Friedhelm anzufangen; dass ich, wenn ich diese gehabt hätte, dem Verlangen noch immer nicht erlegen wäre, denn meinen geschundenen Körper hätte ich ihm gewiss nicht dargeboten; und dass nicht ich das Leben der armen ungeborenen Kreatur auf dem Gewissen hatte, sondern er, Hannes, allein die Schuld daran trug.

Hannes war vollkommen außer sich. Er benutzte nun seinen Stock, um ihn quer über den Herd sausen zu lassen. Ein Topf, in dem ich kurz zuvor Bohnen zum Kochen aufgesetzt hatte, krachte herunter. Instinktiv wich ich der heißen Brühe aus, die sich in einem Schwall durch den halben Raum ergoss. Es musste diese ruckartige Bewegung gewesen sein, die meine Lebensgeister wieder weckte, denn auf einmal war meine duldsame Trägheit wie weggeblasen. Ich begann zu rennen.

Ich lief so schnell ich konnte, und zwar in dem überklaren Bewusstsein, dass es diesmal wirklich um Leben und Tod ging. Ich würde nie wieder hierher zurückkehren. Ich würde Hildchen von der Polizei abholen lassen und unterdessen beten, dass er seine Wut nicht an ihr ausließ. Sie mir jetzt zu schnappen hätte, da war ich mir vollkommen sicher, mein Ende bedeutet, und davon hätte das Kind ja auch nichts gehabt. Ich musste das Wagnis eingehen, sie in Hannes' Obhut zu lassen. Ich schalt mich für meine Zögerlichkeit – hätte ich sie bereits am Vortag zu Christel gebracht, so wie es mir sinnvoll erschienen war, da ich ja an meinem eigenen Charakter zu zweifeln begonnen hatte, wäre die Kleine jetzt außer Gefahr.

Ich hätte gar nicht so schnell zu rennen brauchen, denn

Hannes konnte mich nicht einholen. Dennoch versuchte er es. Er war offenbar so erregt, dass er vergessen hatte, wie es um ihn bestellt war. Auf einem Bein hatte er nicht die geringste Chance, mich zu erwischen. Aber er schrie mir hinterher und humpelte mir nach, und das in einer Geschwindigkeit, die ich kaum für möglich gehalten hätte. Er hatte sich seinen zweiten Stock genommen, so dass er schneller vorankam. Im Umgang damit war er im Laufe der Zeit sehr geschickt geworden, und dank seines kräftigen Oberkörpers sowie der muskulösen Arme machte er durch Kraft wett, was ihm an Beweglichkeit fehlte. Trotzdem war ich viel schneller als er.

Ich flitzte über unser Grundstück wie ein Wiesel. Dann, an der Grenze zum Wald, drehte ich mich kurz um, weil ich sehen wollte, ob er mich noch immer verfolgte. Was ich indes sah, war ein Stein, der auf mich zuraste. Ich konnte ihm nicht mehr rechtzeitig ausweichen. Er traf mich an der Stirn, und für einen kurzen Moment sah ich Sterne und dachte, ich würde umkippen. Zum Glück geschah das nicht, dennoch taumelte ich kurz und verlor einen großen Teil meines Vorsprungs. Dieser Wahnsinnige – er würde mir so lange nachrennen, bis er mich hatte! Ich sah ihn auf mich zukommen. Er war bereits gefährlich nahe, aber seinen Gesichtsausdruck konnte ich nicht erkennen, weil die Sonne hinter ihm stand und mich blendete.

Für den Bruchteil einer Sekunde glaubte ich, dass da noch eine weitere Person zu sehen war, aber da drehte ich mich auch schon herum, um weiterzulaufen. Wahrscheinlich hatte das Spiel von Licht und Schatten mir etwas vorgegaukelt, was gar nicht da war. Erneut traf mich ein Stein, diesmal im Rücken. Ich stolperte, fing mich jedoch sofort wieder. In meiner wilden Verzweiflung schlug ich einen Weg ein, der mir völlig unbekannt war, mitten in den Urwald hinein. Äste peitschten mir ins Gesicht, dorniges Gestrüpp zerkratzte mir die Beine, die nackt unter meinem gerafften Rock hervorschauten. Immer wieder stolperte ich über freiliegendes Wurzelwerk, rannte in Lianen oder herabhängende Zweige hinein, verheddderte mich in Schlingpflanzen. Ich keuchte und hechelte. Ich spürte etwas über mein Gesicht laufen und war mir nicht sicher, ob es Tränen waren, Blut oder Schweiß oder alles zusammen. Mein Mund fühlte sich trocken an, mein Körper glühte und brannte. Der Schweiß rann mir in Strömen herunter. Aber vielleicht handelte es sich auch dabei um Blut. Ich gönnte mir nicht die kleinste Atempause, um an mir herabzusehen. Ich war wie ein Tier auf der Flucht: Ich bestand nur noch aus Überlebensinstinkt.

Dann beging ich den Fehler, mich im Laufen umzusehen. Ich hatte geglaubt, mir das leisten zu können, da weder ein Baum noch irgendein anderes größeres Hindernis zu sehen war. Doch als ich wieder nach vorn schaute, war es bereits zu spät: Vor mir lag ein Fluss, kaum breiter als ein Bach. Ich konnte mich nicht schnell genug abbremsen, geriet an der Uferböschung ins Torkeln und fiel schließlich kopfüber ins Wasser.

Ich verlor den Boden unter den Füßen und schlug wie wild um mich. Ich ging unter, atmete Wasser ein, kam spuckend und gurgelnd nach oben und fuchtelte mit den Armen herum, um nach dem nächstbesten schwimmenden Gegenstand zu schnappen, einem morschen Baumstamm oder was auch immer. Aber ich griff immer wieder ins Leere, tauchte immer wieder unter. Meine Lungen füllten sich mit Wasser. Ich geriet zunehmend in Panik. Wenn ich ruhig Blut bewahrt hätte, wer weiß, vielleicht hätten meine Schwimmkenntnisse ausgereicht, um mich retten zu können. So jedoch, zappelnd und um mich schlagend, trieb ich meinen Untergang nur noch schneller voran. Mein Kleid zog mich tiefer nach unten, doch mir fehlten die Ruhe und die Kaltschnäuzigkeit, mich unter Wasser zu entkleiden.

Besonders tief war der Fluss nicht, denn als ich schon dachte, nun wäre es um mich geschehen, berührten meine Füße den Boden. Ich stieß mich kraftvoll ab und kam an die Oberfläche, allerdings nur gerade lange genug, um Luft zu holen. Dann zog es mich wieder in die Tiefe. Aber aus dem Augenwinkel hatte ich etwas gesehen, was mir Auftrieb gab. Ein altes Kanu lag schief an der Uferböschung. Vielleicht hatte ich es mir auch nur eingebildet, doch allein die Hoffnung, dass keine drei Meter von mir entfernt die Rettung liegen konnte, verlieh mir unglaubliche Kräfte. Erneut stieß ich mich vom Grund ab, und diesmal versuchte ich mich in die Richtung abzudrücken, in der ich das Kanu vermutete. Ich kam hoch, schnappte nach Luft, und sah es wieder. Tatsächlich: Ich war näher dran diesmal.

Das ganze Spiel wiederholte sich noch einige Male, bis es mir endlich gelang, mich mit einer Hand am Rand des Kanus festzuhalten. Es kippte dabei um, aber das war mir egal. Ich wollte ja nicht etwa mit dem Ding fahren, sondern mich nur daran festhalten und versuchen, so das rettende Ufer zu erreichen. Ich klammerte mich verzweifelt an den vermoderten Holzbohlen fest, die nicht so aussahen, als würden sie einer solchen Belastung sehr lange standhalten. Das Bötchen war vollkommen verrottet, und ich fürchtete, dass es in Kürze untergehen würde.

Da ich das Kanu aus seinem Schilfnest gezerrt hatte, schwamm es nun ebenfalls – und zwar in der Mitte des Flüsschens. Ich paddelte wie verrückt mit Beinen und Füßen, aber die Strömung war zu stark: Das Ufer schien zum Greifen nah – und doch in unerreichbarer Ferne. Also ließ ich mich treiben, in der Hoffnung, dass sich demnächst irgendeine andere Lösung abzeichnen würde. Doch das Gegenteil war der Fall.

Zunächst glaubte ich, nur wegen der großen Anstrengung ein Rauschen in meinen Ohren zu vernehmen. Dann, als sich der Fluss zusehends in einen reißenden Strom verwandelte, wurde mir klar, dass das Rauschen nicht aus meinem Innern, sondern von draußen, von vorn kam. Als ich die Stromschnellen erreichte, war es zu spät, einen anderen Ausweg zu suchen: Das Kanu und ich wurden mit in die Tiefe gerissen.

Die gewaltige Kraft des Wassers entsetzte mich und erschien mir zugleich tröstlich. Mir schien, dies sei ein besseres Ende als jenes, das mir daheim gedroht hatte. Das Wasser begrub mich unter sich, schleuderte mich herum. Ich konnte nichts, aber auch gar nichts tun. Der Sog des Wassers war einem schwindelerregenden Tanz nicht unähnlich, und ich begann Gefallen an diesem Rhythmus des Untergangs zu finden, bei dem mein Haar schwerelos um meinen Kopf waberte und mein Herz sich plötzlich ganz leicht anfühlte.

Dann schlug mein Kopf gegen einen Felsen, und mir wurde schwarz vor Augen.

51

Auf der Weiterfahrt zu den Gerhards berichtete Klara Raúl jede Einzelheit, die ihr wieder eingefallen war. Er löcherte sie mit Fragen, aber zu der geheimnisvollen Person, die sie zu sehen geglaubt hatte, konnte sie ihm beim besten Willen nicht mehr erzählen als das, was sie bereits gesagt hatte. Wahrscheinlich war gar niemand da gewesen. Die Sonne hatte sie geblendet; sie hatte von dem Stein, der sie getroffen hatte, Sterne gesehen; sie hatte sowieso nur einen Wimpernschlag lang in die Richtung geschaut – nein, alles wies darauf hin, dass sie sich diese Person eingebildet hatte.

Weiterhin wollte er wissen, was es mit diesem Kanu auf sich hatte. Ob sich vielleicht doch ein Indio in der Nähe herumgetrieben haben konnte? Unwahrscheinlich, unterbrach Klara seinen Gedankengang – das Kanu war so morsch gewesen, dass es zum Fahren nicht mehr getaugt hatte. Doch Raúl ließ nicht locker. Er versuchte alles aus ihrem Gedächtnis zu quetschen, was sich dort noch verborgen halten mochte. Zum Glück dauerte die Fahrt zu den Nachbarn nicht lange. Raúl hätte sie womöglich mit weiteren Fragen gequält, auf die sie keine Antwort wusste und auf die sie sich nicht wirklich konzentrieren konnte. Zu sehr war sie in Anspruch genommen von der ängstlichen Vorfreude auf das Wiedersehen mit Hildchen.

Wie sehr sie den Augenblick herbeisehnte, in dem sie ihre Tochter in die Arme schließen konnte! Und wie sehr sie ihn fürchtete! Würde sich die kleine Hilde überhaupt noch an ihre Mutter erinnern? Würde sie ihr die lange Abwesenheit verzeihen? Klara bekam feuchte Augen bei dem Gedanken an all die körperlichen und seelischen Veränderungen, die ihr Hildchen erfahren haben mochte. Hatte sie weitere Zähne bekommen? War ihr weiches Haar gewachsen? Konnte sie Worte brabbeln, die sie vor drei Monaten noch nicht beherrscht hatte? Oder hatte es ihr angesichts des plötzlichen Verlustes von Vater und Mutter gänzlich die Sprache verschlagen? Klara nahm all ihre Kraft zusammen, um nicht laut herauszuheulen und mit ihrem verweinten Gesicht dem armen Kind womöglich einen weiteren Schrecken einzujagen.

Sie erreichten die Parzelle von Christel und Franz gegen Mittag. Der Gegensatz zu dem, was sie soeben auf der Wagnerschen Parzelle zu sehen bekommen hatten, hätte nicht größer sein können. Haus und Hof waren gepflegt und machten einen einladenden Eindruck. Die Hühner waren fett, in dem Gemüsegärtchen bogen sich die Tomatensträucher unter der Last der prallen Früchte, und aus dem Haus hörte man Christel fröhlich vor sich hin trällern. Der Duft von gebratenem Fleisch drang aus dem Küchenfenster nach draußen.

Als sie das Geräusch der Wagenräder auf dem Hof vernahm, wischte Christel sich die Hände an einem Geschirrtuch ab und trat vor die Tür. Mit ihrer sauberen Schürze und dem geschäftigen Gehabe war sie der Inbegriff der tüchtigen Hausfrau. Sie lächelte – Besuch war immer willkommen. Auf den ersten Blick wunderte sie sich über das merkwürdige Trio, das da auf dem vornehmen Wagen angekommen war. Eine Negerin war sogar dabei, Jesus und Maria! Dann fiel ihr Blick auf die gutgekleidete Frau – und sie wurde starr vor ungläubigem Erkennen. Sie schlug ein Kreuz vor ihrer Brust und flüsterte: »Das kann nicht sein … Lieber Gott im Himmel, lass diesen Traum vorübergehen!«

476

»Es ist kein Traum. Ich bin es wirklich, Christel.« Klara ging mit ausgebreiteten Armen auf die Freundin zu. Erst da löste Christel sich aus ihrer Erstarrung. Sie drückte Klara an sich, schniefte und murmelte zusammenhanglose Worte, die ihrer Bestürzung Ausdruck verleihen sollten.

»Wir dachten alle, du wärst tot.«

»Ja, beinahe wäre ich auch gestorben. Aber der Senhor Raúl«, dabei deutete sie auf ihn, und er machte eine leichte Verbeugung, »hat mich gerettet. Das erzähle ich dir später alles ganz genau, jetzt muss ich zuerst das Hildchen sehen.«

»Ja, ja, natürlich. Komm mit. Sie ist drin, in der Küche.« Christel rieb weiter ihre Hände an der Schürze, offenbar vor Aufregung.

»Warte. Ich will sie nicht gleich so erschrecken.« Klara tappte auf Zehenspitzen über die Veranda zu dem geöffneten Küchenfenster. Ihr Herz schlug hart und unregelmäßig, so aufgeregt war sie. Sie spähte vorsichtig durch das Fenster – und hätte beinahe aufgeschluchzt vor Erleichterung.

Auf den blankgescheuerten Dielen saß ihr Hildchen, kaum anders anzusehen als vor drei Monaten, höchstens hübscher und dicker. Sie spielte hingebungsvoll mit einem Stricktier, dem sie kleine Liedchen in einer unverständlichen Kleinkindersprache vorsang. Jetzt ließen sich Klaras Tränen nicht länger zurückhalten. Sie rannte über die Veranda, stieß die Haustür auf, die direkt in die Küche führte, und rief heiser: »Hilde! Hildchen!«

Das Kind blickte sie für eine Sekunde verstört an, bevor sich so etwas wie Erkennen in seinem süßen Gesichtchen abzeichnete. Klara nahm ihre Tochter hoch, herzte und küsste sie, drehte sich mit ihr im Kreis und ließ sich auch nicht von dem irritierten Ausdruck der Kleinen davon abbringen, sie wieder und wieder zu küssen. »Wie du gewachsen bist, meine süße Kleine! Ich war doch nur drei Monate fort – Himmel, du bist kaum wiederzuerkennen!«

Hätte Hildchen sich ebenso wortreich äußern können, hätte sie ihrer Mutter dasselbe gesagt: dass nämlich sie, Klara, erst recht kaum wiederzuerkennen war. Sie roch anders, sie fühlte sich anders an, weniger knochig, und sie trug andere Kleidung. Aber ihre Stimme hatte sich nicht geändert – und Hildchen, freundliche Natur, die sie nun einmal war, belohnte die bekannte Stimme mit einem strahlenden Lächeln.

Klara heulte vor Freude und Erleichterung. Auch die Umstehenden – Christel, Raúl und Joaninha –, deren Gegenwart Klara ganz vergessen hatte, waren sehr gerührt. Christel beugte sich nach vorn und wischte sich die Tränen mit der Schürze aus den Augen, Joaninha flennte drauflos und wurde erst ein wenig ruhiger, als ihr Dienstherr ihr ein Taschentuch gereicht und einen tadelnden Blick zugeworfen hatte.

Klara tanzte mit ihrer Tochter im Kreis und konnte sich gar nicht mehr beruhigen über das propere, schöne, gesunde, hübsch gekleidete Kind auf ihren Armen. Erst als ihr von dem vielen Herumwirbeln ein wenig schwindlig wurde, hielt sie inne, schaute um sich und entdeckte ihr Publikum.

»Hier, schau sie dir an, Raúl! Ist sie nicht ein Wonneproppen?« Dabei streckte sie Raúl das Kind hin, als solle er es heben. Aber das würde er gewiss nicht tun. Er schrak zurück. Herrje, was bedrängte sie ihn denn so? Er wollte das Kind nicht tragen – am Ende würde er es noch zerquetschen oder fallen lassen.

Doch dann sah Hildchen ihm in die Augen, lächelte und streckte die dicken Ärmchen nach ihm aus. Ach du liebe Güte, er würde ja wohl müssen … Unwillig nahm er das Mädchen auf den Arm, das anscheinend einen Narren an ihm gefressen hatte und fortwährend nach seiner Nase griff, an seinen Ohren zerrte und völlig fasziniert von seinem schwarzen Haar war, an dem es kräftig zog.

Joaninha kicherte.

»Hier, da. Nimm du sie doch, mal sehen, ob du das auch noch so komisch findest, wenn sie deine Haare ausreißt.« Ungelenk stellte er der Sklavin, die sich unaufgefordert an den Küchentisch gesetzt hatte, das Kind auf den Schoß.

Hildchen war begeistert über all die Aufmerksamkeit, die ihr zuteil wurde. Sie hüpfte auf den Oberschenkeln der Schwarzen herum, lachte ausgelassen und wedelte dabei mit den Armen. Joaninha setzte sie sich rittlings auf den Schoß und wollte Hoppereiter mit ihr spielen, als Klara sich ihre Tochter schnappte und sie erneut an sich drückte.

Klara war ein wenig enttäuscht, dass Hildchen nicht nur sie so stürmisch begrüßt hatte, sondern allen anderen mit derselben Fröhlichkeit begegnete. Aber sie wurde von Christels Worten von weiterem Grübeln abgehalten.

»Nicht zu glauben, dass du in der kurzen Zeit so gut Portugiesisch gelernt hast!«

»Es ist gar nicht gut.«

»Aber es klang gut. Und dein fescher Verehrer …?«

»Er ist nicht mein Verehrer.«

»Aber es sieht so aus.« Christel lachte. »Wenn wir so weitermachen, stehen wir heute Abend noch hier und widersprechen einander. Kommt, setzt euch. Die Dienstmagd sitzt ja schon, haha. Oder ist sie keine Sklavin? Na, ist ja auch egal. Wollt ihr was zu trinken? Habt ihr Hunger? Ich habe noch ein schönes Stück Marmorkuchen, und dazu eine Tasse Kaffee?«

Sie nahmen Platz am Küchentisch, und im selben Moment sprang Joaninha auf. Ihr war gar nicht bewusst gewesen, dass bei diesen Leuten der Küchentisch nicht dem Personal vorbehalten war, sondern als Essplatz der Familie diente. Himmelherrgott, was war das nur für ein Gesindel?, fragte sie sich und flüchtete nach draußen.

Wenig später sah sie, wie die fremde Frau ebenfalls nach draußen stürzte. Joaninha dachte schon, diese Person sei hinter ihr her, doch dann beobachtete sie, wie die Frau auf die Felder hinauslief. Weißes Pack! Hatten diese Leute denn nicht einen einzigen Sklaven, den sie schicken konnten? Die Frau konnte doch nicht einfach ihre Gäste allein im Haus zurücklassen. Joaninha schüttelte den Kopf über diese Ungezogenheit und sonnte sich in dem Wissen, dass sie selber einem sehr viel feineren Haushalt entstammte.

Während Christel fort war, um Franz zu holen, saßen Klara und Raúl einander gegenüber am Küchentisch. Es war das erste Mal seit letzter Nacht, dass sie unter vier Augen waren – wenn man die von Hildchen nicht mitzählte. Das Kind saß bei seiner Mutter auf dem Schoß. Versonnen spielte Klara mit den haselnussbraunen Löckchen ihrer Tochter, die ihrerseits fasziniert den bestickten Halsausschnitt von Klaras Kleid untersuchte. Klara war froh über diesen besten aller Vorwände, Raúl nicht in die Augen sehen zu müssen.

»Wegen gestern …«, hob er an, aber sie ließ ihn nicht aussprechen.

»Sag nichts«, zischte sie. »Egal, was du zu sagen hast, es ist immer das Falsche.«

»Es war … grandios.«

Ja, das war es gewesen. Aber den Teufel würde sie tun, ihm das zu sagen. Ihr Gestöhne und ihre Lustschreie, mit denen sie wahrscheinlich das halbe Dorf geweckt hatte, hatten das ja wohl deutlich genug zum Ausdruck gebracht.

»Heirate mich.«

Was?! Jetzt endlich sah sie zu ihm hin. Machte er Scherze? Er konnte ihr doch nicht ernsthaft einen Antrag machen wollen, hier in Christels Küche, unmittelbar nachdem sie ihr Hildchen wiedergefunden hatte, gerade drei Monate nach Hannes' Tod? Und das nur, weil er den Liebesakt mit ihr so sehr genossen hatte? Was für ein unfeinfühliger Holzklotz war er nur?

Bevor ihr eine Erwiderung einfiel, die der Unverschämtheit seines Vorschlags angemessen gewesen wäre, kam Christel mit Franz im Schlepptau zurück.

Franz zog seine Stiefel an der Schwelle aus und stapfte auf Socken zu dem Wasserkrug, aus dem er sich eine Kelle voll nahm. Er bedachte Klara und Raúl mit einem Nicken, so als säßen sie jeden Tag hier in seiner Küche. Dann wischte er sich mit einem Tuch über die Stirn und setzte sich an den Tisch.

»Klärchen Wagner. Das ist ja eine Überraschung«, sagte er in einem Ton, der vermuten ließ, er sähe regelmäßig Totgeglaubte. »Na, dann schieß mal los. Christel konnte mir auf dem Weg zum Haus nicht ein vernünftiges Wort sagen.«

Klara schluckte. Wenn man auf diese Weise aufgefordert wurde, eine hochspannende, selbsterlebte Geschichte zu schildern, musste doch jedem die Lust am Erzählen vergehen. Also fasste sie nüchtern zusammen: »Hannes und ich wurden überfallen. Ich bin bei meiner Flucht in den Bach gestürzt und fortgetrieben worden. Halbtot hat der Senhor Raúl mich am Ufer des Rio Paraíso gefunden. In seinem Haus haben er und seine alte Sklavin mich gesund gepflegt. Und jetzt bin ich wieder hier.«

»Mit deinem Retter.«

»Genau.«

Franz taxierte Raúl von Kopf bis Fuß. Ihm gefiel gar nicht, was er da sah. Zunächst einmal war der Mann kein Deutscher. Er sah nicht aus wie einer, und er sprach offenbar nicht ihre Sprache. Dann sah der Mann auch nicht aus wie ein Bauer. Zwar hatte er nicht die manikürten Hände eines feinen Pinkels aus der Stadt, aber wie jemand, der an harte Arbeit gewöhnt war, wirkte er nicht gerade.

»Jetzt starr ihn doch nicht so an. Das ist unhöflich«, maßregelte Christel ihren Mann.

Na ja, Christel hatte mal wieder recht, sagte Franz sich. Er würde sich weiter an die Weisheit halten, die er zu seinem Lebensmotto erkoren und die sich immer als goldrichtig erwiesen hatte: Man soll sich nie in anderer Leute Angelegenheiten einmischen. Was ging es ihn an, mit wem Klärchen anbändelte? Nichts. Dennoch konnte er seine Neugier nicht zähmen. »Hast du was mit ihm?«, fragte er Klara rundheraus.

»Nein«, brachte sie mit kräftiger Stimme hervor. Nein, nur dass sie sich ihm letzte Nacht willig hingegeben hatte, dass sie drei Monate mit ihm unter einem Dach gelebt hatte und dass er ihr vor kaum fünf Minuten einen Heiratsantrag gemacht hatte. Nun ja, ein Antrag war es eigentlich nicht gewesen, mehr ein Befehl. *Heirate mich*.

»Und wieso ist er dann jetzt mit dir hierhergekommen? Ich meine, er hätte dich doch den Behörden übergeben können, die hätten sich schon um dich gekümmert.«

»Weil er ein Kavalier ist, deshalb«, verteidigte Klara Raúl. »Weil er sich, nachdem er mir das Leben gerettet hatte, für mich verantwortlich fühlte.« Weil er sie begehrte und weil er sie zu seiner Frau machen wollte.

»Sicher, sicher«, grummelte Franz in seinen Bart und ließ es nun endlich gut sein. »Ich habe Hunger, Weib«, raunzte er Christel an. »Wo bleibt das Essen?«

»Das dauert noch eine halbe Stunde. So früh bist du ja sonst nicht von den Feldern zurück.«

»Na, sieh halt zu, dass es ein bisschen schneller geht.« Dann widmete er sich wieder Klara.

482

»Also, der Unfall. Der Tag, an dem der Hannes getötet wurde – was genau ist da eigentlich passiert? Wir konnten uns das nie richtig erklären.«

Klara berichtete ihm, was sie gesehen und erlebt hatte, wobei sie alle Einzelheiten, die Hannes in einem allzu schlechten Licht hätten dastehen lassen, ausließ. Das Ergebnis war, dass Franz ihr keinen Glauben schenkte. Sie sah es ihm an. Aber wie auch? Wie sollte sie, ohne schlecht über den Toten zu reden, erklären, warum sie vor ihm davongelaufen war?

»Weißt du, als der Herr Raúl mich gefunden hat, da hatte ich einen schweren Gedächtnisverlust. Ich konnte mich wochenlang noch nicht einmal daran erinnern, wie ich hieß und wo ich herkam. Ich glaube, ein bisschen ist mein Kopf noch immer in Mitleidenschaft gezogen.« Klara fand, dass sie sich gut aus der Zwickmühle herausgeredet hatte.

Christel stand am Herd und spitzte die Ohren, nahm aber nicht an dem Gespräch teil.

»Na, vorher warst du ja auch schon nicht so ganz auf der Höhe«, entfuhr es Franz.

»Mag sein.« Klara bemühte sich um Fassung. »Es waren Dinge passiert, die den stärksten Mann hätten umwerfen können.«

»Und du bist sicher, dass nicht du selber …?«

»Ja, absolut sicher. Hannes lebte noch, als ich vor ihm davonlief und ins Wasser stürzte.«

»Wie – vor ihm davonliefst? Du erzählst andauernd neue Varianten.«

Klara wurde es nun endgültig zu bunt. »Dein bester Freund, mein lieber Franz, hat mich halb totgeprügelt. Ihr wusstet es und habt nichts dagegen unternommen. Der Pfarrer wusste es und riet mir noch, nicht so aufsässig zu sein. Aber ich war nicht aufsässiger als Christel, wenn sie sagt, dass es mit dem Essen noch ein bisschen dauert. Ihr kennt mich doch, um Himmels willen! Und es wurde immer schlimmer. Er war nicht mehr wiederzuerkennen, der Hannes. Der geringste Anlass reichte. Ihr könnt euch nicht vorstellen, wie er mich gequält hat. Nach außen hat er den liebevollen Vater und besorgten Ehemann gespielt – ha, besorgt um meine geistige Gesundheit, die er selber im Begriff war zu ruinieren! So war das mit dem Hannes. Und an dem verhängnisvollen Tag, als er zu Tode kam, da war er derart außer sich, dass ich mir sicher war, er wollte mich totschlagen. Also bin ich gerannt. Voller Verzweiflung in den Wald gerannt, immer weiter, in eine Wildnis, in die vor mir vielleicht noch nie ein Mensch seinen Fuß gesetzt hat. So hat sich das alles zugetragen. Bist du jetzt zufrieden, Franz?«

Einen Augenblick hörte man in der Wohnküche nichts weiter als den stoßhaften Atem Klaras und das Spiel Hildchens, die inzwischen auf dem Boden herumkrabbelte und mit einem hölzernen Löffel einen imaginären Teig rührte. Alle anderen hatten die Luft angehalten, sogar Raúl, der doch kein Wort verstanden haben konnte.

»Aber wer hat ihn denn dann umgebracht? Indianer?«

»Was weiß ich. Ja, vielleicht Indios. Aber da fragst du wohl besser Christel, die war doch, nach allem, was ich bisher erfahren habe, als Erste am Tatort. Sie hat den Hannes doch da entdeckt, oder nicht?«

»Es war schrecklich, Klärchen«, meldete sich nun Christel zurück und tupfte sich eine Träne aus dem Augenwinkel. »Aber lass uns über etwas anderes reden, ja? Der Hannes ruht ja nun unter der Erde, und wir, wir leben. Ihr müsst Hunger haben. Das Essen ist gleich so weit. Gleich gibt es schon einmal etwas Brot, dann decke ich den Tisch.«

Klara stand auf, ging zu der Arbeitsfläche und sagte: »Lass

mich das Brot schneiden.« Sie war froh, dass sie sich nützlich machen konnte.

Raúl beobachtete Klara dabei, wie sie den Laib Brot auf dem Holzbrett zunächst mit der Schnittseite nach rechts drehte, das Brotmesser nahm und dann mit geübten Bewegungen mehrere absolut ebenmäßige, gerade, gleich dicke Scheiben abschnitt. Ihr Hinterteil wackelte dabei, und er erwischte sich bei Phantasien, die in diesem Raum völlig fehl am Platz waren. Als sie den Brotkorb auf den Tisch gestellt hatte und sich wieder hinsetzte, sagte er zu ihr auf Portugiesisch: »Mein Vorschlag war ernst gemeint.«

Er schlug dabei einen völlig sachlichen Ton an, so dass die anderen unmöglich erraten konnten, worum es sich handelte. Doch als gerade niemand hinsah, schenkte er ihr ein kleines, unverschämtes Grinsen, das Klaras Herz wie wild hüpfen ließ. Sie wusste nicht, ob vor Entrüstung oder vor Freude.

52

Am Abend hatte die kleine Gruppe eine ganze Flasche Schnaps geleert. Die anfängliche unterschwellige Feindseligkeit war einer ausgelassenen Stimmung gewichen. Joaninha hatte man mit einem Käsebrot abgespeist und wieder nach draußen geschickt, was ihr nur recht war. Und dann, mitten beim Kauen eines Bissens Kuchen, bekam Raúl endlich den Gedanken zu fassen, der ihm schon den ganzen Nachmittag im Kopf herumgespukt, ihm aber immerzu entwischt war. Jetzt, da er gar nicht mehr darüber nachgegrübelt hatte, war er von allein aufgetaucht.

»Frag sie, ob sie Linkshänderin ist«, wies er Klara in kaltem Ton an. Für Höflichkeitsfloskeln fehlte ihm plötzlich der Sinn.

»Was soll das? Natürlich ist sie das nicht.«

»Frag sie.«

Klara zuckte die Achseln und wandte sich Christel zu: »Er will wissen, ob du Linkshänderin bist.«

Raúl entnahm der empörten Miene und den beleidigten Ausrufen, dass Christel dies weit von sich wies. Wahrscheinlich war es bei diesen Leuten kaum anders als bei ihnen: Die Benutzung der linken Hand zum Schreiben wurde den Kindern frühzeitig ausgetrieben. Es war die »falsche« Hand. Dennoch kannte er einige Leute, denen man die Linkshändigkeit noch deutlich anmerkte.

Wer den Löffel beim Essen in der linken Hand hielt oder die Zigarre mit links rauchte, gehörte seiner Meinung nach eindeutig zu jenen, die, obwohl sie mit rechts schrieben, als Linkshänder geboren worden waren. Genau wie jene, die das Brot mit links schnitten.

Er schilderte Klara seine Beobachtung vom Mittagessen.

»Na und?« Sie sah ihn verständnislos an.

»Selbst wenn es so wäre – willst du mir den Umgang mit ihr verbieten, weil sie, und auch nur vielleicht, Linkshänderin ist?«

»Von meinem Bekannten bei der Zeitung weiß ich, dass dein Mann von einem Schlag getötet wurde, der von links ausgeführt wurde.«

Klara schlug sich die Hand vor den Mund. »Du glaubst doch nicht etwa …?«

»Frag deine Freundin doch einfach direkt danach.«

»Was ist los?«, wollte Franz nun wissen. »Was sagt der Knilch?«

Klara wusste nicht recht, wie sie ihren Nachbarn möglichst schonend beibringen sollte, welchen ungeheuerlichen Verdacht Raúl geäußert hatte.

»Sag es ihnen schon. Du übersetzt ja nur – ich nehme alle Schuld auf mich.« Raúl lächelte ihr aufmunternd zu.

»Er … er meint, genauer gesagt, er weiß, nämlich von einem Zeitungsschreiber, der den Fall näher untersucht hat, dass, ähm, also dass der tödliche Schlag auf Hannes' Kopf von einem Linkshänder ausgeführt wurde.«

Franz stand so abrupt auf, dass sein Stuhl bedenklich wackelte. Auch Christel sprang erschrocken auf und hörte dem Wortschwall ihres Mannes mit bestätigendem Nicken zu.

»Das ist ja wohl die Höhe! Raus aus unserem Haus! Was fällt ihm ein, diesem aufgeblasenen Wichtigtuer? Und du, du … wie kannst du es wagen, mit diesem Kerl hier aufzukreuzen und uns in unserem eigenen Haus solcher Dinge zu beschuldigen? Kannst gleich mit ihm gehen, bist doch eh schon sein Liebchen. Na los, mach schon, haut ab. Ich will diesen Hurenbock und dich verlogenes Flittchen hier nie wiedersehen!«

Klara fiel vor Schreck die Kinnlade herunter. Die Heiterkeit, die ihre Plauderei am Nachmittag bestimmt hatte, war so falsch und künstlich gewesen, dass sie sich fragte, wie weit ihre »Freundschaft« eigentlich ging. Wie hatte sie jemals diese Leute als Paten für ihre Tochter auswählen können? Sie stand auf, setzte Hildchen auf ihren Beckenknochen und verließ wortlos den Raum.

»Nein!«, schrie Christel. »Das Hildchen gehört jetzt uns! Du hättest sie ja in dem verdreckten Haus zurückgelassen. Ohne mich wäre sie verhungert oder hätte sich in euren ungewaschenen Laken stranguliert!« Sie lief auf Klara zu und versuchte, ihr das Kind zu entreißen. Raúl hinderte sie daran.

»Nimm deine dreckigen Hände von meiner Frau!«, ging nun Franz dazwischen.

Doch bevor das Ganze zu einer Schlägerei ausarten konnte, hörten Raúl und Klara die lauten Rufe Joaninhas. »Laufen Sie! Schnell!«

Überrascht drehten sie sich um – und glaubten ihren Augen kaum zu trauen. Das Mädchen hatte sich auf den Kutschbock gesetzt, hielt die Zügel des Pferdes, als hätte sie nie etwas anderes getan, und ließ nun den Wagen anrollen. Raúl zerrte Klara an einer Hand hinter sich her, nahm ihr das Kind ab, ließ sie zuerst in den Wagen steigen, um ihr dann ihre Tochter zu reichen und zuletzt selber auf den nunmehr schon schnell rollenden Wagen aufzuspringen.

Während Franz und Christel ihnen wutentbrannt Beleidigungen nachbrüllten, dachte Raúl noch immer kopfschüttelnd an die schnelle Reaktion des Sklavenmädchens. Diese

Joaninha – wer hätte das gedacht? Damit hatte sie sich eine dicke Belohnung verdient. Vielleicht sogar die Freiheit.

Unterdessen überlegte Christel fieberhaft, wie sie sich ihre Freiheit bewahren konnte. Immer und immer wieder war sie die Ereignisse im Kopf durchgegangen. Und jedes Mal war sie zu demselben Schluss gekommen: Sie war unschuldig.

53

$\mathcal{D}$er 10. März 1827 war ein typischer Spätsommertag gewesen, mit drückender, feuchter Hitze, die ebenso klebrig auf dem Gemüt lastete wie auf der Haut. Die Verheißung eines Gewitters lag in der Luft, doch wer lange genug hier war, wusste, dass die Regenfälle ein Fluch waren und kein Segen. Die Feuchtigkeit kühlte nicht. Sie verwandelte sich nur in weiteren Dampf, der durch alle Poren drang, der in der kleinsten schlecht durchlüfteten Ecke den Schimmel wuchern und der Nahrungsmittel in kürzester Zeit verderben ließ. Diese schwüle Luft entzog allen, Mensch wie Tier, die Kraft und die Energie, die sie gerade jetzt am nötigsten brauchten. Denn die Natur explodierte förmlich – und damit war es nicht nur die heißeste, sondern auch die arbeitsreichste Zeit des Jahres.

Christel und Franz Gerhard waren um fünf Uhr in der Früh aufgestanden. Morgens war es immer noch einigermaßen erträglich mit dem Wetter. Sie frühstückten schnell und schweigend, dann, kaum war es hell geworden, machte Franz sich auf den Weg zu den Feldern. Christel blieb im und beim Haus. Bald wäre wieder Erntezeit, dann würde auch sie mit hinausziehen. Doch solange die Bohnen und das Rohr und der Tabak noch nicht reif waren, erledigte sie die traditionellen Frauenarbeiten. Sie versorgte das Vieh, pflegte das Beet mit dem Gemüse für ihren eigenen Bedarf, sammelte ein wenig Fallobst auf und warf es in den Schweinetrog, obwohl sie wusste, dass es den Tieren nicht sonderlich gut bekam. Sie wusch Wäsche, schrubbte das Haus, kochte das Mittagessen, zu dem Franz immer heimkam, und polierte schließlich gründlich ihren wertvollsten Schatz, wie sie es jeden Tag tat und der daher der Reinigung überhaupt nicht bedurfte: einen kleinen Schmuckanhänger aus Gold in Form eines Storchs, der ein Bündel im Schnabel hielt. Sie trug ihn nur zu besonderen Anlässen, sonst bewahrte sie ihn in der Truhe in der Schlafkammer auf. Sie hatte ihn vor der Abreise nach Brasilien von ihrer Schwester geschenkt bekommen, als Glücksbringer für eine mit vielen Kindern gesegnete Ehe.

Glücklich war ihre Ehe, mit Kindern gesegnet nicht. Christel litt sehr unter diesem Zustand. Franz schien es nicht so viel auszumachen, er tröstete sie ständig mit Bemerkungen wie »So haben wir wenigstens die Kammer für uns« oder »Ist auch besser, wenn wir noch etwas damit warten, die ganze Arbeit ist ja so schon kaum zu schaffen, und wenn du da noch einen Säugling zu versorgen hättest …«. Aber alles gute Zureden half nicht. Christel wollte Kinder. Ihr war unerklärlich, was mit ihr nicht stimmte. Seit der Pfarrer im Dorf war, beichtete sie regelmäßig. Sie führte ein gottgefälliges Leben, und das einzige Laster, dem sie frönte, war, dass sie die Nächte mit Franz vielleicht mehr genoss, als es ihr schicklich erschien. Aber er war ja ihr Ehemann, so verkehrt konnte das also nicht sein. Außerdem mussten sie ja am Nachwuchs »arbeiten«. Doch so oft und so stürmisch sie sich liebten, nichts geschah. Christel fühlte sich wie eine verdorrte Pflaume. Dass es an Franz liegen könnte, schien ihr mehr als unwahrscheinlich. Kinderkriegen war schließlich Frauensache, da musste Keinekinderkriegen es doch auch sein.

Manchmal überfiel sie eine wahnwitzige Trauer, etwa beim Anblick von Klärchens süßer Tochter, doch meistens verdrängte sie den Gedanken an ihren unerfüllten Kinderwunsch. Denn die meiste Zeit des Tages war Christel von ihrer Arbeit viel zu sehr in Anspruch genommen. Heute zum Beispiel. Es lagen alle möglichen Dinge an, die nicht zu ihren alltäglichen Pflichten gehörten. Einen Kuchen wollte sie backen, mit dem sie Johann Wackernagel zu dessen Geburtstag ihre Aufwartung machen wollten. Eine Gardine wollte sie nähen, um ihrem Heim eine behaglichere Note zu verleihen – Franz hatte in São Leopoldo günstig einen Ballen fest gewebter Baumwolle erstanden. Und das alles bis nachmittags, denn gegen Abend wollten sie und Franz noch bei den Wagners vorbeischauen.

Christel hatte ihren Mann bekniet, dass sie endlich einmal hinfahren und nach dem Rechten sehen sollten. Und zwar unangemeldet. Es war unheimlich, was bei ihren Freunden passierte. Und sie wusste schon längst nicht mehr, wem der beiden sie glauben sollte. Sollte Hannes, der brave, lustige, leutselige Hannes, wirklich ein brutaler Schläger sein? Unvorstellbar. Aber konnte Klärchen, das kluge, zupackende, fröhliche Klärchen, sich diese Dinge einfach nur einbilden? Genauso unvorstellbar. Und wie sie ausgesehen hatte, als sie vor ein paar Tagen hier vorbeigekommen war! Scheußlich. Solche Verletzungen fügte sich doch wohl kein Mensch, der geistig gesund war, selber zu. Sie, Christel, hatte die Sache vor Franz nicht so aufbauschen wollen, denn sie wusste, was er davon hielt, wenn andere Leute ihre Eheprobleme vor aller Welt ausbreiteten: überhaupt nichts.

Und genau darum hatte er auf ihren Vorschlag hin, sich mal bei den Wagners umzusehen, gegrummelt: »Das ist nicht unsere Angelegenheit. Halt dich da raus, Christel.«

»Aber wir können doch nicht einfach zusehen, wie er sie zu Tode quält.«

»Na, das kann ich mir beim Hannes aber nun wirklich

nicht vorstellen. Vielleicht ist ihm mal die Hand ausgerutscht, schön. Aber das ist ja nur sein gutes Recht.«

»Es ist aber auch seine Pflicht, seine Frau zu ehren.«

»Er ehrt sie doch. Er redet in der Öffentlichkeit nicht schlecht über sie, sondern macht sich, im Gegenteil, ernsthafte Sorgen um ihren Gemütszustand. Und er nimmt ihr das Kind ab, wann immer er kann, was sie doch ziemlich entlasten müsste.«

Christel wirkte nicht überzeugt. »Trotzdem. Mir kommt das alles komisch vor. Es passt so gar nicht zu dem Klärchen, das ich kenne, dass sie Opfer irgendwelcher Hirngespinste ist. Ich habe sie immer für sehr bodenständig gehalten und für ehrlich obendrein. Sie denkt sich das doch unmöglich alles aus.«

»Wie auch immer«, sagte Franz in einem Ton, der das Ende des Gesprächs ankündigen sollte, »es geht uns nichts an.«

Aber Christel gab sich damit nicht zufrieden. »Nein, ihre Ehe geht uns vielleicht nichts an. Aber unser Patenkind schon. Wenn Hildchen in diesem Haushalt etwas zustößt, und sei es nur, weil sie mit Milchkannen um sich werfen und aus Versehen das Kind treffen, dann müssen *wir* uns Vorwürfe machen.«

Sie argumentierte noch weiter in dieser Richtung, bis Franz schließlich nachgab. »Also gut, dann fahren wir eben mal vorbei. Wäre eh nett, die beiden mal wieder zu besuchen. Vor lauter Arbeit kommt man ja zu sonst nichts mehr.«

Heute also wollten sie, im Anschluss an den Besuch bei Wackernagels, die Wagners aufsuchen. Vielleicht, dachte Christel, sollte sie gleich zwei Kuchen backen, denn das arme Klärchen wusste ja nicht mehr aus noch ein, seit Hannes als Ernährer ausgefallen war. Sie hatte sich nie darüber beklagt, aber Christel kannte die Anzeichen von mangelnder oder mangelhafter Ernährung allzu gut. Früher, im Westerwald, waren fast alle in ihrer Familie mit fahler Haut, Haarausfall, schlechten Zähnen, Mundgeruch oder Ausschlag gestraft gewesen, alles Dinge, die vom Hunger rührten. Ja, einen leckeren Obststreuselkuchen würde sie Klärchen und Hannes mitbringen, mit dicken Streuseln aus reichlich Butter und Zucker und dem guten Weizenmehl, von dem sie noch einige wenige Scheffel besaß. Es wäre schön gewesen, Äpfel zu haben. Aber mit hiesigen Zutaten würde es sicher auch funktionieren. Ein Bananenstreuselkuchen? Warum nicht? Christel band sich ihre Schürze um und machte sich ans Werk. Die Gardine würde bis morgen warten können.

Als sie am Nachmittag bei den Wackernagels eintrafen, ging es dort bereits hoch her. Fast alle Leute aus der näheren Umgebung waren gekommen, um Johann zu seinem Vierzigsten zu gratulieren. Der Chor brachte ein Ständchen, es wurde viel gelacht und noch mehr getrunken. Liesel Hoffmann fiel kurz in Ohnmacht, weil ihr der Alkohol bei der Hitze nicht so gut bekommen war, und der kleine Sohn der Witts erstickte fast an einem Schluckauf, konnte sich jedoch bald wieder den vielen Kuchenplatten widmen und durch seine Gefräßigkeit womöglich den nächsten Schluckauf herbeiführen. Beide Vorfälle belebten die Geburtstagsgesellschaft nur, anstatt sie zu beunruhigen.

Ein paar Leute wunderten sich darüber, dass Hannes nicht erschienen war. Er ließ sich doch sonst keine Feier durch die Lappen gehen? Das Klärchen, na ja, das erstaunte niemanden, dass sie nicht kam. Sie schien ein wenig durcheinander zu sein und mied in letzter Zeit die meisten geselligen Anlässe. Aber Hannes? Allzu lange beschäftigten die Leute sich allerdings nicht mit dieser Frage. Es war ein zu schöner Nachmittag, um ihn mit nutzlosen Sorgen zu vergeuden.

Nur Christel wirkte abwesend und nachdenklich, was eigentlich gar nicht ihre Art war. Wenn Hannes sich ein Fest entgehen ließ, konnte etwas nicht stimmen. War er zu Hause geblieben? War es zwischen ihm und Klärchen zu einem weiteren Streit gekommen? Und wenn ja: Würde die Gluthitze dieses Tages seinen Jähzorn nicht noch weiter steigern? Das Klima hatte auf einige Menschen diesen Effekt, besonders auf angetrunkene Männer. Es machte sie aggressiv und wütend. Christel mochte sich gar nicht vorstellen, was Klärchen, vielleicht genau in diesem Moment, auszustehen hatte.

Sie ging zu Franz hinüber, der in einer Runde aus lautstark palavernden Männern stand, die versuchten festzustellen, wer von ihnen der unerschrockenste Dschungelkämpfer war. Sie zog an seinem Ärmel und flüsterte ihm ins Ohr: »Wir müssen los. Du hast es mir versprochen.«

»Ach, Christel! Hör doch auf, mich mit anderer Leute Ehekrächen zu behelligen. Es geht uns nichts an, basta.«

»Franz.« Ihr Ton war scharf, aber Franz gab sich davon unbeeindruckt.

»Du siehst doch, dass es jetzt nicht passt. Es war sowieso eine Schnapsidee, ausgerechnet heute diesen Besuch machen zu wollen. Lass uns morgen hinfahren, ja?«

»Nein, Franz. Irgendetwas ist faul, das spüre ich.«

»Ha«, rief der bucklige Wolfram dazwischen, »meine Frau hat auch immer so Vorahnungen – besonders wenn es darum geht, sich vor der Arbeit zu drücken. Gestern hat sie genau gespürt, dass sie das Huhn nicht rupfen durfte, weil sonst ein Unglück drohte.« Die anderen Männer fielen in sein Gelächter mit ein.

Christel war nicht nach Lachen zumute. Je länger sie darüber nachdachte, desto mehr bekam sie es mit der Angst. Zur Not würde sie sich eben allein auf den Weg zu den Wagners machen – Franz konnte mit den Hofers heimfahren, die kamen ohnehin an ihrem Haus vorbei. Ja, sie würde ihren Besuch wie geplant abstatten. Wofür hatte sie schließlich das kostbare Weizenmehl verarbeitet? Ganz sicher nicht, damit sie und Franz sich auch am Abend und morgen noch mit Kuchen vollstopfen konnten.

»Franz, ich meine es ernst. Ich fahre da jetzt hin, ob du mitkommst oder nicht.«

»Lass dem Weib jetzt seinen Willen«, rief Buckel-Wolfram wieder dazwischen, »dann bekommst du heute Nacht auch deinen.« Die Männer brachen in derbes Gegröle aus.

»Tu, was du nicht lassen kannst«, sagte Franz achselzuckend und widmete sich gleich darauf wieder seiner Runde.

Christel verzog sich schnell, bevor er es sich noch anders überlegen konnte. Unter anderen Umständen hätte er ihr schlichtweg verboten, sich allein auf den Weg zu machen, aber vor den anderen Männern hatte er sich gern großzügig geben wollen. Sie verabschiedete sich unter einem fadenscheinigen Vorwand von den Gastgebern und einigen anderen Leuten, die sie länger nicht gesehen hatte. Sie hatte ja selber keine rechte Lust, sich so bald schon von dem Geburtstagsfest zu entfernen, doch ihre ungute Vorahnung steigerte sich praktisch von Minute zu Minute.

Während der Fahrt verstärkte sich dieses Gefühl noch. Bei Hannes und Klärchen war etwas passiert, etwas Schlimmes. Oh Gott, wenn bloß dem Hildchen nichts zugestoßen war! Sie liebte das Kind wie ein eigenes, und sie hatte sich bereits ein paarmal dabei ertappt, dass sie sich wünschte, Hannes und Klärchen möge etwas zustoßen, damit sie in den Genuss ihrer Pflichten als Patentante kam. Christel bekreuzigte sich. Neid war eine Todsünde, und anderen Menschen Böses zu wünschen, um ihres Kindes habhaft zu werden, war ganz sicher etwas, wofür sie in der Hölle schmoren musste. Nein, eigentlich wünschte sie ihren Freunden auch nichts Schreckliches an den Hals. Nicht wirklich.

Sie erreichte das Grundstück der Wagners am späten Nachmittag. Die Sonne stand schon sehr schräg, in einer Stunde würde sie untergehen. Christel lenkte den Ochsenkarren auf die verwilderte Fläche vor dem Haus. Himmel, wie es hier aussah! So erbärmlich hatten ja nicht einmal die Kerns gehaust, und das waren die mit Abstand elendesten Gestalten im ganzen Oberwesterwald gewesen. Ein paar zerrupfte Hühner stapften lahm durch das Unkraut, vor dem Haus sammelte sich Unrat. Die Haustür, die schief in ihren Angeln hing, stand offen. Christel rief die Namen der Bewohner, aber sie erhielt keine Antwort. Sie ging zu den Stufen vor dem Eingang und stieß dabei gegen einen zerbeulten Eimer, der ein Scheppern von sich gab. Unmittelbar darauf hörte sie von drinnen Hildchen weinen. Christel rannte hinein. An zurückhaltendes Klopfen oder zaghaftes Rufen verschwendete sie nun keinen Gedanken mehr. Sie entdeckte das Kind auf dem Ehebett, inmitten gräulicher, zerwühlter Laken.

»Scht, mein Kleines, Tante Christel ist jetzt da«, hauchte sie dem Mädchen ins Ohr, nahm es hoch und wiegte es sanft in ihren Armen. Das Geheule verstummte sofort. Christel betrachtete das Kind genau, konnte jedoch keinerlei Anzeichen von Gewalt oder Verwahrlosung entdecken. Hildchen war gut genährt, sauber und gesund. Wenn Hannes und Klärchen auch sich selber und ihren Hof nicht in Schuss hielten – dem Kind ließen sie es an nichts mangeln. Sie küsste Hildchen, streichelte ihre Stirn, spielte mit ihren weichen Füßen herum und drehte sich mit ihr im Kreis, ein altes Kinderlied summend. Während sie sich so drehte, warf sie einen Blick durchs Fenster – und ließ vor Schreck beinahe das Kind fallen. Da draußen, ziemlich weit vom Haus entfernt, aber noch eindeutig zu erkennen, stand Hannes. Er war auf der linken Seite auf seine Krücke gestützt, mit dem rechten Arm holte er weit aus, als wolle er etwas werfen.

Christel kniff die Augen zusammen, doch sie vermochte nicht genau zu erkennen, was er da trieb. Verjagte er irgendwelche Einbrecher? Angeblich sollten ja ein paar Indios hier herumschleichen und die neuen Siedler bestehlen. Nicht, dass sie selber schon jemals so etwas erlebt hätte, aber man wusste ja nie. Vielleicht brauchte Hannes Hilfe. Behutsam legte sie Hildchen wieder auf dem verlotterten Bett ab. Dann griff sie nach dem Schürhaken, straffte die Schultern und ging hinaus.

Je näher sie Hannes kam, desto besser konnte sie ihn hören. Und was er da brüllte, galt gewiss keinem diebischen Indianer. »Du Hure, du elende! Du Schlampe, renn doch, ja, zeig mir, wie viel schneller du bist als dein Mann, den du zum Krüppel gemacht hast! Aber es wird dir nichts nützen. Ich bring dich um, du Teufelin!« Christel stockte der Atem. Niemals hätte sie Hannes solche Hasstiraden zugetraut. Niemals hätte sie überhaupt vermutet, dass solcher Hass in ihm wütete oder dass er Klärchen die Schuld an seiner Versehrtheit gab. Genau genommen hatte sie doch durch ihr beherztes Handeln sein Leben gerettet.

Vorsichtig geworden angesichts dieser ungezügelten Wut, schlich Christel sich nun auf Zehenspitzen heran. Hannes brauchte keine Hilfe im Kampf gegen Eindringlinge – es war vielmehr Klärchen, der sie jetzt beistehen musste, wo auch immer diese sich versteckte. Christel spähte in das grüne Dickicht, das sich am Ende des verwahrlosten Feldes wie eine Mauer erhob, konnte sie jedoch nirgends entdecken. Aber weit konnte sie nicht fortgelaufen sein, denn sonst hätte Hannes sicher längst aufgehört mit dem Getobe. Christel hatte furchtbare Angst. Wenn Hannes sich umdrehte und sie mit dem Schürhaken in der Hand sah, würde er seinen Wahnsinn bestimmt an ihr auslassen.

Sie stand keine drei Schritte mehr von ihm entfernt, als er schrie: »Lauf doch zu deinem Friedhelm! Lauf zu Christel und Franz oder wohin auch immer. Kein Mensch wird dir zuhören. Alle glauben das, was ich ihnen erzählt habe. Alle halten dich für irr, Klärchen! Und keiner wird sich wundern, wenn ich armer Witwer berichte, wie du dich in deinem Wahn selbst getötet hast! Ha, sie werden vor lauter Mitleid mit mir …«

In diesem Moment fand sein Hassgeschrei ein jähes Ende. Christel hatte den Schürhaken mit beiden Händen fest umklammert und ließ ihn mit voller Kraft auf Hannes' Schädel niedersausen. Ein Schlag genügte.

Das Geräusch des knackenden Schädels löste bei Christel augenblicklich einen Würgreiz aus. Sie konnte nur knapp verhindern, sich auf den leblosen Körper vor ihr zu erbrechen. Ihre Beine zitterten, sie schwitzte und atmete rasselnd. Dann setzte ihr Verstand wieder ein. Mein Gott, was hatte sie getan?! Waren sie hier draußen denn alle verrückt geworden? Ihr Entsetzen angesichts des Mordes, den sie gerade begangen hatte, war noch größer als jenes, das sie bei Hannes' Worten empfunden und das den Impuls zu dem Schlag erst ausgelöst hatte. Hannes' Verbrechen an Klärchen waren widerlich, seine Lügen und seine Heuchelei den Freunden gegenüber abscheulich. Aber rechtfertigte das einen *Mord*?

Christel sank neben dem Leichnam in die Knie und heulte, wie sie nie zuvor in ihrem Leben geheult hatte. Ihre Empörung über die Wahrheit, die sich ihr eben offenbart hatte, ihre Scham angesichts der eigenen Blindheit und unterlassenen Hilfe gegenüber Klärchen sowie ihre Fassungslosigkeit ob der

Schuld, die sie soeben auf sich geladen hatte – das alles entlud sich in diesem schier unversiegbaren Tränenstrom. Christels Leib krümmte sich unter den Schluchzern, sie schlug mit den Fäusten in das Gras und schrie dann auf, als sie merkte, dass Blut daran klebte. Es war aus der tödlichen Wunde in Hannes' Kopf gesickert und war, ohne dass Christel – tränenblind – es bemerkt hatte, in einer Lache zusammengelaufen. Hysterisch wischte Christel sich die Hand an dem nächsten sauberen Grasbüschel ab, streifte immer wieder und immer fester über die Halme, doch ganz sauber wurde ihre Hand nicht. Ein feiner bräunlicher Film lag darauf, und in den Falten ihrer Fingerknöchel war das Blut bereits zu dünnen dunklen Streifen geronnen.

Hastig sprang sie auf und lief zum Haus zurück. Sie musste sofort ihre Hände waschen, alles andere hatte zu warten. Hannes war tot, und Klärchen würde sicher bald wieder aus ihrem Versteck hervorkriechen, wenn sie erst merkte, dass ihr Mann nicht mehr hinter ihr her war. Christel besaß noch die Geistesgegenwart, die Mordwaffe zu greifen, bevor sie zum Haus lief. Sie schrubbte ihre Hände, bis die Haut brannte. Danach konnte sie wieder klarer denken.

Sie würde den Schürhaken säubern und an seinen angestammten Platz zurücklegen. Sie würde Hildchen füttern und sich in der schmutzigen Stube zu schaffen machen, bis Klärchen wiederauftauchte. Sie würde einen Teil ihrer Schuld dadurch abtragen, dass sie putzte, spülte, den Tisch abschmirgelte, Essen kochte und alles in ihrer Macht Stehende tat, damit Klärchen sich hier wieder heimisch fühlen konnte. Sie würde ihr erklären, was vorgefallen war, und gemeinsam würden sie überlegen, was zu tun war. Denn eines wollte Christel ganz sicher nicht: für diesen Mord belangt werden und womöglich ins Zuchthaus wandern.

Sie band sich Klärchens verdreckte Schürze um und machte sich ans Werk. Sie schuftete und rackerte, bis die Nacht hereinbrach – und sie plötzlich von draußen Rufe vernahm.

»Christel, bist du hier?« Es war Franz. Er sah durch das Küchenfenster, indem er seine Augen mit der Hand abschirmte. Kurz darauf trat er ein.

»Meine Güte, Christel, was treibst du hier? Bist du von Sinnen?«

Von Sinnen, dachte sie, war sie tatsächlich, wenn auch anders, als Franz es gemeint hatte. Sie begann zu heulen und warf sich in die Arme ihres Mannes. »Mein Gott, oh mein Gott!«, schluchzte sie.

»Was ist los, Liebchen?« Er tätschelte ihren Kopf, klopfte ihr dann auf den Rücken.

»Es ist was Furchtbares passiert. Ich hatte gehofft, dass du noch kommst und mich holst. Ich habe solche Angst, Franz!«

Er schaute sie fragend an.

»Hannes … Hannes ist tot. Er liegt da draußen, an der Waldgrenze. Jemand hat ihn erschlagen. Und Klärchen ist fort. Ich habe alles nach ihr abgesucht, habe gerufen, aber ich konnte sie nirgends entdecken. Bestimmt ist sie auch tot!« Sie weinte nun hemmungslos. »Da draußen sind Mörder unterwegs, Franz!«

Christel verstand selber nicht so genau, was in sie gefahren war, dass sie ihrem Mann nicht die Wahrheit gestand. Er würde zu ihr stehen. Aber nachdem sie den ganzen Abend zwischen all ihren Arbeiten immer wieder Hildchen hochgehoben hatte, musste ein Entschluss in ihr herangereift sein, dessen sie sich erst jetzt, da sie ihre Lügen aussprach, bewusst wurde. Das Kind hatte sie so herzerweichend angelächelt und ihren Finger umklammert – Christel wollte es nie wieder hergeben.

Franz blieb so sachlich, wie man es in einer solchen Lage nur sein konnte. »Im Dunkeln können wir wenig ausrichten. Lass uns heimfahren und Hildchen mitnehmen. Morgen kommen wir mit einem Suchtrupp zurück, vielleicht liegt Klärchen ja schwerverletzt im Wald.«

Und so nahmen sie das Mädchen, das mittlerweile friedlich schlummerte und von dem ganzen Unheil nichts mitbekam, setzten sich auf den Karren und holperten in der Düsternis einer schwülen, wolkenverhangenen Nacht heimwärts.

Das Gewitter brach nicht mehr los.

54

Es war spät geworden. Dennoch beschlossen Klara und Raúl, dass sie lieber die in der Dunkelheit beschwerliche Fahrt nach São Leopoldo auf sich nehmen würden, als in Klaras Haus ein Nachtlager aufzuschlagen. Dort war es allzu unwohnlich und gespenstisch. Raúl hatte Joaninha die Zügel aus der Hand genommen und sie mit einem spröden Lob bedacht: »Hätte ja keiner von dir gedacht, dass du auch mal für etwas zu gebrauchen bist.« Die Sklavin war hocherfreut darüber und störte sich kein bisschen an der ruppigen Art ihres Dienstherrn. Sie kannte das schon von Teresa.

Hildchen saß eingequetscht zwischen Joaninha und Klara. Sie war die Einzige auf dem Wagen, die echte Freude an der rumpeligen Fahrt hatte. Sie genoss das Auf und Ab, wenn der Wagen über Steine rollte, und sie mochte den Duft des Waldes, der in den Abendstunden besonders intensiv war. Klara fragte sich, ob diese Fahrt ihre Tochter an die Ausflüge erinnerte, zu denen Hannes sie immer mitgenommen hatte, und wenn ja, ob es Hildchen bewusst war. War dem Kind überhaupt klar, dass sein Vater tot war? Dass sie seine Mutter war? Hatten Christel und Franz dem Mädchen gegenüber vielleicht so getan, als seien sie die Eltern? Aber nein, dann hätte Hildchen doch sicher einmal Papa oder Mama zu ihnen gesagt. Allerdings, grübelte Klara weiter, hatte ihre Tochter auch sie selber noch nicht Mama genannt. Das arme, arme Kind – es musste völlig verstört sein.

Diesen Eindruck erweckte Hildchen jedoch keineswegs.

Sie war gut aufgelegt, lachte häufig und untersuchte mit Hingabe die schwarze Haut und die weißen Handinnenflächen von Joaninha, die diese Prozedur schmunzelnd über sich ergehen ließ. Klara war ein wenig eifersüchtig. Ihr wäre es lieber gewesen, ihre Tochter hätte sie so aufmerksam studiert.

Je näher sie der Herberge kamen, desto mehr verdüsterte sich Klaras Laune. Sie dachte an die vergangene Nacht – und wie schmählich Raúl sie in ihrem Zimmer zurückgelassen hatte. Ein paar geflüsterte liebevolle Worte und einige zärtliche Gesten hätten ihn doch nicht umgebracht, zumal der Schaden ja bereits angerichtet gewesen war. Sie fragte sich, wer sich da mit Klopfen über den Lärm beschwert haben mochte. Hatten noch andere zahlende Gäste in dem Haus übernachtet? Welche Zimmer lagen oben, unter dem Dach? Die der Dienstboten? Vielleicht hatte nur Joaninha sie gehört. Nein, die hätte es wohl kaum gewagt, sie auf den Lärm aufmerksam zu machen. Lebten da oben Antonia und Konrad? Klara hoffte es. Die beiden würden gewiss Verständnis für ein unverheiratetes Liebespaar haben, wie sie selber es ja vor nicht allzu langer Zeit noch gewesen waren. Dann wiederum hätten sie aber nicht geklopft. Oder war es nur ein dummer Zufall gewesen? Vielleicht war eine Katze auf dem Dachboden einer Maus nachgejagt und hatte dabei irgendetwas umgestoßen.

Raúl hing ähnlichen Gedanken nach. Himmel, das halbe Dorf musste sie gehört haben! Und jetzt hatte er vermutlich Klaras Ruf schwer beschädigt – nur weil er seine Triebe nicht unter Kontrolle hatte. Nun ja, Triebhaftigkeit allein war es ja nicht gewesen. Er hatte die Worte, die er ihr gestern zum Abschied gesagt hatte, ebenso ernst gemeint wie seinen Antrag. Schön, ihr schwebte vielleicht etwas Romantischeres vor, etwa, dass er sich vor ihr auf die Knie warf, ihr Rosen schenkte und sein Innerstes nach außen kehrte. Aber er war noch nie ein Mann gewesen, der sein Herz auf der Zunge trug. Und für ein zartfühlendes, langsames Werben war nun einfach keine Zeit mehr. Er und Joaninha würden morgen nach Porto Alegre zurückkehren. Klara würde hierbleiben wollen, würde die Trümmer ihres Lebens zusammenfegen und anschließend versuchen, sich irgendwie allein durchzuschlagen. So gut kannte er sie inzwischen.

Aber was war das für ein Irrsinn? Was erwartete sie denn hier? Ihr würde ewig der Makel des nicht vollständig ausgeräumten Verdachts anhaften, sie sei vielleicht eine Mörderin. Sie würde sich zu Tode schuften, ohne je mehr zu erreichen, als dass sie sich und ihre Tochter satt bekam. Ohne männliche Hilfe würde es ihr nie gelingen, zu einem bescheidenen Wohlstand zu kommen oder sich ein behagliches Heim zu schaffen. Die Freundschaft zu diesen Leuten, bei denen sie vorhin gewesen waren, hatte sich erledigt. Und viele andere Nachbarn, auf deren Hilfe sie rechnen konnte, gab es auch nicht. Vor allem würde Klara ihr Überleben nicht von der Mildtätigkeit anderer abhängig machen wollen.

Er hätte sich gern mit ihr ausgesprochen, jetzt und hier, auf dem Wagen. Aber vor der Sklavin wäre Klara gehemmt. Und später, in ihrer Herberge, wären sie ständig unter Beobachtung und würden kaum noch einmal die Möglichkeit haben, einander unter vier Augen zu sprechen. Es sei denn, er ging wieder in ihr Zimmer. Raúl bezweifelte jedoch, dass Klara die Tür auch diese Nacht für ihn öffnen würde.

Sie erreichten das Dorf, das um diese Zeit wie ausgestorben wirkte. Aber bei Antonia und Konrad brannte noch Licht. Die beiden waren überrascht, dass ihre drei Gäste vom Vortag erneut bei ihnen erschienen, freuten sich aber darüber.

»Ich dachte, ihr bleibt da draußen, in euerm Haus oder bei Franz und Christel«, sagte Antonia.

»Na ja«, druckste Klara herum, »also, unser Haus ist nicht gerade in einem besonders guten Zustand, und bei Gerhards war es für uns alle doch ein wenig beengt.«

»Ah, aber dein Hildchen habt ihr mitgebracht. Lass dich ansehen, Kind – nein, bist du niedlich! Möchtest du eine Zuckerstange? Komm mit, wir gehen gemeinsam zur Vorratskammer und holen dir eine.«

Konrad blieb mit der Gruppe allein, was ihm merklich unangenehm war. Fürs Reden war immer Antonia zuständig, er war mehr ein Mann der Taten. Schweigend ging er zum Tresen, holte eine Flasche Schnaps und stellte sie, zusammen mit fünf Gläschen, auf einen Tisch. Er lud Joaninha und Raúl durch Heranwinken dazu ein, Platz zu nehmen und zu trinken.

Raúl lehnte freundlich ab. »Sag ihm, dass mir noch der Schädel von gestern brummt. Und Joaninha bekommt keinen Schnaps. Das heißt, ausnahmsweise vielleicht doch einmal.« Er drehte sich zu der Sklavin um. »Willst du einen deutschen Schnaps? Er brennt entsetzlich in der Kehle, aber er wärmt dich durch und durch.«

Joaninha schüttelte entgeistert den Kopf. Selbstverständlich wollte sie *keinen* deutschen Schnaps. Bei diesen Leuten wusste man ja nie, was sie hineintaten. Wenn das Gebräu auch nur annähernd so grässlich schmeckte, wie ihre Sprache klang, würde sie sich das Zeug ums Verrecken nicht antun. »Nein, vielen Dank, Senhor Raúl«, sagte sie artig. »Wenn Sie erlauben, würde ich jetzt lieber schlafen gehen.«

»Ich erlaube es.«

Sie machte einen Knicks und verschwand. Dass sie kein Abendessen zu sich genommen hatte, fiel keinem auf. Und sie selber mochte eigentlich auch nicht gern an einem Tisch mit diesen Fremden sitzen, wo sie nichts verstand und wo sie verhohlen aus den Augenwinkeln beobachtet wurde. Außerdem hatte sie ja noch den stibitzten Kuchen von den schrecklichen Leuten, bei denen sie am Nachmittag gewesen waren. Der schmeckte wenigstens, im Gegensatz zu dem harten Käsebrot, das ungenießbar gewesen war und das sie in den Schweinetrog geworfen hatte.

Zur großen Erleichterung aller kam Antonia schnell zurück. »Vielleicht solltest du erst das Kind zu Bett bringen«, sagte sie zu Klara, »die Kleine schläft ja schon mit offenen Augen.«

»Haben wir dieselben Zimmer wie gestern?«

»Ja, natürlich. Gemacht sind sie auch. Andere Gäste haben wir zur Zeit keine.«

Klara nahm ihr Hildchen, stieg die steile Treppe ins erste Geschoss hinauf und legte das Kind in ihr frisch bezogenes Bett. Keine drei Sekunden später schlief ihre Tochter.

Unten saßen nun Raúl, Antonia und Konrad schweigend vor dem Schnaps und zogen Gesichter, denen ihr Unbehagen klar abzulesen war. Raúl saß aufrecht auf der Holzbank und starrte an die Wand, als versuche er, die geheime Botschaft des Sinnspruches zu entschlüsseln, der dort in verschnörkelter Schrift aufgemalt war. »Arbeit und Fleiß, das sind die Flügel, die führen über Tal und Hügel.« Er fand die beiden Pünktchen über dem »u« höchst faszinierend, das sich an vier Stellen fand, und er fragte sich, ob sie bei dem anderen »u« vergessen worden waren oder ob es in dieser sonderbaren Sprache beide Varianten gab. Irgendwann würde er Klara danach fragen.

Konrad glotzte auf die Tischplatte vor sich und fuhr mit seinem schmutzigen Fingernagel eine Linie in der Maserung nach. Antonia schob ihr gefülltes, aber unangetastetes Schnapsglas hin und her und beobachtete dabei, wie die klare Flüssigkeit an den Rändern hochschwappte, ohne überzulaufen.

Als Klara die Treppe herunterkam, lösten sich alle aus ihrer verlegenen Angespanntheit.

»Also, am besten sagen wir dir gleich, was hier im Ort los war heute«, begann Antonia. »Die Leute haben geredet. Und wie! Ich schwöre, dass wir alles, was wir von dir wussten, wahrheitsgemäß geschildert haben, aber du weißt ja, wie das mit Gerüchten so ist. Die machen schneller die Runde, als man gucken kann.«

»Was denn für Gerüchte?«

»Die Leute sagen nämlich, du hättest deinen Hannes umgebracht.«

»Oh«, entfuhr es Klara nur, woraufhin sie einen fragenden Blick von Raúl erntete.

»*Wir* glauben das natürlich nicht«, beeilte Antonia sich zu versichern.

Klara übersetzte für Raúl. Zwischen den beiden entspann sich eine lebhafte Diskussion, die Antonia und Konrad mit großen Augen verfolgten. Sie waren gefesselt von Klaras Portugiesischkenntnissen.

»Diese Christel war es. Ihr stand die Schuld doch ins Gesicht geschrieben«, behauptete Raúl. »Du musst das den Behörden melden, wenn du dich selber endgültig von jedem Verdacht reinwaschen willst.«

»Erstens wissen wir es nicht mit Bestimmtheit. Aber selbst wenn es so wäre, würde ich Christel nicht den Behörden ausliefern. Sieh doch: Hannes tot, ich halbtot im Rio Paraíso, wo du mich gefunden hast. Es hätten Tage, wenn nicht Wochen vergehen können, bevor jemand zu uns gekommen wäre. Hildchen verdankt Christel ihr Leben. *Ich* verdanke Christel mein Leben, denn ohne Hildchen wäre es nichts mehr wert gewesen. Und deshalb werde ich es ihr nicht damit vergelten, dass ich sie ins Zuchthaus werfen lasse.«

»Worüber streitet ihr?«, wagte Antonia sich einzumischen.

»Ach, nichts.«

»Na dann.« Antonia sah munter in die Runde. »Ich bereite dann mal das Abendbrot vor.«

Damit war das Thema erledigt, und alle Anwesenden waren froh darüber.

Nach dem Essen zogen sich alle zeitig auf ihre Zimmer zurück.

»Nacht«, verabschiedete Konrad sich.

Seine Frau war etwas gesprächiger. »Ich hoffe, dass diese Nacht ruhiger wird als die letzte.« Klara errötete, aber zum Glück merkte es niemand außer Raúl. »Die blöde Kiste, in der Konrad seine Spielkarten und Würfel und Dominosteine aufbewahrt, scheint heruntergefallen zu sein. Heute Morgen lagen alle Spielsteine auf dem Boden. Er hat sie wahrscheinlich etwas kippelig auf der Truhe stehenlassen, nachdem er am Abend die Würfel geholt hatte. Ich erlaube nämlich nicht, dass der Knobelbecher hier unten steht, wo er die Männer auf falsche Gedanken bringt. Na, ihn auf den Dachboden zu verdammen hat ja anscheinend nicht viel geholfen. Dass die Männer aber auch beim kleinsten geselligen Anlass knobeln müssen … Tut mir leid. Ich hoffe, ihr seid davon nicht aufgewacht.«

Klara fühlte ein Glucksen in ihrer Kehle aufsteigen, das sich zu einem lauten Lachen auswuchs. Sie konnte gar nicht mehr aufhören damit. Sie hielt sich den Bauch und lachte aus voller Kehle, bis ihr Tränen über die Wangen liefen.

»So komisch ist das ja nun auch wieder nicht«, meinte Antonia.

»Doch, ist es«, brachte Klara nach Luft schnappend hervor.

»Und ihr: Seid ihr denn nicht von dem Lärm aufgewacht?«, fragte sie, als sie sich wieder einigermaßen beruhigt hatte.

»Nein. Wir schlafen vorne raus, da bekommt man gar nicht mit, was im hinteren Teil des Hauses passiert.«

»Tja«, sagte Klara, nun wieder vollkommen ernst, »dann wollen wir hoffen, dass nichts Schlimmeres passiert und ihr es nicht hört.«

»Ja. Hoffen wir es. Schlaf gut, Klärchen.«

»Du auch. Gute Nacht.«

Ähnlich wortkarg wünschten Raúl und Klara einander eine gute Nacht, als sie im Flur standen und jeder im Begriff war, seine Kammer zu betreten. Beide schliefen schlecht, wälzten sich in ihren Betten und sehnten den anderen herbei. Doch keiner von beiden betrat das Zimmer des anderen.

Am folgenden Morgen sah Klara unausgeschlafen aus, mit blasser Haut und Ringen unter den Augen. Sie war in aller Herrgottsfrühe aufgestanden, um nun endlich das zu tun, was sie gleich nach ihrer Ankunft in São Leopoldo hätte tun sollen: Sie besuchte Hannes' Grab.

Hinter der Kirche war ein kleines Grundstück als Friedhof auserkoren worden. Bisher befanden sich dort jedoch erst drei Gräber, stellte Klara fest. Sie trat an das einzeln stehende Kreuz heran, das sie für Hannes' Grab hielt. Aber dort ruhte ein Kind, nämlich das der Deschlers, das gerade einmal drei Tage alt geworden war. Sie bekreuzigte sich und fühlte eine tiefe Traurigkeit in sich aufsteigen. Ein Kind zu verlieren, hieß es, sei das Schlimmste, was einer Mutter passieren könne. Sie wollte sich gar nicht erst vorstellen, wie es wäre, wenn Hildchen vor ihr selber stürbe.

⮜ 510 ⮞

Klara ging weiter zu dem anderen Grab. Sie las die Namen auf dem Kreuz – und war so erschüttert, dass ihre Beine wegsackten. Ein Beobachter hätte glauben können, sie knie zum Gebet nieder.

»Hier ruhen Johannes Lorenz Wagner, 4. April 1801 – 10. März 1827, und seine geliebte Frau, Klara Helene Wagner, geborene Liesenfeld, 21. November 1803 – 10. März 1827.

Die Sonne sank, bevor es Abend wurde.«

Oh Gott! Als es hieß, man habe sie zu Grabe getragen, hatte Klara das im übertragenen Sinn verstanden. Aber sie hätte doch niemals geglaubt, dass man sie beerdigt hatte! Wie hatten sie das gemacht? War hier ein leerer Sarg begraben worden? Wer war für die Kosten der Bestattung aufgekommen? Nun ja, viel würde sie nicht gekostet haben, zwei schlichte Särge aus Araukarienholz, ein bescheidenes Holzkreuz. Immerhin kümmerte sich jemand um das Grab, stellte sie mit einiger Genugtuung fest. Es waren Blumen daraufgepflanzt worden.

Dann erst, nachdem sie über diese praktischen Aspekte ihrer eigenen Beerdigung nachgedacht hatte, brach das Entsetzen über sie herein. Es war grausig! Wie konnten sie nur so etwas tun? Sie hatten ja keine drei Monate verstreichen lassen, bevor sie sie für tot erklärt hatten. War das normal? Wartete man nicht länger, viel länger? Klara hätte gedacht, bevor jemand nicht mindestens zehn Jahre verschollen war, könne man ihn nicht für tot erklären. Aber hier in São Leopoldo, fernab bürokratischer Hürden, wo die deutsche Gemeinde mehr oder minder dem eigenen Schicksal überlassen war, war es das Wort des Pfarrers, das zählte. Wenn der sie begrub, dann war sie für die Leute tot.

Sie kniete vor ihrem und Hannes' Grab und betete. Ihr Zeitgefühl hatte sie verloren, so sehr war sie vertieft in ihre

Zwiesprache mit dem Vater im Himmel, der ihr nie so ungerecht und zornig erschienen war wie jetzt. Sie tauchte erst wieder daraus auf, als die Sonne schon ordentlich gestiegen war und der Alltag im Dorf begonnen hatte. Sie hörte das Rumpeln von Ochsenkarren, sah auf der Straße Leute vorbeigehen und bemerkte, dass die Seitentür zur Kirche offen stand.

Obwohl sie den Pfarrer Zeller nicht leiden mochte und ihn für einen untauglichen Hirten hielt, beschloss sie, die Beichte abzulegen.

Sie redete sich alles von der Seele. Sie erzählte von ihrem Verhältnis zu Raúl, sie gestand, dass sie Hannes schon vor seinem Tod nicht mehr geliebt hatte und dass sie sogar erleichtert war, dass er fort war. Sie hörte den Pfarrer scharf die Luft einziehen. Sie war sich der Schwere ihrer Sünden durchaus bewusst, aber war es nicht genau das, worum es beim Beichten ging? Kurz schoss ihr die Erinnerung an ihre allererste Beichte durch den Kopf, bei der sie sich lauter harmlose Unartigkeiten ausgedacht hatte. Tja, jetzt musste sie ihre Phantasie nicht erst bemühen – die Wirklichkeit bot viel mehr Stoff als jede erfundene Geschichte.

Zuletzt sprach sie von dem, was sie am meisten bedrückte, obwohl es ausnahmsweise keine Sünde war, die sie selber begangen hatte. »Ich glaube, dass die Christel Gerhard meinen Mann getötet hat. Es lässt sich nicht beweisen, und gestanden hat sie es auch nicht. Aber es gibt einen Hinweis. Der tödliche Schlag wurde nämlich von einem Linkshänder ausgeführt. Die Christel schreibt zwar wie jeder brave Mensch mit rechts, aber bei allen anderen Verrichtungen bevorzugt sie die linke Hand. Nun, wie gesagt, ein Beweis ist das keiner. Restlos aufklären lässt sich der tragische Unfall wohl ohnehin nie mehr, doch ich will auch nicht für etwas geradestehen müssen, was ich nicht verbrochen habe. Die Leute halten mich für die

Mörderin meines Mannes, und wenn ich sonst auch wenig weiß, das weiß ich genau: Ich war es nicht. Aber ich möchte auch meinen Verdacht gegen die Christel nicht herumerzählen, um ihn von mir abzulenken. Die Christel hat sich meiner Tochter angenommen, wofür ich ihr sehr dankbar bin. Sie hat auch – wenn sie es denn war – mein Leben gerettet, denn ob Sie es glauben oder nicht: An jenem verhängnisvollen Tag wollte mein Mann mich umbringen. Er hatte die Mordlust in den Augen stehen. Die Person, die hinter ihm aufgetaucht ist, ob Christel oder ein Indio oder Gott weiß wer, hat ihn, möglicherweise aus dem spontanen Wunsch heraus, mir zu helfen, davon abgehalten. Insofern kann man wohl wirklich von einem Unfall sprechen, von einer unseligen Verkettung von Zufällen.«

Es war totenstill in dem Beichtstuhl. Erst nach ein oder zwei Minuten löste der Pfarrer sich aus seiner Erstarrung. Er trug Klara eine Reihe von Gebeten auf, die sie zur Buße sprechen sollte, und entließ sie dann mit seinem Segen.

Klara fand das Verhalten des Geistlichen ein wenig merkwürdig, verließ aber das Kirchlein mit einem Gefühl der Erleichterung. Sie hatte das Richtige getan.

Am Mittag traf sie Raúl, der mit mürrischer Miene vom Fähranleger kam.

»Sie sollte eigentlich heute Nachmittag auslaufen, wie du weißt. Aber nun geht die Fähre erst morgen, weil sie noch auf eine wichtige Fracht warten.«

»Tja.« Klara bedauerte dies genauso sehr wie er. Sie hasste es, den schweren Abschied noch weiter hinauszuzögern zu müssen. Ihr wäre es lieber gewesen, sie hätte den schmerzhaften Moment schnell hinter sich bringen können. Ihr Herz zog sich zusammen, als sie an das Leben dachte, das nun vor ihr lag. Ohne ihn.

»Ich habe auch für dich und dein Kind Plätze reservieren lassen.«

»Oh.«

»Na, ich kann euch doch nicht zurücklassen.«

Sie schluckte schwer. »Dein Angebot ist sehr schmeichelhaft. Aber ich muss jetzt hierbleiben. Versteh das doch. Ich muss um unser Grundstück kämpfen, denn wie es aussieht, hat die Einwandererbehörde es bereits neuen Siedlern zugeteilt. Ich muss meinen Ruf wiederherstellen, damit Hildchen nicht eines Tages ausbaden muss, was ich … was Hannes angerichtet hat. Man muss die Ereignisse erst mal sacken lassen. Und ich muss natürlich die Trauerzeit abwarten.«

»Warum? Du trauerst doch gar nicht um deinen Mann. Du trauerst um das Leben, das du dir erhofft hattest und das nicht so geworden ist wie geplant. Was hält dich hier?«

Bevor er seine Argumentation zu Ende führen konnte, kamen zwei Bekannte von ihr vorbei, grüßten sie und steckten dann die Köpfe zusammen, um, wie es den Anschein hatte, über das sonderbare Paar herzuziehen.

»Auf den Straßen dieses Kaffs ist man keine Sekunde allein. In der Herberge auch nicht. Lass uns später irgendwo treffen, wo wir ungestört sind.«

Klara wurde rot.

»Nein, nicht in deinem oder meinem Zimmer. Irgendwo – zum Reden.«

»Das ist keine gute Idee.«

»Selbst wenn es das nicht wäre – wobei ich es für eine ausgezeichnete Idee halte –, es ist unser letzter gemeinsamer Abend in São Leopoldo. Ich bitte dich drum, schenk ihn mir.«

Klara zögerte, willigte dann jedoch ein. Wenn das alles war, worum er sie bat, würde sie ihm den Wunsch kaum abschlagen können, nach allem, was er für sie getan hatte. Er war immerhin ihr Lebensretter.

»Also gut. Aber lass uns den Wagen nehmen. Und Joaninha soll uns begleiten.«

Raúl hob verächtlich die Augenbrauen, als fände er ihre Bedenken provinziell und rückständig. »Na schön. Sagen wir, so gegen vier Uhr?«

55

Pünktlich um vier Uhr nachmittags fand Raúl sich in der Schankstube ein. Klara saß dort bereits, auch Joaninha war bereit zur Abfahrt.

»Ich passe gut auf das Hildchen auf. Seht zu, dass es nicht zu spät wird.« Antonia, hochschwanger, trug ihr eigenes Kind auf der Hüfte und hielt Hilde, die zwischen ihren Beinen stand, mit einer Hand auf dem Kopf davon ab, fortzulaufen. Sie hatte keine Sekunde an dem gezweifelt, was Klara ihr als Grund für die Fahrt genannt hatte: Sie müssten zu Johann Ungerer fahren, der früher, in Deutschland, Rechtsanwaltsgehilfe gewesen war, und ihn um juristischen Beistand bitten, damit sie ihr Grundstück wieder zurückbekäme.

»Ich drück dir die Daumen, Klärchen!«, rief sie ihnen nach.

Sie bestiegen den Wagen, Raúl vorn, Klara und Joaninha hinten. Dann trabten sie los. Sie verließen das Dorf in westlicher Richtung. Schon nach wenigen Minuten hatten sie die letzten Häuser hinter sich gelassen. Es war wirklich noch ein sehr kleines Dorf, dachte Klara. Aber der Strom der Einwanderer riss nicht ab, irgendwann wäre São Leopoldo ein großes Dorf, dann vielleicht, in ferner Zukunft, eine florierende Kleinstadt. Ob sie das noch erleben würde? Nun, Hildchen würde es gewiss tun. Eines Tages wäre sie eine bildhübsche junge Frau, und bis dahin wäre São Leopoldo sicher ein quirliges Dorf, mit Kirmes und Tanzveranstaltungen und Geschäften, in denen es bunte Bänder und allerlei Tand zu kaufen gab. Die jungen Burschen würden sich um Hilde reißen, und sie, Klara, würde mit Argusaugen darüber wachen, wer ihrer Kleinen den Hof machte. Sie würde auf keinen Fall zulassen, dass Hildchen sich einem Nichtsnutz an den Hals warf, der gern einen über den Durst trank und nichts weiter zu bieten hatte als schöne Worte und ein hübsches Gesicht. Was daraus entstand, hatte sie selber schmerzhaft erfahren müssen.

Vielleicht fand sie ja ebenfalls noch einen netten Mann, mit dem zusammen sie ihr Leben besser würde meistern können. Sie war dreiundzwanzig Jahre alt. Jung genug, um weitere Kinder zu bekommen, und ganz sicher noch nicht alt genug, um den Freuden des ehelichen Beisammenseins zu entsagen. Friedhelm nähme sie vielleicht, trotz Kind und trotz ihres ramponierten Rufs. Klaras Blick umwölkte sich. Was sollte sie mit Friedhelm? Sie liebte Raúl! Aber den konnte sie nicht haben. Es war ausgeschlossen, dass er mit ihr hier in der Colônia blieb, aber ebenso ausgeschlossen war es, dass sie mit ihm zog. Sie gehörte nicht in seine Welt. Sie wäre ewig eine Fremde. Sie sah anders aus als die Brasilianer, sie sprach anders, sie fühlte wahrscheinlich sogar anders. Sie kam aus einfachen Verhältnissen und würde sich nie im Leben anmaßen, über einen Haushalt wie den seinen in Santa Margarida zu walten. Es war schlichtweg ein Ding der Unmöglichkeit.

Sie würde Raúl nur unglücklich machen. Sie würde zur falschen Zeit die falschen Dinge sagen oder tun und ihn damit vor seinen Freunden oder Geschäftspartnern bloßstellen. Sie würde sich bei Tisch nicht so zu benehmen wissen, wie es bei reichen Leuten üblich war. Sie würde lauter undamenhafte Sachen anstellen und für ihre bäurische Art verspottet werden. Allein bei dem Gedanken, einer Frau wie Josefina als Gleichgestellte gegenüberzustehen und mit ihr plaudern zu müssen, brach Klara der Angstschweiß aus.

Und Raúl?

Nach ein oder zwei Jahren wäre er ihrer doch ohnehin überdrüssig. Die fleischliche Leidenschaft hätte dann spürbar nachgelassen, und darüber hinaus verband sie ja nicht viel. Er würde sie hassen, irgendwann. Er würde sich ihrer schämen. Er würde lange Reisen unternehmen, ohne sie, und sie säße in dem schönen großen Gutshaus der »Herdade da Araucária« und würde sich zu Tode grämen. Sie würde vor Kummer vorzeitig alt und grau werden. Dann würde …

»Wohin führt dieser Weg?« Raúl drehte sich zu ihr um und wunderte sich einen Augenblick lang über ihr trauriges Gesicht.

»Was?«

»Die Abzweigung hier, wohin führt sie?«

Klara sah sich um und hatte keine Ahnung, wo sie sich befanden. Sie war so tief in Gedanken gewesen, dass sie nicht auf den Weg geachtet hatte. Die Sonne hing gelb und groß am Himmel direkt vor ihnen. Sie waren auf der Straße nach Westen. Wenn sie etwa eine Viertelstunde unterwegs gewesen waren, dann wäre die Abzweigung diejenige, die zu dem Hof der Kleinmeisters führte. Waren sie aber schon weiter gefahren, dann führte der Weg vielleicht zu dem Grundstück der Ungerers, wo sie ja vorgeblich hinwollten.

»Ich weiß es nicht. Fahr einfach rein, bis wir das Haus sehen. Dann kann ich es sagen.«

Raúl tat, wie ihm geheißen. Nach zwei Minuten erspähten sie in der Ferne ein Fachwerkhäuschen, das für ihn genauso aussah wie all die anderen, die er bisher gesehen hatte.

»Das ist das Haus von Johann Ungerer und seiner Familie. Lass uns wieder ein Stück zurückfahren und anhalten. Wenn uns einer sieht, sagen wir, dass wir zu ihm wollten und eine Panne hatten.« Klara hatte plötzlich das sehr befremdliche

⏤ 518 ⏤

Gefühl, dass sie sich benahmen wie Halbwüchsige, die heimlich eine von Vaters geklauten Zigarren rauchten. Die ganze Situation war lächerlich. Sie wollten sich doch nur unterhalten, oder? Sie waren beide erwachsen, und sie hatten nichts Verbotenes vor, dennoch mussten sie sich davonstehlen wie zwei Missetäter, die einen verbrecherischen Plan ausheckten. Nun, gestand sie sich schließlich ein, ganz von der Hand zu weisen war das nicht. Insgeheim hoffte sie, dass es beim Reden nicht bleiben würde.

In der vorletzten Nacht waren Gefühle und Gelüste in ihr zum Leben erweckt worden, die sie verschüttet geglaubt hatte. Sie hatte ein so unbändiges Verlangen danach, Raúl zu berühren, von ihm berührt zu werden, dass sich ihr Herz vor Sehnsucht verkrampfte. Ob er sie hierhergefahren hatte, um sie zu verführen? Sie hoffte es. Sie fürchtete sich zugleich davor. Und sie sagte sich, dass das nicht sein konnte und durfte. Und das nicht nur, weil Joaninha mitgekommen war. Noch einmal würde sie ihrer Begierde nicht nachgeben – jedenfalls nicht, solange er sich ihr nicht erklärt hatte. Hatte er ihr auch nur ein einziges Mal gesagt, dass er sie liebte? Nein. Und wahrscheinlich tat er es auch gar nicht. Er war nur fasziniert von ihrer Fremdartigkeit, nichts weiter. Die würde sich im Laufe der Zeit abnutzen. Genau wie die Wollust, die aus seinen Blicken sprach.

Raúl empfand, genau wie Klara, die ganze Situation als lächerlich. Es war vollkommen absurd, wegen eines Spaziergangs, bei dem sie sich ungestört unterhalten konnten, ein solches Theater zu machen. Und zwar nur, weil der Herr Pfarrer sein, Raúls, Aussehen als bedrohlich bezeichnet und ihn vor den abergläubischen Leuten zum Antichrist erklärt hatte. Aber was hätten sie sonst tun sollen? Sie hätten sich natürlich in der Gaststube vor aller Augen auf Portugiesisch unterhal-

⇐ 519 ⇒

ten können. Aber das wäre seiner Meinung nach für Klaras Ruf noch schädlicher gewesen. Man würde ihr Prahlerei vorwerfen, wenn nicht gar ihr unterstellen, dass sie schlecht über die Anwesenden redete und sie noch obendrein verhöhnte, indem sie es öffentlich tat, nur eben in einer Fremdsprache.

Im Grunde konnte ihm Klaras Ruf in der Colônia gleichgültig sein – er hatte eh nicht vor, sie hier zurückzulassen. Sie würde mit ihm kommen, seine Frau werden und nie wieder einen Fuß in dieses armselige Dorf oder auf ihr gottverlassenes Grundstück setzen. Er würde ihr hundertmal mehr bieten, als sie sich hier je erarbeiten konnte. Er würde sie lieben und ehren und ihre Tochter als die seine betrachten. Sie würden weitere Kinder bekommen, jede Menge davon, wenn man von der stürmischen Gier ausging, mit der sie beide einander geliebt hatten. Meine Güte, war das erst vorletzte Nacht gewesen? Er fühlte sich wie ein Süchtiger, dem das Rauschmittel entzogen worden war und der an nichts anderes denken konnte. Er wäre am liebsten sofort wieder über sie hergefallen. Aber das würde er sich diesmal verkneifen. Er würde über seinen Schatten springen und aussprechen, was er für sie empfand. Denn es war durchaus nicht nur Lust. Die konnte er auch woanders befriedigen.

Er liebte Klara. Er liebte ihre Bodenständigkeit, ihre schnelle Auffassungsgabe, ihre natürliche Art. Er liebte es, wie unkompliziert sie mit den Sklaven umging und wie unaffektiert sie seine vornehmen Gäste bei der *festa junina* begrüßt hatte. Er liebte ihre Körperbeherrschung, die sie beim Reiten unter Beweis gestellt hatte, und ihre Anmut, die sie beim Tanz gezeigt hatte. Er liebte ihre Sanftmütigkeit und ihren Durchsetzungswillen gleichermaßen. Es war eine hinreißende Kombination. Welche andere Frau war so freundlich und umgänglich und ausgeglichen, marschierte dann aber ganz allein durch eine fremde Stadt, um sich selber der Polizei zu stellen? Er liebte ihren Mut und ihre Stärke.

Und natürlich liebte er ihr Äußeres, ihren Körper sowie ihre Fähigkeit zur vollkommenen Hingabe. Er war noch nie mit einer Frau zusammen gewesen, der ihr Aussehen im Augenblick der Vereinigung so gleichgültig gewesen war. Eine wie Josefina würde sich doch sogar in einem solchen Moment noch um ihre Frisur sorgen. Klara war ihm, mit Nachthaube und unförmigem Nachthemd, schöner erschienen als je zuvor.

Er vertrieb all die sinnlichen Bilder von ihr, die sich in seinem Kopf breitmachten, Bilder von ihrem Gesicht, als sie in vollkommener Verzückung aufgeschrien hatte, Bilder von ihrem Körper, der sich mit dem seinen in absolutem Gleichklang befunden hatte – *ai, Clarinha, meu amor ....*

Oh nein. Er würde sich zurückhalten. All diese Dinge würde er ihr *sagen*, mit Worten, wohlgemerkt. Die Sprache seiner Blicke und seiner Gesten reichte ja offenbar nicht aus, um sie verstehen zu lassen. Er musste es aussprechen, so schwer es ihm auch fiel.

»Senhor Raúl? Um Himmels willen, Sie wollen mich doch nicht etwa hier allein lassen?« Joaninha blickte ängstlich ihren Herrn an, der mittlerweile vom Wagen gestiegen war, Klara heruntergeholfen hatte und nun nicht so wirkte, als wolle er auf sie warten. Im Gegenteil, er schien sich schnellstens gemeinsam mit Klara von dannen machen zu wollen.

»Wir gehen nur ein bisschen spazieren. In zehn Minuten sind wir wieder da. Wenn jemand kommt, tust du so, als würdest du nichts verstehen und nichts wissen.«

»Da brauche ich nicht groß so zu tun. Aber ... was mache ich denn, wenn ein Löwe kommt?«

»Es kommt kein Löwe, das garantiere ich dir. Halt einfach nur die Stellung. Oder möchtest lieber du einen Spaziergang durch den Dschungel unternehmen und Dona Klara und mir den Wagen überlassen, damit wir uns endlich einmal in Ruhe unterhalten können?« Klara flüsterte ihm etwas ins Ohr, worauf Raúl sich noch einmal umdrehte, dem Mädchen seine Pistole reichte und sagte: »Falls dich jemand oder etwas angreift, schießt du.«

Joaninha war entsetzt über die Tatsache, dass es anscheinend doch gefährliche Wesen hier im Wald gab, denn sonst hätte Senhor Raúl ihr wohl kaum die Waffe gegeben. Zugleich war sie sehr stolz auf diesen außerordentlichen Vertrauensbeweis. Sie hätte mit dem Wagen und der Pistole ja auch davonfahren können. Sie hatte von Sklaven gehört, denen die Flucht mit sehr viel weniger Hilfsmitteln geglückt war. Sie blieb also schweigend in dem Wagen sitzen und beobachtete das schöne Paar, das sich da vor ihren Augen ins Gebüsch begab. Schamlos, also wirklich!

Raúl und Klara entfernten sich nicht weit vom Wagen. Auch gingen sie nicht ins Unterholz, sondern hielten sich auf der schmalen Grenzlinie zwischen dem Maisfeld und dem Maniokacker der Ungerers. Als sie außer Sichtweite sowohl des Wagens als auch des Hauses waren, hielt Raúl abrupt an.

Er ergriff beide Hände Klaras, blickte ihr tief in die Augen und nahm all seinen Mut zusammen, um zu sagen, was zu sagen er sich vorgenommen hatte.

»Du bist die schönste, klügste und wundervollste Frau, die mir je begegnet ist. Bleib bei mir, Klara. Werde meine Frau.« Schon als er die Worte aussprach, kamen sie ihm hölzern und falsch vor. Aber was sonst hätte er sagen sollen?

Er sah, dass ihre Augen feucht wurden und ihre Lippen bebten. Er sah auch, dass sie nicht vor ihm weinen wollte und mit Mühe die Tränen zurückhielt. Jesus, was hatte er falsch gemacht?

»Du bist auch der wundervollste Mann, der mir je begegnet ist«, sagte sie mit zitternder Stimme. »Aber ... es geht nicht. Wir passen nicht zusammen.« Sie senkte den Kopf und entzog ihm ihre Hände.

»Wir passen nicht zusammen? Was für ein Unsinn!« Er umfasste mit einer Hand ihr Kinn und zwang sie, ihren Kopf zu heben. »Sieh mir in die Augen und sag es noch einmal.«

Sie schaute ihn an. Es war eine Spur von Trotz in ihrem Blick zu lesen, als sie sagte: »Wir gehören nicht zusammen. Du hast deine Welt, ich meine. So soll es bleiben.«

Sein Gesicht kam dem ihren immer näher. Als seine Lippen ihre fast berührten, flüsterte er: »Gleich wirst du fühlen, wie gut deine und meine Welt zusammenpassen.«

»Nein!« Sie stieß ihn von sich fort. »Unser Fleisch passt zusammen, aber sonst nichts. Du liebst mich ja noch nicht mal!«

Hatte sie ihm nicht zugehört? Hatte er ihr nicht gerade eben gesagt, wie sehr er sie vergötterte? Würde er etwa um die Hand einer Frau anhalten, die er nicht liebte? Er starrte sie an, fassungslos über diese Begriffsstutzigkeit und verletzt über die Zurückweisung. Was sollte er denn noch tun? Ihr dasselbe noch einmal mit abgedroschenen Phrasen erklären? Nun ja, warum nicht? Zu verlieren hatte er ja nichts.

Er ergriff ihre Hände und bedachte sie mit dem unterwürfigsten Blick, dessen er fähig war. »*Cara Clara*, ich liebe dich von ganzem Herzen und möchte dich bitten, mir zu erlauben, es auch für den Rest meines Lebens zu tun. Willst du meine Frau werden?«

Sagte man das so? Hatte er alles richtig gemacht? War er nicht wieder in ein Fettnäpfchen getreten, ohne es zu ahnen? Wieso antwortete sie nicht?

Sie schaute ihn nachdenklich an, als sei sie sich nicht sicher, ob er es ernst meinte. Er verzog die Lippen zu einem ironischen Grinsen, das sie mit einem Stirnrunzeln beantwortete. »Habe ich vielleicht zu dick aufgetragen?«, fragte er. »Ich hätte dich nicht mit derartigen Plattitüden beleidigen sollen.« Er trat näher, bis er ganz dicht vor ihr stand. Er legte den Arm um ihre Taille und zog sie zu sich heran. »Aber ja hättest du trotzdem sagen müssen, weißt du? Es gehört dazu.«

Dann vergaß er alle seine guten Vorsätze, legte seinen Mund auf ihre Lippen und fühlte, wie sie sich bereitwillig öffneten und seinen Kuss erwiderten. Reine Lust durchströmte ihn. Er wollte sie besitzen, jetzt, hier, sofort. Noch nie hatte er bei einer Frau so vollkommen die Kontrolle über sich verloren, dass er sein Verlangen nicht hätte zügeln können. Nur Klara löste diese unersättliche Begierde in ihm aus, und nur sie konnte sie stillen.

Klara schloss die Augen und genoss den Kuss. Aber sie würde ihn keineswegs ermuntern, weiterzugehen. Sie ließ die Arme herabbaumeln und zwang sich, sie nicht um ihn zu legen, ihn näher zu sich heranzuziehen, seinen schlanken, muskulösen Körper zu umschlingen. Sie stand reglos da, nach außen ungerührt, während es in ihrem Innern brodelte. Sie wollte ja! Aber sie durfte nicht. Sie würde ihn nicht heiraten können, und sie durfte ihm jetzt keine falschen Hoffnungen machen, indem sie sich ihm hingab.

Doch dann bewegten seine Lippen sich an ihrem Hals herab. Er löste das Tuch, das ihr Dekolleté verhüllte, und bedeckte die Mulde zwischen ihren Brüsten mit rauhen, leidenschaftlichen Küssen. Seine Hände schoben sich unter den Stoff ihres Kleides und streichelten ihre Brustwarzen.

Sie seufzte leise auf. Dagegen war sie machtlos.

Sie fuhr ihm mit den Fingern durchs Haar und ließ sie

auch dort, als er mit seinem Mund weiter an ihr hinabglitt. Durch den Stoff ihres Kleides küsste er ihren Bauch, fiel auf die Knie und schmiegte seinen Kopf in ihren Schoß. Er umklammerte ihre Beine und sah zu ihr auf: »So, jetzt hast du mich, wo du mich haben wolltest. Ich knie vor dir nieder. Das hatte ich vorhin vergessen. Es gehört mit zu dem Ritual. Genau wie deine Antwort – sie sollte ja lauten.«

Klara sah ihn verdutzt an. Mit einem Heiratsantrag spaßte man nicht. Warum war er so unbeholfen, wenn es darum ging, seine Gefühle zu offenbaren? Sie schwieg, und Raúl sah nachdenklich zu ihr auf. Enttäuscht? Verletzt? Es war ihr unmöglich, seine Miene zu deuten. Dann übte er mit seinen Armen Druck auf ihre Kniekehlen aus, so dass sie einknickte und mit ihren Schienbeinen auf seinen Oberschenkeln aufkam. Er drückte ihre Beine auseinander, und Klara saß nun auf seinem Schoß, den Rock ihres Kleides straff gespannt. Für ihn musste diese Stellung sehr unbequem sein, schoss es ihr durch den Kopf, mit den angewinkelten Beinen, auf denen ihr Gewicht lastete. Und das alles auf der feuchten, aufgeworfenen Erde des kleinen Grenzstreifens zwischen den verschiedenen Pflanzungen der Ungerers.

»Wir werden schmutzig«, sagte sie und kam sich im selben Moment unglaublich töricht vor.

»Ja«, sagte er mit rauher Stimme und umschlang ihren Oberkörper so fest, dass ihr fast die Luft wegblieb, »lass uns richtig schmutzig werden.«

Klara erschauderte. Sie hatte für Zweideutigkeiten dieser Art nie etwas übriggehabt, aber so, wie Raúl es gerade gesagt hatte, fand sie die Bemerkung – und die Aussicht auf ein *schmutziges* Liebesspiel, was auch immer das bedeuten mochte – sehr erregend.

Dann spürte sie plötzlich seine Lippen auf ihrem Mund

und seine Hände auf ihren Brüsten. Seine Erektion pochte gegen das Tal ihrer Weiblichkeit. Klara stöhnte auf, schloss die Augen und zupfte sein Hemd aus der Hose, um seine Haut unter ihren Händen zu fühlen. Sie drängte sich dichter an ihn. Ihre Finger wanderten seinen Rücken hinauf, bewegten sich dann nach vorn, zu seinen harten Brustwarzen, kneteten seine eckige Brust, bevor sie hinabwanderten, die Linie seiner Leisten nachfuhren und schließlich an seinem Hosenbund herumnestelten.

Raúl schob ihren Rock hinauf und brachte sich selber in eine bequemere Position. Er saß nun mit ausgestreckten Beinen auf dem Boden, und er führte Klara so sicher und leicht durch diese komplizierte Choreographie ihres erotischen Tanzes, dass sie sich auf ihm sitzend fand – von der Taille bis zu den Fesseln nackt, denn ihre Unterwäsche schien sich unter seinen erfahrenen Händen in nichts aufgelöst zu haben.

Sie öffnete seine Hose und umschloss sanft sein angeschwollenes Glied mit beiden Händen. Es war sehr imposant. Sie betrachtete es andächtig, strich zart mit den Fingerspitzen über die rosa Kuppe, schob die weiche Haut vorsichtig vor und zurück. Es fühlte sich herrlich an unter ihrem Griff, hart und empfindsam zugleich.

Raúl hob leicht die Hüften an, um seine Hose abzustreifen. Dann packte er ihre Beckenknochen, hob sie ein Stück an und ließ sie behutsam auf seiner steil aufragenden Pracht herab. Sie war so bereit, wie sie es nur sein konnte. Mit einem leisen Stöhnen tauchte er in sie ein.

Klara fühlte ihn so tief in sich eindringen, dass es wehtat. Sie zog sich ein Stück zurück, um die Intensität der Vereinigung zu mildern. Sie hatte nicht gewusst, was auf sie zukam. Diese Stellung war ihr neu. Mit Hannes hatte sie es auf die immer selbe Weise gemacht, nämlich sie unter ihm, auf dem

Rücken liegend. Es war schön gewesen. Aber dass man sich auch anders lieben konnte, war neu und prickelnd. Dass es mit diesem Mann geschah, der sich nun zurückgelegt hatte, mitten in die weiche Erde, und sie unter verhangenen Lidern flehend ansah, war atemberaubend.

Raúl überließ ihr die Führung. Wenn er zu groß für sie war, würde sie am besten wissen, wie weit sie ihn in sich aufnehmen konnte, ohne es als unangenehm zu empfinden. Er umfasste ihre Hinterbacken, knetete sie und gab ihr zu verstehen, dass sie gern das Tempo und den Druck erhöhen durfte. Und das tat sie.

Klara war selber erstaunt darüber, wie schnell ihr Körper nachgegeben hatte, wie leicht sie sich Raúls Bewegungen angepasst hatte und wie perfekt ihre Körper miteinander harmonierten. Nach den ersten schmerzhaften Stößen empfand sie nun ungetrübte Lust. Sie hob und senkte ihr Becken immer schneller. Ihr Atem ging stoßweise, ihr Kleid klebte ihr am Rücken, und zwischen ihren Brüsten funkelten kleine Schweißperlen. Sie sah aus ihrer erhöhten Position Raúl an, dessen Mund halb geöffnet war, dessen Wimpern in dem satten Licht der untergehenden Sonne glänzten und dessen Blick in die Ferne gerichtet war. Er bot ein Bild völliger Entrückung.

Raúl bewegte sich mit ihr im Einklang. Immer wenn sie sich mit ihrem ganzen Gewicht auf ihn herabließ, übte er von unten Druck aus, stieß ihr seinen Unterleib entgegen und machte die Vereinigung dadurch noch lustvoller und inniger. Er hatte sie fest an ihren Hüften gepackt und schob sie vor und zurück, gab einen Takt vor, der immer rasanter wurde und der Klara die Sinne raubte. Sein Griff war grob, und sie genoss es. Beide keuchten heftig, und zwischen ihre hechelnden Atemzüge schlich sich Stöhnen, zurückhaltend erst, dann hemmungsloser und lauter.

Klara ritt ihn immer wilder, drückte ihren Rücken durch und warf den Kopf nach hinten. Dann nahm sie ihre Hände von seiner Brust, in deren Haar sie sich verkrallt hatte, griff mit den Armen hinter sich und stützte sie auf seinen Oberschenkeln auf, während sie gleichzeitig ihre angewinkelten Beine aufstellte. Sie saß nun in der Hocke auf ihm, die Füße auf der Erde, den Oberkörper nach hinten gelehnt. Ein köstlicher Schmerz durchfuhr sie, als sie ihn so vollständig von sich Besitz ergreifen spürte, wie sie es nie für möglich gehalten hatte. Ein Sturm brauste durch sie hindurch, ließ sie erbeben, trieb die Wellen der Lust wie Gewitterböen vor sich her. Heiße Blitze schlugen in ihr ein, und sie spürte ihr Innerstes in wilden Zuckungen verglühen. Die rhythmischen Kontraktionen ihres Höhepunkts trieben Raúl zu einem letzten, kraftvollen Aufbäumen, bevor er mit einem erstickten Schrei und einem in Ekstase verzerrten Gesicht erzitterte und sich in ihr ergoss.

Im selben Augenblick hörten sie den Schuss.

56

Raúl und Joaninha bestiegen samt Pferd und Wagen die Fähre. Den Hengst Diabo hatte Raúl Klara geschenkt. Sie würde ihn dringender brauchen als er. Zudem verstanden Klara und das Tier sich prächtig. Es tat Raúl ein wenig leid, seinen schönen Hengst hier zurückzulassen, wo er vermutlich zum Ackergaul missbraucht werden würde. Aber es schmerzte ihn lange nicht so, wie Klara Lebwohl zu sagen.

Raúl fühlte sich wie betäubt. Er konnte nicht fassen, dass Klara seinen Antrag abgelehnt und darauf bestanden hatte, hierzubleiben. Das war doch verrückt! Aber er musste ihre Entscheidung akzeptieren, sowenig sie ihm auch gefiel. Ach was, nicht gefiel – sie zerrüttete ihn! Klara hatte ihm sein Herz gestohlen, und an dessen Stelle klaffte nun eine offene Wunde, die entsetzlich weh tat, die ihn quälte, die ihn langsam absterben ließ. Er fühlte sich innerlich hohl. Er hörte seine eigene Stimme, als wäre es die eines Fremden, sah sich selber wie ein Automat alltägliche Dinge verrichten, ohne dass sie in sein Bewusstsein vordrangen. Er funktionierte noch, aber er empfand nichts mehr. Nichts außer einem alles verzehrenden Schmerz.

Er befestigte den Wagen auf dem Boot, leinte das Pferd an und setzte sich auf eine Bank, die an der Reling entlanglief. Geistesabwesend beobachtete er das Treiben auf der Schaluppe. Die Fracht, auf die der Fährmann noch gewartet und weshalb die Abfahrt sich um einen Tag verzögert hatte, bestand aus zehn fetten Schweinen. Der Bauer trieb sie brutal

⇘ 529 ⇗

über den schmalen Steg auf das Boot. Sie quiekten hysterisch, als wüssten sie, was ihnen bevorstand. Raúl konnte es ihnen nachfühlen: Er kam sich selber vor wie beim Gang zur Schlachtbank.

Joaninha hatte sich ein Plätzchen im Heck des Bootes gesucht, wo sie sich halb hinter ein paar Fässern versteckte. Raúl wusste nicht, ob sie vor den ungehörig neugierigen Blicken der Deutschen flüchtete oder vor ihm. Nachdem sie gestern die Pistole abgefeuert hatte, um eine Spinne abzuwehren, von der sie sich bedrängt gefühlt hatte, war sie in seiner Achtung wieder auf einen Tiefstand gesunken.

Diese Leute mit dem unaussprechlichen Namen, denen das Grundstück gehörte, auf dem Klara und er sich gestern so leidenschaftlich geliebt hatten, waren natürlich herbeigerannt, desgleichen er und Klara, beide zerzaust und mit verschmutzter Kleidung. Allein seiner Kaltblütigkeit war es zu verdanken, dass die Situation nicht zu einer grandiosen Peinlichkeit ausgeartet war. Er hatte Joaninha vom Wagen gezerrt und sie zur Erde gestoßen, damit sie genauso derangiert aussah wie er und Klara. Dann hatte er Klara gesagt, was sie den Leuten berichten solle: dass sie von Indios angefallen worden seien, dass aber die Angreifer das Weite gesucht hätten, als er die Pistole abschoss.

Genauso geschah es. Klara log vorzüglich, was ihr allerdings nicht schwergefallen sein dürfte. Sie war kurzatmig und hatte gerötete Wangen, was ihrer Schilderung eine große Glaubhaftigkeit verliehen hatte. Die Deutschen luden sie in ihr Haus ein, damit sie sich von dem Schreck erholen und sich halbwegs herrichten konnten. Klara nutzte die Gelegenheit, um sich dann tatsächlich bei Herrn Ungerer, ja, so hatte er geheißen, über die Rechtslage kundig zu machen, und hatte damit ihren ursprünglichen Vorwand in Wahrheit verwandelt.

Raúl schämte sich insgeheim dafür, dass erneut die Indios als Sündenbock herhalten mussten. Irgendwann wären die Siedler so furchtsam, dass sie nicht zögern würden, einen Ureinwohner bei der ersten Begegnung mit Waffengewalt zu bedrohen. Und das nur, weil ein törichtes Negermädchen eine Spinne mit der Pistole hatte erschießen wollen! Dass sie bei ihrer grenzenlosen Dummheit den Abzug gefunden hatte, war ein Wunder.

Aber nicht einmal die Wut, die er gestern empfunden hatte, konnte er jetzt noch nachvollziehen. Er sah dem Mädchen zu, wie es sich hinter den Fässern verkroch, und es war ihm vollkommen gleich. *Alles* war ihm egal. Die stinkenden, schreienden Schweine, die feinseligen Blicke der Deutschen, die ihn und Joaninha taxierten, als seien sie Abschaum, die schlecht festgezurrte Ladung des Bootes – es ging ihn überhaupt nichts an. Wenn sie kenterten, sollte es ihm auch recht sein.

Natürlich würden sie das nicht tun. Er war einmal in den Rio dos Sinos gefallen, was genau einmal zu viel war und nach allen Regeln der Wahrscheinlichkeit nicht noch einmal passieren würde. Außerdem war der Fluss ruhig, das Wetter schön. Raúl erinnerte sich daran, wie er mit Klara durch den Dschungel gewandert war. Ein versonnenes Lächeln schlich sich auf seine Lippen. Wie tapfer sie gewesen war. Und wie erfinderisch. Ihren nagelneuen Unterrock zu opfern, um ihnen ein Dach über dem Kopf zu schaffen, das war ein genialer Einfall gewesen. Und wie süß sie im Schlaf ausgesehen hatte. Herrgott, er würde freiwillig ein ganzes Leben im Dschungel auf sich nehmen, wenn er es nur mit ihr gemeinsam verbringen konnte!

Klara starrte auf das Geldbündel in ihrer Hand. Dieser Lügner! Er hatte ihr zum Abschied einen Umschlag gereicht und sie gebeten, ihn erst zu öffnen, wenn er fort war.

»Ich will kein Geld von dir«, hatte sie gesagt, und er darauf: »Es ist kein Geld. Es ist eine Liebeserklärung.«

Nun, es war sogar ziemlich viel Geld. Es würde ihr, wenn sie sparsam war und es klug anlegte, für die nächsten Jahre ein recht komfortables Leben erlauben. Meine Güte, dieser Unmensch! Erst das Pferd, das sie schon nicht hatte annehmen wollen, das sie sich dann aber gezwungen gesehen hatte zu behalten, weil Raúl sich unbeugsam gab, und jetzt dieses Vermögen. Sie wollte nicht sein Geld – sie wollte ihn!

Sie warf sich aufs Bett und heulte in ihr Kopfkissen. Sie war ja selber schuld. Er hatte sie gebeten, seine Frau zu werden, und sie – sie dumme Pute! – hatte abgelehnt. Wo waren ihr Abenteuergeist, ihre Risikobereitschaft, ihr Sinn für Romantik geblieben? Hatte Hannes sie ihr aus dem Leib geprügelt? War sie nach den furchtbaren Erfahrungen, die sie in ihrer Ehe hatte machen müssen, übervorsichtig geworden? So verbittert, dass sie eine traumhafte Gelegenheit nicht einmal mehr erkannte, wenn man sie auf dem Silbertablett servierte? Pah, Gelegenheit! Sie würde ihn ja nicht aus Berechnung nehmen wollen, sondern aus Liebe. Und warum tat sie es dann nicht?

Weil sie kaum mehr dem Klärchen ähnelte, das einst aufgebrochen war, um sein Glück in der Ferne zu suchen. Das hoffnungsfroh und lebenslustig gewesen war und das im Grunde seines Herzens immer daran geglaubt hatte, dass ihr ein ganz besonderes Schicksal vorherbestimmt war. Und wozu war sie geworden? Zu einer Heulsuse, zu einem verschreckten Schatten ihres einstigen Selbst, zu einer Frau, die an Märchen nicht mehr glaubte.

Trotzdem hatte sie sich wieder verliebt. Trotzdem war sie noch zu großen Gefühlen und zu außergewöhnlicher Leidenschaft fähig. Immerhin. Das war ein Trost. Nein!, schrie sie innerlich auf und krümmte sich vor Trauer auf ihrem Bett, es war kein Trost. Trostlosigkeit, das war es doch, was sie erwartete, wenn Raúl nicht mehr bei ihr war.

Ein Klopfen an der Tür ließ sie in ihrem Schluchzen innehalten.

»Geht es dir gut, Klärchen?«, vernahm sie Antonias besorgte Stimme.

»Nein! Lass mich in Frieden!«

»Ich bring dir was zu essen rauf, in Ordnung?«

»Nein. Ich habe keinen Hunger.«

»Klärchen, du kannst mir ruhig dein Herz ausschütten. Das hilft. Und ich schweige wie ein Grab.«

»Geh!«

Aber Antonia ließ sich so leicht nicht abwimmeln. Sie öffnete die Tür einen Spaltbreit, sah Klara auf dem Bett liegen, den Kopf ins Kissen gepresst, und sah, wie ihr Körper von einem Weinkrampf geschüttelt wurde. Sie ging zu ihr. Vorsichtig setzte sie sich auf die Bettkante. Sie sah das Bündel Geldscheine und machte große Augen.

»Jesus und Maria, und da heulst du dir die Augen aus? Ich würde Freudentänze aufführen, wenn ich so viel Geld hätte.«

»Du kannst es haben. Ich will es nicht.«

»Red doch keinen Unsinn, Klärchen. Natürlich willst du es. Und du wirst es auch brauchen.«

Dann wagte Antonia sich etwas weiter vor, indem sie Klara über den Rücken streichelte und fragte: »Warum lässt du ihn ziehen, wenn es dich so traurig macht? Hat der Schuft dich etwa verschmäht?«

»Er wollte mich heiraten.« Ein Ruck ging durch ihren Körper, als ein neuerlicher Schwall Tränen in ihr aufstieg. Sie bekam inzwischen kaum noch Luft, weil ihre Nase zu war und ihr Atemholen von den Schluchzern behindert.

»Aber – das ist doch wunderbar! Er liebt dich wie wahnsinnig, das merkt ja jedes Kind. Er sieht phantastisch aus, und er scheint mir ein kluger und guter Mann zu sein. Reich ist er auch noch. Was willst du eigentlich mehr?«

»Ich habe nein gesagt. Jetzt ist er fort, und ich …« Mehr war von ihren Worten nicht zu verstehen, weil sie sie ins Kopfkissen heulte.

»Du liebst ihn aber doch auch, oder? Ich hätte schwören können, dass ihr beide ein großes Liebespaar seid, wie es nur ganz wenige auf der Welt gibt.«

Ach, die gute Antonia, dachte Klara. Was wusste die schon? Sie war gerade achtzehn Jahre alt, da verstand man vieles noch nicht. Sie war noch ganz ihren jugendlichen Wunschträumen und Selbsttäuschungen verhaftet. Wenn Konrad erst anfing, zu saufen und sie zu verprügeln, dann würde ihr das vergehen.

»Außerdem«, fuhr Antonia fort, »ist er noch gar nicht weg, dein schmucker Brasilianer. Die Fähre hat Verspätung, weil der Hofer mit seiner Tabakfuhre noch nicht gekommen ist. Das heißt, inzwischen ist er vielleicht eingetrudelt, aber vor zehn Minuten war er es noch nicht. Unten im Schankraum saß nämlich einer der Bootsleute, der die Wartezeit genutzt hat, um bei uns seinen Durst zu löschen.«

Klara dachte an den letzten betrunkenen Bootsmann, mit dem sie es zu tun gehabt hatten. Der hatte sie einfach im Dschungel ausgesetzt. Wie grausam sie das damals gefunden hatte. Und wie gern sie jetzt wieder dort gewesen wäre, mit all den Insekten, den durchweichten Schuhen, den wehen Knochen. Und mit Raúl. Ach, alles hätte sie gegeben, um diese Tage noch einmal durchleben zu dürfen!

»Wenn ich du wäre«, setzte Antonia ihre Ansprache unbeirrt fort, »würde ich mir das Hildchen schnappen und schnurstracks zum Anleger rennen. Geh mit ihm, Klärchen! Was hält dich denn hier? Pfeif auf uns, pfeif auf das Gerede, pfeif auf dein Grundstück und auf deine paar Siebensachen – und lauf!«

Antonias Ton hatte etwas so Eindringliches, ihre Vision war so bestechend, dass Klara tatsächlich einen Augenblick darüber nachdachte. Sie spürte einen Stich von Neid auf die Fähigkeit Antonias, die Dinge so unbeschwert, so optimistisch zu sehen. Ihr selber war diese Gabe abhandengekommen. Dafür war sie klüger geworden.

War sie das? Je mehr ihr Weinkrampf nachließ, desto mehr war Klara in der Lage, wieder ihren Verstand zu benutzen. Ihre Logik kehrte zurück. Und plötzlich erkannte sie, welchen Denkfehler sie begangen hatte. Wenn sie bereit war, Raúl in den Urwald zu folgen, ihm zuliebe all diese Gefahren noch einmal zu durchleben, dann würde sie es doch mit den Schrecken, die sie vielleicht auf seiner *estância* erwarteten, allemal aufnehmen können. Das war doch lachhaft, dass sie sich vor aufsässigen Sklaven oder hochnäsigen Damen fürchtete!

Sie hatte einen *jacaré* erlegt, einen Jaguar in die Flucht geschlagen, eine Indio-Frau von ihrer Hexenkunst überzeugen können. Sie hatte ein Kind zur Welt gebracht und ein Bein amputiert. Sie hatte eine Atlantiküberquerung überlebt und die Schläge ihres Mannes. Wovor hatte sie eigentlich Angst? Schlimmer würde es ja wohl kaum kommen.

»Du packst das«, raunte Antonia ihr zu, als hätte sie ihre Gedanken gelesen. »Na los jetzt, schnell!«

Und Klara gehorchte. Sie nahm das Geld, gab die Hälfte davon Antonia, die es widerwillig annahm, und rannte aus dem Raum, ohne sich noch einmal im Spiegel anzusehen oder ihre Kleidung zu richten. Unten schnappte sie sich ihre Tochter, die zusammen mit Antonias Kind auf dem Boden her-

⌒ 535 ⌒

umtollte. Dann lief sie hinaus und band Diabo los. Konrad war ihr nachgelaufen, weil er dachte, es sei etwas Schlimmes passiert.

»Hilf mir aufs Pferd«, kommandierte sie. Er hielt ihr die zum Steigbügel verschränkten Hände hin, und Klara schwang sich geschmeidig auf den Rücken des Pferdes. »Gib mir Hildchen.«

»Aber du kannst doch nicht … so ohne Sattel …«

»Ich kann!«, wischte sie seinen Einwand weg. »Und ich werde! Also los, gib mir das Kind, aber hurtig!«

Er reichte ihr Hildchen. Inzwischen war auch Antonia draußen angelangt. »Viel Glück!«, rief sie, doch da hatte Klara dem Tier bereits dreimal schnell hintereinander auf den Hals geklopft und war schon in wildem Galopp unterwegs zum Anleger.

Die Strecke war kurz, dennoch hatte sie es für gut gehalten, das Pferd zu nehmen. Jetzt, da sie herunterzufallen drohte und Hildchen gleich mit ihr, kam ihr der Einfall gar nicht mehr klug vor. Aber irgendwie gelang es ihr, sich in der Mähne festzukrallen und nicht abgeworfen zu werden. Nach kaum zwei Minuten erreichte sie den Steg.

Er war leer.

Das Boot war fort.

Sie schaute den Fluss hinab und konnte es noch in der Ferne sehen. Die gehissten Segel erschienen ihr wie ein zum Abschied gezücktes Taschentuch. Es noch erreichen zu wollen hätte keinen Sinn gehabt. Zwar war der Hengst viel schneller als die Fähre, aber an der unwegsamen Uferböschung kämen sie nur im Schritttempo voran. Es war aussichtslos. Ihr ganzes Leben war aussichtslos. Klara hätte ihr Gesicht gern in der Mähne des Pferdes vergraben. Aber Hildchen saß vor ihr, so dass sie sich nicht so weit vorbeugen konnte. Also schluchzte

⁌ 536 ⁍

sie in das weiche Haar ihrer Tochter, die ohnehin schon ganz durcheinander war. Erst dieser verrückte Ritt, dann der plötzliche Halt und nun die Tränen ihrer Mutter – das war mehr, als ihr zweijähriges Köpfchen begreifen konnte. Also tat sie, was sie am liebsten tat: Sie lachte.

Klara tat es ihr nach. Aber es war ein freudloses, trockenes Lachen, das ihre ganze Seelennot zum Ausdruck brachte.

»Bist du so froh, dass du mich endlich los bist?«

Klara hob erschrocken den Kopf. Litt sie nun endgültig unter Wahnvorstellungen? Sie sah sich um, konnte jedoch Raúl nirgends entdecken. Was war das nun wieder für eine neue Qual, die Gott sich für sie ausgedacht hatte?

»Und ich hatte mir eingebildet, du würdest mir die eine oder andere Träne nachweinen.«

Nein, es war kein Trugbild. Sie hatte ihn zuerst nicht sehen können, weil er direkt vor ihr stand, sein Kopf gleich schräg unter dem des Pferdes. Er musste sich, während sie verzweifelt dem Schiff nachgeschaut hatte, herangeschlichen haben.

»Oh Raúl!«, schluchzte sie. »Das ist nicht lustig.«

»Nein?« Er hob Hilde herunter und machte mit ihr eine wilde Drehung. Das Kind jauchzte vor Vergnügen. »Deine Tochter ist klüger als du. *Sie* findet es lustig.« Er drehte sich noch einmal mit Hildchen. Er sah Klara nicht an, sondern schien sich auf das Mädchen zu konzentrieren, als er beiläufig fragte: »Und, was führt dich hierher?«

»Ich … ich glaube, ich habe die Fähre verpasst.« Sie sah ihn mit einem schiefen Lächeln an. Er fand sie wunderschön, wie sie auf Diabo thronte, ohne Sattel, in zerknitterter Kleidung und mit rotverquollenem Gesicht.

Er setzte das Kind ab und trat ganz nah an Klara heran, die noch immer auf dem Pferd saß. »Ach, so ein Zufall. Ich habe sie ebenfalls verpasst.« Er fuhr mit einer Hand unter ihren

Rock und streichelte zärtlich ihre Waden. Sein Blick war verhangen, aber er sprach in leutseligem Ton weiter. »Dann nehmen wir eben die nächste, was denkst du?«

»Ja.«

»Ja?«

Sie nickte. In ihren Augen sammelten sich schon wieder Tränen, und sie sah Raúl nur schemenhaft. Aber das genügte. Schärfer hätte sie gar nicht erkennen können, was sie schon viel früher hätte begreifen müssen.

Diesmal, das sagte ihr ein untrügliches Gefühl, wäre der Neubeginn von Erfolg gekrönt. Diesmal würden ihre Hoffnungen und Träume wahr werden. Klara atmete tief ein, ließ sich von Raúl vom Pferd heben und in seine Arme schließen. Dass sie Zuschauer hatten, störte sie nicht. Die Vision einer großen Zukunft schwebte in der Luft. Sie sah sie in Raúls Augen und fühlte sie in seiner Umarmung.

»Ja«, flüsterte sie, und sie besiegelten ihr Versprechen mit einem Kuss, der alle Verheißungen eines dauerhaften Glücks in sich barg. Alle.

Anhang

Übersetzungen der portugiesischen Textstellen

S. 83 »Clara, meine Liebe, wie gut, dass du deine Erinnerung wiedergefunden hast.«

S. 84 »Das verdient einen Toast.«

S. 85 »Handelt es sich vielleicht um irgendeinen Witz?«

S. 86 »Was hat sie denn? Was will sie eigentlich wissen?«

S. 86 »Das ist das Haus von Senhor Raúl.«

S. 86 »Ach was, Senhor Raúl schläft ja noch. Komm schon, zeig's mir.«

S. 86 »Wir sind in Porto Alegre. In Rio Grande do Sul. In Brasilien.«

S. 87 »Von so weit her kommst du? Du lügst mich doch nicht etwa an, oder?«

S. 92 »… und dass du ja in meiner Nähe bleibst!«

S. 109 »Allmächtiger, das nennst du einen Kaffee, Mädchen?«

S. 110 »Sieh gut hin, so macht man einen anständigen Kaffee.«

S. 110 »Schon gut, Mädchen, wenn du meinst.«

S. 133 »Was für eine Verführerin, die Josefina, nicht wahr?«

S. 134 »Bist wohl eifersüchtig, was?«

S. 219 »Lass das!«

S. 220 »Heute ist der Künstler eine Berühmtheit.«
S. 220 »Aber es steht natürlich nicht zum Verkauf.«
S. 220 »Das Schlimmste ist ...«

Der historische Hintergrund

Im Jahr 1822 ruft der portugiesische Prinzregent Dom Pedro I. die Unabhängigkeit Brasiliens aus, er selber wird wenig später zum brasilianischen Kaiser gekrönt. Seine Frau ist die habsburgische Erzherzogin Leopoldina. Sie ist die treibende Kraft hinter der Einwanderungspolitik, die Brasilien betreibt: Gezielt wirbt man um europäische Bauern und Handwerker, die nicht nur den dünnbesiedelten Süden urbar machen, sondern auch in den umkämpften Grenzregionen ihre neue Heimat verteidigen sollen.

Es werden Werber ausgeschickt, die Auswanderungswillige mit großzügigen Versprechungen seitens der brasilianischen Regierung nach Südamerika locken sollen. Für die darbende Landbevölkerung, auch im Hunsrück, klingen die farbenfrohen Schilderungen der Werber geradezu paradiesisch: Ein Land, in dem die Erde fett ist und in dem es keinen Winter gibt – das allein klingt zu schön, um wahr zu sein. Noch dazu bezahlt das Kaiserreich den Auswanderern die Überfahrt, schenkt ihnen ein Stück Land von ca. 70 Hektar Größe (viele Kleinbauern bewirtschafteten daheim gerade einmal 4 Hektar) sowie Vieh, Saatgut und die nötigsten Gerätschaften für einen Neuanfang. Des Weiteren wird den Leuten Religionsfreiheit und zehnjährige Steuerbefreiung zugesichert. Jeder Erwachsene erhält außerdem im ersten Jahr in Brasilien eine finanzielle Unterstützung von 160 Réis täglich, im zweiten

Jahr 80 Réis am Tag (zum Vergleich: ein Pfund Rindfleisch kostete ca. 100 Réis, 1 Pfund Zucker etwa 120 Réis).

Das Interesse ist enorm, und bereits Anfang 1824 sticht das erste deutsche Auswandererschiff gen Brasilien von Hamburg in See. Die »Wilhelmine« erreicht nach 150-tägiger Reise Rio de Janeiro. Am 18. Juli 1824 kommen die ersten 39 »Kolonisten« in Porto Alegre an, von wo sie auf kleineren Booten zur »Feitoria do Linho-Cânhamo«, einer stillgelegten Hanfleinen-Faktorei am Rio dos Sinos, gebracht werden. Sie erreichen diese Faktorei am 25. Juli 1824 – dieser Tag gilt als das offizielle Datum für den Beginn der deutschen Immigration in Brasilien. In der alten Feitoria wohnen die Neuankömmlinge einige Tage, bevor man ihnen ihre Parzellen zuweist und sie beginnen können, sich ihr neues Leben aufzubauen.

Diese Pioniere müssen sich zwar mit äußerst schwierigen Bedingungen zurechtfinden, etwa mit dem ungewohnten Klima, dem Anbau fremder Feldfrüchte oder dem Mangel an Infrastruktur, werden aber für ihre Mühsal reich entschädigt. Die brasilianische Regierung hält fast alle ihre Zusagen ein, und die Siedler können sich – mit sehr harter Arbeit und im Laufe mehrerer Jahre – eine Existenz aufbauen, von der viele in der alten Heimat nicht einmal zu träumen gewagt hätten. Einzig die versprochene Religionsfreiheit ist nicht gewährleistet. Der Katholizismus ist Staatsreligion, Protestanten werden nur geduldet. Etwa die Hälfte der Einwanderer ist evangelisch; diese jedoch dürfen keine Kirchen errichten und müssen ihre Messen in Gebäuden abhalten, die nicht als Gotteshäuser erkennbar sind.

Um 1830 leben in und um die alte Feitoria – die nun »Colônia Alemã de São Leopoldo« heißt – 5000 Personen deutscher Herkunft. Nicht alle davon sind brave Bauern und

Handwerker: Manche Gemeinden in Deutschland nutzen die Gelegenheit, um unliebsame Zeitgenossen, aus Armenhäusern oder Gefängnissen zum Beispiel, abzuschieben. Je mehr Europäer ins Land kommen, desto weniger wohlwollend werden sie empfangen. Zudem kann die brasilianische Regierung einen Teil der Vergünstigungen, die die ersten Einwanderer noch genossen, einfach nicht mehr finanzieren. Zwar wird weiterhin recht günstig Land vergeben, doch die Reisekosten und das Startkapital müssen die Neusiedler selber aufbringen. Viele der Einwanderer werden bereits auf der Reise zu einem der großen Seehäfen in Europa um ihr Erspartes erleichtert und müssen bei Ankunft in Brasilien Kredite aufnehmen. Manch einem gelingt es nicht, sich von der Schuldenlast zu befreien, er muss als eine Art Leibeigener seines Gläubigers sein Dasein fristen. Doch beharrlich halten sich in Deutschland die Gerüchte von Brasilien als einem Paradies auf Erden. Eine zweite Auswanderungswelle erreicht um 1848 ihren Höhepunkt, eine dritte setzt um 1861 ein. Weitere Regionen Brasiliens werden von deutschen Siedlern erschlossen, insbesondere im Bundesstaat Santa Catarina.

Für viele endet die Reise ins Ungewisse unglücklich. Sie werden von Agenten betrogen, fallen auf den Schiffen diversen Krankheiten zum Opfer, müssen sich in Brasilien hoch verschulden oder fallen in einem der Kriege, die Brasilien im 19. Jahrhundert mit Argentinien, Uruguay und Paraguay führt.

Langfristig gesehen jedoch war die Auswanderung für die meisten Familien eine kluge Entscheidung. Der Süden Brasiliens, u. a. der Bundesstaat Rio Grande do Sul (dessen Bewohner »Gaúchos« genannt werden, auch wenn sie noch nie ein Pferd aus der Nähe gesehen haben), ist heute eine der sichersten, friedlichsten und reichsten Regionen des Landes.

Zahlreiche deutsche Familiennamen zeugen von der Siedlungsgeschichte, und in einigen ländlichen Regionen sprechen die Menschen noch heute einen Dialekt, der Hunsrickisch genannt wird, der aber wegen vieler portugiesischer Entlehnungen nur entfernt an den Dialekt des Hunsrücks erinnert. Von den rund neun Millionen Bewohnern von Rio Grande do Sul sind etwa zwei Millionen deutscher Abstammung, davon wiederum die Hälfte mit Wurzeln im Hunsrück.

Die Namen der ersten 39 Einwanderer wurden auf einem Denkmal in São Leopoldo verewigt, einer prosperierenden Stadt übrigens, die heute mehr als 200 000 Einwohner hat und sich zu Recht als »Wiege der deutschen Einwanderung« bezeichnet.

So weit zur Historie.

Die Geschichte, die »Das Mädchen am Rio Paraíso« erzählt, entspringt weitestgehend meiner Phantasie. Die Figuren und die Handlung sind rein fiktiv, und sogar zahlreiche geographische Punkte habe ich erfunden. So gibt es weder einen Ort namens Ahlweiler im Hunsrück noch einen Rio Paraíso in der näheren Umgebung von Porto Alegre.

Da jedoch bis heute sowohl die Hunsrücker als auch die deutschstämmigen Brasilianer ein reges Interesse an Ahnenforschung, Heimatkunde und gegenseitigem kulturellem Austausch haben, erschien es mir sinnvoll, mich ein wenig von den historisch belegten Daten und Namen zu entfernen – schließlich wollte ich keinen einschlägig bewanderten Leser damit brüskieren, die Namen seiner Vorfahren oder die Geschichte seines Dorfes falsch bzw. verzerrt wiedergegeben zu haben. Sollten Sie also in Klärchen Liesenfeld, Hannes Wagner oder einer der anderen von mir geschaffenen Figuren einen Urahn von sich wiedererkennen, so beruht dies allein auf einem ebenso unwahrscheinlichen wie bemerkenswerten Zufall.

Ich hoffe, Sie verzeihen mir diesen Kunstgriff – und freuen sich mit mir zusammen auf meinen nächsten Roman, der, so viel sei verraten, Sie auf die andere Seite des Erdballs entführen wird.

Herzlichst

Ana Veloso